Marion

Romantique, passionnée, rêveuse, Marion Zimmer Bradley (1930-1999) est comme une héroïne de *Jane Eyre* ou des *Hauts de Hurlevent*. Née dans un village des Adirondacks, au nord de New York, elle est une descendante des pèlerins du *Mayflower*. Adolescente, elle rêvait déjà d'impossibles royaumes, d'amours héroïques et de duels où s'affrontent les pouvoirs de l'esprit. Editrice d'un fanzine, elle a rencontré Robert Bradley, son premier mari, à une convention de science-fiction ; sa première nouvelle parut en 1953, son premier roman en 1958. Science-fiction ? Si l'on veut ; mais qu'on la lise : « Occupez-vous de la Terre d'abord ! » En une seule phrase, elle prend de vitesse la vague verte à une époque (1955) où nul ne la voyait venir. Elle aime les cultures archaïques, proches de la nature, qu'elle trouve dans les lointains de l'espace (*La Romance de Ténébreuse*) et du temps (la Bretagne des *Dames du lac*). Ses héros sont le plus souvent des héroïnes, des aventurières, des déracinées qui, à la technologie masculine, ne peuvent opposer que les pouvoirs mentaux dont elles sont accablées jusqu'à ce qu'elles retrouvent leur vraie famille et s'acceptent telles qu'elles sont. Un destin plus vaste s'offre alors à elles, communion intime des télépathes, occupation du corps d'autrui avec l'assentiment de l'hôte, alliance des Amazones Libres qui choisissent de s'autodéterminer au sein même de la société patriarcale. Dans la vie privée, c'est une « proto-féministe » qui, dans les années 60, reprend ses études supérieures et divorce pour épouser Walter Breen, un intellectuel comme elle, et aller vivre à Berkeley, près de San Francisco. Elle a eu trois enfants, dont Paul Edwin Zimmer, qui collabora à certains de ses romans.

LE SOLEIL DU TRAÎTRE

DU MÊME AUTEUR
CHEZ POCKET

LA ROMANCE DE TÉNÉBREUSE

RENDEZ-VOUS AILLEURS (grand format)

SCIENCE-FICTION
Collection dirigée par Jacques Goimard

MARION ZIMMER BRADLEY

LE SOLEIL DU TRAÎTRE

Traduit de l'américain
par Simone Hilling

POCKET

Titre original :

TRAITOR'S SUN

© 1999, by Marion Zimmer Bradley and Adrienne Martine-Barnes
© 1999, Pocket pour la traduction française
ISBN : 2-266-08535-2

PROLOGUE

Hermès Aldaran se réveilla en sursaut, le cœur battant, le torse inondé de sueur. Le sang martelant ses tempes, il aspira l'air comme un noyé, ouvrit sa chemise. Il s'assit, clignant des yeux à la faible lumière émanant de la salle commune du petit appartement, et déglutit avec effort. Il avait la gorge sèche, un mauvais goût dans la bouche, et ses pieds lui paraissaient déconnectés de son corps. Sa chemise de nuit était pratiquement trempée sur la poitrine, mais les manches étaient encore sèches, et il s'en éponger le visage. Il se leva, mais la chambre se mit à tournoyer autour de lui, et il se rassit aussitôt.

Enfin, son corps cessa de trembler et son cœur reprit un rythme plus normal. Il regarda Katherine, sa femme depuis dix ans, que son agitation n'avait pas réveillée. Dans la pénombre, Herm vit ses cheveux noirs répandus sur l'oreiller au-dessus du grand front blanc, puis la courbe de la bouche sous le nez bien dessiné. Il se demanda, et ce n'était pas la première fois, pourquoi une femme aussi belle avait consenti à épouser un homme aussi quelconque que lui. C'était un mystère, mais il savait qu'elle ne l'avait pas épousé pour sa richesse – il n'était pas riche –, ou pour l'honneur ambigu d'être l'épouse du Sénateur de Cottman IV, ainsi que la Fédération Terrienne appelait Ténébreuse, son monde natal. Il la contempla rêveusement, laissant son esprit vagabonder, et il sentit que le calme revenait en lui.

Réalisant qu'il ne pourrait pas se rendormir avant longtemps, Herm se leva, sortit de la chambre aussi silencieusement que possible pour ne pas réveiller Katherine. Il jeta un coup d'œil par la porte trouant la mince paroi qui séparait leur chambre de celle de leurs deux enfants, et constata qu'ils dormaient. Puis il s'approcha à pas feutrés de la petite station alimentaire et ouvrit un cabinet. La carafe de jus de fruit, froide sous sa main, lui donna envie de boire au goulot. Avant de la prendre, il n'avait pas réalisé que ses mains tremblaient encore. Il se força à trouver un verre et à le remplir du liquide jaune. Il en but la moitié d'un trait, laissant son acidité laver sa bouche pâteuse. Le liquide froid lui frappa l'estomac comme un coup de poing, et, un instant, il eut l'impression d'avoir avalé de l'acide. Puis la déplaisante sensation disparut, mais son estomac protesta encore quelques instants. Il savait que ce n'était qu'une illusion, mais il eut l'impression de sentir le sucre du breuvage pénétrer dans son sang. Il prit une profonde inspiration, et frissonna, transi, alors qu'il brûlait quelques instants auparavant.

Hermès se laissa tomber sur l'un des tabourets alignés devant le comptoir servant de coin repas, posa son verre avant de le lâcher, et se força à vider son esprit. Une inquiétude diffuse faisait vibrer ses nerfs, comme les notes discordantes de quelque symphonie industrielle classique. Ce style de musique avait connu un regain de popularité lors de ses premières années à la Chambre des Députés de la Fédération et on l'avait traîné à quelques concerts. Ces accords lui étaient restés dans la tête, à sa consternation, car ce n'était pas de la musique au sens où il l'entendait, mais plutôt des bruits, et des bruits désagréables, en plus. Il détestait cette musique, comme il détestait le tabouret, la petitesse de la pièce où il se trouvait, et l'exiguïté de l'appartement qui lui avait été alloué en sa qualité de Sénateur de Ténébreuse à la Fédération.

Quand Lew Alton était encore Sénateur, il avait un appartement nettement plus grand, et aussi une maison sur Thétis. Mais cette époque était révolue, et rares étaient les membres du corps législatif – si même il y en avait – qui possédaient des maisons hors planète, à moins d'en avoir hérité. Quelques années plus tôt, le Ministère des Finances avait imposé des limites strictes aux frais de voyage, ce qui restreignait les mouvements de ses membres. Ils pouvaient retourner sur leur monde natal tous les cinq ans pour les élections, mais Hermès n'était jamais retourné sur Ténébreuse. Il n'avait pas été élu, mais nommé par Régis Hastur, qu'il n'avait jamais vu, vingt-trois ans plus tôt. Il avait travaillé huit ans à la Chambre des Députés, puis, quand Lew Alton avait libéré son siège, Herm l'avait remplacé. Après les changements de politique imposés par le Ministère des Finances et les nombreux autres diktats qui avaient suivi au cours des ans, la législature était devenue pratiquement prisonnière des caprices du Premier Ministre, Sandra Nagy, et de ses acolytes du Parti Expansionniste. Malgré leur nom, les Expansionnistes étaient une bande d'austères autocrates, et d'année en année, chacun se voyait imposer de plus en plus de restrictions, sauf les membres les plus favorisés du Parti. Ainsi qu'il l'avait dit un jour à sa femme, en une de ces rares occasions où il était à peu près sûr qu'ils n'étaient pas espionnés par des appareils d'écoute : « Les Expansionnistes disent que les ressources de la Fédération sont limitées – et qu'elles sont toutes la légitime propriété des Expansionnistes ! » Elle n'avait même pas ri.

Son trois-pièces était plus vaste que l'appartement du Terrien moyen, mais Herm avait grandi au Château Aldaran, entouré de murs de pierre et de cheminées monumentales qui emplissaient l'air d'odeurs de bois brûlé et de suie. Bizarre, cette nostalgie olfactive après plus de deux décennies, mais l'atmosphère stérile de l'appartement, chauffé toute l'année par les installations automatiquement contrôlées de l'immeuble, lui donnait toujours l'impression d'être un animal pris au piège. La population comptait huit milliards d'individus, et augmentait tous les ans. L'espace lui manquait, comme les grandes forêts de conifères, l'odeur de la balsamine, le croassement des corbeaux au-dessus des Heller, et l'éclat de leur plumage rouille sous le soleil rouge.

Il n'avait pas seulement la nostalgie des vastes étendues de neige scintillante et immaculée. Après deux décennies, sa situation le mettait toujours mal à l'aise – il se sentait toujours étranger. Hermès n'avait jamais eu le sentiment d'être parfaitement propre après une douche sonique, bien qu'elle le débarrassât parfaitement de ses sueurs et de ses cellules mortes. L'eau, comme tout le reste, était rationnée et taxée, et il avait une envie folle de tremper longuement dans une grande baignoire d'eau fumante parfumée à la lavande. Une épaisse serviette de coton des Villes Sèches et une robe de chambre de feutre complétaient cet agréable fantasme. Pas de synthétique lui collant à la peau...

Ces souvenirs lui serrèrent le cœur, et il se demanda pourquoi. Il avait passé près de la moitié de sa vie loin de Ténébreuse, et il aurait dû être habitué à tout cela depuis le temps. Mais, au contraire, son mal du pays empirait. Il se revit jeune homme, rustre selon les standards de la Fédération, arrivant pour représenter sa planète à la chambre basse. Il avait été très impressionné par les immenses immeubles, les ruches, les gratte-ciel, et les technologies inimaginables de ce monde lointain. Bien qu'ayant grandi entouré de Terriens, qui étaient toujours les bienvenus au Château Aldaran, et ayant une mère née sur Terra, il avait vite réalisé qu'il était d'une ignorance incroyable. Il avait peu de souvenirs de sa mère, morte quand il avait trois ans. Et le peu qu'il se rappelait d'elle ne l'avait pas préparé aux réalités qu'il avait affrontées pendant sa première année à la Chambre des Députés. Elle lui avait légué un nom étrange et pas du tout ténébran, dont il comprenait maintenant qu'il était très ancien et inusité, même sur Terra, une prédisposition à la calvitie, et quelques souvenirs lointains et fragmentaires. Les trois épouses de

Dom Damon Aldaran étaient mortes – son père avait été tragiquement malchanceux.

Il avait eu de la chance que Lew soit là pour l'aider les premières années. Il lui avait appris à se servir de la technologie, à accéder aux informations sur un ordinateur, et à communiquer presque instantanément avec les gens. Plus important encore, Lew lui avait fait étudier la littérature et la philosophie d'une centaine de planètes, et l'histoire complexe de la Fédération. D'abord, il n'avait pas bien vu le but de ces efforts, et il lisait plutôt pour faire plaisir à son aîné. Puis il avait compris peu à peu qu'il n'était pas du tout préparé à la tâche qui l'attendait. Avec beaucoup de difficulté, il avait commencé à comprendre la pensée de la Fédération, fondée sur d'antiques idées qui n'avaient jamais pris racine sur Ténébreuse – dont certaines très bonnes.

Mais il savait maintenant que ces idéaux étaient en passe d'être reniés, et que la Fédération évoluait vers une époque de domination militaire et d'oppression. Cela s'était déjà produit dans l'histoire des humains, mais il souhaitait que cela ne se produise pas de son vivant. Et ce n'était pas une situation dont il pouvait discuter librement, comme lorsqu'il était arrivé de Ténébreuse. Comme toute personne de la planète, il était l'objet d'une surveillance constante. Et il ne pouvait rien y faire, car mettre hors service les yeux et oreilles électroniques qui l'épiaient et l'écoutaient constituait un grave délit. Il se demanda si les citoyens moyens pensaient, ou même s'ils pensaient tout court. Sans doute que non, hypnotisés qu'ils étaient par les infomédias et les vidéodrams. Mais Hermès savait que la situation était mauvaise et s'aggravait tous les jours. Des milliards de crédits étaient déboursés chaque année pour la création de nouvelles technologies. Parallèlement, on dépensait très peu pour améliorer l'existence des citoyens ordinaires, dont le vie devenait de plus en plus difficile. Il avait essayé de comprendre ce phénomène, mais il continuait à le trouver absurde, et, comme la plupart de ses confrères législateurs, il était impuissant à y rien changer.

Il était d'humeur morbide. Ce devait être le stress de ces derniers jours. Régis Hastur n'avait jamais nommé personne au siège qu'il avait libéré à la Chambre des Députés quand il avait remplacé Lew au Sénat, et il n'avait pas eu de contacts avec un autre Ténébran depuis seize ans. Cela lui pesait rarement, mais il était si fatigué maintenant que cela l'accablait.

Ces derniers temps, il avait peu dormi, car les meetings, à la fois publics et privés, des deux chambres de la législature s'étaient prolongés très avant dans ce qui passait pour la nuit sur cette affreuse planète. En cet instant, n'importe lequel des enfers glacés de Zandru lui aurait paru préférable. Le Sénat, où il peinait depuis seize ans maintenant, était un nid de frelons fouaillé par le bâton des Expansionnistes, et la Chambre des Députés ne valait guère mieux. Mais il avait déjà affronté des crises politiques sans se réveiller au milieu de la nuit, le cœur cognant dans sa poitrine comme s'il voulait s'en échapper.

Pour autant qu'Hermès détestât le mode de vie de la Fédération, il appréciait la constante agitation de la vie politique. Ou du moins il l'appréciait encore quelques mois plus tôt ; mais alors les Expansionnistes avaient conquis une faible majorité dans les deux chambres et s'étaient mis à appliquer le programme auquel il s'opposait. De nouvelles taxes avaient été imposées à toutes les planètes de la Fédération, pour construire une flotte de cuirassés, alors qu'il n'y avait pas d'ennemi contre lequel se défendre. Quelques mondes avaient protesté, et même tenté de se révolter et de combattre les troupes envoyées pour « maintenir l'ordre ». La vie politique, autrefois jeu auquel il excellait avec son talent naturel pour les joutes oratoires et la roublardise qui avait toujours été son point fort, était devenue un cauchemar quotidien dont il craignait ne jamais se réveiller.

Récemment, le flot des événements avait perturbé quelques-uns des Sénateurs les plus modérés du Parti Expansionniste eux-mêmes. Avec ce qu'Hermès considérait comme un immense courage, ces hommes et ces femmes avaient voté contre leur propre majorité pour une loi de défense critique, l'anéantissant du même coup et mettant le Sénat et la Chambre dans une impasse. On avait exercé des pressions sur eux, on avait tenté la persuasion, mais sans résultat. À part d'interminables conférences, meetings et discours devant les assemblées, aucune décision n'avait été prise depuis près de six semaines, et il semblait bien qu'on n'en prendrait aucune dans un proche avenir. Les chefs des Expansionnistes étaient de plus en plus aux abois, et le seul avantage de la situation, c'est qu'aucune nouvelle taxe n'avait été votée dans l'intervalle. Mais on ne pouvait attendre aucun bénéfice d'un parlement paralysé. Un gouvernement incapable d'agir pouvait faire plus de mal que de bien, ne fût-ce que par inadvertance.

Hermès s'efforça de secouer son humeur morose, et se surprit à repenser à l'une des dernières conversations qu'il avait eues avec Lew Alton, avant sa démission et son retour sur Ténébreuse. Heureux homme ! Il n'avait pas à se percher sur un tabouret de cuisine, essayant de découvrir un sens à l'hystérie qui n'avait cessé de croître depuis une décennie. Qu'avait-il dit ? Ah, oui : « Le jour viendra peut-être où la Fédération perdra collectivement la raison, Hermès, et quand cela se produira, si cela se produit jamais, je ne sais pas quoi te conseiller. Mais, ce jour venu, tu le sentiras jusque dans tes os, et alors tu devras décider si tu restes pour te battre, ou si tu fuis la mêlée. Crois-moi, ce sera évident pour ton intelligence. Alors, fais confiance à ton instinct, jeune homme. »

Bon conseil, et toujours valable. Mais maintenant la situation était différente de ce qu'elle était quand Lew était encore le Sénateur de Ténébreuse. À l'époque, Hermès n'était pas marié – quelle folie d'avoir épousé une veuve de Renney, mère d'un petit Amaury. Mais il était éperdument amoureux ! Maintenant, ils avaient eu un enfant ensemble, Térèse, délicieuse fillette de près de dix ans. Ils étaient la lumière de sa vie, et il savait que, sans Kate et les enfants, il serait encore plus mal-

13

heureux qu'il ne l'était. Il réalisait qu'il n'avait pas analysé la situation en profondeur quand il l'avait connue, aimée, et épousée un mois plus tard. Il n'avait pas pensé aux problèmes que pourrait poser une enfant à demi ténébrane atteignant l'âge de la maladie du seuil et de l'émergence du *laran*. Et il n'avait jamais parlé à Katherine des talents paranormaux de son peuple, bien qu'il ait toujours eu l'intention de le faire... un jour. Le moment ne lui avait jamais paru propice. Et après tout, qu'est-ce qu'il aurait dit ? « À propos, Kate, il faut te dire que je peux lire dans l'esprit des gens. »

Hermès frissonna à l'idée de la scène qui suivrait. Non, il ne lui avait pas dit la vérité, il était trop astucieux pour ça. Il avait juste continué à intriguer, jour après jour, protégeant Ténébreuse des prédateurs de la Fédération, remettant la question à un autre jour. Une vague de regret et de remords déferla sur lui, et il eut l'impression d'avoir l'estomac grouillant d'insectes en colère. Après la mort de sa mère, il était devenu un enfant renfermé, puis un adulte réservé, ce qui lui avait été fort utile dans son travail à la Fédération. Les murs avaient des yeux et des oreilles, même dans ce réduit exigu pompeusement baptisé cuisine – nommé Poste PA, c'est-à-dire de Préparation Alimentaire. Car deux comptoirs, un minuscule évier, une petite glacière et des compartiments chauffants n'avaient rien en commun avec une cuisine ténébrane, vaste pièce aux murs de pierre, avec un poêle en forme de ruche, une ou deux grandes cheminées, et une longue table où s'asseyaient les serviteurs pour manger et papoter. La vieille cuisinière du Château Aldaran – elle devait être morte maintenant – avait une façon d'accommoder le gibier d'eau qui le faisait saliver rien qu'en y pensant. Il n'avait pas mangé de viande fraîche depuis son voyage sur Renney avec Katherine, neuf ans plus tôt. Les protéines cultivées en cuves étaient insipides, même si elles étaient nourrissantes.

Il chassa de son esprit la délicieuse vision d'une volaille dodue, dégoulinante de graisse et de jus, et se força à se concentrer sur son brusque réveil. Qu'est-ce qui l'avait tiré d'un sommeil si mérité ? Il n'avait pas l'impression d'avoir rêvé ; ce devait donc être autre chose. Hermès frissonna malgré la chaleur ambiante, et vit ses bras se couvrir de chair de poule. Il n'avait pas rêvé ; non, c'était presque sûrement une manifestation du Don des Aldaran, de ce don de prémonition qu'il préférait éviter, maintenant qu'il y pensait. Il avait un *laran* tout venant, assez bon pour, à l'occasion, recevoir les pensées des hommes et des femmes qu'il côtoyait tous les jours, avantage dont il avait soin de ne pas parler ni abuser. Il s'en remettait davantage à sa roublardise innée qu'à sa télépathie – c'était un talent plus fiable, et moralement moins contestable.

De plus, il était diplomate, et non pas espion, et le fait que la Fédération surveillait ses moindres mouvements ne lui paraissait pas une raison suffisante pour l'imiter. Mais il se demandait ce que ses auditeurs invisibles pensaient de ses ébats amoureux avec Kate. Rien, sans doute, vu qu'ils devaient enregistrer des millions de scènes semblables toutes les nuits. Quand même, l'absence de toute véritable intimité l'ulcérait, et d'autant plus qu'il était certain d'être observé même en cet instant. Ce que les humains pouvaient faire au nom de l'ordre ne manquait jamais de le stupéfier.

Maintenant, il ne lui restait plus qu'à se rappeler ce qui l'avait réveillé et à retourner se coucher. Certes, quelque chose se préparait, mais cela durait depuis des semaines. Il avait surpris quelques pensées vagabondes dans les esprits de ses confrères législateurs, et ils étaient profondément perturbés. Et pas seulement les opposants, car il avait remarqué le malaise de plus d'un Sénateur Expansionniste dont les pensées démentaient les paroles. N'ayant pas de *laran* extrêmement puissant, ce qui avait été un gros avantage pour Lew, il devait se contenter de percevoir de temps en temps les pensées errantes, banales le plus souvent et plus égocentriques qu'utiles.

Ces temps-ci, une peur diffuse régnait dans les couloirs et les salles de conférence du Sénat, et Hermès avait remarqué des alliés de longue date qui se lorgnaient avec suspicion. Cette peur avait une bonne raison. Il était dangereux de s'opposer aux stratégies des Expansionnistes, et plus d'un Sénateur avait été victime d'un accident inexpliqué ou d'une maladie soudaine ces dernières années. La confiance et la capacité de conclure des compromis raisonnables, fondement de tout gouvernement représentatif, avaient presque complètement disparu, remplacées par la suspicion et la paranoïa, qui lui donnaient la chair de poule quand il les surprenait dans les pensées errantes de ses confrères. Ce qui donnait une apparence de folle bravoure à l'action de gens comme le Sénateur Ilmurit. Avec sept autres modérés, elle avait changé de camp et fait basculer la faible majorité que les Expansionnistes avaient acquise avec tant d'efforts et beaucoup de perfidies.

Ses yeux le piquaient furieusement, et ses muscles se contractaient tout seuls, ce qui le mit hors de lui, car il savait qu'il n'aurait pas eu une vision pour une vétille. Il ne possédait pas le Don des Aldaran dans toute sa force, mais quand il se manifestait c'était toujours en des cas importants. Pendant ses années de service au Sénat, il l'avait aidé deux fois à éviter des pièges et des trahisons politiques.

Il ferma les yeux, sentant le tiraillement de la fatigue, et s'efforça de se rappeler l'avertissement qui l'avait réveillé. C'était flou – brouhaha de voix, de cris de détresse et de mots qu'il distinguait à peine. Il lui fallut plusieurs minutes d'intense concentration pour discerner qu'il ne s'agissait pas d'un, mais de deux avertissements, si étroitement imbriqués qu'il était difficile de les séparer.

Deux femmes? Oui, c'était ça. Qui? Ni l'une ni l'autre n'était sa Kate, ou l'une des Députées et Sénateurs femelles qu'il connaissait. Puis il reconnut une voix, celle bien connue de Sandra Nagy, l'actuelle Premier Ministre de la Fédération. Il ne l'avait pas reconnue tout de suite, parce qu'il avait l'habitude de sa voix d'alto séduisante, celle dont elle prononçait les discours diffusés dans toute la Fédération Terrienne, expliquant pourquoi il fallait augmenter les impôts ou pourquoi il avait fallu faire donner la troupe contre des populations civiles.

Hermès réalisa soudain qu'il n'avait ni rêvé ni eu une vision, mais qu'il avait fait une expérience de clairaudience, ce qui était la manifestation la plus rare du Don des Aldaran. Il avait entendu l'avenir – si seulement il pouvait se rappeler ces maudites paroles ! Il se raidit, plissa le front, pour obliger son esprit à mettre un peu d'ordre et de sens dans tout ça. Concentre-toi sur Nagy, se dit-il, et ignore les autres sons.

« *Je ne peux pas permettre que le gouvernement de la Fédération reste paralysé plus longtemps,* entendit-il enfin. *Puisqu'il est clair que l'opposition est résolue à garder le gouvernement en otage afin d'accomplir ses objectifs égoïstes et inexplicables, je n'ai d'autre choix que de dissoudre le Sénat et la Chambre des Députés, jusqu'à ce que de nouvelles élections puissent être organisées et l'ordre rétabli.* »

Hermès resta quelques instants frappé de stupeur. Quand cela se produirait-il ? Le Don des Aldaran n'était jamais précis, et ne donnait jamais des détails utiles tels que dates et heures. Pourtant, il ne doutait pas de l'avertissement, mais il se demanda quelles seraient les conséquences pour Ténébreuse. Ce n'était pas une surprise totale, car un article de la Constitution prévoyait la dissolution dans certains cas. Aucun Premier Ministre ne s'en était servi depuis plus d'un siècle, avant l'époque où les Terriens étaient revenus sur Ténébreuse, mais il avait lu l'histoire et savait que cela s'était déjà produit. Et ce qu'il savait n'était pas rassurant. Le plus souvent, c'était la première étape d'un processus menant à la tyrannie, à l'oppression et à la souffrance. Et la Fédération était déjà bien engagée sur cette voie, avec les yeux de ses espions dans la plus humble demeure, le tout au nom de la sécurité. La peur de la révolte avait augmenté tout au long de la décennie et s'était infiltrée partout. Même ceux des Sénateurs qui étaient des hommes et des femmes raisonnables étaient victimes de la contagion. Quant aux Expansionnistes, ils buvaient comme un nectar le vin des réactions qu'ils imaginaient à ces révoltes, s'enivrant de visions de représailles. Parfois, Hermès allait presque jusqu'à penser qu'ils se délectaient du rêve fiévreux d'une Apocalypse galactique.

Lew Alton avait eu raison tant d'années plus tôt – la Fédération allait droit à l'enfer dans une brouette. Le miracle, c'était que ça eût pris si longtemps. Mais que devait-il faire maintenant ? Et l'autre voix, moins distincte, celle de l'inconnue qui avait crié dans son esprit ?

Fuis !

Ce mot unique résonna dans sa tête comme une cloche, effaçant un instant toute autre considération. Hermès-Gabriel Aldaran avait peur, et il se l'avoua sans honte. Il se leva à moitié de son inconfortable tabouret, et s'y laissa retomber. Des yeux le regardaient, et même si aucun œil humain n'étudierait l'enregistrement de ce moment particulier avant des jours ou des semaines, il devait avoir soin de ne pas attirer l'attention par un comportement inhabituel. Il devait penser à Kate et aux enfants.

Il repassa mentalement les mots qu'il se rappelait, de plus en plus frustré. Quand allait-elle annoncer cette nouvelle dévastatrice ? Quel avantage tirer de cette information anticipée, ignorant si l'événement annoncé surviendrait demain ou la semaine suivante ? Hermès se força à considérer la situation aussi calmement et objectivement que possible. La révolte fermentait sur une poignée de mondes, et au moins l'un d'eux profiterait de l'occasion pour tenter de rompre ses liens avec la Fédération. Cela, il le comprenait, mais peut-être pas Nagy. Ses conseillers étaient les plus extrémistes du Parti, ceux croyant sincèrement qu'ils savaient diriger la vie de quiconque sur les planètes de la Fédération mieux que les indigènes eux-mêmes.

Et que signifierait la dissolution pour les gouvernements, les rois et autres corps constitués des planètes membres ? Sans représentation, elles n'auraient plus aucune voix au chapitre. Nagy allait-elle suspendre la Constitution Fédérale et instituer la loi martiale ? Hermès frictionna pensivement sa courte barbe. Non, elle n'irait pas si loin – du moins pas immédiatement. Elle et ses acolytes attendraient plutôt qu'une planète se révolte, ce qui leur donnerait un prétexte pour déclarer l'état d'urgence. C'était la conduite logique.

Avait-on déjà déployé des troupes sur les planètes considérées comme dangereuses ou potentiellement sécessionnistes ? Hermès ne le savait pas, et il ne pouvait pas accéder aux fichiers contenant ces informations sans éveiller les soupçons. Pour plus de sûreté, il devait donc supposer que des éléments de la Flotte étaient déjà en place ou en route. N'avait-il pas entendu parler de grandes manœuvres dans le Secteur de Castor ? Il se gratta la tête et se pressura la cervelle pour se souvenir. Oui, c'était Castor. Il y avait là deux mondes qu'il aurait gardés à l'œil s'il avait été un stratège Expansionniste à l'affût des désordres.

Satisfait d'avoir analysé la situation de son mieux sans véritables informations, Hermès se concentra alors sur l'analyse de sa propre situation. Où se situait-il ? Il était le Sénateur non aligné d'une Planète Protégée, et n'était donc une menace pour personne. Il avait eu soin de cultiver une personnalité débonnaire, et cela l'avait bien servi au cours des ans. Mais Hermès connaissait assez l'esprit des Expansionnistes pour savoir que quiconque n'était pas leur ami était leur ennemi. Il avait vu plusieurs de ses amis Sénateurs détruits par des scandales montés de toutes pièces, et il n'avait pas envie d'attendre pour savoir s'il serait la victime suivante. C'était improbable, car Ténébreuse n'était pas une planète importante. Mais il devait penser à sauver Kate et les enfants, et pas seulement sa peau d'Aldaran. Et quand le Sénat serait dissous, l'immunité attachée à son office ne les protégerait plus, lui et sa famille. Il pouvait être arrêté, ou pire. Si seulement il était moins fatigué et capable de réfléchir clairement ! Au lieu de cela, il s'abandonnait à la peur et luttait contre son désir de s'enfuir.

Hermès décida qu'il fallait tenter de découvrir quand Sandra Nagy lancerait sa bombe politique avant de prendre des mesures. Il quitta son tabouret, et s'approcha à pas feutrés du terminal de l'appartement, sachant que cela n'éveillerait pas les soupçons des yeux invisibles qui l'espionnaient. Il avait l'habitude de consulter les infomédias plusieurs fois par jour, et même la nuit s'il n'arrivait pas à dormir, comme en ce moment. En fait, c'était si banal que ça pouvait au contraire détourner les soupçons. Il appliqua la main contre la surface vitrée du comlien, et attendit. Pendant plusieurs secondes, rien ne se passa, et il sentit son cœur s'accélérer, craignant qu'il ne soit déjà trop tard, qu'on ne lui refuse l'accès aux fichiers, et qu'une bande de sbires Expansionnistes ne frappe à la porte. Puis il se reprocha mentalement cette réaction. Le système était lent depuis des semaines, à cause des black-out qui affectaient parfois la moitié d'un continent en même temps.

Tout sur la planète – depuis les élections jusqu'au ravitaillement – dépendait de ces connexions électriques. Mais l'imprévoyance des Expansionnistes avait bloqué les fonds nécessaires aux améliorations, et maintenant le réseau se désintégrait. C'était symptomatique de tout ce qui allait mal dans la Fédération, Hermès le savait. Les infrastructures se délabraient et personne ne parvenait à faire passer une loi pour y remédier. La population ne cessait d'augmenter, mais les services sociaux se détérioraient, parce que les capitaux indispensables étaient dilapidés dans l'achat de nouvelles armes, la construction de vaisseaux de guerre et l'entraînement des troupes. C'était de la folie, et il n'était pas le seul à en avoir conscience. Malheureusement, personne ne voulait entendre sa voix, ou celle de ceux suggérant qu'il était insupportable de dépenser pour la défense plutôt que pour satisfaire les besoins élémentaires.

Il pensa à ses études d'histoire. Il les avait commencées à contrecœur, mais elles étaient maintenant devenues une obsession. Son amour de l'histoire était l'un de ses rares plaisirs en dehors de sa famille, en lui permettant de s'évader de son affreux présent. Machinalement, il se surprit à penser à l'histoire d'un grand empire ayant existé sur Terra juste avant l'ère du voyage spatial, et qui couvrait la plus grande partie de ce qu'on appelait alors l'Europe et l'Asie. Pendant un demi-siècle, il s'était consacré à la préparation d'une guerre qui n'avait jamais éclaté, et il s'était finalement effondré, ruiné par sa propre peur. Peut-être que les Expansionnistes suivraient la même voie. Cette pensée le réconforta un peu pendant son attente.

Enfin, le terminal prit vie. Il fit défiler les infomédias les plus récents, les parcourant rapidement, cherchant un indice qui pourrait lui apprendre combien de temps il avait devant lui. Il ignora les rapports de pénuries alimentaires, d'une nouvelle émeute pour l'eau dans les îles indonésiennes, l'arrivée du Gouverneur de Ceti III pour une visite officielle, et différents autres articles. Ah, voilà, un écho laconique enterré à la fin d'un des plus récents infomédias. Il annonçait un discours majeur du Premier Ministre devant les deux chambres réunies dans trois jours. Ainsi, c'était le temps qui lui restait pour aller aussi loin que possible. C'était peu, mais suffisant. Il sentait jusque dans ses os que c'était la bonne décision, exactement comme Lew le lui avait prédit. Et, astucieux comme il était, il avait toujours prévu la possibilité d'un départ précipité.

Pendant un instant, il ne put penser qu'à une chose – il allait enfin retourner sur Ténébreuse, immédiatement. Submergé de soulagement, il sourit à l'écran lumineux. Mais, vraisemblablement, ce serait un voyage sans retour, et cela lui posait toute une nouvelle série de problèmes. Il devait emmener avec lui Kate et les enfants. C'était assez simple, sauf qu'elle lui demanderait pourquoi ils abandonnaient leur foyer. Et il ne pouvait guère lui dire la vérité, car cela alerterait les moniteurs muraux.

Hermès soupira. La vie de célibataire était beaucoup plus simple, mais moins satisfaisante. Kate était une femme intelligente; elle lui ferait confiance, parce qu'elle saurait qu'il agissait dans leur intérêt. Il passa un moment à s'inquiéter futilement du déracinement des enfants, mais il se força à écarter cette idée. Ils étaient jeunes et adaptables, et il était plus important que tout de les protéger de tout mal. Plus tard, hors de portée de la surveillance constante, il lui expliquerait tout. Explications qu'il envisageait sans plaisir. Elle allait l'écorcher vif pour ne pas avoir trouvé le moyen de la prévenir plus tôt, et ce serait encore moins qu'il ne le méritait.

Avec un grognement, il appela un programme du comlien qu'il y avait entré des années plus tôt. Un message surgit sur l'écran, avec tous les codes corrects, lui disant de revenir sur Ténébreuse immédiatement. Il réprima un sourire, sachant que c'était un faux message, et espérant que les fouineurs de l'information n'avaient jamais découvert son existence. En tout cas, ce message avait l'air très officiel, et, si l'on n'y regardait pas de trop près, il lui permettrait de les soustraire au danger, lui et sa famille.

Hermès le considéra, s'efforçant de prendre l'air stupéfait, se grattant nerveusement la tête et grommelant entre ses dents. Puis il appela un autre programme. Nouvelle attente, et il sentit la sueur de ses aisselles lui couler sur les flancs. Puis, presque magiquement, il trouva un passage ouvert à travers l'espace de la Fédération sur le premier astronef en partance. Et il se servit de sa situation privilégiée de Sénateur pour réserver la seule cabine disponible en première classe d'un Grand Vaisseau.

Il éprouva un sombre plaisir à utiliser ce subterfuge. Ces temps-ci, avec les restrictions imposées par les Expansionnistes, il fallait parfois attendre des mois avant d'obtenir un passage, sauf si on avait des amis au bon endroit. Mais en sa qualité de Sénateur il pouvait encore se prévaloir de son rang, même si cela bouleversait les projets de voyage d'un parfait étranger. Il calma sa conscience à l'idée que ce parfait étranger serait sans doute un chaud partisan des Expansionnistes, vu que c'étaient presque les seuls à avoir le droit de voyager.

Le programme se déroula devant lui, avec un léger bourdonnement pas du tout désagréable. Au bout de quelques minutes, l'écran afficha son itinéraire, avec changement à Vainwal. Le système accepta ses réservations sans broncher. Ils avaient six heures pour faire leurs bagages et se rendre à l'astroport. C'était peu, et il pria pour que Katherine ne discute pas trop.

Il laissa ses épaules s'affaisser, épuisé par la tension. Détendu, il entendit une fois de plus les voix de son rêve, et il réalisa qu'il n'avait pas encore réfléchi à la deuxième, la voix inconnue, plus étouffée que celle de Nagy. Frustré, il tenta de la discerner. Il se força à respirer à fond, pour retrouver sa patience, alors qu'il désirait uniquement agir. Il n'avait déchiffré que la moitié du puzzle, et la seconde voix était sans doute aussi importante que la première. Il fallait éviter la précipitation. C'était difficile. Se concentrer, surtout quand il était fatigué, était une discipline ardue. Il ferma les yeux et les poings, exhortant son esprit à retrouver les paroles lointaines et étouffées. Il ne vit et n'entendit rien pendant un moment, puis un flot d'images défila devant ses paupières. Il vit des feuilles aux lignes régulières, puis un encrier renversé, l'encre se répandant sur le papier. *Quelque chose est arrivé à Régis!*

Ces mots le firent trembler. Hermès se força à rester assis, calmant son esprit du mieux qu'il put. Peut-être que son faux message de Ténébreuse était plus vrai qu'il ne pensait. Il ne savait absolument pas à qui appartenait cette voix, qui, traversant le temps et l'espace sur d'innombrables années-lumière, l'avait trouvé en rêve et incité à l'action. Il était transi jusqu'aux os, et sa sueur refroidissait sur son torse.

L'inertie le paralysa brièvement, son esprit pris dans un tourbillon de vaines spéculations. Puis il s'obligea à se lever, remarquant que ses genoux protestaient un peu, et à retourner dans la salle commune. Il se servit un autre demi-verre de jus de fruit, puis remit la carafe

dans le compartiment réfrigéré. Il posa son verre vide
sur l'égouttoir stérilisateur, prit une profonde inspiration et se prépara à réveiller Katherine. Il devrait la
bousculer, ne pas lui donner le temps de réfléchir, de
poser des questions – ou les abandonner, elle et les
enfants, ce qui était impensable. Si seulement il n'était
pas si fatigué !

CHAPITRE I

Assise à son bureau, Marguerida Alton-Hastur regardait par l'étroite fenêtre, perturbée sans raison évidente. Le ciel magnifique de ce début d'automne et des nuages de formes insolites emplissaient l'ouverture. Elle décida que l'un ressemblait à un chameau, animal qui n'avait jamais existé sur Ténébreuse et qui ne survivait que dans des parcs naturels, et repensa à la joie qu'avaient les enfants, quand elle était petite, à deviner à quoi ressemblaient les nuages. Une fois, plusieurs nuages l'avaient fait penser à une bande de dauphins batifolant dans les mers de Thétis, la planète sur laquelle elle avait grandi. Marguerida avait été incapable d'expliquer ses flots de larmes, ni la nature des images. Ses enfants n'avaient jamais vu la mer, et s'y étaient encore moins baignés, et ne parvenaient pas à comprendre sa nostalgie des océans tièdes et des brises balsamiques. Bizarre – elle n'y avait pas pensé depuis une éternité. Elle devait vieillir, à se complaire ainsi dans ses souvenirs.

Maintenant, les enfants étaient trop grands pour l'observation des nuages, même la plus jeune, Yllana qui avait onze ans, et ce jeu innocent lui manquait. Au dernier Solstice d'Été, Domenic, son aîné, avait été déclaré héritier désigné de son père, malgré les bruyantes protestations de Javanne Hastur, son encombrante belle-mère.

Cela lui paraissait à peine possible – le temps avait passé si vite. Avant peu, elle serait belle-mère elle-même, puis grand-mère ! Elle espérait aimer sa belle-fille encore inconnue mieux que Javanne ne l'aimait elle-même, qu'elle serait plus gentille envers elle, ou au moins plus polie. *Mais pas trop tôt,* se murmura-t-elle. Le métier de mère s'était révélé bien difficile, mais elle n'était pas pressée que ses enfants la quittent.

Elle embrassa du regard le petit bureau qu'elle s'était installé dans leurs appartements du Château Comyn. Le feu ronflait dans la cheminée, et la pièce confortable avait une bonne odeur de balsamine. Les murs lambrissés luisaient, reflétant la lueur du feu, et les couleurs du tapis jeté sur les dalles de pierre lui plaisaient. La fraîcheur de l'automne pénétrait les murs épais du Château Comyn, odeur revigorante qui ne manquait jamais de lui stimuler l'esprit. Il lui avait fallu longtemps pour s'habituer au climat de Ténébreuse, car un été presque perpétuel régnait sur Thétis. Mais maintenant, elle attendait avec impatience le changement des saisons et les fêtes qui les ponctuaient.

De la pièce voisine lui parvenait le tintement enchanteur d'un clavier car Ida Davidson donnait à Yllana sa leçon de piano. Ce son la fit sourire. Ce n'était pas un synthéclavier comme celui sur lequel jouait Ida pendant les années que Marguerida avait passées chez elle, pendant ses études à Université. Ce genre d'instrument était interdit sur Ténébreuse, car il utilisait des technologies avancées de la Fédération. C'était une bonne imitation du noble ancêtre de cet instrument, entièrement fabriqué sur Ténébreuse, avec des bois indigènes et des métaux rares, d'après les dessins que Marguerida avait obtenus à grand-peine des archives d'Université. Jusque-là, il n'y avait jamais eu d'instruments à clavier sur Ténébreuse, mais maintenant, après tous les efforts consacrés à la fabrication du premier, il y en avait six à Thendara. Les membres de la Guilde des Musiciens écrivaient des morceaux spécialement pour eux. En ce moment, Yllana ne jouait pas une de ces compositions indigènes, mais l'une des Variations de Kleg datant du XXIVe siècle – formelle, structurée, et vrai défi pour de petits doigts.

Il n'y avait rien qui pût perturber la sérénité du moment, ainsi que l'en assura une rapide revue mentale du Château Comyn. Son *laran*, qu'elle avait tant honni quand elle l'avait découvert, avait quand même ses avantages, parmi lesquels la capacité de sonder mentalement son environnement. Peut-être était-elle angoissée sans raison. L'année avait été difficile, avec l'été le plus chaud qu'ils aient connu depuis longtemps. Le risque de sécheresse avait énervé les paysans, et le danger des incendies de forêts dans les montagnes avait été grand. Il y avait eu aussi des troubles d'une autre nature – quelques petites émeutes sur les marchés de Thendara, et des rapports de soulèvement à Shainsa dans les Villes Sèches. Mais la pluie était enfin arrivée de l'ouest, la température printanière de dix-huit degrés avait disparu, et il n'y avait pas eu de gros incendies.

Elle devait vraiment se mettre au travail ! Ces rêvasseries lui faisaient perdre son temps, et son temps était précieux en ce moment. Marguerida regarda la pile de feuilles posées devant elle. C'était du papier à musique, aux portées couvertes de notes, avec les paroles inscrites dessous. Après deux décennies de doutes et d'hésitations, elle avait finalement succombé à sa grande ambition secrète et composé un opéra. Rien que pour s'y mettre, elle avait dû faire appel à tout son courage, aidée par le soutien d'Ida. Mais après avoir commencé, il lui avait été impossible de s'arrêter. Mikhaïl Hastur, son mari et compagnon bien-aimé depuis seize ans, se plaignait que la composition était pour lui un rival pire que n'aurait pu l'être aucun homme, et Marguerida savait qu'il ne plaisantait qu'à moitié.

Écrire la musique avait été assez facile ; le plus dur avait été de trouver le temps et la tranquillité pour ce faire. Elle avait beaucoup d'obligations en sa qualité d'épouse de l'héritier désigné de Régis Hastur et de mère de trois enfants. Un peu à contrecœur, elle avait également entrepris d'assister Linnéa Storn-Lanart, la femme de Régis, dans le gouvernement du Château Comyn. Depuis qu'elle avait épousé Mikhaïl, elle avait fait des tas de choses qu'elle n'avait jamais imaginé faire quand elle n'était encore qu'une jeune universitaire, et dont la principale avait été d'apprendre à contrôler son *laran* sous la direction de la Gardienne Istvana Ridenow, son amie et confidente qui avait quitté Neskaya pour venir leur dispenser son enseignement, à elle et Mikhaïl, juste après leur mariage. Istvana était restée onze ans dans la cité, onze années merveilleuses pour Marguerida. Mais maintenant Istvana était retournée à sa vocation et à sa Tour, et elle lui manquait souvent.

Repensant au passé, elle se dit qu'elle avait assez bien relevé tous les défis qui s'étaient présentés. D'une main, elle lisait les anciens textes notés dans la graphie arrondie de Ténébreuse, tandis que de l'autre elle allaitait un bébé. Elle avait appris à prendre son mal en patience et à maîtriser son caractère explosif pendant les longues réunions du Conseil Comyn, même en présence de sa belle-mère, Javanne Hastur, qui demeurait une épine plantée dans son flanc. La matrice fantôme, imprimée dans sa paume gauche quand elle l'avait arrachée à une Tour du surmonde, était toujours une énigme, mais elle avait trouvé des moyens de la contrôler, de sorte qu'elle n'en avait plus peur. Cette matrice restait en dehors des vastes connaissances amassées au cours des siècles par les *leroni* de Ténébreuse, et elle était à la fois réelle et surréelle. Elle permettait à Marguerida de guérir, mais aussi de tuer, et trouver un moyen terme entre ces deux extrêmes n'avait pas été facile. Ces années avaient été très dures, mais elle avait accompli des choses qu'elle n'avait jamais rêvé de faire, ce dont elle éprouvait une profonde satisfaction.

Pourtant, au cours de ces années d'études et de maternité, elle n'avait pas eu une minute à consacrer à la musique, autrefois but et raison de sa vie, et qui restait une passion. Elle avait canalisé son énergie considérable vers des objectifs moins personnels. Avec l'aide de la Maison des Renonçantes, centre des Amazones Libres de Thendara, elle avait fondé une petite imprimerie et plusieurs écoles pour les enfants des artisans et commerçants. Elle avait aidé la Guilde des Musiciens à obtenir l'autorisation de construire une salle de concerts plus grande que la précédente, et encouragé de son mieux la conservation de la riche tradition musicale de Ténébreuse.

Ces choix n'avaient été ni simples ni altruistes. Seize ans plus tôt, quand elle était revenue sur son monde natal, tout ce qui concernait la Fédération Terrienne était en vogue, ce qui perturbait les chefs les plus conservateurs des Domaines, et aussi les artisans et commerçants. Ils craignaient que leur mode de vie ne soit englouti sous le flot des technologies terriennes, et ils avaient même été jusqu'à présenter une pétition à Régis Hastur, demandant la restauration du Conseil Comyn, dissous deux décennies plus tôt, demande sans précédent dans l'histoire ténébrane. Régis avait écouté leurs arguments et restauré le Conseil, remettant Ténébreuse sur une voie qui satisfaisait la plupart de ses habitants.

Mais un retour total à l'époque pré-Fédération était impossible, même si quelques membres du Conseil pensaient sincèrement le contraire. Javanne, par exemple, croyait passionnément que, si chacun agissait selon ce qu'elle prescrivait et y mettait du sien, ils retrouveraient le passé dans toute sa gloire, et que la Fédération cesserait de leur troubler l'esprit. *Dom* Francisco Ridenow, chef du Domaine Ridenow, était presque aussi inconscient.

Marguerida comprenait à la fois la curieuse nostalgie de sa belle-mère pour une époque qu'elle n'avait jamais connue – car les Terriens étaient arrivés quarante ans avant la naissance de Javanne – et sa peur atavique du changement. Elle savait aussi qu'il était trop tard pour revenir en arrière, et que, pour prospérer, les Ténébrans devaient développer leurs connaissances, et non demeurer dans une ignorance analphabète. La Fédération n'allait pas disparaître juste parce que Javanne Hastur le souhaitait, mais il n'y avait pas moyen de le lui faire comprendre.

Toutefois, la folie de l'espace qui possédait la jeune génération précédente s'était calmée, et la population était retournée à sa vie normale, avec, Marguerida en était sûre, un soupir de soulagement. Le nombre de jeunes hommes et femmes désirant apprendre les technologies de la Fédération avait également diminué et, bien qu'il y eût toujours des jeunes désireux d'obtenir un emploi au Quartier Général de la Fédération, c'étaient généralement des enfants de Terriens ayant épousé des Ténébranes.

La Fédération était responsable de cette situation. Les institutions politiques qui lui étaient familières durant ses années à Université avaient été remplacées par un fouillis inextricable de bureaucraties, dont chacune protégeait jalousement ses privilèges et répugnait à admettre des nouveaux venus dans ses rangs. Cette réorganisation, qui avait eu lieu douze ans plus tôt, leur avait amené Lyle Belfontaine, le Chef de Station du Quartier Général. Elle ne l'avait jamais rencontré, contrairement à son père, et Lew Alton lui en avait donné une piètre opinion. Belfontaine n'avait pas caché qu'il considérait les Ténébrans comme arriérés et dépourvus de toute utilité. Le changement organisationnel survenu dans la Fédération avait fait de lui le Terrien le plus puissant de Ténébreuse, avant même l'Administrateur Planétaire qui, tout en conservant son titre, n'avait plus son mot à dire dans le gouvernement proprement dit. Belfontaine, piqué d'une décision de Régis, avait fermé l'orphelinat John Reade, puis il avait fermé le centre médical à quiconque n'était pas employé par la Fédération.

Jusque très récemment, Marguerida n'avait guère prêté attention à tout cela. Bien trop occupée par ses fonctions publiques, l'éducation de ses trois enfants et ses études avec Istvana – activités où elle avait trouvé une satisfaction inattendue – elle n'avait été que trop

30

heureuse de laisser la politique à son père, Lew, à Régis et à Mikhaïl. Mais maintenant, découvrant qu'elle pouvait composer de la musique avec cette même main qui était à la fois une grâce et une malédiction, elle y avait trouvé un plaisir que rien d'autre ne lui procurait.

Elle n'avait jamais désiré participer à l'administration du Château Comyn, mais Dame Linnéa l'avait persuadée qu'elle le devait. Elle devrait forcément s'y consacrer un jour, quand Régis Hastur aurait rejoint sa dernière demeure, ou que son épouse serait trop âgée pour assumer cette charge. Cela restait irréel dans sa tête, comme si elle ne supportait pas l'idée de leur fin inévitable.

Elle s'était attaquée à cette tâche comme à tout ce qu'elle faisait dans la vie – en apprenant tout ce qu'elle devait savoir aussi vite que possible. Elle avait été aidée par ses dix années d'assistanat auprès d'Igor Davidson, son mentor disparu depuis si longtemps, et tout ce qu'elle avait appris au cours de leurs voyages sur les planètes arriérées de la Fédération, à la recherche des musiques et des folklores indigènes. De plus, Marguerida avait l'avantage de connaître le Château Comyn comme personne. Elle conservait d'anciens souvenirs de l'édifice imprimés dans son esprit, vestiges du temps où elle était possédée par Ashara Alton, la Gardienne morte depuis des siècles. Ces souvenirs, qui resurgissaient dans ses rêves et ses cauchemars, avaient été la malédiction de son enfance et de son adolescence. Seul son retour sur sa planète natale l'avait libérée du tourment de ces pensées et de ces images, bien qu'au début cela lui ait posé des problèmes qu'elle n'avait jamais imaginés. Elle avait failli mourir de la maladie du seuil, apparue chez elle alors qu'elle était déjà adulte, expérience qu'elle avait heureusement presque oubliée. Ashara vivait lors de la construction du Château Comyn et, après sa mort, son ombre était restée présente dans la Vieille Tour, maintenant en ruine, qui se dressait à un angle du château. Il existait donc des salles, couloirs et passages oubliés que Marguerida connaissait comme sa poche, ce qu'elle dissimulait soigneusement, car cela mettait les serviteurs mal à l'aise. Diriger la domesticité avait été pour elle un vrai défi, car elle avait l'habitude de tout faire elle-même plutôt que de donner des ordres. Et pour administrer le Château Comyn, il ne suffisait pas de s'occuper des billets et des bagages. À bien des égards, l'édifice était une petite ville, avec sa propre brasserie, sa boulangerie, et même un petit atelier de tissage. Il y avait toujours des vivres comme pour soutenir un siège, et l'une de ses tâches était de veiller à ce qu'il soit prêt à faire face à toute éventualité.

Bien que née sur Ténébreuse, Marguerida avait passé la moitié de ses quarante-deux ans hors planète et, d'une certaine façon, elle se sentait toujours une étrangère. Son père disait qu'il avait souvent la même impression, et elle trouvait un réconfort à partager avec lui ce sentiment d'aliénation. Ils avaient vécu dans l'éloignement pendant les années passées sur Université, mais quand ils s'étaient retrouvés, peu après son retour sur Ténébreuse, Marguerida l'avait jugé transformé. Maintenant, elle n'imaginait pas la vie sans lui – sans son humour et son ironie, sans sa profonde perspicacité, et surtout sans son affection pour elle, pour Mikhaïl et pour ses petits-enfants. Ce n'était plus l'ivrogne torturé qui passait les nuits à délirer, et même la mort de Diotima Ridenow, sa femme, survenue dix ans plus tôt, ne l'avait pas, miraculeusement, fait retomber dans ses erreurs passées.

Mais, malgré la présence compréhensive de son père, Marguerida se sentait toujours un peu étrangère. Cela venait en partie de ses rapports difficiles avec Javanne Hastur. La mère de Mikhaïl ne l'avait jamais vraiment acceptée dans la famille, même si son beau-père, *Dom* Gabriel, avait fini par se laisser fléchir et l'accueillait maintenant à bras ouverts. Javanne parvenait toujours à lui donner l'impression qu'il y avait quelque chose d'anormal chez elle et chez son fils aîné, conçu dans des circonstances exceptionnelles – pendant son voyage dans le temps, à l'époque des Âges du Chaos. Il se pouvait même qu'elle eût raison à propos de Domenic, bien que Marguerida eût préféré s'arracher la langue plutôt que d'en convenir. C'était un enfant bizarre, plus mûr que son âge, indépendant et réservé. Mais il y avait plus. Il avait quelque chose d'un peu surnaturel, un calme donnant l'impression qu'il était à l'écoute de quelque voix lointaine. Ou alors peut-être était-il la réincarnation de Varzil Ridenow, ainsi que *Dom* Danilo Syrtis-Ardais l'avait suggéré un jour, en ne plaisantant qu'à moitié. Elle espérait que non, car son unique rencontre avec ce *laranzu* mort depuis si longtemps ne lui avait pas laissé le désir de le rencontrer une autre fois, et surtout pas sous la forme de son fils.

Elle s'efforçait d'accepter l'aversion de sa belle-mère et de s'en accommoder. Après tout, c'était la sœur aînée de Régis, et elle faisait partie de la famille. Elle se consolait à l'idée que Javanne traitait encore moins courtoisement Gisela Aldaran, devenue la femme de Rafaël, son fils puîné et frère de Mikhaïl. C'était la seule chose qu'elles avaient en commun, elle et Gisela, car elle n'était jamais parvenue à se faire une amie de sa belle-sœur, et sa présence au château était parfois une véritable épreuve. Marguerida avait fait de son mieux pour se la concilier, en s'intéressant aux règles du jeu d'échecs et à ses recherches généalogiques sur les familles des Domaines. Elle s'était même procuré un échiquier tridimensionnel dont elle lui avait fait cadeau au Solstice d'Hiver, ce qui avait radouci Gisela pendant un certain temps.

Mais Gisela restait une présence distante et conflictuelle dans une demeure qui abritait assez de fortes personnalités pour décourager quiconque. Marguerida comprenait dans une certaine mesure la mélancolie et la rage contenue de Gisela. Elle avait jeté son dévolu sur Mikhaïl quand elle était encore adolescente, mais n'avait pu réaliser son ambition. C'était déjà assez dur. Mais elle et Rafaël vivaient au Château Comyn et voyaient Marguerida et Mikhaïl presque tous les jours. Elle servait pratiquement d'otage, garantissant le bon comportement du Domaine Aldaran. Régis n'avait jamais pu faire entièrement confiance à *Dom* Damon Aldaran, et, même s'il était pénible d'avoir toujours Gisela dans les pattes, cela lui donnait au moins une prise sur le vieux seigneur. Marguerida parvenait à pardonner à sa cousine son caractère difficile, lui reconnaissant de l'intelligence et de l'ambition, et elle n'avait pas envie de l'étrangler plus d'une fois toutes les dizaines.

Sa belle-mère, c'était autre chose, et, bien qu'elle vînt rarement au château, rien que de penser à elle la mettait en rage. Javanne choyait Rhodri et Yllana, ses deux plus jeunes, mais elle traitait Domenic comme s'il était invisible, ou pire, comme s'il sentait mauvais. Pourtant, Domenic était un enfant sage, très sérieux et réfléchi, contrairement à Rhodri qui accumulait les sottises. Yllana était encore trop jeune pour porter sur elle un jugement définitif, mais elle était intelligente, habile de ses mains, avec la langue acérée de sa mère et la prudence de son père.

Elle écarta résolument ces pensées pessimistes. Il était temps de mettre son manuscrit au propre, chose qu'elle désirait faire elle-même, bien qu'elle eût pu la confier à la Guilde des Musiciens. Elle expédia les affaires courantes – menu du dîner avec des plats qui n'affecteraient pas l'estomac maintenant délicat de Régis, incursion de souris dans les réserves de farine de la cuisine, et quelques autres problèmes mineurs. C'était un jour normal, avec son cortège de préoccupations banales.

Pour le moment, les enfants étaient occupés, mais elle pouvait toujours être dérangée par sa fille adoptive, Allana Alar, qui était de caractère difficile. Domenic, son préféré, était de service dans la Garde, et Rhodri lavait un mur qu'il avait orné de dessins à la craie et à la gouache quelques jours plus tôt. C'était une décoration murale plutôt réussie, et elle était fâchée de l'obliger à la détruire, mais elle ne voulait pas qu'il prenne l'habitude de dégrader les murs. C'était déjà assez qu'il se gorgeât jusqu'à l'indigestion de tartes volées à la cui-

sine, et qu'il donnât l'impression de vouloir faire du cha-
pardage une occupation permanente. Marguerida se
demandait si une partie de cette énergie extraordinaire
ne pourrait pas être canalisée vers la peinture, pour
laquelle il paraissait doué. Mais c'était une idée futile
car, dans quelques mois, il irait à Arilinn pour entraîner
son *laran*, après quoi il entrerait dans les Cadets de la
Garde. Sa vie était toute tracée, dans la mesure où elle
pouvait l'être en cette époque d'incertitude.

Sa vie sur Ténébreuse n'avait pas été de tout repos,
en grande partie à cause de la Fédération Terrienne.
Depuis deux décennies, les Terriens faisaient de plus en
plus pression afin que Ténébreuse abandonne son statut
de Planète Protégée pour devenir membre à part
entière de la Fédération. Cela signifiait qu'ils allaient
verser de plus en plus d'impôts dans les coffres des Terriens – de plus en plus rapaces – et procéder à des changements draconiens dans la façon de gouverner. Quand
une planète adhérait à la Fédération, elle en devenait la
sujette et perdait le contrôle de ses ressources et de son
gouvernement. Pour cette raison, Lew Alton avait fortement conseillé de conserver leur statut de Planète Protégée, circonstance où il s'était vu l'allié de Javanne
Hastur. Elle n'avait pas particulièrement apprécié que
Lew soit d'accord avec elle, vu que son aversion d'adolescente s'était maintenant durcie en quelque chose
approchant de la haine fanatique, mais au moins cela
avait limité leurs disputes acrimonieuses aux réunions
du Conseil Comyn. Les « débats » du Conseil étaient
souvent violents et vindicatifs, donnant à Marguerida un
profond désir de paix et de tranquillité. Mais, comme le
lui avait fait remarquer son père, le calme était impossible, car il aurait été contre nature que tout le monde
fût d'accord.

Au lieu de se concentrer sur son travail, l'esprit de
Marguerida dériva vers les problèmes que la Fédération
continuait à créer à Ténébreuse. C'était vraiment aga-
çant d'être incapable de se concentrer. Elle fit une
pause, fronça les sourcils sur sa musique, puis reporta

son regard sur la cheminée. Elle était devenue très discipliné pendant ses études avec Istvana Ridenow, et son esprit n'avait pas l'habitude de prendre ainsi la tangente. Il y avait peut-être une raison à son malaise diffus.

Marguerida se tenait au courant de la détérioration des rapports entre la Fédération et Ténébreuse tout en s'efforçant de rester à l'arrière-plan dans la mesure du possible. Javanne lui en voulait beaucoup d'être dans une position où elle pouvait influencer son père, son mari, et bien d'autres du Château Comyn. Et Javanne partait du principe qu'elle les influençait, parce que c'était exactement ce qu'elle aurait fait à sa place. Pour contrecarrer ces soupçons, Marguerida feignait de son mieux d'être une parfaite épouse ténébrane, qui s'intéressait uniquement aux affaires domestiques, et non aux affaires d'État. Elle reconnaissait volontiers qu'elle n'avait pas très bien réussi. Elle avait une trop forte personnalité pour rester muette pendant les réunions du Conseil, malgré ses bonnes résolutions de se taire.

C'était vraiment curieux. Elle et Javanne se ressemblaient sur bien des points, mais, tandis que Marguerida avait l'avantage d'une éducation reçue dans la Fédération, Javanne connaissait Ténébreuse jusque dans ses moelles vieillissantes. C'est pourquoi elles étaient en désaccord sur tout, souvent douloureusement. Javanne ne parvenait pas à comprendre qu'il fallait traiter avec la Fédération, que des vœux pieux ne la feraient pas disparaître.

Et même quand Javanne était d'accord avec elle, elle était toujours rébarbative et désagréable – comme lorsque le Chef de Station avait fait installer des écrans de télévision dans les tavernes de la Cité du Commerce, et que Régis en avait ordonné le démantèlement, car leur présence violait le traité passé avec la Fédération. Le souvenir de cet incident la tracassa, et elle se demanda si Belfontaine mijotait une nouvelle intrusion dans le mode de vie ténébran. Rien ne permettait de le penser selon ses informations, mais parfois, son inconscient semblait beaucoup plus perspicace que son esprit conscient.

Bien sûr, il y avait eu des troubles bizarres l'été précédent. Une petite émeute au Marché aux Chevaux, et toutes sortes du rumeurs, nées et évanouies comme des nuages dans le ciel. L'été avait été fiévreux, et, pendant une brève période, la population généralement pacifique était devenue agressive et hostile. Mais pourquoi pensait-elle à ça en ce moment, alors qu'elle avait quelques heures à elle pour travailler ? Elle frissonna nerveusement, et non pour la première fois depuis qu'elle s'était assise, réalisa-t-elle.

Quelque chose troublait Marguerida, et ce n'était ni la Fédération, ni ses enfants, ni Mikhaïl, ni rien qu'elle pût définir. Elle commençait à avoir mal à la tête, et elle avait mal au cœur, un peu comme si elle était enceinte. Comme elle savait que ce n'était pas le cas, elle ne comprenait pas son malaise, sauf si elle couvait une maladie. Elle écarta brusquement cette pensée et revint à son travail.

Elle devait vraiment se concentrer. Elle s'était imposé un délai qu'elle entendait respecter. L'anniversaire de Régis était dans trois semaines, et ils avaient pris l'habitude de lui offrir une soirée musicale à cette occasion. Elle avait prévu comme cadeau la première de son opéra, vu que le sujet en était la légende d'Hastur et Cassilda, ses ancêtres légendaires. Heureusement, l'augmentation du nombre des musiciens venant au château était parfaitement normale pour la préparation de l'anniversaire, et encore plus heureusement, les chanteurs et les instrumentistes considéraient Marguerida comme un membre officieux de leur Guilde. Jusque-là, le secret était bien gardé, même si elle était sûre que Régis se doutait de quelque chose. Dans un château où vivaient tant de télépathes, il était difficile, mais pas impossible, de prévoir une surprise.

Marguerida ferma les yeux et se renversa dans son fauteuil. De nouveau, elle projeta son *laran* autour d'elle, cherchant la source de son malaise. Elle avait découvert cet aspect particulier de son Don des années plus tôt, dans un donjon en ruine d'un lointain passé, où sa vie avait changé à jamais. Tout lui parut normal, alors elle en conclut qu'elle était sotte de s'inquiéter, haussa les épaules et prit une plume.

Elle la trempa dans l'encrier et se mit à recopier la première page. La notation musicale ténébrane était différente de celle qu'elle avait apprise à Université, mais elle lui était devenue familière au cours des ans. Oui, elle avait eu raison de recopier son manuscrit elle-même – il y avait un endroit où ses intentions n'étaient pas claires. Pas étonnant, vu qu'elle avait modifié l'original une demi-douzaine de fois. Elle fredonna les notes, vocalisa une stance, et apporta les corrections nécessaires.

Au bout d'une demi-heure, Marguerida avait recopié quatre pages, quand un rayon de soleil rouge tombant sur son bureau la fit cligner des yeux. Elle se leva pour tirer le rideau, mais avant elle regarda par la fenêtre. Sa robe de laine ivoire tombait en plis souples sur sa silhouette encore svelte, et elle avait noué à sa taille un tablier amidonné pour prévenir les taches d'encre. Une bonne brise faisait claquer les drapeaux sur les toits en face d'elle, et l'odeur de l'automne était partout. N'importe quel autre jour, elle aurait chevauché dehors avec son lad ou deux Gardes, se rebiffant contre son escorte, mais contente de respirer l'air pur. Sa chère jument Dorilys, qui avait maintenant dix-huit ans, était trop faible pour la porter, alors elle montait l'une de ses filles, la fringante Dyania, jeune jument grise à la poitrine blasonnée d'une étoile blanche. C'était dur de rester enfermée par une si belle journée, et elle retourna à son bureau à contrecœur.

Yllana avait cessé de jouer et le silence régnait quand elle se rassit. Son malaise la reprit, mais elle l'ignora. Elle était peut-être angoissée à cause de son opéra. Enfin, c'était plus un oratorio qu'un opéra, puisqu'il n'y aurait ni décors ni costumes, qu'elle espérait bien avoir quand on donnerait une représentation publique à la nouvelle Salle de Concerts, de l'autre côté de Thendara. Mais, étant donné son rang, c'était sans doute à exclure. Javanne Hastur et certains des membres les plus conservateurs des Domaines trouveraient inconvenant qu'elle compose pour le public, comme si elle était une simple musicienne de la Guilde, et non l'épouse de Mikhaïl Hastur. Elle ne pouvait rien faire contre l'hostilité de sa belle-mère, sauf, espérait-elle, lui survivre. Ce n'était sans doute pas pour demain, car la longévité des Hastur était légendaire. Des décennies passeraient avant que Mikhaïl ne gouverne leur monde – s'il le gouvernait jamais. En attendant, il était le bras droit de Régis, Lew étant son bras gauche, et Danilo Syrtis-Ardais, comme toujours, protégeant ses arrières.

Cela convenait parfaitement à Marguerida, car, dès que Mikhaïl serait au pouvoir, sa liberté serait encore plus limitée que maintenant. Heureusement, elle serait vieille d'ici là, et peu lui importerait d'être une prisonnière virtuelle dans le Château Comyn. Mais, pour le moment, ça la contrariait beaucoup. Parfois, elle avait envie de crier. et de temps en temps, au milieu de la nuit, elle sortait dans la cour et hurlait aux lunes, juste pour se défouler, pour être seule, loin des Gardes, des serviteurs et de toutes les personnalités hostiles du Château.

Elle se remit au travail et tomba sur un passage mal venu qui sollicita son attention. Ce serait peut-être une bonne idée de remettre la représentation à une autre occasion – l'anniversaire de l'année prochaine, par exemple. Marguerida prit une feuille neuve, analysa ce qu'elle avait écrit, définit le problème et travailla à le corriger jusqu'au moment où elle fut satisfaite. Comment avait-elle pu écrire quelque chose d'aussi discordant ? Elle se demanda si Korniel, le grand compositeur de Renney au siècle précédent, avait eu ces problèmes. Sans doute. *Le Déluge d'Ys,* son meilleur opéra, était son modèle, et elle savait qu'elle avait peu de chances d'atteindre jamais à tant de grandeur et d'émotion. Quand même, s'inspirant de la longue Ballade d'Hastur et Cassilda, elle avait écrit des passages assez bons. Elle avait un peu rallongé le texte – pas au point de choquer la sensibilité de son auditoire, espérait-elle – et introduit quelques détails tirés de matériaux recueillis dans le Nord. Erald, le fils de maître Everard, le défunt chef de la Guilde des Musiciens, l'avait beaucoup aidée. Il n'était pas souvent à Thendara, car il vivait avec les Baladins, les comédiens itinérants de Ténébreuse, mais quand il y était il venait toujours la voir au Château. C'était un homme étrange, mais elle le considérait comme un ami.

Oui, ce refrain qu'elle avait ajouté était très bien. Ou alors les larmes qui lui montaient aux yeux étaient provoquées par autre chose. Marguerida posa sa plume, souleva sa main gauche gainée d'une mitaine de soie, maintenant tachée d'encre, et essuya ses larmes. C'était vraiment bête de se laisser émouvoir par sa propre création. Par ailleurs, si elle était émue aux larmes, ses auditeurs le seraient sans doute également. Ainsi réconfortée, elle se remit au travail avec un enthousiasme renouvelé.

Mais, entre une stance et une autre, tout changea. Un instant, elle était profondément concentrée sur son ouvrage, et l'instant suivant elle fut parcourue d'un frisson glacé qui fit trembler sa main. La plume crachota, projeta quelques pâtés sur la feuille, et lui échappa des doigts. Une violente douleur la poignarda au-dessus de l'œil gauche, si fugitive qu'elle crut l'avoir imaginée. Elle cligna des yeux plusieurs fois, et sa vue qui s'était brouillée s'éclaircit enfin.

Pendant quelques secondes, elle resta immobile, trop stupéfaite pour réfléchir. Elle eut l'impression d'avoir eu une crise quelconque, mais elle n'en avait pas eu depuis des années. Il lui fallut quelques instant pour réaliser que ce qu'elle avait ressenti ne lui était pas arrivé à elle, mais à un autre. Sa première pensée fut pour Mikhaïl et les enfants. Son malaise persistant avait sans doute été provoqué par une de ces intrusions importunes du Don des Aldaran, qui était le don de clairvoyance. Il ne se manifestait pas souvent, mais toujours, semblait-il, pour des événements qui la touchaient de près.

Puis, sans bien comprendre comment elle le savait, Marguerida réalisa ce qui n'allait pas. Elle se leva brusquement, se cognant contre le bord du bureau et renversant l'encrier. Le liquide noir coula sur le buvard, sur les pages qu'elle venait de recopier, puis sur sa robe, mais elle le remarqua à peine.

Mikhaïl! Le Don des Alton explosa dans son esprit, attirant l'attention de tous les télépathes de l'immense demeure.

Qu'est-ce qu'il y a?

Quelque chose est arrivé à Régis!

CHAPITRE II

Une bourrasque glacée frappa Katherine Aldaran au
visage, et elle en eut le souffle coupé. Après la chaleur
du terminal, c'était un choc. La peur qui l'étreignait
depuis qu'Hermès l'avait réveillée en pleine nuit en lui
disant de faire les bagages pour Ténébreuse relâcha son
emprise, immédiatement remplacée par la colère. Elle
n'oublierait jamais le visage de son mari dans la
pénombre de la chambre lors de cette terrible nuit, ni
ses pupilles contractées malgré la faible lumière. Le
désespoir qu'elle avait lu sur ces traits d'ordinaire
calmes et familiers l'avait terrifiée, et elle avait fait ce
qu'il lui disait sans poser de questions.

Elle avait assumé sa propre peur dans la minuscule
cabine de l'astronef, et pendant le changement à Vainwal.
Katherine déglutit avec effort et ouvrit la bouche pour
demander enfin des explications, mais le vent glacé
emporta ses paroles comme il déroulait son chignon. Elle
vit que le porteur qu'on leur avait assigné était juste derrière elle, et elle se força à ne pas poser les questions qui lui
trottaient dans la tête. Elle se contenta de jurer en patois
de Renney, dissipant sa colère et ses craintes en expressions colorées, sans s'inquiéter que son fils les apprenne.

– Tu aurais pu me prévenir que nous arrivions en
pleine tempête !

Ces paroles lui parurent modérées, comparées à celles
qu'elle avait envie de prononcer.

Hermès regarda Katherine rattraper ses cheveux, les ramenant comme des mèches de fouet autour de son visage épuisé. Elle était de tempérament ardent, sa Kate, et être réveillée au milieu de la nuit et traînée à travers la moitié de la galaxie sans explications avait poussé sa patience à ses dernières limites. Il avait surpris plusieurs fois les questions qui se levaient dans son esprit – télépathiquement parlant, elle hurlait – et il savait ce que ça lui avait coûté de ne pas les formuler. Mais elle savait que son diplomate de mari avait peu de chances de lui parler sans détours tant que les micros espions de la Fédération écoutaient, et cela seul lui avait épargné jusque-là un interrogatoire en règle. Elle s'était vengée par un silence glacial, qui, trouvait-il, était encore pire.

Mais, respirant à pleins poumons le bon air automnal apporté par le vent d'ouest, Hermès rit malgré lui, tout en sachant que cela accroîtrait encore la rage de sa femme. Il ne put s'en empêcher. Le froid lui piquait les joues, familier et revigorant, mais encore sans signe avant-coureur de neige. Il avait oublié ces sensations, et jusqu'à cet instant, n'avait pas réalisé que le mal du pays avait été son compagnon quotidien. Il n'était pas revenu chez lui depuis plus de deux décennies, et c'était bien trop long.

Il la prit par la taille et l'attira contre lui. Il sentit la tiédeur de sa peau, et la vague odeur chimique de l'atmosphère du vaisseau. Elle se raidit à son contact, et il la lâcha à regret.

– Une tempête ? Pas du tout, Katherine. Simple brise rafraîchissante.

Il huma l'air et ajouta, avec plus de désinvolture qu'il n'en ressentait :

– Mais ça m'étonnerait qu'il ne pleuve pas avant la nuit.

Amaury, qui avait les cheveux noirs et le teint clair de sa mère, gratifia son beau-père d'un regard sceptique, tandis que Térèse se collait contre ses jambes en frissonnant. Hermès se pencha et la prit sur son bras, bien qu'elle fût maintenant trop grande pour ça. C'était une jolie fillette, avec les cheveux roux et les yeux verts si communs dans le clan Aldaran. En fait, elle ressemblait beaucoup à sa sœur Gisela au même âge.

– Il fait toujours aussi froid que ça, Papa ?

Elle se blottit contre son épaule avec abandon. Elle n'avait jamais vu de neige, et la pluie ne tombait jamais dans le climat contrôlé où ils avaient passé toute leur vie.

– Non, petite. Ceci n'est rien comparé à l'hiver. Mais nous serons bientôt dans une chaude calèche – si Lew a reçu mon message – et après ça, dans une maison bien chaude.

Il tendit le doigt vers les toits pointus de Thendara.

– Tu vois cette grande bâtisse sur la colline ? C'est là que nous allons.

Il ne l'avait encore jamais vu, mais il savait que ce grand édifice ne pouvait être que le Château Comyn.

Même à cette distance, il était énorme. Ses pierres blanches luisaient au soleil de l'après-midi, et il distinguait les drapeaux et les oriflammes qui claquaient au vent sur les contreforts et les tours. Sur un côté, il vit une ruine noircie, comme si une partie de l'édifice avait été frappée par la foudre et jamais reconstruite. Pour une raison qui lui échappait, sa vue le mit mal à l'aise.

– Ce n'est pas une maison, protesta Amaury.

– Non, c'est un château.

– C'est le château où tu as grandi, Père ?

Amaury avait cessé de l'appeler Papa quelques mois plus tôt, pour adopter le terme plus cérémonieux de « Père ». Il avait près de treize ans et agissait exactement comme Hermès au même âge, prenant ses distances avec ses parents et devenant peu à peu une identité séparée.

– Non. Le Château Aldaran est très loin dans la montagne, et on ne le voit pas d'ici. Venez. Nous serons bientôt à la maison où nous pourrons prendre un bon bain chaud et manger un repas qui ne sortira pas d'un distributeur.

Il fit signe au porteur que lui avait assigné l'agent des Douanes, parce que, semblait-il, il était toujours Sénateur. Le porteur, employé civil de la Fédération, approcha avec sa petite voiture chargée de leurs maigres bagages.

Ils avaient laissé tant de choses sur Terra ! Hermès avait promis de se faire tout envoyer plus tard, mais il savait que c'était très improbable. Tout ce qu'ils n'avaient pas pris avec eux serait confisqué. Il s'étonnait encore d'avoir pu emmener Katherine sans l'ombre d'une querelle, et en n'emportant que ce qui était précieux ou irremplaçable. Elle n'avait même pas posé de questions après avoir été réveillée si brusquement, comme si elle sentait l'urgence de la situation.

– J'ai été rappelé sur Ténébreuse, ma chérie, avait-il dit. Je dois partir immédiatement, et je ne veux pas vous laisser en arrière, toi et les enfants.

Dans la précipitation du départ, cela avait suffi pour qu'elle fasse les bagages. Il savait qu'elle devait avoir très peur, contrairement aux enfants qui acceptaient ce départ comme une belle aventure. Elle était vraiment incroyable, sa Kate.

L'exiguïté de leur appartement les avait empêchés d'accumuler trop de choses, mais leurs bagages étaient quand même volumineux. Il y avait les brosses et les tubes de peinture de Kate, ses fusains et ses carnets de croquis, la collection de guerriers renniens d'Amaury, deux poupées de chiffon en loques de Térèse, et une montagne de vêtements parfaitement inadaptés au climat de Ténébreuse. Les affreux synthétiques qu'ils portaient dans les appartements bien chauffés de Terra ne les protégeraient pas des morsures du vent ténébran. Il y avait des hologrammes de l'immense famille de Katherine sur Renney, et sa propre collection de céramiques, vases et bols pas plus grands que le pouce. C'était stupide de les avoir emportés, mais il avait été incapable de s'en séparer. De plus, certaines pièces avaient de la valeur, et il ne voyait pas pourquoi il les aurait laissées derrière lui, pour qu'elles moisissent dans quelque entrepôt ou soient vendues à l'encan au profit de la Fédération.

Ce qu'il n'y avait pas, c'étaient tous les gadgets technologiques de la Fédération – pas de communicateurs, d'ordinateurs, d'enregistreurs ni d'émetteurs. Ils étaient interdits par le statut de Ténébreuse, et le seul objet de contrebande dans leurs bagages, c'était une petite boîte de lumen – minuscules boules lumineuses qui adhéraient à n'importe quelle surface. Hermès aimait lire au lit et les lumen lui permettaient de le faire sans déranger Katherine. Il se demanda comment les enfants réagiraient quand ils auraient réalisé à quel point Ténébreuse était différente de tout ce qu'ils connaissaient. Tout au long de leur jeune vie, ils n'avaient eu qu'à presser un bouton pour avoir accès à d'immenses quantités de données, et à des rapports instantanés sur toutes les planètes de la Fédération. Il ne savait pas comment il ferait lui-même sans les infomédias. Il écarta cette idée en haussant les épaules.

Katherine était parvenue à tordre et épingler ses cheveux sur sa nuque. L'habileté de ses doigts de fée ne manquait jamais de l'étonner. Heureusement, le col de sa tunique terrienne lui montait jusqu'au menton, de sorte qu'elle ne paraîtrait pas impudique. Après avoir vu pendant tant d'années les femmes en décolleté et la nuque découverte, ce qui l'avait choqué à son arrivée à la Fédération, il avait presque oublié cette coutume vestimentaire ténébrane. Il se demanda s'il parviendrait à se réadapter à des traditions qu'il ne trouvait plus importantes – cacher la nuque pour les femmes, porter l'épée pour les hommes. Était-il encore assez Ténébran pour survivre ?

Ils traversèrent le tarmac en direction de l'arche séparant l'astroport du quartier de Thendara appelé la Cité du Commerce. Ce n'était pas loin, mais ils étaient tous transis jusqu'aux os quand ils y arrivèrent. Il salua négligemment de la tête les gardes terriens vêtus de noir, montra leurs papiers, se refusant la moindre hésitation.

Hermès avait forcé Katherine et les enfants à se claquemurer dans leur minuscule cabine pendant la plus grande partie de l'ennuyeux voyage. Ils n'en sortaient que pour prendre leurs repas dans la salle à manger des premières. Malgré son nom ronflant, ce n'était qu'un étroit boyau, avec des tables en plastique boulonnées au sol, des assiettes et des couverts jetables, et un choix très limité dans les distributeurs. Les plats étaient insipides, bien que nourrissants, sans doute, et il lui tardait de retrouver la bonne cuisine ténébrane.

Quand ils étaient allés sur Renney, neuf ans plus tôt, pour présenter Térèse à sa grand-mère, les astronefs offraient encore quelques aménités. Mais les conséquences des mesures d'austérité appliquées dans toute la Fédération étaient maintenant visibles sur l'astronef. Hermès trouvait cela symptomatique de tout ce qui allait mal dans la Fédération, et il avait été immensément soulagé quand, après avoir traversé les secondes et les troisièmes, il avait débarqué dans le terminal, une demi-heure plus tôt.

Les autres passagers de première classe étaient des bureaucrates et des hommes d'affaires, soupçonneux et mal embouchés. Aucun bourdonnement de conversations civilisées à la salle à manger, mais seulement le débit monotone des infomédias rabâchant des nouvelles dépassées, et le cliquetis des claviers d'ordinateurs des autres passagers. Hermès avait écouté par habitude plus que par intérêt, espérant surprendre un indice de ce qui se passait au-delà du vide qu'ils traversaient. Rien ne donnait à penser qu'un événement important se préparait, et il commençait à se demander s'il n'avait pas commis une erreur stupide et coûteuse. Mais le troisième soir il avait noté un détail qui lui avait fait vibrer les nerfs. Il y avait eu une baisse inexplicable à la Bourse Intersystèmes, l'un des plus gros marchés financiers interplanétaires.

Étrange, se dit-il. Quand il était un enfant galopant dans le Château Aldaran, il n'avait jamais entendu parler de marchés financiers, et quand il avait entendu le terme pour la première fois, il s'était représenté des troupeaux de moutons et de chervines. Même les Terranans de son père n'avaient jamais dit mot de cette institution. Et pourtant, avait-il découvert, ces entreprises commerciales annonçaient les événements à venir comme si les crédits voyaient dans le futur avant leurs propriétaires. Il aurait pu devenir très riche en combinant son Don avec l'habileté acquise par l'observation des fluctuations boursières. Au lieu de cela, il avait raffiné ses analyses au cours des ans, au point de tirer des tas d'informations utiles des changements du cours à terme du gallium ou de la pénurie de céréales sur une planète mineure, apparemment sans rapports avec la politique.

Lisant les nouvelles défilant sur l'écran cristallin, il se fit une idée de la désorganisation du commerce qui suivrait la déclaration de Nagy. Personne, y compris ses conseillers Expansionnistes, ne pouvait prédire les ravages qui s'ensuivraient. Il était sûr qu'un initié quelconque avait organisé des fuites, dans l'espoir de faire rapidement fortune, et son courtier avait mis quelque chose en branle, dont l'onde de choc allait se répercuter dans toute la Fédération. Il faudrait des mois, peut-être des années, avant d'en évaluer l'étendue. En un sens, c'était bon pour lui, parce que, si Terra était en crise économique, personne n'aurait le temps de s'occuper de Ténébreuse avant un bon moment.

Sa principale crainte ne s'était pas réalisée – il n'avait pas été arrêté. Mais il avait à peine dormi pendant le voyage, l'oreille aux aguets, guettant le carillon annonciateur de désastre tintant à la porte de la cabine. Kate, effrayée et furieuse contre lui, ne disait pas un mot, et les enfants l'avaient imitée au début. Puis, l'ennui l'emportant, ils s'étaient mis à lui poser des questions sur Ténébreuse. Cela avait aidé à tuer le temps, et même à détendre un peu l'atmosphère. À leur arrivée sur Vainwal, Térèse et Amaury lui avaient mendié quelques crédits pour parier aux machines de jeu partout présentes dans l'astroport. Vainwal était célèbre pour ses casinos et ses plaisirs, et il leur avait donné suffisamment d'argent pour les occuper pendant qu'il préviendrait Ténébreuse de son arrivée imminente. Et il avait été immensément soulagé en embarquant sa petite famille sur un autre astronef pour la dernière étape du voyage.

Hermès se raidit pendant l'examen de ses papiers. Il se trouvait encore sur le territoire de la Fédération, et soumis à ses lois, non à celles de Ténébreuse. Il ne s'était pas fait trop d'ennemis au cours de ses années de service, mais il savait parfaitement que, tant qu'il était encore sur le territoire fédéral, il pouvait être arrêté, déclaré ennemi de l'État, et expédié dans quelque institution pénale où il languirait jusqu'à sa mort, oublié et sans jugement. C'était arrivé à plus d'un de ses confrères, suffisamment nombreux pour qu'il ne prenne pas à la légère l'autorité des Expansionnistes.

Une nouvelle bourrasque le frappa quand il traversa la démarcation séparant la Fédération de Ténébreuse, faisant claquer follement sa cape tout-temps. Il s'arrêta pour rabattre ce vêtement inutile, et posa Térèse sur les pavés, détendu pour la première fois depuis des mois. Quoi qu'il arrive maintenant, il avait amené sa famille à l'endroit le plus sûr qu'il connaissait, et, dût-il mourir en cette minute, leur avenir était assuré. Son frère, Robert Aldaran, veillerait à ce qu'ils soient bien vêtus et nourris, et personne ne les menacerait d'emprisonnement ou de mort. Mais il avait eu tort de se détendre, réalisa-t-il à retardement, car tout le poids de son épuisement l'accabla d'un seul coup. Il eut tout juste la force de se tenir debout.

Hermès vit une grande calèche qui semblait les attendre sur la place au-delà de l'arche, attelée de quatre chevaux qui piaffaient, leurs queues et leurs crinières voletant au vent. Leur porteur terrien approcha sa voiturette et la déchargea rapidement, puis détala pour repasser l'arche, comme si la seule vue de la Cité du Commerce le rendait nerveux. Il n'attendit même pas son pourboire, ce qui était aussi bien, vu qu'Hermès n'avait presque plus rien en poche. Puis la portière de la calèche s'ouvrit, et il en descendit un inconnu, aux cheveux châtains et aux yeux pétillants, à peu près du même âge que lui, trapu et cordial.

– Sénateur ? Je suis Rafaël Lanart-Hastur, et Lew m'envoie pour t'accueillir. Il n'a pas pu se libérer.

Son regard s'assombrit un peu, troublé par quelque chose qu'il ne voulait pas dire. Il jeta un regard entendu sur les gardes terriens, debout à dix pieds d'eux, et Hermès comprit que, même s'il parlait en ténébran, il ne voulait pas que les gardes entendent.

– Enfin nous faisons connaissance ! Kate, je te présente mon beau-frère, le mari de ma sœur Gisela, dit-il, avec une jovialité exagérée qui sonna faux à ses propres oreilles.

– Je m'en moque qu'il soit le Roi d'Ys en personne tant que nous ne serons pas à l'abri de ce froid ! Elle avait parlé en *casta*, appris avec son mari, puis elle gratifia Rafaël Hastur d'un de ces sourires éblouissants dont Hermès pensait toujours qu'ils illuminaient le monde.

– Naturellement !

Si Rafaël fut surpris de sa maîtrise de la langue, il ne le laissa pas paraître, mais lui offrit gracieusement sa main, sans attendre de plus amples présentations. Il l'aida à monter dans la calèche, et les enfants y grimpèrent après elle. Le cocher chargeait déjà les bagages sur le toit, et Hermès monta le dernier. La voiture était grande, mais, avec cinq personnes, il n'y avait pas de place de reste.

Hermès et Rafaël s'assirent dos à la marche, tandis que Kate et les enfants se blottissaient en face d'eux sur l'autre banquette. Rafaël prit une grosse couverture de laine sur son siège, et la leur tendit. Amaury la prit, la déplia sur leurs genoux, la bordant tendrement autour de sa mère, tandis que continuait le bruit sourd des bagages que le cocher empilait sur le toit. Puis il cessa, remplacé par des grincements de ressorts – le cocher s'installait sur son siège. La calèche tourna avec les chevaux, et, par la fenêtre, Hermès vit une bâtisse délabrée d'un côté de la place, avec les mots : « Orphelinat John Reade » gravés au-dessus de la porte. Ses fenêtres étaient aveuglées par des planches, il semblait vide et sinistre.

Térèse examinait la calèche, les yeux dilatés d'émerveillement. Elle ne connaissait ce genre de véhicule que par son livre d'histoire ancienne, et elle le trouvait manifestement à son goût. Il était en bois dur, et il y avait un petit brasero par terre, qui émettait un peu de chaleur et beaucoup de fumée. Hermès la vit caresser le bois poli avec son sourire secret, et se dit qu'il y avait au moins quelqu'un de content.

Katherine prit une profonde inspiration, resserra autour d'elle sa cape tout-temps, fourra ses mains sous la couverture, puis regarda son mari et son beau-frère.

— Tu ne crois pas qu'il est grand temps de me dire ce qui se passe, Hermès ?

Elle avait parlé en terrien, et sa voix était calme. Pourtant, il reconnut les signes de danger. Sa femme n'était jamais plus redoutable que lorsqu'elle parlait raisonnablement.

— Il n'y a sûrement pas d'appareils d'écoute dans cette calèche.

— Oui, bien sûr. Tu as été très patiente avec moi.

— Je ne suis pas idiote, gronda-t-elle, avec une rougeur séduisante. Tu me réveilles au milieu de la nuit, avec des yeux... comme si tu avais tous les démons-chats d'Ardyn aux trousses.

Sa voix s'étrangla et elle frissonna de la tête aux pieds.

— Puis tu me dis de faire les bagages, que nous partons parce que tu as été rappelé sur Ténébreuse. Quand ? Comment ?

Hermès s'aperçut que les enfants le regardaient avec de grands yeux curieux, et il sentit l'amusement de Rafaël. *Au moins, il n'a pas épousé une femme pusillanime,* lui parvint la pensée de son beau-frère.

— Je pouvais difficilement te dire la vérité sur le vaisseau, Katherine.

— Eh bien, tu peux la dire, maintenant !

Elle combattait sa peur, qu'elle dissimulait de son mieux sous sa colère.

– J'avais des raisons de penser que le Premier Ministre allait dissoudre la Chambre et le Sénat, Katherine, et il me semblait assez malsain d'attendre que cela se produise, dit-il de son ton le plus raisonnable.

Mais il vit bien qu'elle n'était pas satisfaite – elle rageait intérieurement depuis trop longtemps.

Rafaël s'éclaircit la voix.

– C'est fait – nous en avons reçu la nouvelle il y a quelques heures, juste après l'annonce de votre arrivée. Tous les Sénateurs et Députés sont arrêtés, y compris ceux des Planètes Protégées. Je ne sais pas ce qui leur est arrivé. Lew n'a eu que quelques minutes pour me mettre au courant. Mais je trouve ça insensé.

– Quoi! explosa Katherine, ses yeux gris flamboyant dans la pénombre de la calèche. Tu en es certain?

Renney, son monde natal, était une Planète Protégée, comme Ténébreuse, et l'une de ses cousines, Cara, était députée. Hermès regrettait de ne pas avoir pu la prévenir, car il l'aimait bien.

– Aussi sûr que je peux l'être, car j'ai appris la nouvelle par Lew, qui la tenait lui-même d'Ethan Mac-Doevid, qui travaille au QG – de sorte que j'arrive en troisième position. Dommage que Rafe Scott ne soit plus au QG, car il aurait pu nous aider beaucoup en ce moment.

Rafaël Hastur haussa les épaules. *Rafe est un puissant télépathe qui nous aurait été très utile.*

– Alors, je m'étonne de ne pas avoir été arrêté, bien que Ténébreuse soit une Planète Protégée, dit Hermès, formulant la question qu'il lisait dans l'esprit de Kate.

– Nous avons quelques sympathisants au QG, et les pots-de-vin sont encore possibles.

Maintenant, il y avait en lui comme de la réticence, et son visage avenant avait pris un air triste et lugubre. *Régis a mal choisi son moment pour avoir une attaque! Et je ne sais pas jusqu'à quand nous pourrons la garder secrète.*

Hermès entendit cette pensée et grimaça. *Quelque chose est arrivé à Régis!* De nouveau, ces mots résonnèrent dans sa tête. Ainsi, la clairaudience ne l'avait pas trompé. À qui appartenait cette voix qui avait traversé les années-lumière séparant Terra de Ténébreuse ? Curieux. Il éprouva une profonde tristesse pour un homme qu'il n'avait jamais rencontré. Une attaque – au moins, il n'était pas mort. Tant mieux. Mais, à en juger sur le trouble qu'il sentait dans l'esprit de son beau-frère, il était clair qu'on ne s'attendait pas à une guérison. Elle semblait impossible. Rafaël ne parvenait pas à imaginer Ténébreuse sans son monarque aux cheveux blancs et, à l'évidence, il n'avait pas envie d'en parler.

Rafaël s'éclaircit la gorge et poursuivit :

– Je ne connais pas tous les détails – Oncle Lew est resté bouche cousue.

Il fit la grimace. *On ne me fera jamais tout à fait confiance à cause de Gisela. La seule raison pour laquelle je suis là, c'est qu'Herm est mon beau-frère et que ma présence ne peut pas éveiller la curiosité. Au diable tous les Aldaran !* Puis il tressaillit, comme conscient de hurler ses pensées devant quelqu'un qui pouvait les entendre, et il arrêta les yeux sur Hermès, s'excusant du regard.

– Tout ce qu'il m'a dit, c'est d'aller vous chercher et de distribuer des gratifications assez substantielles pour qu'on ne t'arrête pas.

Visiblement secouée, Katherine se blottit contre le dossier de sa banquette.

– C'est insensé ! Pourquoi n'as-tu pas trouvé un moyen de me prévenir ? Et comment le savais-tu, alors que personne n'était au courant ? *Je sais qu'il ne pouvait rien me dire. Pourquoi suis-je aussi déraisonnable ? N'y avait-il pas un moyen de me faire comprendre... non. Mais a-t-il seulement essayé ?*

Hermès remua nerveusement sur sa banquette. Toutes ses cachotteries allaient lui retomber dessus plus vite qu'il ne l'avait prévu, semblait-il. Voilà des années qu'il aurait dû dire la vérité à Kate, mais il n'avait jamais trouvé le moment propice à ses révélations. Du moins, il s'en était convaincu. Il lui faudrait mentir – une fois de plus. Et il était si fatigué que cela lui paraissait impossible.

– J'ai été prévenu par quelqu'un du cabinet du Premier Ministre que je cultivais de longue date, répondit-il, surpris que sa voix ne tremble pas.

Il y avait effectivement une employée dont il avait obtenu des informations dans le passé, une jolie femme qui aimait flirter avec lui. Il n'avait jamais trompé Katherine, mais il s'était engagé plus d'une fois en terrain mouvant pour des raisons politiques.

– Et tu ne pouvais rien me dire ?

– Non. Je ne pouvais pas vous mettre en danger, toi et les enfants – il y a trop d'appareils d'écoute dans trop d'endroits, ma chérie.

Elle savait que la vie privée n'existait pratiquement plus depuis quelques années, et elle savait aussi que les appartements étaient sur écoute, mais elle n'était pas d'humeur à se laisser attendrir. Et les Agents de la Sécurité n'étaient pas seuls en cause, même s'ils étaient les espions les plus visibles. Il y avait d'autres groupes, bandes d'individus louches, sans nom et sans visage, qui entretenaient leurs propres soupçons sur le Sénateur de Ténébreuse et quiconque n'appartenait pas à leur coterie. Il en avait relevé des indices à partir des pensées errantes qu'il surprenait chez des employés n'en faisant pas partie, de même que dans l'esprit de ses confrères législateurs. Hermès se demandait si les Expansionnistes savaient qu'il y avait des traîtres dans leurs rangs, qui méditaient de prendre le pouvoir dans la Fédération décadente. Mais cela n'avait plus d'importance, non ? Pour ce que ça l'intéressait, ils pouvaient comploter jusqu'à leur perdition. Par Aldones, ce qu'il était fatigué !

Pour sa part, Hermès avait adopté une tactique différente de celle de son prédécesseur, Lew Alton, jouant les bons vivants, se composant une façade de type sympathique qui se laisse acheter à l'occasion. Car Hermès ne possédait pas, comme Lew, le don des rapports forcés – il ne pouvait pas influencer les gens pour leur faire

faire ce qu'il voulait, ce dont Lew ne s'était pas privé, avec à la fois beaucoup de subtilité et beaucoup de remords. Mais Lew avait utilisé le talent dont il disposait, et il en avait payé le prix. Les pouvoirs de Lew lui avaient coûté cher, et il était gros buveur pendant toutes les années où Hermès l'avait connu. Hermès se demanda s'il l'était toujours.

Hermès avait remplacé la force par la ruse. Dans l'ensemble, il avait évité d'attirer l'attention sur Ténébreuse, pour qu'on ne la considère pas comme une menace. Cela n'avait pas été facile, car la paranoïa des Expansionnistes frisait maintenant l'obsession. Ils voyaient des ennemis partout, et beaucoup croyaient sincèrement que les Planètes Protégées leur cachaient quelque chose. Ils n'avaient jamais pu définir ce qu'était ce « quelque chose », mais ça ne les empêchait pas de penser qu'on les dupait d'une façon ou d'une autre.

Hermès s'était battu avec ses propres armes, prétendant que Ténébreuse était une planète arriérée, pauvre en métaux nécessaires à la construction des armements et des vaisseaux, à peine capable de nourrir sa population. Il avait fait le portrait d'un monde misérable, et Ténébreuse était assez obscure et éloignée de Terra pour que personne n'aille y regarder de trop près. Pendant son mandat de Sénateur, Lew s'était astucieusement arrangé pour obtenir beaucoup d'informations classifiées sur Ténébreuse. Et, heureusement, Ténébreuse n'avait pas de valeur stratégique particulière, même s'il était possible que ça change avant longtemps. Si la Fédération se désintégrait ou se scindait en factions, qui pouvait prévoir ce que réservait l'avenir ?

Le vrai problème, c'était la tournure d'esprit des Expansionnistes eux-mêmes. Ils imaginaient des ennemis partout, et, au cours de la dernière décennie, ils avaient consacré la plus grande partie de leur énergie à construire des vaisseaux de guerre, non de commerce, et à se préparer à la guerre, arguant que s'ils n'avaient encore jamais rencontré d'ennemi galactique, rien ne prouvait que ça durerait. Hermès savait qu'ils se trompaient, que les ennemis qu'ils redoutaient étaient déjà à l'œuvre à l'intérieur de la Fédération, qu'il était presque inévitable que quelque ambitieux gouverneur planétaire se révolte et déclare la guerre qu'ils attendaient. Il soupçonnait que ce serait une surprise très désagréable et espérait seulement que ça se passe à l'autre bout de la galaxie. Une guerre d'extermination réciproque, c'était bien la dernière chose dont Ténébreuse avait besoin.

La calèche cahotait sur les pavés, secouée par les bourrasques. Ils descendirent une large rue, et, par la fenêtre, Hermès vit les boutiques ouvertes décorées d'enseignes aux couleurs vives. Ils passèrent devant la Rue des Tanneurs, et l'odeur forte des cuves où bouillaient les peaux emplit la voiture. Térèse fit la grimace, mais ne dit rien. Amaury regarda par la vitre embuée, ses yeux bleus pétillant d'intérêt et de curiosité.

Enfin, Katherine revint à la vie.

– Je suis sûre que tu as fait pour le mieux, Herm, dit-elle d'une voix épuisée.

Jusqu'à cet instant, il n'avait pas compris combien le silence qu'elle avait observé pendant le voyage lui avait coûté. *Et ma famille ? On aurait pu aller chez moi, au lieu de venir sur cette misérable planète – mais pourquoi Herm n'a-t-il pas trouvé un moyen de me mettre au courant ? Non, je ne peux rien lui reprocher. Il a toujours été réservé – et je le regrette. Ce n'est pas comme si je n'avais pas su que les choses allaient mal, que la Fédération commençait à se désintégrer. Je refusais de croire que la situation était désespérée, c'est tout. Je ne voulais pas le savoir, tout en remarquant des choses qui m'inquiétaient dans les nouvelles. Même lors de la révolte de Campa et des émeutes d'Enoch. Et je savais seulement ce que la Fédération voulait bien que je sache ! Enfin, il faut faire contre mauvaise fortune bon cœur. Au moins, il m'a appris la langue, et les enfants n'ont jamais pu distinguer quels mots viennent de Renney et d'ici. Ce qu'il fait froid ! Que deviendront Nana et les autres s'ils veulent loger des troupes de la Fédération au Presbytère ? Elle leur lancera sûrement une malédiction, ou versera une de ses potions dans leur assiette. Nana est peut-être très vieille, mais elle est très capable de se défendre et de défendre mes sœurs. Quand est-ce qu'on arrive ? J'ai tellement froid et tellement sommeil ! Je me sentirai sûrement mieux quand j'aurai chaud et que j'aurai dormi.*

Hermès tendit le bras et tapota la main de Katherine à travers la couverture. Elle ouvrit les yeux et le regarda une longue minute, puis elle retira sa main et lui saisit le poignet, sentant la tiédeur de sa peau contre la sienne.

– Il n'y en a plus pour longtemps, dit-il doucement, comme s'il avait entendu ses pensées décousues.

Et peut-être que c'était le cas, car dans le passé il avait souvent semblé savoir ce qu'elle pensait sans qu'elle ait prononcé un mot. Non, c'était impossible ! Il était très intuitif, c'est tout. En tout cas, cela faisait de lui un excellent amant. Lors de leur unique visite à sa planète natale, Nana lui avait dit qu'Herm avait la Vision, et, tout en mettant cette remarque sur le compte de la superstition d'une vieille femme, elle ne niait pas que son mari fût un homme sortant de l'ordinaire. Quand Térèse était bébé, il se levait souvent avant qu'elle ne pleure, la prenant dans son couffin et la berçant sur son épaule juste comme la petite bouche s'arrondissait pour crier. Et il semblait toujours savoir si elle était mouillée, affamée, ou si elle voulait simplement qu'on la berce. Depuis le jour où elle l'avait connu, quand il l'avait trouvée en train de faire le portrait du Sénateur Sendai dans ses bureaux, Katherine avait réalisé qu'Hermès Aldaran était différent de tous les hommes qu'elle connaissait, avait connus ou connaîtrait. Ses yeux semblaient tout voir, jusqu'aux détails qu'elle n'avait pas remarqués. Elle l'avait trouvé charmant et intelligent, mais mystérieux aussi, d'une façon qu'elle avait du mal à définir. Cela le rendait pratiquement irrésistible.

Et maintenant, après plus de dix ans, elle avait toujours l'impression de ne pas savoir grand-chose de son mari. Elle savait que son père avait d'autres enfants, sa sœur Gisela, son frère Robert, plus les *nedesto*, quoi que cela veuille dire. Mais c'était à peu près tout. Au début, il parlait à peine de Ténébreuse, et quand il en avait parlé, il avait évoqué de grandes plaines neigeuses, de hautes montagnes et de vastes étendues sauvages. Son enfance demeurait un mystère, même s'il s'était beaucoup intéressé à la sienne. C'était à la fois frustrant et fascinant, et elle avait appris à ne pas lui demander plus qu'il ne voulait bien donner. Mais maintenant, considérant son comportement avec la brutalité de l'épuisement, elle se sentait dupée, et plus qu'un peu perdue. Elle se reprocha son attitude et s'efforça de faire abstraction de ces vilaines émotions.

Hermès avait commencé à lui enseigner le *casta* peu après leur mariage, et ils avaient découvert qu'il ressemblait beaucoup au dialecte de Renney, apparenté au vieux breton. Les inflexions étaient subtiles et différentes, mais le vocabulaire était assez semblable pour qu'elle l'assimile rapidement. À son tour, elle lui avait enseigné le rennien, et les deux langues s'étaient fondues en un mélange harmonieux que les enfants utilisaient de préférence au terrien, moins imagé.

Mais Katherine n'avait jamais pensé qu'elle viendrait un jour sur Ténébreuse, et elle n'était pas remise du choc de leur départ précipité. Une cabine de première sur un Grand Vaisseau n'offrait pas beaucoup de place, et la calèche ne valait pas mieux. Elle fut saisie de claustrophobie, comme si elle n'arrivait pas à aspirer assez d'air dans ses poumons. Chaque cahot ébranlait ses os fatigués, et elle était transie jusqu'aux moelles en dépit du petit brasero qui fumait par terre. Elle parvenait à peine à réprimer sa colère, mais elle ne voulait pas se disputer avec Herm devant les enfants, et encore moins devant un étranger. Mais il lui tardait d'élever la voix, de lui crier son indignation contenue, d'exprimer sa peur et sa colère. Hermès-Gabriel Aldaran aurait de la chance si elle le laissait l'embrasser avant des semaines.

Hermès soupira en considérant sa femme et ses enfants, se disant qu'il n'aurait peut-être pas dû être aussi cachottier. C'était une politique qu'il allait regretter, et bientôt. Mais pendant vingt-trois ans il avait parlé de Ténébreuse comme d'une planète primitive, sans ressources dignes d'exploitation, pour ne pas attirer les curiosités. Il n'avait pas envie de voir raser les forêts des Heller, ni exporter les vivres de Ténébreuse pour nourrir les populations sans cesse croissantes des autres planètes. Et il désirait encore moins que le grand public connaisse les Tours de Ténébreuse, ce qui avait bien failli se passer à la génération précédente. Les Expansionnistes auraient occupé la planète en un éclair, impatients d'utiliser les télépathes ténébrans pour réaliser leurs rêves de domination.

La calèche s'arrêta, et la porte s'ouvrit. Une rafale glacée s'engouffra dans la voiture, et les enfants frissonnèrent. Katherine se recroquevilla un peu plus dans sa cape tout-temps, l'air lugubre. Un serviteur en livrée les attendait, et ils descendirent un par un.

Un large escalier à double révolution se dressait au fond de la cour, et Hermès y dirigea vivement sa famille. Derrière eux, les serviteurs déchargeaient les bagages. Rafaël les fit entrer dans une petite antichambre aux murs de pierre tendus de tapisseries et au dallage en damier. L'air sentait la fumée et la laine humide, et plusieurs grandes capes de gros drap pendaient à des chevilles près de la porte. Mais, après le froid du dehors, c'était délicieusement chaud et confortable.

Rafaël les précéda dans un long escalier jusqu'à l'étage suivant, puis leur fit enfiler un couloir et monter une autre volée de marches. Hermès sentit l'ahurissement des enfants, car dans la Fédération même les ruches les plus misérables où se terraient les pauvres avaient des ascenseurs. Hermès n'était jamais venu au Château Comyn, mais il savait que c'était un vrai labyrinthe de couloirs et d'escaliers. Les enfants ôtèrent leur cape et observèrent les lieux avec intérêt, mais Katherine marchait les yeux fixés droit devant elle, le dos raide et le visage vide, comme une survivante d'un désastre naturel.

– Nous avons été prévenus de ton arrivée à la dernière minute, Herm, alors vos appartements seront sans doute un peu sens dessus dessous. La literie sera propre, mais les tapisseries peut-être un peu mangées aux mites.

– Après la petite cabine du vaisseau, ça nous paraîtra luxueux, Rafaël. Où nous as-tu mis ? dit-il pour faire la conversation, simplement du bruit pour soulager sa tension.

– Les seconds appartements de Storn n'ont pas servi depuis une éternité. Ceux qu'on avait décorés à l'intention de Lauretta Lanart-Storn il y a des années. Gisela et moi, nous occupons les Appartements Aldaran, mais ils ne sont pas assez grands pour une autre famille.

Il avait l'air gêné, et Hermès lui sourit.

– Qui est cette Lauretta Lanart-Storn ? demanda Amaury.

– C'était la femme de mon grand-père, mais nous ne sommes pas apparentés par le sang, répondit Hermès.

– Comment ça se fait ?

– Mon père n'était pas son fils, Amaury.

– C'est compliqué.

Hermès gloussa, content de trouver enfin quelque chose d'amusant.

– Tu as raison. Les généalogies ténébranes sont assez difficiles, et souvent déroutantes, même pour ceux qui les connaissent depuis le berceau.

– Pourquoi, Père ?

Continuant à enfiler le couloir, passant devant des lampions et des tapisseries fanées, Amaury paraissait sincèrement intéressé.

Hermès regarda son beau-fils, et, pour la première fois, il se demanda s'il avait bien fait de l'amener sur Ténébreuse. C'était un enfant sensible, qui avait l'esprit vif et la profonde intuition de sa mère, et Dieu savait quoi de son père. La tension entre ses parents l'inquiétait et l'angoissait, même s'il faisait de son mieux pour le cacher. Il s'efforçait de détendre l'atmosphère, comme Hermès l'avait fait avec son père tant d'années auparavant. Parviendrait-il à trouver sa place ici ? Mais Hermès était trop fatigué pour réfléchir.

– La population de la planète n'est pas nombreuse, et les grandes familles, comme les Aldaran et les Alton, de même que les familles de moindre importance, comme les Lanart et les Storn, se marient entre elles depuis des siècles. Tout le monde est apparenté à tout le monde, si l'on remonte assez loin. Par exemple, Rafaël ici présent est un Lanart par son père, mais je ne vois pas comment il est apparenté à Lauretta.

– Moi non plus, dit Rafaël avec un grand sourire, mais Gisela le saurait. Elle est très forte dans ce domaine.

– Tu m'étonnes. La dernière chose dont j'aurais soupçonné ma sœur, c'est bien de s'intéresser à la généalogie, dit Hermès. Quand j'ai quitté Ténébreuse, c'était encore une gamine et elle ne pensait qu'à chasser, lire des romans terranans, et cajoler notre père pour se faire faire de nouvelles robes.

– Ça n'a pas changé, reconnut Rafaël. Mais elle est trop intelligente pour se limiter à ça. Voilà plusieurs années qu'elle travaille à un livre sur le jeu d'échecs, et ce que j'en ai lu est très bon. Et je crois qu'elle a lu tous les livres des Archives du Château.

– Ma sœur, écrivain ? Étonnant !

– Elle dit que ça l'empêche de s'ennuyer, car elle s'intéresse peu à l'éducation des enfants.

– Combien en a-t-elle maintenant ? J'en ai perdu le compte.

– Il y a Caleb et Rakhal, les fils de son premier mari, notre fille Cassilde, et nos deux fils Gabriel et Damon. Rakhal est à Arilinn où il a l'intention de rester, et où Cassilde ira bientôt. *J'espère qu'elle ne s'obstinera pas à devenir Renonçante. Dommage que Rafaëlla, l'amie de Marguerida, soit si sympathique et donne l'impression que la vie de Renonçante est romanesque. Ça lui passera sans doute, car cette existence ne peut pas être très agréable. La paternité est bien plus difficile que je ne l'avais imaginé.* Et les garçons sont des garçons, c'est tout dire, toujours prêts à faire des bêtises.

– Et Caleb ?

Rafaël fronça les sourcils.

– Il est à Nevarsin, dit-il avec brusquerie.

Hermès comprit sa répugnance à s'étendre, car Caleb devait voir dépassé vingt ans, et s'il était à Nevarsin, c'est qu'il entendait devenir moine *cristoforo*. Les fils des Domaines étaient éduqués par les *cristoforos* depuis des générations, mais il était rare qu'ils adhèrent à cette étrange communauté du Nord, dans la Cité des Neiges, comme on l'appelait parfois.

– Nous y voilà enfin.

Rafaël poussa une grande porte à double battant et leur fit signe d'entrer dans un vaste salon. Un feu brûlait dans la cheminée, et une bonne odeur de cire d'abeille s'élevait des fauteuils de bois, démentant les craintes de Rafaël quant à l'État de l'appartement. Le tapis était épais et propre, et les doubles rideaux semblaient presque neufs.

C'était une pièce agréable, décorée à l'intention d'une femme. Les murs étaient or pâle, l'un d'eux orné d'une tapisserie représentant un groupe de dames penchées sur un immense tambour à broder. Il y avait des tabourets capitonnés de velours et de petites tables, plus une grande table où six personnes pouvaient s'asseoir à l'aise. Au milieu, un vase de fleurs, dont l'odeur légère se mêlait à celle de la cire et du feu.

Katherine regarda autour d'elle, son œil d'artiste ravi du changement après la nudité de la cabine du vaisseau. Détendue dans la tiédeur de la pièce, elle se retourna vers Rafaël et le gratifia d'un sourire éblouissant, bien qu'un peu fatigué.

– Tout est très bien. Merci. Tu ne peux pas savoir... Cette pièce est presque aussi grande que tout notre appartement de Terra. Et du bois, de vrais meubles en bois. Nous en avons sur Renney, et ça a dû me manquer inconsciemment. J'espère que ça ne vous a pas donné trop de travail.

Rafaël haussa les épaules.

– Les servantes ont tout fait. La chambre des maîtres est derrière cette porte, la salle de bains et les toilettes dans le couloir, deuxième porte à droite ; impossible de se tromper. Il y a des robes de chambre, des serviettes et le reste, et je vais vous faire monter à manger dès que vous m'aurez dit si vous voulez un petit déjeuner ou un dîner. Lew dit que la cuisine est épouvantable sur les vaisseaux, et que vous voudrez sans doute manger quelque chose de bon tout de suite.

– Qu'est-ce qu'il y a là-bas ? dit Térèse, montrant une porte fermée de l'autre côté du salon

– Ce sont les autres chambres, et tu peux choisir celle qui te plaît, répondit Rafaël.

À l'évidence, il avait une grande expérience des enfants, et malgré ses doutes, il savait naturellement comment les prendre.

Le visage de Térèse s'éclaira.

– Ma chambre à moi ? Je n'aurai plus à la partager ?

– Tu es assez grande pour avoir ta propre chambre, Térèse – quel joli nom.

Rafaël lança un regard éloquent à Hermès, qui en fut un peu embarrassé, bien que l'exiguïté des appartements terriens ne lui ait pas laissé le choix. Mais Rafaël avait raison. Sa fille était trop grande pour partager la chambre de son frère.

Hermès regarda Katherine ôter sa cape et chercher des yeux un endroit où la poser. À ce moment, une servante apparut, toute rose sous ses cheveux noirs retenus par une jolie barrette en forme de papillon, et elle la lui prit des mains.

– Bienvenue au Château Comyn, *vai domna, Dom* Aldaran.

– Merci.

– Je m'appelle Rosalys, et *Domna* Marguerida m'a désignée pour être à votre service. Elle regrette de ne pas pouvoir venir vous accueillir elle-même, et Dame Linnéa non plus, et elles espèrent que vous les excuserez.

– Naturellement, répondit Hermès. Nous comprenons parfaitement.

Il jeta un bref regard à Rafaël. *Ainsi, Régis est vraiment mourant ?*

Oui. Il a eu une attaque foudroyante, et jusque-là, les guérisseurs ont été incapables de rien faire. Même Mik-

haïl et Marguerida, avec leurs capacités incroyables, n'ont pas pu le soulager, et pourtant ils ont essayé, tu peux me croire. Mon pauvre frère est hors de lui de frustration, et je le comprends. Il a tout ce pouvoir, et pourtant il est impuissant.

Hermès ne comprit pas immédiatement cette dernière remarque, et l'écarta de son esprit pour le moment.

Je suppose que le centre médical du QG terrien ne peut rien faire ?

Eux ? Voilà cinq ans qu'ils n'autorisent plus les Ténébrans à utiliser leurs installations – depuis que le nouveau Chef de Station a essayé de mettre des écrans dans une taverne de la Cité du Commerce, et que Régis les a fait enlever aussitôt. Belfontaine s'est vengé en fermant l'hôpital à tous, sauf aux employés de la Fédération, qui comprennent quelques Ténébrans. Mais... on ne pourrait guère leur faire confiance en la circonstance, non ?

C'est vrai – c'était une idée stupide. Ils profiteraient sans doute de l'occasion pour se débarrasser de lui.

Hermès s'aperçut que sa femme les regardait attentivement, et il réalisa qu'elle devait s'étonner du silence qui était tombé entre lui et Rafaël. Il avait repris sans réfléchir l'habitude de la conversation mentale – et c'était plus facile que de parler en ce moment. Mais sa Kate était intelligente et observatrice et, contrairement à lui, elle avait dormi à peu près normalement pendant le voyage. Hermès savait que le sommeil lui avait servi à fuir sa peur, à faire taire les protestations qui montaient à ses lèvres. Il s'éclaircit la voix pour dissimuler son embarras.

– Je crois qu'une légère collation serait parfaite – soupe, pain, thé. On nous a servi un petit déjeuner juste avant l'atterrissage.

– Je vais m'en occuper, *vai dom*, répondit vivement Rosalys.

Elle fit une nouvelle révérence, leur ouvrit la porte de la grande chambre, et sortit.

Hermès suivit Katherine dans la chambre, tandis que les enfants allaient explorer l'autre côté des appartements. Elle pivota vers lui, les joues empourprées, les yeux flamboyants.

– Qu'est-ce qui se passe, Herm ? Et ne prends pas cet air de chien battu ! Tu me sors du lit au milieu de la nuit, tu refuses de me dire quoi que ce soit sauf que nous devons partir immédiatement pour Ténébreuse, et maintenant... toi et cet homme... que faisiez-vous ?

– Ce qu'on faisait ?

Il la regarda, ulcéré, s'efforçant de prendre l'air innocent malgré le cœur qui lui manquait. Si seulement elle n'avait pas été si observatrice !

Katherine grinça des dents.

– Dis-moi tout !

– Ah, euh... Rafaël me disait juste... il m'informait que...

Pour le moment, il ne se sentait pas très astucieux, juste stupide et fatigué.

– Comment ? Par des signes secrets ? Qu'est-ce que vous mijotez ?

La voix ressemblait étrangement à celle de sa vieille nounou du Château Aldaran, et résonnait d'une autorité qui ne serait pas satisfaite tant qu'il ne serait pas allé au fond des choses. Pour la première fois depuis des décennies, il eut l'impression d'être redevenu tout petit et impuissant.

– Non, pas des signaux secrets.

Comme il ne continuait pas, elle le regarda bien en face, scrutant son visage d'un regard pénétrant. Il baissa les yeux sur le tapis, dansant nerveusement d'un pied sur l'autre. Il fallait tout dire maintenant, avant que son courage ne s'envole totalement, mais il craignait la scène qui suivrait. Si seulement il avait pu attendre d'être un peu reposé !

– Eh bien, si tu veux le savoir, Rafaël et moi, nous avions une conversation télépathique.

Et voilà pour ma fameuse astuce, se dit-il avec amertume.

Katherine garda un moment le silence.

– Télé... Par exem... Tu parles sérieusement ?

– Oui, très sérieusement.

Katherine se laissa tomber au bord du lit, serrant un pan des rideaux entre ses doigts tremblants.

– Ainsi, c'était ça. Je m'étonnais toujours que tu m'anticipes si bien... J'ai envie de te tuer, Hermès ! Pourquoi ne m'as-tu jamais dit que tu lisais dans mon esprit, depuis le temps ? Toutes mes pensées intimes...

Il sentit qu'elle ne le croyait pas vraiment, que son esprit refusait ce qu'elle venait d'entendre.

– Je l'aurais senti... murmura-t-elle.

– Non, non ! protesta-t-il vivement. Je ne peux pas entrer dans tes pensées à volonté, quoique certains Ténébrans en soient capables. Mais je perçois tes pensées superficielles de temps en temps. Pense à toutes tes séances de peinture que je n'ai pas interrompues, supplia-t-il, espérant détourner sa colère.

– Mais pourquoi ne me l'as-tu jamais dit ?

La douleur de la trahison qu'il entendit dans sa voix lui serra le cœur.

– Si je te dis que c'était une question de politique, tu vas m'assassiner.

Il soupira et s'assit près d'elle.

– Tu sais aussi bien que moi que la Fédération a des oreilles partout, et c'était un secret que je ne voulais pas partager avec eux.

– Pourquoi ? dit-elle, d'un ton froid et distant.

– Je ne voulais pas disparaître dans un laboratoire anonyme, ce qui aurait été mon sort si j'avais été découvert.

Il réprima un soupir, et chercha comment continuer.

– D'abord, tous les Ténébrans ne sont pas télépathes, et les Dons n'affectent qu'une petite partie de la population. Et parmi eux, rares sont ceux dont les pouvoirs sont grands, quoique certaines...

– Combien ? Et comment se fait-il que la Fédération n'en sache rien ?

– Je ne connais pas le nombre exact – peut-être deux pour cent de la population.

Il frictionna sa calvitie.

– Quant à l'ignorance de la Fédération, c'est une longue et triste histoire. Il y a des années, nous avions accepté de participer à un programme de recherches qu'on avait appelé Projet Télépathe. Mais nous avons réalisé juste à temps que nous ne pouvions pas être certains que la Fédération n'abuserait pas de nos talents. Alors, Lew s'est arrangé pour persuader certains scientifiques influents que nos prétentions étaient exagérées, qu'il y avait beaucoup moins de télépathes qu'on le pensait sur Ténébreuse, que c'était une capacité rare et erratique, qui ne valait pas la peine d'être étudiée. Puis Lew a fait couper les fonds pour le projet. Il craignait, comme moi quand je l'ai remplacé, que nous soyons occupés, comme Blaise II l'a été, si le bruit se répandait que Ténébreuse avait une population de télépathes fonctionnels.

– Mais je suis ta femme ! Je croyais que nous n'avions aucun secret l'un pour l'autre. *Non, ce n'est pas vrai ! J'ai toujours su qu'il avait des secrets, mais j'avais peur de les découvrir ! Pourtant, je n'avais jamais imaginé une chose pareille...*

– Je te demande pardon, Katherine. J'ai essayé de te le dire, une fois, quand nous étions sur Renney, mais je n'ai pas trouvé les mots pour m'exprimer.

Il s'arrêta, sachant que c'était une piètre excuse, surtout venant de lui, réputé pour son astuce et sa faconde.

– J'aurais mieux fait d'avoir une maîtresse et une ribambelle de gosses illégitimes plutôt que de te cacher ça.

Il soupira encore, profondément cette fois, et se força à dire la vérité, craignant de ne plus en retrouver le courage.

– J'aurais dû te le dire bientôt de toute façon, parce qu'il est hautement probable que Térèse ait hérité d'une partie de mon *laran*, ma faculté paranormale. Je ne sais pas quelle forme il pourra prendre, mais j'ai bien l'impression...

Maintenant, il cherchait à dévier sa colère, à la détourner de sa folie.

– Pour une maîtresse, je t'aurais tué, c'est sûr, l'interrompit Katherine, comme incapable d'entendre ce qu'il allait dire de leur fille, et cherchant à détendre l'atmosphère en riant. Tu jures que tu n'as jamais violé mes pensées volontairement ?

– Je le jure, parole d'Aldaran ! Pas plus que je ne lirais ton journal intime, ma chérie. Tu dois comprendre que, pour qu'une communauté de télépathes soit vivable, chacun doit apprendre à respecter l'intimité des autres dès son plus jeune âge. Nous sommes très forts sur la morale, nous autres Ténébrans.

– Toi ? Moral ? dit-elle avec un rire sans joie. Tu es l'être le plus tortueux de la Fédération, Hermès-Gabriel Aldaran, et tu le sais ! Nana m'avait bien dit que tu cachais quelque chose, mais je ne l'ai pas crue, ou plutôt je n'ai pas voulu la croire !

Elle le regarda, avec un mélange de douleur et de méfiance qui lui déchira le cœur. Puis elle se redressa, releva le menton, se raidissant pour faire contre mauvaise fortune bon cœur.

– Je suppose que je pourrai te pardonner dans une ou deux décennies, mais ce n'est pas sûr. Des télépathes ! Ce doit être le secret le mieux gardé de la Fédération.

– Oui, je suppose.

Elle put conserver sa raideur peut-être une demiminute, puis elle s'affaissa contre lui, à bout de forces. Il perçut sa lassitude, et l'odeur du vaisseau sur sa peau. Son chignon se défit, et il sentit les cheveux soyeux effleurer sa main.

– Quoi encore ? Il y a autre chose, non ?

– Oui, il y a autre chose. Régis Hastur, qui guide Ténébreuse depuis deux générations, est mourant. Du moins, c'est ce que dit Rafaël, et je ne crois pas qu'il exagérerait en pareille circonstance. C'est pourquoi sa femme, Dame Linnéa, n'est pas venue nous accueillir comme elle l'aurait fait d'ordinaire, et que Lew Alton a envoyé Rafaël nous chercher.

– Savais-tu qu'il... Herm, qu'est-ce qui t'a poussé à nous tirer du lit pour venir ici ?

– Une vision, ma chérie. Si l'on peut appeler vision un phénomène de clairaudience. J'ai ce qu'on appelle le Don des Aldaran, qui est le don de voir l'avenir occasionnellement, bien que dans le cas présent je n'aie pas vu mais entendu. Soudain, j'ai *su* que le parlement allait être dissous et j'en ai compris les implications. J'ai fait ce qui m'a paru le mieux, et qui était de nous emmener le plus loin possible du territoire de la Fédération aussi vite que possible.

– Mais alors, tu ne savais pas que Régis était malade ? *Nana savait qu'il avait la Vision – mais ça, c'est trop... d'abord télépathe, et maintenant clairvoyant. Je me demande ce qu'il me cache encore. Non, je ne veux pas le savoir ! Pas maintenant, pas aujourd'hui. Je ne pourrais pas supporter une autre révélation.*

– J'ai eu un pressentiment, si tu préfères, et tout en ayant l'impression que Nagy allait agir et que quelque chose de terrible allait arriver à Régis, je n'avais absolument aucune idée du moment. Pour ce que j'en savais, la maladie de Régis pouvait survenir dans des semaines ou des années, ou même jamais. Le Don des Aldaran n'est pas précis, et toutes les prémonitions ne se réalisent pas. Par exemple, je peux voir que quelqu'un aura un accident – disons : un accident d'aérocar –, mais ce jour-là la personne décide de rester chez elle. Pour la dissolution du parlement, j'étais en terrain plus solide, parce que les chambres étaient paralysées depuis près de deux mois, et que tout le monde retenait son souffle en attendant que tombe le couperet. Je pense que beaucoup de mes confrères, sans capacités paranormales, se doutaient de quelque chose. J'ai juste eu l'avantage – si l'on peut parler d'avantage – d'un avertissement plus précoce. De ma part, ce fut plus un acte de foi qu'autre chose – le fait que j'aie cru ce que je voyais et agi en conséquence. C'est le plus que je peux te dire.

– Et qui succédera à Régis ?

Hermès gloussa.

– Mon beau-frère, Mikhaïl, qui est le jeune frère de Rafaël. Je l'ai rencontré avant de quitter Ténébreuse, lorsqu'il avait une vingtaine d'années. Il est très bien.

– Le jeune frère ? Ce n'est pas un peu bizarre ?

– Oui, en effet. Il y a longtemps, avant d'épouser Dame Linnéa, Régis avait fait son héritier du plus jeune de ses neveux. Mikhaïl est le fils de sa sœur, Javanne Hastur. Régis avait eu d'autres enfants, mais ils ont tous été assassinés, avec bien d'autres, par les Casseurs de Mondes – une organisation secrète dirigée par les Terranans. Puis il a épousé Dame Linnéa, et ils ont eu trois enfants, un fils, Danilo, et deux filles.

– Mais alors pourquoi est-ce ce Mikhaïl qui lui succédera ?

Katherine se laissait distraire presque inconsciemment. Elle désirait désespérément penser à quelque chose, à n'importe quoi sauf à des télépathes. C'en était trop pour le moment. Et il fallait qu'elle continue à parler, pour s'empêcher de réfléchir.

– C'est une affaire très compliquée, mais en gros Danilo a renoncé à la succession directe pour devenir l'héritier du Domaine Elhalyn, par son mariage avec Miralys Elhalyn. Les Elhalyn ont toujours été les rois de Ténébreuse depuis les temps les plus reculés, mais le pouvoir de gouverner est toujours resté dans les mains de la famille Hastur. Les deux familles sont apparentées, et la mère de Régis était une Elhalyn, Alanna... Mais tes yeux se ferment tout seuls.

– Vraiment ? Tu as sans doute raison, car j'ai l'impression d'avoir un essaim d'abeilles dans la tête. Je suis si fatiguée, Herm ! J'ai dormi et dormi sur le vaisseau, parce que je savais que tu ne me dirais rien, et que ça me faisait très peur. Et chaque fois que je me réveillais, j'avais envie de t'étrangler ! Mais je suis quand même à bout de forces. Et toujours effrayée. Qu'est-ce qui va nous arriver ?

– Eh bien, la première chose qui va nous arriver, c'est que nous allons manger quelque chose, un *vrai* repas, puis nous dormirons dans un vrai lit.

– Tu sais bien ce que je veux dire !

– Oui, je le sais. Nous resterons sans doute sur Ténébreuse pendant un temps indéterminé. Je regrette de n'avoir pas pu te consulter, mais je devais prendre une décision rapide, ou risquer de finir dans une prison de la Fédération comme ennemi de l'État. Et comme les Terranans sont récemment devenus très soupçonneux, vous auriez sans doute été enfermés avec moi, toi et les enfants.

Katherine hocha la tête.

– Oui, d'après ce que je sais par mes rapports avec les Séparatistes, tu as sans doute raison. Mais que va devenir Renney ?

– Je n'en ai aucune idée. Je pense que les Planètes Protégées sont maintenant livrées à elles-mêmes, ou le seront bientôt. À mon avis, mais ce n'est qu'un avis, la Fédération menacera de leur retirer ses troupes et ses chères technologies, partant du principe que les Mondes Protégés se soumettront à sa volonté, et lui concéderont ce qu'elle désire le plus, c'est-à-dire la domination totale de toutes les planètes. Je ne sais pas s'ils mettront cette menace à exécution, et franchement, je suis trop fatigué pour y réfléchir.

– Cela se préparait depuis longtemps, non ?

– Oui, en effet. Voilà des années que la Fédération a peur de son ombre, même avant que je remplace Lew au Sénat. Ils cherchaient un ennemi quelconque, pour justifier les pillages auxquels ils se livrent depuis deux générations. Ils se sont préparés à une guerre, mais il n'y a personne à combattre qu'eux-mêmes. Alors ils ont choisi de croire que les colonies sont l'ennemi, ou l'ennemi potentiel, et qu'elles doivent être remises de force dans le droit chemin.

– Comme pour l'occupation du Système d'Enki ? dit-elle avec lassitude.

– C'est un bon exemple. Mais en voilà assez. Mangeons, prenons un bain pour nous débarrasser de la puanteur du vaisseau. Tu te sentiras bien mieux après. Ténébreuse est peut-être arriérée dans certains domaines, mais en termes de confort et de propreté, c'est la plus civilisée des planètes.

Assise les pieds allongés sur un tabouret capitonné, une couverture de laine sur les genoux, Gisela Aldaran-Lanart fixait sans le voir l'échiquier que Marguerida lui avait offert trois Solstices d'Hiver plus tôt. C'était un objet magnifique, dont toutes les pièces étaient sculptées par un maître ; la lumière qui s'accrochait à leurs moindres plis et replis les faisait paraître presque vivantes. Or elles ne l'étaient pas, car juste figées dans la pierre, et Gisela avait souvent l'impression d'être comme elles.

Souvent, quand elle se sentait seule, elle les prenait dans sa main, caressait leurs draperies, palpait la pierre et le bois dont elles étaient faites. Elle avait toujours aimé les statues, et, quand elle était petite, elle sculptait de petites figurines dans des bouts de bois, jusqu'au jour où sa vieille nourrice avait trouvé que c'était sale et l'avait obligée à y renoncer. Gisela avait toujours pensé que les formes étaient déjà dans le bois, attendant d'être libérées. Comme elle aspirait à être libérée de la prison qu'était ce joli château.

Au Château Comyn, rares étaient ceux qui comprenaient assez ce jeu complexe pour jouer avec elle – Lew Alton, Marguerida, Danilo Syrtis-Ardais et Donal Alar, neveu et écuyer de Mikhaïl Hastur. Elle évitait sa belle-sœur le plus possible, bien qu'il fût moins dangereux de la rencontrer devant les soixante-quatre cases de l'échiquier que dans les couloirs du Château. Lew Alton était un digne adversaire, mais son jeu était erratique, et Danilo était beaucoup trop intelligent, de sorte que la tactique de Gisela le décevait. Restait donc Donal, mais son service lui laissait peu de loisirs, même s'il jouait avec elle aussi souvent qu'il le pouvait. Ils étaient de force égale, et elle avait plaisir à jouer avec lui, pour autant qu'elle se permît de prendre plaisir à quelque chose.

La vie était si morne ! Elle était fatiguée des échecs et des généalogies, fatiguée de n'être qu'un pion dans les rapports de forces toujours changeants des habitants du Château. Elle aurait pu être reine, bien sûr, et l'aurait sans doute été si Marguerida n'avait pas existé. Mais cette pensée était éculée, tant elle l'avait tournée et retournée dans sa tête, et elle l'écarta.

Si seulement elle parvenait à sortir du marasme qui la possédait depuis des années, depuis la naissance de son dernier enfant ! Gisela avait consulté des guérisseuses, bu des potions amères et supporté des massages – sans résultat. Les fonctions publiques, dans lesquelles Marguerida se complaisait, ne l'intéressaient pas, n'étant rien de plus que le moyen trouvé par sa rivale pour manifester sa bienveillance envers le peuple. Après plus de quinze ans passés à Thendara, et des rapports presque quotidiens avec sa rivale, le pire était qu'elle ne parvenait pas à la haïr. Elle lui déplaisait, sans doute, sentiment méchant et mesquin qui lui donnait l'impression d'être sale et souillée. Si seulement Marguerida avait été autoritaire et tyrannique, comme Javanne Hastur, au lieu d'être si sacrément simple et raisonnable ! C'était révoltant !

Quelque chose comme un gloussement monta dans sa gorge, et son humeur sombre commença à se dissiper. Un instant, elle tenta de la retenir, de s'abandonner à ses plaisirs mélancoliques, mais elle en avait assez et la laissa s'enfuir. Elle avait besoin d'activités réelles, non plus des pauvres intrigues qu'elle avait fomentées à l'instigation de son père pendant sa première décennie dans la cité. Elles ne lui avaient rien rapporté, que la méfiance de Régis Hastur, et, par association, l'exclusion de son mari de tous les cercles du pouvoir. Rafaël ne s'était jamais plaint, il n'en avait jamais parlé, mais elle savait qu'il en avait gros sur le cœur et qu'elle l'avait profondément blessé.

Elle n'en avait pas eu l'intention. Bien que s'étant entichée de Mikhaïl Hastur dans sa jeunesse, elle comprenait maintenant que ce n'était qu'une toquade de gamine alliée à un grand désir de puissance. Après son mariage, heureusement très court, avec son premier mari, qui avait eu la gentillesse de se casser le cou à la chasse avant qu'elle n'ait trouvé le moyen de le supprimer, elle s'était juré de ne plus jamais être un pion dans le jeu de son père. Et le meilleur moyen d'y arriver lui avait semblé d'épouser Mikhaïl Hastur, et de devenir ainsi l'épouse de l'héritier désigné de Régis. Quelle imbécile !

Rien ne la satisfaisait, et Gisela savait que cela venait de son caractère, et de rien d'autre. Des années d'amère introspection avaient laissé leur marque sur son âme, même quand elle s'efforçait de trouver quelque chose à faire qui soit digne d'elle. Il y avait bien les enfants, mais elle n'avait jamais pu leur témoigner autre chose qu'un intérêt de façade. Et il y avait Rafaël, la seule constante de sa vie. Curieux, vraiment, comme elle en était arrivée à le chérir, même si sa patience et sa silencieuse endurance la faisaient grincer des dents. Si seulement il la querellait parfois ! Elle aurait voulu qu'il la dresse, mais elle savait qu'il ne le ferait jamais. C'était le défaut de caractère de Rafaël, comme l'envie était le sien.

Gisela entendit son pas avant qu'il n'entre dans la pièce, ce rythme si particulier qu'elle aurait reconnu n'importe où. Puis il se retrouva près d'elle, apportant avec lui l'odeur du grand air, de la fumée et des chevaux. Il était allé chercher Herm à l'astroport, et il en rentrait. Il se pencha et la baisa au front.

— Alors, mon frère va bien ?

Elle se força à manifester de l'intérêt, se força à revenir au présent comme à travers une glu épaisse.

— Oui, mais il est très fatigué. Sa femme et ses enfants ont l'air de sortir de l'enfer.

— C'est difficile d'imaginer Herm marié. Comment est-elle ?

— Je ne suis resté qu'une heure avec elle, et elle l'a passée à lui sonner les cloches pour l'avoir traînée sur Ténébreuse.

Il gloussa doucement.

— Elle est ravissante, cheveux noirs, teint clair et sourire éblouissant. Intelligente aussi, je crois, et forte personnalité. Elle m'a plu.

— Pourquoi ?

Le démon de l'envie, jaloux de tout, sortit ses griffes.

– Euh... je ne sais pas exactement. Elle est fatiguée et troublée, mais elle – au fait, elle s'appelle Katherine – n'a pas perdu la tête pour autant. J'ai écouté les questions qu'elle lui posait sur leur départ précipité, et peu de choses lui ont échappé, malgré les efforts d'Herm pour se sortir d'affaire en dissimulant.

– Ça au moins, ça n'a pas changé. Herm adore... la dissimulation. Je devrais aller la voir, je suppose ?

– Oui, si tu parviens à te remuer.

Elle saisit la critique implicite dans le mot et grimaça – parfois, elle aurait préféré qu'il la batte.

– Demain sera bien assez tôt.

– Oui, demain si tu veux.

Ravissante et intelligente – Gisela la haïssait déjà.

CHAPITRE III

Mikhaïl Hastur se leva lentement et s'étira. Sa colonne vertébrale craqua dans le silence de la chambre du malade, et Dame Linnéa, assise de l'autre côté du lit, leva les yeux, les traits tirés d'épuisement. Il n'avait pas bougé depuis des heures, concentrant son esprit sur la forme immobile allongée dans le lit. Sa main droite, avec l'énorme anneau où était sertie la grosse matrice de Varzil le Bon, lui faisait mal, après toute l'énergie qui l'avait traversée.

Comme cela lui était souvent arrivé depuis qu'il avait reçu la matrice, Mikhaïl avait imaginé qu'il entendait la voix calme de Varzil, le conseillant à travers le temps. Il ne savait jamais si c'était une illusion, ou si le *laranzu* depuis longtemps disparu lui parlait du surmonde par l'intermédiaire de la matrice qui lui avait appartenu autrefois. C'était pourtant troublant d'entendre les mots dans sa tête. Cette fois, les mots ne l'avaient ni réconforté ni rassuré, mais lui avaient affirmé que Régis Hastur était mourant et qu'il n'y avait rien à faire pour le sauver. Il aurait voulu hurler à cause de cette cruauté du destin, pleurer son mentor bien-aimé qui ne lui par-lerait plus, mais il était trop fatigué.

Sous la couverture, la poitrine de Régis se soulevait et s'abaissait encore, mais de plus en plus faiblement, et il comprit que la fin approchait. Mikhaïl aurait donné n'importe quoi pour voir les yeux de son oncle s'ouvrir, pour voir la lueur malicieuse et familière briller encore entre ses paupières. Il aurait voulu que Régis s'asseye dans son lit et demande un cuissot de chervine et une barrique de vin. Si Mikhaïl avait pu accomplir ce miracle, il était sûr que Dame Linnéa l'aurait servi de ses mains.

Cette vision cocasse lui donna un instant de répit, puis la douleur le reprit. L'odeur de la chambre, lourde de senteurs d'herbes et de chandelles, lui donna envie de vomir. Il déglutit convulsivement et passa sa main gauche dans ses cheveux bouclés. Puis il regarda d'un air furibond sa bague et sa main droite, et ferma le poing. C'était à devenir fou. Il avait passé le plus clair de ces quinze dernières années à étudier l'art de guérir, à découvrir tout ce qu'il pouvait sur la matrice que lui avait donnée Varzil le Bon, et il était devenu très habile. Mais à quoi servait tout cela s'il n'était même pas capable de sauver son oncle ?

Avait-il tout essayé ? De nouveau, il se tortura la cervelle, vaincu par la fatigue et la futilité de ses recherches. Oui, il avait tout essayé, et aussi Marguerida, qui avait son propre talent pour guérir. Elle avait aussi fait appel aux meilleurs guérisseurs de Thendara, et en avait fait venir deux d'Arilinn. Le corps vivait encore, mais Régis ne l'habitait pratiquement plus.

Il ne voulait pas l'accepter, il rageait comme un gamin, non comme un homme de quarante-trois ans. Il avait connu Régis toute sa vie, et découvrait soudain qu'il ne pouvait pas imaginer Ténébreuse sans lui. Il se préparait à succéder à son oncle depuis des décennies, mais il ne pensait pas que ça surviendrait si inopinément ni si tôt. Ses anciens doutes lui revinrent, les peurs qu'il croyait disparues. Il n'était pas prêt à gouverner Ténébreuse !

Un bruissement d'étoffe derrière lui le fit se retourner. Marguerida entra dans la chambre, avec un plateau et des tasses, faisant une tâche de servante malgré tout ce qu'elle avait appris au cours des ans. Ses yeux d'or étaient soulignés de cernes noirs, et sa bouche, généralement souriante, entourée de rides profondes. Ses beaux cheveux roux étaient collés à son crâne, les boucles à peine visibles. Sans un mot, elle lui tendit une tasse, et il huma la bonne odeur de la menthe fraîche et du miel de Hali. Leurs regards se rencontrèrent un instant, les yeux de Marguerida lui posant toujours la même question, et ceux de Mikhaïl répondant : *pas de changement*.

Détachant son regard du corps de son mari bien-aimé pendant plus de trois décennies, Dame Linnéa leva la tête. Ses épaules s'affaissèrent, et elle se frotta les yeux comme s'ils la piquaient. Ils étaient bleu ciel, comme les campanules, et aussi jeunes que lorsque Mikhaïl était petit. Mais il n'y vit plus aucun espoir, seulement un chagrin qui lui déchira le cœur.

Marguerida s'approcha d'elle avec son plateau, et Linnéa prit une tasse en silence. Puis elle s'approcha de l'homme debout dans l'ombre des rideaux, près de la tête de lit sculptée, Danilo Syrtis-Ardais, et lui en offrit une. Mikhaïl fixa la main à six doigts de l'écuyer de son oncle et son visage épuisé et désespéré.

Marguerida posa le plateau sur une petite table et vint se placer près de son mari.

– Dani vient d'arriver, murmura-t-elle. Il sera là dans un instant.

– Tant mieux. Je crois que Régis l'attend pour partir. Tu as une mine terrible, *caria*.

– Sans doute – mais est-ce que tu t'es regardé ? J'ai enfin persuadé Père de s'allonger un moment. Ah, et Herm Aldaran est arrivé – avec sa femme et ses enfants. Rafaël est allé les chercher et les a amenés à leurs appartements.

– Quoi ? Pourquoi ?

Pour lui, le monde s'était arrêté quatre jours plus tôt, et il avait oublié l'existence de tout ce qui était hors de cette chambre.

Ses questions incrédules restèrent sans réponses, car à cet instant Danilo Hastur, le fils de Régis, entra. Vêtu d'une tunique et d'un pantalon marron, il sentait la sueur et le cheval, odeurs saines contrastant avec l'air vicié de la chambre. Maintenant, c'était un solide gaillard de trente ans, et non plus le svelte adolescent qu'aimait tant Mikhaïl. Avec sa femme et ses enfants, il vivait au Domaine Elhalyn, qui s'étendait de l'ouest du Lac de Hali jusqu'à la Mer de Dalereuth, et, à l'évidence, il avait galopé à bride abattue pour arriver à Thendara. À la vue de son fils, Linnéa lâcha nerveusement sa tasse, renversant sa tisane sur sa robe fripée, ses yeux bleus embués de larmes. Dani la prit doucement dans ses bras, comme s'il craignait de la casser, et lui posa un tendre baiser sur la joue. Puis il la lâcha et s'approcha du lit.

Dani Hastur considéra la forme immobile sous les draps, puis il s'assit, prit une main de Régis dans la sienne et la caressa doucement. Régis ne bougea pas. Seul le faible mouvement de sa respiration témoignait qu'il vivait encore.

– Père, dit Dani d'une voix brisée. C'est moi, Dani.

Le silence de la chambre n'était troublé que par la respiration oppressée de Dani et les sanglots de Dame Linnéa, qui l'avait rejoint. Mikhaïl regarda ce tableau, et sentit un léger changement chez le mourant. Un instant, son cœur s'arrêta, dans l'espoir que Régis allait se relever, se réveiller et parler à son fils. Mais seul un long frisson fit frémir la couverture, et il comprit que son espoir avait été vain. Régis-Rafaël Félix Alar Hastur y Elhalyn n'était plus.

Une étrange sensation le saisit alors, comme une bouffée de chaleur sur son visage et un picotement dans sa main droite. Mikhaïl baissa les yeux sur la matrice étincelant à son doigt et la vit soudain s'embraser de mille feux qui fulgurèrent dans la pénombre de la pièce. Il n'avait jamais vu la pierre réagir ainsi, et son éclat était douloureux.

Mikhaïl détourna les yeux, incapable d'en soutenir l'éclat plus longtemps. Il ramena ses yeux blessés sur le lit. Derrière la tête du lit, quelque chose scintilla dans les rideaux, comme un jeu d'ombre et de lumière. Un instant, il crut voir deux femmes, l'une blonde, l'autre brune, dans les plis de l'étoffe. Elles étaient transparentes, et il pensa d'abord que c'était quelque jeu de la lumière. Mais il avait déjà vu le visage de la blonde, en un autre lieu et en un autre temps. Stupéfait, il inspira brusquement, et la vision disparut. Son cœur battait à grands coups, son sang s'accéléra dans ses veines, et il eut le vertige. Evanda, Déesse du Printemps, était la blonde, et l'autre devait être Avarra, la Déesse Noire. Et alors même que le chagrin l'étreignait, Mikhaïl sentit un calme surnaturel monter en lui.

À son côté, Marguerida pleurait en silence, ses joues pâles inondées de larmes. Mikhaïl lui entoura les épaules de son bras et l'attira doucement contre lui, se permettant un instant de ressentir tout en même temps. Il n'arrivait pas à croire que c'était fini. Quelque part, dans les profondeurs les plus inaccessibles de son cœur, il avait espéré un miracle, et son absence lui donnait une impression de vide et d'échec. Quel imbécile !

Danilo Syrtis-Ardais sortit de l'ombre des rideaux. L'écuyer posa sa tasse et s'approcha du lit. Il prit le poignet de son ami de toute une vie, son visage ascétique éveillé et résigné à la fois. Au bout d'une minute, il enleva l'autre main de Régis à celle de Dani, et les lui croisa sur la poitrine. Danilo contempla le visage immobile de celui qui avait été son compagnon et son meilleur ami pendant plus de quatre décennies. Il lui caressa le front, repoussant les cheveux blancs en arrière, le visage plein d'une infinie tendresse. Il se pencha et baisa les joues de son vieil ami, puis il se retourna, les épaules accablées de chagrin.

Dani Hastur contempla longuement son père, le visage empreint d'une nostalgie poignante, immobile, comme frappé de stupeur, puis il prit le drap et le rabattit doucement sur la tête du défunt. Il se leva en tremblant, puis se ressaisit. Il reprit Dame Linnéa dans ses bras, et elle s'affaissa contre lui, comme si ses jambes ne pouvaient plus la porter. Elle posa la tête sur son épaule, secouée de sanglots incontrôlables.

Ces détails restèrent nets devant les yeux de Mikhaïl pendant quelques instants, puis ils se brouillèrent, comme si la pluie s'était mise à tomber. Il réalisa qu'il n'avait pas pu retenir plus longtemps les larmes contenues tant qu'il luttait pour sauver la vie de son oncle. Terrassé par l'émotion, il se retourna brusquement et sortit.

Assis dans le cabinet de travail de son oncle, derrière le grand bureau où il travaillait souvent, Mikhaïl fixait la cheminée et pleurait. Le tapis était élimé, mais Régis refusait de le remplacer ou de faire redécorer la pièce. Les servantes n'étaient admises que pour balayer et épousseter. Il repensa avec attendrissement aux chamailleries de son oncle et de Dame Linnéa sur le délabrement de la pièce – disputes si tendres et bon enfant.

Il était là depuis des heures, incapable de dormir, de réfléchir et de fonctionner, fuyant ses devoirs, fuyant la vie. Il n'y avait pas de feu dans l'âtre, de sorte que la pièce était froide, l'air frais et renfermé. Il y avait sur le bureau une bouteille de vin de feu et un verre. Le niveau en avait beaucoup baissé depuis son arrivée, mais le breuvage n'avait pas dissipé sa douleur paralysante. Il n'était même pas soûl. Tel était le pouvoir de la matrice de Varzil qu'il ne parvenait pas à émousser ses sens, malgré tous ses efforts.

Mikhaïl sentait vaguement le Château Comyn bourdonner autour de lui. Même la mort de Régis Hastur ne pouvait pas arrêter complètement le fonctionnement de l'immense demeure. Il savait que son jeune neveu et écuyer, Donal Alar, était debout devant la porte, pour préserver sa solitude, bien que le pauvre Donal fût sur le point de tomber de fatigue. Prendre le jeune homme en tutelle était une idée de Marguerida, et il s'en félicitait maintenant. Il avait été difficile de les arracher, lui et sa sœur Alanna, à l'amour angoissé de sa sœur Ariel Lanart-Alar, mais Mikhaïl pensait que cela les avait sauvés de la folie. Ariel n'avait jamais plus été la même après la naissance d'Alanna, ce qui l'attristait beaucoup.

Cependant, il savait que Marguerida s'occupait des mesures à prendre. Il y aurait de grandes funérailles, mais pas avant l'arrivée de tous les seigneurs des Domaines, et cela prendrait au moins quelques jours. Sa mère et son père étaient toujours à Armida, mais il savait que Javanne aurait dû être informée immédiatement de la maladie de son frère. Pourtant, Dame Linnéa, généralement la plus accommodante des femmes, s'était montrée inflexible.

– Je supporte à peine de le voir dans cet état, Mikhaïl. Je ne veux pas voir cette femme avant que ce ne soit indispensable.

En la circonstance, il avait accédé à son désir. Et, bien qu'avec un pincement de remords, il avait pensé que Linnéa avait raison. Sa mère était d'un caractère difficile dans ses meilleurs moments, et l'avoir au Château aurait été insupportable.

Il pensa à Marguerida, sachant qu'elle était aussi fatiguée que lui, et pourtant qu'elle assumait la préparation des funérailles. Il n'y avait pas eu d'obsèques depuis des décennies, et, tout en sachant que le *coridom* ferait de son mieux pour l'assister, il savait aussi que l'homme était très vieux et ne lui serait pas d'une grande aide. Il aurait préféré la savoir bien au chaud dans son lit, mais elle était sans doute en pleine activité, s'occupant de ce qu'il aurait dû faire lui-même. Il s'efforça de réfléchir à ces devoirs, mais il ne trouva en lui que chagrin et désespoir. *Il n'était pas prêt!*

Il faisait noir dehors, et son estomac grognait. Depuis quand n'avait-il pas mangé? Il ne se rappelait pas, et même si son corps réclamait de la nourriture, il n'avait pas d'appétit. Il avait les yeux gonflés à force d'avoir veillé et pleuré, et la tension lui crispait les muscles des épaules. Il n'y avait pas de lumière, mais il n'avait pas l'énergie de se lever pour allumer les chandelles.

La lumière du couloir traça une bande lumineuse dans la pièce quand la porte s'ouvrit devant Lew Alton. Il fixa bêtement son beau-père, furieux d'être dérangé, et un instant furieux que Donal lui ait permis d'envahir son sanctuaire. Puis il réalisa que ce n'était pas son cabinet de travail, mais celui de Régis, avec le bureau délabré et le tapis élimé. Cette pièce était encore si pleine de la présence de son oncle que son cœur se serra. Il lui semblait que c'était tout ce qui restait de Régis, et il n'avait pas envie de la partager avec un autre. Donal suivit Lew dans la pièce, répugnant à laisser seul avec son maître même son plus proche conseiller, et il referma la porte derrière lui. Puis il s'adossa au chambranle, croisa les bras, et s'efforça de se rendre invisible.

Lew ne dit rien, mais prit une pierre à briquet et s'agenouilla devant la cheminée. Il y eut une étincelle, puis une faible flamme dans le petit bois. Mikhaïl regarda les flammes lécher les bûches, s'enrouler autour d'elles, les mordre avec couleur et lumière. Il regarda Lew prendre une brindille enflammée et en allumer les chandelles. Une odeur réconfortante de cire chaude et de bois commença à emplir la pièce.

Lew se servit un verre de vin de feu et s'assit en face de Mikhaïl. Ses cheveux étaient maintenant complètement gris, et ses cicatrices faciales étaient devenues invisibles, enfouies sous les rides sillonnant son visage. Le temps l'avait marqué, sa peau était rude et sèche, et ce soir, il faisait bien son âge. Mikhaïl remarqua les yeux rougis de son beau-père, et sut qu'il avait pleuré.

– C'est Marguerida qui m'envoie, dit-il, après avoir vidé d'un trait la moitié de son verre.

– Es-tu venu me dire que je dois mettre mon chagrin de côté et me consacrer à mes devoirs envers Ténébreuse ? dit sèchement Mikhaïl, s'étonnant lui-même de sa véhémence.

Il se sentit rougir d'embarras, et Donal se redressa et le regarda d'un drôle d'air.

– Certainement pas ! En ce qui me concerne, tu peux rester là toute la semaine – mais j'espère que tu ne le feras pas. Ton absence est perturbante.

Mikhaïl courba le dos.

– Je ne peux pas le voir comme ça – pas encore. Je suis toujours en état de choc.

– Tu auras tout le temps de le voir, Mikhaïl. Il faudra la plus grande partie de la semaine avant que tout le monde soit là et que le cercueil soit prêt. Et je te comprends. Quand Dio a fini par mourir – et je savais qu'elle mourrait, même si Marguerida me l'avait rendue pour cinq ans –, il m'a fallu plusieurs jours avant de l'accepter. Il y a des moments où j'ai même maudit ma propre fille de me l'avoir rendue, parce que ainsi je l'ai perdue deux fois. Mais j'avais eu le temps de me préparer – même si je n'y avais rien fait ! Il doit y avoir quelque chose en nous qui nie la mort. Nous nous convainquons qu'elle pourra être retardée ou évitée, que nos êtres chers nous survivront pour que nous n'ayons pas à souffrir de leur perte ou peut-être pour ne pas admettre que ceux que nous aimons sont mortels. Quand mon père est mort sur Vainwal, j'ai été furieux et frappé de stupeur. Quant à toi, tu étais si proche de Régis que c'est comme si tu perdais un père.

Mikhaïl entendit les mots, mais ils ne pénétrèrent pas dans son esprit. Il ne ressentit qu'un vaste et profond engourdissement. Mais après quelques instants de réflexion il réalisa que Régis, plus qu'un oncle, *avait été* un père pour lui. Pendant un certain temps, cela l'avait éloigné de *Dom* Gabriel, son père biologique. Et il réalisa aussi qu'il savait maintenant, chose qu'il ignorait jusque-là, que son vieux père mourrait aussi et qu'il serait de nouveau désemparé. Et Lew aussi, qui buvait en ce moment du vin de feu en face de lui. Au cours de ces quinze dernières années, il était devenu si proche du père de Marguerida qu'il lui était maintenant aussi cher que Régis ou *Dom* Gabriel.

En même temps, autre chose le troublait. Il sonda son esprit, s'efforçant de ramener à la surface l'émotion élusive qui le perturbait. C'était, décida-t-il, un sentiment de culpabilité, mais il ne put en trouver la raison immédiatement. N'en avait-il pas fait assez ? Qu'aurait-il pu faire d'autre pour prolonger la vie de Régis Hastur ?

Mikhaïl baissa les yeux sur sa main droite, de nouveau gainée de cuir fin maintenant qu'il ne se servait plus de la matrice. La grosse pierre étincelante qu'il portait au doigt était cachée, mais il sentait toujours sa présence. Elle était si puissante que par moments il avait envie de la jeter loin de lui, de se débarrasser du fardeau qu'elle lui imposait. Elle avait fait de lui l'homme le plus puissant de Ténébreuse, trop puissant au goût de certains seigneurs des Domaines, comme *Dom* Francisco Ridenow, et aussi pour la tranquillité d'esprit de sa mère, Javanne. Plus encore, elle avait fait de lui le prisonnier du Château Comyn depuis quinze ans, toujours entouré de Gardes et de veilleurs, toujours conscient que ce qu'il faisait était mesuré et analysé. Il était respecté, mais il était craint également, même de son oncle qu'il aimait tant.

Et maintenant – quoi? Il succéderait à Régis. Ne s'était-il pas préparé toute sa vie à ce moment? Pourquoi se sentait-il si incapable, si vide, si effrayé? Il n'était plus l'adolescent qui rêvait de gouverner Ténébreuse, ni l'homme qui avait, pour un temps, renoncé à cette ambition. Il était un autre, et Mikhaïl se demanda s'il se connaissait. Il n'avait pas envie d'y penser en ce moment. Il était trop las pour faire de l'introspection, et il se soupçonnait de s'apitoyer sur lui-même.

Il se força à écarter le sentiment déchirant de sa perte, et chercha un sujet de conversation. Il dit enfin :

– Marguerida m'a appris l'arrivée d'Herm Aldaran. Qu'est-ce qui se passe ?

– Ah, ça !

Lew tendit la main vers la bouteille avec un sombre sourire. Elle était presque vide, et il en versa les dernières gouttes dans son verre.

– Ou plutôt Herm et sa famille. J'ai été prévenu quelques heures seulement avant leur arrivée, et la nouvelle ne m'a pas paru assez importante pour t'en informer immédiatement. Tu avais assez de pain sur la planche. Mais il semble que le Premier Ministre ait dissous les deux chambres en vue de prochaines élections. À mon avis, ça signifie qu'il n'y aura plus de parlement de la Fédération – ou, s'il y en a un, que tous ses membres seront d'accord avec les Expansionnistes. Ce coup d'État était pratiquement inévitable, étant donné la tournure d'esprit des Expansionnistes, et ce qui survivra de la Fédération a de grandes chances d'être une dictature militaire, j'en ai peur, ou pire encore.

Mikhaïl était trop fatigué pour assimiler pleinement ce que Lew lui disait, alors il se concentra sur ce qu'il avait compris.

– Des élections ? La moitié des mondes de la Fédération se soucient d'un gouvernement démocratique comme un âne de chaussons de danse.

Il éprouva comme un soulagement à canaliser ses dernières forces dans cette remarque incrédule, tout en sachant que ces événements auraient des conséquences imprévisibles pour Ténébreuse. Mais ces craintes pouvaient attendre jusqu'à ce qu'il ait l'esprit plus clair.

– Exactement, Mikhaïl. La plupart des Sénateurs et des Députés ont été nommés par des rois, gouverneurs et autres oligarques. Et ces représentants héréditaires ou désignés sont depuis longtemps une épine plantée dans le flanc des Expansionnistes, épine qu'ils semblent avoir arrachée pour le moment. Mais je trouve que le Premier Ministre a pris une décision malavisée, qui aura sans doute des conséquences qu'elle regrettera dans l'avenir. Sandra Nagy ne réalise pas qu'elle a lâché le renard dans le poulailler, mais c'est pourtant ce qu'elle a fait. Elle croit sans doute qu'elle contrôle le Parti, et quand elle s'apercevra qu'il n'en est rien, il sera trop tard.

Depuis que Mikhaïl le connaissait, Lew prédisait toutes sortes de catastrophes pour la Fédération, et il semblait éprouver une sombre satisfaction à voir ces prédictions se réaliser.

– Alors, c'est une imbécile ! Croit-elle que des mondes comme Ténébreuse vont se conformer à ses plans si transparents ?

– N'étant pas dans le secret des pensées de Sandra Nagy, je ne peux pas te répondre, Mikhaïl. Je l'ai connue il y a des années quand elle était membre de la Chambre de Commerce. Elle est perspicace et politiquement très astucieuse, mais elle a peu ou pas du tout de sens moral. Je ne l'ai jamais aimée, mais j'avais un certain respect pour son habileté. Je regrette que mes pires craintes sur la Fédération semblent sur le point de se réaliser, mais je m'aperçois que je suis moins démoralisé que je le redoutais.

– Quelles seront les conséquences pour Ténébreuse ?

Mikhaïl se souciait peu de ce qui arriverait à la Fédération, qui restait un conglomérat abstrait de lieux qu'il n'avait jamais vus, ni même, dans bien des cas, qu'il ne connaissait de nom. Malgré tout ce que lui en avaient dit Lew et Marguerida, elle restait plus imaginaire que réelle dans son esprit. De plus, après avoir reçu la grosse matrice, il avait réalisé qu'il ne pourrait jamais voyager hors planète, comme il le désirait quand il était adolescent. Ainsi, tout en conservant son intérêt et sa curiosité pour ces mondes lointains, Mikhaïl avait découvert qu'il n'aimait pas parler de ces endroits qu'il ne verrait jamais. Il enviait Marguerida d'avoir tant voyagé, et parfois il lui en voulait un peu, ce dont il avait honte.

Lew secoua la tête.

– Je ne sais pas. Les Terranans vont peut-être s'imaginer qu'il leur suffira de nous enlever leurs technologies et d'évacuer la planète en fermant l'astroport pour nous mettre à genoux.

– C'est ridicule ! Nous avons toujours refusé leurs technologies ! Pour nous, leur départ serait une bénédiction.

Lew émit un gloussement rauque qui tenait du grognement, un peu comme un ours qui aurait voulu rire sans y réussir.

– Les corps politiques sont rarement logiques, Mikhaïl.

– Alors, comment peuvent-ils fonctionner ?

Son beau-père demeura un moment pensif.

– Ils fonctionnent grâce aux idéaux et aux luttes pour le pouvoir – à l'origine, les partis politiques sont souvent fondés sur un idéal, puis ils dégénèrent en épreuves de force, mégalomanie et oubli de l'idéal même qui leur a donné naissance. Ici, je crois que l'idéal consistait à rendre identiques tous les peuples de la Fédération – à supprimer toute diversité – et à parvenir à un consensus par décrets. Les Expansionnistes croient que c'est réalisable en amenant tout le monde à penser et agir comme eux. Et comme ils se sont heurtés à de puissantes oppositions, ils veulent faire avaler de force leur « idéal » à tous les peuples.

Mikhaïl fronça les sourcils. Il avait l'esprit cotonneux, mais il se félicitait de cette diversion, de ce problème épineux sur lequel se concentrer, même mal.

– Je ne suis pas sûr de te comprendre. Veux-tu dire que ces Expansionnistes croient vraiment pouvoir contraindre des planètes entières à renoncer à leurs coutumes pour se rendre semblables à Terra ? Je n'ai jamais rien entendu de plus ridicule !

– Je sais, ça semble impossible. Mais tu n'as aucune idée de la puissance de la propagande, parce que Ténébreuse n'a jamais été sous l'influence des infomédias, qui disent uniquement ce que le gouvernement veut faire savoir aux citoyens. C'est arrivé bien souvent dans l'histoire humaine, comme un cauchemar récurrent.

– Par exemple ?

Par-dessus l'épaule de son beau-père, Mikhaïl vit Donal se redresser, et sut que son écuyer écoutait avec attention. Il en éprouva un vif plaisir, d'autant plus grand qu'il était inattendu. Donal avait sagement choisi en prenant Danilo Syrtis-Ardais pour modèle et il réalisait déjà que sa tâche ne consistait pas seulement à protéger la personne de Mikhaïl Hastur. Avec le temps et l'expérience, Donal deviendrait un sage conseiller. Curieusement, cette idée le réconforta plus qu'il n'aurait cru possible.

Lew Alton émit une sorte de grognement, prélude familier à ses discours explicatifs. Bizarrement, ce bruit familier et l'anticipation des paroles qui suivraient calmèrent les nerfs éprouvés de Mikhaïl. Cela au moins n'avait pas changé.

– Par exemple, un gouvernant annonce que les choses vont de mal en pis, et cela par la faute de quelque tribu ou parti d'opposition. La morale dégénère, ou les parents n'élèvent pas leurs enfants comme il faut. Ils affirment que la solution réside dans une réforme, dans l'accord de tous sur un idéal conforme à leur idée d'une société juste. Ils exigent la conformité, et tous ceux qui ne s'y soumettent pas sont considérés comme des ennemis potentiels, sinon comme des traîtres. C'est arrivé à notre époque, dans des endroits comme Benda V, il y a une trentaine d'années.

– Je n'ai jamais entendu parler de cette planète.

La Fédération comptait plusieurs centaines de membres, et Mikhaïl n'en connaissait que vingt ou trente par ses lectures. Mais, tout en étant assez bien informé pour quelqu'un qui n'avait jamais quitté Ténébreuse, il avait toujours l'impression d'être terriblement ignorant quand on mentionnait devant lui une planète dont il ne connaissait pas même le nom. C'était plutôt stupide car il y avait tant de planètes dans la Fédération que même de grands voyageurs comme Lew et Marguerida ne les connaissaient pas toutes.

– Ça ne m'étonne pas, car c'est un monde assez écarté. Voici ce qui est arrivé, si j'ai bonne mémoire. Le grand prêtre orthodoxe a annoncé qu'il avait eu une vision de Dieu, et que le seul moyen de sauver la planète de la destruction totale était de déclarer la guerre sainte contre tous les membres de l'Église d'Élan, rivaux des Orthodoxes qui étaient devenus très puissants sur Benda V. Ils furent accusés de tout, depuis l'empoisonnement des céréales jusqu'à l'assassinat des bébés orthodoxes pour boire leur sang. Et comme les médias étaient contrôlés par les Orthodoxes, il en est résulté un bain de sang. Environ soixante millions de personnes ont été massacrées en trois mois – hommes, femmes et enfants.

Mikhaïl en resta frappé de stupeur.

– Et la Fédération n'est pas intervenue ? Je veux dire : je croyais que la Fédération était censée s'interposer en... en des circonstances pareilles !

– Oui, je sais. Les impôts levés dans les planètes de la Fédération sont censés servir à la constitution d'une

Force Spatiale pour intervenir dans des situations semblables. Mais la vraie fonction de cette Force Spatiale, c'est de remplir les coffres de la Fédération, de s'assurer que le commerce n'est pas perturbé, et que les richesses continuent à affluer sur Terra. Ils ne sont pas intervenus parce qu'ils ont décidé que le problème regardait la planète et non la Fédération. Alors, à ma connaissance, Benda est depuis trois décennies une théocratie où tout le monde espionne tout le monde, et où on peut être exécuté pour avoir roté pendant un service religieux. Il paraît que ces services durent au moins quatre heures par jour. Inutile de dire que l'économie en a beaucoup souffert, parce que si l'on est coincé à l'église, on ne peut guère cultiver son champ ou vendre ses marchandises. Et la perte de tous les fidèles d'Élan n'a rien arrangé non plus, parce qu'ils étaient des membres productifs de la communauté.

– Soixante millions ? C'est trois fois la population entière de Ténébreuse !

Mikhaïl fixa Lew, n'en croyant pas ses oreilles.

– Et ils n'ont pas essayé de résister ?

– Tout résistant risquait la mort.

Il soupira, voyant à son regard que Mikhaïl ne comprenait pas.

– Je sais, tu ne peux pas vraiment comprendre parce que tu n'as aucune expérience de ce genre de situation. Ténébreuse est un monde tout à fait à part, et l'une des plus sages décisions de Régis fut de ne pas adhérer à la Fédération, sauf en qualité de Planète Protégée.

– Quand j'étais plus jeune, je croyais que c'était pour faire plaisir à des gens comme ma mère, ou du moins leur imposer le silence !

Mikhaïl gloussa à l'idée ridicule que Régis aurait pris une décision aussi capitale juste pour calmer Javanne Hastur. Elle n'était jamais calme, et maintenant elle allait arriver au Château Comyn et lui pourrir la vie. Il ne se sentait pas la force d'affronter ses intrigues et ses passions en ce moment.

Lew hocha la tête, comme comprenant la pensée de Mikhaïl.

90

– Il trouvait que c'était potentiellement trop dangereux, que la culture de Ténébreuse ne survivrait pas si
nous embrassions totalement les valeurs terriennes. La
vérité, c'est que nous nous n'avons pas besoin de la
Fédération. À ton avis, Mikhaïl, qu'arriverait-il si la
Fédération se retirait ?

– Il n'y aurait plus de Grand Vaisseaux, et l'hôpital
du QG cesserait d'exister. Les Terranans ne nous paye-
raient plus de loyer pour l'astroport. D'ailleurs, leurs
paiements sont devenus très irréguliers ces dernières
années.

Après réflexion, il ajouta :

– Et Marguerida ne pourrait plus se procurer du café
à un prix exorbitant pour satisfaire l'envie qu'elle en a.
Dommage que n'ayons jamais pu l'acclimater sur Ténébreuse.

Mikhaïl n'avait jamais pu se faire au goût du café,
mais sa femme adorait cet étrange breuvage amer.

– Rien de tout cela ne me semble catastrophique.

Lew gloussa.

– C'est une assez bonne analyse des conséquences, vu
que la Fédération contrôle l'espace. Il y a un certain
nombre de compagnies qui assurent le service intersystèmes, mais pour les déplacements interstellaires, la
technologie des Grands Vaisseaux est indispensable et
la Fédération la garde jalousement. Quant à l'astroport,
le bail arrive à sa fin et Belfontaine essayait d'obtenir
une réduction de la part de Régis, ce qui est conforme à
ses attributions.

Mikhaïl se surprit à sourire au souvenir des excuses
qu'on avait présentées à Régis pour justifier les retards
de paiement.

– Régis m'avait dit qu'au renouvellement du bail,
Belfontaine proposait de faire payer par Ténébreuse le
maintien et l'entretien de l'astroport, au lieu du
contraire. Il avait trouvé que c'était une bonne plaisanterie.

Son cœur se serra à cette réminiscence, mais elle lui
rappela aussi le sourire de Régis – ce sourire qui avait
toujours été une de ses grandes séductions.

– C'est vrai, et je n'oublierai jamais la tête de Belfontaine quand j'avais eu le plaisir de lui annoncer que la réponse était un non catégorique. Mais quelles conséquences aurait le départ des Terranans sur notre économie ?

– Mineures. La Cité du Commerce perdrait sans doute beaucoup de clients, et les maisons de plaisir n'en seraient pas heureuses. Dame Marilla n'exporterait plus ses poteries, mais les Domaines Aillard et Ardais survivraient. Nous n'avons jamais beaucoup développé le commerce. C'est sans doute pourquoi les Terranans voudraient que nous soyons membre à part entière de la Fédération au lieu de protectorat – pour nous vendre leurs produits. Nous ne produisons pas assez de vivres pour l'exportation, et nous n'avons pas assez de métaux pour la construction des Grands Vaisseaux. Marguerida dit que le sable des Villes Sèches pourrait être utile pour les technologies basées sur la silice, mais je n'arrive pas à imaginer une usine à Shainsa. De plus, si j'ai bien compris le processus, il faudrait beaucoup d'eau, et il n'y en a pas de reste dans cette région.

– Non, en effet. Et c'est un problème majeur dans l'adoption du mode de vie terrien – l'impact sur l'écologie serait immense et dévastateur. Tu n'as jamais vu un monde industriel, mais moi, si. L'air est chargé de fumées et de puanteurs, et les gens vivent dans la crasse. Nous n'avons pas de taudis sur Ténébreuse – tu ne sais même pas ce que c'est, je parie. Crois-moi, Mikhaïl, les familles les plus pauvres de Ténébreuse vivent mieux que bien des gens des mondes technologiquement avancés. Nous sommes une planète marginale, ce dont nous pouvons nous féliciter, car si nous avions plus de ressources nous serions plus tentants pour des envahisseurs. Nos arbres seraient abattus, exportés vers des endroits dont nous ne connaissons même pas le nom, nos récoltes iraient nourrir les peuples d'autres planètes, et quand la terre ne parviendrait plus à alimenter notre population, parce que les rivières seraient polluées, nous serions soit abandonnés, soit forcés d'importer des vivres à des prix astronomiques.

– Tu veux dire que c'est déjà arrivé ?

– Absolument. Je connais au moins deux planètes qui ont été presque détruites par la cupidité des sociétés commerciales qui les possédaient, puis abandonnées à elles-mêmes avec un écosystème dévasté et une population à peine capable de se nourrir. Et depuis que j'ai quitté le Sénat, il y en a sans doute eu d'autres.

– C'est difficile à croire. Pourquoi ? Je veux dire : pourquoi travailler à si courte vue ?

– Exactement. La Fédération a perduré grâce à l'expansion, aux découvertes de nouvelles planètes à exploiter. Telle est la politique depuis un siècle, une décennie en plus ou en moins. Mais depuis cinquante ans on n'a découvert qu'une poignée de mondes habitables – les autres étaient des planètes où l'établissement d'une colonie aurait eu un prix prohibitif, ou si rébarbatives que la seule façon de les peupler aurait été d'y expédier les gens de force et de les obliger à y rester, ce qui est toujours très coûteux. Mais l'idée directrice, c'est qu'une exploitation modérée des richesses est inutile. C'est le fondement de la philosophie des Expansionnistes, à savoir que l'expansion illimitée est non seulement possible, mais désirable. Ils sont aveugles à la réalité, à savoir qu'il y a de moins en moins de planètes habitables dans ce secteur de l'espace. Et parce que les mondes qu'ils exploitent sont de plus en plus loin du centre de la Fédération, leur gouvernement devient de plus en plus difficile, exige de plus en plus de ressources pour garder le contact, et des voyages de plus en plus longs entre les mondes, assortis de frais de plus en plus élevés pour rapporter les matériaux sur Terra. Ils veulent donc que toutes les planètes membres leur abandonnent toutes leurs ressources, et soient imposées dessus en plus. La planète mère et quelques autres sont devenues les parasites de toute la Fédération.

– Taxées pour envoyer leurs vivres à la Fédération ?

Mikhaïl était fatigué, et il n'était pas certain d'avoir bien compris son beau-père.

– Oui.

– Mais, Lew, c'est insensé. Pourquoi payer pour qu'on t'enlève ce qui t'appartient?

– Il suffit d'utiliser les médias pour convaincre les gens qu'ils ont bénéfice à payer des impôts et à mourir de faim en même temps.

– Mais quel bénéfice...

– Ils sont persuadés qu'en payant des impôts pour entretenir la Force Spatiale ils sont protégés d'un ennemi imaginaire – des extraterrestres qui vont tomber des cieux pour les conquérir. Ils ne voient pas que le véritable ennemi, c'est devenu la Fédération elle-même. Présentement, il existe des armes capables de réduire une planète à l'état de scories en quelques heures, des systèmes créés pour se défendre contre cet ennemi fantôme, et qui servent en fait à intimider les planètes membres. La seule chose qui empêche le chaos de s'installer, c'est que ce genre d'action a un coût énorme – envoyer une flotte d'astronefs détruire une planète coûte très cher, sans parler du fait que c'est une mauvaise politique. Il est très difficile d'étouffer ce genre de nouvelles, qui tendent à rendre les autres mondes plus angoissés, et non plus obéissants. La Fédération joue maintenant le rôle de la grosse brute dans la cour de récréation, qui bat les petits simplement parce qu'elle en a les moyens. Mais jusqu'à présent le Sénat et la Chambre servaient de freins à ce comportement aberrant.

– Tu crois donc que les Marines de la Fédération vont envahir Ténébreuse? demanda Mikhaïl, plaisantant à moitié.

– J'espère que non. Et je ne prévois pas vraiment une attaque, bien que ce soit toujours possible, si quelqu'un décidait que Ténébreuse a une importance stratégique. Non, le plus grand danger, c'est l'écroulement de la Fédération, qui donnerait naissance à des tas de factions, toutes avec leurs ambitions de puissance et de domination. Un gouverneur planétaire ou un roi local, avec quelques astronefs piratés, pourraient vraiment créer des problèmes. Ou pire encore un amiral qui déciderait de se mutiner et de se lancer dans l'aventure pour son compte, termina-t-il, l'air sinistre.

– Est-ce que les Terranans le savent?

– Certains le savent incontestablement. Il y a des gens dans la Fédération qui ont autant réfléchi que moi à ces questions. Le problème, c'est qu'ils n'ont aucun pouvoir et ne définissent pas la politique. C'est sans doute le cauchemar de l'État-major, qu'une planète acquière suffisamment d'armements pour menacer la Terre. Ces quinze dernières années, il y a eu quelques rébellions, des planètes où la population s'est révoltée, ou bien où le gouverneur a fait sécession. Elles ont été matées par la force, mais avec assez de modération pour éviter que la situation ne devienne impossible à maîtriser. C'était aussi le rôle du Sénat d'empêcher que les choses aillent si loin, d'empêcher le Premier Ministre et l'État-major de faire la guerre à trop de planètes. Mais tu devrais en parler à Herm; ses informations sont plus récentes que les miennes.

– Oui, je suppose. C'est juste que je ne me sens pas prêt. On me rabâche depuis des années que je suis très puissant, à cause de cette maudite bague, dit-il, fermant le poing droit. Mais je ne me sens pas puissant. Je n'ai pas le charme, l'astuce et l'expérience de Régis, bien que je me sois efforcé d'apprendre tout ce que je pouvais.

– Tu te débrouilleras très bien. C'était l'avis de Régis, et c'est aussi le mien.

– Je suis content de t'avoir pour conseiller, et Herm aussi. Et encore plus content de ne pas avoir le Don des Aldaran parce que si je pouvais connaître l'avenir, je crois que je serais complètement paralysé. Je donnerais n'importe quoi pour retrouver les certitudes de ma jeunesse, au lieu d'être rongé de doutes.

– Si tu n'avais pas de doutes, je m'inquiéterais, Mikhaïl.

– C'est une remarque étrange, même venant de toi.

Au Château Comyn, Lew avait la réputation de formuler des idées extravagantes comme si elles allaient de soi.

– L'homme sûr de lui est beaucoup plus dangereux que celui qui doute. C'était le cas de Robert Kadarin et du vieux Dyan Ardais. Ils ont payé très cher leur orgueil et leur vanité, et ont failli ruiner cette planète par la même occasion. Tu es un homme réfléchi, et c'est exactement ce qu'il nous faut actuellement.

– Merci de ta confiance. Elle a beaucoup de prix pour moi, surtout en ce moment.

Il était trop fatigué pour continuer à réfléchir à l'avenir. Les problèmes étaient trop importants et effrayants. Il fallait changer de conversation, parler de sujets plus terre à terre.

– Tu dis qu'Herm a amené sa famille. Les as-tu vus ? Sont-ils bien installés ?

– Je me suis arrêté pour les saluer avant de venir. Comme je ne pouvais pas quitter le Château, j'ai envoyé Rafaël les accueillir à l'astroport, ce qui a eu l'air de lui faire plaisir, car ça l'a soustrait un moment aux griffes de Gisela. Sa femme, Katherine, est une très jolie femme originaire de Renney, avec des cheveux noirs comme la nuit et un menton volontaire. Elle a un fils, Amaury, de son premier mari – elle était veuve quand elle a épousé Herm – et elle a eu une fille, Térèse, avec Herm. C'est une jolie fillette, et elle ressemble tellement à Marguerida au même âge que mon cœur a fait un bond. Ils sont tous épuisés, et je soupçonne que Katherine et les enfants ont plus qu'un peu peur à l'idée de passer le reste de leur vie en exil sur Ténébreuse. Mais Herm semblait content d'être rentré chez lui – et je le comprends !

– Renney ? Pourquoi ce nom me paraît-il familier ?

– Parce que c'est la planète natale de Korniel, l'un des compositeurs préférés de Marguerida. C'est aussi une Planète Protégée, avec une histoire de soulèvements et d'émeutes, et un puissant mouvement de résistants appelés les Séparatistes et qui provoquaient des troubles de temps en temps quand j'étais encore au Sénat. Elle était peuplée de colons venus d'Avaon, de Nouvelle-Calédonie et de quelques autres lieux, il y a plusieurs siècles. Je ne sais rien de plus sur la planète, sauf qu'elle est, paraît-il, très belle.

— Il faut que j'aille leur souhaiter la bienvenue.

Il était certain que Régis l'aurait fait. De plus, il n'avait pas vu Hermès depuis des années, et il voulait renouer connaissance avec lui. Mais il constata, écœuré, qu'il était incapable de leur donner ce petit témoignage de courtoisie malgré toute la bonne volonté du monde.

Lew secoua la tête.

— Tu dois d'abord prendre un bain, dormir, et peut-être faire un repas normal. Marguerida s'est occupée d'eux, et organise un petit dîner pour demain soir. Jusque-là, tu n'as rien à faire qu'à te reposer. Le Château Comyn peut se passer de toi un jour ou deux. Le monde ne s'est pas arrêté à la mort de Régis Hastur.

— Peut-être que non, mais alors pourquoi en ai-je l'impression ?

Ils avaient tous deux les larmes aux yeux quand ils se levèrent. Lew souffla les chandelles et couvrit le feu. Ils restèrent un moment immobiles, épaule contre épaule, unis par le désir de conduire leur monde en ces temps difficiles qui les attendaient, puis Donal leur ouvrit la porte et ils quittèrent la pièce.

CHAPITRE IV

Lyle Belfontaine, Chef de Station au QG de Cottman IV, se renversa dans son fauteuil raide et inconfortable, les yeux tournés vers l'ouest et vers le soleil de l'après-midi, presque caché derrière des nuages de pluie. Il pleuvrait bientôt, ou peut-être qu'il neigerait un peu. De son bureau, il voyait tous les immeubles simples et carrés qui composaient le complexe du QG – la centrale électrique, la caserne, l'hôpital, et le reste. C'était une belle vue, à son avis, parce qu'il ne voyait rien de la « cité » indigène de Thendara. Cela lui convenait parfaitement. Il détestait la cité, ses habitants, et surtout Régis Hastur et tous les autres seigneurs récalcitrants des Domaines. Rien de ce qu'il avait fait, depuis des années qu'il était exilé sur ce monde maudit, ne leur avait fait plus d'effet qu'une piqûre de moustique, et il avait horreur qu'on ignore ses initiatives.

Après quelques minutes de ces futiles ruminations, il fit pivoter son fauteuil et se pencha pour prendre un fax sur son bureau, par ailleurs vierge de tout papier. Il le relut, totalement incrédule et désemparé. Il remua misérablement dans son fauteuil, conçu pour un homme plus grand et boulonné au sol. Il en avait commandé un autre plusieurs fois, mais ne l'avait jamais vu arriver. Ce fauteuil lui semblait symboliser tout ce qui n'allait pas actuellement dans la Fédération – trop rigide et trop grand.

Son visage se plissa de contrariété, et les cicatrices de son visage, conséquences de la désastreuse affaire de Lein III, se mirent à lui démanger la joue et le front. Belfontaine aurait pu se les faire enlever, mais il avait choisi de les garder. Il croyait qu'elles lui donnaient l'air dangereux et inspiraient le respect. C'était un souvenir de la perte des bonnes grâces de la Fédération, de son exil sur cette maudite planète au climat épouvantable, et de l'échec total de tous les plans qui lui trottaient dans la tête avant son arrivée. Il était résolu à réussir là où tout le monde avait échoué – livrer Cottman IV à la Fédération sur un plateau. Jusque-là, il n'avait pas réussi ; il ne s'était même pas rapproché de son but. Si seulement il n'avait pas été obligé d'agir par l'intermédiaire de sous-fifres, et de travailler avec des imbéciles têtus comme Lew Alton ! Au moins, il s'était débarrassé du Capitaine Rafe Scott – il l'avait forcé à prendre sa retraite. Qu'il s'amuse à faire le guide de montagne dans les Heller – Belfontaine espérait bien qu'il se casserait le cou ou qu'il gèlerait jusqu'à ce que mort s'ensuive. En fait, il serait bien content si toute la population se transformait en glaçons. La planète était marginale au mieux, mais s'il n'y avait pas d'indigènes, elle pourrait être colonisée et il en deviendrait le Gouverneur Général, au moins.

Maintenant, tous ses espoirs étaient en ruine ! On ordonnait que tous les employés de la Fédération quittent Cottman IV dans les trente jours. Il branla du chef, passa une main nerveuse dans ses cheveux grisonnants, puis froissa le message et le lança vers le vide-ordures. La boulette de papier manqua sa cible et tomba sur le sol où elle continua à le narguer. Ses chances de se racheter, de rentrer en grâce, s'évanouissaient, et tout ça à cause de Nagy et de son ambition insatiable ! C'était sans doute une faute. Ce n'était pas le moment que la Fédération se retire !

Il ne lui fallait plus qu'un an – deux au maximum – et le titre de Gouverneur Général serait à lui. Non que ce fût son plus cher désir, bien sûr. Être le gouverneur d'une planète telle que Cottman IV n'aurait pas satisfait son ambition, mais cela aurait été un début. Il était sûr qu'il aurait pu s'en servir comme monnaie d'échange contre une meilleure situation, sur une planète où il jouirait d'une véritable influence et d'un vrai pouvoir. Cottman était un simple caillou sans valeur ou il ne s'y connaissait pas.

Dieu, ce qu'il haïssait cette planète ! Parfois, il rêvait d'appeler une Force de Frappe, pour la réduire à l'état de scorie radioactive, s'évaporant dans le vide. Cela aurait été une fin appropriée pour un monde si sacrément froid, dont les indigènes crasseux croyaient que l'enfer est un congélateur. Ce n'était qu'un rêve, et un rêve futile de surcroît, mais il l'empêchait de devenir fou. Ou alors Belfontaine aurait voulu appeler au moins une Force d'Intervention. Il avait fait de son mieux pour provoquer une situation justifiant leur venue, pour pouvoir obtenir quelques régiments de Marines afin de « rétablir l'ordre ». Cela avait bien marché sur d'autres mondes, même sur certains qui étaient membres à part entière de la Fédération. Mais le maudit statut de Planète Protégée lui liait les mains, et à moins de pouvoir démontrer que l'astroport était menacé, ou le QG assiégé par des foules hostiles, il était inutile de demander de l'aide. Tout ce qu'il obtenait, c'étaient des refus d'un gratte-papier quelconque d'Alpha, disant que la situation économique actuelle les mettait dans l'impossibilité d'accéder à ses requêtes. Il doutait que quiconque d'important ait jamais lu les rapports qu'il avait tant de mal à rédiger.

Il était entouré d'incompétents ! Il avait des agents – peu, certes, et pas les meilleurs que pouvaient offrir les Services Secrets – et il les avait chargés de fomenter les troubles qui lui auraient permis d'acquérir les pouvoirs qu'il convoitait. Ils avaient échoué, car les émeutes qu'ils étaient parvenus à faire éclater avaient cessé aussi vite qu'elles avaient commencé, et Régis Hastur ne lui avait jamais demandé son aide. Il s'était servi de ses propres Gardes, et il avait rétabli l'ordre d'une façon qui lui avait gagné le respect récalcitrant de Belfontaine, ou plutôt qui le lui aurait gagné s'il ne l'avait pas haï si passionnément. Il n'avait jamais rencontré Hastur, et il ne le connaissait que par l'intermédiaire de l'inquiétant Danilo Syrtis-Ardais ou de ce maudit Lew Alton, nommé à un poste qui semblait l'équivalent du Ministre des Affaires Étrangères, sauf que ce genre de titre n'existait pas sur Cottman IV. Il abhorrait ce grand manchot, et évitait de le rencontrer chaque fois qu'il pouvait. Il y avait en lui quelque chose d'anormal, de monstrueux, qui lui donnait la chair de poule. Alton était un mur que Belfontaine n'était jamais parvenu à franchir.

Une fois de plus, il taquina l'idée d'envoyer un faux rapport. Sa secrétaire personnelle, stupide et obéissante, et d'ailleurs choisie pour ces qualités, ne discuterait pas ses ordres. Sans doute qu'elle ne lirait même pas le message mais se contenterait de le transmettre en code. Belfontaine frissonna. C'était exactement ce qui l'avait fait exiler sur Cottman IV, avec rétrogradation du grade de Général de Brigade à Colonel, et un point noir dans son dossier. Son châtiment, c'était cet enfer gelé et arriéré, où la population ne voyait jamais les infomédias et ne pouvait pas être influencée par les rumeurs. Pourtant, ses agents n'avaient pas manqué d'en répandre, mais les gens n'y avaient guère prêté attention – presque comme s'ils savaient qu'elles étaient fausses.

L'unique tentative de Belfontaine pour contourner les restrictions à la technologie s'était soldée par un échec total. Il avait fait installer des écrans d'infomédias dans quelques tavernes de la Cité du Commerce – bien que ce fût une violation patente de plusieurs traités – et ils les avaient démantelés dans la journée. L'erreur s'était révélée coûteuse, et il était sûr que Lew Alton était l'instigateur de son échec. Si seulement il avait directement accès à Régis Hastur, il était certain de le persuader des avantages des écrans d'infomédias, qui auraient pu conduire à l'électrification de Thendara, et donner à la Fédération une emprise sur ce monde. Mais, malgré ses requêtes, il n'avait jamais été invité au Château Comyn. Et, pour les contacts qu'il avait avec lui, Régis Hastur aurait aussi bien pu être un individu imaginaire. Par dépit, il avait interdit le centre médical à tous, sauf au personnel de la Fédération, pensant que les indigènes ne voudraient pas renoncer à ses avantages. Il avait également fermé l'orphelinat John Reade. Ça n'avait rien donné non plus. Ces imbéciles ne se souciaient pas de la technologie médicale terrienne, et ils s'occupaient eux-mêmes des enfants abandonnés !

Ils n'utilisaient même pas les traitements Prolongateurs de Vie – sauf le vieux fou des Heller, Damon Aldaran – et ils se laissaient vieillir et mourir naturellement !

Cela, entre autres choses, le choquait. Il avait bien l'intention de vivre cent cinquante ans, au moins – et plus si possible. Bon sang ! il vendrait bien son âme contre l'immortalité, s'il croyait aux dieux, à l'âme et autres balivernes. Mais s'il ne trouvait pas le moyen de mettre Cottman IV en son pouvoir avant l'expiration du délai d'un mois, une façon de déstabiliser le gouvernement, il allait se retrouver sur une autre planète arriérée, et n'aurait jamais l'argent nécessaire à la cure. Il avait près de soixante ans, dont trente passés dans différentes branches des Services Fédéraux, et il devrait bientôt commencer le traitement. Mais le prix en avait énormément augmenté au cours de la précédente décennie, ce qu'il trouvait bizarre. Issu d'une famille d'industriels, il comprenait l'économie et il savait qu'avec le temps le prix des soins aurait dû baisser au lieu d'augmenter. À l'évidence, quelqu'un se remplissait les poches grâce à ce procédé. Mais comme la Société Belfontaine n'avait aucun lien avec l'industrie pharmaceutique, furieux, il ne pouvait que faire des suppositions.

Au cours d'une conversation dont il gardait le souvenir cuisant, son père lui avait dit qu'il n'avait pas la tournure d'esprit nécessaire pour travailler dans le vaste empire qu'était la Société Belfontaine. Sinon, il n'aurait jamais échoué sur Cottman IV, mais aurait extrait des entrailles fondues de quelque autre planète, comme son frère Gustav, les matières premières pour les Grands Vaisseaux et les cuirassés que la Fédération construisait activement.

Il n'oublierait jamais le jour où son père lui avait dit qu'il n'y avait pas de place pour lui à la SB, que les sondages psychiques de la société avaient conclu à son inaptitude à quelque poste que ce soit dans la compagnie. Au moins, il n'avait pas souffert l'insulte suprême d'être nommé directeur d'usine. Il se revoyait encore, debout devant l'immense bureau derrière lequel s'abritait son père, attendant qu'il lui dise qu'il serait nommé au parlement fédéral d'une des nombreuses planètes que possédait la Société. C'était la voie habituelle de tous ceux qui n'entraient pas dans la compagnie.

Mais apparemment il devait également être inapte à cela. Il ressentait encore le choc éprouvé aux paroles de son père.

– Je ne peux rien faire pour toi, Lyle. Et nous ne t'entretiendrons pas – pas d'oisifs dans la famille. Je pense que ta seule option est de servir la Fédération – pas en tant que militaire, naturellement ; il y aurait trop d'occasions de conflits d'intérêts qui pourraient mettre la compagnie dans l'embarras. La Société Belfontaine doit passer avant tout, bien entendu. Je sais que tu comprendras. Mais tu devrais trouver *quelque chose*, un poste ou un autre. C'est tout – j'ai une holoconférence dans trente secondes.

Assommé, il avait accepté son congé sans un mot, et avait quitté le bureau. Le Service de la Fédération ! C'était pour les gens qui ne trouvaient rien d'autre – qui étaient *incompétents*. Son éducation lui avait appris à considérer le Service avec mépris, et maintenant on lui ordonnait d'y entrer. Il aurait voulu pouvoir retourner en arrière, mettre en bouillie le visage lisse à la jeunesse prolongée d'Augustine Belfontaine. Mais son père était grand et fort, et Lyle ne l'était pas. Il n'avait jamais revu son père, et il avait tenté d'apaiser sa susceptibilité blessée en faisant des projets qui leur feraient regretter de l'avoir si mal traité.

Curieusement, le Service lui avait assez bien réussi, sa première humiliation surmontée. Il s'était découvert un certain don pour l'administration – autant pour la fiabilité des psycho-sondages ! Il s'était élevé rapidement dans la hiérarchie, jusqu'à sa stupide erreur de Lein III. Il n'aurait jamais dû tenter de renverser un souverain planétaire, et surtout pas avec des explosifs dont on pouvait faire remonter l'origine jusqu'à ses bureaux. Et les faux rapports qu'il avait envoyés sur Alpha avaient été dénoncés pour ce qu'ils étaient – des supercheries. Il avait eu de la chance qu'on lui propose Cottman IV. S'il avait eu moins de relations haut placées, il aurait pu finir directeur de colonie pénale, ou pire encore, pensionnaire de l'une d'elles.

Il était plus habile maintenant, et avec son expérience des Technologies de l'Information et de la Propagande, il savait ce qu'il aurait pu faire sur Cottman IV, même avec un seul écran d'infomédias et un bon choix de divertissements. Il aurait pu exciter jusqu'à la fureur les habitants de Thendara en moins d'un mois, il en était certain, et les lancer à l'assaut du Château Comyn avec des fourches et des casse-tête. Après l'incident de Lein III, il avait fait un stage dans la branche de la sécurité qui administrait des avant-postes semblables, et ça lui avait beaucoup plu. Certes, il ne s'était jamais servi d'une arme, même s'il fantasmait parfois en s'imaginant manier un désintégrateur. Il aurait aimé descendre en flammes son père, qui continuait à diriger la Société Belfontaine à quatre-vingt-dix ans passés, de même que Lew Alton et quelques autres. Mais il méprisait les militaires presque autant qu'il détestait les souverains héréditaires comme Régis Hastur. C'était de la chair à canon, comme les ouvriers des usines Belfontaine. En ses rares moments d'introspection, il avait conscience des imperfections de cette attitude, et se demandait si les psychosondes les avaient détectées et si c'était pour ça qu'il s'était vu refuser sa place légitime dans la compagnie.

Mais ce n'était pas sa faute ! C'étaient les gens comme Lewis Alton, entêtés à préserver leur propre pouvoir, qui empêchaient la Fédération d'accomplir sa destinée, de gouverner toutes les planètes d'une main de fer. C'était dans l'ordre des choses. Mais non, ils s'obstinaient à prétendre que leurs propres coutumes leur convenaient parfaitement, sans voir qu'ils ne faisaient que retarder l'inévitable. Comment une petite planète arriérée comme Ténébreuse pouvait-elle s'opposer aux Terriens sur le long terme ? Et lui, Lyle Belfontaine, voulait être l'homme qui enlèverait à Cottman IV son statut de Planète Protégée et l'amènerait dans la Fédération, où ses maîtres légitimes la feraient rentrer dans le rang !

Belfontaine était très perturbé que les Ténébrans soient parvenus à lui résister jusque-là, car cela démentait les rares principes en lesquels il croyait. Ils étaient simples – devoir, loyalisme et obéissance –, et à part ça Belfontaine savait que la destinée de la Fédération était de contrôler totalement la vie de milliards d'habitants sur des centaines de planètes. Viser à moins était inacceptable et pratiquement impensable. La Fédération était le meilleur cadre permettant de gouverner efficacement et sans à-coups, ce qui signifiait pour lui que les immenses entreprises, comme la Société Belfontaine, pouvaient faire tout ce qu'elles voulaient pour survivre et dégager des bénéfices. Il avait appris ça dès qu'il avait su marcher, et rien n'avait jamais pu déloger cette idée de sa tête.

Il réalisait que cela causait parfois des peines et des souffrances. Mais, en considérant les choses sous une plus vaste perspective, peu lui importait que quelques millions d'ignorants arriérés meurent de faim pour nourrir les milliards vivant sur les planètes avancées. Les gens étaient des produits jetables, après tout. Non les gens comme lui, nés pour prendre des décisions importantes, et façonner l'avenir. C'étaient les fermiers, les marchands et les soldats – les masses anonymes – qui étaient sans importance. Même les gros bonnets indigènes comme Régis Hastur étaient jetables. S'il arrivait à se débarrasser de ce petit homme prétentieux, il pourrait sans doute mettre facilement les autres dans sa poche.

Lyle soupira. Pour enivrante que fût l'idée de poser une bombe sous le Château Comyn pour le réduire en miettes comme il le méritait, il savait que ce n'était pas une chose à faire. Même dans son état actuel de chambardement, la Fédération n'était pas assez désorganisée pour ne pas poser de questions, nommer une commission d'enquête, et sans doute le destituer. Il serait impossible de mettre l'événement sur le compte des indigènes – leur technologie n'était pas à la hauteur. Personne ne croirait qu'un indigène s'était introduit au QG, y avait volé des explosifs et un détonateur, et acquis les connaissances indispensables pour s'en servir utilement. Certains l'auraient pu, comme le Capitaine Scott, qui avait circulé librement au QG pendant des décennies avant sa démission, mais même lui n'imaginait pas que quiconque croirait que Scott était le coupable. Il avait suivi cette voie une fois, et ça lui avait servi de leçon. Il devait forcément y avoir un autre moyen, mais il ne l'avait pas encore trouvé.

La sonnette tinta doucement, et il leva les yeux, contrarié d'être dérangé.

– Entrez, dit-il sèchement.

Un grand costaud se tenait dans l'embrasure, en uniforme de cuir bien luisant. Il entra avec une grâce désinvolte que Belfontaine lui enviait, et ses six pieds ne manquaient jamais de lui rappeler combien il était petit lui-même. C'était Miles Granfell, son second à l'Information, et son principal agent secret pour fomenter la discorde sur Cottman IV. Il était compétent et astucieux, mais trop ambitieux pour sa tranquillité, et Lyle n'avait pas entièrement confiance en lui. Quand même, il parvint à lui sourire pour sauver les apparences.

– Alors, qu'est-ce qui se passe ?

Granfell n'était pas du genre à tourner autour du pot, trait que Belfontaine appréciait. Perte de temps que de demander à quelqu'un comment il allait. Et il connaissait déjà vraisemblablement le contenu du communiqué officiel toujours froissé par terre, mais affectait l'ignorance pour des raisons à lui.

– À moins de convaincre Hastur d'adhérer à la Fédération en qualité de membre à part entière, nous avons trente jours pour évacuer la planète.

– Est-ce que ça vaut la peine d'essayer ?

– Je ne crois pas, mais je vais quand même convoquer Lew Alton pour demain ou après-demain, et faire une dernière tentative. J'aimerais mieux voir Hastur lui-même, mais ça semble impossible. Et comme la Fédération est occupée ailleurs, nous ne pouvons pas en attendre un grand soutien pour le moment.

– Occupée ?

– Il semble que la dissolution du parlement ait été mal accueillie, et certains membres de la Fédération affichent des signes de révolte. Toute l'affaire a été mal préparée, et je me demande si le Premier Ministre Nagy sait ce qu'elle fait. C'est ce qui arrive quand on met une femme à la barre. Elles sont bien trop émotives pour gouverner !

Granfell opina.

– Si seulement nous avions obtenu le renouvellement du bail avant cet événement, notre position serait meilleure.

– Eh bien, nous ne l'avons pas. Et cette boule de glace n'en vaut pas la peine. Ils n'ont jamais vraiment commercé avec la Fédération, et la résistance d'Hastur pour accepter nos technologies n'a rien arrangé. Si un autre présidait leur Conseil – quelqu'un de favorable à la Fédération – nous aurions peut-être une chance. Mais pas ainsi.

Cet imbécile de Damon Aldaran avait fait des tas de vagues promesses, mais jusque-là il n'en avait tenu aucune, et maintenant il n'en aurait plus l'occasion. D'ailleurs, Belfontaine n'avait jamais cru ce vieil ivrogne.

– Le problème, ce n'est pas que ces imbéciles soient anti-Fédération, Belfontaine, c'est qu'ils soient pro-

Cottman. Ils se soucient comme d'une guigne des autres planètes, à part quelques rares individus, et même ceux-là semblent aimer l'endroit. Je suis là depuis dix ans, et je n'ai pas encore compris sa séduction. Il fait un froid polaire et la population est arriérée – la plupart d'entre eux ne savent même pas lire ! À mon avis, la planète ne vaut pas la peine qu'on se décarcasse pour elle, sauf que permettre à un monde habité de rester hors du contrôle de la Fédération constitue un précédent fâcheux.

Belfontaine gloussa.

– Cottman n'est pas près de construire des Grands Vaisseaux – ils n'ont pas les ressources nécessaires – et de nous défier. Mais ça m'ennuie d'évacuer. Ça sent l'échec, et je déteste ça.

– Tu as parlé d'autres mondes qui se révoltent.

– On n'en est pas là – pas encore. Et franchement, je n'obtiens pas grand-chose du siège.

Bizarre comme son éducation de cadre persistait dans son vocabulaire.

– Mais, à mon avis, il y a de grandes chances pour que certains amiraux profitent de l'occasion pour prendre le pouvoir, et se dresser contre la Fédération pendant cette période de transition. Et j'ai quand même appris qu'il y a d'immenses émeutes sur certains mondes à représentation libérale. Elles seront bientôt matées, naturellement, mais c'est troublant. Quand nous décollerons, nous ne saurons peut-être pas où aller.

– Ou pire : peut-être que nous ne pourrons jamais décoller. Tu y as pensé ?

– Que veux-tu dire, Miles ? demanda-t-il, l'observant d'un œil soupçonneux, et se demandant si son subordonné savait quelque chose qu'il ignorait.

Était-il possible que Granfell eût ses propres sources d'informations à l'intérieur du QG, ou pire, des contacts extérieurs qu'il ignorait ? L'idée le mit mal à l'aise, mais elle valait qu'il l'approfondisse.

– Si les Forces de Sécurité de la Fédération sont occupées à mater des émeutes et des révoltes, elles n'auront peut-être pas de vaisseaux à mettre à notre disposition pour évacuer la planète. Nous pourrions être abandonnés ici pendant plusieurs années.

Granfell parlait avec simplicité, comme si l'idée lui était familière.

Lyle le regarda, atterré. Il n'avait même pas pensé à ce scénario, qui n'était pas invraisemblable, en plus. Dans un passé récent, la Fédération s'était retirée de quelques planètes marginales quand elle ne pouvait pas arriver à ses fins autrement. L'idée de rester sur Cottman IV lui déplaisait souverainement, et celle qui lui vint ensuite lui déplut plus encore. Il serait sacrifié – même si c'était impensable ! Il devait exister un moyen de tourner cela à son avantage.

Si la Fédération les abandonnait ici, que ferait-il ? Il connaissait la réponse à sa question avant même qu'elle ait pris forme dans son esprit. Il éliminerait les grandes familles gouvernantes de Cottman, et il se proclamerait Gouverneur. Sans avoir à craindre une commission d'enquête, il pourrait faire ce qu'il voudrait. Cottman IV n'était pas le gros lot, mais il s'en accommoderait s'il avait le pouvoir de gouverner à sa guise.

Granfell le regardait bizarrement, alors il se força à prendre l'air inquiet, sachant que parfois sa cupidité le trahissait.

– Je doute qu'on en vienne là.

– Sais-tu qu'Hermès Aldaran est revenu et qu'il a passé la douane hier ?

– Oui, on me l'a dit. Quelle importance ?

– Tu ne trouves pas bizarre qu'il rentre juste en ce moment ? Je veux dire : il a quitté Terra avant l'annonce de la dissolution.

Belfontaine haussa les épaules.

– Il a sans doute eu de la chance, c'est tout. S'il arrivait aujourd'hui, nous l'arrêterions. Mais il est trop tard. Et l'astroport est fermé jusqu'à notre départ, alors, il n'y a rien à faire.

Une idée commençait à germer dans sa tête, mais les paroles de Granfell la lui firent oublier.

– Si nous *pouvons* partir. En ce moment, je ne compterais pas trop sur la Fédération. J'étais sur Comus pendant l'évac, Lyle, et ce n'est pas un bon souvenir. N'oublie pas que toi et moi, nous sommes jetables, à moins de trouver le moyen de retourner la situation.

La mâchoire de Lyle s'affaissa une seconde. Granfell pensait peut-être qu'il était jetable, mais pas lui ! Puis il reprit contenance.

– Tu as quelque chose de précis en tête, ou il ne s'agit que d'un vœu pieux ?

– Rien de précis pour le moment, mais j'ai toujours l'oreille aux aguets dans les rues, et j'ai mes agents. Il se passe quelque chose. Bon sang ! tu sais que le Château Comyn est sans doute le seul gouvernement de la galaxie où nous n'avons pas d'yeux et pas d'oreilles. Nous avons tout essayé, mais les gens sont soit trop stupides pour se laisser acheter, soit trop fidèles aux Comyn. Je vais tâcher d'en savoir plus. Après tout, nous avons un mois devant nous et il peut se passer beaucoup de choses d'ici là.

– Dommage qu'on ne puisse pas attaquer...

– Je sais. Mais nous n'avons pas plus de trois cents Marines sur toute cette maudite planète, et même avec la supériorité de notre armement, ce n'est pas assez.

– C'est vrai. Je vais voir si je peux obtenir des renforts.

Il savait que c'était un vain espoir.

– D'accord, et de mon côté, j'essaierai de contacter Vancof. Dommage que nos efforts pour provoquer une révolte aient été un échec spectaculaire, hein ?

– C'est dur de rendre insatisfaits des gens qui sont contents de leur sort, Miles. Et franchement, ils sont trop ignorants pour comprendre ce qu'ils perdent à refuser la technologie. Je croyais les mettre à genoux quand j'ai fermé le centre médical, mais ça n'a pas marché. Ils n'en savent même pas assez pour s'en soucier.

– Incroyable, n'est-ce pas ? La moitié d'entre eux sont illettrés, n'ont jamais vu un vidéodram, et pourtant, ils nous regardent de haut comme si nous étions des... des barbares.

– Imbéciles arrogants ! Je les aurai !

Soudain, il perdit tout contrôle sur lui-même et abattit son poing sur la table, faisant sursauter son compagnon et lui-même.

– Ils ne savent pas ce qui est bon pour eux !

– C'est vrai, répondit doucement Granfell, comme amusé de la sortie de son supérieur. Mais je ne suis pas prêt à donner l'assaut au Château Comyn avec les hommes dont je dispose – pas avant d'avoir épuisé toutes les autres possibilités. Je vais tenter une dernière fois d'introduire quelqu'un à moi dans la place – sans grand espoir de réussir. Ce tas de pierres semble imperméable. Parfois, je me dis qu'il y avait peut-être plus de vrai que nous ne le pensions dans cette rumeur sur les télépathes de Cottman.

Belfontaine foudroya Granfell quelques secondes. Où avait-il été chercher l'idée qu'il avait le droit de donner l'assaut au Château Comyn ? Son second cherchait-il à réaliser ses propres ambitions, ou à usurper son autorité ? Non, il devait faire des suppositions en l'air. À moins qu'il n'ait un plan à lui. C'était une idée inquiétante, bien plus que des télépathes et des magiciens imaginaires.

Belfontaine secoua la tête, réprimant un frisson.

– C'est impossible. Le Projet Télépathe a été un échec total, et un pur gaspillage d'argent. D'accord, il y a quelques mutants dans le secteur, mais rien de nature à nous inquiéter. Je pense simplement que, pour des primitifs, les gens de Cottman IV ont un excellent système de sécurité.

Il eut un sombre sourire, sachant que Granfell était furieux d'avoir toujours été incapable d'infiltrer le Château Comyn. Quand même, il ne pouvait s'empêcher de penser à ce que Miles avait dit, comme si c'était lui qui commandait les Marines, et non Belfontaine. Il faudrait le garder à l'œil dans les semaines à venir – il était trop ambitieux et trop malin.

– On verra. Dirk Vancof a été presque inutile, mais peut-être qu'il pourra nous obtenir les informations qu'il nous faut. Je te tiendrai au courant.

Après le départ de Granfell, Belfontaine resta immobile devant son bureau, les yeux fixés sur son buvard, l'estomac noué. L'idée qui lui était venue lui revint à l'esprit, et il la retourna dans sa tête. Hermès Aldaran pouvait maintenant être considéré comme un ennemi de la Fédération. Pouvait-il utiliser cela pour pousser Régis Hastur à faire une imprudence, et s'en servir comme prétexte pour demander une Force d'Intervention ?

Dommage que Lew Alton connût les lois de la Fédération aussi bien que lui, mais il ne risquait rien à demander qu'on lui livre Hermès Aldaran, non ? Cela contrarierait sans doute le Seigneur Aldaran, mais il avait déjà prouvé qu'il était un allié inutile. Son fils Robert, l'aîné, ne valait pas mieux. C'était un homme terne, sans une once d'imagination. Il y avait bien la sœur, qui vivait au Château Aldaran, mais elle ne lui avait pas été aussi utile qu'il l'avait espéré au premier abord. De plus, on ne pouvait pas faire confiance aux femmes. Il devait bien y avoir un moyen de renverser les Hastur – il n'avait plus qu'à le trouver !

CHAPITRE V

Le lendemain soir, quand Mikhaïl escorta Marguerida et ses enfants à la petite salle à manger, il constata avec plaisir qu'il avait presque repris figure humaine. La douleur qui l'habitait n'était pas physique et il reconnut l'affliction ressentie voilà longtemps à la mort de son neveu Domenic Alar, et encore peu après quand Emun Elhalyn et sa mère Priscilla avaient quitté ce monde. Il l'avait éprouvée de nouveau dix ans plus tard, quand Diotima Ridenow, la femme de Lew, s'était éteinte. Le repos et la nourriture n'y feraient rien, seul le temps pourrait l'apaiser. Et Régis aurait voulu qu'il reprenne aussitôt les rênes du gouvernement, que tout continue à fonctionner normalement. Il regrettait seulement que ce fût si difficile.

Malgré tout, il lui tardait de revoir Hermès Aldaran après tant d'années, et de faire la connaissance de sa femme et de ses enfants. La veille, Lew avait eu raison de l'envoyer se coucher et de protéger sa solitude, mais il se reprochait quand même de ne pas s'être arrêté aux appartements Storn pour les saluer. Il n'avait vu personne à part sa femme et ses enfants, et même cela lui avait été pénible.

Domenic, son aîné et héritier, semblait profondément affecté et en même temps irrité. C'était bizarre, mais il n'avait pas l'énergie de tirer cela au clair. Il savait qu'il était inutile de questionner Domenic, qui avait été un

113

enfant silencieux et était maintenant un adolescent réservé. Rhodri, son deuxième fils, s'obstinait à faire des plaisanteries vaseuses, comme s'il ne supportait pas la désolation qui s'était abattue sur le Château Comyn. Il avait réussi à contrarier tout le monde, à provoquer sa sœur Yllana, sa sœur adoptive Alanna et même Ida Davidson, généralement imperméable aux sottises des enfants. Même Marguerida, qui d'ordinaire s'amusait de ses farces, se déclarait prête à l'expédier à Nevarsin, où les moines *cristoforos* lui mettraient un peu de plomb dans la cervelle. Rhodri s'était contenté de sourire, intrépide devant cette menace comme il l'était devant toutes les circonstances de la vie. Dommage qu'à treize ans il fût encore un peu jeune pour la Garde, car même Mikhaïl convenait que son deuxième fils manquait sérieusement de discipline.

Alanna Alar était déjà à la salle à manger, avec ses cheveux roux luisant comme du cuivre pur et ses yeux verts auxquels rien n'échappait. Après avoir été un bébé agité et une fillette anxieuse, elle était devenue une adolescente inquiète et vigilante. Il la regarda, debout de l'autre côté de la pièce, et lui sourit. Elle lui rendit son sourire, ce qui le surprit agréablement. Mikhaïl l'aimait beaucoup, mais il reconnaissait que sa nièce était étrange. Il fut soulagé de la voir de bonne humeur. Yllana avait été complètement désespérée de la mort de Régis, mais Alanna avait réagi par l'indifférence, ce qui était curieux car elle avait été très proche de son grand-oncle. Il soupçonnait qu'elle était encore sous le choc, et que, lorsqu'il se dissiperait, elle compenserait son calme actuel par une double dose de l'hystérie pour laquelle elle était bien connue au Château Comyn. À son avis, elle avait incontestablement hérité de l'instabilité qui était la malédiction de la lignée Elhalyn, et se consolait à l'idée qu'elle était seulement nerveuse, et non pas carrément folle comme tant de ses cousins l'avaient été. Et le temps la guérirait peut-être de cette nervosité, espérait-il, car il l'aimait sincèrement.

C'était une très jolie jeune fille, et elle le savait. Elle venait de terminer la première partie de son entraînement à Arilinn, où son *laran* puissant et remarquable serait, espérait-il, discipliné en quelque chose d'utilisable. Elle avait déjà le don de se téléporter et d'allumer le feu à distance, combinaison potentiellement mortelle, et si rare qu'elle était difficile à maîtriser. Et elle était de caractère emporté, ce qui la rendait très dangereuse. Il se faisait plus de souci pour elle que pour ses propres enfants, car elle avait du vif-argent dans les veines, ce qui lui rappelait désagréablement certains enfants Elhalyn, Vincent en particulier. Elle avait le même égotisme, mais sans la propension du jeune mort à brutaliser les autres.

Mikhaïl vit Domenic sourire à Alanna, s'éclairant comme chaque fois qu'il était près de sa cousine et sœur adoptive de caractère si difficile. Ils n'avaient que huit mois de différence, et Alanna vivait au Château Comyn depuis l'âge de cinq ans. Ils étaient pratiquement comme des jumeaux, et ils avaient l'étrange capacité de s'égayer l'un l'autre ou de s'assombrir mutuellement, que personne ne comprenait. Ce soir, elle semblait de la meilleure humeur, ce dont il remercia les dieux, puis il se retourna vers l'entrée de la salle à manger.

Hermès et sa famille arrivaient, et Mikhaïl ne pensa plus qu'à eux. Derrière lui, il sentit Donal se redresser, tous les muscles en alerte, examinant les nouveaux venus d'un œil méfiant, beaucoup trop soupçonneux pour un si jeune homme. Mikhaïl réprima un soupir, car, comme lui-même, Donal n'avait jamais vraiment eu d'enfance. Il savait qu'il avait pris la bonne décision pour lui-même, mais il n'était pas certain d'avoir fait le meilleur choix pour Donal.

Mikhaïl observa Hermès Aldaran, s'efforçant de faire concorder l'image de l'homme qu'il avait devant lui avec ses souvenirs du jeune homme qu'il avait connu plus de vingt ans auparavant. Il avait beaucoup moins de cheveux, et une certaine mollesse autour de la taille qui trahissait la vie sédentaire. Il avait des pattes d'oie intéressantes, et une bouche généreuse, faite pour le rire, partiellement cachée par sa barbe bouclée. Mais pour le moment il n'y avait aucune joie sur ce visage, juste une sorte de tension, comme s'il était incertain de l'accueil qu'on lui réserverait.

Près de lui se tenait une très jolie femme aux cheveux noirs, et, comme l'avait remarqué Lew, au menton volontaire. Deux enfants les accompagnaient. Le garçon, d'environ treize ans, avait des yeux gris qui se posèrent immédiatement sur Alanna avec intérêt et admiration, et la fille, qui pouvait avoir dans les neuf ou dix ans, semblait un peu intimidée à la vue de tant d'étrangers. Lew avait raison, c'était bien une Aldaran, et elle aurait pu être la fille de Gisela ou de Marguerida.

Ils portaient tous des vêtements de la Fédération, qui parurent exotiques et extravagants à Mikhaïl. La fille, Térèse, était en jupe courte et luisante, et ses jambes encore grêles étaient gainées de bas aux motifs criards. Sa mère avait revêtu une étroite robe du soir en velours rouge foncé, découvrant les épaules et moulant la poitrine. La jupe s'arrêtait aux genoux sur le devant et tombait jusqu'au sol par-derrière, révélant des mollets élégants et de petits pieds chaussés de sandales étincelantes. Ses longs cheveux noirs étaient artistement tressés et enroulés sur la nuque qu'ils cachaient pudiquement, et de longues boucles d'oreilles en métal oscillaient avec grâce le long de son cou. Hermès et le garçon portaient des gilets qui s'arrêtaient brusquement à la taille sur des chemises plissées, avec des pantalons étroits qui lui parurent bien inconfortables. Dans l'ensemble, c'étaient des tenues bizarres, et il dut se faire violence pour ne pas fixer les jambes de Katherine.

Katherine regarda brièvement Marguerida, puis Alanna et Yllana, et son visage s'assombrit un instant. Et quand Mikhaïl vit Gisela et son frère Rafaël entrer derrière elle, il réalisa que sa malveillante belle-sœur avait encore fait des siennes. C'est sans doute elle qui avait dit à Katherine de s'habiller ainsi. Pourtant, quand il reporta son regard sur Katherine, il la vit composer son visage, et se redresser avec un peu de raideur dans sa robe ravissante, mais déplacée. Elle était la femme d'un Sénateur depuis plus de dix ans, et savait sans doute se tirer avec grâce de situations qu'il n'imaginait même pas.

Mon Dieu – elle est retournée, Mik.

C'est évident pour tout le monde, caria.

Gisela a proposé de s'occuper d'elle, et je pensais qu'elle lui dirait comment s'habiller. J'étais si fatiguée que j'avais du mal à réfléchir! Je sais que ça t'importe peu, mais nous les femmes, nous prenons ces choses très au sérieux. Zut!

Chère optimiste! Après tant d'années, tu devrais savoir qu'il faut toujours se méfier de Gisela. Mais Katherine a quand même de jolies jambes, tu ne trouves pas?

Devrais-je être jalouse?

Jamais, ma chérie. Jamais.

Hermès s'éclaircit la gorge.

— Salut, Mikhaïl. Voilà longtemps qu'on ne s'est pas vus, hein? J'aimerais te présenter ma femme, Katherine Korniel Aldaran, et nos enfants, Amaury et Térèse.

— Bienvenue au Château Comyn. Je regrette seulement que vous ayez été si mal accueillis et je m'excuse de ne pas être venu vous saluer hier. On m'a envoyé me coucher, mais heureusement pas sans dîner, dit Mikhaïl avec jovialité, s'efforçant de dissiper leur gêne.

— Korniel? Serais-tu par hasard apparentée au compositeur du même nom?

— C'était mon grand-oncle, répondit Katherine.

Les yeux brillants, Marguerida fit taire pour le moment l'ardent intérêt qu'elle portait au musicien, et s'avança, tendant vers elle ses deux mains gainées de soie.

— Mais où ai-je la tête? Comment vous sentez-vous tous après ce long voyage?

Elle fit une pause pour permettre à Hermès de répondre, et comme il se taisait, elle reprit:

— *Domna* Katherine, je te présente mon mari, Mikhaïl Hastur, et mes enfants, Domenic, Rhodri et Yllana. Yllana, pourquoi n'emmènes-tu pas Térèse boire un verre de jus de fruit? Ou du vin avec de l'eau, si tu le permets, Katherine.

– Un peu de vin dilué lui fera du bien – mais pas trop, Térèse, répondit Katherine d'une belle voix d'alto vibrante de tension.

Par-dessus l'épaule de Katherine, Mikhaïl vit que Gisela semblait déçue. Elle s'était un peu épaissie à la suite de ses grossesses, ce qui avait été épargné à Marguerida, et son visage avait perdu un peu de sa séduction passée. Il lui fit les gros yeux, et elle eut la bonne grâce de rougir. Katherine surprit son regard et ses yeux se dilatèrent d'étonnement, croyant apparemment qu'il lui était destiné. Puis elle jeta un rapide coup d'œil par-dessus son épaule, vit Gisela rougir et le gratifia d'un sourire éblouissant.

Les yeux bleus d'Yllana pétillèrent, et elle sourit à Térèse, qui lui rendit son sourire d'un air soulagé, apparemment bien contente de quitter l'orbite de ses parents et de se retrouver avec quelqu'un de son âge. Les deux fillettes s'éloignèrent comme si elles se connaissaient depuis toujours, et Mikhaïl sentit qu'Yllana se félicitait de ne plus être à portée de voix des adultes.

Rhodri fit une révérence passable à Katherine, les yeux pétillants de malice.

– Viens, Amaury, les grands n'aiment pas nous avoir dans les pattes. Domenic et moi, on pourra répondre à toutes tes questions, et je parie que tu en as beaucoup.

Amaury consulta ses parents du regard, puis suivit Rhodri vers la cheminée.

– J'en ai une : qui est cette fille qui nous regarde, là-bas ? l'entendit demander Mikhaïl.

– Ah, c'est juste Alanna, répondit Rhodri. C'est notre cousine et sœur adoptive.

Puis ils ne furent plus à portée d'oreilles, et Mikhaïl jeta un coup d'œil vers Alanna par-dessus son épaule. Elle aurait dû être près de lui pour être présentée. Enfin, les enfants se débrouilleraient entre eux. Finalement, il se retourna vers Hermès et Katherine. Il y eut un silence gêné.

– Commencez-vous à vous remettre du voyage ? demanda Mikhaïl.

– Nous avons rattrapé notre sommeil de retard et apprécié de faire de vrais repas.

Katherine parlait le *casta* avec aisance, mais avec un accent insolite. Elle arrondissait les voyelles plus que les Ténébrans, et, dans sa bouche, la langue semblait étonnamment musicale.

– Nous te présentons nos condoléances, *Dom* Mikhaïl pour la mort de ton oncle.

– Merci, *Domna*. C'est un grand choc et une perte terrible pour nous tous.

Il fit une pause, trouvant un peu froide sa réponse cérémonieuse.

– Je ne parviens pas encore à le croire. J'ai l'impression d'un cauchemar dont je n'arrive pas à me réveiller.

– Mais oui, un cauchemar. Si j'ai bien compris ce que m'a dit Gisela, il n'a pas eu de signes avertisseurs, pas de maladies, rien.

– Non, rien, dit-il, ému de sa compréhension instantanée.

– Ce qui rend l'issue encore plus difficile à supporter.

Un lourd silence tomba entre eux, comme si aucun ne savait plus quoi dire. Finalement, Marguerida intervint.

– Je suis désolée de ne pas vous avoir accueillis à votre arrivée, mais nous sommes très désorganisés. Pourtant, je suis sincèrement contente que vous soyez là, et j'espère que vous vous plairez sur Ténébreuse.

Elle fit une pause, et une ombre de sourire voltigea sur ses lèvres.

– Il vous faudra sans doute un certain temps pour vous habituer, reprit-elle, comme un serviteur approchait avec un plateau de verres.

Elle en prit un qu'elle donna à Katherine, laquelle la regarda d'un œil spéculatif, comme cherchant un sens caché à ses dernières paroles. Donal prit un verre et le tendit à Mikhaïl. Hermès se servit lui-même, l'air maintenant plus à l'aise.

– Je me rappelle mes propres difficultés quand je suis revenue sur Ténébreuse il y a seize ans, ajouta-t-elle, branlant du chef en souriant à ces souvenirs.

Gisela et Rafaël s'approchèrent, et, à l'air irrité de sa belle-sœur, Mikhaïl se douta que son mari lui faisait un sermon télépathique qu'elle n'appréciait pas. Il eut un pincement de remords à l'idée que son frère s'était retrouvé avec cette femme difficile sur les bras, mais il savait que son frère, raisonnable et posé, l'aimait sincèrement. Il était quand même content de ne pas être enchaîné à Gisela, parce qu'il était certain qu'il l'aurait étranglée depuis longtemps. Il admira en silence la patience de son frère, résistant au désir d'écouter son sermon mental.

– Herm a essayé de m'expliquer des tas de choses, disait Katherine à Marguerida, et Gisela aussi, mais je me sens toujours désorientée.

Elle lança un regard sévère à Hermès et un regard franchement hostile à Gisela, et Mikhaïl ne put qu'imaginer les extravagances que Gisela lui avait racontées, et admirer le sang-froid de Katherine.

– Mon mari me cache des secrets depuis des années, et je commence seulement à les découvrir.

Elle remua nerveusement et s'effleura le front de la main, comme si quelque chose lui faisait peur.

– J'ai essayé de la rassurer en lui jurant que ses pensées étaient à l'abri des indiscrétions, mais Katherine est très têtue, commenta Hermès avec ironie. Elle me pardonnera sans doute dans quelques décennies.

– Si tu as de la chance, *Dom* Hermès, dit Marguerida en riant. Mais, crois-moi, *Domna,* personne n'envahira tes pensées. *Elle est terrifiée, Mik, mais je dois dire qu'elle le cache très bien.*

– Est-ce que je m'en apercevrais si quelqu'un les pénétrait ? demanda-t-elle avec franchise.

Mikhaïl sentit que le cœur de Katherine s'accélérait, et sa sympathie pour elle s'en accrut.

– Non, tu ne t'en apercevrais pas, reconnut Marguerida avec calme. Et je perçois tes pensées superficielles si je me concentre. Quand même, tu t'inquiètes sans raison. Les Ténébrans sont très scrupuleux dans ce domaine.

– Je suppose, sinon ils seraient tous fous.

Katherine soupira et porta son verre à ses lèvres d'une main nerveuse.

– Je me sentirai mieux dès que je me serai remise au travail .

– Au travail ? dit Mikhaïl, voyant que le vin commençait à la détendre.

– Katherine est peintre, et elle a laissé tous ses vêtements derrière elle pour pouvoir emporter ses peintures et ses brosses, dit Herm, souriant à sa femme d'un air attendri. Quand je l'ai rencontrée, elle était en train de faire un portrait. *Au diable Gisela qui nous a induits en erreur ! j'aurais dû me douter qu'elle mijotait quelque chose. Je me moque de ma tenue, mais ma Kate va arracher les yeux de ma sœur à la première occasion. J'avais oublié qu'elle pouvait être malveillante juste pour le plaisir.*

– Une artiste, c'est merveilleux. Il faudra te trouver une pièce pour travailler, dit Marguerida. Attends... Oui, il y en a une au premier, avec fenêtres au nord. C'est très tranquille, et personne ne t'y dérangera. Auras-tu besoin d'un chevalet ? Je suppose que tu n'en as pas apporté avec les limitations de bagages.

– Tu as raison, je n'en ai pas ici, dit Katherine, regardant Marguerida avec soulagement. Herm ne m'a pas dit ce qui se passait – c'était trop risqué, il m'a juste dit de préparer les bagages, et nous étions à l'astroport avant que j'aie réalisé ce qui m'arrivait. Heureusement que j'ai confiance en mon mari, sinon je ne serais pas là à l'heure qu'il est. Mais c'était très... perturbant.

– Je pense bien, dit Marguerida avec sympathie.

Mieux que quiconque dans la pièce, elle savait ce que c'était qu'être déracinée et sortie du lit sans explications au milieu de la nuit. Elle n'avait que de vagues souvenirs de la Rébellion de Sharra, car elle était petite à l'époque, mais ils la troublaient encore après tant d'années.

Elle écarta fermement cette idée et entreprit de mettre Katherine à son aise.

– Il faudra te commander un chevalet immédiatement. Les menuisiers du Château pourront sans doute t'en faire un en une journée, mais ils se plaindront qu'on les a trop bousculés pour qu'ils fassent du bon travail, qu'ils n'avaient pas l'essence qu'il fallait, puis ils grommelleront d'un air lugubre. Ils te diront sans doute que le chevalet aurait été plus beau en chêne, mais qu'ils n'avaient que du pin.

Katherine rit enfin pour la première fois.

– Je sais. Les artisans sont si perfectionnistes. Crois-tu que je pourrai me procurer de la toile ?

– Nous avons de la toile, mais impropre à la peinture, tout juste bonne à faire des tentes et des stores. Pourras-tu te contenter de bois ? Nous en avons en abondance, et nos peintres peignent sur des panneaux.

– Maître Gilhooly pourra lui en fournir, proposa Mikhaïl. C'est le chef de la Guilde des Peintres, qui est une association très modeste. Il pourra certainement te procurer des panneaux et tout ce qu'il te faudra, y compris des pigments.

– Ce serait merveilleux, car mes fournitures sont limitées et je ne crois pas que je pourrai en importer quand elles seront épuisées. J'avoue que j'ai été très gâtée ; je n'avais qu'à m'asseoir devant mon ordinateur, commander ce qu'il me fallait, et j'étais livrée quelques heures après. *Je n'arrive pas à croire que je suis en train de discuter peinture avec de parfaits étrangers, comme s'il n'y avait rien de plus important. Pourquoi Mikhaïl porte-t-il un gant dans la maison ? Il a peut-être des cicatrices ou autre chose ? Et Marguerida porte des mitaines, mais pas Gisela. Pourtant il ne fait pas froid ici, mais elle a peut-être une mauvaise circulation. Parviendrai-je jamais à comprendre ces gens ? Je suis en pleine confusion. J'aimerais mieux être ailleurs !*

– Il n'y a pas d'ordinateurs ici, car c'est une technologie interdite, sauf pour les gens du QG, dit Mikhaïl. Et nous n'avons pas de magasin de fournitures pour les beaux-arts. Les peintres préparent leurs couleurs eux-mêmes, et les fabricants de pinceaux fournissent les outils. Et je crois que c'est la Guilde des Menuisiers qui fabrique les panneaux. Et cela épuise totalement mes connaissances en la matière.

– Alors, tu n'es jamais allé à la Guilde des Peintres ? dit Katherine, étonnée à la fois de ses connaissances et de son ignorance.

– Non, dit Mikhaïl, haussant les épaules.

Comme Régis avant lui, il était depuis des années prisonnier virtuel du Château Comyn qu'il n'avait quitté que pour de brefs voyages à Arilinn, et un court séjour à Armida dix ans plus tôt. Maintenant, il y serait encore plus étroitement confiné, il le savait, et cette perspective ne le réjouissait pas.

– Normalement, je ne devrais rien savoir de tout ça, mais j'étais un enfant très curieux, tout le temps à poser des questions et à enregistrer les réponses. Je sais qui est chef de la Guilde parce que ça fait partie de ma charge, mais je n'ai jamais rencontré Maître Gilhooly. J'ai vu une fois son prédécesseur, un jour qu'il était venu faire ses préparatifs pour un portrait de Dame Linnéa. J'en avais profité pour lui poser des tas de questions, dont les réponses se sont effacées de ma mémoire.

Il branla du chef en riant.

– Je crois que nous allons passer à table, Mikhaïl. Veux-tu conduire *Domna* Katherine à sa place ? *Et continue à la charmer,* cario. *Ça marche. Elle commence à se détendre, ce qui devrait faciliter sa digestion.*

Avec plaisir. Je la trouve sympathique. Et toi ?

Moi aussi. Et je dois faire appel à toute ma discipline pour ne pas lui faire subir un interrogatoire en règle sur Amedi Korniel. Sa biographie officielle est plutôt sèche, et même si elle l'a peu ou pas connu, elle saura sans doute des histoires de famille. Et ça nous fera un sujet de conversation.

Tu es très excitée à cette idée, et ça fait plaisir à entendre, ma chérie. Ces derniers jours ont été bien durs pour toi.

Pour nous deux, Mikhaïl.

Mikhaïl offrit son bras à Katherine et elle le prit avec circonspection, avec une conscience aiguë de la présence de Donal derrière lui. Qui était-ce, et pourquoi personne ne l'avait-il présenté ? Katherine se laissa guider vers la table, tandis que son mari offrait son bras avec grâce à Marguerida et suivait, comme s'il s'agissait d'un dîner officiel semblable aux centaines d'autres auxquels ils avaient participé.

Tout le monde s'installa dans de discrets bruits de chaises. Mikhaïl vit Domenic aider Alanna à s'asseoir, tandis que Rhodri s'occupait de Térèse. Amaury, réglant sa conduite sur celle des garçons, installa Yllana à sa place, puis s'assit entre elle et Alanna, jetant un regard admiratif sur la jeune Alar. Mikhaïl assit Katherine à sa droite, la place d'honneur, tandis que Marguerida faisait de même avec Hermès.

Gisela fit mine de s'asseoir à la gauche de Mikhaïl, mais juste à cet instant, Lew Alton se présenta avec Ida Davidson, veuve du mentor de Marguerida. Il assit Ida près d'Hermès, puis fit discrètement décaler Gisela d'un cran, s'attirant un regard mauvais pour sa peine. Danilo Syrtis-Ardais entra tristement derrière eux, et prit une chaise vide à la gauche de Gisela. Elle n'eut pas l'air heureuse d'être entourée par ces deux hommes, mais elle haussa les épaules et sembla choisir de faire contre mauvaise fortune bon cœur. Elle lança un regard flamboyant de l'autre côté de la table, où Rafaël prenait place à la gauche de Marguerida, avec tous ses enfants échelonnés près de lui. Les serviteurs passèrent remplir les verres, et le potage fut servi. À part les enfants, personne ne parlait beaucoup. Rhodri parlait de son cheval à Térèse, qui le regardait avec des yeux ronds d'étonnement. Les chevaux étaient une espèce éteinte dans presque toute la Fédération et, à l'évidence, elle n'en avait vu qu'à la ménagerie.

Lew lança un bref regard à Mikhaïl, l'air troublé.

Qu'est-ce qu'il y a, Lew ?

J'ai reçu un message très intéressant de Belfontaine – adressé à Régis, bien sûr. Jusqu'à présent, j'ai réussi à empêcher la nouvelle de sa mort d'arriver au QG, mais je ne sais pas jusqu'à quand ça va durer.

Pourquoi t'en inquiéter? Ils finiront par le savoir de toute façon.

Parce que je ne veux pas qu'ils nous croient vulnérables, Mikhaïl. L'histoire de la Fédération nous apprend qu'elle s'est souvent servie d'événements tels que la mort de Régis pour pousser ses intérêts. Je suis content que Dani soit ici, et non au Château Elhalyn. Et Gareth est arrivé il y a une heure, de sorte qu'il est en sécurité, lui aussi.

Je ne comprends pas.

Il n'est pas impensable qu'ils l'enlèvent et essayent de lui donner le pouvoir. Ils l'ont déjà fait sur d'autres mondes. En ce moment, je crois que la situation de la Fédération est trop chaotique pour tenter ce genre de coup, mais plus tôt Domna Miralys et sa fille seront ici, plus je serai soulagé. Gareth passe la soirée avec son père et Dame Linnéa. J'ai sans doute peur de mon ombre, et je prête à Belfontaine plus d'imagination qu'il ne le mérite.

Alors, quel est le message?

C'est plus proche d'un ordre – il veut que je lui livre Herm, en tant qu'ennemi de la Fédération. Il fait quelques menaces voilées sur les conséquences que pourraient avoir un refus, mais comme je sais que la Fédération va évacuer Ténébreuse dans un proche avenir, je ne crois pas qu'il pourra les mettre à exécution.

Évacuer? Belfontaine le dit?

Pas du tout. Je l'ai appris par un mot d'Ethan Mac-Doevid que j'ai reçu il y a dix minutes – notre service secret est toujours meilleur que celui de Belfontaine! Il semble avoir charmé une employée pour lui tirer cette information, juste avant d'être renvoyé définitivement du QG. Il dit qu'il viendra demain me rapporter tout ce qu'il a pu apprendre. Béni soit le jour où Marguerida l'a envoyé à Rafe Scott car il a été inestimable depuis que Rafe a été forcé de démissionner, même s'il n'a pas le laran *et ne peut pas espionner les conversations de cette façon. Mais ça signifie que nous n'avons plus personne au QG, et que nous devrons acquérir toutes nos informations malhonnêtement.*

Il y avait une sorte de jubilation dans cette dernière remarque, et Mikhaïl sut ce que voulait dire son beau-père.

Mikhaïl réalisa alors que Katherine le regardait avec insistance, se doutant probablement qu'ils se parlaient mentalement. Elle semblait de nouveau mal à l'aise, comme au début de la soirée, et il se maudit intérieurement d'avoir relâché son attention. Elle était intelligente et, pour ce qu'il en savait, peut-être espionne pour la Fédération. Non, il était trop méfiant. C'était juste une femme en milieu étranger, arrachée sans avertissement à son monde familier, et tombée au milieu d'une crise politique.

— Lew m'a dit que tu es originaire de Renney, *Domna* Katherine. J'avoue que je n'en sais pas grand-chose, sauf que c'est la planète natale de ton parent le compositeur. C'est le musicien préféré de ma femme, et elle meurt d'envie de te poser des questions sur lui, mais ça peut attendre. Parle-moi de Renney, s'il te plaît.

Katherine posa sa cuillère, ayant terminé son potage, l'air soulagé de parler d'un sujet si familier.

— Il n'y a pas grand-chose à en dire. C'est une petite planète, à la limite du secteur de Pollux. Nous sommes tous des fermiers, des éleveurs et des marins comme l'étaient nos ancêtres quand ils vivaient encore sur Terra. Nous parlons une langue très semblable à la vôtre – j'ai été stupéfaite quand Herm m'en a montré les ressemblances. J'y ai vécu jusqu'à seize ans, puis j'ai gagné une bourse pour l'Académie des Beaux-Arts de Coronis. C'est là que j'ai étudié avec Donaldo de Paul et rencontré mon premier mari, le père d'Amaury. Il est mort dans un accident quand Amaury était tout bébé, et deux ans plus tard, j'ai rencontré Herm. Jusqu'à ces derniers jours, ma vie a été très calme.

— Je suis désolé que tu ne sois pas venue sur Ténébreuse en de meilleures circonstances, *Domna*.

— Quand j'ai épousé Herm, j'ai fait vœu de toujours rester près de lui, pour le meilleur et pour le pire, mais j'avoue n'avoir jamais pensé que je pourrais être tirée de mon lit au milieu de la nuit et traînée de l'autre côté de la Galaxie, loin de tout ce que je connais, et avec très peu de chances de revoir Renney.

Sa voix avait pris maintenant des accents tristes et inquiets.

– À part mes enfants et ma cousine Cara, qui était Députée de la Fédération, toute ma famille est encore là-bas, car notre monde ne produit pas beaucoup de voyageurs. Nous avons tout ce qu'il nous faut sur Renney, ou presque. Quand je suis partie, ma Nana a branlé du chef en disant qu'elle espérait que je ne regretterais jamais ce jour. J'imagine ce qu'elle dirait maintenant.

– J'espère que Renney ne te manquera pas trop, et nous devons souhaiter tous les deux que la situation ne devienne pas totalement incontrôlable.

Elle secoua la tête, ce qui déplaça légèrement son chignon, et Mikhaïl aperçut fugitivement la peau tendre de sa nuque.

– J'ai entendu Herm parler avec Lew Alton, et ils n'avaient pas l'air optimistes. Je n'arrive pas à croire que le Premier Ministre ait dissous le parlement. La mesure me paraît tellement... excessive. Et, bien qu'épouse de politicien, je me suis toujours tenue dans une relative ignorance, parce que s'inquiéter des rivalités politiques interfère avec mon travail.

Elle sembla un peu embarrassée de cet aveu et fixa son verre maintenant vide comme pour se donner une contenance. Un serviteur vint le remplir aussitôt.

Domenic, assis près de Katherine, prit la parole pour la première fois.

– C'était une folie, *Domna*.

Puis il resta perplexe, comme étonné de son audace. Il regarda subrepticement son père, et, comme Mikhaïl ne semblait pas le désapprouver, il se détendit.

Mikhaïl regarda son aîné avec attendrissement. C'était le plus mystérieux de ses enfants. Était-ce parce qu'il avait été conçu dans un lointain passé, ou parce que le temps s'était suspendu pendant les quelques semaines où ses parents avaient séjourné dans les brumes du Lac de Hali ? En tout cas, il était très mûr pour son âge, et distant. Non, pas distant... il avait simplement plus de mal qu'un autre à passer de l'enfance à l'âge adulte. Par moments, il était timide, et à d'autres moments exubérant, quoique jamais effronté comme son frère Rhodri.

Istvana Ridenow, qui l'avait testé, disait qu'il avait un *laran* unique, mais qu'elle ne parvenait pas à définir de façon satisfaisante. Certes, il avait le Don des Alton, aussi puissant que celui de sa mère, mais il y avait autre chose. Mikhaïl se demandait parfois si Domenic était une matrice vivante, ce qui était le Don des Hastur, mais Istvana disait que ce n'était pas ça. Quoi que ce fût, ça se développait lentement, et presque douloureusement. Sa timidité le rendait muet et réservé avec tout le monde, sauf sa cousine Alanna.

Katherine regarda Domenic avec intérêt.

– Je suis d'accord, mais j'aimerais connaître ta pensée. *Qu'est-ce que je vais dire là ? Je ne peux pas connaître ses pensées, parce que je ne suis pas télépathe, mais il peut sans doute connaître les miennes bien que Marguerida prétende que... maudit soit Herm qui ne m'a pas prévenue ! Et Térèse ? Est-ce que ma petite fille va se mettre à lire dans les têtes, ou devenir une sorcière comme l'était paraît-il mon Arrière-Grand-Mère Lila ? Les histoires que Nana racontait sur elle me donnaient toujours la chair de poule, et maintenant, me voilà sur une planète où les gens ont la capacité de regarder dans mon esprit quand ça leur plaît, et je ne sais pas qui en est capable ou non. Je n'ai rien à cacher, mais c'est quand même intolérable ! En tout cas, ça ne me peinerait pas que cette Gisela sache ce que je pense d'elle, sauf qu'elle a sans doute juste assez de scrupules pour s'en garder, alors que ça me ferait tant plaisir ! Bon, il faudrait être plus logique – d'abord, je me sens toute nue parce qu'on peut lire mes pensées, et ensuite je voudrais que ces gens bizarres les surprennent ! Je me demande ce que dit cet homme assis près de Gisela. En tout cas, ça n'a pas l'air de lui plaire – tant mieux, la chipie ! Elle a essayé de nous embarrasser sciemment !*

Domenic réfléchit en silence à la question de Katherine, comme s'efforçant de trouver la meilleure réponse. Ces derniers temps, il était souvent maussade et renfrogné, avec des accès de faconde pleins d'observations caustiques qui surprenaient ses aînés. Au souvenir de sa propre adolescence, Mikhaïl trouvait ça normal. Au moins, il réfléchissait avant de parler, contrairement à Rhodri qui disait la première chose qui lui passait par la tête, sans penser aux conséquences. Mikhaïl les aimait tous les deux, mais il avait un petit faible pour Rhodri, parce que Domenic était tellement renfermé et distant.

– J'ai écouté ce que dit Grand-Père Lew. Et j'ai réfléchi. Il me semble que les Terranans ont sauté avant de regarder où ils mettaient les pieds.

Il fronça les sourcils et hésita, puis il reprit :

– Grand-Père dit que la plupart de ses erreurs viennent d'avoir agi avant de considérer les conséquences, et c'est exactement ce qu'a fait la Fédération.

Il regarda Lew, de l'autre côté de la table, pour voir s'il avait dit quelque chose de déplacé, mais Lew continua à manger son potage dans un silence détendu.

– Tu n'es pas un peu jeune pour penser aux ramifications politiques de cet événement ? dit Katherine, amusée mais sincèrement intéressée.

À l'évidence, elle était à l'aise avec l'adolescent. Et Mikhaïl vit que Domenic commençait à réagir à sa bienveillance, à renoncer à sa réserve habituelle et à apprécier la soirée.

– J'ai quinze ans, et j'ai réfléchi à la politique toute ma vie, ou du moins j'en ai l'impression.

Il gratifia Katherine d'un de ses rares sourires charmeurs, puis se passa la main dans les cheveux, imitant inconsciemment Mikhaïl. Ses cheveux, un peu trop longs, effleuraient le col de sa tunique verte, parce qu'il détestait les services du barbier.

– Tu comprends, avec nos longs hivers où la neige bloque les fenêtres pendant des mois, les intrigues ne manquent pas. Demande donc à Tante Gisela et tu en apprendras de belles !

Domenic regarda Gisela en face de lui et, à sa grande surprise, Mikhaïl vit une lueur malicieuse dans les yeux de son fils.

– Ta tante ? dit-elle, l'air confus. Bien sûr. Mais alors je suis aussi ta parente. Je n'y avais pas pensé. J'ai des sœurs, des neveux et des nièces à la pelle, mais il ne m'était jamais venu à l'idée que j'aurais une famille instantanée sur Ténébreuse.

Elle tourna la tête avec grâce, et toisa Gisela, parvenant, sans un mot, à donner l'impression que sa nouvelle belle-sœur était une simple paysanne, mal attifée en prime. Mikhaïl se tamponna les lèvres de sa serviette pour dissimuler son grand sourire à la vue de la fureur rentrée de Gisela. Puis Katherine se retourna vers Mikhaïl, les yeux flamboyant de très séduisante façon, comme si elle venait de régler ses comptes et était très contente d'elle.

– En fait, je crois qu'Amaury et moi sommes les seules personnes qui ne soient pas vos parents par le sang à cette table.

Mikhaïl hocha la tête. Elle était intelligente, comme Lew l'avait dit.

– C'est presque exact. La vieille dame assise près d'Herm n'est pas une Ténébrane, mais la veuve du mentor musical de Marguerida. Mais tous les autres sont des parents, oui. Le jeune Donal, ajouta-t-il, le montrant derrière lui par-dessus son épaule, est à la fois mon neveu et mon écuyer, et Alanna est sa sœur. Tu pourrais dire que toutes les réunions des familles des Domaines sont des réunions de famille, et tu ne te tromperais guère.

Le sujet lui sembla anodin, et il décida de s'y tenir, pour empêcher Katherine de ruminer ses craintes.

– Mais depuis l'arrivée des Terranans, il y a un siècle, il y a aussi des mariages mixtes. Par exemple, Elaine, la mère de Lew, était la fille de Mariel Aldaran et d'un Terrien, Wade Montray, et la première femme de Lew, Marjorie, était aussi une Aldaran par sa mère, mais son père, Zeb Scott, était un Terrien. Ainsi, ma Marguerida est cousine de ton mari par sa grand-mère.

Katherine fronça les sourcils.

– Mais elle n'est pas une Aldaran par la première épouse de son père, non ?

Elle avait l'esprit vif !

– Non, la mère de Marguerida était la demi-sœur de Marjorie.

– Mère n'aime pas en parler, dit vivement Domenic, les vestiges de sa timidité coutumière fondant rapidement à la chaleur de l'attention de Katherine. C'était une personne étrange, et méchante.

– Merci de me prévenir, j'aurais pu faire une gaffe et l'offenser sans le vouloir. Je comprends enfin pourquoi elle et Gisela se ressemblent tant : elles sont cousines en même temps que belles-sœurs. Je croyais que nos généalogies de Renney étaient compliquées, mais je crois que Ténébreuse nous bat à plate couture.

– Père a presque été forcé d'épouser Gisela, mais il s'est enfui, reprit Domenic, la langue déliée par le vin et les yeux pétillant de la même malice que son frère.

Il savait que le sujet mettait Mikhaïl au supplice. Puis il regarda Katherine avec un grand sourire.

– Père et Mère se sont enfuis au milieu de la nuit et ont été mariés par...

– Domenic !

– Oh, Père, il y aura bien quelqu'un pour lui raconter l'histoire, c'est sûr, et tu préfères sûrement qu'elle ne l'apprenne pas par les servantes, non ?

– Je suis sûre que tu vas ennuyer *Domna* Katherine avec ces vieilles histoires du passé !

– Du passé ! Elle est bien bonne, Père.

Un instant, Mikhaïl eut envie d'étrangler son aîné. Katherine n'était pas encore à l'aise en leur compagnie, et le récit de ce voyage dans le lointain passé des Âges du Chaos ne pouvait qu'augmenter sa gêne. Pour le moment, elle avait assez à faire en acceptant les télépathes. Pourtant, Domenic avait raison, réalisa-t-il. Si elle n'entendait pas l'histoire de sa bouche, elle l'apprendrait sûrement d'une autre source, sans doute embellie de détails plus fantaisistes que véridiques. Il imaginait la version que Gisela pourrait donner de leurs aventures.

Katherine regarda tour à tour le père et le fils et haussa les sourcils. Elle était vraiment ravissante.

– Maintenant, je suis très intriguée. Ma Nana disait toujours que j'étais curieuse comme un sac de chats. Et sincèrement, je préfère parler de n'importe quoi, sauf des folies de la Fédération. Je suis dégoûtée du sujet.

Un serviteur prit le bol de son potage et le remplaça par une assiette de poisson grillé et de beignets. Mikhaïl était déjà servi, et prit sa fourchette de sa main gantée. Il coupa une bouchée de beignet, légèrement parfumé aux herbes, et embrocha un morceau de poisson.

Quand il eut dégluti et bu une gorgée de vin, Mikhaïl reprit :

– Domenic veut dire que Marguerida et moi, nous avons été attirés dans le passé – à sept cents ans en arrière – et mariés par un ancien *laranzu* du nom de Varzil le Bon, qui appartenait au Domaine Ridenow. Cela me paraît fantastique à moi-même, et pourtant j'y étais !

Puis il maudit ses paroles maladroites, et comprit qu'il était encore très fatigué.

Katherine avala de travers, et Domenic lui tapota fermement le dos. Elle ouvrit la bouche pour respirer, les yeux exorbités, puis elle retrouva son souffle, vida son verre en quelques gorgées, et fixa Mikhaïl.

– Tu parles sérieusement ?

– Très sérieusement. Mais je ne te demande pas de me croire quand ma propre mère émet encore des doutes. Je peux seulement dire que j'y étais et que je sais ce qui s'est passé. Tu n'es pas forcée d'ajouter foi à mes paroles.

Il baissa les yeux sur le lourd bracelet *di catenas* qui enserrait son poignet, fait pour un homme d'un autre temps dont le nom était une variante de Mikhaïl, puis regarda sa femme à l'autre bout de la table, se remémorant ce moment étrange et magique.

– Tu as voyagé dans le temps ?

Elle était à la fois stupéfaite et incrédule, mais sa curiosité l'emportait.

– Oui.

– Comment était-ce ?

Cette question déconcerta Mikhaïl car ce n'était pas du tout la réaction qu'il attendait.

– C'était très inconfortable.

Katherine éclata de rire, et des larmes lui montèrent aux yeux qui, au bout d'un moment, commencèrent à couler lentement sur ses joues. Elle les tamponna du coin de sa serviette, reprit son sérieux, puis se tourna vers Domenic.

– Il est toujours aussi laconique ? demanda-t-elle.

– Oui, sauf quand il sermonne Rhodri, dit Domenic, avec un regard affectueux à son père qui en émoussa un peu la critique implicite.

Mais pas tout à fait. Mikhaïl repensa au jour où Dani Hastur lui avait dit que son père ne trouvait jamais le temps de lui parler. Était-ce ce que Domenic ressentait ? Pourtant, Mikhaïl s'était promis d'être un père modèle, de ne jamais négliger ainsi ses enfants. Maintenant, il avait l'impression d'avoir échoué.

Ça ne fait rien, Père. Tu écoutes plus que tu parles, c'est tout. Et tu te fais trop de souci.

Merci, Domenic. Tu sais que tu peux toujours venir me parler, non ?

Oui, mais je n'ai pas grand-chose à dire.

Es-tu heureux, mon fils ?

Non, mais on ne peut rien y faire. Et je n'ai pas envie d'en parler, ni maintenant, ni plus tard.

Très bien. Mikhaïl se remit à manger, lugubre. Puis il se rappela ses quinze ans et sa sensibilité d'écorché à l'époque. Il se força à se détendre et à ne plus y penser, car c'était sans doute un problème normal de l'adolescence, qui disparaîtrait avec le temps. Existait-il des adolescents heureux ? Sans doute que non.

Mikhaïl leva les yeux de son assiette et surprit Marguerida à le regarder de l'autre bout de la table. Elle le gratifia d'un de ses merveilleux sourires, qui ne manquaient jamais de le rassurer et de le réconforter, puis elle ramena son attention sur Hermès Aldaran. Ce regard adoucit un peu le profond chagrin de la mort de son oncle, et l'idée qu'il était maintenant le vrai souverain de Ténébreuse. Avec Marguerida à son côté, il pouvait affronter n'importe quoi, même l'impossible. Il revint à son assiette, sans penser à rien, et laissa Katherine bavarder avec son fils.

De l'autre bout de la table, Marguerida observait son fils, et elle soupira. Elle se demandait ce qui avait provoqué l'hilarité de Katherine, qui lui donnait plutôt l'impression d'être une femme pleine de sérieux. Enfin, elle semblait moins en colère maintenant, et Marguerida s'en réjouit.

– Je ne sais pas ce que Mikhaïl a dit, mais ça fait plaisir d'entendre Kate rire comme ça, dit Hermès en souriant. Je commençais à croire... mais laissons cela.

– Elle doit être hors d'elle.

– Tu sais que je n'ai jamais compris cette expression ? Comment peut-on être hors de soi ? Oui, elle a été très troublée, et je la comprends. Quand je l'ai rencontrée, c'était une jeune veuve, très triste. J'en conclus que le père d'Amaury devait être un très bon époux et que sa mort soudaine avait dû lui faire un grand choc. J'ai souvent regretté de ne pas l'avoir connu, mais s'il n'était pas mort je n'aurais jamais eu l'occasion d'épouser Katherine, et cela m'aurait été intolérable !

Il gloussa.

– J'aurais peut-être été forcé de le provoquer en duel, ou toute autre chose aussi absurde.

– Pourtant, tu ne me donnes pas l'impression d'être fait pour le mariage.

– Tu as raison, mais je ne sais pas comment tu l'as deviné, car nous nous connaissons peu. J'étais très heureux de ma vie de célibataire, jusqu'au jour où j'ai rencontré Katherine, et alors je n'ai plus pensé qu'à une seule chose : l'épouser aussi vite que possible avant qu'un autre me la prenne.

– Il y avait d'autres prétendants ?

– Pas du tout. Mais j'en imaginais des hordes, rôdant dans tous les coins des bals et des salons. Elle est si belle que je ne pouvais pas m'en empêcher. Et qu'elle ait accepté de m'épouser demeure pour moi un mystère. Je sais que je ne suis pas un bel homme, dit-il, montrant sa calvitie. Le peu de beauté que j'avais, Robert l'a détruit dans un combat de boxe quand nous étions jeunes.

– Robert dans un combat de boxe ? C'est étonnant, car il m'a toujours paru le plus posé des hommes.

– Il l'est, mais j'adorais provoquer. Un peu comme ton Rhodri, je crois. Mais, dis-moi, comment en es-tu arrivée à la conclusion que je n'étais pas du genre à me marier ? Ma curiosité exige satisfaction.

– Gisela m'a dit il y a longtemps que tu étais un célibataire endurci. Je ne savais même pas que tu étais marié, et encore moins père de famille, jusqu'à ton arrivée. Tu n'en as jamais parlé dans tes messages à mon père, ni dans tes rares lettres à ta sœur. Pourquoi as-tu gardé le secret sur ton mariage ? Tu voulais cacher à ton père qu'il avait une autre petite-fille ?

Hermès émit un grognement.

– Mon père et moi, nous ne nous sommes pas séparés en bons termes, *Domna* Marguerida. Et si j'ai accepté le siège de Député, c'était en partie pour lui échapper. Et parce que c'était pour moi la chance de ma vie. Je voulais voyager parmi les étoiles depuis mon enfance, plein des histoires des astronautes qui fréquentaient notre maison. Mais je n'ai jamais voulu devenir astronaute – l'idée d'être claquemuré dans un vaisseau pour de longues périodes me donnait la chair de poule. De plus, je n'avais aucun don pour les mathématiques et autres matières indispensables. Et il semblait que c'était l'unique façon de quitter Ténébreuse, jusqu'au jour où Régis décida de me nommer représentant de Ténébreuse à la Fédération. J'ai saisi la chance au vol et, franchement, mon père m'en a voulu.

– Pourquoi ?

– Parce qu'il n'a jamais aimé Régis, je crois, mais je ne peux pas l'affirmer avec certitude. Tout ce que je sais, c'est qu'il est entré dans une de ces rages dont il a le secret, une fureur d'ivrogne telle que tous les serviteurs sont allés se cacher, et qu'il m'a traité de noms que je ne peux pas répéter devant les dames.

Marguerida sourit.

– Rien de ce que tu diras ne pourra me choquer, et Mikhaïl te confirmera qu'il m'arrive de jurer comme un charretier. Mais j'apprécie ta discrétion, préférant que Rhodri n'apprenne pas plus d'expressions malsonnantes qu'il n'en connaît déjà. Ne te laisse pas tromper par ses manières enjôleuses – il a la malice dans le sang.

Elle jeta un regard attendri sur son puîné, et Rhodri s'empourpra.

– Tous les garçons sont comme ça à cet âge, même Amaury.

Marguerida secoua la tête

– Pas mon Domenic. Il a toujours été le plus sage de mes enfants, au point que ça m'inquiète parfois. Je sais que c'est stupide, mais il y a des moments où je voudrais qu'il fasse une bêtise. Il est trop parfait.

– Ne va pas tenter le diable, *domna*. C'est parfois dangereux.

– Je sais. Mais il y a des jours où je ne peux pas m'en empêcher. Après tout, je suis la fille de mon père, dit-elle, avec un regard attendri sur Lew Alton.

Hermès éclata de rire – ce qui l'enchanta –, attirant tous les regards sur lui.

– Né pour causer des problèmes. Oui, je connais, gloussa-t-il.

CHAPITRE VI

Domenic, à son poste devant la caserne des gardes, fixait le mur de pierre de l'autre côté de la rue. La foule allait et venait devant lui en un flot continu, visages familiers de marchands et de ménagères épanouis en ce beau jour d'automne. Il perçut une lointaine odeur de fumée apportée par le vent, frais mais pas déplaisant. Elle venait des cuisines du Château Comyn, et des effluves de volailles rôties et de pain chaud s'y mêlaient. En général, ça lui mettait l'eau à la bouche, mais aujourd'hui il n'avait pas faim.

Il remua et tapa des pieds, car il avait froid d'être debout dans l'ombre, au garde-à-vous depuis plus d'une heure. Il agita les orteils dans ses bottes pour rétablir la circulation. Le problème qui l'avait empêché de dormir lui revint à l'esprit, et il se mordit les lèvres, s'efforçant d'y trouver une solution. Il jeta un regard furibond sur la masse blanche du Château Comyn à sa droite, et jura machinalement, ce qui fit tourner la tête à son compagnon.

– Ça ne va pas, *vai dom* ?

– Si, Kendrick. J'ai mal dormi et je suis fatigué, c'est tout.

– À ton âge, tu devrais dormir comme une souche, quoi qu'il arrive, mon garçon. Inondation ou tremblement de terre.

– Si tu le dis !

Domenic haussa les épaules et se détourna. Ses cheveux étaient ramenés en arrière et noués d'un cordon de cuir, car Francisco Ridenow, le Chef de la Garde, n'aimait pas les cheveux longs. Il les avait tellement tirés que ça lui faisait mal à la tête.

Il aurait voulu connaître sous tous ses aspects ce qui le tracassait, mais il n'arrivait pas à définir toutes les composantes de son malaise, ce qui le rendait encore plus insupportable. Une partie du problème, il le savait, était la mort soudaine de Régis, qui avait tout changé pour lui. Il en était profondément attristé, mais autre chose le perturbait. C'était, essentiellement, l'impression qu'il n'aurait jamais l'occasion de faire quoi que ce soit qui ne fût pas prescrit d'avance par la coutume et l'hérédité. Bizarre, ça ne lui avait jamais rien fait jusque-là. Et il ne voyait rien dont il eût spécialement envie, à part ne pas être Domenic Gabriel-Lewis Alton-Hastur.

Il déplaça les pieds et fixa les pavés, s'efforçant de mettre un peu d'ordre dans sa tête. La veille, il avait bu plus de vin qu'il n'en avait l'habitude, sous l'aimable influence de Katherine Aldaran, qui était la femme la plus intéressante qu'il ait jamais rencontrée à part sa mère. Et brave en plus, parce qu'il avait senti qu'elle était terrifiée d'être parmi des télépathes, mais qu'elle gardait son sang-froid quand même. Sa fermeté tranquille lui donnait le sentiment d'être un peu lâche en comparaison. Y avait-il de la vérité dans cette impression et était-ce cela qui le tracassait ? Se pouvait-il qu'il fût lâche ?

En quelques instants, de caillou qu'elle était, cette pensée devint rocher. Il se demanda s'il était assez brave, assez bien pour être l'héritier du Domaine Hastur et de tout ce que cela supposait, maintenant que Régis était mort. Tant que Régis vivait, la perspective de gouverner demeurait lointaine et irréelle. Et, s'avoua-t-il, il avait peu de goût pour la place où le destin l'avait mis. Il se disait toujours que Régis vivrait encore deux décennies, au moins, que d'ici là il serait lui-même père de famille et que son fils pourrait être nommé Régent. Bizarre qu'il ne se soit jamais avoué ce fantasme – qu'il n'ait jamais cru vraiment que la responsabilité de gouverner un jour Ténébreuse lui incomberait.

Il savait ce que Régis lui aurait dit : que si sa vie ne lui plaisait pas, il aurait dû s'arranger pour choisir d'autres parents. Il avait entendu cela plus d'une fois, mais aujourd'hui ça ne le fit pas sourire. Tout ce qu'il pouvait dire avec certitude, c'est qu'il avait l'impression que des murs se refermaient sur lui, comme s'il était un animal pris au piège, prêt à se sectionner la patte d'un coup de dents pour se libérer. Il serait surveillé, encore plus qu'il ne l'était déjà, et cela paraissait intolérable. N'était-il pas pratiquement prisonnier du Château Comyn depuis sa naissance ? Cela ne l'avait jamais gêné avant. Alors, pourquoi cet étrange désir de s'enfuir, de descendre la rue, de traverser la cité qu'il connaissait à peine bien qu'il y fût né, et de continuer à marcher jusqu'au Mur-Autour-du-Monde ? Il se demanda si son père changerait ce mode de vie – il savait que les Hastur ne s'étaient pas toujours emmurés comme Régis – mais conclut que c'était improbable.

Il y avait des dangers sur Ténébreuse – il le savait parfaitement. Il y avait des agents terranans, bien que peu nombreux et apparemment pas très bons s'il fallait en juger sur les minables résultats des troubles qu'ils avaient suscités dans la cité. Il y avait des bêtes comme les catamounts et les banshees – sauf que s'il restait au Château Comyn il ne saurait jamais à quoi elles ressemblaient. Et il y avait les gens du Conseil Comyn qui lui feraient du mal s'ils le pouvaient. De temps en temps, sa propre grand-mère, Javanne, se laissait aller à souhaiter sa mort. Mais ce n'étaient que des sottises de vieille femme malheureuse, et il était sûr qu'elle n'essaierait jamais de lui nuire.

Domenic frissonna. Elle arriverait bientôt pour assister à la cérémonie publique puis pour accompagner le cortège funéraire de Régis au *rhu fead*. Il n'avait jamais

139

vu cet endroit qui avait une étrange réputation, mais c'était là que reposaient les dépouilles de tous les souverains de Ténébreuse. Et elle ne manquerait sans doute pas de rappeler les circonstances remarquables de sa conception et de suggérer qu'il était un fils *nedesto* et non pas légitime. Si seulement ses parents s'étaient mariés comme tout le monde, au lieu d'être unis par Varzil le Bon dans un lointain passé ! Bien que plusieurs *leroni*, y compris sa tante Liriel, aient attesté de la véracité des expériences rapportées par Mikhaïl et Marguerida, il y avait encore des gens qui ne les croyaient pas. Et bien qu'il n'aimât pas l'avouer, même à lui-même, il se demandait parfois si sa grand-mère n'avait pas raison. Non que cela eût de l'importance, maintenant que son père l'avait nommé son héritier, mais le doute sur sa conception le blessait plus qu'il ne voulait l'admettre.

Sa mère avait dit un jour que, lorsque Javanne s'était mis une idée en tête, seule la foudre d'Aldones en personne pouvait l'en déloger, et cela résumait bien son caractère. Et elle allait certainement provoquer des troubles au Conseil. Domenic y avait assisté pour la première fois au dernier Solstice d'Été, juste après son quinzième anniversaire, et la violence des vociférations l'avait stupéfié. Avant, il imaginait que ces réunions étaient compassées et ennuyeuses, mais il avait assisté, au contraire, à une série de disputes sur absolument tout, depuis l'état des Tours jusqu'aux statuts des Guildes.

Après, il avait demandé à son père :

– C'est toujours comme ça ?

Mikhaïl avait secoué la tête en souriant.

– C'était une session assez calme, Domenic.

– Alors, j'espère ne jamais en voir une tumultueuse. J'ai cru que *Dom* Francisco Ridenow allait boxer Régis.

La discussion portait sur le bail de l'astroport, qui expirait dans deux ans. Régis et Grand-Père Lew étaient en faveur d'un renouvellement, à un prix plus élevé, et *Dom* Francisco Ridenow était contre. Domenic comprenait pourquoi – la Fédération n'avait pas payé son loyer depuis deux ans. Ils se souciaient peu de l'argent, car Ténébreuse avait toujours sauvegardé son indépendance économique par rapport à la Fédération, mais c'était le principe. Pour sa part, la Fédération avait proposé qu'on lui donne l'astroport à perpétuité, sans rien payer, car c'étaient les Terriens qui l'avaient construit. Personne n'avait retenu cette proposition une seconde – c'était même le seul point de toute la réunion qui avait mis tout le monde d'accord.

Et qui savait ce qui arriverait maintenant que la Fédération avait dissous le parlement ? Peut-être que les Terriens évacueraient la planète, ce qui ferait plaisir aux gens tels que sa grand-mère et *Dom* Francisco Ridenow. Pour Domenic, ça lui était égal, car les quelques Terranans qu'il avait connus ne lui avaient pas paru particulièrement aimables ou intelligents. Il n'y incluait pas Ida Davidson, qui était pour lui comme une tante, et qui lui avait même appris à chanter passablement. Il n'avait pas grande estime pour le « conseiller » imposé à Régis quelques années plus tôt, petit rond-de-cuir pète-sec qui posait des tas de questions sans jamais répondre à aucune. Il se demandait encore pourquoi son oncle et son grand-père l'avaient admis au Château Comyn. Ce devait être encore une de ces histoires d'adultes, un complot dont il ne comprenait pas la raison. Et alors qu'il aurait posé des questions quand il était plus jeune, Domenic restait muet maintenant la plupart du temps.

Ses pensées dérivèrent vers Lyle Belfontaine, fuyant le spectre de Javanne, et plus encore, s'avoua-t-il en secret, celui de Gareth Elhalyn, le fils de Danilo Hastur. Ils s'étaient connus à Arilinn l'année précédente, et il savait qu'ils ne s'appréciaient pas, ni l'un ni l'autre. Il y avait quelque chose dans la façon dont Gareth le regardait, d'un regard en coin, qui le faisait frémir. De plus, Gareth se donnait des grands airs, s'attendait à ce qu'on lui témoigne de la déférence, ce qui n'avait pas plu à ses camarades de la Tour. Il valait mieux penser à Belfontaine, parce qu'il éprouvait des remords à avoir de si mauvais sentiments à l'égard de sa grand-mère et de son cousin.

Une fois, Lew avait emmené Domenic au QG, le faisant passer pour un page, en lui recommandant de tout observer. Il s'était bien amusé à entrer dans ce rôle de serviteur, et à surprendre les pensées vagabondes des Terranans dans les couloirs et les bureaux. Pourtant, ce n'était pas très intéressant, car ce qu'il avait surpris lui était presque totalement incompréhensible. Mais le Chef de Station était fascinant, dans le genre repoussant, dans ses efforts pour convaincre Lew de l'inviter au Château Comyn pour voir Régis Hastur. Il avait observé comme son grand-père éludait la question, changeait de sujet si habilement que Belfontaine n'avait pas réalisé que Lew détournait la conversation. Ce jour-là, il avait reçu une bonne leçon de diplomatie, mais il était parti avec l'impression que le Chef de Station était un dangereux imbécile, et que tous les Terranans étaient aussi irresponsables et perfides.

Il s'était davantage intéressé aux machines qui étaient partout, bipant et bourdonnant tout en crachant de minces feuilles de papier qui, avait dit Lew, tomberaient en cendres en moins d'une journée. Avant de voir les relais d'Arilinn, Domenic n'avait jamais rien vu de pareil, et il avait été impressionné malgré lui. Jusque-là, en fait d'appareil technologique, il ne connaissait que le petit magnétophone de sa mère, couvert de poussière vu qu'elle ne pouvait plus se procurer les piles qui lui permettaient de fonctionner.

Il lui sembla futile de penser à Belfontaine, et il laissa son esprit vagabonder dans une autre direction. Il y avait tant de choses qu'il ne comprenait pas, tant de questions qu'il pouvait à peine formuler, sans parler de trouver quelqu'un pour y répondre. Tout le monde était très occupé et trouvait normal qu'il se débrouille tout seul maintenant qu'il était majeur. Et, à dire vrai, il avait un peu peur des choses qui lui trottaient dans la tête, des souvenirs et des pensées qu'il y découvrait.

Parfois, il avait l'impression de se rappeler le moment de sa conception, tout en sachant que c'était impossible, et il se demandait s'il n'était pas un peu fou. Mais il ne parvenait pas à se défaire du sentiment qu'il savait des choses qu'il *ne pouvait pas* savoir, et personne, pas même quelqu'un d'aussi sage qu'Istvana Ridenow, n'était capable de répondre aux questions qui avaient commencé à le troubler cinq ans plus tôt. Elle lui manquait beaucoup, la vieille *leronis* qui l'avait testé avant qu'il aille à Arilinn et qu'elle retourne à Neskaya. Parfois, il souhaitait aller là-bas pour étudier avec elle, mais il savait qu'on ne lui permettrait jamais d'aller si loin de Thendara.

Grand-Père Lew disait que Régis avait passé ses dernières années dans une « mentalité d'assiégé », et il l'avait souvent regretté en présence de Domenic. C'était, il le savait, la conséquence d'événements survenus bien avant sa naissance, quand les Casseurs de Mondes avaient tenté de ruiner Ténébreuse. En vieillissant, Régis était devenu de plus en plus angoissé, comme si le passé rongeait le présent et détruisait sa sérénité d'esprit.

Lew trouvait nécessaire d'assurer la sécurité de la famille gouvernante, et de la mettre à l'abri des Terriens, mais il semblait penser qu'il existait des moyens moins contraignants d'y parvenir. Domenic n'imaginait même pas la possibilité d'aller et venir à sa guise, ni même de suggérer qu'on l'y autorise. Il n'était majeur que légalement, sinon, il n'était encore qu'un adolescent, pas encore un adulte. Il n'aurait jamais aucune aventure, et ne verrait jamais de Ténébreuse plus qu'il en avait déjà vu. C'était une pensée très déprimante et il décida qu'il devait se ressaisir, sinon sa mère s'inquiéterait et lui ferait boire quelque potion nauséabonde.

Il n'y avait pas de remède, il en était certain, à ce qu'il éprouvait en ce moment, sauf, ainsi que le disait souvent sa mère, le temps. La mort de Régis l'affligeait, et c'était normal. C'était plutôt rassurant d'éprouver un sentiment normal car, ces derniers temps, ses émotions oscillaient follement entre la joie et la dépression, sans raison précise. Mais Alanna était comme lui, alors, ça venait peut-être de l'âge, et non de quelque chose de plus sérieux.

Bien sûr, sa cousine et sœur adoptive l'inquiétait beaucoup. Ils étaient très proches, ayant été élevés ensemble depuis dix ans, et il la connaissait sans doute mieux que personne. Penser aux crises de colère d'Alanna ne fit rien pour le rassurer sur sa propre stabilité mentale, et il ne put s'empêcher de penser à toutes les histoires entendues au cours des ans sur la branche familiale des Elhalyn, bien connue pour ses bizarreries. Son arrière-grand-mère Alanna Elhalyn avait peut-être transmis quelque gène étrange à sa fille Javanne, qui resurgissait en lui et en sa sœur adoptive.

Repenser à Javanne n'était pas une bonne idée, parce que ça le mettait toujours terriblement mal à l'aise. Pour autant qu'il s'en souvînt, elle ne l'avait jamais touché, et encore moins serré dans ses bras comme elle faisait avec Rhodri et Yllana. Mère disait que c'était le problème de Javanne, pas le sien, mais il s'avouait que ça lui faisait de la peine. L'arrivée imminente de Javanne et la présence déjà épineuse de Gareth Elhalyn le déprimaient un peu plus de seconde en seconde. Si seulement ils n'avaient pas tant l'air de le haïr !

Mais la mère de son père semblait haïr des tas de choses, parfois même son père. Enfin, il était au moins en bonne compagnie ! Il supporterait sa visite comme les précédentes en l'évitant le plus possible. Qu'elle chouchoute Rhodri tout son soûl ! Il n'était pas jaloux de son petit frère... mais était-ce bien sûr ?

Vraisemblablement, toute cette angoisse était provoquée par cette mort qui bouleversait sa vie, et par le fait qu'il avait quinze ans et ne se sentait pas sûr de lui. Quelques mois plus tôt, Oncle Rafaël lui avait dit qu'il était un adolescent parfaitement normal, ce qui l'avait réconforté. En grandissant, il laisserait tout ça derrière lui, comme ses vêtements de l'année précédente, bien qu'il fût encore petit pour son âge. Mais son oncle ne savait pas quelle forme prenait le *laran* de Domenic – personne ne le savait, à part quelques *leroni* d'Arilinn – ce qui les plongeait tous dans la perplexité. Et personne ne savait non plus à quel point son *laran* s'était renforcé depuis son retour à Thendara! Renforcé, et modifié en quelque chose de si étrange que la moitié du temps il était sûr qu'il devenait fou! Parce qu'il ne pouvait pas vraiment *entendre la planète*, non? Non, ce devait être impossible, ou la conséquence d'une imagination trop vive. Les êtres humains ne pouvaient pas écouter les mouvements de la terre, ni le ressac de la lointaine Mer de Dalereuth. S'il en avait l'occasion, il poserait peut-être la question à Lew. Mais il ne le ferait probablement pas. Son grand-père était très occupé, et il n'y avait pas moyen d'aborder ce problème sans révéler ses craintes sur sa propre santé mentale.

Des grincements de roues le tirèrent brusquement de sa rêverie, et il inspecta la rue étroite qui passait devant la caserne. Il connaissait par cœur tous les horaires de livraisons, et on n'en attendait aucune. Rappelé à la vigilance, il se redressa et scruta les ombres, comme son camarade de garde.

– Qu'est-ce que c'est que ça?

Kendrick était un Garde de carrière, solide gaillard d'une trentaine d'années, et l'un des compagnons préférés de Domenic. Rien ne semblait jamais le perturber, et monter la garde avec lui était agréable, presque reposant. Il suivit le regard de son aîné.

Et il vit ce qui troublait Kendrick. C'était un chariot bâché tiré par des mules, avec un panneau peint derrière le cocher en costume criard. Des Baladins! Que diable faisaient-ils dans la cité en cette saison? Ils n'étaient autorisés à entrer dans Thendara qu'aux Solstices d'Été et d'Hiver. Pendant les mois chauds, ils voyageaient, donnant leurs représentations dans les petites villes et les hameaux. Sauf pendant le Solstice d'Hiver proprement dit, il ignorait où ils hivernaient. Sa mère, qui avait l'esprit curieux, s'efforçait depuis longtemps d'obtenir sur eux des informations sûres, sans y parvenir. Et le peu qu'elle savait, elle l'avait appris d'Erald, fils du précédent chef de la Guilde des Musiciens. Il ne devait pas oublier de lui dire qu'il les avait vus.

Pourtant, ils n'auraient pas dû emprunter cette rue, même quand leur présence était la bienvenue. N'étaient autorisés à circuler ici que les gens ayant à faire au Château, charretiers apportant des fournitures, et artisans des Guildes. Cet incident était intéressant parce qu'il sortait de l'ordinaire, et Domenic sentit sa curiosité dissiper son humeur chagrine. Il avait vu deux fois les Baladins à Arilinn, où ils avaient interprété quelques chansons plutôt scandaleuses et une pièce comique, qui brocardait à plaisir Oncle Régis, entre autres. Ce qui lui avait surtout plu, c'était une jolie funambule en costume dénudé, et un jongleur qui récitait des poèmes tout en lançant de plus en plus de balles en l'air. Personne ne disait aux Baladins ce qu'ils avaient à faire, sauf eux-mêmes, croyait-il. Qu'est-ce que l'on pouvait ressentir à être ainsi libre de toute obligation ?

Ils semblaient n'appartenir à aucun lieu, contrairement à tous les gens qu'il connaissait. Ils n'avaient pas d'habitation permanente, et l'organisation de leurs troupes était un mystère. Ils n'étaient membres d'aucune Guilde, ne dépendaient d'aucune autorité, pas même des Seigneurs des Domaines, et ils faisaient ce qui leur plaisait, pourvu qu'ils ne violent pas les quelques lois qui s'appliquaient à eux. Cela avait quelque chose d'immensément séduisant. Un instant, Domenic se demanda ce que ce serait que d'avoir la liberté d'aller n'importe où ça lui plairait. Puis il décida que ce devait être froid, humide et dur.

Il scruta les ombres projetées par les murs du Château, s'efforçant de distinguer des détails. Le chariot s'était rapproché dans la rue, et il voyait maintenant les figures peintes sur ses flancs. C'étaient des marionnettes, aux fils peints en couleur argent qui s'écaillait, et surmontées d'une guirlande de fleurs. Un panneau était abattu, sur lequel une jeune fille se penchait dehors en souriant. Elle avait des cheveux roux et des taches de rousseur, et à peu près son âge. Elle lui fit un signe de la main tandis que Kendrick s'avançait.

– Qu'est-ce que tu viens faire ici, mon brave ? demanda-t-il au cocher.

Il fit signe à Domenic de rester où il était et, malgré son désir de voir les Baladins de plus près, il ne bougea pas. Il ne sentait aucune menace émaner du petit cocher maigrichon, mais il savait qu'il devait obéir à un Garde qui était son aîné.

L'homme haussa les épaules et gratifia Kendrick d'un regard hargneux. Il était petit, avec un visage étroit et un nez en bec d'aigle.

– On a cassé une roue et on a dû s'arrêter Rue des Charrons pour réparer. J'ai pas voulu ressortir de la cité et la contourner pour rejoindre la troupe.

– Vous n'êtes pas autorisés à Thendara en cette saison! Et de toute façon, cette rue est interdite à tes pareils.

Kendrick avait l'air outré, mais Domenic soupçonnait qu'il n'était pas fâché de cet incident qui rompait la monotonie de la garde.

– On fait de mal à personne, protesta le cocher. Vous autres, lèche-bottes des Comyn, vous êtes bien tous pareils, à nous dire ce qu'on doit faire parce que vous fichez rien vous-mêmes!

Les paroles étaient grossières, et le cocher semblait chercher la bagarre. Mais il y avait plus. Domenic saisit l'impression d'une peur latente, et des pensées confuses qui lui parurent étranges. Il mit un moment à réaliser que l'homme ne pensait ni en *casta* ni en *cahuenga*, mais dans un mélange des deux, avec une bonne dose de terrien. Bizarre, mais il venait sans doute du pays Aldaran, où il y avait pas mal de Terranans, Domenic le savait. Ou peut-être qu'il avait une bonne raison de passer par là. Et si c'était un espion? Domenic se moqua de lui-même. C'était une idée ridicule – il ne fallait pas le soupçonner de noirs desseins juste parce qu'il avait des pensées confuses. Il avait peur de son ombre.

– Assez! Passe ou je...

– Va pas mettre ton froc à l'envers pour ça, ricana le cocher. On va juste à la Vieille Route du Nord pour rejoindre la troupe.

– Arrête de faire de la provoc, cria la fille de l'arrière. Je t'avais bien dit qu'il fallait prendre l'autre rue!

– Et je t'avais dit que c'était trop loin. Tiens ta langue, ma fille, où je vais te flanquer une fessée.

– Bah! je cours plus vite que toi même avec dix jupons, lança-t-elle en riant, puis elle fit un grand sourire à Domenic.

Il lui sourit en retour, se demandant qui elle était et comment elle était devenue Baladine. Plus encore, il se demanda d'où lui venaient ses cheveux flamboyants, si souvent indices du *laran* dans la population ténébrane. Il n'avait jamais entendu dire qu'aucun Baladin soit déjà venu dans les Tours pour être testé ou entraîné.

Ses cheveux surtout étaient fascinants, bouclés comme ceux de sa mère, mais secs et nerveux alors que ceux de Marguerida étaient fins et soyeux comme des cheveux de bébé. Ils entouraient son visage d'un halo de flammes, même si les extrémités en étaient rattachées sur la nuque par une barrette de bois en forme de papillon. C'était, décida-t-il, une très jolie jeune fille, mais d'un genre un peu étrange. Elle était mal dégrossie, pas bien léchée et policée comme Alanna et sa sœur. Et ses traits n'avaient rien de remarquable – nez en trompette, yeux lumineux, bouche généreuse. Il n'y avait rien de sérieux en elle, et il conclut que c'était pour ça qu'il la trouvait jolie. Elle semblait trouver la vie très intéressante et ne se faire de souci pour rien, contrairement à Alanna.

Domenic soupira. Chaque fois qu'il pensait à Alanna, son estomac se nouait et son cœur se serrait. Il avait pour sa sœur adoptive des sentiments qu'il soupçonnait de ridicule et d'inconvenance. Peu lui importait que tout le monde la considérât comme une enfant difficile et qu'elle désespérât souvent ses parents. Elle était audacieuse alors qu'il se trouvait timide, capable de dire des choses qu'il aurait voulu avoir le courage d'exprimer. De plus, il savait qu'il était pratiquement son seul ami au monde, parce que ses brusques sautes d'humeur lui avaient même aliéné Marguerida, dans une certaine mesure. Perdrait-il ses sentiments pour elle en grandissant? C'était souhaitable, car il ne pourrait pas l'épouser; ils étaient trop proches par le sang.

– Tu peux vraiment défendre ce château? lui demanda effrontément la fille du chariot, clignant des yeux pour mieux le voir dans l'ombre. Tu m'as l'air un peu petit pour être un Garde.

– Assez, ma fille, pas de grossièretés envers tes supérieurs, gronda Kendrick en s'avançant vers le chariot.

Elle secoua la tête, mettant en branle la masse bouclée de ses cheveux, illuminés par le rayon de soleil tombant au milieu de la rue. Ils brillèrent comme un nimbe de feu autour de son visage.

– Un rejeton gâté des Comyn n'est pas mon supérieur, Garde.

Kendrick émit une sorte de grognement de gorge, mais à l'évidence il savait qu'il n'aurait pas le dernier mot avec cette fille, qui ne lui manifesterait jamais le moindre respect.

– Passez votre chemin ! Allez, ouste !

Comme le cocher claquait ses rênes sur la croupe de ses mules et que le chariot s'ébranlait, Domenic reçut une impression de frustration venant de Kendrick, qui regardait la fille par-dessus son épaule en grommelant *maudite traînée !* Domenic sourit intérieurement. Tout en sachant qu'il n'aurait pas dû, il admirait son insolence. Il aurait voulu avoir le courage d'être impudent avec tout le monde, au lieu de toujours faire ce qu'on attendait de lui. Et il passa un moment à se délecter d'une entrevue imaginaire entre cette fille et Dame Javanne Hastur, s'efforçant de deviner ce qu'elle pourrait dire à sa grand-mère.

– Si tu viens ce soir au Champ des Tanneurs près de la Porte du Nord, on y donne une représentation, lui cria la fille comme le chariot s'éloignait, chassant de son esprit cette délicieuse fantaisie. Tu n'es pas tout le temps de service, non ?

Domenic secoua la tête, soudain muet et tout bête. Il recevait une série d'impressions des plus bizarres, et il avait comme un bourdonnement dans la tête, une sensation désagréable, et quelque chose de plus. Il eut envie de recourir au Don des Alton pour pénétrer l'esprit de la fille, ne fût-ce qu'un instant, juste pour découvrir son nom. À moins qu'il ne voulût en savoir plus sur elle ?

Cette fille était si différente de toutes celles qu'il connaissait qu'il se sentait attiré vers elle.

Effrontée, la fille lui adressa un signe d'adieu familier, et tout désir de faire une folie s'évanouit. Il prit une profonde inspiration, soulagé. Son désir secret de faire quelque chose d'inattendu n'allait pas jusqu'à courtiser une Baladine. Cela aurait pu être acceptable chez un autre, mais ne le serait jamais pour l'héritier de son père. Quel scandale !

Je me demande qui c'est ?

– À qui tu cries comme ça, Illona ?

La fille se retourna pour regarder, dans la pénombre du chariot, une vieille femme couchée sur un lit étroit.

– Oh, à un Garde, c'est tout, Tante Loret.

– Laisse-les tranquilles, petite. Et ne leur fais pas des avances si tu ne veux pas qu'on te prenne pour une ribaude.

– Oui, Tantine.

Domenic perçut sa curiosité, et il s'en amusa. Puis son humeur noire lui revint, comme contrariée d'être ignorée. Par le plus froid des enfers de Zandru, qu'est-ce qu'il avait ? Il était horriblement malheureux depuis des semaines, bien avant la mort de Régis – nerveux et, pire, profondément en colère. Il en voulait à tout et à tout le monde le plus clair de son temps, refoulant ses émotions d'une volonté de fer, ce qui le laissait épuisé et furieux. Pourquoi n'était-il pas insouciant comme Rhodri ? Il était trop sérieux et ennuyeux. Non, pas exactement ennuyeux. Il ne faisait jamais de bêtises, c'est tout, et il découvrait, écœuré, qu'il en avait envie.

Si seulement il pouvait parler à quelqu'un sans crainte de se sentir nu et vulnérable. Son père lui avait plusieurs fois demandé s'il avait envie de lui parler. Occupé comme il l'était, Mikhaïl s'efforçait toujours d'être disponible pour discuter avec lui, mais Domenic savait que c'était impossible. Comment son père aurait-il pu comprendre la révolte muette qui bouillonnait en lui et lui ravageait l'esprit ? Il savait que Mikhaïl l'écouterait, parce qu'il l'avait toujours écouté, mais il savait aussi qu'il serait désemparé d'apprendre à quel point Domenic était malheureux. Mikhaïl n'avait sûrement jamais rien ressenti de pareil! D'ailleurs, peu importait qu'il fût malheureux – il était l'héritier, et il avait des *obligations*. Quel mot affreux! Il devait mettre de côté ses vagues désirs et se reprendre en main! Il ne pouvait pas charger son père du poids de ses problèmes infantiles – surtout en ce moment!

L'idée de ces obligations lui pesait, et il n'en serait jamais libéré jusqu'à son dernier souffle, ce qui empirait encore sa situation. Il était piégé et seul, prisonnier de son héritage... et de son *laran* étrange, que personne ne semblait capable de comprendre, et qui mettait beaucoup de gens mal à l'aise, ce qui était encore pire. Même Lew Alton, que Domenic adorait, ne pouvait pas l'aider. De plus, comment quelqu'un d'aussi vieux que son grand-père aurait-il pu comprendre ce qui le troublait? Il ne comprenait pas ses sentiments lui-même, alors, comment pouvait-il les expliquer à un autre?

Le temps que son tour de garde se termine, Domenic était retombé dans son marasme. Il arracha le cordon nouant ses cheveux, quitta son poste et retourna au Château, montant l'interminable escalier allant de l'entrée aux étages supérieurs. Il savait qu'il aurait dû être affamé, mais il n'avait pas faim. Tout ce qu'il désirait, c'était trouver un réduit, s'y réfugier, et en fermer la porte sur le monde et ses obligations oppressantes. Il n'aurait pas dû se sentir si malheureux, mais il ne pouvait s'en empêcher.

Comme il approchait des appartements familiaux, Domenic entendit un cri strident, suivi du bruit de quelque chose qui se casse. Alanna dans une de ses crises. Et personne ne parvenait jamais à la calmer, sauf lui. Pour une fois, il n'avait pas envie de jouer les pacificateurs, même pour sa chère Alanna. Il voulait simplement qu'on le laisse tranquille, dans le vain espoir de trouver une solution à la fureur intérieure qui le tourmentait jour et nuit.

Puis une hilarité intempestive monta en lui comme une bulle. Lui et Alanna étaient vraiment parfaitement assortis – elle était toujours mal lunée, et lui feignait toujours d'être de bonne humeur. Domenic lui envia cette liberté de se mettre en colère. Sa mère, Ariel, l'avait beaucoup trop gâtée quand elle était petite, puis l'avait confiée à son frère à contrecœur quand l'enfant était devenue complètement ingouvernable. Même les instructeurs d'Arilinn n'étaient pas parvenus à la discipliner au-delà du minimum.

Quand il entra dans l'appartement, Alanna, debout au centre du salon, fronçait les sourcils. À ses pieds, une théière cassée et une tache de thé sur le tapis. Elle serrait les poings, les épaules crispées sous le fin linon de son corsage. Toute sa frêle silhouette semblait rayonner d'énergie. Attitude trop familière et de plus en plus fréquente ces derniers temps.

– Veux-tu faire la fortune des poteries de Dame Marilla à toi toute seule, Alanna ? C'est la quatrième théière que tu casses ce mois-ci.

Il regarda les tessons par terre et ajouta :

– Celle-là me plaisait beaucoup.

Il pouvait peut-être calmer sa colère et alléger son humeur par la même occasion.

– La sixième, pour être exact, dit-elle, sa voix mélodieuse, rauque de tension. Il vaut mieux casser la poterie que les gens, non ?

– S'il faut absolument que tu détruises quelque chose, je suppose que d'innocentes tasses et théières sont préférables, *breda*. Mais, dans l'intérêt des tapis, tu pourrais au moins attendre que les récipients soient vides. Qu'est-ce que tu as, maintenant ?

Il parlait d'un ton jovial, espérant la mettre de meilleure humeur, mais sa patience était à bout et il aurait voulu être ailleurs – n'importe où !

– Je n'arrive pas à respirer ! Tout le monde marche sur la pointe des pieds et prend l'air solennel. J'en ai la migraine !

Elle parlait de façon théâtrale, mais il ne faisait aucun doute qu'elle souffrait vraiment. Alanna avait hérité du caractère angoissé de sa mère, qui, joint à son tempérament explosif, composait un mélange détonant. Il trouvait dommage qu'elle ne puisse pas devenir actrice, puis il se demanda d'où lui venait cette idée. Les filles des familles des Domaines, même des branches cadettes comme les Alar, n'étaient pas libres d'adhérer à la Guilde des Comédiens, ni à aucune autre. Alanna se plaignait souvent de migraines, et même Marguerida, qui était une puissante guérisseuse, n'avait pas pu en découvrir la cause. Pourtant, son mal était réel, c'était incontestable.

– On devrait peut-être commander une grosse pile d'assiettes à casser, *chiya*.

– J'ai l'impression que je vais exploser, Domenic ! Bang ! En un million de morceaux !

– Je le vois bien.

Cette sensation ne lui était pas étrangère, car il l'éprouvait souvent lui-même, quoique pas aussi fortement qu'elle. Peut-être que ça lui ferait du bien de casser quelque tasse pour se défouler. Non, ça ne servirait à rien. Ce que Domenic désirait, c'était violer les règles, et il n'osait pas.

– Il y a quelque chose de spécifique qui t'a mise en colère, ou c'est juste l'atmosphère de silence feutré ?

La jeune fille ouvrit enfin les poings et haussa les épaules.

– Je jouais du piano, et j'avais l'impression d'avoir les mains pleines de pouces, alors ça m'a mise en colère. Mais ce n'est pas tout. J'ai l'impression de... de me désintégrer. Comme si j'étais deux personnes, ou même plus. Et que chacune voulait une chose différente.

Elle baissa la tête après cet aveu et se mit à pleurer doucement.

Domenic la prit dans ses bras et attira sa tête sur son épaule. Il sentait la tiédeur de son corps dans sa légère étreinte, mais il émanait d'elle une odeur de rage, très reconnaissable et assez déplaisante. Alanna était raide, tous ses muscles crispés, comme si elle ne tenait debout que par la force de sa volonté. Même en pleurant, elle restait tendue.

Marguerida entra dans le salon, l'air épuisé. Elle s'immobilisa, les regarda tous les deux, et une ombre fugitive passa sur son visage. Elle disparut aussitôt, mais Domenic soupçonna que Marguerida connaissait ses sentiments pour sa sœur adoptive, et qu'elle s'en inquiétait.

Inutile de t'inquiéter, Mère.

Je ne peux pas m'en empêcher. Tu es mon premier-né. Autre chose la perturbait, quelque chose de profondément enfoui dans son esprit, mais il ne put deviner ce que c'était.

Je veux dire : inutile de craindre que je me laisse emporter par mes sentiments pour Alanna.

Non, tu es trop discipliné pour ça – même si la tentation est effrayante. Parfois, Domenic, je souhaiterais presque que tu sois un peu moins sage.

Que veux-tu dire ? Tu voudrais que je ressemble plus à Rhodri ?

Certainement pas ! Un petit diable me suffit amplement ! Je voudrais simplement que tu sois toi-même. Et je ne peux pas m'empêcher de penser que tu te maîtrises trop – tu es trop anormalement normal !

Dois-je me mettre à séduire les servantes ou aller boire avec les Gardes ?

J'aimerais autant pas. Ça ferait jaser, et nous n'avons pas besoin de ça. Mais j'aimerais que tu rues un peu dans les brancards, juste une fois. Tu ne me surprends jamais, Domenic, et pourtant ça me ferait plaisir.

Je dois bien te décevoir, correct et sobre comme je suis.

Tu ne m'as jamais déçue, mon fils ! Je ressemble trop à mon père, je suppose ; je suis une révoltée rentrée. Tu n'as jamais envie de faire quelque chose de scandaleux ?

Souvent, mais je connais mon devoir. Il sentit Alanna remuer contre lui, et fut soulagé de cette diversion. Il ne fallait pas que sa mère apprenne à quel point il détestait ses obligations. Elle avait assez à faire, avec la mort de Régis Hastur, et Alanna qui était impossible plus souvent qu'à son tour. Elle ne se plaignait jamais, mais il savait qu'elle piaffait sous ses nombreuses charges, et que, malgré son amour pour lui, pour son père, et pour son frère et sa sœur, elle aurait voulu consacrer une plus grande partie de son énergie à ses compositions musicales, et moins à ses devoirs d'épouse et de mère.

Elle ne les avait jamais négligés, lui, Rhodri et Yllana, et elle avait assumé en plus la tutelle de Donal et Alanna. Elle l'avait toujours écouté patiemment quand il se glorifiait de ses petits triomphes – le dressage de ses chers faucons ou le saut d'obstacle auquel il avait entraîné son cheval. Marguerida était restée à son chevet chaque fois qu'il avait la fièvre, refusant de laisser une servante appliquer les compresses fraîches sur son front brûlant, mais insistant pour le soigner elle-même. Il était aimé – bien aimé –, et il le savait.

En même temps, Domenic savait qu'elle avait souvent été déchirée entre ses propres ambitions et ses devoirs. Elle n'aimait pas assister aux séances du Conseil, écouter les disputes et caresser les gens dans le sens du poil. Elle détestait être obligée d'aller partout en calèche, et ne plus pouvoir marcher dans les rues de Thendara, même avec une escorte, comme elle le faisait avant sa naissance. Parfois, il le savait, elle descendait dans une des cours du Château au milieu de la nuit et arpentait les pavés juste pour diminuer la tension imposée par sa vie tendrement confinée.

Trente-cinq ans avaient passé depuis que les Casseurs de Mondes avaient parcouru Ténébreuse, tuant les bébés dans leur berceau. Rien de ce qui s'était passé depuis n'avait été aussi terrible pour les familles des Domaines, mais une sorte de vigilance soupçonneuse s'était emparée de Régis à mesure qu'il vieillissait. Ils vivaient toujours sous les armes, bien qu'aucun ennemi ne se fût présenté. Pourtant, si les conversations qu'il avait surprises entre ses parents et Grand-Père Lew étaient exactes, ils se féliciteraient bientôt de leur paranoïa. Le seul problème, en ce qui concernait Domenic, c'est qu'il ne pouvait pas aller où il voulait comme le faisait son père quand il était plus jeune. Pour le moment, cela l'irritait de plus en plus, au point que, comme

Alanna, il avait parfois l'impression de ne plus pouvoir respirer.

Le désir de s'enfuir lui monta à la gorge, et il le ravala avec effort. Il ne fallait pas y penser. Il était coincé au Château Comyn sans doute à perpétuité, et il devait s'y résigner. Et il ne devait pas non plus se plaindre de sa captivité, ni envier à Rhodri sa liberté relative. Sa bouche s'emplit d'une bile amère.

Alanna se redressa, s'écarta de lui, et il perçut sa détresse. Elle baissa les yeux sur le désastre à ses pieds, et son visage mobile se figea.

– Je vais prendre un bain, dit-elle.

– Oui, ça devrait te détendre, répondit placidement Marguerida.

Le visage d'Alanna devint un masque de fureur contenue.

– Rien ne peut me détendre, sauf peut-être... je ne vois même pas quoi. Tout m'horripile, ici !

Sur ce, elle se retourna et quitta la pièce.

– J'ai beau aimer tendrement cette enfant, Domenic, il y a des jours où elle me désespère. Je me dis que ce sont juste les hormones de l'adolescence qui s'emballent, mais franchement je n'y crois pas une seconde. Je ne la vois pas s'apaiser dans le mariage – l'idée même semble trop fantastique – et elle n'est pas faite pour les Tours, même avec tous ses dons. Il n'y a pas de place pour une fille comme elle sur Ténébreuse.

Marguerida fronça les sourcils, ses épaules s'affaissèrent, et elle ajouta :

– Ni ailleurs à ma connaissance.

Une fille comme elle. C'était une remarque étrange ; Domenic se demanda, et non pour la première fois, si sa mère savait quelque chose qu'il ignorait sur sa sœur adoptive. Il aurait voulu réconforter sa mère, mais il ne trouva rien à dire. Sa mère ne pensait pas qu'un mari et des enfants étaient la solution aux problèmes de sa cousine, contrairement à tant d'autres femmes du Château, et il s'en félicita. Et dans une Tour, Alanna deviendrait folle furieuse. Cela avait failli arriver quand elle était à Arilinn. Elle semblait n'avoir de place nulle part.

– Peut-être que ça lui passera en grandissant... comme à moi.

– À toi, oui. Mais Alanna, c'est une autre histoire. À mon avis, plus elle vieillira, plus ses talents deviendront difficiles à contrôler.

Elle soupira.

– Voilà longtemps, peu après mon arrivée sur Ténébreuse, le Don des Aldaran s'est manifesté chez moi. Ariel était enceinte d'Alanna, et c'était le jour où ton cousin Domenic avait été blessé dans ce terrible accident de calèche. Ce fut l'un des pires jours de ma vie, et j'ai toujours tenté de me persuader que ma vision était davantage la conséquence de mes émotions perturbées qu'une prémonition. Mais je me rappelle avoir pensé à l'époque qu'on devrait l'appeler « Deirdre » plutôt qu'« Alanna ».

– Pourquoi ?

Ainsi, elle savait quelque chose qu'elle ne lui avait jamais dit. Domenic réalisa que sa mère, épuisée par les exigences des derniers jours, avait un peu baissé sa garde, et il en éprouva une impression bizarre en attendant une réponse. Puis il réalisa qu'elle lui parlait comme à un adulte, non plus comme à un enfant, et il n'était pas tout à fait sûr d'être à la hauteur des circonstances.

– Parce que ça signifie « la perturbatrice ». C'était une idée en l'air dont je n'ai jamais parlé à personne. Je *savais* qu'Alanna aurait un caractère difficile dès avant sa naissance. J'en ai toujours éprouvé un malaise... Tu sais ce qui a provoqué cette nouvelle crise ?

– Elle dit qu'elle se sentait comme étouffée, et aussi que c'était comme si... comme s'il y avait deux personnes en elle, se combattant l'une l'autre. Si je ne savais pas qu'il n'en est rien, je soupçonnerais qu'elle a été possédée, Mère.

Marguerida frissonna.

– Je voudrais ne plus jamais entendre ce terme. Mais tu as raison : elle n'a pas été possédée. Je le saurais... j'espère.

– Nous te donnons beaucoup de souci, Alanna et moi ; j'en suis désolé, Mère. Tu as l'air très fatigué. Migraine ?

– Un peu. Et tu ne me donnes aucun souci, Domenic. Jamais. Mais le désir de me mettre au lit avec une compresse à l'eau de lavande sur le front est très tentante. Les préparatifs des funérailles sont épuisants, et Dame Linnéa est si triste que ça me déchire le cœur. Sans Danilo Syrtis-Ardais, je crois que je m'écroulerais complètement.

Elle eut un petit rire.

– Dis-moi ce que tu trouves si drôle.

– Je pensais à la première fois où j'ai vu Danilo. J'ai failli m'évanouir de terreur. J'étais sur Ténébreuse depuis moins d'une semaine, et je n'avais jamais entendu parler de télépathes, et encore moins de télépathes catalystes. J'avais juste l'impression qu'il était un danger pour moi, un ennemi inexplicable. Le Don des Alton commençait à se manifester, et je faisais tout ce qui était en mon pouvoir pour le nier – me disant que j'imaginais des choses, que je devenais folle, ou les deux. Je ne voulais rien avoir à faire avec lui, et maintenant je ne sais pas comment je ferais s'il n'était pas là. J'ai trouvé ça comique, c'est tout.

– Est-ce que je peux faire quelque chose pour t'aider, Mère ?

– Pas vraiment. On a commandé le cercueil et les tentures. Nous aurions pu utiliser celles des obsèques de Danvan, mais les mites sont passées par là et elles sont en loques. Un détail de plus pour m'occuper l'esprit. Ça m'empêche de penser à autre chose, comme Alanna, ou le fait que ton père et le mien se sont claquemurés avec Hermès Aldaran, s'efforçant de forger une politique sans avoir la moindre idée de ce que va faire la Fédération. Et tes grands-parents viennent d'arriver d'Armida, alors je voudrais pouvoir être en plusieurs endroits à la fois.

– Il n'y a pas de *laran* pour ça, dit-il doucement, ignorant le frisson que provoqua la mention de sa grand-mère.

Elle ne pouvait pas lui faire vraiment du mal, quand même ?

– Heureusement, gloussa Marguerida. Tu imagines le chaos si nous avions le don d'ubiquité ?

– Oh, je ne sais pas. Tu pourrais faire un petit somme tout en assistant au Conseil.

– Je n'ai pas besoin d'un *laran* spécial pour ça. J'ai souvent fait une petite sieste pendant les moments les plus ennuyeux, pour être réveillée en sursaut par les vociférations. Dis-moi, mon fils, que penses-tu de Katherine Aldaran ?

– Elle me plaît beaucoup. Je crois qu'elle a du mal à s'adapter à Ténébreuse, mais qu'elle fait contre mauvaise fortune bon cœur.

– Je n'ai pas pu passer plus de quelques instants avec elle, et je lui ai député Gisela, ce qui est sans doute une erreur. Pourtant, c'était logique, vu qu'elles sont belles-sœurs. Mais après la bévue des vêtements au dîner d'hier soir, sans doute qu'elles vont se regarder en chiens de faïence – un problème de plus que je n'ai pas le temps de régler ! *Au diable cette Gisela qui fait toujours des histoires ! Si seulement elle pouvait grandir et ne plus se comporter en enfant gâtée, mais en adulte !*

– Tu t'inquiètes trop, Mère. Va boire une tisane et faire une petite sieste. *Domna* Katherine est très capable de se débrouiller toute seule. Et Tante Gisela n'aime pas les autres femmes, surtout si elles sont belles. C'est plus fort qu'elle.

– Tu es très sage pour ton âge, Domenic. Tu as raison, une sieste s'impose – s'il ne survient pas quelque autre catastrophe.

Marguerida sortit comme une servante entrait pour nettoyer le tapis. Domenic s'assit, puis se leva d'un bond une minute plus tard, et se mit à arpenter la pièce. Tout le poids du Château Comyn lui semblait peser sur son crâne, et il s'efforçait de se débarrasser de cette sensation.

Qu'est-ce qu'il avait ? Domenic tenta de déterminer pourquoi il était tellement oppressé, et trouva enfin. Il ne voulait pas assister à la cérémonie funèbre de Régis Hastur. Il n'en supportait pas l'idée, même un instant. Ce n'était pas seulement le chagrin de perdre un homme qui avait toujours été disponible pour lui. Sa peine était réelle, mais sous-tendue de fureur et de crainte, comme si les murs allaient se refermer sur lui.

Il repensa à la jeune rousse du chariot des Baladins. Comme elle avait de la chance d'être libre, sans devoirs ni obligations ! Comme ce serait merveilleux s'il pouvait aller où il voulait, quand il voulait !

Et l'idée commença à germer, perverse et merveilleuse. Domenic branla du chef, cherchant à s'en débarrasser. Pouvait-il vraiment s'éclipser et aller voir la représentation du soir ? Il n'aurait pas dû, mais plus il tentait de s'en persuader, plus l'idée devenait séduisante. Bien sûr, il pouvait y aller avec son escorte habituelle de Gardes – ce serait presque acceptable. Mais il voulait y aller tout seul, sans accompagnateurs. Il voulait vivre au moins une aventure avant d'être enfermé pour toujours.

Puis il gloussa. C'était le genre de chose que faisait Rhodri, jamais Domenic. Eh bien, il allait leur montrer qu'il n'était pas aussi vieux jeu que tout le monde le pensait, qu'il n'était pas toujours « sage ». Sa mère verrait son vœu se réaliser – il allait l'étonner. Maintenant, tout ce qu'il avait à faire, c'était de trouver le moyen de sortir du Château sans être vu. Il prit une profonde inspiration, l'accablement qui l'oppressait s'évanouit, et il se mit à faire des plans pour son évasion.

CHAPITRE VII

La calèche cahotait sur les pavés, et Katherine Aldaran observait sa belle-sœur, languissamment assise sur la
banquette opposée, une couverture de fourrure sur les
genoux. Comme elle se révélait compliquée ! D'abord
elle lui avait joué un tour pendable, puis, apparemment
pour faire amende honorable, elle s'était présentée juste
après le petit déjeuner avec une brassée de vêtements et
avait proposé à Katherine de l'emmener chez Maître
Gilhooly, le chef de la Guilde des Peintres. Elle ne
s'était pas excusée, n'avait même pas fait allusion à
l'incident de la veille, apparemment habitée du seul
désir d'être serviable.

Elle avait montré à Katherine comment revêtir les
multiples jupons que la coutume imposait aux Ténébranes. Ils étaient tous de la même couleur, mais chacun
un peu plus foncé que le précédent, et quand elle les eut
tous enfilés sur une fine chemise, le résultat fut ravissant
et bien chaud. Une jupe brodée de feuillages et une
tunique assortie complétaient sa tenue. Les couleurs
étaient plus seyantes pour une rousse que pour une
brune comme Katherine, mais n'avaient rien de discordant. Puis Gisela la fit asseoir pour la coiffer, lui ramenant les cheveux sur la nuque et les attachant avec une
très jolie barrette en forme de papillon. Se regardant
dans la glace, Katherine fut très satisfaite de son apparence, et toute prête à pardonner à sa belle-sœur. La

crainte que Gisela n'ait préparé un autre tour de sa façon disparut, mais Katherine pensa qu'elle aurait été stupide de baisser complètement sa garde en compagnie de cette femme, à l'évidence complexe, dont elle ignorait les desseins.

La promenade jusqu'à la Guilde des Peintres avait été agréable, et Gisela lui avait signalé les édifices intéressants tout en lui parlant de l'histoire de Ténébreuse. Elle s'était exprimée avec intelligence et vivacité, et ne ressemblait pas du tout à la sainte-nitouche manipulatrice qui lui avait rendu visite la veille, en lui donnant l'impression que les tenues de soirée de la Fédération convenaient parfaitement à un banquet de bienvenue. Mais maintenant Gisela semblait lasse et souffrante, comme s'il lui déplaisait de rentrer au Château Comyn.

Katherine chercha quelque chose à dire, pour retrouver l'atmosphère de la matinée, où elle se sentait plus à l'aise. Elle remarqua machinalement que Gisela, comme Herm, était pour elle une compagnie curieusement reposante. Katherine avait toujours apprécié que son mari parvînt si bien à cacher ses sentiments, et il semblait que Gisela avait la même qualité. Grâce à cette absence d'étalage émotionnel, sa vie conjugale avait été tranquille. Elle en voulait à Herm de lui avoir caché tant de secrets, mais c'était un problème tout différent qu'elle réglerait à sa façon.

– Encore merci de m'avoir accompagnée. Herm m'a appris beaucoup de *casta*, mais malgré ça je n'aurais jamais pu m'en tirer sans toi. Mon vocabulaire n'est pas encore à la hauteur.

Gisela hocha la tête avec un vague sourire. Puis elle tripota l'ourlet de sa tunique et remua sur sa banquette.

– Les termes techniques de la peinture ne lui seraient pas venus à l'esprit, même s'il les avait connus lui-même, ce dont je doute. Et franchement, je ne les connaîtrais pas moi-même si l'ennui ne m'avait pas poussée, depuis une décennie, à lire tout ce qui me tombait sous la main, que je sois intéressée ou non par le sujet. L'un des livres que j'ai trouvés dans les archives du Château était un traité vieux de trois siècles, intitulé *De l'art du peintre*. Le parchemin en est jauni et friable, alors j'ai dû le manier avec précaution. Et je suppose que seuls moi et l'archiviste connaissons son existence. C'était plutôt amusant de mettre enfin mes connaissances en pratique.

Elle n'avait pas l'air amusée, mais plutôt nettement mécontente. Pourtant, curieusement, cela n'affecta pas Katherine. C'était peut-être une caractéristique familiale, cette retenue. Elle se demanda si leur frère, Robert Aldaran, et leur père la possédaient également.

Katherine essaya d'imaginer une vie aussi confinée que devait l'être celle de Gisela, et elle la plaignit sincèrement.

– Alors, je suis contente que tu te sois ennuyée, parce que j'en ai tiré un grand avantage. Tu t'ennuies souvent ?

Gisela la regarda, ses yeux verts scintillant à la lumière entrant par la portière, comme si elle cherchait un sens caché à ces paroles.

– La plupart du temps, oui, je m'ennuie.

Katherine sentit une soudaine tension chez sa belle-sœur, et réalisa qu'elle devait procéder avec prudence.

– Je m'excuse, mais je ne comprends pas. J'aurais cru que vivre au Château Comyn était... agréable.

Un rire amer lui répondit.

– Ce sera peut-être agréable pour toi, mais ça ne l'a jamais été pour moi.

Gisela fronça ses fins sourcils et eut une moue boudeuse.

– Je vis ici parce que Régis Hastur voulait s'assurer que mon père se comporterait bien, pas parce qu'il désirait ma présence ou qu'il avait besoin de moi. Je n'ai aucun but dans la vie, sauf celui de servir de pion ; je n'en aurai sans doute jamais et ça me met d'une humeur massacrante.

– Je serais aussi d'humeur massacrante à ta place, Gisela. Mais je ne comprends toujours pas.

– Qu'est-ce que tu ne comprends pas ?

Gisela se redressa sur la banquette, le visage à la fois plein d'espoir et de méfiance.

Katherine se demanda ce qui était arrivé à cette femme manifestement intelligente pour la rendre si méfiante.

– Eh bien, pourquoi as-tu l'impression de n'avoir d'autre rôle à jouer dans la vie que celui de pion, je suppose.

– Je ne suis pas comme toi, Katherine, ou comme Marguerida. Rien ne m'intéresse comme la peinture et la musique vous intéressent, toi et Marguerida. Quand tu parlais à Maître Gilhooly, ton visage s'est éclairé et... Ça m'a fait mal au cœur.

Elle rougit, l'air un peu honteuse, et soupira.

– Je n'ai pas été élevée pour ça. On ne m'a jamais encouragée à trouver une vocation – quelque chose qui aurait donné un sens et une passion à ma vie. Mon père m'a trop gâtée, et j'ai toujours cru que je pouvais avoir tout ce que je voulais. Plus tard seulement, j'ai compris que je pouvais avoir uniquement ce qu'*il* voulait, *si* j'avais de la chance. Je ne suis qu'une femme, et sur Ténébreuse, les femmes ne comptent pas beaucoup.

– Alors, en quoi n'as-tu pas eu de chance ?

Gisela la regarda une seconde.

– Tu es vraiment intéressée, non ?

– Bien sûr. Pourquoi ferais-je semblant ?

– C'est vrai, je suppose. Tu es une femme très étrange, Katherine, et je ne connais personne qui te ressemble. Je ne sais pas quoi penser de toi.

– Il n'y a rien à penser de moi, Gisela. Mais je suis née sur Renney, où les femmes tiennent les rênes du pouvoir, et j'ai beaucoup de mal à comprendre Ténébreuse. Ce que tu m'as dit en allant à la Guilde des Peintres était plus qu'un peu perturbant. Et si Herm veut me transformer en une sorte d'esclave, faisant tout ce qu'il désire sans poser de questions, j'aime mieux être prévenue pour lui frictionner les oreilles. Il semble déjà différent.

– Les femmes détiennent le pouvoir... quelle idée singulière. Hum ! je sens que ça me plaît. Je trouve ça très séduisant.

Elle se tut un moment, pensive.

– Je parie qu'Herm ne t'a pas dit des tas de choses dont tu trouves qu'il devrait te parler, c'est ça ?

– Le nombre de choses qu'Herm m'a cachées jusque-là est immense, et j'en suis furieuse.

Elle se tut avant d'en dire plus, surprise par sa propre candeur. Elle connaissait peu Gisela, et elle avait déjà appris que sa belle-sœur pouvait être malveillante, et qu'elle était, au mieux, une alliée peu fiable. Mais elle avait besoin de parler à quelqu'un, et jusque-là, elle n'avait trouvé que Gisela.

– Notre mariage a été heureux jusque-là, mais maintenant, je me sens... trahie.

– Pauvre Katherine, dit-elle, avec une compassion qui paraissait sincère. Herm est un homme très bien, mais il a toujours été très secret, même quand il était petit. Je crois que c'était sa façon de survivre avec notre père, qui est un homme difficile dans ses meilleurs moments.

Elle eut un rire sans joie.

– Et au Château Aldaran, il n'y a jamais de meilleur moment ! Les autres Domaines se méfient de notre famille, la rejettent depuis bien avant ma naissance. Cela enrageait mon père. Puis Régis Hastur a décidé que les Aldaran ne devaient pas être punis éternellement pour des événements survenus dans un lointain passé, et son premier geste de réconciliation fut de nommer Hermès à la Chambre des Députés. C'était une petite chose, qui n'a pas satisfait mon père, lequel désirait être une puissance reconnue sur Ténébreuse, au lieu de se morfondre dans les Heller comme un faucon à l'attache. Il s'attendait, je crois, que la nomination d'Hermès soit immédiatement suivie d'autre chose de plus important, mais cela ne s'est pas produit. Et je crois que mon père n'a jamais compris le caractère de mon frère.

– Et quel est-il ?

Maintenant, Katherine était fascinée. Certes, Gisela n'avait pas vu Hermès depuis plus de deux décennies, et elle avait plusieurs années de moins que lui. Mais la première partie de leur sortie avait fait considérablement monter sa belle-sœur dans son estime. De plus, elle avait toujours été curieuse des antécédents de son mari, et frustrée qu'il refuse d'en parler.

– Ce n'est pas facile à exprimer en paroles. Je dirais que c'est un solitaire. En fait, j'ai été stupéfaite d'apprendre qu'il avait une femme et des enfants – ça ressemblait si peu à l'Hermès que je connaissais. Dans les Heller, nous avons un animal nommé le loup nécrophage, qui se déplace en meutes et hurle dans la nuit. Mais parfois, pour une raison inconnue, l'une de ces bêtes quitte le groupe et s'en va toute seule à l'aventure. Quand j'étais petite, je me disais qu'Hermès était comme ces solitaires.

– Un loup solitaire – oui, c'est bien ça. Et ton père ne comprenait pas ça ?

– Cela le mettait mal à l'aise, parce qu'il ne pouvait pas obliger Hermès à faire ce qu'il voulait. Mais je ne pense pas que c'était ça le problème, parce que mon père n'est pas du genre à se livrer à l'introspection. Il n'accorde pas grande attention à personne, sauf à lui-même. Non, c'était tout autre chose.

Elle reprit sa respiration.

– Là encore, c'est difficile à formuler avec exactitude. Je pense que mon frère aime Ténébreuse plus qu'il ne pourra jamais aimer une personne, Katherine. Je t'en prie, ne me soupçonne pas d'intentions malicieuses, bien que tu aies des raisons de le faire. Je ne veux pas blesser tes sentiments en disant cela – et c'est toi qui m'as demandé de te parler de lui.

– Non, je ne me formalise pas. Et tout concorde avec ce que je sais de mon mari. Ce n'est pas réjouissant, mais au moins je n'ai plus l'impression de m'être totalement trompée sur son compte. Merci.

Elle soupira, et se détendit un peu.

– Maintenant, raconte-moi ta triste histoire.

– Elle n'est pas exactement triste, bien que j'en aie souvent l'impression quand je suis d'humeur noire. Elle n'est même pas très intéressante. Je suis tombée amoureuse de Mikhaïl Hastur lors d'une visite qu'il avait faite au Château Aldaran. J'avais seize ans, et c'était le premier jeune homme que je voyais en dehors de ma famille et de quelques Terranans qui venaient voir mon père. Mon père approuvait à sa façon. Il m'encourageait dans ma folie, et j'étais assez jeune pour croire qu'il en sortirait quelque chose. Mikhaïl était l'héritier de Régis, et l'épouser aurait fait de moi la plus grande dame de Ténébreuse ! Régis voulait réintégrer les Aldaran dans la société ténébrane, et cela me semblait la solution parfaite. Je n'avais aucune idée de l'opposition que cela susciterait, parce que mon père m'avait farci la tête de chimères, et que j'étais trop jeune pour comprendre l'aspect politique de la situation ! cracha-t-elle en terminant.

– Je suis d'accord. Alors, qu'est-ce qui s'est passé ensuite ?

Katherine sentit que sa belle-sœur se remémorait des événements anciens et douloureux, dont elle aurait voulu parler depuis longtemps, sans avoir jamais trouvé d'interlocuteur. Ce n'était pas la première fois qu'elle recevait des confidences qui ne la regardaient pas – ses modèles devenaient parfois très loquaces pendant les séances de pose. Et, sans être tout à fait sûre d'avoir envie d'écouter ces révélations, elle se dit qu'il n'y avait aucun mal à en apprendre plus sur la famille de son mari.

– Absolument rien ! Mikhaïl est parti, et Hermès a été nommé Député et est parti aussi. Le temps a passé, Mikhaïl n'est pas revenu, il ne m'a pas écrit, et mon père a commencé à s'impatienter. Dans un de ses accès de fureur, il a décidé de me marier à un vieil ivrogne qui avait déjà enterré deux épouses, pour se débarrasser de moi puisque je n'avais pas favorisé ses projets comme il s'y attendait. Ce furent les quatre pires années de ma vie.

Elle frissonna et réfléchit un moment.

– Cette partie de ma vie est plutôt triste, je dois dire.

Katherine sentit sa souffrance dans sa voix, et se demanda si sa nouvelle parente avait conscience du courage qu'elle avait eu de supporter une pareille épreuve. Elle remua un peu sur la dure banquette, s'efforçant de ne pas trop se laisser influencer par la gêne que lui inspiraient les autres en général.

– J'en conclus que le vieil ivrogne est mort. À moins que tu aies divorcé ?

– Le divorce n'existe pas sur Ténébreuse, ou du moins est extrêmement rare. Non. Il s'est rompu le cou à la chasse avant que j'aie eu le temps de trouver un moyen de l'empoisonner. Bon débarras ! Je me suis donc retrouvée jeune veuve avec deux fils, quand Régis a réformé le Conseil Comyn et invité mon père à venir à Thendara. Je suis venue avec lui, toute prête à réveiller l'intérêt de Mikhaïl, mais Marguerida avait déjà pris ce que je considérais comme ma place !

Elle haussa les épaules, comme pour se débarrasser d'un ancien fardeau.

– Pour toi, c'était épouvantable. Et qu'est-ce qui s'est passé ensuite ?

Malgré sa gêne croissante, Katherine était fascinée, et ne voulait pas que sa belle-sœur arrête de parler.

– Il y avait un bal pour le Solstice d'Hiver, reprit Gisela d'une voix maintenant lointaine. Mon père avait conclu un accord avec Régis, pour annoncer ce soir-là mon mariage avec Mikhaïl, afin de réconcilier les Domaines. Je n'ai jamais été si angoissée de ma vie, parce que j'avais une prémonition de malheur, la certitude que tout n'allait pas se passer selon mes souhaits. Nous autres Aldaran, nous avons le Don de clairvoyance. Le Don – c'est plutôt une malédiction ! Puis Marguerida et moi, nous nous sommes retrouvées dans une embrasure, nous foudroyant du regard, et elle m'a dit que je m'étais trompée d'Hastur en jetant mon dévolu sur Mikhaïl. Avant que j'aie pu répliquer, quiconque dans la salle avait le moindre *laran* a entendu une voix terrible et tonnante – c'était incroyable ! Tout de suite après, j'ai su que Mikhaïl et Marguerida s'enfuyaient en courant, et que la sœur de Mikhaïl, Ariel, entrait en travail et mettait Alanna au monde, tandis que tout le monde hurlait, avec force évanouissements et crises de nerfs. Mikhaïl et Marguerida ont quitté le Château et ont galopé jusqu'à la Tour de Hali où, d'une façon ou d'une autre, ils sont... parvenus à retourner dans le passé.

– Oui, Mikhaïl y a fait allusion hier soir au dîner, et d'abord, j'ai cru qu'il me faisait marcher. Puis j'ai réalisé qu'il parlait sérieusement, ce qui était encore bien plus difficile à accepter qu'une plaisanterie. Ils ont vraiment remonté le temps ?

– En tout cas, ils sont allés quelque part – quelque quand ? J'ai toujours du mal à l'imaginer, et bien sûr, je regrette que ce n'ait pas été moi, au lieu d'elle ! Quand ils sont revenus, plusieurs semaines avaient passé pour eux, mais seulement une nuit pour nous ; ils étaient mariés, et Marguerida était enceinte de Domenic ! Ça faisait vraiment beaucoup de choses à avaler, je t'assure, et il y a encore des gens, comme ma belle-mère, qui n'y croient pas, bien que les meilleurs *leroni* de Ténébreuse aient attesté de la véracité de ces événements. Javanne n'avait pas plus envie que moi que Mikhaïl épouse Marguerida, mais pour des raisons différentes, et elle s'obstine toujours à dire que le mariage n'est pas valide. Surtout par dépit, parce qu'on ne lui a pas demandé son consentement.

Gisela fit une pause et remua sur sa banquette.

– Il n'y avait rien à faire. Rafaël a été gentil avec moi à l'époque, quoique je n'aie rien fait pour justifier sa gentillesse. Et j'ai su alors que Marguerida avait raison, que j'avais mal interprété ma prémonition, et que Rafaël était l'homme de ma vision. Je le *savais* depuis longtemps, mais je refusais de le voir.

– Comment le savais-tu ?

– Le Don des Aldaran, comme je te l'ai dit. Je me voyais mariée à un Hastur, et je m'étais persuadée que ce devait être Mikhaïl, parce que c'était lui que je voulais. Je savais très bien qu'il avait deux frères, mais je faisais comme si Rafaël et Gabriel n'existaient pas. Quelle imbécile !

Son amertume fit mal à Katherine.

En allant à la Guilde des Peintres, Katherine était presque parvenue à oublier qu'elle était entourée de gens dotés de « dons » étranges, que la femme assise en face d'elle était une télépathe et peut-être davantage. Marguerida l'avait persuadée que ses pensées étaient en sécurité. Maintenant, tous ses doutes et ses craintes lui revinrent et, à la mention du Don des Aldaran, elle déglutit avec effort et se força à parler avec calme.

— Oui, le Don des Aldaran. Hermès m'en a dit quelque chose, mais je ne suis pas certaine de l'avoir cru.

Gisela rit franchement cette fois.

— Oh, ce Don est bien réel, mais son interprétation est assez douteuse. Et je n'ai jamais touché mot à personne de cette prémonition – je ne sais pas pourquoi je t'en parle si ouvertement.

Elle regarda Katherine dans les yeux – un regard plein de crainte et aussi de nostalgie.

— La seule personne qui connaît cette vision, c'est sans doute Marguerida, et elle a bien trop de tact pour me la jeter au visage. Parfois je regrette qu'elle soit si... disciplinée. Ou de ne pas être davantage comme elle, et moins comme moi.

Katherine soutint son regard, s'efforçant de lui communiquer son désir d'être son amie, car plus elle écoutait Gisela, plus elle la trouvait courageuse et esseulée.

— Parfois, il est plus facile de se confier à des étrangers qu'à des intimes.

— C'est exactement mon problème. Il n'y a pas d'étrangers dans ma vie – seulement des gens que je connais si bien que je peux prévoir ce qu'ils vont dire dès qu'ils ouvrent la bouche. Quelquefois, quand Rafaël s'éclaircit la gorge avant de me demander pour la nième fois comment je vais, j'ai l'impression que... je vais devenir folle.

– Ne fais pas ça, je t'en prie.

Gisela gloussa doucement, et ses épaules se détendirent un peu.

– Non ; si ça avait dû arriver, ce serait fait depuis des années. L'un dans l'autre, la vie n'a pas été mauvaise pour moi, juste pas très satisfaisante. Mon mari m'aime beaucoup, malgré tous les vilains tours que j'ai joués.

– Comme quoi ?

– Eh bien, j'ai écouté mon père, ce qui fut ma première erreur, et j'ai fait plusieurs choses qui étaient... apolitiques. Elles n'ont eu de conséquences graves pour personne, sauf qu'elles ont embarrassé Rafaël, et qu'on se méfie un peu de lui à cause de moi. C'est un homme fier, et je lui ai fait honte aux yeux de son frère. Il y a des jours où je donnerais n'importe quoi pour réparer ces bévues. Mais je ne peux pas, et je dois supporter les conséquences de ma propre bêtise.

– Qu'est-ce que tu as fait de si terrible, exactement ? demanda Katherine.

– J'ai suggéré que Mikhaïl ne devrait peut-être pas être l'héritier de Régis, à cause de son voyage dans le passé et de son mariage avec Marguerida, et que c'était Rafaël qui devait l'être à sa place. Et cela, à quiconque voulait bien m'écouter, dit-elle d'une voix où perçait un douloureux remords. Et le pire, c'est qu'il ne m'a jamais reproché mes actions, n'a jamais exigé que je lui demande pardon de m'être conduite en mégère stupide, immature et intrigante. Tout ce qu'il a fait depuis quinze ans, c'est essayer de me rendre heureuse, et satisfaite de mon sort, comme il l'est du sien.

– Hum... cela dépasse l'incivisme, Gisela.

Un rire amer s'échappa de ses lèvres exsangues.

– Je sais – c'était proche de la trahison, sauf qu'on ne m'a jamais prise très au sérieux. Je ne fais jamais rien à moitié. Quand j'ai compris que je nuisais à Rafaël, j'ai arrêté et j'ai essayé d'être sage. J'ai étudié le jeu d'échecs jusqu'à saturation, imaginant que les pièces étaient des habitants du Château Comyn ; alors, j'ai commencé à écrire un livre sur ce jeu, pour tuer le temps, et à lire les archives d'un bout à l'autre. Je suis sans doute la plus grande lectrice et la femme la plus cultivée de la planète.

Elle eut un sourire pâlot et ajouta :

– Même Marguerida me consulte parfois au sujet de livres anciens, ce qui devrait me procurer une satisfaction d'amour-propre, mais rien ne me satisfait vraiment.

– Mais tu n'as jamais trouvé quelque chose que tu aimerais faire ? dit Katherine sans prendre le temps de réfléchir, tant l'angoisse de sa compagne la peinait.

– Non.

– Même quand tu étais petite ?

À la surprise de Katherine, Gisela rougit et baissa les yeux sur ses mains. Elle marmonna quelque chose qui se perdit dans les plis de son col.

– Excuse-moi, mais je n'ai pas bien entendu, dit Katherine.

Gisela releva la tête et regarda Katherine une bonne minute sans parler.

– Si, il y avait quelque chose.

Elle fléchit les mains, avec ce doigt supplémentaire, si commun dans les familles des Domaines, lui avait dit Hermès, et qui leur donnait une si étrange apparence.

– J'aimais sculpter le bois – c'est commun. Mais ma nourrice m'a forcée à arrêter, parce que c'était sale et que je pouvais me blesser avec le couteau. Ça m'a fait honte. J'avais oublié ça depuis des années, et j'y ai soudain repensé il y a quelques jours.

Elle fit une pause, regardant dehors par la vitre.

– C'était le jour de votre arrivée, et je contemplais ce magnifique jeu d'échecs dont Marguerida m'a fait cadeau au Solstice d'Hiver, pensant que les pièces avaient de la chance d'avoir été libérée de la pierre ou de l'os où elles étaient enfermées. Moi aussi, j'ai parfois l'impression d'être prisonnière dans la pierre...

Maintenant, Katherine était presque malade d'embarras. Elle était furieuse qu'une femme aussi intelligente fût engluée dans ce piège mortel. Piège de pierre, en effet. Elle inspira brusquement et reprit :

– C'est terrible que ta nourrice t'ait fait honte, Gisela, et je trouve qu'il est grand temps que tu ne laisses plus les attentes des autres gouverner ta vie. Et je trouve aussi que tu es très brave. Je ne sais pas si j'aurais pu épouser un ivrogne puis servir d'otage politique !

Ce mot affreux resta suspendu entre elles un moment, presque visible.

– Quant à désirer être davantage comme Marguerida et moins comme toi-même – sottise ! Au contraire, tu devrais être *davantage* toi-même !

Gisela eut un rire tremblotant.

– Je crois que quelqu'un finirait par m'étrangler si j'étais davantage moi-même !

– Je ne parle pas de tes mauvais instincts, mais de ce que ta nature a de meilleur !

Katherine commençait à perdre patience. Nana lui avait toujours dit que c'était son point faible, et elle s'était efforcée de le maîtriser. Maintenant, elle avait l'impression de n'avoir rien appris au cours des ans.

– Ce qu'il y a de meilleur en moi ? Ou bien tu es la femme la plus généreuse du monde, ou bien tu ne comprends pas !

– C'est possible, mais c'est peut-être toi qui ne comprends pas. J'ai eu une éducation si différente !

– Parle-m'en, s'il te plaît.

Katherine fronça les sourcils, se forçant à se calmer. Elle ne pouvait pas changer le passé de Gisela, mais peut-être pouvait-elle aider sa belle-sœur à avoir un meilleur avenir.

– Sur Renney, nous croyons que la vie de chaque personne a un objectif, ou plusieurs, et que c'est à elle de découvrir ce que c'est. Nous avons des tas de rituels compliqués servant à trouver ce que nous sommes censés être. Il m'est très difficile de comprendre l'idée que quelqu'un puisse décider de ce que nous allons faire de notre vie, ou d'être prise au piège en un certain endroit.

– Alors, comment as-tu découvert que tu devais devenir peintre ?

Une lueur amicale brillait dans les yeux verts de Gisela, et Katherine ne douta pas de son intérêt sincère. Gisela l'encouragea d'un sourire, et la tension qu'il y avait entre elles s'atténua.

– J'ai jeûné pendant trois jours, puis j'ai passé la nuit dans un bosquet glacial. C'était très désagréable, mais il le fallait, alors je l'ai fait.

Elle gloussa, maintenant plus à l'aise.

– J'avais les orteils comme des glaçons, et l'estomac qui grognait, et il ne s'est rien passé pendant des heures et des heures. Je commençais à me dire que j'allais échouer quand... quelque chose s'est passé. Entre une seconde et la suivante, je n'avais plus froid, et ma tête s'est remplie d'images de gens et de lieux que je n'avais jamais vus.

Elle fit une pause pour reprendre haleine.

– J'étais terrifiée et heureuse en même temps, et mon cœur cognait dans ma poitrine. Immobile, je sentais cet événement incroyable, puis le jour s'est levé, la lumière a filtré à travers les arbres. J'ai regardé mes mains, et je me suis aperçue que je tenais un bâtonnet, et que le sol devant moi était couvert de signes que je ne me rappelais pas avoir tracés – petites silhouettes de maisons et de personnages. Alors j'ai su au plus profond de moi ce que je devais faire ; je suis rentrée à la maison et je l'ai dit à ma Nana, après avoir mangé un énorme bol de ragoût qui m'a donné une indigestion.

– Ta Nana ?

– La mère de ma mère.

– Cela me semble très intéressant, sauf l'épisode du jeûne.

Elle se tapota l'estomac et soupira.

– Personne ne t'a demandé si tu étais sûre ou si tu n'avais pas tout inventé ?

– Les Renniens croient que les visions sont un don de la Déesse sous ses multiples formes, et en douter serait... impensable.

– Je vois. Quel âge avais-tu à ce moment-là ?

– Douze ans.

Gisela soupira.

– Eh bien, nous n'avons pas ce genre de visions sur Ténébreuse, et je suis trop vieille pour commencer quelque chose. Mais ça a l'air merveilleux.

– On n'est jamais trop vieux pour commencer, Gisela. Cesse de parler comme si ta vie était terminée. Tu es plus jeune que moi ! Je ne connais pas vos coutumes. Mais quel mal y aurait-il à ce que tu fasses quelque chose qui te plaît au lieu de rester assise... à t'apitoyer sur toi-même ?

Gisela grimaça.

– C'est bien ça. Comment as-tu acquis tant de sagesse ?

– Je n'ai pas de sagesse, mais quand on passe ses journées à peindre des gens, à s'efforcer de rendre leur personnalité sur la toile, on apprend beaucoup de choses. La façon dont ils croisent les mains ou font la moue est très révélatrice, et vous apprend souvent ce qu'ils préféreraient ignorer.

– Oh !

Embarrassée, Gisela fourra ses mains sous son manteau, puis haussa les épaules.

– Je suppose qu'il est trop tard pour échapper à ton regard perspicace, hein ? Qu'est-ce que tu as deviné de mon caractère que, d'après toi, j'aimerais mieux ignorer ?

– Tu es sûre que tu veux le savoir ?

Gisela réfléchit un instant.

– Oui, je crois. Toute ma vie, j'ai été... la Gisela des autres. J'étais la préférée de mon père quand il remarquait ma présence, puis je suis devenue un pion dans son jeu. J'ai été une épouse, puis une veuve, et de nouveau une épouse – mais je n'ai pas l'impression que rien de tout ça c'était moi. Je ne peux pas mieux m'expliquer.

– Tu t'expliques très bien. Je vois que tu es une femme très intelligente qui n'aime pas vraiment faire plaisir aux autres.

– Tu veux dire que je suis égoïste ? Je le savais déjà.

— Non, parce que si tu étais vraiment égoïste, tu ferais ce qui te plaît sans te soucier des conséquences. Au lieu de cela, tu essaies de faire ce que les autres attendent de toi, et ça te met en colère. Alors tu te punis en faisant des méchancetés qui t'obligent à te détester toi-même.

— Aïe !

Gisela sursauta, puis se fit pensive.

— Tu regrettes ta question ?

— Non, mais tu es trop proche de la vérité pour mon goût. Tu parles comme ça à Hermès ?

— Pas assez souvent !

Gisela branla du chef, dubitative.

— Ça doit le contrarier énormément.

— Oui, ça le contrarie. Maintenant, dis-moi pourquoi tu as peur de faire quelque chose qui t'attire ?

— Quand j'étais petite et que je sculptais, je perdais la notion du temps et je... m'en allais très loin. Je ne faisais attention à rien, sauf à trouver la figure qu'il y avait dans le bois. Et ce n'était pas féminin, ou du moins c'est ce que ma nourrice me rabâchait tout le temps.

— Perdue ? Obsédée ? Totalement inconsciente de tout le reste de la planète ?

— Oh ! Tu me comprends ! dit Gisela, les larmes aux yeux.

— Bien sûr, et je suis certaine que Marguerida te comprendrait aussi, tout en sachant que tu n'as jamais pu lui parler comme à moi. Maintenant, je ne connais pas très bien Rafaël, mais je ne le vois pas faire d'objections à tes activités, à moins que tu ne viennes au lit avec ta chemise de nuit pleine d'échardes.

— À t'écouter, ça semble si facile, gémit Gisela.

— Tu veux vraiment passer le restant de tes jours à t'ennuyer et... à jouer des tours pendables ?

— Non !

— Alors, pour l'amour de Birga, fais ce dont tu as envie !

— Birga ?

— La déesse des artistes sur Renney.

— Faire ce dont j'ai envie... je ne sais pas si j'oserai.

– « Qui n'ose rien est vraiment perdu. » Je veux dire : ce n'est pas comme si tu projetais d'établir... une maison de plaisir au Château Comyn ou autre chose dans ce genre, non ?

– Une... maison de plaisir ?

Gisela se mit à rire et à rire, tant que les larmes lui montèrent aux yeux.

– Oh là là ! Quelle idée ! Je suis presque tentée de la proposer juste pour voir la tête... mais non, ce serait encore un tour pendable, non ?

– Ma Nana me disait toujours que c'était très mal de choquer les gens juste pour attirer leur attention. Et ma Nana est une femme très sage.

Puis son propre démon malicieux se réveilla.

– D'autre part, après une suggestion pareille, le désir de travailler et sculpter le bois devrait te sembler anodin par comparaison !

– C'est vrai.

Elle se tut un moment, réfléchissant, et reprit :

– Katherine, et si je n'ai pas de talent ?

– Peu importe. L'important, c'est d'agir.

– Mais je veux faire de belles choses !

Son visage se contracta, comme si elle avait perçu le désir profond qu'il y avait dans ses propres paroles.

– Naturellement – mais ne laisse pas la crainte de l'échec corrompre tes intentions. Renney est un monde de mers et de forêts, et nous utilisons le bois autant que nous pouvons. Nous avons une grande tradition de sculpture sur bois, et aussi, beaucoup de proverbes. L'un d'eux dit : « Sois juste envers le bois, et le bois sera juste envers toi. »

– « Juste envers le bois » ! Comme c'est beau ! Oh, Katherine, comme je suis contente que tu sois venue sur Ténébreuse !

– Tu sais, je commence aussi à être contente d'être venue – même si, je l'avoue, je trouve certaines de vos coutumes... rébarbatives. Enfin, tu réagirais peut-être de même si tu venais sur Renney. Mariée à un ivrogne ! J'ai l'impression que mon beau-père et moi, nous ne verrons jamais les choses du même œil.

Gisela lui sourit avec amitié.

– Alors, tu seras en nombreuse compagnie, car presque personne ne voit les choses du même œil que mon père !

La lumière entrant par la vitre accrocha un instant son profil, avec les yeux verts qui brillaient et la bouche que Katherine vit presque complètement détendue pour la première fois.

– Accepterais-tu de poser pour ton portrait ? demanda-t-elle, poussée par une impulsion irrésistible, parce que Gisela était belle et qu'elle avait envie de se mettre au travail.

– Vraiment ? J'aimerais beaucoup. Merci, Katherine – merci pour tout !

Gisela caressa la couverture posée sur ses genoux, le regard vague, rêveur, les épaules détendues. Puis elle se redressa, se pencha et prit la main de Katherine dans les siennes, des larmes scintillant dans ses yeux verts.

– Tu m'as enfin donné de l'espoir.

CHAPITRE VIII

Hermès Aldaran, assis au bord du lit, se pencha et ôta ses bottes. Il agita voluptueusement les orteils, puis se renversa sur les couvertures, les bras étendus au-dessus de la tête. Les yeux fixés sur le baldaquin et le plafond, il s'abandonna au silence reposant de l'appartement. Katherine était sortie, il ne savait pas où étaient les enfants, mais il était trop fatigué pour s'inquiéter. Il avait passé des heures avec Lew Alton, Mikhaïl et Danilo Syrtis-Ardais, et il avait la langue enflée à force de parler. Il avait la gorge desséchée, aspirait à boire un bon pichet de bière, mais n'avait pas l'énergie de se lever pour sonner une servante. À la place, il ferma les yeux et s'efforça de se détendre.

Dans l'ensemble, il était satisfait. Mikhaïl n'était plus le jeune blanc-bec qu'il avait connu deux décennies plus tôt, il avait mûri et semblait avoir la tête sur les épaules. Il se préparait depuis des années à la tâche qui l'attendait. Si quelqu'un pouvait piloter Ténébreuse à travers les difficultés prévisibles, c'était bien lui. Il avait écouté Hermès avec attention, posant des questions intelligentes attestant de sa connaissance des dossiers.

Malheureusement, personne ne pouvait prévoir avec précision le prochain mouvement de la Fédération, bien que tous aient tenté de le deviner. Il espérait que la Fédération oublierait Ténébreuse, tout en doutant que

179

les Expansionnistes se montrent si coopératifs. Et Lew Alton lui avait appris certaines choses inquiétantes sur l'actuel Chef de Station, Lyle Belfontaine, dont son intention d'arrêter Hermès en tant qu'ennemi de la Fédération. Il avait essayé de prendre la nouvelle avec humour, mais ses entrailles s'étaient nouées de peur en l'apprenant. Il vivait avec ce genre de crainte depuis des années, mais il avait cru qu'il échapperait à ses griffes quand il aurait atteint le havre sûr de Ténébreuse. Quel imbécile ! la Fédération ne le lâcherait pas.

C'était un de ces moments où il aurait voulu pouvoir activer volontairement le Don des Aldaran, mais, contrairement à d'autres manifestations du *laran*, c'était presque impossible sans avoir recours à certaines substances dangereuses. Et même dans ce cas, il risquait d'en voir plus qu'il ne désirait, ou découvrir des choses qu'il préférait ignorer.

Et voilà pour la paix et la tranquillité du retour au pays. Pourquoi s'était-il jamais lancé dans la politique, et quand pourrait-il en sortir ? Il gloussa, sachant qu'il ne pourrait jamais s'empêcher d'intervenir et d'intriguer. Il avait ça dans le sang, comme quelque étrange maladie, et selon toute vraisemblance, c'était génétique. Sa petite sœur Gisela était du même acabit, et il se demanda ce qu'elle mijotait en cet instant. Il l'avait vue deux fois depuis son arrivée, et chaque fois, il avait eu l'impression qu'elle recherchait les ennuis. Il y avait en elle une réserve circonspecte dont il se méfiait, comme quand elle était adolescente. Il connaissait cette expression – ses yeux verts et félins qui s'étrécissaient, et qui n'annonçaient rien de bon. Et il lui faudrait un long moment pour lui pardonner le tour pendable qu'elle avait joué à Katherine la veille. Il ne voulait pas que Gisela fasse honte aux Aldaran, ni qu'elle fasse à son indulgent mari plus de peine qu'elle ne lui en avait sans doute fait jusque-là. Vraiment, Gisela avait besoin d'une bonne fessée – sauf qu'elle était trop âgée pour ce remède. Si seulement leur père ne l'avait pas alternativement trop gâtée et trop négligée !

Un doux frou-frou d'étoffe lui fit ouvrir les yeux. Katherine entra dans la chambre et lui sourit. Elle avait les joues roses et elle sentait bon le grand air.

– Qu'est-ce que tu as mijoté ?

Il s'assit et la considéra. Elle était en vêtements typiquement ténébrans, chemise et tunique vertes portées sur des jupons rouille. Les couleurs ne lui seyaient pas vraiment, mais elle avait l'air plus en forme et plus vivante que depuis des jours.

– Je suis allée avec Gisela voir le chef de la Guilde des Peintres, Maître Gilhooly.

– Gisela et... Ça m'étonne. Après le tour qu'elle t'a joué en ne te disant pas comment tu devais t'habiller, j'aurais cru que tu ne lui adresserais plus la parole pendant des mois.

Katherine haussa les épaules en souriant.

– Gisela est apparue juste après le petit déjeuner avec ces vêtements – mais sans s'excuser. Elle a demandé une calèche et elle m'a accompagnée. En fait, c'était plutôt agréable, et nous avons beaucoup bavardé. Je ne sais pas ce qui l'a fait changer d'attitude, mais je soupçonne que ça vient de ce que lui a dit l'homme qui était assis près d'elle au dîner.

– Danilo ?

– Je ne sais pas – il est arrivé en retard et on ne me l'a pas présenté.

– C'était Danilo Syrtis-Ardais, écuyer de feu Régis Hastur. Je viens de passer quelques heures avec lui, et je l'imagine parfaitement remettant Gisela à sa place.

– Écuyer : j'ai entendu ce terme plusieurs fois, mais personne ne s'est donné la peine de me l'expliquer, Hermès – comme tant d'autres choses.

Sa bonne humeur parut prête à s'envoler, remplacée par de sombres ruminations. Enfin, si c'était le cas, il pouvait difficilement le lui reprocher.

– Hum ! c'est un peu difficile à définir. L'écuyer est une sorte de garde personnel, et, dans le cas de Danilo ou du jeune Donal Alar, c'est également un conseiller, un compagnon inséparable et un frère d'armes. Quand

Mikhaïl était jeune homme, il était l'écuyer du jeune Dyan Ardais, tout en étant déjà l'héritier de Régis. Je suppose que c'est une façon de garder le contact avec les autres. Et, Katherine, je regrette beaucoup le comportement de ma sœur hier soir.

– Elle est juste un peu jalouse, Hermès. *Et inquiète, comme tu l'es la plupart du temps, mon chéri.*

– De quoi ? dit-il en se redressant.

– De moi, tu es son frère préféré, si j'interprète bien les indices.

– Je n'avais jamais pensé à ça. Hum... c'est vrai, elle n'a jamais beaucoup aimé Robert, qui est le meilleur des hommes, mais un peu... balourd. Et nos autres frères – les fils *nedesto* – n'ont jamais fait grande attention à elle. Mais je ne comprends toujours pas pourquoi elle devrait être jalouse de toi.

– C'est une histoire de femmes, répondit-elle avec désinvolture.

Elle était revenue de bonne humeur de sa sortie avec Gisela, et elle entendait la conserver.

– Ah... un de ces mystères.

– Oui.

Hermès la regarda, tentant de déchiffrer son expression, réalisa qu'elle n'en dirait pas plus et décida de ne pas insister.

– Et comment s'est passée ta visite chez Maître Gilhooly ?

– Très bien. Il m'a fait visiter ses ateliers et nous avons parlé boutique, ce qui a mis mon vocabulaire à rude épreuve, et sans Gisela, je n'y serais jamais arrivée. Elle m'a dit qu'elle avait lu un vieux bouquin sur la peinture et retenu les mots techniques. Elle peut être tout à fait charmante quand elle veut.

– Gisela a lu un livre sur la peinture ? Étonnant !

Katherine le gratifia d'un regard qu'il reconnut ; il commençait à la contrarier, et il lui fallait surveiller ses paroles.

– Elle m'a dit que, depuis quinze ans, elle a lu tout ce qu'elle a pu trouver dans les archives, par ennui, d'après ce que j'ai compris. La pauvre !

C'était totalement inattendu et Hermès ne sut qu'en penser. À l'évidence, quelque chose s'était passé entre les deux femmes pendant cette sortie, et cela l'inquiéta passablement, sans qu'il sût exactement pourquoi. Enfin, elle était revenue sans dommages et trouvait apparemment sa sœur intéressante.

– C'est la première fois depuis des jours que je vois briller tes yeux, Kate. Promets-moi simplement que tu ne viendras pas à table parfumée à la térébenthine, ou avec une traînée de fusain sur ton joli nez.

Katherine eut un grand sourire.

– J'essaierai de ne pas te déshonorer, seigneur. Mais n'oublie pas que je n'ai pas été élevée pour devenir une grande dame, ni même une moyenne. Je me sens un peu asphyxiée par tout ce formalisme, ce qui a rendu ma visite à Maître Gilhooly d'autant plus agréable. Après s'être remis du choc initial de voir entrer dans son établissement *Domna* Aldaran – je ne suis pas encore habituée à ce titre, ni aux révérences et aux salamalecs réservés aux gens importants – et en plus accompagnée de Gisela, il s'est complètement débouttoné. Il a arrêté de faire des courbettes et s'est mis à parler de ce qui est sa passion.

– C'est un peu inusité pour une femme des Domaines de se consacrer à autre chose qu'à l'éducation des enfants, à moins qu'elle ne choisisse de devenir une *leronis*. Ou une Renonçante, ajouta-t-il, encore perplexe devant le changement de sa femme. Je n'ai jamais entendu dire qu'une Ténébrane se soit sérieusement adonnée aux beaux-arts. Nos femmes les plus artistes se satisfont de grandes quantités de broderies inutiles. Dame Marilla a un atelier de poterie au Domaine Ardais, mais je ne crois pas qu'elle tourne ou vernisse elle-même ses pots. Toutefois, ce n'est pas impossible. Tu pourras lui poser la question quand elle arrivera.

– Elle vient pour les funérailles, je suppose.

– En partie. Elle est titulaire du fauteuil Aillard au Conseil Comyn, qui devra se réunir pour confirmer Mikhaïl à la succession de Régis. Son fils, Dyan Ardais, viendra aussi.

– *Domna* Marilla Aillard et *Dom* Dyan Ardais ? Ils ne portent pas le même nom ? Heureusement que j'ai l'habitude de retenir ces détails. Gisela m'a dit que ton père et ton frère sont attendus également – mais, après ce qu'elle m'a dit, je ne suis pas pressée de rencontrer ton parent – ou devrais-je dire tes parents ? Elle ne m'a pas parlé de sa femme.

– Il n'y en a pas, à ma connaissance, mais il est probable qu'il a une *barragana* ou deux au Château Aldaran. La mère de Gisela est morte depuis longtemps.

– Je vois.

Elle fronça les sourcils à la mention des concubines, puis haussa les épaules.

– Les enfants semblent bien s'adapter. Rhodri et Amaury s'entendent déjà comme larrons en foire, et je crois que Térèse et Yllana s'amusent bien ensemble.

– Ils vont sans doute faire des bêtises.

La veille, après le dîner, il s'était pris de sympathie pour Rhodri Alton-Hastur, et trouvait bon que son beau-fils ait un compagnon de jeux de son âge. Mais il était à peu près sûr que Rhodri était trop insouciant pour son bien, et il espérait qu'il n'entraînerait pas Amaury dans des entreprises trop dangereuses.

– Ce sera bon ou mauvais ?

– Ni l'un ni l'autre. Nous autres Ténébrans, nous sommes très indulgents pour nos enfants, parce que nous avons toujours eu un taux de mortalité infantile très élevé. On s'attend toujours à certaines bêtises de la part des garçons – mais pas des filles, je l'avoue.

– J'avais déjà remarqué que l'attitude envers les femmes était un poil dépassée, répondit-elle avec ironie.

– Que veux-tu dire, exactement ?

– Pendant notre sortie, Gisela m'a fait un abrégé des rôles interdits aux femmes et aux filles de Ténébreuse. C'est très différent de Renney, qui est ma seule véritable expérience de Planète Protégée.

– Je n'y avais pas pensé, mais comme Renney est un matriarcat de fait, je comprends que la situation ténébrane te paraisse étrange. Nous surveillons étroitement nos femmes, et même, bizarrement, nous les enfermons. Il y a à cela de bonnes raisons historiques, que nous n'avons pas encore surmontées. J'espère que tu ne trouves pas la situation trop oppressante, ma chérie.

Elle s'assit près de lui sur le lit, et posa la tête sur son épaule.

– Seulement si je suis obligée de passer tout mon temps dans ce... ce sinistre édifice ! Ça me paraît bizarre de ne pas pouvoir aller et venir comme je veux, d'être partout entourée de servantes et de gardes. J'avoue que je me sens un peu étouffée. Et surveillée.

Elle se tut brusquement et remua avec gêne.

– Comment cela ?

– Tu as grandi ainsi, mais, franchement, l'idée de vivre avec une bande de télépathes me donne toujours la chair de poule. Après avoir vécu tant d'années observée par des yeux invisibles, tu pourrais croire que j'y suis habituée, mais ce n'est pas le cas. La Fédération ne s'intéressait pas à mes pensées, seulement à mes actions. Je n'arrête pas de penser que quelqu'un m'espionne, cherche à découvrir mes secrets. Je sais que je suis paranoïaque, Herm. *J'étais presque à l'aise avec Gisela, comme je l'ai toujours été avec toi, mais maintenant...*

– Ce n'est pas ça qui te tracasse vraiment, Katherine.

– Non, en effet.

Elle se raidit un peu, comme rassemblant son courage.

– Pour la première fois de ma vie, je me sens... infirme. Inégale. Avant de venir, je regrette que tu ne m'aies pas parlé du *laran* et des Dons... et du reste. Et des Tours.

Elle releva brusquement la tête, comme si elle ne voulait plus aucun contact avec lui. Gisela lui avait parlé de ces endroits étranges, et le seul fait d'y penser la mettait mal à l'aise.

– Je n'étais pas libre de t'en parler quand nous sommes allés sur Renney. J'avais toujours peur d'être entendu par un espion de la Fédération. Et ce n'est pas comme si je n'avais pas voulu te dire la vérité, Kate, c'est que je ne trouvais pas les mots pour en parler. De plus, tu as tout le temps d'apprendre ce que sont les Tours, et d'ailleurs, tu le sauras bientôt.

– Pourquoi ?

Il sentit un soupçon de colère et d'hostilité dans sa voix.

– Il faudra tester Térèse pour le *laran*, et pour cela, nous irons à la Tour d'Arilinn qui se trouve à l'est de Thendara. Je n'y suis jamais allé moi-même, et il me tarde d'y être.

Dès qu'il eut prononcé ces paroles, il sut qu'il aurait mieux fait de se taire.

– Bon sang, Hermès, tu avais l'intention de me prévenir, ou tu allais me réveiller un matin en m'annonçant qu'on allait là-bas ? C'est de ma fille que tu parles ! Qu'est-ce que tu as ?

– Pourquoi es-tu si furieuse ?

– Parce que tu te comportes avec une désinvolture qui... qui me donne envie de te mordre ! Pourquoi faut-il que Térèse aille à cet Arilinn ? *C'est intolérable ! Juste quand je commence à me relever, on me rejette à terre !*

– Je te l'ai dit, Kate. Il est presque certain qu'elle a le *laran*, et il faut la tester pour déterminer la nature de ses Dons.

Katherine observa un moment un silence glacial.

– Tu veux dire que ma petite fille... ? *Il a essayé de me le dire l'autre jour, mais je n'ai pas voulu l'écouter !*

– *Notre* petite fille, Kate. C'est aussi ma fille, et elle a hérité autant de moi que de toi.

– C'est insupportable !

– Sois raisonnable, Kate. Crois-moi, la dernière chose que tu voudrais, c'est un télépathe sauvage dans la famille. Un télépathe non entraîné est un danger pour lui-même et les autres. Si elle a le *laran*, elle doit apprendre à s'en servir correctement.

– Un télépathe sauvage... comme c'est bizarre !

Brusquement, elle se mit à pleurer. *Mon bébé, ma petite fille ! C'est un monde terrible et j'ai si peur. Qu'est-ce qu'ils vont lui faire ? Qu'est-ce que ces tests ? Il faut que je les arrête! Térèse n'a jamais été séparée de moi, et elle aura peur. Et comment sera-t-elle si elle apprend à lire dans les esprits? Si seulement je pouvais parler avec Nana. Je ne connais même pas cet homme, et je ne comprendrai jamais ce monde.*

Désespérée, elle enfouit son visage dans ses mains, émettant un long cri plaintif, qu'il ne lui avait jamais entendu et qui lui déchira le cœur. Il aurait voulu la consoler, mais il savait que de simples paroles n'y suffiraient pas. Il n'aurait peut-être pas dû l'amener sur Ténébreuse. Il n'avait pas pensé au problème de la cécité mentale, qui devait être affreux pour elle, malgré toutes les assurances qu'on pouvait lui donner. Et Amaury? Qu'allait-il ressentir si sa sœur se révélait télépathe? Herm n'en avait pas encore parlé à son beau-fils, et il ne lui tardait pas de le faire. Le cœur lourd, il réalisa que l'amitié naissante entre Rhodri et Amaury mènerait sans doute à des révélations perturbantes. Et il était si fatigué!

Intérieurement, Hermès se crispa devant toutes les conséquences possibles qui se présentaient à son esprit. Il avait toujours méprisé les émotions désordonnées, et se félicitait de ne pas avoir le Don d'empathie des Ridenow. Il savait qu'il avait quitté le Château Aldaran et Ténébreuse en grande partie pour échapper aux tourbillons émotionnels qui tombaient comme des tempêtes de neige quelle que fût la saison. Maintenant, le cœur déchiré, il comprenait que ce qui l'avait attiré vers sa Kate, c'était son sang-froid et sa réserve. Elle ne lui demandait pas de grandes démonstrations sentimentales, et étalait rarement son tempérament fougueux. Il avait été soulagé de trouver une personne aussi absorbée dans son travail, la peinture, qu'il l'était dans le sien, et qui ne le tracassait pas par des disputes mesquines.

Quelque part, dans le tréfonds de son esprit, Hermès avait espéré que Katherine... espéré quoi? Qu'elle cesserait d'être elle-même, intelligente et indépendante, pour devenir obéissante et passive? Qu'elle le laisserait faire la loi? Pourquoi? Elle ne l'avait jamais fait jusque-là, pas vraiment. Elle n'allait pas se transformer en une docile Ténébrane bien soumise, et c'était pure sottise que de l'imaginer. La situation deviendrait déplaisante, et il le savait; et il savait aussi qu'il ne pourrait pas en sortir. Il regretta de ne pas être très loin, quelque part où il n'aurait pas de problèmes épineux à résoudre.

Puis Hermès passa un moment à se reprocher futilement d'être un imbécile égoïste. Pourquoi n'avait-il jamais rien dit à Katherine? Était-ce seulement parce qu'il avait peur des oreilles indiscrètes, ou pour une autre raison? En un rare instant d'introspection, il comprit qu'il avait eu peur de la réaction de Katherine, qu'il avait prévu la colère et la peur qu'elle ressentait actuellement. Il n'avait jamais voulu risquer de la perdre, et avait espéré que la situation ne se présenterait jamais.

Quel imbécile! Comment aurait-il pu s'en tirer par le mensonge quand les symptômes de la maladie du seuil auraient commencé à se manifester chez Térèse? S'il était resté loin de Ténébreuse, sa fille bien-aimée aurait risqué la mort!

Hermès réalisa qu'il avait profondément blessé sa femme avec ses cachotteries et ses atermoiements. Il aurait dû ramener sa fille sur Ténébreuse d'ici deux ans, pour sa propre sécurité, mais il avait refusé d'y penser avant qu'une crise ne l'y oblige. C'était une énorme bévue.

Il fut bouleversé quand il comprit l'énormité de sa folie. Cela ébranlait la confiance qu'il avait toujours eue en sa ruse et son astuce innées. Mais c'étaient des outils inutiles en l'occurrence, mal adaptés à la tâche. « Autant trancher un rôti avec une cuillère », comme on disait dans les Heller. Il ne s'agissait plus de dissimuler devant les yeux intéressés de quelque adversaire politique, mais de régler un problème différent, un problème humain, plein de sentiments conflictuels. Et, s'avoua-t-il à contrecœur, il se sentait désemparé devant les sentiments tumultueux. Cela lui rappelait trop les tensions perpétuelles de son enfance au Château Aldaran, où les cris et les passions se déchaînaient tous les jours. Il avait quitté Ténébreuse autant pour les fuir que pour servir sa planète natale.

Katherine s'essuya les yeux sur sa manche et renifla bruyamment. Hermès sortit de son aumônière un carré de linon et le lui tendit. Cet objet ordinaire – ce mouchoir de tissu « obsolète » – était signe d'une grande distinction, car il n'y avait pas de mouchoirs en papier sur Ténébreuse, sauf s'ils venaient du QG. Sur Ténébreuse, rien n'était facilement jetable, ni les mouchoirs ni les gens. Et c'était une profonde différence avec Terra. Pour les Terriens, presque tout était remplaçable, sauf le pouvoir. Par contraste, les Ténébrans étaient de vrais rats, économisant et usant tout jusqu'à la corde.

Hermès s'était habitué à la vie facile de la Fédération, sans jamais s'y sentir absolument à l'aise. Il trouvait extravagant de jeter un objet parfaitement fonctionnel juste parce qu'un nouveau modèle était disponible. Il préférait la douceur des draps de lin aux draps en papier dans lesquels il avait dormi vingt-trois ans, et la légère odeur du plâtre et de pierres des murs, imprégnés de siècles de fumée et de saisons, à l'odeur stérile d'un appartement typique de la Fédération. Il était content d'être rentré, mais Katherine n'était pas chez elle, et tout devait lui paraître étrange. Sur Renney, les maisons étaient en bois, pas en pierre, et les châteaux y étaient pratiquement inconnus. Il ne pouvait rien y faire, sauf la laisser retourner sur Renney avec son fils. Et cette pensée était insupportable, et sans doute irréalisable, si ce qu'il avait appris lors de la réunion était exact.

Katherine se moucha plusieurs fois.

– Pardonne-moi, mon chéri. Juste quand je crois m'être ressaisie, je recommence à perdre pied. Je ne supporte pas l'idée d'être séparée de Térèse – ce n'est encore qu'une enfant. Et franchement, j'espère qu'elle n'aura aucun de vos dons, et qu'elle continuera à être une fillette normale.

Elle hésita, et Hermès vit de la peur et de la douleur dans ses beaux yeux.

– Ici, bien sûr, une fillette normale peut lire dans les esprits ou... faire la déesse seule sait quoi !

Hermès lui tapota gauchement l'épaule.

– Kate, c'est moi qui te demande pardon. J'aurais dû te parler il y a des années, avant notre mariage, je suppose. Oui, c'est ce qui aurait été le plus sage. Ou ne pas t'épouser du tout. Ma seule excuse, c'est que je t'ai passionnément aimée dès que je t'ai vue, et que je ne réfléchissais pas rationnellement. Plus tard... j'avais trop peur de te perdre.

Elle eut un petit grognement dédaigneux.

– Tu plaides ainsi le triomphe des hormones et des émotions sur la raison ?

– Quelque chose comme ça, oui.

– Je suppose que je devrais être flattée – vu que tu es la personne la plus insensible que j'aie jamais connue – que tu aies fait quelque chose juste parce que tu en avais envie. Nana m'avait prévenue que tu me cachais un secret, mais l'ai-je écoutée ?

Elle poussa un profond soupir.

– Au moins, je ne la reverrai jamais, ce qui m'épargnera de m'entendre dire « Je te l'avais bien dit ». Mais c'est un piètre réconfort, Hermès.

– Oui, je crois. Ta Nana est une femme très intelligente ; elle m'a presque percé à jour.

– Que veux-tu dire ?

Katherine semblait maintenant un peu moins abattue, sans avoir retrouvé sa vivacité coutumière.

– Plusieurs fois, elle a presque pénétré mon secret, et je sais qu'elle pensait que j'avais la seconde vue, ce qui est une vieille tradition parmi ton peuple. À mon avis, les Renniens, qui ressemblent aux Ténébrans dans plusieurs domaines, y compris la linguistique, doivent avoir quelque prédisposition génétique à ce que nous appelons le *laran*.

– Pourquoi ?

– Quand nous y sommes allés, certaines histoires que j'ai entendues sur les magiciennes et les sorcières me paraissent ressembler beaucoup à nos *leroni.* Ce n'est qu'une supposition, mais pas si folle à mon avis.

– Mais, Herm, ce sont des contes de bonne femme ! Tu ne peux pas les prendre au sérieux ! Mon arrière-arrière-grand-mère n'était pas vraiment capable de charmer les animaux ni de se transformer en chat lors de la deuxième pleine lune – ce sont des sottises.

Ses yeux noirs s'étaient dilatés pendant qu'elle parlait, comme si elle voyait son monde natal sous un nouveau jour qui l'effrayait un peu.

– D'accord pour le chat. Mais sur Ténébreuse nous avons des gens qui peuvent entrer en contact avec l'esprit des animaux et influencer leur comportement. Je crois que la télépathie est plus répandue dans l'humanité qu'on ne le croit généralement.

– Alors pourquoi la Fédération... ?

– ...ne l'a pas découverte et exploitée, comme elle exploite tout ? Parce que c'est intangible, je suppose, qu'on ne peut pas la tenir et la serrer dans sa main. Et ils ont bien failli la découvrir, autrefois. Quand Régis est arrivé au pouvoir, il s'était mis d'accord avec eux pour un programme de recherches appelé Projet Télépathe. Mais Lew Alton, qui était notre Sénateur à l'époque, a décidé que c'était trop dangereux pour Ténébreuse, et est parvenu à le faire enterrer. Les Terranans sont convaincus que les produits de leur technologie sont supérieurs à tout, et ils ont cessé de rechercher des moyens de faire les choses autrement. Lew a juste persuadé quelques personnages clés que les vrais télépathes étaient très rares, beaucoup trop rares pour justifier les dépenses, et que ceux qui avaient ce don étaient instables et pratiquement inutilisables. Et il est vrai que si on a le malheur de naître sur un monde où les pouvoirs paranormaux ne sont pas cultivés et qu'on est télépathe, on a de grandes chances de devenir fou.

– Mais c'est terrible ! Je veux dire : s'il y a d'autres peuples dans la galaxie qui... comment a-t-il pu faire une chose pareille ?

– Avec le plus grand mal et beaucoup de nuits sans sommeil, je t'assure. Il devait penser à toute une planète, Kate – son monde natal.

– Je comprends, je crois. Mais ça me semble assez égoïste.

Katherine décida de réserver son jugement sur l'homme intéressant et complexe dont elle avait fait la connaissance la veille.

– Dans son esprit et dans le mien, c'était risquer l'invasion. Imagines-tu comme il aurait été tentant pour certains de pouvoir lire à volonté dans l'esprit de leurs opposants ? Oh, la Fédération sait que la télépathie existe, mais ils n'ont aucune idée de ce que peut faire un Ténébran au *laran* entraîné. Si la Fédération se doutait de l'étendue des talents ténébrans, les Terranans auraient débarqué en force et déporté tous les gens qui pouvaient leur servir.

– Que disait Nana ? Que le gouvernement est une bête sans conscience ?

– Elle disait ça ?

– Oui, mais à propos du projet de raser les vieilles forêts quand j'étais petite. Une société de la Fédération voulait le bois pour faire des meubles.

Elle frissonna.

– Heureusement qu'ils n'ont pas pu le faire.

– Pourquoi ?

– C'étaient des forêts de bois de nuit.

– Tu parles de ces arbres gigantesques que nous sommes allés voir ? C'est du beau bois, et je comprends que ça ait attiré un industriel cupide. Mais il n'est pas bon, le bois de nuit ?

– Oh si. C'est du bois très dur et imputrescible. Mais sur Renney on croit qu'on devient fou si on s'assied sur une chaise en bois de nuit. Ce n'est qu'une superstition, bien sûr. *Mais que je ne me risquerais pas à contrer – comme je suis bête.*

– Alors, à quoi l'utilise-t-on ?

Hermès fut content de ne plus parler de *laran* et autres sujets qui inquiétaient Katherine, et il aurait discouru sur le bois, les os ou n'importe quoi d'autre, juste pour l'en distraire.

– À faire des lances, à l'époque où l'on s'en servait encore. Une lance en bois de nuit était censée pouvoir percer un homme de part en part. Et aussi des boucliers – pour se protéger des lances. Mais jamais des chaises, et encore moins des berceaux !

– Il faudra que tu en parles à Marguerida. Mikhaïl dit qu'elle est grande collectionneuse de folklore.

Katherine soupira, redressa les épaules et rassembla son courage.

– Herm, tu es sûr que Térèse doit être testée ? C'est absolument indispensable ?

Hermès se retint pour ne pas grimacer. Il aurait dû savoir qu'il ne pouvait pas la distraire de son idée très longtemps.

– Oui, absolument. Mais ce n'est pas difficile ni douloureux – on ne te ligote pas sur une machine. Et il serait bien plus dangereux pour elle de ne pas connaître ses dons que d'en être informée.

– Est-ce qu'on me laissera rester avec elle ?

– Ce n'est pas habituel, mais je pourrai arranger ça. En fait, ce ne serait pas une mauvaise idée de vous faire tester aussi, Amaury et toi, ma chérie. *Tu n'es peut-être pas aussi aveugle mentale que tu le penses.*

– Ne sois pas ridicule, Hermès ! Je ne suis pas télépathe et je n'ai pas envie de l'être ! L'idée seule me fait peur !

– Tu en es sûre ?

– Que veux-tu dire ?

Elle le foudroya du regard, furieuse et plus qu'un peu effrayée.

– Eh bien, je me suis dit parfois que certains éléments de tes portraits étaient... remarquables. Rappelle-toi l'étonnement de Dame Hester quand tu as mis ces fleurs à l'arrière-plan de son portrait.

– Je devais les avoir vues dans un livre et je savais qu'elles étaient originaires de son monde.

– Et comment pouvais-tu savoir qu'elle en raffolait ?

– Pur hasard, insista Katherine, d'un ton pas très convaincu. J'avais l'impression qu'elles faisaient bien dans le tableau...

– Il est possible que ce soit de l'intuition, Kate, mais c'est peut-être quelque chose de plus. Tu ne veux pas en avoir le cœur net ?

– Non. Si je devais découvrir que j'ai espionné mes sœurs pendant toutes ces années, je ne le supporterais pas.

Il voulait juste lui ôter le sentiment qu'elle était une infirme, en suggérant qu'elle possédait autre chose que de l'intuition. Quelle audace ! L'envie de l'étrangler la saisit et passa, et elle le foudroya d'un regard accusateur. Kate en eut presque la nausée. Quelle idée révoltante. Et elle ne se laisserait certainement tester par personne !

Elle serra les dents, réaction qu'Herm connaissait bien, et il comprit qu'il serait inutile d'insister. Il valait mieux laisser l'idée faire son chemin.

– Très bien. Je ne te forcerai pas, mais j'espère que tu changeras d'avis.

– Va au diable ! Je te déteste quand tu fais ça !

– Quand je fais quoi ? demanda-t-il, s'efforçant de prendre l'air innocent, sans très bien réussir, il le savait.

– Quand tu fais semblant d'être calme et raisonnable, alors qu'en fait tu es en train de me manipuler, de me faire chanter comme ton violon préféré.

Elle était lasse maintenant, et sa peur s'atténuait lentement.

– Je ne fais jamais ça quand nous sommes habillés, dit-il, d'une voix rauque d'émotion.

– Oh non, pas question de violon ! Je ne me laisserai pas amadouer avec...

Il se mit à rire, et au bout d'un instant, elle l'imita, d'un rire hésitant. Mais quand il tendit la main vers les lacets de sa tunique, elle la repoussa brutalement.

– Tu n'es pas aussi irrésistible que tu le penses ! Si tu n'es pas sage, tu iras dormir sur le canapé du salon.

– Mais, chérie, il est trop court. Pense à mon pauvre dos.

– Tu n'as absolument rien au dos !

– Mais j'aurai quelque chose si tu m'obliges à dormir sur cet affreux canapé !

– Hermès-Gabriel Aldaran, tu es incorrigible ! dit-elle, lui saisissant les oreilles et les tirant vigoureusement. Qu'est-ce que je vais faire de toi ?

– Je ne sais pas, puisque tu n'es pas d'humeur à jouer du violon. Essayes-tu de me réformer, femme ?

Il s'efforça de prendre l'air sévère, mais ce fut impossible. Elle était trop ravissante et sa beauté lui coupait encore le souffle chaque fois qu'il la regardait.

– Non. Oui.

– Au moins, c'est franc. Disons que je suis irrécupérable, et que j'ai la moralité d'un chat sauvage. Mais souviens-toi que je t'aime et que je ne t'aurais pas amenée sur Ténébreuse si j'avais eu une autre solution. Tu es ma vie, Katherine.

– Très joliment dit, et peut-être même vrai, approuva-t-elle, lui effleurant tendrement la bouche de ses doigts. Promets-moi seulement de tout me dire, de ne plus rien me cacher. Je ne crois pas que je pourrais te pardonner un autre secret. Pas maintenant.

– Je te dirai mes secrets, Kate, mais pas ceux des autres.

– Je m'en contenterai. Et maintenant, je meurs de faim. Faisons-nous monter à déjeuner, et tu pourras me raconter ton entrevue avec Mikhaïl et Lew Alton. Il y avait quelqu'un d'autre ?

– Danilo Hastur et Danilo Syrtis-Ardais étaient présents, de même que Donal, l'écuyer de Mikhaïl. Tout s'est bien passé.

Herm aurait dû lui dire que sa tête était mise à prix, il le savait, mais il ne put s'y résoudre.

– Et encore ?

– Rien ne t'échappe, hein ?

Il venait de lui donner sa parole, et il savait qu'il allait déjà y manquer. Inutile de lui dire que Belfontaine voulait qu'on le lui livre, puisqu'il n'y avait aucune chance que Mikhaïl s'exécute. Cela lui ferait faire du souci, et elle ne méritait pas ça, après tout ce qu'elle avait déjà enduré. Plus tard, quand la crise serait passée, il le lui dirait...

Katherine fixait sur lui un regard pénétrant.

– Plus maintenant, Herm. Je ne veux plus être tenue dans l'ignorance, même si les questions de politique ne sont pas vraiment mon domaine. Je dois penser à moi et aux enfants, et je me soucie comme d'une guigne des grands problèmes. Je crois que c'est une vaste partie d'échecs, que les mâles adorent faire joujou à qui dominera ses compagnons.

– Tu as peut-être raison, quoique les dames ne dédaignent pas ce jeu non plus. Je n'ai jamais compris pourquoi, vous les filles, vous ne vous contentez pas de rester sur votre piédestal pour qu'on vous admire.

Il décida qu'il ferait bien de distraire son attention des choses sérieuses, et vite !

Katherine étrécit un peu plus les yeux.

– Parce que nous ne voulons pas que de parfaits étrangers regardent sous nos jupons. Et arrête de me contrarier et de t'efforcer de me distraire de mon idée. Ça ne marchera pas. « Vous les filles », vraiment !

– Je n'y pensais même pas.

Il grogna, tentant de décider ce qu'il pouvait lui confier.

– La situation est complexe. Il y a beaucoup de gens sur Ténébreuse qui n'ont jamais aimé la Fédération, et qui vont profiter de l'occasion pour nous persuader de nous en retirer complètement. C'est une culture très conservatrice, raison pour laquelle elle n'a jamais accepté les technologies terriennes. Et l'un des plus puissants avocats de l'isolationnisme est le propre père de Mikhaïl, *Dom* Gabriel Lanart-Alton. Tu feras bientôt sa connaissance. Et sa femme, Javanne Hastur, qui est la sœur aînée de Régis, est, de l'avis général, une adversaire formidable. D'après ce que j'ai entendu, il se peut même qu'elle soit instable. Et elle ne s'est jamais tout à fait résignée à ce que Mikhaïl soit l'héritier de Régis, pour des raisons dans lesquelles je n'entrerai pas.

Il vaudrait mieux que tu en parles à Marguerida quand tu en auras l'occasion. Mais Javanne est pour la restauration des rois Elhalyn, quoiqu'ils n'aient jamais détenu de réel pouvoir dans le passé. Bien que Mikhaïl soit son fils, elle aimerait mieux que Danilo Hastur gouverne Ténébreuse, parce qu'elle l'imagine assez faible pour se laisser manipuler par elle. D'après ce que j'ai entendu aujourd'hui, je crois qu'elle se trompe. Mais la vérité, c'est que Dani n'a jamais été préparé à gouverner une planète, et qu'il ne le désire pas.

– Je ne comprends pas. Dani et Mikhaïl sont rivaux ?

– Ils ne se considèrent pas comme tels, mais il y en a qui voudraient bien les brouiller. Tu comprends, la royauté des Elhalyn a toujours été une charge purement cérémonielle, tandis que les Hastur détenaient le pouvoir réel. Il y a de bonnes raisons historiques à cela, vu que la lignée des Elhalyn produit beaucoup d'individus instables. Dani a épousé Miralys Elhalyn, dans l'intention d'apporter un peu de sang sain dans la lignée – ce qui sonne assez cynique, je suppose. Il était amoureux d'elle, et cela n'a donc pas été calculé et douloureux. Mais il a renoncé à l'héritage du Domaine Hastur en faveur de Mikhaïl, alors qu'il aurait pu lutter pour le conserver, et l'aurait peut-être obtenu, et cela, parce qu'il ne voulait pas assumer la tâche du gouvernement planétaire. C'est un homme qui connaît ses limites et je l'admire pour ça.

– Alors, le problème est réglé depuis longtemps ?

– Il l'était, mais pas à la complète satisfaction de tous – et surtout pas de Javanne Hastur. Le temps ne l'a pas mûrie, elle a quelques alliés au Conseil Comyn, alors il y aura sans doute beaucoup de vociférations et de coups de poing sur la table avant que la poussière ne retombe.

– Mais ce n'est pas ce qui t'inquiète.

– Non. Les Ténébrans sont très pragmatiques, et ils finiront par adopter la solution raisonnable. Le vrai problème demeure la Fédération. Nous n'avons jamais eu de services secrets, ici – l'idée même nous est étrangère. À la place, nous nous sommes reposés sur quelques individus bien placés au QG, plus Lew Alton qui a toujours gardé le doigt sur le pouls de la Fédération depuis que le Capitaine Rafe Scott a démissionné. Maintenant, ces gens vont être « exemptés du service actif », ce qui est un aimable euphémisme pour dire qu'ils seront éjectés à coups de pied au derrière, et nous n'aurons plus personne pour surveiller Lyle Belfontaine et ses acolytes. Sans quelques personnes au QG, nous ne saurons pas ce que mijote la Fédération, et nous dépendrons des informations qu'ils voudront bien nous donner. Lew, qui est très fort pour lire entre les lignes, pense qu'ils nous lanceront bientôt un ultimatum. Nous sommes parvenus à garder secrète la mort de Régis, mais cela ne durera pas, et une fois que la nouvelle sera connue, il est vraisemblable que la Fédération tentera quelque manœuvre. Il est donc dans notre intérêt de régler la question rapidement, mais rien ne va jamais vite sur Ténébreuse. Et Mikhaïl ne peut prendre aucune décision unilatérale.

– Pourquoi pas, s'il est le successeur de Régis ?

Katherine l'écoutait avec attention, concentrant toute son intelligence sur le sujet, et oubliant pour l'heure toutes ses craintes.

– C'est peut-être l'homme le plus puissant de la planète, mais il doit répondre de ses actes devant le Conseil Comyn, qui est divisé. Nous n'avons jamais eu de tyran sur Ténébreuse, et Mikhaïl ne veut pas être le premier.

– Pour moi, ça n'a toujours pas de sens, Herm. J'aurais cru qu'une planète de télépathes n'aurait aucun problème à pénétrer n'importe quels services secrets.

– Ce n'est pas si facile, même en mettant de côté les questions d'éthique.

– Pourquoi ?

– Parce qu'on ne peut pas fermer les yeux et se mettre à piller les esprits des gens – à moins d'avoir le Don des Alton, qui est celui des rapports forcés. La proximité est essentielle, de même qu'une certaine familiarité avec l'esprit qu'on désire explorer. Quand on ne connaît pas le sujet, on ne perçoit que des banalités – si on s'est disputé avec son amoureux ou si le dernier rendez-vous s'est bien passé, si on déteste son travail ou si on a la gueule de bois d'avoir trop bu la veille. Les Ténébrans doués de *laran* apprennent très jeunes qu'espionner l'esprit des autres est impardonnable.

– Ainsi, vous disposez d'un avantage, mais vous ne vous en servez pas ! C'est assez difficile à croire. La tentation doit être grande.

– Non, pas vraiment. Dans l'ensemble, on n'a pas envie de savoir ce qu'il y a dans l'esprit des autres, parce que c'est souvent trop trivial ou répugnant. Si quelqu'un hurle mentalement, on ne peut pas faire autrement que de l'entendre, mais il s'agit surtout d'émotions, pas d'informations. Par exemple, si quelqu'un du QG lit ses derniers ordres assis à son bureau, il ne va pas diffuser ses pensées dans toutes les directions, mais se concentrer sur l'impact qu'ils auront sur sa situation immédiate – quel sera son prochain poste, et s'il pourra emmener son épouse et ses enfants ténébrans.

– Je vois. C'est un soulagement de le savoir. Je me sens moins angoissée.

– Tant mieux. Je réalise qu'il te faudra un certain temps pour croire que personne n'envahira ton esprit dans les couloirs ou à table. Très peu d'entre nous peuvent le faire à volonté. Marguerida a le Don des Alton, de même que son père et son fils Domenic, mais aucun d'eux ne violera jamais tes pensées.

Elle hocha la tête, apparemment rassurée.

– J'aime bien Domenic, bien qu'il soit très sérieux pour un adolescent. Je n'ai pas beaucoup vu Marguerida, mais je la trouve sympathique.

– Elle est très occupée en ce moment par les préparatifs des funérailles, mais elle a vécu vingt ans dans la Fédération avant de revenir sur Ténébreuse, et vous devriez vous découvrir des intérêts communs. Elle était à l'Université, assistante en musicologie quand elle est arrivée ici, et je me suis laissé dire qu'elle continue à y envoyer régulièrement des articles d'ethnologie. Et elle meurt d'envie de t'interroger sur Amedi Korniel dès qu'elle aura un moment de libre.

– Mikhaïl m'en a touché deux mots hier soir au dîner. Au moins, c'est quelque chose dans mes cordes. Je connais sur lui pas mal d'anecdotes scandaleuses – c'était un grand compositeur, mais pas vraiment estimable sur le plan humain.

Réalisant alors qu'elle ignorait encore beaucoup de choses, elle revint au sujet originel de leur discussion.

– Quoi encore, Herm ? J'ai l'impression que quelque chose te tracasse.

– C'est vrai, ma chérie. Comment l'as-tu deviné ?

– Tu te tortilles toujours les doigts quand tu es mal à l'aise.

Hermès baissa les yeux sur ses mains et constata qu'elle disait vrai. Comment n'avait-il pas remarqué cela plus tôt ?

– Comme je te l'ai dit, nous n'avons pas de services secrets proprement dits, mais nous savons que la Fédération a des espions. Je ne parle pas de ceux du QG. Lew soupçonne que quelqu'un dirige des opérations secrètes, mais il ne sait pas qui ni comment. Nous ne sommes même pas certains que ce soit une Agence de la Fédération.

– Qu'est-ce que ce pourrait être d'autre ?

Hermès gloussa.

– Si je n'avais pas passé les deux dernières décennies dans la Fédération, je n'essaierais même pas de répondre à ta question. Le Parti Libéral, de même que les Expansionnistes, les Nouveaux Républicains, les Monarchistes et pratiquement toutes les autres puissances politiques ont tous des espions variés, qui fouinent partout, s'efforçant de découvrir les secrets des autres pour les dévoiler. Comment crois-tu que le scandale bancaire de Coronis Neuf ait atterri dans les médias ? Ce n'est pas quelque jeune journaliste en mal de gloire qui l'a flairé, mais un agent des Nouveaux Révélationnistes qui a organisé des fuites. Ils adorent discréditer les Expansionnistes – c'est le seul sport qu'ils pratiquent.

Ils pouffèrent tous les deux, car les Nouveaux Révélationnistes étaient célèbres pour leur fondamentalisme et leur désapprobation de toutes les formes de perfidie.

– Non que tous les autres n'en aient pas été ravis, bien sûr. Ainsi donc, quoi qui se prépare sur Ténébreuse, ce pourrait être l'œuvre de la Fédération ou d'un groupe dont je n'ai jamais entendu parler. À vrai dire, c'est peu probable, car aucun de ces groupes ne s'intéresse sans doute à Ténébreuse. Pourtant, c'est l'incertitude qui nous tracasse.

– Mais pourquoi quelqu'un voudrait-il déstabiliser Ténébreuse ? Je veux dire : ce n'est pas une planète très importante, Herm. Des espions n'ont-ils pas plus de raisons de s'intéresser à Aldébaran Cinq ou à Wolf ? Des planètes qui ont beaucoup d'industries ou des ressources importantes ?

– Ténébreuse est un endroit très mystérieux, Kate. La limitation des informations que Lew a adoptée comme politique, et que j'ai poursuivie, devait fatalement exciter la curiosité quelque part. Nous ne nous en sommes pas aperçus tout de suite. Tu comprends, on fait quelque chose pour résoudre une situation, et puis, dix ou vingt ans plus tard, cela a des conséquences qu'on n'avait pas prévues. Nous ne savons rien avec certitude, mais Lew dit qu'il y a eu récemment des troubles d'origine douteuse. Il espérait que je pourrais confirmer ses soupçons, mais j'ai dû lui dire que je ne connais aucun groupe spécifique qui convoite Ténébreuse. De sorte que nous ne savons pas si nous sommes espionnés.

– Mais vous croyez l'être ?

– Oui, c'est une conclusion provisoire, mais qui ne nous avance à rien, acquiesça-t-il à contrecœur. Mangeons, maintenant. Tout cela peut attendre.

Il était bourrelé de remords, mêlés de soulagement et de lassitude. Il n'avait pas dit à Kate qu'il pourrait être arrêté, mais il n'était pas heureux de cette omission. Et quand elle finirait par l'apprendre, elle la lui ferait payer cher, il le savait.

Un instant, Hermès regretta d'être revenu sur Ténébreuse. Il était en proie à une épouvantable nervosité, au désir d'être n'importe où dans la galaxie sauf où il était. Kate était bouleversée. Cela le bouleversait aussi, mais il savait que ce sentiment ne s'envolerait pas juste parce qu'il le mettait mal à l'aise. Il se retrouvait dans la situation dont il venait de parler – il avait résolu un problème, la sécurité de sa petite famille – sans bien imaginer les conséquences qui s'ensuivraient. Et il n'avait pas fallu attendre des années, mais seulement quelques jours, pour découvrir que sa solution avait créé de nouveaux problèmes.

Certes, il était né pour la discorde, pour en venir à bout avec astuce. Mais ce n'était pas censé affecter les êtres qui lui étaient les plus chers de tout l'univers : sa femme et ses enfants. Comment avait-il pu être assez aveugle pour n'avoir pas vu venir les événements ? Et comment allait-il résoudre la situation ? Son estomac grogna, et Hermès renonça à réfléchir plus longtemps, épuisé. Il n'avait eu d'autre choix que de faire ce qu'il avait fait. Il n'allait pas pouvoir arranger les choses de sitôt, et pas avec l'estomac vide – alors, autant manger. Au moins, il pouvait le faire sans blesser personne.

CHAPITRE IX

Domenic passa le reste de l'après-midi à faire ses plans pour s'évader du Château Comyn, avec une jubilation qu'il n'avait jamais éprouvée jusque-là. Son chagrin et ses peurs s'estompèrent, même s'il lui fut plus difficile qu'il ne l'avait cru de trouver le moyen de sortir de cet édifice complexe. Il y avait des serviteurs partout, et la plupart des issues étaient bien gardées. Il lui faudrait se faufiler furtivement, chose dont il n'avait pas l'habitude, mais cette nécessité ajoutait encore à l'attrait de l'aventure. C'était vraiment bizarre, et il se sentait comme possédé d'un démon malicieux dans les rares instants où il se laissait aller à réfléchir.

Si seulement un banquet n'avait pas été prévu pour le soir, tout aurait été plus facile. Mais l'arrivée de ses grands-parents et de plusieurs membres du Conseil Comyn exigeait cette réception, et Domenic savait qu'il devait y assister. Or il ne souhaitait rien moins que passer plusieurs heures devant Javanne qui le foudroierait du regard, ou pire, qui ferait semblant de ne pas le voir. Et Gareth Elhalyn serait sans doute là, lui aussi. Qu'est-ce qui le mettait si mal à l'aise chez son cousin ? D'autre part, ce serait certainement un repas intéressant, puisque Hermès Aldaran et sa famille y assisteraient, de sorte que Javanne ferait peut-être un peu moins attention à lui.

Pendant quelques minutes, il fut près de renoncer à sa folle idée. Domenic oscillait entre l'excitation et le désespoir, à la fois exalté et effrayé par les conséquences de son acte. Puis il se reprocha sa lâcheté. Rhodri n'hésiterait pas devant des considérations mineures comme le devoir et les bonnes manières. Peut-être aurait-il dû demander son aide à Rhodri. Son frère connaissait toutes les sorties et les couloirs secrets du Château, et s'en servait souvent pour ses frasques. Mais il rejeta cette idée. Rhodri lui montrerait comment sortir, mais il insisterait pour l'accompagner. Et ce ne serait plus une aventure s'il partait avec son petit frère, non? De plus, son frère se mettait toujours dans de mauvais pas, et ses parents n'apprécieraient pas que Domenic l'encourage dans cette voie. Domenic gloussa à cette pensée, sachant qu'il se cherchait des excuses. La vérité, c'est qu'il voulait sortir à l'insu de tous, y compris, et peut-être surtout, de son frère.

Mais comment allait-il couper au banquet? Il se mit la cervelle à la torture, et ne trouva rien sur le moment. Et juste comme il allait renoncer, Ida Davidson vint à son secours. La vieille dame faisait partie de la famille aussi loin que remontait son souvenir, et Domenic aurait préféré l'avoir pour grand-mère à la place de Javanne. Il se rappelait à peine Diotima Ridenow, la défunte épouse de Lew, morte quand il avait cinq ans. Alors Ida avait pris la place de celle qui aurait dû être sa grand-mère, écoutant ses petits chagrins sans lui donner l'impression d'être un nigaud, lui donnant des leçons de musique et, quand il s'était révélé maladroit au piano, à la guitare et à tous autres instruments plus complexes que le tambour, lui apprenant à chanter. Ses deux parents étaient bons musiciens, mais Rhodri et lui n'étaient pas doués. La patience et la gentillesse d'Ida l'avaient aidé à surmonter le sentiment de son indignité, et il pouvait maintenant chanter sans se déshonorer. Après la mue, il s'était retrouvé avec une voix de ténor assez agréable, et maintenant, il aimait même tenir sa partie dans le petit quatuor qu'il composait avec Rhodri et les deux plus jeunes fils de son oncle Rafaël, Gabriel et Damon.

– Domenic, ça ne va pas ? dit la vieille dame, le fixant de ses yeux myopes. Tu n'as pas l'air dans ton assiette.

– Tu trouves ?

Il réfléchit brièvement à cette remarque, et s'éclaira intérieurement.

– Je ne me sens pas bien. Un peu patraque, tu sais ?

Il n'était pas du tout patraque, et savait que son apparence venait de son conflit intérieur. Ida n'avait pas le *laran*, et le croyait toujours. Pourquoi n'y avait-il pas pensé plus tôt ? Rhodri faisait souvent semblant d'être malade quand il voulait couper à une corvée, mais Domenic n'avait jamais employé cette ruse. Une partie de lui-même hésitait à duper Ida, mais une autre jubilait. Alanna n'était peut-être pas la seule à se sentir deux personnes à la fois.

– Après la tourmente de ces derniers jours, ça ne m'étonne pas. Allez, au lit ! Un long banquet de plusieurs heures ne te vaudrait rien, et si tu couves quelque chose, inutile de communiquer tes microbes à tout le monde. Je te ferai monter à manger par une servante.

Le cœur lui faillit. Une servante ! Cela allait tout gâcher.

– Je n'ai pas faim, Ida, mentit-il, comme s'il avait pratiqué le mensonge toute sa vie. Si j'ai faim, je sonnerai.

– Pas faim ? dit-elle, branlant du chef. Tu dois couver quelque chose si tu n'as pas faim. File. Je préviendrai ta mère.

Domenic fila dans sa chambre. Il écouta les bruits de l'appartement, épia les mouvements de ses parents, des serviteurs et de ses frère et sœur. Puis il enfila sa chemise de nuit et se coucha, certain que sa mère viendrait le voir avant d'aller au banquet. Il avait du mal à contenir son excitation et se força à se détendre.

Marguerida entra, en longue robe bleue brodée de fleurs d'argent, les couleurs des Hastur. Il sentit son parfum, musc et lavande, tandis qu'elle approchait. Elle se pencha et lui effleura le front d'une main gantée.

– Pauvre Domenic. Tu n'as pas de fièvre, mais tu es plutôt pâlot. Qu'est-ce que tu as ?

— J'ai mal dormi, et je crois que c'est juste un peu de fatigue, Mère.

Il pouvait mentir sans conséquences à Ida, mais avec Marguerida c'était plus difficile, et il n'avait jamais essayé avant. Toutefois, il était assez près de la vérité, car, dans son sommeil, il entendait le feu ronflant du cœur du monde et les grondements de la terre, ou pensait les entendre. Pire, dans ses rêves il se surprenait à essayer d'arrêter le mouvement incessant de la mer, et à d'autres choses tout aussi incroyables. Alors il évitait de dormir autant qu'il le pouvait, et remplaçait le sommeil par l'état de transe qu'il avait appris à pratiquer à Arilinn.

— Mal dormi ? Tu aurais dû me le dire. Veux-tu un somnifère ?

— Je crois que je n'en ai pas besoin, et en plus, je suis abruti quand je me réveille.

Si Marguerida faisait monter un somnifère et attendait qu'il le boive devant elle, tout son plan tombait à l'eau.

— Comme tu veux. Je déteste les somnifères moi-même, bien que j'en aie pris plus que je n'aurais voulu ces derniers jours. Juste quand je m'endors, je pense à quelque chose que j'aurais dû faire, et je me réveille en sursaut. Ce qui réveille aussi ton père qui a grand besoin de repos.

— Ne te fais pas de souci. Je vais lire un moment. J'ai quelque part un livre très ennuyeux commencé depuis six mois, et il devrait m'endormir en cinq minutes. Occupe-toi de nos invités, Mère. Tu as mieux à faire que de t'inquiéter pour moi.

Il lui lança un regard cocasse, auquel elle répondit par un sourire évanescent. Ils savaient qu'ils pensaient tous deux à Javanne Hastur, qui n'était jamais facile à vivre, mais qui serait encore plus difficile après la mort de Régis.

— Quel livre ?

Quand sa mère était arrivée sur Ténébreuse, les livres étaient rares, il le savait, sauf dans les demeures des

Domaines, et la plupart étaient importés. Promouvoir l'instruction avait été une de ses priorités, et, avec son amie Raphaëlla n'ha Liriel, la Renonçante qui avait été son guide et son amie lors de ses premiers mois sur Ténébreuse, elle avait fondé une petite maison d'édition. Les Renonçantes avaient commencé à imprimer des factures et autres documents d'une page des années auparavant, mais n'étaient jamais allées jusqu'à imprimer des livres. Jusqu'à la fondation des Presses Alton par Marguerida, la plupart des livres étaient copiés à la main, lentement et péniblement, et étaient conservés dans les archives du Château ou des différentes Tours.

Maintenant, il y avait une jeune Guilde des Relieurs, distincte de la Guilde des Tanneurs qui s'étaient jusque-là chargés de cette tâche, et les tirages de cinq cents exemplaires n'étaient pas rares. Avec l'aide de la Maison de Thendara, quartier général des Renonçantes, Marguerida avait ouvert deux petites écoles, l'une près du Marché aux Chevaux, l'autre dans la Rue de l'Aiguille, qu'on encourageait les fils et filles d'artisans à fréquenter. Ce n'était qu'un premier pas, avait-elle dit, mais au moins un commencement. Marguerida avait écrit et publié un livre de contes folkloriques pour ses petites écoles, histoires qu'elle avait recueillies au cours de ses voyages sur Ténébreuse, et qui en était à sa cinquième édition.

— C'est celui d'Hiram d'Asturien sur l'évolution du *laran*.

Elle éclata de rire, son que Domenic trouva merveilleux. Sa mère n'avait pas ri souvent ces derniers jours, et il réalisait seulement combien cela lui avait manqué.

— Ce qu'il dit est très utile, mais je reconnais que son style laisse à désirer. Il est positivement soporifique. Mais ça m'étonne que tu le lises. Tu as une raison particulière ?

— Juste la curiosité.

Nouveau mensonge, mais véniel. Il était curieux, certes, mais il espérait surtout découvrir la clé de son don unique, découvrir si quelqu'un avant lui avait jamais entendu la planète. Il ne pouvait en parler à personne, pas même à sa mère, en qui il avait pourtant toute confiance.

– Parfait. Ne perds jamais cette qualité, Domenic.

Puis elle l'embrassa légèrement sur le front et sortit, apparemment satisfaite.

Il attendit impatiemment que le silence revienne et de n'entendre plus aucune pensée autour de lui. Puis il se leva, ôta sa chemise de nuit, et enfila sa plus vieille tunique, un pantalon rapiécé et ses bottes de cheval. Il prit une cape élimée qu'il adorait et dont il refusait de se séparer, et embrassa la chambre du regard. Il fourra plusieurs oreillers sous les couvertures, leur donnant la forme d'un corps, et tira le drap sur le tout. Il étudia son ouvrage d'un œil critique, et se dit que cela suffirait jusqu'à son retour. Puis il souffla les chandelles, plongeant la chambre dans l'obscurité. Le petit feu qui brûlait dans la cheminée émettait une lumière qui n'arrivait pas jusqu'au lit, projetant des ombres propices qui dissimulaient sa supercherie. Domenic fut assez content de lui. Il se glissa hors de la chambre par l'escalier des serviteurs, puis enfila un couloir de service menant aux immenses cuisines. Même de loin, il entendait le cliquetis des casseroles et des marmites, les cris de la chef cuisinière et de ses aides, affairées à la préparation du banquet imminent. Puis il entendit quelqu'un qui venait vers lui, et il se jeta dans la première pièce ouverte qu'il trouva, le cœur battant d'excitation. Il y faisait très sombre, et, à l'odeur, il devait se trouver dans l'atelier de distillation. Une seconde plus tard, des pas passèrent devant la porte, et il sut qui c'était. Juste un palefrenier qui rapportait des broches à la cuisine, toutes ses pensées concentrées sur une commission à faire pour la cuisinière.

Dès que le silence revint dans le couloir, Domenic sortit de sa cachette et marcha sur la pointe des pieds. Passant à pas de loup devant la porte de la cuisine, il entendit la cuisinière qui jurait, quelqu'un ayant commis une maladresse avec les tartes. L'eau lui monta à la bouche. Il aurait dû manger avant de partir. Peut-être qu'il trouverait quelque chose dans une échoppe. Il l'avait fait plusieurs fois, mais pas aussi souvent qu'il l'aurait voulu, car il trouvait la nourriture des rues plus intéressante que celle servie au Château. Avait-il emporté quelques piécettes ? Oui, il en avait quelques-unes dans son aumônière.

Malgré le froid nocturne, la porte donnant sur l'allée menant des cuisines à la boulangerie était ouverte. Il sortit dans la nuit, plus excité de seconde en seconde. Est-ce pour ça que Rhodri faisait tant de bêtises ? Il avait été bien bête de laisser tout le plaisir à son petit frère !

La chaleur émanant des murs de la boulangerie lui fut agréable, et il la regretta presque quand il fut passé. Il rabattit sur son visage la capuche de sa cape, et passa silencieusement derrière la caserne où vivaient les Gardes, priant le ciel de ne rencontrer personne. Aux bruits, il sut que les Gardes qui n'étaient pas de service étaient en train de dîner. C'était un son amical, jovial, qui lui rappela le plaisir qu'il prenait à manger avec eux. À table, ils ne le traitaient pas en seigneur mais en jeune homme ordinaire et lui demandaient sans façon de passer les plats.

Enfin, il déboucha dans une rue étroite et déserte, mais où les maisons étaient allumées des deux côtés. De temps en temps, il entendait des voix. Après quelques minutes de marche, il laissa le Château Comyn derrière lui, et la peur d'être découvert commença à se dissiper. La rue sinueuse débouchait sur une large avenue, qui se terminait sur une petite place. Des torches étaient fichées dans les murs, et il vit une échoppe de l'autre côté.

Devant l'échoppe, deux solides cochers attendaient qu'un vieillard leur serve des galettes de pain fourrées de volaille rôtie. La viande embaumait. Domenic se félicita de ne pas voir mangé avant de sortir, parce que acheter son dîner dans la rue faisait partie de l'aventure.

À la lueur tremblotante des torches, il réalisa qu'il faisait très peuple dans ses vêtements minables. Personne ne soupçonnerait qui il était. Quand les cochers furent servis, il s'avança, reniflant avidement. Il écouta la conversation des hommes qui parlaient la bouche pleine. Leur ton joyeux démentait leurs plaintes à propos du piètre pourboire reçu pour le déménagement qu'ils venaient de terminer. Domenic se dit qu'ils avaient plaisir à se plaindre de l'avarice de leurs employeurs, et que c'était pour eux un sujet de conversation normal.

Domenic passa sa commande, et le vieillard prit plusieurs tranches de volaille sur une brochette, les entassa sur une galette qu'il roula pour que ce soit plus facile à manger.

Domenic prit sa plus petite pièce et la lui tendit. Puis il planta les dents dans son sandwich, savourant les épices dans lesquelles la viande avait mariné. C'était délicieux. Pourquoi ne servait-on pas d'aussi bons plats au Château ?

Il mangeait encore quand il quitta la place et s'engagea dans la rue menant à la Porte Nord. Le vent du soir rafraîchissait son visage et ébouriffait ses cheveux dénoués, mais il s'en apercevait à peine. Il passait un moment merveilleux, tout seul, juste à écouter les bruits nocturnes de Thendara. Il termina son repas, s'aperçut qu'il avait du jus sur la figure, et eut un grand sourire. Pas de serviette de lin pour lui ce soir ! Et mieux encore, pas de Javanne pour lui couper l'appétit !

Après une demi-heure de marche nonchalante, il vit quelques personnes devant lui. Ces gens se dirigeaient vers la Porte, et il ralentit pour ne pas les dépasser. Quand ils passèrent sous des torches, il s'aperçut qu'ils étaient vêtus de l'uniforme de cuir noir des Terriens, et il se demanda ce qu'ils faisaient hors de la Cité du Commerce. Il n'était pas interdit aux Terriens, quand ils n'étaient pas de service, de s'aventurer dans Thendara proprement dite, mais ce n'était pas très fréquent. Enfin, peut-être qu'ils s'ennuyaient et savaient que les Baladins donnaient une représentation.

Mais c'était quand même bizarre. Ces derniers jours, il avait surpris des propos entre son père et Grand-Père

Lew, et il avait bien l'impression que la Fédération avait interdit à ses fonctionnaires de quitter le QG. Bon, peut-être qu'il avait mal compris, ou que les Terriens avaient changé d'avis. La seule chose dont il était vraiment sûr, c'est que le personnel ténébran avait dû quitter l'astroport et le QG. Il avait vu Ethan MacDoevid, le protégé de sa mère de la Rue de l'Aiguille, arriver juste comme il partait pour la Garde, et il était sûr qu'il était venu dire quelque chose d'intéressant à Grand-Père Lew.

Il connaissait l'histoire de la rencontre entre sa mère et Ethan, car Marguerida adorait la raconter. Ethan et son cousin Geremy avaient rencontré sa mère à la sortie de l'astroport, le jour de son retour sur Ténébreuse, et les garçons l'avaient amenée à la maison de Maître Everard dans la Rue de la Musique, devenant bons amis en chemin. Elle avait une façon de raconter qui rendait ses premières impressions avec beaucoup de vivacité. Le garçon – il était un peu plus jeune que Domenic à l'époque – lui avait confié son rêve de partir sur les Grands Vaisseaux, et plus tard, elle l'avait recommandé à son oncle Rafe Scott, pour qu'il puisse apprendre tout ce qu'il avait besoin de savoir afin de devenir astronaute. Il avait acquis toutes les connaissances nécessaires, mais il n'était jamais parti, car la Fédération avait changé de politique et n'admettait plus de citoyens des Planètes Protégées dans les équipages spatiaux, de sorte qu'il n'était jamais allé dans l'espace.

Quand Rafe Scott avait été obligé de prendre sa retraite, Ethan avait repris son rôle d'officier de liaison avec le Château. Domenic savait, pour en avoir parlé avec Ethan, que cela ne lui avait pas trop plu, mais il s'acquittait de son travail avec bonne volonté. Cette nomination avait contrarié plusieurs membres du Conseil, car Ethan était un fils d'artisan, et non un fils des Domaines, et de surcroît, le protégé de Marguerida. Toutefois, ce choix s'était révélé excellent, et Domenic se demandait ce que ferait Ethan si la Fédération évacuait Ténébreuse et qu'un officier de liaison devînt superflu. Et même si la Fédération restait, les Terriens garderaient-ils un Ténébran au QG? Après tant d'années, il pouvait difficilement retourner travailler dans l'atelier de tailleur de son père.

Domenic remarqua de la nervosité et de l'agitation chez les hommes qui le précédaient, et il en oublia ses spéculations sur l'avenir d'Ethan. Il trouvait ce comportement intéressant, mais insolite. Une seconde ils avançaient comme deux hommes qui s'en vont prendre du bon temps, et la seconde suivante, ils scrutaient les ombres comme s'ils s'attendaient à une attaque. S'ils voulaient passer inaperçus, ils n'auraient pas dû venir en uniforme terrien. Typique de l'arrogance des Terranans. Qu'est-ce qu'ils mijotaient? S'ils cherchaient des femmes, ils auraient dû rester à la Cité du Commerce. Il haussa les épaules, décidant que ça n'avait pas d'importance, et que ça mettait un peu de piquant dans sa soirée jusque-là peu aventureuse.

Domenic commençait à trouver cette aventure stupide. Sa mère lui avait dit qu'il était trop sage, mais ce n'était pas une raison pour sortir en cachette, laissant des oreillers dans son lit à sa place, non? Il fut tenté de faire demi-tour et de rentrer avant que son absence ne soit découverte. Mais cela aurait été se conduire en poule mouillée, et de plus, il ne faisait rien de mal.

Toute cette histoire est une perte de temps – on pourrait être bien au chaud et à l'aise à la caserne, au lieu de nous geler dans ce froid. Vancof n'aura rien à nous dire – comme d'habitude. Bon sang, ce que je déteste cette planète. Et je n'ai pas d'espoir d'un meilleur poste ailleurs vu que je ne suis pas parvenu à me faire un nom ici. Belfontaine est fou s'il croit qu'il peut changer la situation avant de partir. Je serai bien content de quitter Cottman. Le plus tôt sera le mieux. Maudite planète arriérée.

Domenic entendit ces pensées confuses, le brouhaha mental habituel, et faillit trébucher. Cottman? Il devait les recevoir d'un des hommes qui marchaient devant lui – seuls les Terranans donnaient ce nom à Ténébreuse. Et qui était Vancof? Venaient-ils pour rencontrer quelqu'un hors les murs ? Mais pourquoi ? Ça n'avait pas de sens.

Le nom était étrange, et manifestement pas ténébran. Pourquoi ces hommes devaient-ils rencontrer un Terrien hors les murs ? La situation prenait une tournure plus sombre. Ces hommes ne venaient pas pour s'amuser, mais dans un autre but. Il pressa le pas, espérant surprendre leur conversation, ou d'autres bribes de pensées. Ce n'était pas comme s'il les espionnait, vu qu'il ne pouvait pas s'empêcher de recevoir les pensées superficielles des autres. Il en fut quand même un peu gêné.

Les hommes franchirent l'arche de la Porte Nord, et Domenic les suivit. Au-delà de la Porte, il y avait une demi-douzaine de brasiers, et des torches éclairant des échoppes. Après l'obscurité relative des rues, l'endroit paraissait mieux éclairé qu'il ne l'était vraiment. D'un côté de l'immense esplanade, Domenic vit plusieurs chariots peints des Baladins et, de l'autre, des échoppes où l'on vendait de la nourriture et des babioles. Plus loin, des groupes de mules à l'attache, et deux charrettes bourrées de marchandises. Il se demanda pourquoi les muletiers s'étaient installés là, puis il décida que ça leur épargnait la location d'une écurie. Il ignorait tant de choses, ce qui le contraria. La belle éducation qu'il avait reçue !

Un chariot avait un flanc rabattu, formant une estrade sur laquelle un jongleur intrépide lançait en l'air des torches enflammées. Il en avait quatre en mouvement, et il déclamait tout en jonglant. Domenic s'approcha, fasciné. La jeune rousse n'était pas en vue, et le chariot des marionnettistes était fermé. Peut-être avaient-ils déjà donné leur représentation, et qu'il l'avait manquée.

Il se joignit à la foule des badauds, écoutant les plaisanteries du jongleur et les sifflets des spectateurs. Une odeur de mauvaise bière et de vêtements crasseux flottait autour de lui. Le groupe était composé de pauvres, hommes et femmes, auxquels se mêlaient quelques enfants aux yeux émerveillés. Mais la foule n'était pas houleuse – c'étaient juste de braves gens qui prenaient un peu de bon temps par une soirée assez clémente. Dans quelques semaines, il ferait trop froid pour ce genre d'exercice, alors tous profitaient de la douceur du temps pour jouir de ce divertissement innocent.

Les deux hommes en uniforme terrien lui tournaient le dos, et s'attardèrent quelques minutes devant le spectacle. Ils étaient grands tous les deux, larges d'épaules et bien musclés. L'un était blond, l'autre châtain foncé, mais à part ça on aurait pu les confondre. Ils regardaient d'un air maussade, comme s'ils attendaient quelque chose ou quelqu'un.

Juste comme Domenic concluait qu'ils étaient venus voir une danseuse ou une acrobate dans une de ces petites tenues qui scandalisaient les gens d'Arilinn, l'un d'eux fit signe de la tête à son compagnon. Ils s'éclipsèrent discrètement, et disparurent entre deux chariots. Ils n'avaient pas l'air d'être en quête de femmes, et, à sa connaissance, les Baladins ne se livraient pas à ce genre de commerce. Bien sûr, étant donné son ignorance insondable de tout ce qui se passait hors les murs du Château, tout était possible. Mais il y avait des conquêtes plus faciles à faire dans les tavernes de la Cité du Commerce, s'ils cherchaient seulement quelqu'un pour leur tenir chaud au lit.

Un instant, il hésita. Puis la curiosité l'emporta. Il voulait savoir ce qu'ils mijotaient. Domenic sortit furtivement de la foule, et s'approcha de l'espace entre les deux chariots, puis se baissa comme pour renouer ses lacets. Les plis de sa cape tombèrent autour de lui, dissimulant ses mouvements. Personne ne lui accorda la moindre attention, et il en fut soulagé.

Son sang battait à ses oreilles, et pendant un moment, il n'entendit rien, que ses bruits intérieurs. Pourquoi espionnait-il ces hommes ? Parce qu'ils n'étaient pas à leur place, et aussi, reconnut-il à contrecœur, parce qu'il voulait savoir ce qui les amenait ici. Il percevait tout juste des murmures étouffés, en terrien. Sa mère et son grand-père lui avaient appris cette langue, mais au début il eut du mal à suivre leur conversation. Il se pencha vers l'étroit passage entre les deux chariots et prêta l'oreille. Finalement, il distingua trois hommes, qui cessèrent de chuchoter et se mirent à parler à voix basse.

– Tu n'as pas envoyé de message depuis six jours.

La voix était dure et un peu coléreuse.

– Si j'avais un ondes-courtes, ce serait plus facile, gémit une autre.

Domenic se demanda ce que ça voulait dire.

– Trop risqué, tu sais bien. De plus, ces saletés sont en panne la moitié du temps.

– J'ai été très occupé. Et il ne s'est pas passé grand-chose.

– Très occupé ?

La voix dure semblait incrédule.

– Conduire le chariot et soigner les mules est un boulot à plein temps ! J'ai cassé une roue pour pouvoir entrer dans Thendara et traverser la cité, mais je n'ai pas découvert grand-chose. Ce vieux forban de Régis Hastur est mort, mais vous le savez déjà.

Comme la voix geignarde continuait à parler, Domenic la reconnut. C'était le cocher du chariot des marionnettistes qu'il avait vu le matin même ! Comment la fille l'avait-elle appelé – Dirck ?

Domenic en resta bouche bée et faillit rater la réplique suivante.

– Non, on ne le savait pas. Bon sang ! Vancof, tu es vraiment minable. Tu n'as pas trouvé ça important alors qu'on attend une occasion pareille depuis des années ? Dommage qu'elle se présente juste quand on s'apprête à évacuer la planète.

– Évacuer ? Tu en es sûr ?

Il ne ressemblait plus au grossier individu qui s'était montré si effronté avec Kendrick, mais il semblait mal à l'aise, comme effrayé par ses deux compagnons.

– Évidemment que j'en suis sûr. C'est un ordre du Haut Commandement, et nous partirons à la fin du mois. *Si la Fédération ne nous laisse pas tomber !*

Celui qui parlait semblait à la fois amusé et contrarié.

– Mais si Hastur est mort, ça va peut-être changer. Qu'est-ce qui va se passer ?

Quelqu'un se racla la gorge et cracha.

– Il sera enterré dans quelques jours, puis il sera remplacé par son héritier et neveu, Mikhaïl Hastur.

– Je vois.

Domenic était sûr, sans savoir comment, que c'était l'homme dont il avait reçu les pensées tout à l'heure.

– Nous ne savons pas grand-chose de lui. Ils emmènent leurs rois dans ce truc du Nord qu'ils appellent le ruu quelque chose, non ? dit-il après avoir réfléchi un instant.

– Oui, c'est ça.

Maintenant, le cocher semblait à la fois vif et méfiant.

– Cela nous donne des possibilités, Vancof, des possibilités réelles. Tu vas peut-être finir par mériter les sommes énormes que nous te donnons.

– Si c'est toi qui le dis, répondit la voix, maussade. *Je n'ai pas été payé depuis trois mois, et quand on me paye, ce que je reçois n'a rien d'énorme. Il mijote quelque chose. Qu'il aille au diable !*

L'autre reprit, réfléchissant tout haut :

– Notre problème a toujours été l'impossibilité de pénétrer dans le Château Comyn. Nous avons plusieurs fois essayé d'y infiltrer un agent, et toujours échoué. Les serviteurs ne se laissent pas corrompre et ils parlent rarement.

Il en semblait très contrarié, même en ne s'exprimant que par chuchotements.

– Et toutes les successions aux postes clés se font par héritage, alors on est impuissants. Mais dès que son cadavre sera sorti du Château, on pourra l'éliminer assez facilement.

– L'éliminer ? Comment ?

– Une embuscade le long de la route, par exemple. Tu devrais pouvoir organiser ça. Cherche un endroit propice, Vancof, et le Chef te trouvera génial.

Même à voix basse, le mépris était évident.

Vancof émit un grognement, suivi d'un rire de dérision.

– Et tu crois que je pourrai me faufiler parmi quelques centaines de Gardes et trouver un homme que je n'ai jamais vu ?

– Tu auras de l'aide.

– Granfell, tu es devenu fou ? Tu crois vraiment pouvoir comme ça... Tu penses que le meurtre est la réponse à tout. *Il est mauvais, très mauvais. Je ne veux pas me mêler de ça. Mais Granfell est capable de me poignarder sans état d'âme.*

– Quand aura lieu cette cérémonie funéraire ?

– Ils vont transporter le corps dans le Nord. Ce n'est pas arrivé depuis longtemps, mais si ce qu'on m'a dit est vrai, tous les chefs des Domaines accompagneront le cercueil jusqu'au *rhu fead.*

– Vraiment ? C'est encore mieux ! Nous avons le temps de nous préparer. Parfait. Avec un peu d'astuce, nous pourrons nous débarrasser non seulement de ce Mikhaïl mais de la plupart de ces...

– Tu as l'intention de débarquer des troupes le long de la route ? dit le cocher, sans dissimuler son mépris malgré sa peur. Tu crois que ça passera inaperçu ? Tu ne comprends rien à Cottman, Granfell, et tu n'y as jamais rien compris. Et ça m'étonnerait que ton plan plaise au Chef. Il a déjà eu des ennuis avant, et s'il veut de l'avancement, il ne peut pas se permettre une chose pareille.

C'est une occasion unique de me faire un nom, et je ne laisserai pas ce salaud me mettre des bâtons dans les roues. Nous pouvons déstabiliser Cottman, ou anéantir leur classe dirigeante, et alors la Fédération n'aura plus qu'à l'occuper sans coup férir. Après, tous les postes me seront ouverts. Je monterai de trois crans dans la hiérarchie, au moins.

Granfell est fou ! Je le vois à sa tête ! Il a toujours été un peu dingue. Il va me faire tuer avec son ambition ! Il veut juste impressionner le Chef. Mais je dois penser à ma peau. Essayer d'assassiner Mikhaïl Hastur est une pure ânerie. Mais il ne me croira pas, alors, autant faire semblant d'être d'accord avec lui.

Domenic était tellement stupéfait par ce qu'il venait d'entendre qu'il lui fallut un moment pour réaliser qu'il recevait les pensées des deux hommes en uniforme de cuir. Maintenant, son cœur battait de peur et d'excitation, et il était pétrifié sur place.

– Tu ferais bien de parler au Chef, Granfell. Et ne reviens pas ici fringué comme ça. Tu attires l'œil comme une vierge à une orgie, dit le cocher, réprimant ses craintes.

Domenic perçut un grand désir de vin dans ses pensées superficielles – de beaucoup de vin.

– Espèce de femmelette... tu ne crois quand même pas que je vais me promener en haillons comme ces barbares, non ?

– Comme tu veux. C'est ta peau.

Sur ce, Domenic décida qu'il en savait assez et s'éloigna discrètement ; il retourna se mêler à la foule, s'efforçant de ne pas se faire remarquer. Au bout d'un moment, il constata qu'il avait réussi, car personne ne lui prêtait la moindre attention. Le jongleur avait fini son numéro, remplacé par un Baladin efflanqué qui racontait une longue histoire. L'auditoire n'avait pas l'air très intéressé, mais n'était pas encore prêt à le couvrir de huées. Il s'en aperçut à peine, car il réfléchissait fiévreusement.

Que devait-il faire, maintenant ? Une partie de son être le poussait à retourner en courant au Château Comyn pour dire à quelqu'un ce qu'il venait de surprendre. Mais comment expliquer sa présence ici ? Et pourquoi le prendrait-on au sérieux ? Ils penseraient sans doute qu'il inventait toute l'histoire pour éviter d'être puni de son escapade.

Qui le croirait ? Sa mère, quand elle aurait surmonté sa colère. Il en frissonna par avance. Danilo Syrtis-Ardais réaliserait aussi qu'il ne plaisantait pas. Il n'avait jamais menti jusque-là, contrairement à son petit frère. Mais que pouvaient-ils faire ? Son père ? Certes, Mikhaïl lui avait encore dit la veille qu'il était toujours prêt à écouter son fils aîné, mais Domenic ne se voyait pas entrer dans le bureau de Mikhaïl pour lui annoncer tout de go qu'on projetait de l'assassiner. Les mots lui resteraient dans la gorge. Il avait peur de bouleverser son père en ce moment. L'atmosphère était tendue au Château Comyn, et il ne voulait pas ajouter à la tension. Quand tous les chefs des Domaines seraient là, le Conseil se réunirait pour confirmer son père, et après, ils seraient tous moins nerveux. Pas besoin d'être un Ridenow pour sentir que l'attente de cette réunion, qui serait sans doute bruyante et pleine d'acrimonie, pesait lourdement sur l'esprit de ses parents.

Mais il devait quand même faire quelque chose, et vite. Il se retourna pour partir, puis s'immobilisa. Il se conduisait en gosse effrayé. Avant d'agir, il lui fallait se ressaisir ! *Calme-toi, Domenic, et prends ton temps – rien n'arrivera ce soir.*

Au bout d'une minute, pendant laquelle son esprit s'élança sur plusieurs pistes à la fois, il se mit à séparer les faits de ses émotions. Lui seul savait à quoi ressemblait Vancof. Et aussi les autres. Il regarda autour de lui, cherchant les deux hommes en uniforme, mais ils semblaient s'être évanouis. Non, ils retournaient vers la Porte – et il n'avait même pas aperçu leurs visages. Il faisait un bel espion ! Pourrait-il les reconnaître, juste à leur nuque et à leurs larges épaules ? Il balança un moment – devait-il les suivre, dans la cité, retourner au Château, ou rester où il était ? Il finit par décider qu'il les reconnaîtrait sans doute, et qu'il valait mieux rester où il était pour le moment. Son aventure prenait une tournure inattendue, et rien ne pressait, non ?

Comment un Terranan se retrouvait-il cocher d'un chariot de Baladins ? Il aurait voulu en savoir plus. Peut-être qu'il aurait dû rester près des chariots et écouter plus longtemps, ou utiliser le Don des Alton pour leur tirer des informations de l'esprit... l'idée lui répugna. Sa mère avait raison : il était trop sage.

Domenic réalisa à quel point il avait peur et se sentait seul. Il avait envie de s'enfuir, et en même temps, il avait envie de rester. Il devait garder un œil sur la situation, non ? Il faisait son devoir. Il ne pouvait pas partir de but en blanc... mais pourquoi pas ? Il essayait de protéger son père, non ? Et tous les autres. Puis il réalisa qu'il ne voulait pas confier le problème aux adultes, qu'il voulait être là – avoir une aventure. S'il rentrait maintenant, il serait puni et peut-être pas pris au sérieux.

S'il n'avait pas été autant intrigué par la rousse, rien de tout ça ne serait arrivé, et le complot n'aurait pas été découvert. Si c'était bien un complot, si ce Chef – c'était presque certainement Belfontaine – approuvait le plan de Granfell. Et s'il rentrait, s'il racontait son histoire et si on la croyait, il serait pris au piège. Ses parents allaient l'entourer de tant de Gardes qu'il ne pourrait même plus respirer. De nouveau, il serait relégué au rang d'adolescent.

Cette idée lui fut insupportable. C'était son aventure, et il était bien décidé à la poursuivre jusqu'à la fin. Il en avait assez d'être un prisonnier dans le Château Comyn, et s'il rentrait maintenant, il le redeviendrait. D'autre part, ses parents seraient effrayés et furieux de cette escapade nocturne. Il n'avait pas envie d'y penser, mais il le devait. Ce qui signifiait qu'il devait parler à quelqu'un qui le comprendrait et l'écouterait, sans le ramener instantanément à la maison.

Il ne trouva qu'une seule personne qui saurait quoi faire. Lew Alton. Son grand-père comprenait toujours. Il empêcherait Marguerida et Mikhaïl de s'inquiéter, et lui dirait comment procéder. Cela enlèverait un peu de piquant à son aventure, mais il devait se montrer responsable, non ? Cette pensée, et la décision de s'en remettre à Lew, le soulagèrent un peu.

Domenic traversa le champ en direction des échoppes. Puis il s'accroupit près d'un brasier, rabattit sa capuche sur sa tête, et se concentra. Il espérait avoir l'air d'un garçon fatigué qui se réchauffe, parce qu'il désirait rester invisible pour le moment. Il ferma les yeux et braqua son esprit sur Lew.

Grand-Père !

Domenic ? Qu'est-ce qu'il y a ?

Je... je ne suis pas au lit. J'ai fait semblant d'être malade pour m'échapper et...

220

Et aller visiter les filles légères de Thendara? Son grand-père semblait amusé.

Non, Grand-Père. Il était un peu choqué à l'idée qu'il aurait pu sortir en catimini pour aller dans une maison de plaisir, mais d'après ce que disaient les Gardes il savait que d'autres garçons de son âge le faisaient. *Je suis sur l'esplanade de la Porte Nord – je voulais voir le spectacle des Baladins. Mais j'ai entendu quelque chose – il y avait deux hommes en uniforme terrien devant moi, et ils ont parlé avec un nommé Vancof. Je l'avais vu ce matin; il conduisait un chariot de Baladins. Je crois que c'est un espion... ou un assassin.*

Un espion? Si Rhodri me racontait cette histoire à dormir debout, je ne le croirais pas, mais toi, Domenic! Continue.

Les Terranans ont regardé un jongleur, puis ils se sont cachés derrière un chariot. Alors je les ai suivis et j'ai écouté. Je trouvais bizarre que ces deux hommes en uniforme qui ressemble à du cuir viennent jusqu'ici pour regarder les Baladins. L'un d'eux s'appelle Granfell, mais je ne sais pas le nom de l'autre. Vancof leur a dit que Régis était mort – ce que Granfell ignorait, je crois – et Granfell a dit que ce serait une bonne idée d'essayer de tuer Père sur la route du rhu fead. Et les autres aussi. Vancof a essayé de le persuader que c'était une mauvaise idée, mais ce Granfell a l'air très ambitieux... et Vancof le trouve un peu fou, aussi.

Pas si vite, Domenic. Tu veux dire qu'il y a un agent secret de Terra qui se fait passer pour un Baladin?

Je suppose que c'est ça.

Il y eut un silence du côté de Lew Alton, comme s'il lui fallait du temps pour digérer l'information. *Cela explique quelques incidents qui me troublent depuis plusieurs mois. Pourquoi n'es-tu pas revenu au Château?*

Eh bien, j'avais peur qu'on ne me prenne pas au sérieux.

Et... ?

Et je sais à quoi ressemble Vancof, et personne d'autre. Enfin, Kendrick le sait peut-être aussi. Il montait la garde

221

avec moi ce matin quand le chariot est passé devant nous. Je veux rester ici pour surveiller la situation. Grand-Père, ils veulent tuer tous les chefs des Domaines pour envahir Ténébreuse ! Vancof a demandé à Granfell s'il avait l'intention de débarquer des troupes sur la route ou ailleurs. Ils pourraient faire ça ?

Dans le passé, ils n'auraient pas osé. Mais maintenant – j'aime mieux ne pas y penser.

Nouveau silence pensif et Domenic attendit, très tendu. Qu'est-ce qu'il ferait si Lew lui ordonnait de rentrer ?

Eh bien, Domenic, on dirait que tu t'es mis dans une étrange situation. Et, malgré le risque, tu as raison de vouloir rester où tu es pour le moment. Une nuit à la belle étoile ne te tuera pas.

J'espère bien ! J'ai peur, Grand-Père, mais pas trop. Je veux dire : le cocher m'a vu, mais j'étais en uniforme de Garde, et il se régalait tant à nous injurier qu'il ne m'a sans doute pas regardé. Et je ne m'approcherai pas de lui. Je peux le surveiller de loin. Ou faire semblant de m'intéresser à la fille qui l'accompagnait – elle est très jolie. Ça ne me serait pas pénible de m'intéresser à elle ! Cet aveu le surprit et l'enchanta à la fois.

Tu t'amuses bien, n'est-ce pas ?

Oui, Grand-Père, je m'amuse.

Très bien. Quelqu'un te rejoindra avant le matin – tu ne peux pas continuer tout seul.

Qui ? Toi ?

Non, pas moi. Laisse-moi faire, Domenic. Et ne prends pas de risque. Je ne veux pas avoir à expliquer à ta mère que son premier-né...

Je promets de ne pas me faire tuer !

Parfait.

Empêche-les de me faire rentrer, s'il te plaît !

Non, pas pour le moment. À mon avis, tu n'es pas en danger. Et ça te fait du bien de sortir du Château. Je n'ai jamais approuvé cette façon de nous claquemurer ces dernières années, comme je l'ai souvent dit à qui voulait m'entendre. Et la présence d'un espion terrien parmi les

Baladins prouve que j'avais raison. Quelle couverture parfaite – pourquoi n'y ai-je pas pensé plus tôt? Et combien d'autres ont dû circuler sur Ténébreuse depuis trente ans? Laisse-moi faire. Je suis très fier de toi, Domenic.

Fier?

Tu n'as jamais pris beaucoup d'initiatives, ce qui est une qualité chez un chef, à mon avis. Et cet incident prouve que tu sais te comporter dans une situation difficile.

Je crois que Mère ne sera pas d'accord avec toi. Elle sera furieuse.

C'est très probable, et je n'ai pas fini d'en entendre. Sois prudent, et je te recontacterai ce soir.

CHAPITRE X

Lew revint brusquement à la réalité dans la grande salle à manger, regarda sa main, et s'aperçut qu'il était resté cuillère en l'air pendant qu'il communiquait avec Domenic. Le brouhaha des gens qui mangeaient et bavardaient autour de la longue table lui parut assourdissant après l'intensité du contact d'esprit à esprit, véritable agression contre ses oreilles et ses sens. Il faisait chaud, mais l'onde de crainte qu'il ressentit soudain pour son petit-fils le glaça. Il se força à se ressaisir, à réfléchir calmement et clairement. Quel événement inattendu et indésirable.

Il repassa mentalement les informations que Domenic lui avait transmises, et s'aperçut qu'il n'en était pas vraiment étonné. Ils étaient parvenus à cacher la mort de Régis à la Fédération pendant trois jours, mais il était inévitable qu'ils l'apprennent, et maintenant, c'était fait. Et Belfontaine aurait du mal à résister à la tentation de profiter des remous émotionnels et du changement de gouvernement. À moins qu'il ne refuse de suivre le plan de Granfell. Il savait qu'il y avait entre eux une rivalité larvée, même s'ils n'en avaient pas conscience eux-mêmes. Un sourire joua sur ses lèvres – la télépathie avait parfois de réels avantages, bien qu'il y pensât rarement.

Abaissant sa cuillère, il réfléchit aux deux hommes. Ils étaient ambitieux tous les deux, mais Granfell était entêté et de tempérament explosif. Belfontaine, au contraire, était contrôlé, et utilisait son intelligence et son astuce à son avantage. Mais il était frustré, et cet élément jouerait sans doute en faveur du plan de Granfell. Être posté sur Ténébreuse était une voie de garage dans la bureaucratie de la Fédération, et si la Fédération voulait évacuer la planète, Belfontaine devait agir vite, ou reconnaître sa défaite auprès de ses supérieurs. La leçon de Lein lui avait-elle servi ? Lew en doutait. Les hommes du genre de Lyle Belfontaine n'apprenaient rien de leurs erreurs. Et maintenant, il serait aux abois. Et les hommes aux abois sont toujours dangereux.

Lew parcourut la longue table du regard, et s'aperçut que Gareth Elhalyn le fixait avec insistance. Le jeune homme, fils de Danilo Hastur, détourna vivement les yeux, mais pas avant que Lew n'ait surpris son expression avide. Gareth lui rappela le vieux Dyan Ardais, et il se sentit soudain mal à l'aise. Gareth avait l'air d'un brave garçon, mais Lew le connaissait peu. Il devait avoir les nerfs à bout s'il s'inquiétait d'un enfant de quatorze ans. Et pourquoi Gisela l'observait-elle ? Il n'avait vraiment pas besoin qu'elle recommence à faire des siennes.

Mais elle souriait, et Lew ne parvint pas à se souvenir de la dernière fois où il l'avait vue sourire. Il n'y avait rien d'alarmant dans son regard, puis il réalisa que ce n'était pas lui qu'elle regardait, mais sa voisine, Katherine Aldaran. Et, de plus en plus étonnant, Gisela regardait sa belle-sœur avec tendresse

Katherine terminait son potage ; elle leva les yeux, saisit le regard de Gisela, et lui rendit son sourire, la tension de ses épaules s'atténuant un peu sous le regard de son amie. Il réalisa que son brusque silence avait perturbé Katherine ; elle avait dû comprendre qu'il se servait de son *laran* et croyait sans doute que c'était à cause d'elle. Quand même, elle dissimulait magnifiquement ses craintes, ce qui l'impressionna une fois de plus. Que lui disait-il avant l'intervention de Domenic ? Il ne se rappelait plus...

Vraiment, il commençait à se faire trop vieux pour mener une conversation normale pendant une communication télépathique. Cette idée lui procura une étrange satisfaction – comme il avait de la chance d'être arrivé à l'âge qu'il avait ! Il survivait à beaucoup de ses ennemis, et il avait acquis pas mal de sagesse en route. Mais son cœur se serra au souvenir de tous les amis très chers qu'il avait perdus également.

Lew plongea sa cuillère dans son potage et en mangea une nouvelle cuillerée. Il était tiède et insipide maintenant, et il repoussa son bol. Il se remit à réfléchir à Granfell et Belfontaine, évaluant ce qu'il avait appris sur eux au cours de ses visites au QG. Leurs pensées superficielles étaient similaires, pleines d'ambition et de la nostalgie du pouvoir. Lew n'avait jamais bien compris cette tournure d'esprit, même s'il rencontrait beaucoup de gens de mêmes dispositions. Il se demanda si Lyle Belfontaine avait la moindre idée de l'ambition de son subordonné, et s'il pourrait utiliser cela à l'avantage de Ténébreuse.

De l'autre côté de la table, Javanne Hastur attachait sur lui un regard de basilic, ses yeux plutôt protubérants exorbités de suspicion. Katherine remua avec gêne sur sa chaise, croyant que ce regard lui était destiné, et Lew en entendit craquer le bois. Il rendit son regard à Javanne avec un sourire affable, sachant que cela la contrarierait énormément. Dommage qu'ils aient tant de vieux comptes à régler. Javanne était une femme intelligente, dont l'entêtement et la mesquinerie venaient de sa frustration et de son sentiment d'impuissance. Lew tourna les yeux vers Katherine, et la trouva vraiment ravissante dans la robe de drap blanc aux broderies noires qu'il avait offerte à sa fille des années auparavant. Les couleurs lui seyaient à merveille, et la coupe soulignait le léger renflement de sa poitrine, d'autant plus provocant qu'il était subtil. Elle lui plaisait, et il pensa qu'Hermès avait de la chance d'avoir trouvé une telle épouse. Puis, au haut bout de la table, Mikhaïl haussa un sourcil interrogateur à son adresse, et l'énormité de sa promesse à Domenic le frappa. Il aurait dû lui dire de rentrer ! Comment allait-il annoncer la nouvelle à Mikhaïl, et, à plus forte raison, à Marguerida ?

– Pardonne-moi, *Domna* Katherine, je n'ai aucune idée de ce dont nous parlions – quelque chose m'est passé par la tête et j'ai complètement perdu le fil de mes idées.

– Qu'est-ce que tu mijotes ? demanda Javanne, méfiante.

Lew ne répondit pas immédiatement, mais observa cette femme qu'il connaissait depuis plus de six décennies. Le temps avait été clément pour elle ; ses cheveux roux étaient devenus aussi blancs que ceux de Régis, mais elle n'avait pas de rides et ne paraissait pas son âge. Il se demanda si son tempérament combatif la conservait – car les années ne l'avaient pas mûrie, et il pardonnait presque à son petit-fils d'avoir fait une fugue pour l'éviter. Elle avait toujours été têtue et difficile à vivre – un vrai bulldozer –, même dans sa jeunesse, mais il n'avait jamais pensé qu'elle était méchante ou malfaisante. Comme lui, elle se cramponnait opiniâtrement à ses opinions.

– Mère, cesse de harceler Lew comme s'il était né uniquement pour te contrarier.

Un instant, on put craindre que cette remarque du plus jeune et du moins aimé de ses fils ne la fasse exploser. Mais elle se domina, comme si la présence de Katherine Aldaran la faisait hésiter. Lew ne put s'empêcher d'admirer l'astuce de sa fille dans le placement des convives. Elle avait mis Gabriel Lanart-Alton à sa droite et Javanne près de Mikhaïl, séparant le couple par toute la longueur de la table. Puis elle avait placé Lew en face de Javanne, pour détourner sa colère de Mikhaïl, et lui avait donné Katherine pour voisine, afin de lui assurer un semblant d'égards. Sous la tutelle de Dio, pendant les dernières années de sa vie, la jeune universitaire empotée était devenue une hôtesse parfaite et très politique, capable d'assumer avec grâce les situations les plus délicates. Il tourna la tête vers sa fille, et, sentant son regard sur elle, elle le regarda, un peu perplexe. Il s'abandonna un instant à l'amour profond qu'il ressentait pour son unique enfant, puis se retourna vers Javanne, dans l'attente de sa réponse.

– Je n'imagine pas que Lew est né uniquement pour m'irriter, quoiqu'il m'en donne souvent l'impression.

Cet aveu avait le son de la sincérité.

– Mais il a passé trop d'années loin de Ténébreuse pour que je lui fasse totalement confiance. Je crois qu'il est trop ami de la Fédération pour le bien général.

C'était un grief qu'elle ressassait depuis des années, et il n'en fut pas troublé le moins du monde. De plus, Javanne était sincèrement bouleversée par la mort de son frère et par le fait qu'on l'ait tenue dans l'ignorance de sa crise cardiaque. Elle ne savait pas que Dame Linnéa s'était montrée intraitable sur ce point, et il espérait qu'elle ne le saurait jamais. Sans aucun doute, elle pensait que c'était la faute de Lew, et c'était tant mieux. Ce qu'elle recherchait, c'était une bonne dispute, pour donner libre cours à ses émotions tumultueuses.

– Dis-moi, Javanne, si tu avais le choix, qu'est-ce que tu aimerais mieux : un ennemi que tu pourrais voir ou un ennemi invisible ?

Elle cligna des yeux, puis fronça les sourcils.

– Un ennemi que je pourrais voir, évidemment. Quelle idée de poser une question pareille !

Elle rougit, comme si elle le soupçonnait de se moquer d'elle.

– Sage réponse. C'est pourquoi tant que les Terriens maintiennent une présence sur Ténébreuse, nous pouvons les surveiller. Mais je crains fort que ton souhait de les voir partir ne soit sur le point de se réaliser. Actuellement, ils ont l'intention de se retirer dans un mois, de leur propre aveu.

Elle étrécit les yeux.

– Et quand as-tu l'intention d'annoncer cette merveilleuse nouvelle ?

Elle semblait mécontente, mais encore plus soupçonneuse.

– À la réunion du Conseil, Mère, quand tous seront présents et l'entendront en même temps, avec tous les détails que nous possédons pour le moment.

– Très bien, admit-elle à contrecœur. Je suppose que tu es déçu de cette décision, lança-t-elle à Lew, cherchant toujours un sujet de querelle.

– Pas du tout. Le Chef de Station est un vrai casse-tête depuis son arrivée, et l'Administrateur Planétaire n'est qu'une potiche incapable de le contrôler. Les changements politiques survenus dans la Fédération n'ont pas été à notre avantage. Et je ne regretterai pas un instant Lyle Belfontaine. Mais j'avoue être plus qu'un peu inquiet de leur plan d'évacuation.

Il sentait que Katherine l'écoutait avec attention. Un serviteur prit son bol et le remplaça par un pâté de lapin cornu en croûte entouré de carottes. Cela lui mit l'eau à la bouche, et il espéra que Javanne n'allait pas lui couper l'appétit avec ses piques incessantes.

– Inquiet ?

Il y avait une nuance de prudence dans le ton, car, même s'ils étaient en désaccord sur presque tout ce qui concernait Ténébreuse, elle avait du respect pour son flair politique.

– Oui, Javanne, inquiet. Quand ils auront abandonné astroport, nous ne pourrons plus surveiller ce qu'ils font.

– Mais quelle importance ?

– Tu n'es pas stupide, ma cousine. Réfléchis ! Sans une présence sur la planète et leurs propres ressortissants à considérer, rien n'empêche les Terriens d'envahir Ténébreuse par la force.

Les yeux lui sortirent de la tête.

– Je n'avais pas... tu essaies de m'effrayer, Lew Alton !

– Pas du tout !

Il fit une pause, espérant éviter la confrontation que Javanne recherchait si ardemment. Quand le Conseil se réunirait, il y aurait assez de désaccords et de vociférations pour satisfaire tout le monde. Il décida d'adopter une autre tactique pour la distraire de son idée fixe.

– Mais si c'était le cas, je ne ferais que te rendre la monnaie de ta pièce pour cette histoire de fantôme que tu m'as racontée quand j'avais douze ans. J'en ai fait des cauchemars pendant des semaines. Javanne est une conteuse extraordinaire, dit-il à Katherine, désirant la mêler à la conversation. Et elle peut glacer le sang de ses interlocuteurs avec le minimum de mots.

Je le crois sans peine. Elle me rappelle ma Tante Tansy, toujours si sûre de savoir gouverner la vie des gens mieux qu'eux.

– Nous avons beaucoup d'histoires de ce genre sur Renney, mais je n'ai jamais eu beaucoup de goût pour elles. Quand j'avais cinq ans, on m'a emmenée dans une futaie hantée, et j'ai eu une peur effroyable, répondit-elle, le gratifiant d'un de ses remarquables sourires, comme si elle comprenait ses intentions, et, de nouveau, il se surprit à penser qu'Herm avait une sacrée chance.

– Curieux que tu te souviennes de ça, dit Javanne, flattée, et toute à son avantage avec une rougeur seyante colorant son teint clair, et ses yeux qui brillaient de plaisir.

– Cette histoire a exercé une grande influence sur ma vie, dit-il, imperturbable.

– Tu crois vraiment que la Fédération essaierait de... d'envahir Ténébreuse, Lew ? dit-elle, suffisamment mollifiée par l'histoire de fantôme pour renoncer à sa rancune et se montrer courtoise.

– Je ne sais pas, mais j'avoue que ça m'inquiète.

Javanne le regarda fixement, des émotions conflictuelles jouant sur son visage.

– Tu parles sérieusement, n'est-ce pas ?

– Très sérieusement.

Javanne baissa la tête et mangea une bouchée de lapin cornu. Elle mastiqua, avala, but une gorgée de vin, puis regarda Lew, l'air pensif et moins coléreux.

– Je crois que j'ai été malavisée dans mes tentatives pour empêcher les Terranans de... pardonne-moi, mon cousin. Je vois que je n'ai pas respecté tes efforts comme je l'aurais dû.

– Il n'y a rien à pardonner, dit-il, stupéfait de ces excuses si peu dans son caractère.

Il y avait au contraire beaucoup à pardonner, à commencer par son rejet de Domenic. Mais pour le moment il jugea plus sage de profiter de ses meilleures dispositions plutôt que de régler de vieux comptes. Sans doute qu'elle comploterait avec *Dom* Francisco Ridenow dès la fin du repas, car elle ne pouvait pas résister à la tentation d'intriguer.

– Nous voyons les choses d'un œil différent, mais nous voulons tous deux le bien de Ténébreuse.

Javanne acquiesça de la tête, puis regarda Danilo Hastur, assis près de sa mère vers le centre de la tablée, bien à l'écart des convives les plus explosifs.

– Oui, c'est vrai, dit-elle enfin, jetant à Mikhaïl un regard dépourvu d'aménité, avant de ramener son attention sur son assiette.

Il faut que je te voie après le dîner, Mikhaïl – c'est important.

Oh, non! Encore des alarmes et des excursions! Par Aldones, je voudrais que Régis ne m'ait jamais choisi pour héritier! Enfin – dans mon bureau. Au moins, ça m'éloignera de ma mère.

Deux heures plus tard, Lew Alton et Mikhaïl Hastur étaient dans le bureau délabré mais confortable où tant de décisions importantes avaient été prises. Danilo Syrtis-Ardais, Donal Alar et Hermès Aldaran étaient là également. Lew regarda Mikhaïl, se mordillant pensivement les lèvres. Son gendre avait l'air épuisé, et il ne se sentait pas en grande forme lui-même. Le dîner lui avait paru interminable malgré l'excellence de la nourriture et l'agrément de la compagnie de Katherine Aldaran. Il était nerveux, sachant que son petit-fils était seul dans une situation douteuse. Il était peu probable qu'il lui arrive malheur entouré d'une foule si nombreuse, mais il se demandait quand même s'il n'aurait pas mieux fait de lui dire de rentrer au lieu de rester où il était.

Javanne, remise de son accès de bonne humeur, avait retrouvé son caractère batailleur, et il avait fait appel à toute son énergie pour ne pas se disputer avec elle. Cela lui avait gâché le plaisir du repas, jusqu'au moment où il avait pensé à interroger Katherine sur la futaie hantée de son enfance. La conversation s'était alors engagée sur des voies moins dangereuses, et au bout d'un moment, Javanne avait cessé de les critiquer, Mikhaïl et lui, pour des choses ne dépendant pas d'eux.

Après le dessert, Javanne, tout sourire, était descendue sur Danilo Hastur, et Lew l'avait observée, partagé entre l'amusement et la contrariété, tant ses intentions étaient transparentes. Elle ne s'était jamais résignée à son choix du Domaine Elhalyn de préférence au Domaine Hastur, et il était clair qu'elle allait tenter de le faire revenir sur sa décision. Dani avait poliment éludé ses attentions, puis Gareth avait dit quelque chose qui l'avait fait rire et elle avait ébouriffé tendrement ses fins cheveux dorés. Lew, voyant Javanne se remettre à harceler son neveu Dani, surprit de nouveau Gareth à le fixer, une expression indéchiffrable sur son beau visage. Dani semblait hagard, et sur le point de perdre son calme coutumier, et finalement, *Dom* Gabriel était intervenu et avait traîné son assommante épouse hors de la salle à manger pour rentrer dans leurs appartements.

Ce moment anodin lui revint. Il y avait anguille sous roche, quelque chose se préparait dont il n'avait pas connaissance, et il savait qu'il ne pourrait pas concentrer son attention sur le problème tant qu'il n'aurait pas résolu à sa satisfaction l'énigme qu'était Gareth Hastur-Elhalyn. Le garçon n'avait jamais manifesté aucun intérêt à Javanne lors de ses deux précédentes visites au Château Comyn. Alors, pourquoi ne la quittait-il pas d'une semelle maintenant? Et il était près d'elle avant le repas également!

Considérant l'ameublement confortable du bureau, Lew repensa à une autre réunion mémorable, quinze ans plus tôt. Il se rappelait l'atmosphère tendue, et la voix craintive et anxieuse de Dani Hastur disant à son père qu'il ne désirait pas être l'héritier d'Hastur. Sur quoi, Lew résolut son énigme. Son estomac se noua. Comment avaient-ils pu être assez bêtes pour ne pas prévoir que le fils de Dani se sentirait dépouillé d'un héritage qu'il aurait pu avoir n'était le renoncement de son père ? La royauté des Elhalyn n'était rien, comparée au pouvoir réel qu'avait exercé Régis, et ne l'égalerait jamais. S'il ne se trompait pas, et Lew était certain d'avoir raison, Gareth était l'allié naturel de Javanne. Il n'avait pas encore été déclaré officiellement héritier d'Elhalyn – il était encore un an trop jeune – et il devait donc espérer une dénonciation de l'accord conclu entre Régis et Mikhaïl ! Et Javanne saisirait l'occasion à deux mains ! Il réprima un gémissement.

Domenic avait vraiment choisi le mauvais moment pour faire une frasque stupide, si peu dans son caractère. C'était heureux, en ce sens qu'il avait découvert un complot – dont il ne sortirait peut-être rien –, mais malheureux en ce sens que son absence allait causer certains problèmes. Il soupesa mentalement la situation, considérant les divers scénarios possibles. Au bout de quelques secondes, il décida que l'expression de Gareth ne lui plaisait pas du tout. Domenic était peut-être davantage en sécurité hors du Château que dedans. Puis il fut atterré par le cynisme de cette pensée. Gareth n'était qu'un adolescent ! Il devait être plus fatigué qu'il ne croyait pour entretenir de telles idées. D'autre part, un accident pouvait toujours arriver, et il valait mieux avoir des remords que des regrets. S'il avait tort, il avait tort ; mais si son esprit soupçonneux avait découvert quelque chose justifiant son inquiétude, il devait procéder avec prudence.

Impitoyable, Lew envisagea les possibilités. Si quelque chose arrivait à Domenic – qu'Aldones le protège ! –, Mikhaïl avait un autre fils. Mais Rhodri, tout sympathique qu'il était, n'avait pas une tête faite pour le gouvernement, et il ne voyait personne, pas même Javanne, suggérant qu'il devrait être nommé héritier.

Sans Domenic, le choix logique serait Gareth Elhalyn, ce qui aurait la totale approbation de Javanne et de plusieurs membres du Conseil. Garder Domenic à l'écart du Château lui sembla soudain une très bonne idée ! Il imaginait sans doute des complots où il n'y en avait pas, et il n'en parlerait pas pour le moment, mais il garderait l'œil sur Gareth, juste en cas.

Ayant réglé ce point dans son esprit, Lew repassa mentalement ce que Domenic lui avait dit, pour être sûr qu'il n'avait pas oublié un détail important. Plus il y pensait, plus il était certain que Belfontaine tenterait quelque chose. Peut-être pas exactement ce que Granfell avait proposé, mais il imaginait plusieurs actions que Belfontaine pourrait tenter, dont l'occupation du Château Comyn. Lew ne pouvait pas être certain de ce que ferait Belfontaine, mais il était sûr que ce petit homme saisirait l'occasion de réaliser ses ambitions. Ce serait trop tentant. Ils devaient donc agir comme si le complot surpris par Domenic était réel, jusqu'à preuve du contraire. Lew ressentit une bouffée d'excitation – qui adoucit un instant le chagrin toujours présent de la mort de Régis. Soudain, il fut très content de l'escapade de son petit-fils. Même s'il ne se passait rien, c'était pour lui une excellente expérience.

Lew avait dit à Domenic de le laisser faire, mais maintenant que le moment était venu, il ne savait pas comment commencer. Il avait souvent pris les choses sur lui, mais dans le passé il n'avait pas toujours choisi avec sagesse.

Il embrassa la pièce du regard. Donal Alar était debout derrière Mikhaïl, son jeune visage empreint d'une grande solennité. Danilo Syrtis-Ardais avait une mine épouvantable, son visage généralement pâle maintenant gris et tiré, et seul Hermès Aldaran ne semblait pas sur le point de s'évanouir. La douleur de la mort de Régis les avait tous très affectés, mais Danilo, le compagnon de toute une vie, était sans doute le plus atteint.

– Pourquoi voulais-tu me parler, Lew ? dit Mikhaïl, d'une voix lasse et rauque de fatigue. J'ai assez parlé ces jours-ci pour me taire jusqu'au Solstice d'Hiver, et la fin n'est pas en vue.

– Oui, je sais. C'est presque aussi dur que lorsque tu es revenu du passé, non ?

– Pire. J'avais vingt-huit ans à l'époque, pas quarante-trois, et je récupérais plus vite.

– Eh bien, mon fils, j'ai quelques nouvelles.

– J'ai vu que quelque chose t'interrompait au milieu de ton potage. Ça n'aurait pas pu attendre à demain ?

– Domenic s'est enfui du Château.

Il aurait voulu adoucir le coup, mais il ne vit pas comment.

Mikhaïl le regarda, bouche bée, Danilo ravala son air. Donal haussa les sourcils, et Hermès eut l'air perplexe.

– Bon sang, qu'est-ce que ça signifie, Lew ? dit sèchement Mikhaïl en s'empourprant. Domenic est au lit avec un rhume, ou autre chose.

– Je crains que non. Il a fait semblant d'être malade pour sortir en catimini et aller voir les Baladins devant la Porte Nord.

À l'évidence, Mikhaïl était furieux, sur le point de perdre son sang-froid, et Lew regretta sa brutalité.

– Domenic est dehors au milieu de la nuit avec...

– Attends, mon fils. Juste parce que Domenic n'a jamais fait de bêtises ne voulait pas dire qu'il n'en ferait jamais. Il n'est pas en danger. Et il a eu le bon sens de m'appeler, plutôt que toi ou sa mère. Il savait que vous seriez furieux.

Lew réprima ses propres craintes pour l'aîné de ses petits-fils, seul dans un champ en dehors de la cité. Il était peu probable qu'on le reconnaisse, car il ne sortait du Château que pour son service dans la Garde, mais il y avait toujours une chance. Pourtant, il était perdu dans la foule, et connaissant Domenic, il se garderait d'attirer l'attention. Il allait se contenter de ça pour le moment.

Mikhaïl maîtrisa sa colère au prix d'un effort visible. Puis un début de sourire commença à jouer sur ses lèvres. Il branla du chef, et passa sa main non gantée dans ses épais cheveux bouclés, et toujours blonds.

– Il s'est sauvé ? Il a mal choisi son moment pour faire une bêtise, et je ne m'attendais pas... Rhodri, oui, mais pas Domenic. S'il t'a contacté, pourquoi n'as-tu pas dit à ce gredin de rentrer immédiatement ?

– C'est que l'histoire n'est pas finie, et que la suite n'est pas aussi innocente, j'en ai peur.

– Tu ne veux pas dire qu'il a été kidnappé ou autre chose ? intervint Danilo.

– Non. À ma connaissance, il est libre et assis près d'un feu pour se réchauffer. Non, la mauvaise nouvelle, c'est que Domenic est tombé sur un complot.

– Quoi !

Le calme superficiel de Mikhaïl s'envola.

– Un complot ? Raison de plus pour le faire...

– Mikhaïl, c'est un homme, malgré sa jeunesse. Et s'il n'avait pas été là-bas, nous n'aurions jamais soupçonné que les Terriens envisageaient d'attaquer le convoi funéraire et de te faire assassiner !

Il dit cela tout à trac, plus brusquement qu'il n'en avait l'intention, ce qui eut pour effet de tarir toutes les questions. Mais tout le monde le regarda comme s'il avait perdu l'esprit.

– C'est pourquoi Domenic n'est pas rentré – il a préféré rester là-bas pour surveiller la situation. Il a vu le visage d'un des conspirateurs, et il peut décrire les deux autres. Et je lui ai promis de lui envoyer quelqu'un à la Porte Nord. Mais qui ?

– Me tuer... dit Mikhaïl, atterré. Mais pourquoi ?

– Quoi de mieux pour acquérir le contrôle de Ténébreuse ?

– Mais je croyais que la Fédération évacuait la planète.

– C'est notre information actuelle, oui. Mais il semble que les Services Secrets de la Fédération aient utilisé des Baladins comme espions, et je me demande depuis quand ça dure. Cela expliquerait les quelques incidents qui m'ont troublé ces dernières années.

Danilo acquiesça de la tête, son visage épuisé s'animant un peu, comme si cela le distrayait de son chagrin.

– Cela répond à plusieurs questions, non ? Les Baladins ! Quels imbéciles de ne pas y avoir pensé plus tôt.

– Et pourquoi aurions-nous soupçonné une troupe de comédiens d'être autre chose que ce qu'ils paraissaient ? D'ailleurs, c'est sans doute le cas de la plupart – ce sont des comédiens et des jongleurs.

– Que s'est-il passé exactement ? intervint Mikhaïl avec colère. Commence par le commencement avant que je devienne complètement fou !

– Oui, bien sûr.

Lew mit de l'ordre dans ses idées.

– Ce matin, pendant qu'il était de service, Domenic a vu un chariot de Baladins passer devant le Château – oui, oui, je sais qu'ils n'ont rien à faire à Thendara en cette saison. Il y avait une fille et...

– Ah, une fille ! s'écria Donal avec un grand sourire. Ce n'est pas trop tôt.

– Peut-être.

Lew lança un bref regard au jeune écuyer, content que l'interruption ait un peu détendu l'atmosphère.

– Bref, elle semble lui avoir dit qu'ils donnaient une représentation ce soir à la Porte Nord, et, sur un coup de tête, Domenic a décidé d'aller y assister – surtout pour éviter Javanne, je crois. Il a vu deux hommes en uniforme terrien, et cela a éveillé sa curiosité. Quand ils ont cessé de regarder les Baladins, il les a suivis furtivement pour découvrir ce qu'ils mijotaient – c'est plutôt brave de sa part. L'espion, qui est le cocher d'un des chariots, leur a dit que Régis n'était plus.

Lew fit une pause, pour choisir ses paroles.

– Cette nouvelle a suffi pour que Miles Granfell...

– Granfell – ça ne m'étonne pas ! dit Danilo d'un air sombre. Je ne l'ai pas vu aussi souvent que toi, Lew, mais il m'a toujours fait l'effet d'un arriviste.

– Oui, et opportuniste en plus, semble-t-il. Il sait que nous conduisons nos souverains défunts au *rhu fead* et il semble avoir réalisé que ce serait une bonne occasion pour massacrer toutes les familles des Domaines, puisque la plupart d'entre nous accompagnerons le convoi funéraire.

Lew fit une pause pour voir leurs réactions, mais ils étaient tous trop frappés de stupeur pour émettre un son.

– Il semble que l'idée lui soit venue sur le moment, et il n'a pas encore l'approbation de Lyle Belfontaine. Mais, connaissant notre Chef de Station comme je le connais, je l'imagine mal négliger ce qui pourrait être sa dernière chance d'amener Ténébreuse dans la Fédération, au lieu de partir en vaincu dans un mois. Pour le moment, ce n'est qu'un plan, pas un complot proprement dit, mais Domenic a senti que les intentions de Granfell étaient sérieuses.

– Domenic n'a aucune expérience des espions et des intrigues ! Il doit rentrer immédiatement !

– Pas si vite, Mikhaïl, commença Danilo avec calme. À l'âge de Domenic, tu avais déjà combattu les incendies dans les Kilghard, participé au moins à une chasse aux catamounts, et fait des tas de choses dangereuses. Je crois que c'est bon pour lui de poursuivre cette aventure, car, comme Lew, je n'ai jamais approuvé l'insistance de Régis à nous claquemurer tous au Château, à nous taper sur les nerfs aux uns et aux autres, et à tout le temps surveiller des assassins éventuels par-dessus notre épaule. Certes, il ne doit pas rester seul, mais je ne vois pas l'utilité de le traîner à la maison comme s'il était incapable de se débrouiller une nuit. La seule question, c'est de savoir qui est la meilleure personne à lui envoyer. À mon avis, ça ne servirait pas à grand-chose de répandre la nouvelle de son absence, mais je crois qu'il...

Donal, l'air embarrassé, intervint.

– *Dom* Danilo a raison. Domenic a besoin d'expérience, parce que pour le reste, il est très intelligent.

Mikhaïl tourna la tête pour regarder son écuyer, l'air troublé. Puis il ramena son regard sur Lew, et son visage changea.

– Peut-être, mais ça ne me plaît pas. *Il y a autre chose, n'est-ce pas, Lew ? Tu ne me dis pas tout.*

Oui, il y a autre chose. Ce n'est qu'un soupçon, mais je crois que Domenic est plus en sécurité où il est qu'au Château Comyn pendant les jours qui viennent.

238

Quoi ! Tu n'imagines quand même pas que ma mère...

Non, il s'agit d'autre chose, Mikhaïl. Mais épargner à ton fils la fureur de Javanne, c'est leur rendre service à tous les deux, tu ne trouves pas ?

Va au diable ! Bon, garde tes secrets pour toi. Je te fais confiance.

Crois-moi, Mikhaïl, je te dirai si j'ai eu tort ou raison dès que j'en serai sûr.

Au moins, je n'ai pas à regarder ma mère comme si elle complotait...

Le meurtre n'est pas le style de Javanne, mais il en est d'autres qui auraient peut-être moins de scrupules.

Dom Damon ?

C'est une possibilité, et Dom Francisco Ridenow en est une autre.

C'est bon – mais j'espère que tu es très prudent.

Je l'espère aussi – mais que Donal garde bien tes arrières !

— Moi, j'irai.

Hermès remua dans son fauteuil, le visage indéchiffrable.

— Toi ? dit Danilo, l'air interrogateur.

— Oui. Personne ne connaît ma tête, et ce ne sera pas la première fois que j'agirai clandestinement, Danilo. De plus, si je suis pas au Château Comyn, vous pouvez difficilement me livrer à Lyle Belfontaine, dit-il avec un sourire en coin, l'air jubilant et gêné à la fois. Non que vous en ayez l'intention, mais maintenant vous pourrez lui dire que je ne suis pas là et l'envoyer au diable. Ça te ferait plaisir, n'est-ce pas, Mikhaïl ?

— Plus que tu ne l'imagines.

— Mais tu n'as pas vécu sur Ténébreuse depuis si longtemps, Herm, commença Danilo. Tu ne penses pas que moi ou un autre...

— Pardonne-moi, mais tu es beaucoup trop connu, Danilo, comme Lew d'ailleurs, et tous ceux en qui vous auriez assez confiance pour les charger de cette mission. Mais moi j'ai toujours tenu ma vilaine tête à l'écart des infomédias, de sorte que je suis très peu connu même dans la Fédération et un parfait inconnu sur Ténébreuse. Bon sang, c'est tout juste si Gisela m'a reconnu ! Et de plus, il n'y a personne sur Ténébreuse aussi au courant des intrigues de la Fédération.

— Oui, c'est assez vrai, reconnut Danilo à regret. En effet, si tu vas le rejoindre et découvres ce qui se passe...

Il laissa sa phrase en suspens, les yeux plus brillants qu'un moment plus tôt.

— Que Zandru emporte les Terranans et leurs plans crapuleux ! s'écria Mikhaïl, pâle de colère. Que serions-nous devenus si Domenic n'avait pas été là pour surprendre leurs intentions ?

Il enfouit la tête dans ses mains, secoué de tremblements. Puis il se redressa lentement. Il était livide, sa colère disparue, remplacée par la résignation et le désespoir.

— Mon premier mouvement serait d'arrêter ces hommes — exactement ce qu'il ne faut pas faire. Au diable Régis qui est mort au mauvais moment !

— Je suis bien d'accord, remarqua Lew.

Le pire était passé, il le savait, mais il n'était pas pressé de mettre sa fille au courant.

— Hermès est exactement l'homme de la situation. Entre sa connaissance de la Fédération, sa ruse innée et l'intelligence de Domenic, nous devrions pouvoir éviter tout désastre. Et il n'arrivera peut-être rien, si Belfontaine ne veut pas risquer une enquête, ou s'il n'a pas le temps d'organiser une embuscade. Mais je préfère envisager le pire, et tu le devrais aussi.

— Très bien. Rejoins Domenic, Herm, dis-lui de tout te raconter, puis renvoie-le...

Danilo s'éclaircit discrètement la gorge, et tous le regardèrent.

— À mon avis, il vaudrait mieux que Domenic reste avec Herm : un homme accompagné d'un enfant attire moins l'attention que seul. De plus, n'oublions pas que Domenic a le Don des Alton, ce qui pourrait être très utile en la circonstance.

— Mais le danger...

– ...Est minime, Mikhaïl, dit Danilo avec calme, comme s'il avait déjà envisagé toutes les possibilités et les avait trouvées à sa portée. Il a déjà montré qu'il est assez astucieux pour sortir du Château Comyn sans se faire remarquer, et assez intelligent pour contacter Lew quand il s'est trouvé devant un problème qui le dépassait. Il sera en sécurité avec Hermès, et à eux deux, ils découvriront s'il y a lieu de nous inquiéter de ce complot. Je suis certain qu'Herm veillera à ce qu'il ne lui arrive rien.

– Ça ne me plaît pas, mais tu as sans doute raison, grimaça Mikhaïl. Ce qui me laisse la tâche enviable de mettre Marguerida au courant ! ajouta-t-il, avec un grognement pathétique.

Puis il émit quelque chose comme un gloussement, et branla du chef.

– L'ironie, c'est qu'en toute autre circonstance, j'aurais été ravi que Domenic fasse une fugue.

– Comme nous tous, mon fils, dit Lew.

Hermès resta immobile un moment, comme plongé dans de profondes réflexions. Puis il se leva et hocha la tête.

– Je veillerai sur lui comme sur mon propre fils.

CHAPITRE XI

Quand Hermès rentra dans ses appartements, Katherine, assise sur un canapé du salon, dessinait, un carnet de croquis sur les genoux. Elle avait ôté la robe blanche qu'elle portait au banquet, et l'avait remplacée par une sorte de cafetan informe d'un brun qui ne lui allait pas. Ses cheveux nattés en une longue tresse lui tombaient jusqu'au milieu du dos, et elle avait des taches de fusain sur les joues, comme quelque sauvagesse se préparant pour un rite. Elle leva les yeux au bruit de ses pas et l'accueillit d'un sourire.

– Où étais-tu passé ? Tu as disparu après le dîner, me laissant à la merci de Dame Javanne, qui a feint de tout vouloir savoir de moi. Heureusement, Gisela est venue à mon secours en détournant son attention. Ce doit être déprimant d'avoir une telle belle-mère, et je les plains, elle et Marguerida.

L'incident semblait l'amuser, et elle était plus détendue que depuis des jours.

– Lew avait des problèmes à discuter, dit-il, retombant dans sa vieille habitude de ne rien révéler à personne, même à son épouse bien-aimée.

Puis il se raidit, réalisant qu'il n'avait guère pensé à elle dans la proposition impulsive qu'il avait faite au bureau. Où avait-il la tête ?

– Et maintenant, je dois m'absenter quelques jours, ma chérie.

– T'absenter ? Pourquoi ? Pour aller où ? dit-elle, lui lançant un regard pénétrant.

– Une nouvelle éventualité dont je dois m'occuper.

Katherine posa son carnet et se leva, fronçant les sourcils maintenant.

– Ça ne me plaît pas.

– Je suis désolé, Katherine.

– Et tu ne vas pas me dire ce qui se passe, n'est-ce pas ?

– Non.

– Pourquoi ?

– Parce que moins tu en sauras, moins tu auras de chances de dire une parole malheureuse à portée d'oreilles indiscrètes.

– Et de qui pourrait-il s'agir ? demanda-t-elle avec un calme orageux, la colère montant lentement en elle.

– Je ne peux pas te le dire non plus.

Il ne voulait pas lui rappeler qu'elle était entourée de télépathes et qu'elle pourrait révéler quelque chose sans le vouloir. Cette idée la mettait déjà trop mal à l'aise. Et il ne voulait pas lui dire non plus qu'il trouvait très louche l'intérêt soudain que lui portait sa sœur. Sans qu'il pût l'expliquer, cela ne lui semblait pas dans le caractère de Gisela. Le peu qu'il l'avait vue depuis son arrivée l'avait plongé dans la perplexité. Un instant, elle manifestait une joie presque hystérique, et l'instant suivant elle était silencieuse et réservée. Cela ne ressemblait pas à la jeune fille de son souvenir, et il aurait voulu mettre Katherine en garde, afin qu'elle ne lui fasse pas trop confiance. Par ailleurs, il savait qu'il était important pour Katherine de se faire des amis pour s'adapter à sa nouvelle vie, alors, il tint sa langue. Il devrait s'en remettre au bon sens dont Katherine avait toujours fait preuve dans ses rapports avec les gens. Malheureusement, ce n'était pas chose facile pour lui, vu qu'il se fiait à très peu de personnes, à part sa femme et ses enfants, et à l'exclusion de son père et de sa sœur.

Hermès ne voulait pas croire sa sœur capable de véritable perfidie, mais elle avait été élevée avec toute la fureur rentrée que ressentait *Dom* Damon de son manque de pouvoir. Et épouser Rafaël, qui n'était pas son premier choix, il le savait, avait dû porter un coup terrible à son orgueil et à son ambition. Dans le passé, Gisela ne s'était jamais résignée au second choix, et il la soupçonnait d'être très malheureuse. Il soupira.

Ses pensées se détournèrent de Gisela pour se porter sur son père, qui arriverait dans quelques jours. Il tressaillit, réalisant qu'il avait sauté sur l'occasion de rejoindre Domenic pour retarder d'autant la rencontre redoutée. Bien qu'il n'ait pas vu *Dom* Damon depuis près d'un quart de siècle, il n'avait jamais perdu son impression d'aliénation. Si le peu qui avait échappé à Lew et Mikhaïl était vrai, le temps n'avait pas mûri le chef du Domaine Aldaran. *Dom* Damon avait toujours affirmé que seuls les Hastur l'empêchaient de réaliser ses plans, même si ces plans étaient toujours demeurés un mystère.

Mais il n'y avait pas que le désir de fuir son père. Sur le vaisseau, il ne pensait qu'à atteindre Ténébreuse pour mettre sa femme et ses enfants en sécurité. C'était fait, mais il avait le sentiment que rien n'avait tourné comme il l'espérait. Le Château Comyn lui rappelait trop son adolescence dans les Heller. Il avait été très malheureux dans le Donjon Aldaran, plein de personnalités conflictuelles qui ne mâchaient pas leurs mots, et bloqué par la neige la plus grande partie de l'année. Rationnellement, il savait que c'était différent, mais au bout de deux jours seulement il avait l'impression que c'était la même chose.

Et puis il y avait l'autre problème, celui auquel il avait refusé de réfléchir pendant dix ans : Katherine n'était pas télépathe. Il repensa à leur conversation du matin, et regretta qu'elle lui eût confié ses craintes. Il ne pouvait rien y faire, et il détestait les situations sur lesquelles il n'avait aucun pouvoir.

Il alla dans la chambre, et fouilla dans le placard, à la recherche d'une tenue simple. Les servantes avaient déniché pas mal de vêtements dans les greniers encombrés du Château, et il avait maintenant un choix assez étendu à la fois de tuniques de cérémonie, comme celle, brodée et assez inconfortable qu'il portait en ce moment, et de tenues plus ordinaires que portaient journellement les Ténébrans. Katherine le suivit et le regarda choisir une tunique plutôt usée, sans aucun ornement, et dont l'ourlet et les poignets s'effilochaient un peu.

Il sentait son regard entre ses épaules, qui s'efforçait de le pénétrer, furieux et frustré. Elle s'éclaircit la gorge.

— Hermès, il vaudrait peut-être mieux que je retourne sur Renney avec les enfants pendant que c'est encore possible. Au moins, là-bas, il fait chaud, et personne n'a de secrets pour moi.

Il pivota sur lui-même, atterré et terrorisé. Il la regarda fixement, soudain plein d'un sentiment d'impuissance. Il n'avait jamais imaginé que ça en viendrait là ! Puis il secoua la tête, refusant de la prendre au sérieux.

— Non, ne fais pas cela, ne me menace pas, Kate. Je n'ai pas le temps de discuter maintenant !

Il sentait la colère battre dans ses veines, et, sous-jacente, la terreur nue qu'elle ne mette sa menace à exécution.

— Va au diable ! Tu n'as *jamais* le temps ! Depuis notre arrivée sur Ténébreuse, tu te claquemures avec les autres, à faire des complots dont j'ignore tout. Je n'avais jamais vu si clairement cet aspect de ta personnalité, et il ne me plaît pas. Tu t'amuses peut-être beaucoup, mais pas moi ! Et tu ne peux pas m'empêcher de partir si je le décide.

Son visage, habituellement pâle, était maintenant livide de fureur contenue.

Debout devant le placard, Hermès tortillait gauchement la tunique.

— Oui, je peux partir, et je partirai si tu m'y forces.

Il devait trouver le moyen de contrôler la situation.

Elle traversa la pièce et le gifla avant qu'il n'ait compris son intention. La gifle lui fit mal, et il sentit sa peau rougir.

– Va au diable ! Tu me traites comme une étrangère !

Il porta la main à sa joue brûlante et la frictionna doucement. Elle avait raison, ce qui l'emplit d'horreur.

– Si c'est le cas, j'en suis désolé, Kate. Mais je dois faire mon devoir, et pour le moment, c'est de me taire. Demande à Marguerida demain matin, elle te dira ce qui se passe.

– C'est le plus beau ! ricana-t-elle. Mon mari s'en va au milieu de la nuit, et il faut que je demande où il est à une femme que je connais à peine. Si c'est ainsi qu'on traite les femmes sur Ténébreuse, je ne m'étonne plus que ta sœur et Javanne soient si mal embouchées. Et si tu t'imagines que je vais supporter ça juste parce que...

– Parce que quoi ?

– Je ne sais pas.

Elle détourna les yeux un instant.

– Depuis notre arrivée, tu as changé. Tu es nerveux, mais tu l'es souvent. Il y a autre chose. Tu es distant.

Le mot sembla rester suspendu entre eux.

– Est-ce que les intrigues du Sénat te manquent ?

Il y avait une nuance de prière dans sa voix, comme si elle le suppliait de s'expliquer.

Il était en train d'ôter sa tunique de gala pour la remplacer par l'autre, plus simple, et il s'immobilisa, la tête cachée dans ses plis, répugnant à rencontrer son regard. Il réfléchit quelques secondes à ses paroles. Il ne pouvait pas expliquer sa conduite à Katherine – ni à lui-même, d'ailleurs. Et il n'osait pas le lui dire. Cela le laisserait trop vulnérable, et il avait juré que ça ne lui arriverait jamais. Il finit d'ôter son vêtement, et resta torse nu à la regarder fixement. Ses larges épaules s'affaissèrent un peu.

– Oui, je suppose. La réalité de Ténébreuse est différente de mes souvenirs, dit-il après quelques instants de réflexion.

– Tu veux dire que vous êtes une jolie petite bande d'agoraphobes consanguins ? dit-elle, la lueur qui brillait dans ses yeux à la fois menaçante et attrayante.

Une rougeur se répandit sur sa gorge et monta lentement jusqu'à ses joues pâles. Il y avait quelque chose dans les colères de Kate qui ne manquait jamais de l'exciter, et il regretta de ne pas avoir le temps de l'enlacer et de baiser la peau douce de sa nuque.

– Je n'irais pas si loin, admit-il.

Puis il gloussa.

– En fait, ce que tu dis de nous est plus proche de la vérité que tu ne l'imagines.

Maintenant, il voulait la mollifier, pas discuter avec elle.

– Quand j'étais dans la Fédération, je faisais quelque chose d'utile, mais ici... je ne sers à rien.

– Je ne comprends pas.

– Au Sénat, je travaillais contre la Fédération, roulant mes confrères Sénateurs dans la farine chaque fois que j'en avais l'occasion. C'était... amusant. Maintenant, c'est différent.

Il se sentait en butte à des émotions conflictuelles, et ça lui déplut ; il avait passé sa vie à les éviter.

Elle le regarda, comme s'il lui était poussé une seconde tête.

– Amusant ? Comme tu es bizarre. Je crois que tu cherches juste un prétexte pour t'éloigner de moi et des enfants. Et que tu voudrais ne m'avoir jamais connue !

La douleur qu'il y avait dans sa voix était incontestable et totalement déroutante.

– Kate, pourquoi voudrais-je cela ? dit-il, le cœur battant à grands coups.

Il avait espéré qu'elle ne reparlerait pas de son sentiment d'imperfection.

– C'était très bien d'avoir une non-Ténébrane pour femme tant que nous étions dans la Fédération, mais maintenant tu dois avoir l'impression de vivre avec une infirme, parce que je ne suis pas télépathe. Tu aurais dû divorcer, ou me laisser en arrière. Pourquoi m'as-tu traînée à travers la moitié de la galaxie pour m'amener quelque part où je suis...

Elle refoula ses larmes, contrôlant son chagrin et se cramponnant à sa fureur comme elle pouvait. Herm l'enlaça et l'attira contre son cœur. Elle se raidit, bien résolue à rester en colère. Il n'avait ni le temps ni l'énergie de la cajoler pour la remettre de bonne humeur.

– Je t'ai épousée parce que je t'aimais, et que tu sois télépathe ou non n'avait aucune importance. Pourquoi ne me crois-tu pas ?

– Parce que tu ne m'as jamais dit la vérité, dit-elle d'une voix sifflante. Pourquoi devrais-je te croire maintenant alors que tu m'as menti pendant des années ?

– Cela a vraiment tant d'importance pour toi ?

– Que je sois aveugle dans un monde de voyants ? Bien sûr que c'est important, Herm. Que ma fille soit un jour capable de lire dans les esprits ? Pourquoi ne comprends-tu pas ?

Hermès comprenait les tourments qui déchiraient sa femme, mais il ne supportait pas l'idée de les affronter. Il se dit qu'elle exagérait le problème, qu'elle en faisait toute une histoire, au lieu de l'accepter docilement comme il l'aurait voulu. Pourquoi compliquait-elle la situation ?

– Pourquoi ne me fais-tu pas confiance en me laissant faire mon devoir ?

Il n'aspirait qu'à fuir ses propres émotions tumultueuses. Si seulement elle pouvait être raisonnable ! Mais même, au moment où il le pensait, il savait que c'était trop demander à Kate que d'être raisonnable alors qu'elle était si troublée.

– Te faire confiance ? Oh, Herm, je crois que je ne pourrai plus jamais te faire confiance de ma vie !

Il grimaça – c'était encore pire qu'il ne craignait.

– Pourquoi ?

– Parce que chaque fois que je suis sur le point de te refaire confiance tu fais quelque chose que tu ne veux pas expliquer.

Accablé, Hermès réalisa qu'elle avait raison – une fois de plus. Il s'était tu trop longtemps, et il avait blessé ce qu'il avait de plus cher – et tout cela, pour garder le contrôle qui lui était essentiel.

– Je suis désolé, mais il n'y a rien à y faire, Kate. Laisse-moi simplement faire ce que je dois, et ne pose plus de questions. Je serai de retour dans un jour ou deux.

Aurai-je la force de le quitter, d'emmener les enfants et de partir ? Et s'il a raison au sujet de Térèse ? J'ai assez de crédits pour payer les billets, je crois, mais pourrai-je quitter Ténébreuse ? Nous sommes venus avec le passeport diplomatique d'Hermès, non ? J'aurais dû faire plus attention ! J'aurais dû insister pour qu'il me dise tout il y a des années. Maintenant, il est trop tard ! Je suis piégée ici, peut-être à jamais, et je ne sais pas si je pourrai le supporter.

– Je ne peux pas te retenir, dit-elle avec amertume.

Puis elle se retourna, les épaules voûtées, et quitta la chambre.

Hermès resta immobile près du lit, avec l'impression d'avoir avalé une tonne de verre pilé. Pourquoi s'était-il porté volontaire ? Il connaissait la réponse, et elle ne lui plaisait pas. Il savait qu'il voulait s'éloigner de Katherine pour quelque temps, pour réfléchir à fond à la situation. Non, ce n'était pas vrai – la dernière chose dont il avait envie, c'était bien de réfléchir ! Il voulait juste que le problème de la cécité mentale de sa femme disparaisse de lui-même ! Devait-il retourner au bureau pour dire à Mikhaïl qu'il ne pouvait pas partir ? Son mariage était-il plus important que la sécurité de Domenic ? Et son couple pourrait-il survivre à cette crise ? Il ne pouvait le dire, mais ce qu'il comprit soudain, c'est qu'il devait quitter le Château, quitter sa femme et ses enfants un certain temps. L'avenir était hors de son contrôle, et le présent n'était pas brillant. Il devait s'éloigner de tout ça immédiatement.

Il émit un grognement. Il ne s'éloignerait de rien du tout, et il le savait. Il emporterait le problème avec lui, et peut-être qu'il trouverait une solution en route. Et, avec un soupir de soulagement, il réalisa que Kate ne pouvait pas quitter Ténébreuse actuellement. Elle serait là à son retour, et elle trouverait en elle la force de lui pardonner. Toute autre idée lui était insupportable.

Il finit d'attacher une chemise propre, puis passa la tunique par-dessus, et remit sa ceinture et son aumônière à sa taille. Il y avait une cape pendue dans le placard, en bon drap marron qui lui tiendrait chaud. Il rassembla quelques affaires dont il pouvait avoir besoin – un couteau, une pierre à briquet, une chemise de rechange, et, violant une demi-douzaine de règlements de la Fédération, les lumens qu'il avait entrés en contrebande. Il passa un moment à regretter futilement de ne pas avoir un désintégrateur, mais ce genre d'arme allait à l'encontre du Pacte et de tout ce que les Ténébrans avaient de plus cher. Il se demanda si les espions avaient des armes dernier cri, en espérant que ce n'était pas le cas. Puis il haussa les épaules. Il devrait s'en remettre à son astuce innée, mais pour le moment cela lui parut bien peu à opposer à de vraies armes.

Il enfila le couloir, et, après s'être trompé plusieurs fois, trouva les écuries. Il en profita pour s'inventer une identité, et une autre pour le jeune Domenic. Si quelqu'un leur posait la question, ils seraient l'oncle et le neveu se rendant dans les Heller pour un mariage. Cela justifierait son accent subtilement différent et les mots de *cahuenga* qui continuaient à lui échapper parfois.

Les chevaux passèrent la tête hors de leur box, intrigués par ce visiteur tardif, et un lad qui réparait un harnais à la lueur d'une lampe se leva d'un bond.

– Salutations, *vai dom* ! En quoi puis-je te servir ?

– Il me faut deux chevaux, calmes et sans rien de remarquable.

– Seigneur ? dit le lad, l'air de ne pas comprendre.

– Je ne veux pas d'une monture qui pourrait attirer l'attention sur moi.

– Ah, je comprends, dit-il, l'air intrigué et soulagé à la fois. Attends que je réfléchisse. J'ai une jument de dix ans, que je garde pour les vieilles dames. Elle est petite et pas très belle, mais robuste. Et j'ai aussi un hongre – il n'a pas un très bon train, mais il est infatigable. Par ici.

Hermès le suivit jusqu'à l'autre bout de l'écurie, où il ouvrit un box. Plusieurs chevaux pointèrent le museau et dressèrent les oreilles. Le lad sortit une petite jument grise à la crinière embroussaillée. C'était, se dit Hermès, la monture la plus laide qu'il ait vue de sa vie. Puis le lad sortit un étalon haut sur pattes, à la robe grise et blanche, qui le regarda avec suspicion jusqu'à ce qu'il lui laisse prendre son odeur. Alors, il s'ébroua bruyamment.

À eux deux, ils sellèrent rapidement les deux bêtes avec un équipement usagé.

– Il me faut aussi deux sacs de couchage.

– Très bien, *dom*. Nous en avons beaucoup.

Sans en demander plus, il alla chercher deux rouleaux soigneusement attachés, sans rien indiquant le rang ou la richesse. À l'évidence, il comprenait qu'Hermès partait pour quelque mission clandestine, et il sentait que ça ne lui déplaisait pas.

Dès qu'il les eut attachés derrière les selles, Hermès monta le hongre, prit les rênes de la vilaine jument, et demanda :

– Comment s'appellent-ils ?

– La jument s'appelle Fortune, et le hongre Aldar, parce qu'il vient des Heller. *Quelle bonne histoire à raconter.*

Hermès saisit cette pensée et fronça les sourcils.

– Pas un mot de ceci à personne, compris ? Tu ne m'as jamais vu.

– Jamais vu qui ? dit-il, à la fois déçu et mal à l'aise.

Hermès savait qu'il évaluait l'intérêt à tirer d'une bonne histoire par rapport à la contrevenance à un ordre explicite. Puis il se demanda comment il allait expliquer au chef des écuries la disparition de deux bêtes confiées à sa responsabilité.

– Si tu as des questions, va voir Danilo Syrtis-Ardais, et il te dira ce que tu as besoin de savoir.

– Très bien, *dom. Je vais sûrement pas aller déranger* Dom *Syrtis-Ardais, ça non !*

Hermès quitta la cour des écuries en espérant que le palefrenier était loyal et digne de confiance. Ce qui ramena sa pensée aux accusations cuisantes de Katherine, et c'est en proie à un terrible accablement qu'il enfila les rues maintenant désertes de Thendara en direction de la Porte Nord. Le lad n'avait pas exagéré en parlant de l'allure du hongre ; elle était épouvantable. Elle lui gâcha presque le plaisir de se retrouver à cheval, jusqu'au moment où il déplaça son corps pour s'y adapter. La jument trottait derrière lui, le bruit des sabots se répercutant en échos sur les maisons.

Il lui fallut moins d'une heure pour arriver à destination, mais au bout de ce court laps de temps ses cuisses commençaient à protester, et il était tout prêt à regretter cette entreprise. Il ne faisait pas froid pour la saison, il le savait, mais après deux décennies passées dans les immeubles surchauffés de la Fédération il avait l'impression qu'il allait geler sur pied. L'haleine de sa monture embuait à peine l'air, et il se réadapterait rapidement au climat.

Il y avait deux champs, un de chaque côté de la route. Dans l'un, il vit les chariots aux couleurs vives des Baladins, et dans l'autre, quelques échoppes et des muletiers. Des gens étaient rassemblés autour de plusieurs grands feux. Toute la scène était baignée d'une sorte de sérénité tranquille. Près d'un feu, quelqu'un racontait une histoire à un auditoire fasciné, et sa voix portait loin dans le silence.

Finalement, il repéra une petite silhouette encapuchonnée près d'un autre brasier. Devant elle, deux vieillards, assis sur des pierres qui devaient être là depuis une éternité, bavardaient de choses et d'autres, sans lui prêter la moindre attention. Hermès démonta et s'approcha, menant les chevaux par la bride.

– Eh bien, mon neveu, commença-t-il tranquillement, je vois que tu es arrivé avant moi. J'ai été retardé dans la cité.

Au son de la voix, la tête remua sous la capuche, s'immobilisa, puis se leva vers lui.

– Je commençais à penser que tu m'avais oublié, mon Oncle.

– Jamais. J'espère que tu ne t'es pas ennuyé à m'attendre.

– Oh non. J'ai regardé la représentation, et je me suis acheté à manger. *Herm ! Ce n'est pas toi que j'attendais !*

Je sais. Nous allons faire semblant d'être des gens ordinaires en route pour un mariage dans la montagne.

Nous? Veux-tu dire que tu ne me renvoies pas à la maison?

Pas tout de suite, Domenic. J'ai promis à ton père de veiller sur toi – il n'était pas trop content de tes extravagances. Maintenant, tu t'appelleras Tomas, et moi, je serai Ian MacAnndra.

Il lui vint à l'idée que quelque chose lui avait échappé pendant la discussion dans le bureau. Il se demanda pourquoi Lew et Danilo tenaient à éloigner Domenic du Château Comyn. Puis il se dit qu'ils avaient sans doute de bonnes raisons et cessa d'y penser.

Je comprends. C'est une bonne idée – il y a des centaines de MacAnndra dans les montagnes. Pendant que j'attendais, j'ai gardé l'œil sur le chariot, mais il ne s'est rien passé. Qu'est-ce qu'on va faire, maintenant?

Nous allons rester là jusqu'au matin – je t'ai apporté un sac de couchage –, et alors, nous déciderons de ce que nous ferons. Dis-moi tout ce que tu as appris jusqu'ici, Domenic.

Tomas! Pas Domenic. Tu pourrais oublier et te tromper de nom, Oncle Ian!

Bon sang, il apprenait vite! Hermès s'assit près de lui et tendit les mains vers le feu. Puis il écouta attentivement la voix qui parlait dans sa tête. Domenic exposa son histoire avec clarté, en commençant par le passage du chariot devant le Château Comyn le matin, et terminant par ce qu'il avait entendu au début de la soirée. Domenic semblait avoir une bonne mémoire, et l'œil pour le détail. Hermès sentit qu'il se détendait et même qu'il s'amusait un peu en répétant son histoire. Il posa quelques questions, et découvrit que Domenic n'avait pas vu les visages des hommes, mais qu'il pensait pouvoir les reconnaître quand même.

Enfin, ils se levèrent, prirent les sacs de couchage sur les chevaux, les déroulèrent près du feu et se préparèrent à dormir. Hermès s'aperçut qu'il était très fatigué et qu'il avait des courbatures dans les jambes, mais l'aventure l'excitait lui aussi. Les odeurs plaisantes de fumée, de crottin, d'air frais et de brise légère le rafraîchirent. Il ignora les cailloux sous son sac de couchage et pensa à Katherine et aux enfants. Son moral commença à baisser, mais avant qu'il ne sombre dans le désespoir total il entendit de nouveau la voix mentale de Domenic.

Je crois qu'il se passe quelque chose là-bas, chez les Baladins.

Quoi ?

Il y a une sorte de dispute entre celui qui s'appelle Vancof et un autre cocher. Ils sont un peu soûls tous les deux, et leurs pensées sont assez confuses. Mais on dirait que Vancof fait exprès de provoquer une querelle. Et je perçois quelque chose de sous-jacent dans son esprit – il a peur. Non, il est ivre et déchiré intérieurement. Il voudrait s'en aller, mais en même temps il pense qu'il doit rester. Et tout ça est embrouillé par le remords et le vin de feu.

Un instant plus tard, des vociférations éclatèrent à l'autre bout du champ. Dans les chariots, des voix leur crièrent de se taire, et il y eut des bruits de portes qu'on claque. Tous ceux qui ne dormaient pas regardèrent avec intérêt. Quelques muletiers traversèrent la route, abandonnant le conteur pour un spectacle plus animé.

Hermès s'assit pour observer, et Domenic l'imita. Deux silhouettes se battaient devant un chariot, lançant des poings qui rataient souvent leur cible. Puis plusieurs personnes sortirent d'autres voitures, et se joignirent à la mêlée, s'efforçant de séparer les combattants.

La bagarre se termina bientôt, mais les vociférations continuèrent. Un homme injuria tout le monde, puis s'éloigna en traînant les pieds. Il disparut dans un chariot et en ressortit quelques minutes plus tard avec un balluchon. Il s'éloignait du campement quand une femme se mit à lui hurler des injures. Il se retourna, et en hurla d'autres en réponse.

C'est lui, mon Oncle – c'est Vancof. Je ne sais pas qui est la mégère qui l'insulte. Ce n'est pas la fille de ce matin, mais une autre. Je n'ai jamais entendu une femme dire des choses pareilles, même ma mère !

254

Tu as mené une vie très protégée, Tomas. Ne t'étonne jamais de ce que trouve à dire une femme en colère. Sens-tu autre chose en lui?

Pas grand-chose. Il est vraiment soûl. Il veut juste s'en aller le plus loin possible. Mais je ne sais pas si c'est pour s'éloigner des Baladins ou des hommes de tout à l'heure. Il semble juste écœuré de tout.

Nous ne pouvons pas le suivre sans attirer l'attention.

Il est trop ivre pour aller très loin, je crois, Oncle Ian. Parfois, Oncle Rafaël est comme ça après une dispute avec Tante Gisela. Il boit jusqu'à plus soif et il s'endort. Vancof a l'air dans le même état.

Parfait. Alors, dormons. Demain, la journée promet d'être intéressante.

CHAPITRE XII

Lyle Belfontaine fixait la pile de papiers posée sur son bureau : les messages qu'il avait envoyés depuis deux jours, et tous lui étaient revenus sans réponse. C'était la première fois que ça arrivait, et ça lui nouait l'estomac et lui donnait une migraine atroce. C'était comme si la Fédération avait disparu de la galaxie, l'abandonnant sur Cottman IV. Il ne s'était jamais senti aussi impuissant depuis que son père l'avait congédié, trente ans plus tôt. Et il ne s'était pas senti aussi frustré depuis juste avant les événements désastreux de Lein III, où il avait tenté de renverser un gouvernement planétaire, au mépris de toutes les lois de la Fédération. Cela l'angoissait, lui donnait la chair de poule, et comme le pressentiment que ces événements pouvaient se reproduire, et cette fois se terminer à son avantage. Bizarre – il devait commencer à avoir cette planète dans la peau s'il se mettait à penser comme les indigènes superstitieux qui croyaient à ces fariboles.

Miles Granfell entra dans son bureau sans avertissement, le visage calme, mais les yeux brillants d'excitation contenue. Ses bottes étaient sales, comme s'il avait marché dans la boue, et ses cheveux généralement bien coiffés étaient ébouriffés par le vent. Sans un mot, il s'assit en face de lui et déplia ses longues jambes.

– Qu'est-ce qu'il y a ? grogna Lyle, foudroyant sa pile de messages renvoyés à l'expéditeur, ulcéré, et presque impatient de dissiper sa frustration sur son subordonné. D'où sors-tu ?

– Oh, je suis « allé et venu sur la terre ».

Belfontaine crut reconnaître une citation. Engager une joute littéraire avec Granfell était bien la dernière chose qu'il lui fallait en ce moment, mais il décida d'être patient.

– Qu'est-ce que c'est censé vouloir dire ?

Granfell le gratifia d'un grand sourire et croisa les chevilles.

– J'apporte une bonne nouvelle. Régis Hastur est mort.

À ces mots, Belfontaine éprouva plus de colère que de plaisir. Il aurait dû être informé avant son subordonné ! Il se domina avec effort et demanda simplement :

– Tu en es sûr ?

– Vancof l'est, ce qui devra suffire pour le moment.

– Je vois. Eh bien, c'est effectivement une bonne nouvelle, concéda-t-il, avec autant de bonne grâce qu'il le put.

Comme il n'ajoutait rien, l'autre remua sur sa chaise comme cherchant à juger de son humeur.

Au bout d'une minute de silence, Granfell demanda :

– Qu'est-ce que c'est que toutes ces paperasses ? Je n'en ai jamais tant vu sur ton bureau depuis que tu es ici.

Lyle le lorgna avec une aversion mal dissimulée. Le ton de Granfell frisait l'insolence. Puis il réprima son irritation – Miles était comme ça, voilà tout.

– Ce sont tous les messages que j'ai envoyés ces dernières trente-six heures. Le QG Régional semble s'être... évaporé.

Granfell se redressa instantanément.

– Il y a un problème avec la station relais ?

– Je ne sais pas. Notre transmetteur semble fonctionner parfaitement, mais tout ce que j'envoie rebondit et revient.

Il n'ajouta pas que le transmetteur de Cottman IV était une antiquité selon les standards de la Fédération, que tout l'équipement du QG était en service depuis dix ou vingt ans sans avoir jamais été modernisé. Heureusement, tous les appareils fonctionnaient encore, mais récemment ils avaient dû cannibaliser certaines machines afin d'avoir des pièces détachées pour en réparer d'autres – et tout ça à cause des mesures d'austérité qui affectaient toute la Fédération.

– C'est sérieux, Lyle.

– Je le sais bien, répondit-il, aussi glacial qu'il put. De sorte que tes craintes d'être abandonnés ici prennent une tout autre dimension.

– Exactement. Et je crois que nous devrions...

Il hésita, et regarda lentement autour de lui.

– Cela va beaucoup compliquer notre planning, ajouta-t-il enfin.

Lyle le regarda, interloqué, jusqu'au moment où il réalisa que Granfell voulait lui faire part de quelque chose, mais qu'il ne voulait pas que ce soit entendu ou enregistré. Même la possibilité de rester échoués sur Cottman IV au lieu d'être évacués ne le libérait pas de sa peur d'être soupçonné de travailler contre la Fédération. Il y avait des enregistreurs automatiques partout dans les murs, et il n'avait aucun contrôle sur eux, bien qu'il fît partie du Service de Sécurité. Si Lyle l'avait pu, il les aurait éteints depuis longtemps. Et ce n'était pas parce que la Fédération ne répondait pas pour le moment qu'il en serait toujours de même. Il fallait procéder avec précaution.

– J'ai l'impression d'avoir pris une cuite de trois jours. Allons faire un tour pour réfléchir à la situation, dit-il enfin.

– La gueule de bois sans le plaisir de la cuite, tu veux dire ? répondit Granfell avec un sourire sans humour en dépliant son long corps.

– Exactement.

Belfontaine prit son manteau tout-temps à un crochet près de la porte. Ils sortirent ensemble du bureau, enfilèrent le couloir, et prirent l'ascenseur pour le rez-de-chaussée sans ajouter un mot. Puis ils sortirent du bâtiment dans une nuit glaciale et un vent violent, sous un ciel couvert comme d'habitude. Ils traversèrent le tarmac en silence, s'éloignant de tout pour être sûrs de ne pas être entendus.

– Ainsi, Régis Hastur est mort. Et je ne l'aurai même pas rencontré une seule fois.

– Oui. Et si la Fédération nous a abandonnés, il faut penser à sauver notre peau. Vancof m'a dit que l'héritier de Régis est Mikhaïl Hastur, et nous en savons encore moins sur lui que sur Régis. Ce que je sais, c'est qu'ils vont convoyer le corps jusqu'à un certain endroit près du Lac de Hali – c'est un site religieux quelconque.

– Qui va le convoyer ?

– Tous. Tout le Conseil Comyn, à ce que j'ai compris, avec les femmes et les enfants et Dieu sait qui encore.

– Tu veux dire que le Château sera...

– Je ne suis pas sûr qu'il sera vide, mais je soupçonne qu'il sera facile à investir. Mais ce n'est qu'un tas de pierre. Ici, le vrai pouvoir réside dans les Domaines.

Après avoir énoncé cette évidence, Miles se tut plusieurs secondes, comme s'il avait du mal à continuer.

Sentant la tension de son subordonné, Belfontaine attendit aussi patiemment qu'il put.

– Et alors ?

– Ce que nous devrions faire à mon avis... c'est organiser l'attaque du convoi funéraire quelque part sur la route.

Les mots sortirent précipitamment, comme si Granfell voulait s'en débarrasser aussi vite que possible. Comme Belfontaine ne réagissait pas, il reprit :

– J'ai dit à Vancof de chercher un endroit propice à une embuscade – et ça ne lui a pas plu. Mais si une partie substantielle de la classe dirigeante disparaissait, il n'y aurait plus d'obstacle au gouvernement de la Fédération – en supposant qu'il y ait encore une Fédération dans quelques semaines. J'avoue que ce silence soudain m'inquiète. Qu'est-ce qui se passe, d'après toi ?

Belfontaine pressa le pas pour se réchauffer. Méfiant et circonspect, il réfléchissait à cette proposition inattendue. Il n'aimait pas que ses subordonnés aient des idées, et ce plan lui paraissait dangereux. S'il échouait, c'était sa tête qui tomberait, pas celle de Granfell.

Il y avait dans cette proposition quelque chose qui déclencha une alarme dans la tête de Belfontaine. Et si Régis Hastur n'était pas mort, et que toute cette histoire ne fût qu'une supercherie pour discréditer le Chef de Station ? Ce ne serait pas la première fois qu'un subordonné ambitieux aurait tenté de se mettre en avant aux dépens de son supérieur. Il n'avait jamais eu totalement confiance en Granfell. Tout cela paraissait trop beau pour être vrai, et, très tôt dans sa vie, Lyle avait appris à se méfier de tout ce qu'il ne savait pas de première main, de tout ce qu'il n'avait pas appris par lui-même.

Quand même, il devrait être capable de déterminer si Régis Hastur était bien mort. Dans ce cas, il savait pourquoi il n'avait pas été informé – c'était la faute de Lew Alton, bien entendu. Ça lui ressemblait bien de le tenir dans l'ignorance. Il se sentait entouré d'ennemis et d'incompétents, il soupçonnait tout le monde, même l'Administrateur Planétaire, Emmet Grayson, qu'il s'était arrangé pour neutraliser de fait.

– Je ne peux faire que des hypothèses sur ce qui se passe dans l'espace de la Fédération, Miles. À mon avis, ils ont fermé les communications intersystèmes pour conserver le contrôle, et empêcher d'ambitieux amiraux ou gouverneurs planétaires de comploter ou de provoquer des troubles.

– Tu crois donc qu'ils ont isolé tous les membres adhérents de la Fédération ?

– Ceux dont le loyalisme n'est pas prouvé, certainement.

– Mais alors pourquoi nous mettre à l'écart, nous ?

– Bonne question, à laquelle je n'ai pas de réponse. Sans doute qu'un groupe quelconque a pris le contrôle de la station relais. La dissolution du parlement a dû provoquer une crise dont nous ignorons tout – à mon avis, ce fut une décision malavisée. Les Expansionnistes conseillers de Nagy croyaient sans doute pouvoir maîtriser la situation, mais ils ne m'ont jamais beaucoup impressionnés.

– Des politiciens, ricana Granfell avec dédain.

– Exactement.

Belfontaine pesa soigneusement ce qu'il allait ajouter, ne voulant paraître ni trop enthousiaste ni trop réticent. La réaction de Granfell serait capitale.

– Crois-tu sérieusement que ce convoi funéraire peut être attaqué avec succès ?

– Je crois que ça vaut la peine d'essayer.

– Il n'est pas question d'« essayer », Miles. Je ne peux pas prendre le risque de violer la politique de la Fédération. Une attaque éventuelle devra avoir l'air d'une révolte locale, et non d'une initiative de la Fédération.

– Oui, c'est vrai. J'ai pensé que nous pourrions peut-être utiliser nos amis Aldaran, en la circonstance.

Une bourrasque soudaine étouffa ses paroles.

– Qu'est-ce que tu as en tête, exactement ?

« Nos amis Aldaran » ? Il pensait à *Dom* Damon, qui n'était l'ami de personne, sauf de lui-même. Tous les soupçons de Belfontaine se renforcèrent – pourquoi mêler *Dom* Damon à cette histoire ? Que mijotait Granfell ?

Si nous ramenons nos troupes des Heller par avion, et que nous les disposons sur le long de la route pour attaquer le convoi...

Cela n'avait pas l'air d'une inspiration subite, mais d'un plan longuement réfléchi. D'autre part, à en juger sur l'état de ses bottes, Granfell était revenu à pied de son rendez-vous avec Vancof, et il avait eu le temps de réfléchir. Jusque-là, il n'avait jamais sous-estimé l'intelligence de son subordonné, et il n'entendait pas commencer maintenant.

– Nous avons ici une centaine d'hommes disponibles, répondit-il d'un ton raisonnable, comme réfléchissant sérieusement à la proposition, alors que son esprit bouillonnait de nouveaux soupçons. Le convoi funéraire sera bien gardé, non ? Les indigènes sont peut-être arriérés, mais ils savent se battre.

Il attendit la réponse de Granfell pour juger de son état d'esprit. Les étranges picotements sur la nuque ressentis un moment plus tôt le reprirent.

— Il faudrait habiller les hommes à la ténébrane et les faire passer pour des brigands. Dieu sait qu'il n'en manque pas dans les montagnes. Un peloton de soldats bien entraînés viendrait facilement à bout de ces Gardes minables, même sans utiliser les désintégrateurs. Nous pourrions miner la route et...

— Et si la Fédération se manifeste et nous envoie une commission d'enquête ?

— Si tu n'es pas prêt à prendre le risque...

— Je n'ai pas dit ça, Miles. Mais il faut être très prudents. Quoi qu'il arrive, je veux être certain qu'on ne pourra rien faire remonter jusqu'à nous. L'idée d'utiliser des hommes des Heller est bonne, car nous pourrons en accuser *Dom* Damon si quelque chose tourne mal. Il pense qu'il pourrait gouverner Ténébreuse si l'opportunité se présentait, nous le savons tous. Il ferait un excellent bouc émissaire, surtout s'il était mort. Mais je ne veux pas agir avec précipitation. Il est possible que ce Mikhaïl Hastur soit plus malléable que son prédécesseur, et nous pourrions nous épargner beaucoup d'ennuis en commençant par négocier avec lui.

— Je croyais que tu sauterais sur l'occasion de faire entrer Cottman IV dans la Fédération, dit Miles, d'un ton à la fois déçu et contrarié.

Miner les routes ? Utiliser les désintégrateurs ? Miles avait-il perdu l'esprit ?

— Il y a trop de facteurs aléatoires pour ma tranquillité d'esprit.

Voyant le visage de l'autre changer, perdre son assurance, Belfontaine fut assez content de lui. Il allait lui montrer qui commandait ici.

— C'est quand même une excellente occasion, et je suis d'accord pour ne pas la laisser passer. Continue. Dis à Vancof de trouver un bon site d'embuscade, et de notre côté, nous tâcherons de rassembler des informations. Je veux une preuve tangible de la mort de Régis

Hastur. La parole de Vancof est insuffisante. Et si le QG Régional se manifeste demain, il faudra sans doute abandonner l'idée.

Granfell grogna, puis acquiesça de la tête.

– J'enverrai Nailors aux nouvelles dès le matin.

– Pourquoi ne pas y aller toi-même ?

La participation du second de Granfell le contrariait, car plus il y avait de gens au courant, plus le risque d'échec était grand.

– Vancof me déteste, et est presque capable de n'importe quoi pour me contrarier. Il a été très réticent quand je lui ai exposé l'idée tout à l'heure – il est lâche et ivrogne. Dommage que nous ne disposions pas d'un meilleur agent, mais il est le seul que nous ayons sur la route que prendra le convoi. Et nous n'avons pas le temps de mettre en place un autre groupe de Baladins espions.

– On peut faire confiance à Nailors ?

Granfell ne répondit pas tout de suite, et l'estomac de Belfontaine se noua.

– Je crois que oui, dit-il finalement.

La réponse ne rassura pas Belfontaine, et son léger malaise s'épanouit en angoisse caractérisée. Granfell lui cachait quelque chose. C'était forcé ! Mais quoi ? Il avait envie de secouer son grand subordonné jusqu'à ce qu'il crache la vérité. Pour ce qu'il en savait, toute cette histoire était de sa fabrication, uniquement destinée à le discréditer. Lyle rumina cette idée dans le vent détestable qui lui fouettait le dos, dans l'odeur de fumée planant sur la ville et qui l'étouffait. Il baissa les yeux sur le tarmac fendillé, sur les herbes poussant entre les fissures, et fut pris d'un accès de fureur impuissante.

Il se trouvait devant une hydre multitêtes. Si Granfell disait vrai et que Régis Hastur fût bien mort, pourquoi n'en avait-il pas été informé par d'autres sources ? Certes, Lew Alton avait fait barrage dans le passé, mais cela lui ressemblait peu de ne pas avoir prévenu le QG. Cet homme n'était qu'un bureaucrate, plein de son importance et de sa puissance, non ? Y avait-il une lutte pour le pouvoir au Château Comyn ? Peut-être que cet inconnu de Mikhaïl Hastur se méfiait de Lew Alton – ce qui aurait parfaitement convenu à Belfontaine. Alton était le confident de Régis Hastur, mais l'était-il aussi de cet inconnu ? Il avait besoin de meilleures informations, et il ne voyait pas comment en obtenir immédiatement. Si seulement la fille de Damon Aldaran s'était révélée aussi utile que son père le prétendait au départ !

D'autre part, si Granfell l'induisait en erreur, toute cette histoire pouvait n'être qu'un complot pour le discréditer et prendre sa place. Il poussa vivement cette idée jusqu'à ses dernières conséquences. Étant donné le passé de Belfontaine, Granfell n'aurait aucun mal à convaincre ses supérieurs qu'il avait été l'instigateur d'une attaque non autorisée des dirigeants planétaires de Cottman IV. Cela, en supposant que la Fédération ne les ait pas abandonnés à jamais aux vents glacés de cette planète.

Pourquoi suggérer d'utiliser les troupes du Domaine Aldaran ? Granfell était-il de mèche avec ce vieux fou des Heller ? Miles était allé dans les Heller quelques mois auparavant, ostensiblement pour évaluer la situation. Mais si la vraie raison était de voir *Dom* Damon et de l'impliquer dans ses ambitions personnelles ? Si Belfontaine était limogé, Granfell était son remplaçant logique comme Chef de Station.

Et si la retraite projetée de la Fédération avait forcé la main à Granfell ? Accablé, il réalisa que sa haine de Cottman l'avait poussé à s'isoler, le rendant dépendant de Granfell, qui était un homme ambitieux et insatisfait, il le savait. Mais jusque-là il ne lui avait jamais donné de raisons de penser qu'il méditait de le supplanter.

– Envisageons une chose à la fois, d'accord ?

Miles fut contrarié, à en juger par la brusque contraction de ses épaules.

– Pourquoi attendre ? Je croyais que tu sauterais sur l'occasion.

– Il y a plusieurs façons de considérer la situation. Et toutes n'impliquent pas le massacre d'une centaine de personnes ou plus.

– Très bien. Mais j'envoie quand même Nailors demain matin dire à Vancof de chercher un site d'embuscade.

Il fit une pause, comme si quelque chose le tracassait, quelque chose qu'il ne voulait pas dire.

– Euh, il y a un petit problème. Vancof veut un ordre écrit de ta main avant d'aller plus loin. Et aussi un émetteur à ondes courtes. Bizarre comme notre technologie actuelle tombe en panne sur Cottman, alors que des machines que nous avons abandonnées depuis des siècles fonctionnent toujours.

– Un émetteur ? Je n'aime pas ça. Les indigènes sont arriérés et xénophobes, mais pas au point de ne pas remarquer des appareils illégaux...

Un ordre écrit ? Qu'est-ce que Vancof avait derrière la tête ? Et Miles essayait-il de lui créer des ennuis ? Une chose que la débâcle de Lein III lui avait apprise, c'était de ne jamais laisser d'indices derrière lui, et c'était exactement ce que proposait Granfell. Toute cette histoire sentait mauvais. Non, elle puait !

– Il n'y a pas grand danger qu'on le découvre et qu'on le reconnaisse pour un appareil illégal, non ? dit Granfell, écartant l'objection d'un geste brusque, le visage animé à la lumière jaune de la lampe voisine. Et peut-être que nous pourrions susciter des troubles dans Thendara même – pour occuper un peu ces imbéciles de Gardes de la Cité.

Belfontaine le regarda durement. En surface, Granfell restait l'homme qu'il connaissait, remuant, impitoyable, et rongé d'ambition. Mais Lyle sentait en lui une tension sous-jacente qu'il ne parvenait pas à définir. Granfell était trop impatient pour son goût, et plus il y pensait, plus il se persuadait que l'idée de Granfell n'était pas due à l'inspiration du moment. Granfell n'était pas assez intelligent pour ça. Et proposer d'envoyer un appareil à la technologie interdite à un homme qui était un espion médiocre, quoiqu'un bon assassin quand il n'était pas trop soûl, lui paraissait absurde et lui tordait un peu plus les entrailles.

Oui, c'était clair maintenant. Il ne pouvait pas faire confiance à Granfell, qui était sans doute de mèche avec Grayson, l'Administrateur Planétaire, ou avec le Seigneur Aldaran. Hum... pour ce qu'il en savait, Miles pouvait aussi être de mèche avec Lew Alton, et c'était pourquoi il n'avait pas appris la mort d'Hastur. Il y avait déjà eu des choses plus bizarres. Il prit une profonde inspiration, se forçant à brider son imagination.

– Fais ce que tu pourras, dit-il, affectant autant d'indifférence qu'il le put, tout en bouillonnant intérieurement. Et envoie-moi Nailors avant qu'il parte – je penserai à l'émetteur.

Granfell se retourna et sortit sans un mot, laissant Belfontaine en plan. Au bout d'une minute, il se dirigea vers son appartement, plongé dans ses réflexions. Il avait suffisamment neutralisé Grayson, c'était certain. De plus, l'homme n'était pas un intrigant. Non, ce devait être Aldaran. À moins que Lew Alton ne fît partie du complot, lui aussi. Non, c'était trop invraisemblable. Ce ne pouvait être que *Dom* Damon, avec son obsession de gouverner tout Cottman.

Brusquement, Belfontaine fit demi-tour et repartit vers le QG. Il lui fallait découvrir si Granfell entretenait des rapports secrets avec *Dom* Damon – idée qui ne lui était jamais venue jusque-là. Quel imbécile ! Il méprisait tant le vieillard qu'il n'avait pas vu le danger qu'il représentait. Et il y avait ses fils, aussi. Pourquoi Hermès Aldaran était-il rentré si soudainement ? Mais c'était peut-être l'aîné, Robert, qui complotait avec Granfell. Juste parce qu'il avait l'air de la probité incarnée ne signifiait pas qu'il n'avait pas envie de succéder à son père.

Ils devaient tous être dans le coup ! Il n'y avait aucune autre explication raisonnable au retour si opportun d'Hermès Aldaran. Le vieux, ou Robert, devait l'avoir prévenu – son retour n'avait rien à voir avec la dissolution du parlement ! C'était une pure coïncidence. Il devait trouver le moyen d'écarter Hermès du Château Comyn. Il savait comment faire parler un homme !

La frustration lui serra la gorge, laissant un goût acide dans sa bouche. Lew Alton ne s'était même pas donné la peine à répondre à sa demande qu'on lui livre Hermès Aldaran. Il se sentait ignoré – pire, écarté comme insignifiant. Eh bien, il faudrait réagir – peut-être envoyer un message à ce Mikhaïl Hastur à la place. Ou aller lui-même au Château Comyn et exiger une audience. Il frissonna des pieds à la tête. Il n'allait pas risquer ainsi sa dignité – non, il exigerait que le Château lui envoie quelqu'un ! Et si c'était Lew Alton, il ne sortirait jamais du QG vivant.

Un instant, il s'attarda sur cette agréable perspective, se délectant des images qui dansaient dans sa tête. Puis Lyle se ressaisit. Lew était trop astucieux pour prendre un tel risque, et il le savait. Et lui, il agissait dans la précipitation, sautant aux conclusions sans preuves suffisantes. Non. Au contraire, il était intimement persuadé d'avoir raison – que sa peur et sa paranoïa avaient quelque fondement.

Comme ses pieds glacés s'engageaient dans le couloir menant à l'Office des Communications, Belfontaine sentit le complot s'enfler dans son esprit jusqu'à d'énormes proportions. La chaleur de l'immeuble était presque suffocante après le froid du dehors, et un filet de sueur coula sur son front bas. Il ôta son manteau d'un geste coléreux, puis s'épongea le front sur sa manche. Le tissu imperméable de son uniforme refusa d'absorber la sueur, et il fut forcé de l'essuyer de la main, ce qu'il détestait.

Il n'y avait personne à l'Office des Communications, sauf un employé somnolent qui le fixa, bouche bée, avant de se lever précipitamment et de le saluer sans grâce. Belfontaine l'ignora tant qu'il n'eut pas trouvé un mouchoir en papier pour s'essuyer les mains.

– Nous avons des nouvelles du Régional ?

– Non, monsieur. Mon tour de garde a été calme.

L'employé avait l'air mal l'aise, comme s'il avait envie de poser une question mais n'osait pas.

– Eh bien, pas de nouvelle, bonne nouvelle, dit-on. Tu devrais faire une pause – va donc boire un synthé-café. Et rapporte-m'en un aussi.

L'employé ne réagit pas tout de suite, l'air un peu étonné. Il n'était pas censé quitter son poste avant d'être relevé. Puis il eut l'air de comprendre.

– Oui, monsieur. Ce sera très agréable.

Belfontaine le suivit des yeux, réalisant qu'il avait commis une erreur en venant ici. Trop tard. Il savait que l'employé parlerait, à moins qu'il ne trouve le moyen de l'en empêcher, car il ne voulait pas que sa visite fasse jaser tout le QG dès le matin. Enfin, il se soucierait de ça plus tard.

Belfontaine s'assit dans le fauteuil encore tiède, et tapa quelques commandes sur le clavier. Il était vieux, les touches usées par l'usage, avec certaines qui ne répondaient plus. Autre économie de bout de chandelle – ce clavier aurait dû être remplacé depuis longtemps.

Il y avait des années que Belfontaine ne s'était pas servi d'un appareil de communication, mais il n'avait pas oublié la technique, qui lui plaisait. Il ne lui fallut que quelques frappes pour appeler les dossiers dont il avait besoin, et les transférer dans l'appareil personnel de son bureau. Mais il n'y avait pas moyen d'effacer les traces de son passage, si quelqu'un voulait savoir ce qu'il avait fait. Il ne pouvait que s'en remettre à l'ennui ensommeillé du préposé, qui, espérait-il, l'empêcherait d'enquêter.

Quand un léger bruit de pas parvint à ses oreilles, il ferma les dossiers, et retourna à la place qu'il occupait précédemment, sifflotant entre ses dents, habitude dont il n'avait jamais pu se défaire quand il était nerveux. Puis l'employé rentra avec deux gobelets en plastique, et Belfontaine en prit un.

– Ce doit être ennuyeux de rester là toute la nuit, remarqua-t-il.

– Oui, monsieur, mais j'en ai pris l'habitude.

– Quand même, je ne me suis pas assez occupé de la rotation du personnel. Depuis quand es-tu de service de nuit ?

– Huit mois à peu près, monsieur. Depuis mon arrivée sur Cottman.

Parfait. C'était un nouveau. Et, à en juger sur sa nervosité, sans doute facile à intimider.

– C'est beaucoup trop long ! Je verrai à te faire transférer de jour pendant un moment.

– Mais, monsieur... est-ce qu'on ne va pas... je veux dire...

Lyle le gratifia d'un regard complice, s'efforçant de prendre l'air amusé.

– Tu mérites d'être de jour jusqu'à nouvel ordre, annonça-t-il. Si ça te convient, naturellement.

L'employé, déconcerté, baissa les yeux sur son gobelet.

– Effectivement, ça m'isole de tout le monde, de travailler de nuit et de dormir presque toute la journée. Mais je n'ai pas assez d'ancienneté pour obtenir un meilleur poste, alors je n'ai même pas demandé.

– Tu fréquentes une dame dans la Cité du Commerce, n'est-ce pas ?

– Je ne la qualifierais pas de dame, monsieur.

Belfontaine se mit à rire, d'un air aussi égrillard qu'il le put, et l'employé sourit timidement.

– Demain, je te changerai d'équipe. Je suis content d'être passé ce soir. J'ai tellement de choses en tête que je ne m'occupe pas assez du personnel.

Dans sa bouche, ces mots laissèrent un goût aussi acide que le liquide écœurant de son gobelet. Il détestait le synthécaf.

– Vous cherchiez quelque chose de précis ou vous étiez juste un peu... nerveux, monsieur ?

– Je n'arrivais pas à m'endormir, alors je suis sorti faire un tour, et je me suis retrouvé là. L'habitude, je suppose. J'ai commencé ma carrière dans un centre de communication, et je me sens comme chez moi ici. Pourquoi cette question ?

– Oh, pour rien, monsieur, sauf que je ne vous ai jamais vu la nuit. Mais je crois que nous sommes tous un peu nerveux avec la situation qui est si chamboulée.

Belfontaine hocha la tête, comme acceptant cette explication.

– Chamboulée, c'est bien le mot.

Puis un soupçon se mit à lui tarauder l'esprit.

– Je suppose que je ne suis pas le seul à arpenter les couloirs la nuit.

– Non, monsieur. Ma collègue Gretian dit que le Capitaine Granfell s'est arrêté dans son bureau pendant son service, et puis il est revenu il y a un moment. Il a juste passé la tête et m'a dit bonjour.

– Cette nuit ?

– Oui, monsieur. Et il y a deux nuits, ou trois – je finis par confondre au bout d'un moment –, j'ai vu aussi la secrétaire de l'Administrateur Grayson. Et il me semble qu'elle est venue aussi d'autres fois, même avant l'ordre de nous débarrasser du personnel indigène.

– Mon Dieu ! Je n'en avais aucune idée.

Belfontaine avait très envie de lui demander si cette secrétaire, issue d'un Terrien et d'une femme de Cottman, et élevée à l'Orphelinat John Reade, avait eu accès à des dossiers. Non, décida-t-il. Il serait stupide de lui manifester trop d'intérêt. Mais peut-être que Granfell et Grayson mijotaient quelque chose. Les soupçons qu'il avait écartés quelques instants plus tôt lui revinrent en force.

– Eh bien, bonne nuit. Et merci pour le synthécaf. Après le froid extérieur, ça m'a fait du bien. Quel climat détestable !

– Vous pouvez le dire, monsieur.

– Bon, bonne nuit.

Belfontaine sortit du Centre de Communications avant de réaliser qu'il n'avait aucune idée du nom de l'employé, et que ça lui importait peu. Mais il le trouverait, et le ferait transférer dans l'équipe de jour. Peut-être que cette faveur l'empêcherait de parler, ou de demander partout pourquoi le Chef de Station était soudain passé à son bureau.

Une onde de fatigue déferla sur lui, suivie d'une légère nausée. Il jeta son gobelet dans le vide-ordures le plus proche et fit la grimace. Après des années de stabilité, il y avait soudain trop de bouleversements, et ça lui déplaisait. Non, le mot était trop faible. Il détestait la situation. Il détestait ignorer quels étaient ses ennemis, et il détestait son incapacité à prévoir ce qui allait se passer dans un proche avenir.

Belfontaine serra les poings, regrettant de ne pas pouvoir cogner sur quelque chose. Mais les murs du couloir étaient trop durs, et il n'avait pas envie de se blesser par frustration. Il lui fallait un plan à lui. Le problème, c'est qu'il ne savait pas par où commencer.

Son bureau était silencieux, et la pile de messages n'arrangea pas son humeur. Pourquoi la Station Relais Régionale lui retournait-elle ses communications sans réponse ? Si la Fédération voulait vraiment évacuer Cottman, il aurait dû recevoir des tas et des tas de directives, non ? À moins qu'elles n'aient été détournées vers Grayson.

Ça, au moins, c'était quelque chose qu'il pouvait vérifier. Il poussa les papiers de côté, bien décidé à trouver des réponses. Il alluma l'ordinateur de son bureau et commença ses recherches. Non, Grayson n'expédiait pas de requêtes séparées, et il n'avait reçu qu'une communication deux jours plus tôt, après quoi toutes les transmissions s'étaient arrêtées d'un seul coup. Et, quand il l'appela, elle était parfaitement correcte, exactement conforme à ce qu'un Administrateur Planétaire pouvait demander au QG. Régional... à moins qu'elle ne fût codée.

Belfontaine taquina l'idée un moment, puis la rejeta. Emmet Grayson venait d'une famille au service de la Fédération depuis des générations, et il prenait ses devoirs au sérieux. C'était, de l'avis de Lyle Belfontaine, un homme assez terne, d'une honnêteté irréprochable. Pire, il trouvait que Cottman était très bien en l'état, et il avait fait tout ce qui était en son pouvoir pour empêcher Belfontaine de transformer la planète. Vraiment, la seule idée qu'il pût comploter, avec Granfell ou un autre, était risible.

Il appela les dossiers qu'il avait transférés sur son appareil, cherchant une communication quelconque entre Granfell et l'avant-poste de la Fédération dans le Domaine Aldaran. Il y avait quelques petites choses, mais rien sortant de l'ordinaire. Rien d'alarmant, ni même d'intéressant.

Mais cela ne voulait pas dire que Granfell n'avait pas rencontré *Dom* Damon pendant son séjour dans les Heller. Miles était assez astucieux pour ne pas laisser de traces d'aucune activité subversive.

Se pouvait-il qu'il n'y eût aucun complot ? Se pouvait-il que le plan de Miles fût uniquement dû à l'inspiration du moment, quand il avait appris la mort de Régis Hastur ? Était-il trop tortueux, ou totalement paranoïaque ? Peut-être devrait-il dire à Granfell d'aller de l'avant, d'amener quelques troupes des Heller pour attaquer le convoi et voir ensuite ce qui se passerait. S'il réussissait, parfait. S'il échouait et qu'on leur envoie une commission d'enquête, Belfontaine pourrait toujours dire qu'il n'était pas au courant, que Granfell avait agi de son propre chef.

Naturellement, Granfell chercherait à l'impliquer, et, étant donné le passé de Belfontaine, Granfell avait toutes les chances d'être cru. Il vaudrait mieux que Granfell ne survive pas, non ? Il était beaucoup trop impatient au goût de Belfontaine. Et il y avait aussi Nailors à considérer ; c'était l'homme de Granfell, et il le soutiendrait.

Un sourire taquina les coins de sa bouche. Il voyait une issue, maintenant. Vancof voulait des ordres, non ? Eh bien, il en aurait. Si on a un assassin sous la main, autant l'utiliser. Et Nailors ne saurait jamais qu'il lui portait sa propre condamnation à mort, et aussi celle de Granfell.

Satisfait de sa ruse, Belfontaine se tourna vers un autre problème, celui de Mikhaïl Hastur. Il ne l'avait jamais vu – il aurait pu le croiser dans le couloir sans le reconnaître. Il était peut-être manipulable, et peut-être pas. Et il n'existait pas un fils de Régis quelque part ?

Sa bonne humeur fit place à la contrariété. Il n'avait pas rassemblé assez d'informations sur les indigènes pendant toutes ses années sur Cottman, et maintenant, il devait s'en passer. Certes, Granfell pouvait réussir à éliminer la plus grande partie de la classe dirigeante de Cottman, ou du moins les adultes, mais est-ce que cela lui permettrait d'obtenir ce qu'il désirait ?

Il ne pouvait pas dépendre de ça, non ? Et si les Comyn quittaient Thendara pour accompagner Régis dans le Nord, le Château serait une proie facile. Et il y avait au moins cent cinquante hommes à la caserne du QG, n'ayant rien d'autre à faire que de bâfrer et de baiser les putes locales. Ils étaient de taille à affronter n'importe quel nombre de Gardes armés d'épées, même sans le secours d'armes à haute énergie.

Quelle justification pourrait-il donner à l'attaque du Château Comyn ? Il sécha pendant quelques secondes, puis il réalisa qu'Hermès Aldaran était la solution. C'était un homme recherché, et, à la connaissance de Belfontaine, il devait s'être terré au Château. Son attaque de ce maudit édifice serait donc justifiée – si la Fédération mettait jamais ses actes en question, personne ne saurait qu'Hermès serait sans doute dans le Nord avec les autres. Oui, c'était la solution.

Dès que le convoi funéraire serait sorti de la cité, il ordonnerait de donner l'assaut au Château Comyn. Il ne lui fallait pas d'autre prétexte que l'arrestation en suspens d'Hermès Aldaran, non ? Il n'y aurait pas vraiment d'opposition, juste quelques serviteurs et une poignée de Gardes. Une fois qu'il occuperait ce gros tas de cailloux sur la colline, il serait en situation d'exiger ce qu'il voulait. Et avec un peu de chance, le coup réussirait sans effusion de sang.

Belfontaine se renversa dans son fauteuil trop grand, qui lui touchait le dos à tous les mauvais endroits, et il soupira. Puis il se pencha et appliqua le pouce sur la serrure à empreintes du dernier tiroir de son bureau, qui s'ouvrit en silence ; il en sortit une bonne bouteille de cognac Fontainien millésimé et un petit verre. Il le remplit lentement, puis le leva dans sa main, se portant un toast à lui-même, s'efforçant de se convaincre que ses dernières ambitions étaient sur le point de se réaliser.

CHAPITRE XIII

Hermès sentit un poids sur son bras, et crut un instant que c'était Katherine. Puis il ouvrit les yeux sur un ciel nuageux, et s'aperçut que le garçon avait remué dans son sommeil et posé la tête sur son épaule. Il y avait quelque chose de confiant dans cette attitude, et Hermès fut ému d'un accès de tendresse inattendue. Il connaissait à peine Domenic, et ils se retrouvaient réunis et seuls, engagés dans une opération clandestine.

Les événements de la veille lui revinrent à l'esprit, l'emplissant de peur et de regret, mais aussi de soulagement. Il était content d'être loin de Katherine pendant un certain temps. Puis, comme il commençait à jouir de sa tranquillité, il fut pris de remords, qui détruisirent le plaisir d'avoir échappé pour quelques jours à la situation. Maintenant, il jugeait qu'il avait été plutôt lâche, et il eut honte. Katherine avait raison. Tout avait changé entre eux depuis leur arrivée sur Ténébreuse. Il avait été trop égoïste et entêté pour le reconnaître. C'était une pilule amère à avaler, si tôt le matin.

La tension qui faisait vibrer ses nerfs depuis des semaines n'avait pas disparu, mais elle avait subtilement changé. Il n'avait échappé à une série de problèmes que pour en endosser d'autres. Hermès n'avait pas prévu que la situation serait si difficile à assumer, non seulement pour Katherine et les enfants, mais aussi pour lui. Il aimait profondément Ténébreuse, mais les retrouvailles n'avaient pas été à la hauteur de son attente. Il était triste et furieux à la fois, éprouvant les émotions mêmes qu'il s'était efforcé de fuir toute sa vie.

Et maintenant, déchiré de doutes qui le troublaient rarement, il n'était pas sûr de sa décision. Il avait pris la voie la plus facile pour sortir du conflit avec sa femme. Pourquoi ? À la fin, cela ne pouvait qu'empirer les choses. À contrecœur, il s'avoua qu'il avait fait passer son monde natal avant sa vie personnelle – une fois de plus ! Il n'y avait aucune autre explication rationnelle au fait qu'il avait tenu Kate dans l'ignorance des dons qui donnaient aux Comyn l'essentiel de leur autorité. Il se piquait d'être astucieux, non ? S'il l'avait vraiment voulu, il aurait pu trouver le moyen de lui dire la vérité, même entouré les yeux et des oreilles de la Fédération. Il détestait la façon dont il avait fui Katherine. Maintenant, il se sentait vidé, désorienté, et il se faisait horreur. Il y avait trop d'émotions conflictuelles à réprimer. Il aurait tué pour un synthécaf, s'il avait pu en trouver.

Domenic remua, interrompant ses sombres ruminations. Il ouvrit les yeux, puis les frotta d'une main crasseuse. Il avait les yeux gris, mouchetés d'or, avec les iris cerclés de noir. Sa petite bouche, son nez busqué et ses cheveux noirs, implantés en forme de triangle partant du milieu du front, comme chez Lew Alton, rappelaient le faucon. Son visage n'était pas beau, mais il avait du caractère, et ses yeux brillaient d'intelligence.

– Euh, excuse-moi, dit Domenic, libérant l'épaule d'Hermès. Dis-moi, c'est toujours aussi inconfortable, les aventures ? Je dois avoir un million de cailloux sous moi.

Il faisait froid, même avec les sacs de couchage, et les pierres qu'Hermès avait remarquées en glissant dans le sommeil semblaient s'être multipliées pendant la nuit. Il s'assit, faisant tomber le sac autour de sa taille, et regarda autour de lui.

– Je ne sais pas, vu que je n'ai pas participé à beaucoup d'aventures. Et jusque-là, celle-ci est assez calme, Tomas. Mais je suis d'accord pour les cailloux. On a peut-être dormi sur une voie de migration des pierres.

La plaisanterie était médiocre, mais Hermès en fut quand même assez content.

À sa surprise, Domenic parut alarmé de cette blague innocente. L'expression disparut aussitôt, mais un instant Hermès crut que Domenic l'avait pris au sérieux. L'idée le troubla, sans qu'il sût pourquoi. Il ouvrit la bouche pour lui poser la question, puis se ravisa. Il se rappelait ce qu'il avait été à quinze ans, secret et écorché vif, et décida qu'il devait le laisser tranquille pour le moment.

– Qu'est-ce qu'on va faire maintenant ?

– D'abord, on va s'acheter quelque chose à manger. Soûl comme il était, notre ami n'a pas dû aller loin, et à mon avis, il souffre d'une sérieuse gueule de bois qui lui donne envie d'être mort. Après, nous pourrons tâcher de tirer discrètement quelques renseignements des Baladins. Tu as parlé d'une jolie fille. Peut-être qu'elle pourra nous renseigner sur lui.

– Et si elle me reconnaît ?

– Bonne question. Je n'y avais pas pensé. Tu as peut-être un vrai talent pour les subterfuges, mon garçon.

– Merci, mon Oncle. Mais, si c'est le cas, personne ne l'a jamais remarqué avant toi. C'est Rhodri... Il sera furieux quand il découvrira ce que j'ai fait. Et jaloux, ajoutait-il avec une certaine satisfaction.

– Sans aucun doute. Tu es l'enfant « sage » de la famille, non, comme mon frère Robert ? Et quand j'avais ton âge, j'étais comme Rhodri, toujours dans un mauvais pas ou un autre.

– Hier... j'ai l'impression que ça fait une éternité... Mère disait que je devais être anormal parce que je ne lui donnais jamais une minute d'inquiétude. Si elle avait prévu ce que j'allais faire, elle se serait mordu la langue.

– Eh bien, elle ne l'a pas fait, ce qui lui évitera bien des regrets futurs. Bon, roule notre literie et remets-la sur les chevaux, puis nous irons nous remplir l'estomac. Les Baladins m'ont l'air d'être des lève-tard.

L'une des échoppes d'alimentation vendait aussi des seaux d'eau chaude pour la toilette des voyageurs, et ils profitèrent de ce service. Hermès s'aspergea le visage, après quoi il se sentit beaucoup mieux, et Domenic se débarrassa de la crasse accumulée, il ne savait comment, pendant la nuit. Puis ils s'achetèrent chacun un bol de porridge épais plein de fruits secs, et un gros morceau de pain réchauffé. Ils mangèrent en silence – moment paisible dans ce qui promettait d'être une journée tumultueuse.

Hermès, tu avais raison. Vancof n'est pas allé loin. Le voilà, et il a l'air de très mauvaise humeur.

Comment le sais-tu ?

Il hurle pratiquement ses pensées. Je crois qu'il a peur de quelque chose. Il avait peur hier aussi – de l'autre, de ce Granfell, mais il a surtout peur d'être tué. Il maudit le jour de son arrivée sur Ténébreuse, ou celui où il s'est engagé dans l'espionnage.

Parfait. Un homme en colère commet toujours des fautes stupides.

Puis ils rejoignirent leurs chevaux, et leur donnèrent à boire et à manger. Quelques minutes plus tard, le cocher émacié descendit la route en grommelant, et s'approcha du chariot aux flancs décorés de marionnettes peintes. De l'intérieur, une voix de femme se mit à l'injurier copieusement.

– C'est la fille dont tu as parlé ?

– Je ne sais pas, mon Oncle. Je ne crois pas. Et elle n'avait pas une tête à jurer comme ça. Elle avait l'air plutôt bien.

Le cocher s'éloigna du chariot, et une femme grassouillette en émergea. Elle parlait plus bas maintenant, et ils n'entendaient pas ce qu'elle disait, mais à l'évidence elle lui passait un bon savon. Au bout d'une minute, une autre personne sortit du chariot, la jolie rousse que Domenic avait vue la veille. Elle frottait ses yeux encore ensommeillés et avait l'air de très mauvaise humeur.

– Arrête, Tantine ! dit-elle, d'une voix qui porta à travers le champ, tirant l'autre femme par la manche.

Puis elle la lâcha soudain et regarda autour d'elle, scrutant les échoppes et les éventaires, comme si elle cherchait quelque chose, l'air perplexe et un peu effrayé.

À ce mouvement, Domenic se baissa derrière son cheval, l'air alarmé. Hermès vit la fille branler du chef et se retourner vers les combattants maintenant assagis et maussades. Le cocher était rouge de fureur, et la femme semblait se retenir pour ne pas le secouer vigoureusement par ses frêles épaules.

Elle a senti ma présence !

Tu la sondais, Domenic ?

Non, enfin, si on veut... je planais autour d'elle. C'est quelque chose que Mère m'a appris. Mais elle l'a remarqué. Elle doit avoir un peu de laran *sinon elle ne s'en serait pas aperçue. Et si elle me voit, elle va se demander pourquoi je montais la garde hier. Qu'est-ce qu'elle fait là, et pourquoi n'est-elle pas dans une Tour ?*

Très bonne question, Domenic. Autre question : qui est-elle ? Elle n'a pas l'air d'une roturière.

Je ne sais pas. Je veux dire : je la trouve ordinaire, comme les autres, à part ses cheveux roux. Et je sais bien que les cheveux roux sont souvent associés au laran, *mais pas toujours. Ma Tante Rafaëlla a les cheveux roux mais pas une once de* laran *– bien que sa sœur ait passé quelque temps dans une Tour. Et, moi, j'ai les cheveux noirs et pourtant un puissant* laran. *Cette fille est jolie et elle a la langue acérée, ça oui.* Il émit l'équivalent mental d'un soupir. *Je connais peu de gens, à part ceux du Château et ceux d'Arilinn. Il y a des tas de choses que j'ignore totalement.*

Oui, je suppose. Ce doit être la fille nedesta *d'un Comyn, mais j'avoue que sa présence parmi les Baladins est un peu étrange. Quand j'ai quitté Ténébreuse, ils n'étaient que deux ou trois groupes, et ils s'occupaient surtout d'amuser les gens. Je suppose qu'elle a été engendrée par quelque chaud lapin des Domaines, qui lui a transmis ses cheveux flamboyants et un peu de* laran, *sans jamais savoir ce qu'il avait fait.*

Tu veux dire que sa mère était sans doute une Baladine ?

C'est une idée logique – étant donné notre manque d'informations !

Maintenant, les deux côtés de la route bourdonnaient d'activité. Les muletiers chargeaient leurs bêtes, et un chariot rentrait dans la cité, plein de tonneaux de vin et de bière. Puis, plusieurs femmes aux cheveux coupés en brosse et au visage buriné par les éléments sortirent de la ville.

– Oh, zut !

– Qu'est-ce qu'il y a, Tomas ?

– C'est Tante Rafi !

– Qui ?

Hermès regarda le groupe de Renonçantes dont l'arrivée avait tant alarmé l'adolescent.

– La première du groupe, c'est Rafaëlla n'ha Liriel, qui est comme une tante pour moi. Elle vit en union libre avec mon Grand-Oncle Rafe Scott. Je parie que c'est Mère qui l'envoie, pour me ramener de force au Château ! dit-il avec amertume.

– Elles viennent peut-être pour autre chose, tu sais.

Lui aussi trouvait cette apparition suspecte, mais il était moins prompt que Domenic à sauter aux conclusions. La veille au banquet, il était assis près de Marguerida, et il avait eu le temps de la jauger ; elle lui avait fait l'impression d'une personne à la fois raisonnable et énergique. Elle lui avait beaucoup plu, et il espérait que Kate la verrait plus souvent quand Marguerida aurait le temps. Il soupçonnait qu'elles s'entendraient très bien quand elles se connaîtraient, car il n'avait pas envie que sa sœur Gisela soit l'unique confidente de sa femme.

Une fois de plus, il se demanda s'il aurait dû dire à Katherine où il allait. À la réflexion, il conclut qu'il avait pris la décision la plus sûre. Seuls les possesseurs du Don des Alton, tels que Lew et Domenic, pouvaient s'introduire de force dans les esprits, mais il savait très bien que n'importe quel télépathe pouvait lire les pensées superficielles d'une personne sans défiance. Et, sans savoir pourquoi, il ne voulait pas que sa sœur Gisela soit au courant de ses activités.

Hermès vit la Renonçante se dresser sur ses étriers et scruter le champ. Elle avait les cheveux très bouclés, roux mais qui commençaient à grisonner, et l'air de bonne humeur. Puis elle talonna son cheval et se dirigea vers eux. Elle démonta, s'approcha d'Hermès et lui tendit amicalement une main calleuse. Hermès jura intérieurement à cette confirmation de la supposition de Domenic. Traîner une bande de femmes derrière lui ne lui disait rien, quelle que fût leur compétence. Mais il serra la main tendue et s'obligea à sourire.

– Nous sommes votre escorte, dit la femme avec calme. Désolée d'arriver un peu tard.

Ses yeux bleus pétillaient, et, après avoir dévisagé Domenic, elle ne lui accorda plus aucune attention.

– Je vois.

– Il a été décidé que vous vous feriez moins remarquer en compagnie de quelques Renonçantes, poursuivit-elle à voix basse, de sorte que personne ne pût les entendre.

Puis elle gratifia Domenic d'un sourire amical.

– C'est un compromis, vous comprenez. Pour calmer l'inquiétude de Marguerida.

Elle gloussa, comme au souvenir de quelque chose d'amusant.

– C'est bien la seule personne qui peut me faire lever au milieu de la nuit pour monter une expédition impromptue.

– Alors, tu ne vas pas me ramener au Château ? chuchota Domenic.

– Non, ça ne fait pas partie de mes instructions.

Rafaëlla n'en dit pas plus, et il y avait quelque chose de réservé dans son expression.

– Je vois. Je m'appelle Ian MacAnndra, et voici mon neveu Tomas, dit Hermès, pour prévenir l'emploi de noms qui auraient pu éveiller l'intérêt des passants.

C'était une excellente idée. Une escorte de Renonçantes constituait une bonne couverture pour leurs activités, et un surcroît de protection pour l'adolescent. Son respect pour Marguerida Alton-Hastur s'en accrut. Elle avait dû être folle d'inquiétude en apprenant ce qu'avait fait son fils d'ordinaire si raisonnable, et pourtant elle avait trouvé une solution à la fois simple et efficace. La contrariété qu'Hermès avait ressentie à la vue des Renonçantes s'évanouit. Il était venu pour assurer la sécurité de Domenic, non pour vivre des émotions fortes. Ce qu'il pouvait être égoïste par moments !

– Je suis Rafaëlla n'ha Liriel. Je vous présenterai à mes sœurs plus tard. Vous pourriez peut-être me mettre au courant ?

Avant qu'Hermès n'ait pu répondre, Domenic se raidit près de lui. *Regarde !*

Quoi ?

Cet homme qui franchit la Porte, c'est l'un des deux qui discutaient avec Vancof hier soir. Il était en uniforme de cuir, et refusait de s'habiller en « barbare », ou peut-être que c'est l'autre qui le disait, mais on dirait qu'il a changé d'avis.

Très bien. C'est Granfell ou l'autre ?

Je ne sais pas – je n'ai pas vu leurs visages. Mais je reconnais la démarche. Il fait un signe de tête à Vancof. Qu'est-ce que ça veut dire ?

À mon avis, ça veut dire qu'ils ont décidé d'attaquer le convoi.

Mais comment ?

C'est ce qu'il va nous falloir découvrir, fiston.

Domenic hocha la tête, puis il sourit à Rafaëlla.

– Père a sans doute dû sortir tout son bagou pour convaincre ma mère.

– D'après le peu que je sais, Tomas, il a fait encore plus, et ton grand-père aussi.

Elle lui adressa un grand sourire, comme si elle comprenait son soulagement et son anxiété, et devait faire effort pour ne pas lui ébouriffer amicalement les cheveux.

Les autres Renonçantes avaient démonté et restaient à l'écart, près de leurs chevaux, en bavardant tranquillement. Elles avaient aussi amené plusieurs mules, chargées de ballots, tentes et couvertures, sans oublier le fourrage pour les bêtes. Hermès approuva intérieurement, quoique un peu étonné – elles avaient dû passer la plus grande partie de la nuit à ces préparatifs. Le visage buriné, elles avaient l'air dur et énergique. Et à en juger d'après l'usure de leurs fourreaux, elles devaient être aussi des combattantes aguerries.

Vancof zigzaguait sur la route en direction des échoppes, posant les pieds avec précaution comme s'il avait mal à la tête. L'homme qu'avait signalé Domenic l'y attendait déjà. Hermès les vit se retrouver comme par hasard, pour tout autre œil que le sien. Puis il vit la visage de Domenic s'assombrir.

Vancof est très inquiet. L'autre lui dit de trouver un bon site pour une embuscade. Il lui dit de ne pas s'en faire, qu'une fois que le site sera choisi, ils s'occuperont du reste.

Comment leur communiquera-t-il l'information ?

L'homme lui donne quelque chose – un appareil quelconque. C'est très petit.

Sans doute un émetteur – tout à fait illégal sur Ténébreuse.

Oui, et c'est ce qui inquiète Vancof, je crois. Il a peur qu'un Baladin le voie et se mette à poser des questions. Qu'est-ce qu'ils vont faire, maintenant, à ton avis ?

Je ne sais pas, Domenic. Faire venir des soldats et les déguiser en brigands – c'est ce que je ferais à leur place. Mais s'ils utilisent des armes de la Fédération, ce subterfuge ne servira à rien. Bien sûr, s'ils arrivaient à tuer tout le monde, il n'y aurait plus personne pour témoigner !

Il n'aimait pas la tournure que prenaient ses pensées, et il n'y avait aucun moyen de les dissimuler à Domenic.

Comment peuvent-ils seulement penser à une chose pareille ? C'est tellement lâche !

Pour toi et moi, oui. Mais la Fédération voit les choses différemment.

Hermès renonça à tenter d'expliquer à Domenic les façons de penser des Terranans. Il avait vécu parmi eux plus de deux décennies et il ne les comprenait toujours pas complètement lui-même. Tout ce qu'il savait avec certitude, c'est que les Services Secrets de la Fédération étaient toujours partants pour déstabiliser le gouvernement d'une planète, par pur plaisir du pouvoir, pour autant qu'il en pouvait juger. La Fédération n'avait d'autre raison d'occuper Ténébreuse que de la mettre sous son contrôle. Au Sénat, il s'était opposé à beaucoup de lois tendant à limiter les droits des Planètes Protégées, de même qu'à d'autres destinées à opprimer encore davantage les citoyens des planètes membres. Le raisonnement était toujours le même – les gens ne savaient pas où était leur intérêt, et ils avaient besoin de plus sages qu'eux pour en décider. Toute différence était regardée avec suspicion, toute déviation de pensée était considérée comme une menace.

Il flaira l'odeur de la fumée, sentit la brise légère caresser son visage, et eut l'impression d'être plus vivant que depuis des années malgré ses inquiétudes. Il était content d'être rentré chez lui, d'être là pour faire échouer les plans de ces canailles. Cela compenserait ses années de frustration dans l'éternelle bataille qu'il avait livrée pour éviter à Ténébreuse toute intervention extérieure. Mais il se sentait toujours partagé, déchiré entre son désir d'agir pour son monde et sa peur que Katherine ne lui pardonne jamais. Avait-il sauté sur l'occasion de s'éloigner parce que sur Ténébreuse, comme elle le prétendait, elle n'était plus son égale? Une partie de lui-même croyait-elle vraiment qu'elle était une infirme, et était-ce la raison pour laquelle il ne lui avait jamais dit la vérité? Il aurait voulu contrôler suffisamment son esprit pour écarter ces pensées, mais chaque fois qu'il se détendait un peu elles revenaient le hanter.

Le plaisir éprouvé en sentant le vent sur son visage et en humant les odeurs du campement s'évanouit. Hermès s'abandonna à ses sombres ruminations, les tournant et retournant, les savourant presque. Oui, il désirait ardemment découvrir toute l'étendue du complot contre Mikhaïl Hastur. Il aimait Ténébreuse, et se savait indéfectiblement fidèle au monde de sa naissance. Son amour pour Ténébreuse valait-il la ruine de son mariage ? Avant même de lui dire la vérité, il savait que Kate serait furieuse, mais il pensait que son habileté à la manipuler limiterait les dégâts. Pourtant, il s'était trompé. Maintenant, il devrait peut-être payer le désir de servir son monde un prix plus élevé que prévu.

Hermès repensa à sa jeunesse idéaliste, à l'homme qui était allé dans la Fédération pour servir Ténébreuse. Il avait toujours détesté l'isolement des Aldaran par rapport aux autres Domaines, la méfiance et la suspicion avec lesquelles on les traitait, et il était bien résolu à faire changer cette attitude. Mais il avait perdu la plus grande partie de son idéalisme après moins d'un an au parlement, et le cynisme égoïste de la plupart des autres députés lui avait donné une piètre opinion de l'humanité. Mais maintenant ses visions idéalistes lui revenaient, le réchauffaient, lui donnaient du courage, et la peur d'échouer commença à miner son assurance. C'était sa chance de racheter le Domaine Aldaran, et de prouver aux Comyn que tous les membres de sa famille n'étaient pas des traîtres.

C'était très dangereux, et Domenic pouvait être blessé, ou même tué. Il évalua impitoyablement la situation, sans rien épargner. Au plus profond de son être, il savait qu'il acceptait de mourir pour Ténébreuse, pour Mikhaïl Hastur, pour les Comyn. Si le projet d'assassinat réussissait, Kate et les enfants seraient davantage en danger, non ? Et Domenic ? Devait-il le renvoyer à la maison ? Il était déchiré. Certes, le Don des Alton pouvait lui être utile. Mais cela valait-il d'exposer l'adolescent à tant de dangers ?

Hermès ne s'était pas senti si peu sûr de lui depuis des décennies. Son porridge lui remontait dans la gorge, et il avait la bouche aigre. Il devait être fou pour penser à défier la Fédération avec un jeune garçon et une bande de Renonçantes pour seuls alliés. Mais il n'était pas seul, et la décision ne lui appartenait pas. Le fait même que les Renonçantes soient venues et que Domenic n'eût pas été ramené au Château Comyn au matin suggérait qu'il se passait quelque chose qu'Hermès ignorait. Qu'avait dit Danilo Syrtis-Ardais ? Que ce serait une bonne idée que Domenic s'absente pour quelques jours ? Il n'avait pas prêté attention à la remarque, mais maintenant elle prenait une couleur sinistre. Domenic était peut-être plus en sécurité ici que dans son lit – cette idée fit chanceler Hermès dans ses bottes boueuses.

Il réfléchit à toute vitesse. Qu'est-ce qui se passait ? Le garçon avait-il quelque ennemi qu'il ignorait au Château Comyn ? Il repensa à ce qu'il avait appris, à l'opposition de Javanne à son fils et à son petit-fils, et au fait que, bien que Mikhaïl Hastur fût l'héritier désigné de Régis, certains le contestaient. Satisfait d'avoir trouvé une raison logique à la situation, il se détendit un peu. Tout ce qu'il avait à faire, c'était d'assurer la sécurité de Domenic et de faire échouer les plans de la Fédération.

Sur cette pensée, Hermès retrouva son sens de l'humour. S'il continuait, il croirait pouvoir voler sans la technologie terrienne !

– Il faut découvrir où les Baladins vont aller, maintenant.

– C'est facile. Plusieurs pensent à Carcosa, et je crois qu'ils vont y donner une représentation ce soir, dit Domenic, l'air très content de lui.

– C'est à moins d'une demi-journée à cheval, mais les chariots mettront plus longtemps, dit Rafaëlla. Et ils semblent se préparer à partir.

Elle hocha la tête, ce qui fit danser ses boucles folles sous son bonnet tricoté.

Hermès regarda vers la route et vit qu'on commençait à atteler les mules, au milieu des cris et d'une activité bon enfant.

– Alors nous devrions partir devant.

– D'accord.

Rafaëlla retourna vers ses sœurs, apparemment satisfaite de ce plan. Au même moment, l'étranger venu contacter Vancof se détourna et repartit vers la Porte, sa tâche sans doute terminée.

Domenic le regarda bien quand il passa, puis, avec un petit grognement de dérision, monta la jument qu'Hermès lui avait amenée.

— Tu étais obligé de choisir les pires rosses des écuries ?

— Je ne voulais pas attirer l'attention, et ça n'aurait pas manqué avec un superbe étalon, répondit-il, un peu sur la défensive, en se mettant en selle.

Domenic grogna.

— Tu regretteras ton choix avant d'arriver à mi-chemin. Ce hongre a la pire allure que j'aie jamais vue à un cheval.

— J'ai déjà découvert ses défauts, Tomas, reconnut Hermès.

Ils quittèrent le champ et s'engagèrent sur la route sans se presser.

Devant eux roulaient des charrettes lourdement chargées, et un groupe de muletiers suivait, alors ils n'avançaient pas vite. Hermès s'en félicita, car ils ne risquaient pas d'attirer l'attention en une telle compagnie. Quelques minutes plus tard, il regarda par-dessus son épaule et vit le premier chariot de Baladins s'engager sur la route.

Domenic chevauchait près de lui, silencieux et vigilant. Au bout d'un moment, Rafaëlla ralentit jusqu'à ce qu'ils la rejoignent.

— Je ne connais pas bien cette région de Ténébreuse, *mestra*.

— Je sais. C'est en partie pour ça que Marguerida m'a demandé de venir.

Elle sourit jusqu'aux oreilles, ce qui fit ressortir ses taches de rousseur sur sa peau claire aux pâles rayons du soleil qui commençaient à filtrer à travers les nuages. Elle avait un petit nez mutin, une bouche généreuse, et des rides de rire autour des yeux.

— Qu'est-ce que tu veux savoir ?

Hermès hésita. Que savait Rafaëlla ? Puis il réalisa qu'il devait lui faire confiance, que si Marguerida l'avait envoyée, c'est qu'elle était fiable et loyale.

– Nos adversaires cherchent un bon site pour une embuscade.

Rafaëlla n'eut pas l'air étonné.

– J'en connais au moins une douzaine entre ici et les ruines de la Tour de Hali. Pas là quand même, si près de la cité.

Elle se tut un moment pour réfléchir.

– Onze miles après Carcosa, il y a une petite forêt qui me plairait assez si je devais prévoir une embuscade. Assez dense pour dissimuler une centaine d'hommes sans problème. Et plus loin, dans la direction de Syrtis, il y a quelques portions de route où les collines et les arbres assurent une bonne couverture.

– Je suppose que ces points ne sont pas déjà des repaires de bandits ?

– Non. Ces régions si proches de Thendara sont sûres depuis des années. En général, les bandits restent dans les montagnes. Au pire, on peut rencontrer un voleur à l'affût d'un voyageur solitaire ou d'une dame des Domines sous faible escorte. Mais dans ces cas le bénéfice n'est pas grand.

Il regarda le paysage de chaque côté de la route, avec de rares maisons ou granges, et quelques animaux. Il vit une petite colline parsemée de taches blanches qui étaient sans doute des moutons. L'odeur des champs moissonnés, du crottin sur la route, et celle, tiède, de son cheval, se mêlaient agréablement, et il se détendit un peu.

– Mon Oncle, commença Domenic pour attirer son attention.

Ce « mon Oncle » sonnait encore bizarrement à ses oreilles ; pourtant, vu que sa sœur Gisela était mariée à Rafaël, il était bien son oncle en quelque sorte.

– Qu'est-ce qu'il y a ?

– Ce Vancof pense au terrain, comme nous, mais pas aussi clairement. C'est intéressant, non ? Je n'en suis pas certain, mais je crois qu'il aime bien ce bout de forêt dont vient de parler Tante Rafaëlla. Il n'est pas absolument sûr, parce que son esprit s'éparpille, mais j'ai reçu « juste après Carcosa » plusieurs fois.

– C'est un renseignement très utile. As-tu jamais pensé à devenir espion à plein temps ?

Domenic eut l'air horrifié, puis il réalisa qu'Hermès le taquinait.

– Non, mais je comprends que ça puisse être tentant pour certains. Moi, je suis très mal à l'aise à faire ce que je fais. J'ai l'impression que c'est mal. Je veux dire : voilà longtemps que j'entends les pensées des autres – aussi loin que remonte mon souvenir, pratiquement –, mais j'ai appris à ne pas les écouter. D'abord, la plupart des pensées sont très ennuyeuses. Ou embarrassantes.

Il rougit jusqu'à la racine des cheveux.

– Et la plupart des gens que je côtoie sont entraînés aussi, alors ils gardent leurs pensées pour eux. Au Château Comyn, même les pensées des serviteurs sont assez discrètes. Mais ici c'est un tintamarre épouvantable ! L'un des muletiers a la courante, et je n'arrive pas à lui fermer mon esprit.

– Pourtant, tu as appris à le faire à Arilinn, Tomas.

– Oui mais... je suis peut-être trop excité pour me concentrer.

Hermès fronça les sourcils. Domenic n'était qu'un adolescent, et il pensait à lui comme à un adulte. Il rumina cela dans sa tête. Il dépendait de Domenic pour rester informé des plans de Vancof et des autres Terriens. Mais si la quantité d'informations finissait par le faire disjoncter ? Il pouvait entrer en état de choc, et alors, ils seraient dans un beau pétrin.

– Tu dis que tu as entendu les pensées aussi loin que remonte ton souvenir. Tu veux dire qu'avant même la maladie du seuil, tu entendais déjà...

Domenic se mit à rire.

– J'oublie que tu ne sais pas grand-chose de moi. *Tu ignores l'histoire, mais ta femme la connaît – du moins en partie. Quand mon père et ma mère sont retournés dans un lointain passé, ma mère est tombée enceinte de moi, et ils se sont cachés longtemps dans le Lac de Hali. Les* leroni *d'Arilinn pensent que cela a modifié mon* laran *d'une certaine façon. Mais ils ne savent pas quoi en pen-*

ser. Oh, j'ai le Don des Alton, c'est certain. Mais on dirait qu'il y a dans ma tête des tas d'autres choses qu'on ne peut expliquer. J'ai été testé je ne sais pas combien de fois, mais personne ne peut vraiment définir les limites de mon laran. Je suis une espèce de phénomène, bien que personne n'ose le dire.

Hermès rumina ces paroles. Il se rappelait sa propre adolescence, cette impression d'être différent des autres, et il se dit que tous les jeunes passaient par là. Mais il saisit une nuance d'anxiété, de peur de lui-même, dans la pensée de Domenic. Il la dissimulait assez bien, mais pas complètement.

N'aie pas peur, Domenic.

Si tu entendais ce que j'entends, tu croirais que tu deviens fou, Oncle Hermès !

Et qu'est-ce que c'est ?

Parfois, j'entends la planète gémir.

Je vois. Tu en as parlé à quelqu'un ? Cela expliquait au moins son air angoissé en l'entendant parler de pierres migratrices.

Non, et je ne sais pas pourquoi je t'en parle, sauf que tu ne me diras pas que c'est mon imagination et que ça me passera avec l'âge !

Hermès fut plus touché qu'il ne voulut l'admettre par cette marque de confiance. Il le connaissait à peine, et pourtant Domenic se confiait à lui. À la réflexion, il comprit. Des années plus tôt, il avait fait de même avec Lew Alton, lui confiant des choses qu'il n'avait jamais voulu dire à sa famille.

Tu pourras peut-être grandir avec, au contraire, Domenic.

C'est pourtant fou d'entendre la planète, non ?

En tout cas, ça n'a pas l'air dangereux. En fait, je trouve ça fascinant.

Je n'y avais pas pensé. Merci.

Domenic eut l'air beaucoup plus gai, et Hermès se félicita d'avoir été aussi diplomate. En même temps, il était troublé. Comment pouvait-on entendre la planète ? Avec son éternelle curiosité, il se demanda quel effet ça pouvait faire. Est-ce qu'elle gémissait, ou ronflait comme un brasier ? Les deux sans doute, si Domenic n'imaginait pas toute l'histoire. Puis il remit ces réflexions à plus tard, et se remit à ruminer son attitude envers Katherine. Une tristesse accablante descendit sur lui, et pendant plusieurs miles, il ne pensa à rien, qu'à sa femme, à ses enfants, et à l'amour qu'il leur portait.

Mais au bout d'un moment les plaisirs de la route se rappelèrent à son attention. Malgré l'allure misérable de son cheval et son inquiétude pour sa famille et le jeune homme chevauchant près de lui, Hermès s'éclaira un peu. Il savait d'expérience qu'une partie de lui-même demeurait irrémédiablement optimiste, quoi qu'il arrive, et dans la lumière rougeoyante du matin il la laissa remonter à la surface.

CHAPITRE XIV

Domenic s'amusait énormément. Les bruits et les odeurs de la Vieille Route du Nord étaient nouveaux pour lui, et, dans le plaisir du moment, il oubliait presque la raison de ce voyage. Quand il le réalisa, il se sentit coupable, tiraillé dans deux directions à la fois. C'était dur, pensa-t-il, d'être sérieux ou lugubre en chevauchant près d'Hermès Aldaran et Rafaëlla n'ha Liriel.

Si Régis n'avait pas été aussi prudent dans ses dernières années, cette expérience n'aurait rien eu de nouveau ou de remarquable, il le savait. Dans sa jeunesse, son père était allé partout, même au Domaine Aldaran dans les Heller. Domenic était contrarié de ne pas avoir eu ces opportunités, et il était bien décidé à profiter au maximum de celle-ci. Il n'en aurait peut-être plus l'occasion, à moins que son père ne décide de changer de politique. Il n'était pas seul, certes, mais au moins il n'était pas entouré de serviteurs ou de Gardes, et Oncle Hermès ne le traitait pas en enfant. Ce qui faisait une grande différence. Il avait toujours aimé Rafaëlla, mais il ne l'avait jamais vue en dehors du Château Comyn. Ici, elle avait l'air d'une autre personne. Il ne pouvait pas expliquer comment, mais elle semblait bien plus détendue sur la route. Pour ses compagnes, c'étaient encore des étrangères, et il lui tardait de faire connaissance avec elles.

De plus, il était fasciné par les gens qui l'entouraient. Ses rencontres avec le petit peuple de Thendara avaient été rares, et ses nombreux gardiens l'en avaient toujours maintenu à bonne distance. La plupart de ceux qu'il connaissait, il les avait rencontrés pendant son service dans les Cadets, et cela consistait plutôt à saluer de la tête les divers marchands et fournisseurs qui apportaient leurs articles au Château qu'à leur parler vraiment. Leurs problèmes et leurs ambitions demeuraient pour lui un mystère, et il savait qu'il gouvernerait mieux – s'il gouvernait jamais – en ayant une idée de leurs besoins et de leurs désirs. Ici, personne n'allait lui faire des courbettes, et il décida que l'anonymat avait bien des avantages.

Il écoutait à la fois les voix et les pensées vagabondes des gens qui avançaient devant lui. Ils se demandaient si le temps allait changer, si la mule allait boiter, ou si les charges étaient bien réparties. Personne n'avait la moindre idée des questions qui tracassaient tout le monde au Château Comyn. C'était comme si la Fédération et les Domaines n'existaient pas. La teneur générale de ces pensées était reposante, et il se dit que ce devait être merveilleux de ne pas tout le temps se préoccuper d'intrigues et de complots, ou des catastrophes qui pouvaient se produire dans l'avenir.

Vers le milieu de la matinée, ils croisèrent un convoi de grains se rendant à Thendara. Ils saluèrent les muletiers et les cochers des chariots, amicalement et sans façons. Ils semblaient tous se connaître assez pour échanger injures et blagues, et se demander des nouvelles de leurs familles. S'il avait eu un meilleur cheval, son bonheur aurait été complet.

Mais le temps d'arriver à Carcosa, juste passé midi, il fut très content de démonter. Les muletiers étaient arrivés avant eux, et la cour était pleine de bêtes en train de braire. Les mules étaient bien plus bruyantes que les chevaux – elles semblaient se plaindre de tout ! Il regarda autour de lui, et remarqua l'enseigne au-dessus de la porte, un panneau aux couleurs vives représentant un coq, la tête renversée en arrière pour lancer son cocorico.

L'auberge consistait en une grande bâtisse de pierre au toit d'ardoise. Le corps principal faisait deux étages, avec d'étroites fenêtres ouvrant sur la cour, et une demi-douzaine de cheminées d'où s'échappait de la fumée. Deux ailes en partaient à angle droit, l'une contenant les écuries, l'autre abritant un poulailler plein de volatiles caquetants, et des cages de lapins cornus. La puanteur était incroyable, mais il était sûr de pouvoir s'y habituer, de même que l'étaient sans doute les gens qui travaillaient là.

Domenic observa tout, comme ses professeurs le lui avaient appris, notant la solide porte pouvant être barricadée de l'intérieur, les murs épais et les étroites fenêtres percées trop loin du sol pour que des rôdeurs y aient accès. L'endroit semblait accueillant, mais il avait été construit en tenant compte des impératifs de défense.

Quand il avait huit ans, on l'avait emmené à Armida et il avait dû traverser cette ville. Mais il voyageait dans une calèche fermée, dont il n'avait vu que l'intérieur, et rien d'autre. Il n'aimait pas repenser à ce voyage, car sa grand-mère l'avait mis très mal à l'aise. Cette fois, il resta en arrière, intimidé en présence de tant d'étrangers, et vit un homme d'âge mûr se ruer hors de l'auberge et se précipiter vers eux. Il était grand, presque chauve, et les rares cheveux qui lui restaient grisonnaient. De plus près, Domenic vit qu'il avait des yeux bleus pétillants et un petit nez au-dessus d'une bouche souriante.

Rafaëlla le salua joyeusement.

– Salut, Evan. Je te présente Ian MacAnndra et son neveu Tomas – Evan McHaworth, le meilleur aubergiste de tout Ténébreuse, dit-elle avec un grand sourire.

– Bah ! tu dis ça à tous les aubergistes, *mestra*. Bienvenue au Coq Chantant, dit-il d'un ton aimable, tendant la main à Hermès sans la moindre amorce de déférence.

Puis il les fit entrer.

L'entrée avait des murs blanchis à la chaux, un sol carrelé, et des poutres noires au plafond. Elle sentait la fumée, la volaille rôtie et la bière, plus la sueur des muletiers arrivés avant eux. Il entendit des voix dans la pièce voisine. La salle était plutôt bruyante, mais ce tintamarre lui plut, et il fut déçu quand l'aubergiste les introduisit dans la salle d'en face.

Un feu ronflant éclairait une pièce meublée de longues tables. Les murs étaient lambrissés de bois sombre si bien cirés qu'ils luisaient aux lueurs des flammes. Il regarda le carrelage, puis leva les yeux sur les poutres, qui étaient sculptées et peintes de couleurs vives. Sur le manteau de la cheminée, il repéra une collection de coqs en bois, pierre ou poterie. Il les trouva amusants et sourit.

Evan remarqua son expression.

– Mes coqs te plaisent ?

– Je n'ai jamais rien vu de pareil, répondit Domenic, se demandant avec gêne s'il avait commis une faute en manifestant son intérêt.

– Une idée de ma femme. Elle a commencé avec un – le grand vernis rouge – qu'elle a trouvé à Thendara, puis elle a demandé à nos clients de lui en trouver d'autres. Alors, les marchands et les muletiers lui en apportent souvent en cadeau. Nous avons ici des coqs des Villes Sèches, et deux qui viennent de la région d'Ardais. Et ce tout petit, là, est un présent de Rafaëlla.

– Ils sont magnifiques, dit Domenic.

– Elle sera ravie qu'ils te plaisent. Je le lui dirai quand elle reviendra – sa sœur est malade et elle est allée la voir.

Hermès s'était déjà assis à une table et un jeune serveur posa devant lui une grande chope de bière sans qu'il ait rien demandé. Rafaëlla s'assit en face de lui ; alors Domenic se dit qu'il pouvait s'asseoir aussi. La chaleur du feu était agréable après la fraîcheur matinale, et il s'aperçut qu'il mourait de faim.

Une serveuse apporta des tranchoirs de bois et des serviettes en lin brut, et une autre suivit avec un plat de volailles rôties. Il regarda Hermès prendre son couteau à sa ceinture, embrocher une volaille, la poser entière sur son assiette, puis l'écarteler à la main. Il prit une cuisse et se mit à manger, et Domenic l'imita.

Il mangeait merveilleusement salement. La graisse lui coulait dans les doigts et sur le menton. Et ça n'avait pas le même goût que les volailles qu'il mangeait d'habitude. La cuisinière les avait parsemées d'herbes au goût inconnu et très épicé. Domenic sirota la petite chope qu'on lui avait apportée et sourit. Habitué à des repas plus cérémonieux, il trouvait celui-là super. Quand on mit sur la table une jatte de céréales avec plusieurs cuillères plantées dedans, il copia soigneusement les manières de Rafaëlla et en remplit son assiette, mangeant ensuite avec sa cuillère de service. Puis apparut un panier de petits pains, et il en embrocha un de son couteau.

Rafaëlla l'observait entre ses cils, dissimulant un sourire, ce qui n'était pas facile avec sa bouche bien fendue.

– C'est bon, hein ?

– Délicieux !

– Les volailles d'Evan MacHaworth sont connues tout le long de la Vieille Route du Nord. Et ses tourtes à la viande sont célèbres. Il paraît même que des cuisiniers de Thendara viennent de temps en temps, pour tenter de lui voler sa recette.

– Ça ne m'étonne pas, marmonna Hermès, la bouche pleine.

Les autres Renonçantes, assises à l'autre bout de la table, mangeaient et bavardaient tranquillement. Domenic, repu et satisfait, écoutait leurs voix, et celles des muletiers, maintenant déchaînés, dans l'autre salle. Il luisait de jus comme jamais de sa vie. Il essuya ses mains et sa bouche de sa grossière serviette, puis nettoya son couteau et le rangea.

Assis près d'Hermès, il perçut sa lassitude. *Tu te sens bien, mon Oncle ?*

Oui, mais je me suis amolli au cours des ans. Je n'ai plus l'habitude de coucher par terre ou de chevaucher pendant des heures. J'ai des courbatures dans les jambes et un point dans le dos. Mais la bière me fait du bien.

Rassuré, Domenic se détendit. *On va reprendre la route ou on attend les Baladins?*

Bonne question, Domenic. Je n'y avais pas encore pensé – j'avoue que je n'ai pas de plan et que j'improvise à mesure. Ta mère est astucieuse de nous avoir envoyé les Renonçantes : c'est une très bonne couverture. Je crois que nous allons rester puisque tu dis que les Baladins donnent une représentation ce soir. Ils devraient arriver d'ici une heure, à peu près.

Tu pourrais dire à Tante Rafaëlla que tu es fatigué et que ton cheval commence à boiter. Comme ça, on n'éveillerait pas les soupçons en restant. Et tu pourrais prendre un bain – je suis sûr qu'il y a une baignoire à l'auberge.

C'est génial! Une bonne trempette est exactement ce qu'il faut à mon pauvre dos.

Ça ne fera pas de mal non plus à ta figure et à tes mains – tu es luisant de graisse!

Impertinent petit diable! Tu es assez crasseux toi-même!

Personne n'avait jamais traité Domenic de crasseux ni de petit diable, et il décida que ça lui plaisait. Hermès n'était pas comme les autres adultes, pas si sérieux et solennel. Même Grand-Père Lew, qu'il adorait et qui avait le sens de l'humour, pensait toujours à des questions terriblement importantes. Et à part Lew, personne ne l'avait jamais taquiné. Il ne savait pas si c'était parce qu'il était trop sérieux lui-même, ou si c'était son rang qui prévenait de telles familiarités. Il envia Amaury d'avoir un père comme Hermès. Il aimait et respectait Mikhaïl, mais il y avait toujours une certaine distance entre eux, comme si son père avait peur d'être trop proche de son aîné. Il était le fils de sa mère, plus que de son père, et Rhodri était le chouchou de Mikhaïl, il le savait. Cela ne l'avait jamais beaucoup dérangé. Rhodri était bien plus amusant que lui, avec toutes ses extravagances, et Domenic l'avait accepté. Mais maintenant, c'était lui qui faisait des extravagances, se rendant l'égal de Rhodri. Cette idée lui procura une grande satisfaction, tout en sachant que son incorrigible petit frère aurait déjà inventé une autre bêtise à commettre. À son aise – ce n'était pas Rhodri qui avait découvert un complot contre la vie de leur père !

– Je crois que je me suis déplacé une vertèbre, *Mestra* Rafaëlla. Crois-tu qu'il y ait une bonne guérisseuse en ville ?

Un instant, elle eut l'air stupéfaite, puis elle sembla comprendre ses intentions.

– Inutile. Nous avons la nôtre, dit-elle, montrant l'une de ses sœurs au bout de la table. Danila soigne tous nos bobos et nos douleurs. Mais nous passerons la nuit ici. Je n'ai pas envie que tu tombes malade sur la route. Je vais voir Evan pour les chambres.

Elle se leva et sortit en fredonnant. Quelques minutes plus tard, l'aubergiste, tout sourire, revint avec elle. Mac Haworth les fit monter au premier et les conduisit dans une chambre agréable, avec un grand lit, un vieux bureau et une table de toilette supportant une cuvette et un broc. L'étroite fenêtre était masquée d'épais rideaux, et il y avait une petite cheminée dans un coin. La pièce sentait le propre et la balsamine. Il leur dit où était la salle de bains et les quitta.

Une Renonçante frappa à la porte presque immédiatement. Elle apportait leurs sacs de couchage que Domenic lui prit des mains en la remerciant.

– Quand tu auras besoin de moi, appelle, et je viendrai te remettre le dos en place, *Mestru* MacAnndra, dit-elle.

C'était une forte femme aux mains puissantes, qui semblait très capable de redresser un dos en un clin d'œil.

Ils rangèrent leurs quelques affaires dans les tiroirs de la commode, puis se rendirent à la salle de bains dans un silence confortable. Domenic découvrit avec plaisir un placard plein de serviettes et un autre contenant plusieurs grosses robes de chambre. Il se déshabilla et agita les orteils sur le plancher. Puis il entra dans l'eau fumante de la baignoire communautaire et s'immergea jusque par-dessus la tête.

Hermès le rejoignit bientôt, et grogna de plaisir.

– Ça m'a manqué.

– Qu'est-ce qui t'a manqué ? Les Terranans n'ont pas de salles de bains ?

Si, bien sûr, mais rien de comparable. Je crois qu'il vaut mieux ne pas parler tout haut. Je doute qu'il y ait des espions de la Fédération cachés dans les boiseries, mais les servantes pourraient jaser, et les mots de Fédération et de Terranans leur feraient dresser l'oreille. Après avoir passé vingt et quelques années à vivre dans un minuscule appartement et à me laver dans une douche sonique, ce bain me paraît un luxe extraordinaire.

Mais pourquoi ?

Domenic n'avait aucune idée de ce qu'était une douche sonique, mais il ne voulait pas révéler son ignorance. Un appartement minuscule ? Cela ne concordait pas avec l'image qu'il s'était faite de la Fédération à partir des remarques de sa mère et de son grand-père.

Tu n'imagines pas à quel point la plupart des mondes de la Fédération sont surpeuplés malgré le contrôle de la natalité. Rien que sur Terra, il y a dix-huit milliards d'habitants, et cela met ses ressources à rude épreuve. L'eau est taxée et rationnée, comme tout le reste. Une chambre telle que la nôtre serait considérée comme une extravagance, même dans les maisons les plus aisées, et pour un simple fonctionnaire du gouvernement comme moi, ce serait inconcevable. Oh, il y a bien quelques Sénateurs assez riches pour se payer une vraie salle de bain, mais peu s'y risqueraient.

Je ne comprends toujours pas, mon Oncle.

Bon sang, ça me plaît cette histoire d'oncle ! C'est difficile à t'expliquer, mais je vais essayer. Tu vois, beaucoup de dirigeants de la Fédération prétendent que l'austérité est nécessaire pour que tout continue à fonctionner. Cela fait partie de la philosophie des Expansionnistes – à savoir que la Fédération n'a pas assez de ressources pour tous ses citoyens et doit les augmenter en exploitant d'autres planètes. Résultat, l'eau est rationnée et taxée, la nourriture est rationnée et lourdement imposée, bien que tout le monde mange à sa faim. Il y a des programmes pour nourrir les pauvres, financés par les impôts. Le repas que je viens de consommer aurait coûté tout un jour de salaire sur Terra, et aurait dû nourrir quatre personnes au lieu d'une. Si toutefois ils avaient quelque chose d'aussi délicieux que ce poulet.

Mais alors qu'est-ce qu'ils mangent ?

Les pauvres subsistent grâce à une bouillasse artificielle dont un chien ne voudrait pas. C'est produit dans d'énormes cuves, ça a une odeur de bière tournée et... bon, je ne peux pas te dire quel goût ça a parce que je n'ai jamais pu prendre sur moi d'en goûter. C'est assez nourrissant, je suppose – en tout cas, ça maintient les gens en bonne santé.

Ça a toujours été comme ça ?

Non. C'était différent quand j'étais à la Chambre des Députés et que les Expansionnistes n'avaient pas conquis le pouvoir et appliqué leur politique d'austérité. L'eau a toujours été rationnée, mais tout était beaucoup moins cher, et on pouvait manger au restaurant de temps en temps. Mais tout est allé de mal en pis. Sur Terra, il y a des millions de gens qui ne peuvent pas trouver de travail, ne peuvent pas gagner leur vie, et sont obligés de vivre de la charité publique. Il y a de longues listes d'attente de candidats colons, mais on n'a pas découvert beaucoup de mondes habitables ces derniers temps. Et la plupart des anciens mondes de la Fédération sont dans le même état, ou pire. Il y a eu des émeutes pour la nourriture, des émeutes pour l'eau – choses que tu ne peux pas imaginer. L'année dernière, la grille de tout un continent est tombée en panne, et les gens n'ont pas eu de courant ni d'électricité pendant trois jours.

C'est quoi, la grille ?

C'est un réseau de centrales et de lignes électriques qui couvre toute la planète. À cause de l'avarice des Expansionnistes, on dit qu'il n'y a pas d'argent pour l'agrandir,

quoique tout le monde convienne que c'est indispensable.
Ces dernières années, le besoin de courant a donc
dépassé les capacités de la grille. Une station auxiliaire
ferme, puis une autre, et de proche en proche, tout
s'arrête. Cela signifie que les ascenseurs cessent de fonc-
tionner dans les immeubles, et comme la plupart font
plus de cinquante étages, il n'y a pas moyen de rentrer
chez soi ou d'en sortir. Et ce n'est qu'un exemple.

Domenic se frictionna les bras avec une serviette tout
en réfléchissant à ces informations. Il n'avait jamais eu
envie de visiter d'autres mondes, contrairement à son
frère à qui l'espace faisait tourner la tête. Et depuis qu'il
avait commencé à croire qu'il entendait Ténébreuse, il
n'avait nul désir de la quitter. Une partie de lui sentait
que s'il quittait le sol de Ténébreuse il mourrait ou
deviendrait fou, comme s'il était attaché à son monde
même. Les bruits qui résonnaient dans sa tête le mettaient encore mal à l'aise et l'effrayaient un peu, mais en
même temps il leur trouvait quelque chose de juste.
Certes, il n'imaginait pas pourquoi lui entre mille semblait avoir cette capacité particulière, mais plus le temps
passait, plus il s'y habituait. Il n'avait pas encore tout à
fait accepté l'idée, mais comme le disait Hermès le
matin, ça ne semblait pas lui faire de mal. Et Hermès
était la première personne à qui il parlait de cette
étrange particularité – il ne l'avait même pas révélée à
Alanna, qui avait partagé tant de ses secrets quand ils
étaient plus jeunes. Mais il avait toujours imaginé que
sur les planètes de la Fédération chacun volait dans des
aérocars et habitait des palais pleins de lumières, rem-
plis de tas d'appareils qui fournissaient un confort
incomparable. Il n'avait jamais pensé que certains
menaient une vie misérable et sans joie, ce qui était
assez bête, réalisait-il maintenant. Mais qu'est-ce que
ces gens faisaient de leur temps, s'ils n'avaient pas
d'emploi ?

C'est terrible ! Pourquoi vivent-ils comme ça ? Je veux
dire : si tout le monde doit mesurer son eau et être taxé en
plus – je ne comprends pas ça, mon Oncle –, pourquoi ne
font-ils pas les choses autrement ?

Bonne question – et qui a troublé de meilleurs esprits que le mien. La seule réponse, c'est que les Terriens sont amoureux de leur technologie et qu'ils croient sincèrement qu'elle résoudra tous les problèmes – enfin, la technologie plus les ressources des planètes membres. Ils ne se demandent jamais si l'idée de tout régler par des avancées technologiques n'est pas une illusion. Alors, ils prennent le blé d'un monde pour nourrir les masses de Terra, et les métaux d'un autre pour construire leurs vaisseaux, afin de continuer à explorer la galaxie à la recherche de nouvelles planètes à coloniser. Personne n'a jamais affronté le fait qu'ils n'ont pas fondé de nouvelle colonie depuis onze ans parce qu'ils n'ont rien trouvé, que des mondes tellement marginaux que personne dans son bon sens ne voudrait y aller.

Un monde marginal, c'est quoi? Domenic était submergé par ce flot d'informations, et par les mots étranges qu'Hermès employait avec tant de naturel, mais il était fasciné et bien résolu à profiter de l'occasion.

Oh, un monde encore plus froid que Ténébreuse, ou bien dont l'air n'est pas tout à fait respirable, ou encore qui a peu de terres arables. Thétis, où ta mère a grandi, en est un exemple, et elle ne la reconnaîtrait pas si elle y retournait. Elle t'en a déjà parlé?

Oui. Je sais tout sur les îles et les dauphins. Ce doit être très beau.

C'était un paradis quand Lew et Diotima y vivaient, Domenic. Pas beaucoup de terres, juste une dizaine d'îles moyennes, plus une grande, et d'immenses étendues d'océan.

Et maintenant? L'océan était pour lui un concept abstrait, bien qu'il en eût aperçu quelques images dans l'esprit de sa mère, et dans les rares moments où il croyait voir la Mer de Dalereuth déferler sur le rivage. Quand il était à Arilinn, il avait chevauché sur la rive de la Valeron, sachant que s'il pouvait continuer vers l'ouest il arriverait à la mer. Pendant un moment, il avait souhaité le faire, avancer vers le soleil couchant jusqu'au bout de la rivière. Idée extravagante, bien sûr.

Il s'irrita d'avoir passé tant d'années claquemuré dans le Château Comyn, et d'être si ignorant, mais au bout d'un moment il secoua sa mauvaise humeur. Il était libre pour le moment, et puisqu'il n'aurait peut-être plus jamais l'occasion de coucher dans une auberge, ou de chevaucher sur la Vieille Route du Nord avec une bande de Renonçantes à la recherche d'espions terriens, autant valait en profiter. Il ramena son attention sur son oncle.

Il y a dix ans, ils ont trouvé sur Thétis un élément rare dont ils ont besoin pour la fabrication des armes, et ils ont commencé à l'extraire du fond de l'océan. Maintenant, il n'y a plus de dauphins, Domenic, parce que la mer est empoisonnée, et ils pensent que dans cinq ans toute vie aquatique aura disparu. Pire, le taux de cancers a énormément augmenté, et les gens meurent uniquement parce que la Compagnie des Mines Intermondes a été trop cupide pour prendre des mesures de protection de l'environnement. Quand le plancton cessera d'extraire le carbone du gaz carbonique, l'air deviendra irrespirable sur Thétis, et la planète redeviendra inhabitable.

Plusieurs termes de son oncle l'avaient étonné, mais il s'attacha à un seul. *C'est quoi, le plancton? Ma mère ne m'en a jamais parlé.*

Domenic sentit l'amusement d'Hermès à cette question, mais il n'eut pas l'impression d'être bête. Il était à l'aise avec le dernier de ses oncles, et trouvait ses gentilles taquineries agréables. Il regrettait seulement de ne pas être aussi à l'aise avec tout le monde qu'il l'était avec Hermès Aldaran.

Ce sont de minuscules organismes, si petits qu'on ne les voit qu'avec un appareil optique. Certains sont végétaux, d'autres sont animaux, mais sur un monde dépourvu de grandes forêts telles que celles de Ténébreuse, ils rendent l'air respirable. Au cours des trois dernières années, on a présenté trois lois au Sénat, pour réparer les ravages qu'Intermondes a faits sur Thétis. Deux ont été rejetées comme trop coûteuses, et la troisième était en comité quand le parlement a été dissous, alors elle est enterrée aussi. La Fédération a décidé que ce n'était pas la peine de gaspiller du bon argent pour une cause perdue, et d'autant moins que Thétis n'est pas considérée comme une planète importante.

Elle est importante pour les gens qui y vivent !

Oui, bien sûr. Le problème, c'est que beaucoup de gens pensent que l'argent est plus important que tout, et que les êtres humains sont une ressource renouvelable.

Ils pensent que les planètes sont renouvelables aussi, on dirait, mon Oncle.

– Je commence à avoir les doigts plissés comme des pruneaux, dit Hermès tout haut. Tu es assez propre ?

– Oui. Mais mes vêtements sont sales.

– Alors, allons voir au marché si nous t'en trouvons d'autres. *On en profitera pour fouiner un peu.*

– Oui, c'est une bonne idée.

Domenic sortit vivement de la baignoire, et s'immobilisa sur le plancher, dégoulinant d'eau, regardant les gouttes glisser sur sa peau. Puis il s'enveloppa dans un grand drap de bain, se sécha, et se rhabilla, un peu dégoûté par l'état de ses vêtements. S'il avait su en partant qu'il passerait la nuit dehors, il aurait au moins emporté une chemise de rechange.

– Comment va ton dos, Oncle Ian ?

– Beaucoup mieux, merci. Je crois que je me passerai des soins de Danila pour le moment. Elle a l'air assez costaud pour me casser en deux.

Domenic gloussa, car la grande Renonçante était effectivement assez intimidante. Elle ne ressemblait à aucune des guérisseuses que Domenic connaissait. Hermès se rhabilla et ils descendirent ensemble. L'auberge était beaucoup plus tranquille maintenant que les muletiers étaient partis pour poursuivre leur voyage.

Ils sortirent dans la cour sous un soleil noyé d'eau. Des nuages légers passaient au-dessus de leurs têtes, de plus lourds s'amassaient à l'ouest. Il pleuvrait avant le matin, mais Domenic ne connaissait pas assez le temps pour dire quand exactement. Il espéra seulement que ça n'empêcherait pas les Baladins de jouer. Il n'avait pas vu grand-chose la veille, et il espérait en voir plus.

Hermès demanda le chemin du marché à un palefrenier, qui le lui indiqua. Ils s'éloignèrent du Coq Chantant dans un silence confortable, l'estomac plein et bien détendus après leur bain. Après s'être perdus dans les rues sinueuses, ils arrivèrent enfin sur une place bourdonnante d'activité. Il y avait un souffleur de verre à l'entrée, et Domenic s'arrêta quelques minutes pour le regarder. Le four émettait une chaleur torride, et ça semblait bon dans l'air de plus en plus froid.

Ils trouvèrent un marchand d'habits, et achetèrent des sous-vêtements, une chemise bon marché, deux tuniques de laine et un pantalon pour Domenic, plus quelques bricoles pour Hermès. C'était très excitant pour lui, car on ne l'avait jamais autorisé à explorer le marché de Thendara, et il fut déçu quand Hermès donna le signal du retour.

Mais quand ils arrivèrent à l'auberge, la cour était complètement bloquée par les chariots des Baladins, et sa déception s'envola. Il vit le dénommé Vancof descendre du chariot des marionnettistes, et recula vivement derrière Hermès pour ne pas être vu. Puis la rousse descendit de l'arrière et s'étira voluptueusement. Il espérait qu'elle ne le remarquerait pas, ou, si elle le voyait, qu'elle ne lui poserait pas de questions, car d'après les quelques aperçus qu'elle lui en avait donnés elle était d'esprit vif et de caractère obstiné.

Le cocher, le visage pâle et tiré, se dirigea vers l'auberge à pas traînants. Il voulait sans doute de la bière, pensa Domenic ; pourtant, après ses libations de la veille, il aurait mieux fait de s'abstenir. La grosse femme avec qui il se disputait le matin sortit du chariot et cria en lui montrant le poing :

– Feignant de bon-à-rien ! Canaille !

Vancof l'ignora et disparut dans l'auberge. La femme semblait très mécontente.

– Comment je vais faire pour m'occuper des bêtes sans lui ?

Elle regarda autour d'elle, l'air impuissant, car tous les autres Baladins s'affairaient autour de leurs chariots et de leurs attelages.

Hermès embrassa la scène d'un coup d'œil, et s'approcha de la femme en colère.

– Je m'y connais un peu en mules, *Mestra*. Je pourrais peut-être te donner un coup de main ?

À la surprise de Domenic, elle éclata de rire, et le visage maussade et coléreux devint presque séduisant. Elle avait dû être très jolie dans sa jeunesse, pensa-t-il.

– Tu ne sais pas ce qui t'attend, dit-elle à Hermès. Ces mules sont les bêtes les plus vicieuses de Ténébreuse, sans compter les catamounts affamés. Il n'y a que mon cocher qui peut en venir à bout, et encore, il se fait mordre six fois sur sept. *Ce Dirck, je n'ai que des ennuis avec lui et je voudrais bien avoir quelqu'un d'autre. Il a beau venir de la troupe d'Istvan – ils étaient sûrement bien contents de se débarrasser de lui.*

– Je vais quand même essayer. Si je me fais mordre, ce sera de ma faute parce que je ne t'aurai pas écoutée.

– Personne ne m'écoute, gémit la femme, branlant du chef, ce qui fit osciller sa natte grise. Ni mon effrontée de nièce, ni personne. Je ne suis qu'une femme, et presque seule au monde, à part la petite, qui me donne plus de soucis qu'autre chose, même si elle se débrouille très bien avec les pantins. Si seulement elle était aussi bonne fille que bonne marionnettiste !

– Elle est très jeune, dit Hermès avec sympathie.

Domenic le regarda, médusé ; il aurait juré que le charme suintait de tous ses pores fraîchement lavés.

– Ça lui passera avec l'âge.

– Jamais trop tôt pour moi. Bon, je m'appelle Loret, et j'accepte ta proposition, même si je te trouve idiot de la faire.

À l'évidence, l'amabilité d'Hermès l'avait persuadée, et Domenic se demanda si elle ne flirtait pas avec son oncle.

– Ian MacAnndra, pour te servir, *Mestra* Loret.

Il s'éloigna vers les mules, qui n'avaient effectivement pas l'air commode, et qui semblaient sous-alimentées en plus. Elles se mirent à renifler et à braire, et l'une tenta de le mordre quand il tendit la main vers les traits. Il la retira vivement, et dit quelques mots à voix basse. Les mules dressèrent les oreilles, piaffèrent et remuèrent, nerveusement. Elles roulèrent des yeux méfiants, mais Hermès les eut dételées en quelques minutes, et il les conduisit vers l'écurie.

– Ça alors ! s'écria Loret, stupéfaite.

Puis elle se tourna vers la fille qui était sortie et regardait la scène en silence.

– Tu as l'intention de t'enraciner et de faire des fleurs, Illona ? Rentre pour t'occuper des costumes. Il fera bientôt nuit, et tu n'y verras plus assez pour coudre.

– Oh, Tantine ! Je suis enfermée depuis des heures !

– Pas de ça, ma fille ! Fais ce que je te dis ou tu te passeras de dîner.

La menace n'eut pas l'air de l'effrayer, et à en juger sur l'apparence replète de sa tante, c'était sans doute une menace en l'air. Elle tira la langue, comme la première fois que Domenic l'avait vue, et haussa les épaules.

– Les poupées sont prêtes, marmonna-t-elle, boudeuse.

– Sottises ! Il faut raccommoder les ruches du costume de Cassilda.

– Je déteste coudre !

– Tu dois gagner ton pain. Fais ce que je te dis.

Un instant, Domenic crut qu'elle allait refuser. Puis elle poussa un soupir pathétique et retourna vers le chariot. Passant devant Domenic, elle leva la tête et ses yeux se dilatèrent.

– Je ne te connais pas ?

Domenic secoua la tête.

– Sauf si tu m'as vu hier soir.

Elle ne l'avait vu que dans l'ombre d'un porche, et il avait les cheveux tirés en arrière, et pas dénoués sur ses épaules, mais il avait l'impression que peu de choses échappaient à son regard perspicace.

– J'ai regardé quelques numéros en attendant mon oncle.

– Ah, ce doit être ça. J'ai l'impression de t'avoir déjà vu.

306

– J'ai peut-être un visage passe-partout.

– Je ne trouve pas, pouffa-t-elle. *Je sais que je ne l'ai pas vu hier soir, mais alors où ? Ah bon, ce doit encore être mon imagination. Quand même, il a quelque chose...* Je suis Illona Rider.

– Tomas MacAnndra.

– Il faut que je rentre pour coudre, geignit-elle.

– Et tu détestes ça. Tu couds bien ?

– Très bien. C'est pour ça que je n'aime pas. Tantine n'arrive pas à comprendre : ce n'est pas parce qu'on fait bien quelque chose que ça plaît forcément.

– Oui, c'est vrai.

Cette remarque le frappa car il n'avait jamais pensé qu'un talent pouvait être un fardeau plutôt qu'un don. Puis il repensa à certaines choses que son père avait dites sur les pouvoirs que lui avait conférés la matrice de Varzil, et il se dit qu'elle était plus proche de la vérité qu'elle ne le pensait. Domenic avait envie de continuer la conversation, mais il se trouva interdit, cherchant désespérément ce qu'il pourrait dire.

– Je n'ai jamais entendu parler d'aucun Rider.

– Il y en a des tas chez les Baladins, Tomas – des centaines. Et ce n'est pas mon nom, parce que le vrai, je ne le connais pas. Je suis orpheline, et Tante Loret m'a adoptée quand j'étais toute petite.

Elle se tut, réfléchissant probablement à ses parents inconnus.

– Et elle n'est pas méchante, au fond. Juste un peu autoritaire.

Hermès revenait de l'écurie, traversant la cour d'un pas plein d'assurance, l'air amusé. Domenic regarda son oncle et passa d'un pied sur l'autre, désirant continuer la conversation mais ne sachant pas comment.

– Ce doit être excitant de voyager et de jouer.

– Pas vraiment, Tomas. C'est très ennuyeux au bout d'un moment. Les représentations, c'est amusant, mais on finit par s'en lasser aussi. Et Mathias n'arrête pas d'écrire de nouvelles pièces que je dois apprendre par cœur – et elles sont bizarres, tu peux me croire.

– Alors, il y a des pièces ? Je croyais que tu inventais à mesure, en faisant participer le public.

Là, c'était mieux, et il n'avait pas l'air aussi idiot.

– C'était comme ça avant.

Elle fit une pause, l'air troublé.

– Mais depuis que Mathias est entré dans la troupe il a fait...

– Illona ! cria Loret, rageuse.

– Oui, Tantine ! Il faut que je m'en aille avant qu'elle pique une crise. Viens voir la pièce ce soir.

– Oui, si mon oncle veut bien.

– Il voudra bien – il a l'air gentil.

Elle le gratifia d'un sourire ensorcelant, puis grimpa l'escalier pliant à l'arrière du chariot, oubliant la curiosité que lui inspirait Domenic en faveur des fils, aiguilles et tissus de sa couture.

– Alors ? dit Hermès, rejoignant Domenic.

– Rien. On bavardait, c'est tout. *Elle a failli me reconnaître, mais je me suis arrangé pour lui faire croire qu'elle se trompait. Et je suis sûr qu'elle n'a rien à voir avec ces Baladins.*

Qu'est-ce que tu veux dire ?

Elle m'a dit qu'elle était orpheline, et que cette femme l'avait adoptée quand elle était petite. Mais je sens son laran. *Il est complètement sauvage, mais assez puissant, même sans aucune discipline. Du coup, je me demande combien il y a de télépathes lâchés dans la nature, et qui ont des tas de problèmes parce qu'ils ne savent pas gouverner leurs dons.*

Je m'incline devant tes compétences supérieures.

Il y a des années, Père a connu une femme qui était une télépathe sauvage, et elle a failli le tuer. Il n'en parle pas beaucoup, mais je l'ai entendu évoquer des souvenirs plusieurs fois, et c'était assez effrayant. J'en ai parlé à Tante Liriel, et elle m'a dit que cette femme était une sorte de sorcière, qu'elle pouvait influencer l'esprit pour le brouiller et l'affaiblir, mais qu'elle ne réussissait qu'avec très peu de gens. Mais après Père s'est dit qu'il devait y avoir plus de télépathes qu'on ne le pensait sur Ténébreuse. Et lui et Grand-Oncle Régis ont fait des efforts pour les trouver, mais ils n'ont pas très bien réussi.

Pourquoi ?

D'après Grand-Père Lew, les hommes des Domaines ont trop libéralement accordé leurs faveurs aux femmes du peuple au cours des ans, et ils ont engendré des enfants sans le savoir. Après quelques générations, le laran *s'est de plus en plus répandu dans toute la population. Et si, par exemple, une mère mourait en couches sans avoir dit à personne que le père était un* nedesto *d'un Domaine quelconque, personne ne savait que l'enfant avait le* laran *avant qu'il ait la maladie du seuil. Et si la maladie ne tuait pas l'enfant, ce qui est toujours à craindre, vu qu'il est impossible d'en prévoir la gravité, alors il ou elle grandissait et le passait à ses enfants. C'est très simple en théorie, mais à mesure que les générations passent ça devient de plus en plus compliqué.*

Pourquoi les efforts pour localiser ces gens ont-ils échoué ?

Je ne suis pas sûr, mais je crois que c'est parce qu'il n'y a pas assez de leroni *pour les tester. Grand-Père Lew dit qu'il y avait si peu de télépathes dans le passé que personne n'avait prévu qu'ils se répandraient dans le peuple. Et Mère pense que les Ténébrans ont tendance à croire que seuls ceux des Domaines ont des dons intéressants, de sorte que les gens ordinaires, l'aubergiste par exemple, n'y pensent même pas. Et s'ils ont un petit don, ou ils l'ignorent, ou ils disent la bonne aventure au coin des rues.*

Mais ces personnes ne devraient-elles pas aller dans les Tours ?

Elles le devraient, si elles avaient du bon sens ou un don conséquent. Et bien sûr, elles l'auraient fait dans le passé. Mais que faire si quelqu'un a juste un tout petit peu de laran, *assez pour allumer un feu, par exemple, ou pour calmer les animaux ? Lew pense qu'il existe beaucoup de dons mineurs, si insignifiants que nous ne leur avons jamais prêté attention, parce que nous étions tellement obnubilés par les Dons des Domaines. Il a parlé de gènes récessifs, et je n'ai rien compris. Il dit que si deux roturiers ont chacun un petit don et qu'ils se marient, leurs enfants seront plus puissants qu'eux. Et que des générations de mariages consanguins nous ont rendus arrogants.*

Je vois que je devrai avoir une longue conversation avec Lew quand cette affaire sera terminée.

Mon Oncle, on peut sortir de l'auberge par-derrière ?

Je ne sais pas, mais sans doute par la cuisine. Pourquoi ?

Allons voir si Vancof est vraiment en train de boire de la bière. Je crois qu'il mijote quelque chose.

Qu'est-ce qui te fait penser ça ?

Une impression, c'est tout.

Comme ils repartaient vers l'auberge, ils entendirent un bruit de sabots derrière eux. Domenic jeta un coup d'œil par-dessus son épaule, et vit un homme large d'épaules juché de guingois sur un cheval en sueur. L'air renfrogné, il démonta sans grâce en jurant. Un garçon d'écurie se précipita pour prendre sa monture, foudroya l'homme et s'éloigna, menant l'animal par la bride.

– Mon Oncle, l'homme que nous avons vu ce matin en train de parler au cocher vient d'arriver.

Hermès sourit sans le moindre humour.

– En effet. La marmite commence à bouillir. Viens – ne le regarde pas ! Rentrons avant d'attirer l'attention. *Je me demande ce qu'il a en tête.*

Pas grand-chose, mon Oncle, sauf qu'il monte mal, qu'il a peur des chevaux, que sa vessie est prête à exploser et qu'il se demande où est passé Vancof.

Tout ça ?

Oui, et en plus, il est inquiet et perplexe – il ne comprend pas pourquoi on l'envoie rejoindre Vancof. Quelque chose a changé depuis ce matin.

Eh bien, il entre à l'auberge et nous allons en faire autant et le garder à l'œil, non ?

CHAPITRE XV

Debout devant la porte fermée de la pièce qu'elle avait donnée à Katherine Aldaran comme atelier, Marguerida prit une profonde inspiration. Elle venait des appartements Aldaran, mais la servante lui avait dit que *Domna* Aldaran était partie travailler juste après le petit déjeuner. Heureuse Katherine. Marguerida aurait bien aimé être dans son bureau, mais travailler à son opéra était impossible en ce moment. Elle frissonna – aurait-elle jamais le courage de le terminer maintenant que Régis était mort ? Elle ne l'avait pas écrit pour lui, mais pour elle ; pourtant, elle se faisait une fête de le lui faire entendre pour la première fois. La partition était toujours sur son bureau, pleine de taches et inutilisable. Ça lui fit mal au cœur.

La tension des derniers jours pesait lourdement sur elle, lui causant des contractures qui venaient à la fois de l'épuisement et de la douleur, elle le savait. Pour le moment, elle n'avait pas envie de voir Katherine, ni personne d'autre d'ailleurs. Elle aspirait à une grotte déserte et au silence total. Marguerida sourit intérieurement. Elle s'inquiétait au sujet de Domenic, et Katherine s'inquiétait sans doute au sujet d'Hermès, et elle devait donc tenter de la rassurer, c'était son devoir. Le problème, c'est qu'elle en avait assez du devoir, sans parler des personnalités rétives.

Quand Mikhaïl lui avait annoncé l'absence de Domenic, elle avait été furieuse et leur en avait voulu à tous deux. Comment son mari osait-il prendre une décision concernant Domenic sans la consulter ? Et envoyer Hermès le rejoindre ? Quelle utilité ? C'est seulement quand elle avait pensé à leur dépêcher Rafaëlla n'ha Liriel et quelques-unes de ses sœurs que ses craintes s'étaient un peu calmées. Puis Mikhaïl lui avait confié que, selon Lew, Gareth Elhalyn pourrait chercher à nuire à leur fils, et le calme si durement acquis s'était envolé en fumée. Elle n'y croyait pas une seconde, mais elle comprenait les implications, ayant vu comment le jeune Gareth se comportait avec Javanne. Comme si je n'avais pas assez de soucis, pensa-t-elle ; maintenant, il faut que je considère un enfant de quatorze ans comme un ennemi potentiel de mon fils !

Son seul réconfort, c'est que le Don des Aldaran ne s'était pas manifesté, comme cela arrivait souvent concernant ses proches. Piètre consolation, pensa-t-elle, regrettant de ne pas pouvoir poursuivre son aîné sur la Vieille Route du Nord, pour le secouer à lui faire claquer des dents. Quand même, elle aurait bien accueilli une vision, pourvu qu'elle fût bénéfique. Peu probable. Le Don des Aldaran semblait toujours annoncer un futur ambigu ou effrayant, jamais un avenir heureux.

Elle leva la main pour frapper, et la rabaissa. Elle n'était pas encore prête à voir Kate. Elle voulait être plus sereine. Si seulement elle n'était pas tombée sur Javanne en venant à l'atelier, avec qui elle avait échangé des piques qui l'avaient laissée tremblante de rage, obligée de ravaler des remarques cruelles. Sa belle-mère voulait savoir où était Domenic. En d'autres circonstances, elle aurait trouvé cela amusant, vu qu'en général Javanne évitait le garçon autant qu'elle le pouvait. Or, Mikhaïl avait été catégorique : sa mère devait tout ignorer de l'aventure de Domenic, et Marguerida était bien d'accord avec lui.

Dame Javanne s'arrangeait toujours pour la mettre en colère, mais pour l'instant elle était juste écœurée. Elle savait que sa belle-mère travaillait contre Mikhaïl, complotant avec *Dom* Francisco Ridenow pour faire annuler l'accord conclu tant d'années auparavant. Pour éviter la confirmation de son cadet, Javanne ferait n'importe quoi, à l'exception du meurtre. Et *Dom* Francisco était capable d'aller jusque-là s'il pensait pouvoir s'en tirer impunément.

Elle était accablée de responsabilités, et cela lui sembla injuste. Mais elle écarta fermement cette pensée. Elle supervisait les préparatifs des funérailles, qui auraient lieu après la réunion du Conseil. Avec l'armée de serviteurs du Château Comyn, cela aurait dû être facile, mais la mort de Régis leur avait causé un tel choc que tous étaient moins performants que d'habitude. Chacun, depuis le *coridom* jusqu'à la chef cuisinière, sollicitait ses instructions, et elle avait l'impression qu'elle deviendrait folle si on lui posait une question de plus. Mais diriger la domesticité endeuillée était simple en comparaison de ses autres obligations.

Elle devait empêcher Javanne de pousser la pauvre Dame Linnéa à la crise de nerfs avec ses attentions importunes. Elle devait rassurer Katherine sur la sécurité d'Hermès, sans rien révéler de la nature de sa mission. Elle avait tant de secrets à préserver – Kate ignorait le mandat d'arrestation lancé par la Fédération contre son mari, et Mikhaïl voulait qu'elle continue à l'ignorer. Apparemment, moins de gens étaient au courant, mieux ça valait. Et tout cela pour le bien de Ténébreuse ! Ah, les hommes ! En cet instant, elle aurait joyeusement expédié tous les mâles de la planète dans les enfers de Zandru, y compris son fils bien-aimé, juste pour voir un peu de tranquillité, pourvu qu'elle pût aussi y expédier Javanne avec eux.

Marguerida décida qu'elle ne pouvait pas remettre plus longtemps sa visite. Elle frappa, et une voix lui répondit. Elle ouvrit la porte et entra. C'était une pièce spacieuse, avec plusieurs fenêtres donnant sur le nord. Le pâle soleil d'automne éclairait les dalles du sol. Un chevalet, apporté la veille de la part de la Guilde des Peintres, était dressé près des fenêtres, supportant un panneau de bois préparé pour la peinture. Sur une petite table, un vase fêlé plein de brosses et de pinceaux, une palette et des tubes de couleurs, avec l'odeur insolite de la térébenthine qui se mêlait à celle, plus agréable, du bois brûlant dans la cheminée.

Katherine Aldaran la regarda, puis, interrompant les croquis qu'elle faisait sur ses genoux, se leva. Elle portait une tunique brune informe, une vieille jupe-culotte verte et un tablier. Ses longs doigts étaient noirs de fusain, et sa main avait laissé une marque de fusain sur son front en rabattant ses cheveux en arrière.

– Bonjour. Viens-tu pour découvrir ce que je fais et me demander d'arrêter ?

La question était à la fois enjouée et un peu hostile. Katherine avait les yeux cernés, signe certain d'une nuit agitée, et elle semblait craindre ce que Marguerida allait lui dire.

Marguerida se força à rire, et s'aperçut que ça la détendait.

– Non, pas du tout ! Et j'ai scrupule à te déranger, sachant comme je suis agacée si les enfants viennent me voir quand j'essaye de composer. Mais j'ai pensé que tu t'inquiétais au sujet d'Hermès, et je suis venu te dire qu'il y a encore une heure, il était toujours en parfaite santé.

– Que le diable emporte Hermès-Gabriel Aldaran ! Il doit s'amuser comme un fou, sans même penser à moi, dit-elle d'un ton maussade.

– J'en doute fort, Katherine. Enfin, je suppose qu'il est content d'être par monts et par vaux, car il m'a fait l'impression d'un homme qui aime les situations insolites, mais je suis certaine qu'il pense à toi.

Marguerida n'en était pas tout à fait sûre, mais le tact lui commandait de parler ainsi.

– Seulement parce que j'ai menacé de le quitter hier soir. Et je serais capable de le faire, mais je sais que c'est impossible. Il n'a rien voulu me dire, sauf qu'il partait pour quelques jours, et j'étais tellement furieuse que j'avais envie de l'étrangler.

Le ton n'était pas geignard, simplement indigné, ce que Marguerida trouva parfaitement normal. Cette femme ne s'apitoyait pas sur elle-même.

– Je sais que la situation est difficile pour toi. Moi aussi, j'ai eu du mal à m'habituer quand je suis revenue sur Ténébreuse à l'âge adulte.

– Mais tu es télépathe, tu possèdes ce fameux *laran*. Pas moi, et je ne le posséderai jamais.

– C'est vrai, mais ça ne change rien à ce que j'étais quand je suis revenue. En fait, le *laran* a failli me tuer.

– Cela m'a tout l'air du début d'un récit, dit-elle, plus détendue, et comme soulagée de ne plus penser uniquement à elle.

Elle regarda Marguerida, d'un air réservé mais pas inamical.

– J'oubliais que tu n'as pas passé toute ta vie ici mais que tu as vécu sur Université.

Il y avait peu de meubles dans la pièce, mais Marguerida avisa un tabouret dans un coin, alla le chercher et s'assit près de Katherine, qui reprit son carnet de croquis et le posa sur ses genoux. Marguerida se promit mentalement de lui faire apporter une table dès que possible. Une chose de plus à se rappeler – son cerveau allait fondre si elle continuait à le solliciter ainsi.

Katherine avait planté son fusain dans son chignon ; elle le reprit, tourna une page de son carnet et fixa Marguerida. Puis elle se mit à dessiner, sans regarder sa feuille, sa main se déplaçant sur le papier tandis qu'elle semblait accorder toute son attention à Marguerida. Elle eut l'impression que les yeux donnaient directement des ordres à la main, laissant le cerveau totalement libre par ailleurs.

Bien que fascinée par le mouvement de la main sur le papier, Marguerida se força à s'en détacher et ordonna ses idées.

– Oui, c'est vrai. Je suis née sur Ténébreuse, mais je l'ai quittée quand j'étais toute petite, et mon père et ma belle-mère m'ont volontairement caché mon histoire, pour des raisons qui leur paraissaient logiques à l'époque, mais qui m'ont causé beaucoup de problèmes par la suite.

Elle soupira, puis sourit à ses souvenirs.

– Mon père dit qu'il le regrette, maintenant, mais qu'il ne savait pas quoi faire d'autre à l'époque. Certaines choses très dangereuses me sont arrivées dans mon enfance, dont la possession par une ancêtre morte depuis longtemps. Elle a fait quelque chose à mon cerveau, et j'en ai encore des cauchemars de temps en temps.

– Possession par une morte... et moi qui trouvais fantastiques nos légendes de Renney ! Qu'est-ce que c'est, cette possession ?

– Hum ! C'est difficile à expliquer. Cette ancêtre, Ashara Alton a vécu et est morte il y a plus de sept cents ans. C'était une *leronis* incroyablement puissante, et quand son corps a défailli, elle s'est arrangée pour ne pas mourir totalement. Elle a laissé l'empreinte de sa personnalité dans un réseau de matrices de la Vieille Tour du Château Comyn. On en voit encore les ruines calcinées.

Marguerida frissonna, se rappelant la première fois où elle avait vu ces ruines en entrant dans Thendara, seize ans plus tôt. Elle était allée dans le surmonde, avait arraché une gemme à un édifice qui n'existait que sur ce plan astral, détruisant le lien qui rattachait Ashara Alton à la Ténébreuse contemporaine. D'une façon que personne ne parvenait à expliquer, sa main gauche avait absorbé l'énergie libérée par la gemme, et ramené à travers la frontière séparant les deux mondes une matrice faisant partie des deux. Elle baissa les yeux sur sa main gantée, puis releva la tête.

– Au cours des siècles, elle s'était... je crois qu'on peut dire manifestée. Elle se projetait dans le réseau d'énergie d'une personne et l'obligeait à agir selon sa volonté. Et elle avait une volonté très, très puissante, termina-t-elle avec ironie, se disant qu'elle était enfin arrivée au stade où elle pouvait parler de ces événements sans se mettre à trembler.

Marguerida trouva inutile d'ajouter qu'Ashara avait des griefs personnels contre elle, qu'elle avait prévu l'existence d'une Marguerida Alton et avait résolu de la détruire. Kate ne pouvait assimiler qu'un certain nombre d'informations à la fois, et de plus elle n'avait pas besoin de le savoir.

Katherine s'arrêta de dessiner et fronça les sourcils.

— Est-ce que ça arrive souvent? Je veux dire : est-ce qu'il y a ici beaucoup de gens qui entrent dans le cerveau...

— Non, c'est très rare, et considéré comme extrêmement immoral. Ce qu'Ashara m'a fait quand j'étais enfant et trop faible pour lui résister, c'est reconfigurer mes canaux cérébraux, de sorte que je n'ai pas eu la maladie du seuil à la puberté. Et d'ailleurs, j'ai failli ne pas avoir de puberté du tout! Quand je suis revenue sur Ténébreuse, j'étais une vierge de vingt-huit ans, parce que ses interférences avaient affecté ma sexualité.

Marguerida eut un grand sourire.

— Et depuis, j'essaye de rattraper le temps perdu.

— Ce qui doit faire de Mikhaïl un homme heureux, dit Katherine d'un ton amusé.

— Et parfois fatigué, acquiesça Marguerida. Mais quand je suis revenue sur Ténébreuse, je n'avais aucune idée de tout ça, et j'ai cru que je devenais folle. Puis je suis tombée malade, et je te prie de croire que la maladie du seuil à l'âge adulte n'est pas une expérience agréable. J'ai failli mourir, et je serais morte sans l'aide de certaines personnes, dont Mikhaïl. J'ai survécu miraculeusement.

— Je vois. Et ton fils Domenic dit que vous êtes retournés dans un lointain passé, toi et Mikhaïl – chose que j'aurais jugée absolument incroyable il y a encore deux semaines. Je ne peux pas m'empêcher de soupçonner que vous me tripatouillez le cerveau, sans que je sache pourquoi.

Pourquoi agirions-nous si cruellement?

Katherine sursauta, et lâcha son fusain qui tomba par terre.

– Quoi ? Comment... qu'est-ce que tu viens de faire ?

– Pardonne-moi, Katherine. Je suis très fatiguée et je ne me contrôle pas bien...

– Qu'est-ce que tu as fait ?

Curieusement, le ton n'était pas effrayé, simplement rageur.

– J'ai le Don des Alton, qui est la capacité de forcer le rapport avec un autre esprit, même non télépathe. Mais je n'avais pas l'intention...

Marguerida avait honte, et elle était très contrariée. Elle n'aurait jamais dû venir voir Katherine tout de suite après sa rencontre avec Javanne. Elle était plus retournée qu'elle ne voulait se l'avouer, ce qui la rendait imprudente.

Katherine se baissa et ramassa son fusain.

– Ne recommence pas !

Elle était livide, la respiration oppressée.

– Non, jamais – à moins que la nécessité ne m'y force.

Elle avait soin de ne jamais faire de promesses qu'elle n'était pas certaine de tenir.

– Je suis quand même intriguée. Pourquoi imagines-tu que nous irions inventer des histoires afin de t'effrayer ?

– Hermès ne m'a jamais beaucoup parlé de Ténébreuse, et surtout pas de cette histoire de *laran*, commença Katherine, fronçant les sourcils, l'air troublé. Il dit qu'il ne pouvait pas, et c'est presque vrai, vu qu'il y a maintenant des yeux et des oreilles partout dans la Fédération. Ils espionnent tout le monde, et tout le monde est soupçonné de trahison ! Il m'a tirée du lit au milieu de la nuit, m'a dit de faire les bagages, et je me suis retrouvée sur un Grand Vaisseau.

Elle prit une inspiration saccadée.

– C'était difficile, mais Hermès a toujours été très cachottier, et je me suis dit que c'était son caractère. Mais maintenant je découvre qu'il a un secret qui... qui me rend inutile !

– Inutile ?

– Enfin – comment dites-vous ici ? Aveugle mentale ! Par la Déesse, quel terme révoltant !

– Je crois que tu devrais parler avec Ida Davidson.

– Qui?

Marguerida remua sur son tabouret. Il était dur et inconfortable, et elle se promit de lui envoyer des chaises capitonnées, les ajoutant à sa liste de choses à faire.

– La vieille dame que tu as vue avec moi avant-hier soir.

– C'est ta nourrice ou quelque chose comme ça? Il y avait tellement de gens, dont la plupart ne m'ont pas été présentés – ce que je comprends. J'aurais pu me passer de connaître Javanne, ajouta-t-elle avec amertume.

– C'est bien vrai, acquiesça Marguerida, ironique. Non, Ida n'est ni une nourrice ni une servante. C'est la veuve de mon mentor, Ivor, qui est mort peu après notre arrivée sur Ténébreuse. C'est une très bonne musicienne, et quand elle est venue chercher le corps de son mari, elle n'est jamais repartie parce que sa situation commençait à devenir difficile dans la Fédération. Elle n'a pas le *laran*, et elle a dû ressentir les mêmes émotions que toi. Mais elle vit ici depuis quinze ans, et je crois qu'elle pourra te rassurer mieux que tout ce que je te dirai. *Et ce sera un souci de moins pour moi. J'aurais dû y penser plus tôt, mais je suis tellement fatiguée!*

– Ça ne lui fait rien de... elle n'a pas l'impression d'être infirme?

– Demande-lui.

– Tu as sans doute raison – je m'inquiète trop.

Elle déglutit avec effort.

– J'ai horreur de ne pas contrôler la situation, avoua-t-elle d'un ton brusque.

– Qui n'en a pas horreur?

– C'est ça, n'est-ce pas? J'essaye d'assourdir mes pensées.

Marguerida secoua la tête.

– Désolée de le dire, Katherine, mais tu ne réussis pas très bien. C'est parce que tu as peur – et la peur est comme un cri mental.

– Alors je devrais me détendre et faire comme si tout était pour le mieux dans le meilleur des mondes ?

– Ce n'est pas ce que j'ai dit. Ce que je veux dire, c'est que tu devrais acquérir suffisamment d'informations pour calmer tes craintes d'être... examinée.

– C'est exactement ce que je ressens ! dit Katherine en frissonnant. Et Herm veut que je me fasse tester – il dit que j'ai peut-être quelques talents paranormaux latents – quand Térèse... je ne peux pas supporter cette idée ! Je ne veux pas que ma petite fille lise dans mes pensées !

– Mais, Katherine, elle ne les lira jamais si elle est correctement entraînée. Et si tu ne veux absolument pas être testée, personne ne t'y forcera. À mon avis, tu as plus peur de découvrir que tu as un talent caché... qu'autre chose.

Marguerida ne voulait pas employer le terme « aveugle mentale » en ce moment.

– Peut-être, admit Katherine à contrecœur. Hermès m'a fait remarquer que mes portraits contiennent souvent des éléments que j'ai toujours crus sortis de mon imagination, mais qui se sont révélés... significatifs pour mes modèles. Je n'y avais jamais pensé, et franchement, cette idée m'a révoltée. Ma Nana ne m'a pas élevée pour être une espionne.

– J'en suis certaine.

Marguerida fit une pause, choisissant ses mots avec soin.

– Mais as-tu jamais pensé que tu réagis si violemment par peur d'avoir involontairement espionné tes modèles ? Je veux dire : si tu t'étais considérée toute ta vie comme une personne honnête, et que tu te surprennes un jour à chaparder dans un magasin, tu serais horrifiée, non ?

– Absolument. Tu sais, Marguerida, que ce que tu dis ne me réconforte pas vraiment !

– C'est que tu as peut-être moins besoin de réconfort que de franchise. Dis-moi, sais-tu ce qu'est l'empathie ?

– Bien sûr – c'est la capacité de partager les émotions des autres.

– C'est une définition acceptable. Mais ici, sur Téné-breuse, c'est l'un des Dons, celui du Domaine Ridenow, et c'est bien différent de la capacité intellectuelle de comprendre les sentiments d'un autre.

– Je ne te suis pas.

– Il y a une grande distinction entre « je sais ce que tu ressens », et « je ressens ce que tu ressens », tu ne trouves pas ?

Les yeux de Katherine se dilatèrent.

– Oui, mais... je vois, maintenant ! Ainsi, c'est donc ça !

– Quoi ?

Katherine se frictionna la joue, y laissant une longue traînée de fusain.

– Quand j'ai rencontré Hermès, la première chose que j'ai remarquée chez lui, c'est qu'il ne me fatiguait pas comme les autres. Il était *reposant*, poursuivit-elle, branlant du chef. Et ça n'a pas changé après notre mariage. Il n'exigeait rien de mes émotions, il était sim-plement bon et attentionné. Au bout d'un moment, j'ai réalisé qu'il contrôlait ses émotions d'une main de fer, qu'il était distant et secret, mais ça ne me faisait rien parce que je l'aimais.

– Et il ne t'est jamais venu à l'idée que tu l'avais choisi justement parce qu'il était distant et secret ? Que tu avais une empathie naturelle pour lui, ce qui est nor-mal, mais que tu en avais plus que d'autres, dirons-nous, et qu'un mari qui gardait ses sentiments pour lui était une vraie bénédiction ?

– Exprimé comme ça, non. Veux-tu dire que je ne l'aime pas vraiment ?

– Bien sûr que non ! À la façon dont vous vous regar-dez, tout le monde voit bien que vous vous adorez. Mais nous choisissons tous – ou du moins nous essayons de choisir – des partenaires qui nous conviennent. Mikhaïl et moi... bon, la première fois que nous nous sommes vus, nous avons eu une dispute ridicule, mais nous avons dû sentir que nous étions faits l'un pour l'autre. Et nous continuons à nous disputer.

– Vraiment ? Tu sais, Hermès et moi avons rarement été en désaccord jusqu'à notre arrivée sur Ténébreuse. Oh, je suis bien sortie de mes gonds quelques fois, mais dans l'ensemble nous avons eu une vie très calme.

– Alors tu as de la chance, dit Marguerida en riant.

– Tu trouves ? Je n'y avais jamais pensé. Tu me donnes beaucoup de sujets de réflexion, Marguerida, et je ne suis pas sûre de t'en être reconnaissante.

– Je ne te le demande pas, Katherine. Mais tu ne m'as toujours pas dit pourquoi tu imaginais qu'on te raconterait des histoires pour t'effrayer ou t'étonner, dit Marguerida, désireuse de parler d'autre chose que de leur mariage.

Elle était gênée de se mêler de ce qui ne la regardait pas.

– C'est sans doute une réaction culturelle. Sur Renney, nous avons tout un folklore absolument incroyable, et je me suis appris le scepticisme avant même de quitter la planète. Une de tes ancêtres s'est arrangée pour survivre dans... comment as-tu dit, déjà ? Un écran de matrices. Mais l'une des miennes pouvait censément se transformer en... un gros chat ! J'ai toujours pensé que cette histoire était inventée pour faire peur aux enfants, et j'en avais horreur !

Marguerida sourit.

– À ma connaissance, nous n'avons pas d'individus qui changent de forme sur Ténébreuse.

– Tant mieux ! Je ne crois pas que je pourrais le supporter ! Je me sens un peu mieux, maintenant, mais ça ne va sans doute pas durer. Je n'arrête pas d'osciller entre la peur et la rage. Et même si tout le monde m'a assuré que je suis en sécurité, que personne ne cherchera à... à explorer mon esprit, je ne le crois pas tout à fait. Je déteste cette possibilité. Et je déteste encore plus l'attitude d'Hermès qui me l'a cachée pendant des années !

Elle cassa son fusain entre ses doigts et jeta les morceaux par terre. Marguerida attendit de voir si Katherine en ferait plus, calculant sa propre réaction avec une lucidité qui lui fit un peu honte.

– Si je te disais que ta peur et ta rage me semblent parfaitement raisonnables, cela t'aiderait-il ?

– Un peu, convint-elle à regret, comme déterminée à se raccrocher à ces émotions.

– J'ai été furieuse quand j'ai découvert que j'avais le Don des Alton, Katherine. Et il y a des moments où je l'aurais échangé contre un bon lit, un bon repas ou n'importe quoi, sauf qu'on ne peut pas l'échanger ou le donner. On en hérite. Domenic le possède, et Yllana aussi.

– Et Rhodri ? dit Katherine, curieuse en dépit de sa peur.

– Rhodri n'a pas le Don des Alton, mais semble avoir hérité d'une variante du Don des Aldaran.

– Oh, *ça* ! Hermès m'a dit qu'il avait la capacité de voir dans l'avenir, mais ça me paraît toujours difficile à croire. S'il avait pu voir le futur, il aurait su que nous reviendrions sur Ténébreuse, et il me l'aurait dit il y a des années, non ?

Marguerida secoua la tête.

– Ça ne marche pas comme ça. Oui, le Don des Aldaran est la clairvoyance, mais les visions sont rarement précises – je reçois une bouffée d'informations, toutes mélangées, et après, il faut les trier et tâcher de les interpréter. La réalité s'est souvent révélée différente de mon interprétation. Et le Don de Rhodri en est une sorte de version inversée.

– Inversée ? Tu veux dire qu'il voit le passé ?

– Si on veut. C'est davantage que de la psychométrie, tout en y étant apparenté.

– La psychométrie – alors ça, j'en ai jamais entendu parler. C'est la capacité, quand on touche un objet, de dire quel est son âge ou autre chose. J'ai toujours pensé que c'était bien exagéré. Mais ce n'est pas le cas de Rhodri ?

– Pas tout à fait. Il peut prendre un objet, et non seulement dire son âge, mais raconter l'histoire de la personne qui s'en servait. Il fut un temps où je trouvais que ce serait une merveilleuse qualité pour un archéologue, et j'ai même pensé l'envoyer étudier hors planète. Mais maintenant je suis contente d'avoir changé d'avis, parce que, ailleurs, ce talent lui aurait causé plus d'ennuis qu'il n'en vaut la peine.

Katherine resta pensive un moment.

– S'il était imprudent, ça pourrait le faire tuer. Et d'après le peu qu'Amaury m'en a dit, ton fils Rhodri ne pèche pas par trop de prudence.

– C'est le moins qu'on puisse dire, confirma Marguerida en souriant, passant sa main nue dans ses cheveux. Je me suis toujours félicitée de la nature prudente de Domenic, si différente de la désinvolture de Rhodri ! *Je n'aurais jamais dû dire à Domenic qu'il ne me surprendrait jamais !* Il fera un souverain du genre qui enterre prématurément tous ses ministres.

– Ainsi, Domenic succédera à Mikhaïl ? Je veux dire : il n'y a pas de doute là-dessus ?

– Non, en supposant qu'il vive assez longtemps. *Mords-toi la langue ! Rien n'arrivera à Domenic, et tu vas encore t'inventer des soucis !* Heureusement, ma belle-mère est presque seule à prétendre que Domenic n'est pas l'héritier légitime de mon mari.

– Mais pourquoi ? Le peu que j'ai appris de la politique de Ténébreuse suffirait à me rendre folle, je l'avoue, si je ne l'étais déjà pas à moitié !

– Sottises ! Tu es parfaitement sensée. Tu as été jetée sans aucune préparation dans une situation qui viole sans doute toutes tes idées sur la nature de la réalité. Je sais que les miennes ont été sérieusement ébranlées pendant mes premiers mois sur Ténébreuse. Mon père m'avait caché tant de choses – mon histoire, mon potentiel de télépathe –, alors je devine ce que tu dois ressentir.

Elle soupira, puis sourit.

– Je lui ai presque pardonné, maintenant. Il était bien intentionné, mais il se trompait totalement. D'ailleurs, je ne l'aurais pas compris s'il m'avait assise sur une chaise pour me dire : « Marja, tu découvriras un jour que tu peux lire dans les esprits, et il ne faudra pas avoir peur », ou quelque chose de logique dans ce genre.

Parce que le problème, c'est que les humains ne sont pas logiques.

Katherine en resta un instant perplexe.

– Nous ne sommes pas logiques ?

Marguerida secoua la tête en souriant.

– Quand j'étais sur Université et après, je me comportais d'une manière que je croyais logique. Mais maintenant je réalise que je faisais des choses irrationnelles que j'arrangeais ensuite dans ma tête pour leur donner une apparence raisonnable. Ce n'est pas être logique – c'est prendre ses désirs pour des réalités et récrire sans fin sa propre histoire au fur et à mesure. La vie n'est pas logique – elle se déroule comme elle veut, et le mieux qu'on puisse faire, c'est d'affronter le présent comme on peut.

– C'est très sage, et très difficile, répondit pensivement Katherine.

– Oui, en effet. Surtout pour une femme aussi intelligente et forte que tu dois l'être. Hermès t'appelait Kate en parlant de toi au dîner, et si je peux extrapoler à partir de cette information...

– Au lieu de lire dans mon esprit, tu veux dire ?

En une seconde, le visage pensif de Katherine prit l'air amusé.

– Nous nous sommes rencontrés à l'occasion d'un portrait que je faisais, mais la première chose que nous avons faite ensemble, c'est assister à une représentation de *La Mégère apprivoisée*. C'était une production minable, mais après j'ai toujours été sa Kate. Pourtant, avant notre arrivée ici, je n'avais jamais réalisé à quel point Hermès ressemble à Petruchio ! Voilà dix ans que je le regarde intriguer, et j'ai toujours trouvé charmante sa façon de manipuler ses confrères sénateurs. Maintenant, je réalise qu'il me dupait aussi comme les autres, et je ne trouve plus ça charmant ! J'ai envie de le bourrer de coups de pied !

– Katherine, les gens se dupent tout le temps. Si une semaine s'est jamais passée sans que Mikhaïl me dissimule quelque chose qu'à mon avis je devrais savoir, c'est un miracle. *En ce moment, il s'est claquemuré avec mon père, Danilo Syrtis-Ardais, Dani Hastur et Dieu sait qui d'autre, à intriguer et comploter, et quand il me dira ce que je dois faire, je devrai feindre d'être ravie.*

— Mais tu pourrais...

— Oui, je pourrais écouter – mais moi non plus je n'ai pas été élevée pour espionner ! Et je dois être prudente, Katherine, parce qu'il y en a beaucoup qui se méfient de moi, qui trouvent que j'ai trop d'influence sur mon mari et sur mon père.

De nouveau, elle baissa les yeux sur ses mains.

— Il m'a été donné un pouvoir très bizarre, et Mikhaïl en a reçu un autre tout aussi étrange, de sorte qu'à nous deux nous pouvons faire des choses remarquables. Mais certains refusent de croire que nous ne nous servirons jamais de ces pouvoirs pour leur imposer notre volonté – dont ma belle-mère, sans doute parce qu'elle ne s'en priverait pas si elle en avait la possibilité, et qu'elle n'imagine pas que nous puissions agir différemment.

Elle soupira.

— Mais vous ne l'avez pas fait. Ce doit être difficile de résister à la tentation, Marguerida.

— Non, pas vraiment. Oh, si je pouvais métamorphoser Javanne en crapaud, ce serait irrésistible. Heureusement, le *laran* ne fonctionne pas comme ça. Il se conforme aux lois de l'univers.

— Que veux-tu dire ?

— Tu sais bien – cette histoire de conversion de l'énergie. Avec mon *laran* particulier, je peux, à grand-peine, transformer de la matière en énergie ou le contraire, et Mikhaïl le peut aussi. Hum... je pourrais, par exemple, mettre le feu à ton carnet de croquis – en théorie du moins. Je n'ai jamais essayé. Mais je ne peux pas métamorphoser ma belle-mère en autre chose.

— Malgré le plaisir que tu en aurais.

— Exactement. Mais dans la société ténébrane tout revient à conserver l'équilibre des puissances. Sinon, notre culture partirait en lambeaux. Cela a failli se produire dans le passé, et les dons que nous avons reçus,

Mikhaïl et moi, ressemblent trop à certains pouvoirs de notre histoire pour tranquilliser tout le monde. C'est pourquoi je dois me comporter en bonne épouse ténébrane, et me soumettre aux hommes ! Non – faire semblant de m'y soumettre.

Marguerida se sentit rougir de colère. Elle dut se ressaisir avant de continuer.

– J'ai dû apprendre à faire confiance à Mikhaïl pour exécuter sa part du travail, et utiliser mon énergie pour faire la mienne. *C'est ce que j'ai fait de plus dur dans ma vie.*

– Faire confiance ?

– Fais-tu confiance à Hermès ?

– Je lui faisais confiance jusqu'à la semaine dernière.

– Non, Katherine, ce n'est pas ce que je voulais dire. Crois-tu que ton mari est un homme compétent, un homme capable de prendre les bonnes décisions ?

– Oui, bien sûr. En fait, il a l'esprit si aiguisé que je m'étonne qu'il ne se coupe pas dessus, comme nous disons sur Renney. Et dans le passé, il n'a jamais rien fait qui puisse m'inquiéter. Pas de maîtresse, pas de magouilles comptables. Mais ce n'est plus l'homme que j'ai épousé.

– Mais si. Hermès est exactement l'homme que tu as épousé, mais tu connais maintenant une partie de sa personnalité que tu ignorais jusque-là. Il est toujours un peu gredin, en charmeur qui ne peut s'empêcher de manipuler les gens. Pas de maîtresses ? Il doit t'aimer à la folie.

– À ma connaissance, c'est un parangon de fidélité. Oh, je l'ai vu jouer les séducteurs à l'occasion, mais toujours avec des Sénateurs d'autres planètes, pour les engager à voter dans son sens.

Elle fit une courte pause et reprit :

– Ma Nana disait qu'il était comme un maquignon cherchant une bonne affaire, palpant les jambes et vérifiant les dents.

– Mais elle pensait qu'il était honnête commerçant ?

– Pas tout à fait. Elle disait qu'il avait un secret, et que c'était sans doute une femme et cinq ou six enfants ici. Je crois que je serais soulagée si ça avait été le cas. Une autre femme, je pourrais lutter. Les six enfants auraient posé des problèmes, je suppose.

Elle gloussa doucement à cette idée.

– J'aurais été une méchante marâtre, après avoir empoisonné la femme et poussé les aînés à l'exil.

– Eh bien, pour ne rien te cacher, il est possible qu'Hermès ait quelques rejetons *nedesto* dans les Heller, mais je crois que Robert Aldaran ou Gisela en auraient parlé si c'était le cas. Il avait une vingtaine d'années à son départ, et il n'était sans doute pas vierge. Mais à un niveau profond et inconscient, tu savais sans doute déjà qu'il te cachait quelque chose.

– *Nedesto*. Je connais le mot, mais je n'ai jamais réfléchi à ses implications. Hum... oui, je suppose que je me doutais de quelque chose. Oh, Marguerida, je sais que je suis insupportable, mais je m'habituerai peut-être à Ténébreuse au bout de quelques années. Pourtant, pour le moment, j'ai envie de hurler de frustration.

– Ne t'en prive pas. Au cours des siècles, les murs du Château Aldaran ont entendu des choses à faire dresser les cheveux sur la tête. Et n'hésite pas à venir me voir quand tu auras des problèmes. Je ne demande qu'à t'aider.

– Merci. J'essaierai. Mais ce n'est pas facile, parce que je ne suis pas du genre à faire des confidences. En fait, à part ma Nana, je n'ai jamais trouvé la compagnie de mon sexe très intéressante, et je ne me fais pas facilement des amies. J'aime mon mari et mes enfants, mais à dire vrai je me sens plus à l'aise avec mes pigments et mes brosses qu'avec la plupart des autres personnes. Hum... si ce que tu disais tout à l'heure est vrai, et que je sois ultra-empathique, cela expliquerait bien des choses.

Katherine se tut, considérant Marguerida, et se disant qu'avec le temps elle pourrait peut-être devenir son amie. Prise de conscience étonnante, immédiatement suivie d'une autre, à savoir que sa belle-sœur à problèmes l'était déjà. Bizarre – deux jours plus tôt, Gisela aurait été la dernière personne à laquelle elle aurait pensé se lier d'amitié, mais tout avait changé après leur conversation dans la calèche. Et maintenant, Hermès était parti exécuter quelque mission mystérieuse, la laissant seule au milieu de tous ces étrangers. Et le fait que la plupart étaient plus ou moins des parents rendait sa situation encore plus difficile. Enfin, elle ferait bien de cesser de se mettre martel en tête et d'apprendre à affronter Ténébreuse. Elle devait penser à ses enfants, non ?

– Je ressens la même chose pour la musique. Et si j'en crois ces paroles, il est temps que je m'en aille et que je te laisse à ton travail. Je ne te dérangerai pas plus longtemps.

Elle avait envie de poser des questions sur Amedi Korniel, mais elle décida que ça pouvait attendre.

– Avant de partir, j'aurai quand même un service à te demander – deux, en fait.

– Oui. De quoi s'agit-il ?

– Mon fils Rhodri manifeste un certain talent pour le dessin, enfin, quand il s'ennuie et qu'il ne trouve aucune bêtise à inventer, il fait des dessins sur les murs avec des craies de couleur. Ils sont assez jolis, bien que je doive les lui faire effacer. Accepterais-tu de lui donner quelques leçons ?

– Avec plaisir. Et l'autre ?

– Pourrais-tu demander à Gisela de poser pour son portrait ? Je sais que vos rapports ne sont pas partis du bon pied, mais elle est si malheureuse, et ça lui ferait tant plaisir, je crois.

Katherine lui lança un regard étonné, avec quelque chose de mystérieux, mais rien de désagréable.

– Je crois qu'elle ferait un excellent sujet, répondit-elle d'un ton réservé, mais ses yeux noirs brillaient d'intérêt.

Marguerida sortit, quelque peu perplexe. Mais, contente d'avoir un peu apaisé les craintes de Katherine, elle n'y pensa plus. Elle n'avait pas fait dix pas dans le couloir que toutes ses autres responsabilités revinrent l'assaillir. Katherine l'en avait distraite un bref moment, et elle réalisa qu'elle retirait de cette visite autant de soulagement qu'elle en avait apporté. Elle devait attendre, être patiente. C'était très difficile d'être une femme d'âge mûr surchargée de devoirs, alors qu'elle aurait voulu se précipiter dehors pour faire quelque chose – n'importe quoi ! Puis la douleur revint, comme si elle avait guetté le moment de la reprendre dans ses griffes.

– Maudit sois-tu d'être mort, Régis ! Pour une fois, tu as raté ton minutage, marmonna-t-elle, sentant les larmes lui monter aux yeux.

Après le départ de Marguerida, Katherine ne se remit pas à dessiner, mais resta immobile à contempler la fenêtre, réfléchissant à tout ce qu'elles avaient dit dans cette conversation à bâtons rompus. Elle avait l'esprit fatigué, et savait qu'elle ne parviendrait pas tout de suite à mettre de l'ordre dans ses idées, ce qui l'irrita grandement. Parle à Ida Davidson, avait dit Marguerida. Cela paraissait simple et raisonnable, mais Katherine n'était pas sûre de pouvoir aller trouver une parfaite étrangère pour lui confier ses problèmes. Non, elle attendrait un peu pour voir ce qui se passerait. Mais c'était réconfortant de savoir qu'elle n'était pas seule à être frustrée et furieuse au Château Comyn.

Elle pensa à la question de l'empathie pendant un moment. C'était une caractéristique humaine normale, non ? Pourtant, sur Ténébreuse, cela semblait être quelque chose de plus – un de ces Dons dont ils parlaient tout le temps. Elle pourrait supporter d'être une empathe, supposa-t-elle. Au moins, l'explication de Marguerida semblait plausible.

Quand un autre coup fut frappé à sa porte, elle ne put décider si elle était contente ou irritée de cette nouvelle distraction.

– Entrez.

C'était Gisela, l'air un peu gêné, et se méfiant de sa réaction. Elle portait une tunique rouille et une jupe d'une nuance plus sombre, assez semblables aux vêtements qu'elle avait apportés la veille à Katherine.

– Bonjour. Je te dérange beaucoup ?

– Pas du tout. Je rêvassais.

Marguerida lui avait-elle déjà dit de venir ? Katherine n'était pas encore prête à attaquer un portrait – elle devrait faire asseoir son modèle sur quelque chose, et elle n'avait qu'un tabouret. Mais elle pouvait faire des croquis.

– Alors, très bien.

Gisela la toisa de la tête aux pieds.

– Kate, pourquoi es-tu en jupe d'équitation ?

– C'est une jupe d'équitation ? dit Kate, en la tripotant. Je cherchais quelque chose de confortable, sur quoi les taches ne se verraient pas. C'est inconvenant ?

– Non, pas exactement, mais ça fait plutôt excentrique porté sous un tablier !

Elle gloussa, puis reprit son sérieux et ajouta :

– Je n'ai presque pas dormi de la nuit.

– J'en suis désolée.

– Tu ne devrais pas ! Je pensais à ce que tu m'avais dit dans la calèche et j'étais trop excitée pour m'endormir avant l'aube. Tu vas bien, Kate ? Tu n'as pas l'air d'avoir dormi beaucoup plus que moi.

– Oui, je vais bien.

Katherine réprima l'envie de lui parler d'Hermès. Elle aimait bien sa nouvelle belle-sœur, mais elle n'était pas sûre de pouvoir lui faire confiance.

– Il me faut un peu de temps pour m'habituer à Ténébreuse, je suppose.

– Tu sembles inquiète.

– Vraiment ?

– Tu crains toujours qu'on tripatouille dans ta tête ?

– Oui, un peu, sans doute.

Katherine tressaillit, réalisant qu'elle n'y avait pas pensé depuis une demi-heure. C'était peu charitable de le lui rappeler.

– Eh bien, ne t'inquiète pas.

Elle remua nerveusement les pieds sous sa longue jupe.

– Je peux te montrer quelque chose ?

Katherine la regarda, et remarqua qu'elle sentait une partie des émotions de sa belle-sœur. C'était très étrange, et cela la mit très mal à l'aise sur le moment. Mais elle ne perçut que de l'excitation chez Gisela, et aucune des émotions plus sinistres qu'elle avait notées la veille, elle le réalisait maintenant. Dans quelle mesure refusait-elle ce genre de perceptions depuis des années ? Marguerida avait peut-être raison.

– Certainement, si ce n'est pas quelque chose d'horrible.

Gisela, l'air interdit, secoua la tête.

– Kate, je te jure que je ne te jouerai plus jamais un tour pendable ! Je voudrais que tu sois mon amie ! J'ai besoin que tu sois mon amie !

Des larmes brillaient dans ses yeux verts, et elle tremblait.

Katherine posa son carnet de croquis et se leva lentement, émue et un peu effrayée de cet élan affectif. Puis elle s'approcha de Gisela et lui entoura les épaules de son bras. Elle sentit une légère odeur de lavande, mêlée à un autre parfum.

– Allons, ne pleure pas, ma chérie. Marguerida vient juste de me demander de faire ton portrait, dit-elle, cherchant frénétiquement le moyen d'endiguer le flot de désespoir qui submergeait sa belle-sœur, et disant la première chose qui lui passa par la tête.

– Vraiment ? Et lui as-tu dit que tu m'avais déjà demandé de poser pour toi ?

– Non. Elle pensait que ça te ferait plaisir, et je n'ai pas voulu...

Gisela se redressa.

– C'est très gentil de sa part, non ? Après tout ce que je lui ai fait.

– Je crois que Marguerida est très gentille, Gisela, et qu'elle désire sincèrement le bonheur de tous ceux qui l'entourent.

332

Gisela s'essuya les yeux de son mouchoir.

– Elle n'a pas eu beaucoup de chance avec moi, hein ? dit Gisela avec regret. Sais-tu combien de temps j'ai gaspillé à la haïr ?

– Non, et j'aime mieux ne pas le savoir.

– Tant mieux – parce que j'en ai honte. Et je n'aime pas ça du tout.

Elle soupira, remua les épaules sous la légère étreinte de Katherine, puis fit une grimace comique.

– Tu vois devant toi une Aldaran repentante.

Impulsivement, Katherine lui saisit le menton et la regarda dans les yeux.

– Oui, je vois presque la vertu suinter de tous tes pores.

À sa surprise, Gisela pouffa, ce qui l'enchanta.

– Je n'accepterais une telle taquinerie de personne d'autre, ma chère belle-sœur, pas même de Rafaël. Mais, je ne sais pas pourquoi, venant de toi, ça ne me blesse pas.

– J'en suis heureuse. Bon, tu voulais me montrer quelque chose.

Katherine lâcha Gisela, découvrant que ce contact la gênait un peu. *Est-ce pour ça que je peins des portraits ? Pour être proche des gens, mais pas trop ?*

Gisela plongea la main dans son aumônière et en sortit un petit objet.

– C'était dans mon coffret à bijoux, et je m'en suis souvenue en m'habillant ce matin.

Elle ouvrit la main, révélant une figurine de six pouces dans sa paume. Le bois en était noirci par l'âge, et la facture rustique, mais néanmoins puissante.

– C'est la dernière chose que j'ai sculptée avant que ma nourrice... m'oblige à arrêter.

Katherine prit la statuette et la fit tourner dans sa main. Elle remarqua que Gisela avait utilisé le grain du bois à son avantage, ne retirant que le nécessaire pour suggérer les plis du vêtement, et les traits du visage, simples mais émouvants. Il y avait encore un peu d'écorce dans le dos, rêche et noircie. Elle vit les traces laissées par un outil rudimentaire, pas un ciseau de sculpteur, mais quelque chose de moins adapté au travail. Sans doute un de ces couteaux que tous les hommes portaient à la ceinture, se dit Katherine, ce qui n'était pas recommandé pour la sculpture.

– Je crois que tu n'as pas de souci à te faire pour ton talent, Gisela. Tous les sculpteurs de ma connaissance seraient contents d'avoir fait ça.

– Merci.

– Me diras-tu quelque chose, maintenant ?

– Tout ce que tu voudras.

– Pourquoi m'as-tu accompagnée hier ?

– Oh, ça !

– Oui, ça.

– Je... je ne sais pas. Pas vraiment. J'étais prête à te haïr, et encore plus après t'avoir vue la première fois. Puis au dîner, quand Danilo Syrtis-Ardais a entrepris de me morigéner, parce qu'après vous avoir vu dans vos atours de Terranans il avait compris ce qui s'était passé, j'ai réalisé que je me conduisais comme une imbécile – que je n'avais pas besoin de t'avoir pour ennemie.

Elle frissonna légèrement.

– Quand vous êtes tous arrivés de l'astroport avec Rafaël, il ne m'est jamais venu à l'idée que tu pourrais seulement désirer être mon amie, parce que je n'ai jamais imaginé que personne puisse en avoir envie. J'ai toujours désiré une sœur, tu comprends. Mais j'avais déjà tout gâché avec Marguerida, et voilà que je recommençais avec toi. Alors, j'ai pris le risque. J'avais une peur terrible, mais je savais que si je n'essayais pas je le regretterais toute ma vie.

– Je suis bien contente que tu aies pris ce risque, Gisela. J'ai plusieurs sœurs, mais elles sont à une demi-galaxie de distance, et maintenant je suppose que je ne les reverrai jamais. Tu as été très brave.

– Tu me l'as déjà dit hier, et je ne t'ai pas crue, mais si tu continues, je commencerai à le croire.

Katherine sourit, et se pencha pour planter un baiser sur la joue de Gisela. Puis elle s'écarta.

– Et maintenant, comment allons-nous te trouver de bons outils pour sculpter ?

CHAPITRE XVI

L'air du petit bureau sentait le renfermé et l'odeur des corps nerveux. Lew observait Mikhaïl qui, debout devant la cheminée, tripotait de petites figurines alignées sur le manteau. Il avait l'air plus reposé que la veille, malgré son anxiété pour Domenic. Il sourit à son beau-père, comme comprenant ses inquiétudes et essayant de le rassurer. Donal était debout à quelques pas derrière lui, alerte et vigilant. Puis, conscient du regard de Lew, il lui fit un clin d'œil. Ce devait être merveilleux d'avoir vingt-trois ans, se dit Lew, quoique ses souvenirs de cet âge fussent si douloureux qu'il redoutait d'y penser.

Mikhaïl se retourna et prit place au bureau éraflé de Régis. Il scruta tous les visages, les étudiant tour à tour, comme pour jauger ses conseillers et évaluer mentalement leurs forces et leurs faiblesses. Content de voir son gendre en d'aussi bonnes dispositions qu'il pouvait l'espérer, Lew se détendit un peu. Maintenant, ils devaient décider comment procéder, et Lew devait trouver le moyen de se mettre en retrait et de laisser Mikhaïl prendre l'initiative. Sinon, Mikhaïl n'aurait pas confiance en ses décisions ainsi qu'il le devait pour leur bien à tous.

Rafe Scott, ancien membre des Services Secrets Terriens, était nonchalamment renversé dans un fauteuil, et Dani Hastur en occupait un autre. Le temps s'était montré clément envers Scott ; ses cheveux avaient blanchi et son visage hâlé avait pris quelques rides, mais c'était le même homme que Lew avait connu des décennies plus tôt, à une époque si lointaine et si différente qu'il aurait pu s'agir d'un autre univers. Quand Lyle Belfontaine l'avait forcé à démissionner du Service, Rafe avait fondé une petite entreprise avec Rafaëlla, pour guider des expéditions de Terranans dans les Heller. Cela l'avait rendu riche pour Ténébreuse. De plus, il avait droit à une retraite de la Fédération, qui lui était versée de temps en temps, à son amusement. Son départ du QG leur avait compliqué la vie, car c'était un puissant télépathe. Jusqu'à ces derniers jours, ils s'étaient servis d'Ethan MacDœvid, qui, bien que n'ayant pas de *laran*, avait l'esprit vif et observateur. L'homme de la Rue de l'Aiguille avait été une bonne source d'informations, et ils regrettaient tous de ne plus pouvoir profiter de ses observations.

Près de lui, Dani Hastur, qui avait maintenant trente ans, était toujours aussi calme que pendant son adolescence, mais il avait pris de l'assurance. La mort de son père avait été un coup dont il mettrait du temps à se remettre, Lew le savait. Mais Dani détestait Thendara, et, à ses épaules avachies, Lew voyait bien qu'il aurait préféré être n'importe où que dans cette pièce qui avait été le bureau de son père pendant tant d'années.

La sixième personne présente était Danilo Syrtis-Ardais. La mort de Régis l'avait profondément affecté, et il avait vieilli visiblement ces quelques derniers jours. Mais ses yeux restaient vigilants, et il était clair qu'il ne laisserait pas son chagrin interférer avec le fonctionnement de sa belle intelligence.

Mikhaïl resta immobile, ouvrant et refermant la main ornée de la grosse matrice de Varzil le Bon, les dents serrées. Il semblait chercher quelque chose que Lew ne distinguait pas. Finalement, il s'éclaircit la gorge et se mit à parler.

– Dès que *Dom* Damon nous fera l'honneur de sa présence, commença-t-il, avec une ironie évidente pour tous, nous devrons réunir le Conseil. Question : qu'allons-nous leur dire ?

– C'est succinct et va droit au but, répondit vivement Danilo. Si nous leur parlons d'un complot pour t'assassiner, l'enfer va se déchaîner. *Dom* Francisco Ridenow et Dame Javanne nous demanderont des preuves et exigeront que nous passions à l'action, nous le savons tous. Et l'absence de Domenic devra être expliquée bientôt. Jusque-là, nous l'avons gardée secrète, mais une servante ou quelqu'un d'autre finira par vendre la mèche, et alors nous serons submergés de folles spéculations, dit-il, avec un sourire tendu. J'avoue avoir taquiné l'idée d'annoncer à ton intrigante de mère qu'il avait été kidnappé par la Fédération, juste pour voir sa tête. Si seulement elle s'abstenait de se mêler de tout !

Dani Hastur approuva de la tête.

– Exactement. Gareth m'a demandé ce matin où était Domenic, et je n'ai pas su quoi répondre, vu que nous ne voulons pas que cette information soit connue de tous pour le moment.

Il haussa les épaules.

– La vie serait bien plus facile si chacun s'occupait de ses affaires, non ?

– On n'a jamais rien dit de plus vrai, répondit Mikhaïl. Bon, continuons – plus longtemps nous restons enfermés, plus nous allons susciter de folles hypothèses. *Dom* Francisco Ridenow, Dame Marilla et ma chère mère sont sans doute déjà en train d'imaginer les pires choses. J'attends les suggestions, les informations, et même les plaisanteries pourvu qu'elles soient pertinentes.

Rafe Scott remua dans son fauteuil.

– J'ai une bribe d'information qui pourrait être utile. Hier soir, j'ai passé une heure dans une taverne de la Cité du Commerce, à siroter de la bière tout en ouvrant mes yeux et mes oreilles. Je fréquente l'endroit assez souvent pour être considéré comme un habitué, bien que la qualité de la bière ne soit pas à la hauteur de celle des racontars. Quelque chose se mijote au QG, c'est certain. Il en part un véritable flot de messages depuis trois jours. Mais le plus intéressant c'est, à ce que j'ai compris, qu'ils n'ont pas eu de réponse. Résultat : les Terriens deviennent nerveux et commencent à avoir peur de leur ombre.

– Tu as idée du contenu de ces messages ?

– La plupart étaient en code, et les hommes que j'ai entendus ne sont pas assez haut placés pour y avoir accès. Ce serait très utile d'aller nous promener au QG, Lew, mais c'est hors de question, je suppose.

– Peut-être. Nous avons reçu plusieurs messages de Belfontaine, chacun plus strident que le précédent, et d'après le dernier, il est maintenant clair qu'ils ont appris la mort de Régis. Il veut que nous lui livrions Hermès Aldaran, et il exige une entrevue immédiate avec Mikhaïl pour discuter de l'avenir de la Fédération sur Ténébreuse. Ce serait comique en d'autres circonstances. Heureusement que je ne suis pas très susceptible, car le dernier était extrêmement grossier.

Rafe Scott gloussa doucement.

– C'est du Belfontaine craché. Il semble penser que nous ignorons le projet d'évacuation de la planète. Est-ce qu'il en parle ?

– Non. Pas plus que nous ne l'avons averti de la mort de Régis. À l'évidence, son second, Miles Granfell, l'en a informé hier soir. Dommage que nous n'ayons pas pu la lui cacher un peu plus longtemps, dit Lew.

– Tu ne pouvais quand même pas aller le voir au QG, dit Dani.

– Oh, je pourrais y entrer et parler à Belfontaine. Mais est-ce que je pourrais en sortir ? Franchement, je me trouve un peu vieux pour commencer une carrière d'otage. Et la même remarque vaut pour Rafe.

Il voulait bien risquer sa vie pour Ténébreuse si c'était nécessaire, mais il ne voulait pas la gaspiller à une visite futile.

– Une fois sur ce qui est encore le territoire de la Fédération, ils peuvent faire de toi ce qu'ils veulent, dit Dani, l'air très mal à l'aise à cette idée.

– D'après mes informations, l'astroport est fermé –
n'est-ce pas, Rafe ? dit Mikhaïl, le regardant avec insistance en posant la question.

– Tes informations sont exactes. L'astroport est
fermé, et aucun astronef n'a atterri depuis deux jours.
Hermès a eu de la chance – il est arrivé sur le dernier
Grand Vaisseau.

Scott branla du chef.

– Le commerce galactique va en souffrir s'ils font la
même chose sur des planètes plus proches du noyau.

– C'est le problème de la Fédération, pas le nôtre, dit
Mikhaïl avec impatience.

– Pas entièrement, Mikhaïl. Même si nous sommes
pratiquement indépendants de la Fédération, nous ne
pouvons pas prévoir dans quelle mesure la désorganisation du commerce peut nous affecter. Mais n'anticipons
pas. Ce que j'ai observé, c'est que des sans-grade continuent à venir se distraire à la Cité du Commerce, et
qu'ils se conduisent avec une nouvelle désinvolture. Ils
savent qu'ils partiront bientôt, et font comme si ça les
autorisait à faire n'importe quoi. Déjà, la Garde de la
Cité a dû intervenir dans plusieurs bagarres, et quelques
filles de joie ont des bleus, ce qui est nouveau. J'ai fait
une petite visite à *Mestra* MacIvan, de la Maison du
Soleil Rouge, et elle est prête à fermer ses portes parce
que la situation devient incontrôlable.

– Mais pourquoi ? Je ne comprends pas, dit Dani.

Rafe remua dans son fauteuil.

– À mon avis, ils pensent que tout est permis maintenant, même le meurtre, et qu'ils n'ont plus à s'inquiéter
des conséquences.

– Oui, dit Danilo. Le Commandant de la Garde m'a
fait demander ce matin ce qu'il doit faire de tous les
Terranans qu'il a arrêtés, parce que toutes ses cellules
sont pleines. Et Belfontaine, dans un autre de ses messages, a exigé qu'ils soient relâchés immédiatement. Ses
messagers doivent avoir mal aux pieds à courir sans
arrêt du QG au Château, remarqua-t-il avec un sourire
ironique. J'ai répondu qu'ils s'étaient livrés au vanda-

lisme, et qu'ils ne seraient pas libérés avant d'avoir payé les dégâts qu'ils ont faits, ce qui devrait lui donner matière à réflexion pendant une heure ou deux. Quand même, je ne sais pas comment régler ce problème. Nous pouvons difficilement construire une autre prison du jour au lendemain, et si nous les laissons retourner sur le territoire de la Fédération, ils reviendront sans doute causer d'autres problèmes.

– Et l'orphelinat?

La question venait de Donal, qui sembla aussitôt embarrassé de son intervention.

– L'orphelinat John Reade? À quoi penses-tu, Donal? demanda Mikhaïl.

– Il est vide depuis que la Fédération l'a fermé, il y a deux ans, et il est construit comme une forteresse. Il y a des tas de pièces, et d'après ce que m'en a dit *Domna* Marguerida, il ne valait guère mieux qu'une prison.

Il avait rougi, mais il défendait son idée, et Lew lui adressa un signe de tête approbateur.

Un sourire se répandit lentement sur le visage de Mikhaïl, lui redonnant l'air d'un jeune homme.

– Solution élégante, et qui amusera beaucoup Marguerida. Danilo, dis à Belfontaine que ses hommes resteront en prison jusqu'au paiement des dégâts ou au départ de la Fédération. Cela devrait le déstabiliser un moment, vu qu'il ignore que nous sommes au courant de leur évacuation. Cela lui donnera un autre sujet de réflexion que mon assassinat. Autre chose, Rafe?

– Oui. La plupart des Terriens que j'ai vus sont des sans-grade, sans aucun accès aux informations sensibles. Ils semblent inquiets. Et ce qui les inquiète, c'est la crainte que la Fédération ne leur envoie pas de vaisseaux et les abandonne ici. C'est arrivé sur d'autres mondes, et même si l'information n'était pas répandue quand j'ai quitté le QG, elle l'est maintenant. Mon impression, c'est que personne ne sait ce qui se passe ou va se passer. D'où leur angoisse et leur violence.

– Intéressant, dit Lew, se penchant pour voir Scott, partiellement caché par Dani. On dirait que le sommet tient la base dans l'ignorance, non?

– Exactement. Les hommes de troupe sont mal à l'aise, et je n'ai pas vu d'officiers.

– C'est bon ou mauvais signe ? demanda Mikhaïl.

– Mauvais signe, à mon avis. Si Emmet Grayson avait encore la moindre autorité, nous pourrions le contacter. Mais depuis la réorganisation de la bureaucratie fédérale, c'est Belfontaine qui détient le pouvoir réel, et nous savons qu'il nous est hostile.

– Combien Belfontaine a-t-il de combattants entraînés à Thendara ? demanda Mikhaïl, se penchant sur son bureau, le regard attentif.

– Bonne question, à laquelle je ne peux pas répondre avec précision. Quand j'ai démissionné, ils étaient dans les deux cents, mais je ne sais pas si ce nombre a diminué ou augmenté. Plus ceux cantonnés en territoire Aldaran. J'ai essayé de les compter la dernière fois que j'ai guidé une expédition dans les Heller, et je dirais qu'ils sont dans les soixante-quinze à cent, jeunes recrues pour la plupart. Mais il y a parmi eux quelques vétérans de la Révolte de Pali, marines et soldats, qui connaissent leur affaire. Et il faut sans doute y ajouter les techniciens, qui doivent être entraînés au combat.

– Que penses-tu de Belfontaine, Rafe ? demanda Danilo avant que les autres aient eu le temps de poser la question. Tu as eu plus de contacts avec lui que quiconque, à part Lew et moi.

– Il est rusé et ambitieux, et voilà longtemps qu'il espère de l'avancement. Il a eu des problèmes quand il était en poste sur Lein III, et il a été affecté sur Ténébreuse en guise de punition. Il ronge son frein depuis des années en attendant de passer à l'action, et il va considérer la mort de Régis comme l'occasion de mettre fin au Statut Protégé de Ténébreuse, en prétendant que la Fédération doit intervenir pour maintenir l'ordre ou sous tout autre prétexte. Ce ne serait pas la première fois qu'un fonctionnaire fédéral agirait dans son propre intérêt, et généralement la Fédération laisse faire, puisque son but est de ramener toutes les planètes au bercail.

– Est-ce que ce Belfontaine est un Expansionniste ? demanda Dani, le front plissé de concentration.

Il ne s'était jamais beaucoup intéressé aux problèmes de gouvernement, et après des années d'isolement au Domaine Elhalyn, il n'était plus au courant des affaires.

– Je ne crois pas qu'il ait des convictions politiques, ni qu'il soit affilié à un parti ; il a juste l'ambition dévorante de devenir général avant ses soixante ans, répondit Scott avec ironie. Il est issu d'une famille d'industriels, qui possède des planètes entières, et même les gens qui y vivent, ce qui lui donne un point de vue sur le monde qui m'est incompréhensible. Normalement, il aurait dû entrer dans les usines familiales, mais d'après une remarque qui lui a échappé un jour, il semble qu'on ne l'ait pas trouvé compétent, et il a fini dans l'administration à la place. J'ai l'impression que le service de la Fédération est considéré comme une déchéance dans sa famille, une carrière réservée à ceux qui ne sont pas capables de survivre dans le monde des affaires. Cela l'oblige à faire ses preuves. Ce dont je suis certain, c'est qu'il hait Ténébreuse, et croit sincèrement qu'il vaudrait mieux pour nous entrer dans le giron de la Fédération plutôt que de continuer à vivre comme nous le faisons depuis des siècles.

– On peut donc supposer, sans grand risque de se tromper, que si quelqu'un venait lui suggérer la possibilité de m'assassiner sur le chemin du *rhu fead*, il sauterait sur l'occasion, articula lentement Mikhaïl, comme s'il avait de l'acide plein la bouche.

– C'est possible.

– Seulement possible ?

– Il n'est pas idiot, Mikhaïl. Il doit avancer avec prudence, car la Fédération n'a pas envie de voir des ambitieux jouer les seigneurs de la guerre et s'emparer des planètes. Il pourrait très bien réussir à t'assassiner, et se retrouver devant un peloton d'exécution pour haute trahison.

– Autrement dit, il devra avoir l'air d'agir dans l'intérêt de la Fédération, non dans son intérêt personnel ?

– Oui, Dani, exactement. Il a assez d'hommes entraînés pour attaquer le convoi funéraire – mais je ne sais pas s'il le fera. Je soupçonne que certains de ces messages restés sans réponse visaient à obtenir l'autorisation d'intervenir dans les affaires ténébranes, et aussi à demander des renforts. Ce silence des autorités doit être très frustrant pour lui. Tu ne trouves pas, Lew ?

– Si. Mais je suppose que depuis la dissolution du parlement la Fédération est trop désorganisée pour s'inquiéter d'une planète arriérée comme Ténébreuse – ce dont nous devons nous féliciter.

Mikhaïl émit un grognement.

– Tout ça ne me plaît pas, mais nous ne pouvons rien y faire. Lew, tu as d'autres nouvelles de Domenic et Hermès ?

– Je sais que Rafaëlla les a rejoints ce matin, et qu'ils sont partis pour Carcosa. S'il s'est passé quelque chose depuis, je l'ignore encore.

– Marguerida a eu une bonne idée, remarqua Scott. Rafaëlla était ravie de reprendre la route.

– Quelqu'un a une idée à proposer ? demanda Mikhaïl.

Le jeune Donal s'éclaircit la gorge, et tous le regardèrent avec surprise. L'écuyer rougit d'embarras d'être ainsi le centre d'attention de tous.

– Je ne voudrais pas parler mal à propos, mais j'ai beaucoup réfléchi depuis le départ de Domenic, et j'ai regardé la route du *rhu fead* sur les cartes.

– Tu n'as pas à hésiter, Donal, dit doucement Danilo. Tu devras apprendre à conseiller Mikhaïl comme je l'ai fait pour Régis pendant tant d'années. C'est l'un des devoirs les plus intéressants d'un écuyer, tu sais.

Il eut un sourire ironique, démenti par son regard plein de souvenirs et de douleur.

– Tu peux même lui faire des critiques désagréables sans crainte de censure.

– C'est vrai, Donal, dit Mikhaïl. Je me rappelle un soir, il y a seize ans, dans cette même pièce, où Danilo a dit à Régis qu'il devait abandonner tout espoir de me marier à Gisela Aldaran. Ça ne lui avait pas plu, mais il l'avait assez bien pris.

Mikhaïl et Danilo gloussèrent à ce souvenir.

– Continue.

Au lieu de parler, Donal sortit de son aumônière une mince feuille de papier soigneusement pliée. Il la déplia, la posa sur le bureau devant Mikhaïl, et la lissa de la main.

– J'ai fait ce tracé hier soir, à partir d'une vieille carte des Terranans datant de dix ans, et d'une autre que Rafaëlla a donnée à *Domna* Marguerida.

– Pourquoi utiliser deux cartes ? demanda Dani.

– Celle des Terranans est ce qu'ils appellent une carte topographique, qui montre le profil du terrain, mais ne donne pas beaucoup d'informations sur les villages et les fermes. Elle est assez ancienne, mais comme le terrain ne change pas elle devrait être assez exacte.

– Ils ont dû l'établir grâce à leurs satellites géosynchrones, quand ils arrivaient à les faire fonctionner, remarqua Scott. Ils en devenaient fous, car, juste quand ils parvenaient à en réparer un, un autre tombait en panne. J'en avais retiré une piètre opinion de leur technologie, au début. Mais quelqu'un m'a expliqué que notre soleil émet d'étranges radiations qui brouillent la réception ou autre chose. Personnellement, je pense qu'Aldones ne veut pas qu'on prenne des photos de Ténébreuse.

Tout le monde rit, sauf Donal qui conserva son sérieux.

– Pour ça, je ne sais pas. La carte de la Fédération montre à quels endroits le terrain monte ou descend, et je l'ai copiée de mon mieux. Puis j'ai pris la carte de Rafaëlla, qui est juste un croquis de ce qu'on rencontre sur la Vieille Route du Nord, et j'ai ajouté ces informations à la première. Comme ça, on a des repères et on se rend mieux compte du terrain. Par exemple, dit-il, montrant un point sur sa carte, Rafaëlla indique ici une grande ferme, un petit village et une esquisse de la route. Mais sur la carte des Terranans la ferme s'étend sur plusieurs collines, le terrain monte et descend, et le tracé de la route est un peu différent. Je me suis dit qu'il serait peut-être utile de rechercher des endroits possibles pour une embuscade, et j'en ai trouvé deux.

Scott se leva et regarda la carte à l'envers.

– Les endroits marqués en rouge, Donal ?

– Oui, Capitaine.

– Tu as raison. Ce sont des endroits logiques pour un guet-apens.

– J'ai pensé qu'on pourrait peut-être... déguiser quelques Gardes en civils, et les envoyer en reconnaissance, dit Donal. Je veux dire : pourquoi nous en remettre uniquement à Domenic, à Hermès et aux Renonçantes de Rafaëlla ? Il faut battre les Terranans à leur propre jeu et faire échouer leur plan, conclut-il, l'air maintenant farouche.

– C'est une idée astucieuse, Donal, dit Danilo, la voix vibrante d'approbation. Et as-tu des suggestions quant aux éclaireurs ?

– J'ai fait une liste.

Donal tira une autre feuille de son aumônière, plutôt froissée et pleine de ratures, et la tendit à Mikhaïl.

– J'aurais pu consulter le Commandant Ridenow, mais j'ai pensé que non, parce qu'il m'aurait posé des questions et que ce serait remonté jusqu'à *Dom* Francisco. Et comme je ne trouvais aucun moyen de faire appel à des Gardes de la caserne, j'ai pensé qu'il y a encore à Thendara des tas de Gardes à la retraite. J'ai choisi ceux qui ont une longue expérience des bandits, qui sont à la fois intelligents et aguerris, et dont l'absence ne provoquera pas de commentaires.

Danilo se leva, contourna le bureau, et se pencha par-dessus l'épaule de Mikhaïl.

– Ce sont de bons choix pour la plupart. Le seul problème, c'est de garder le secret de l'opération.

– Tu as peur des espions terriens, Oncle Danilo ? demanda Dani Hastur. Ou tu t'inquiètes que certains membres du Conseil n'aient vent de l'affaire ?

– Les deux, Dani. Ces hommes ont des familles, et s'ils ouvrent la bouche, les rumeurs se répandront dans l'heure. Tu as bien fait de ne pas en parler au Commandant Donal.

– Je savais que si j'en parlais au Commandant, il avertirait son père qu'il y avait anguille sous roche, puis que Grand-Mère Javanne en entendrait parler, et que ça mettrait le feu aux poudres, commenta Donal, avec une grande simplicité mais beaucoup de conviction.

– Ta discrétion te fait honneur, Donal.

– Je l'ai apprise en observant Lew depuis des années, dit Donal avec un grand sourire.

– Vraiment ? dit Lew, flatté et amusé.

– Quand j'avais dix ans, tu m'as expliqué que le vrai pouvoir, c'était l'information, pas les rois ni les Domaines. J'ai essayé de retenir la leçon. Et quand Mikhaïl m'a choisi pour écuyer, j'ai regardé comment Danilo faisait avec Régis, comment il écoutait plus qu'il ne parlait, mais semblait toujours tout savoir.

– Tu as toutes les marques d'un bon conseiller, dit Rafe Scott d'un ton élogieux.

Danilo Syrtis-Ardais se redressa.

– Je crois pouvoir m'occuper de ça sans trop éveiller la curiosité. J'ajouterai quelques hommes à la liste de Donal, qui est très bonne dans l'ensemble. Et juste pour brouiller un peu les cartes, je dirai à Francisco d'établir une liste des réservistes.

– Pourquoi ?

– D'abord, ça lui donnera quelque chose à faire, et ensuite, nous aurons peut-être besoin de mobiliser ces hommes si les Terranans continuent à provoquer des troubles dans la Cité du Commerce.

– Danilo, dit Lew, admiratif, je suis bien content que tu sois de notre côté, pas du leur.

– Eh bien, c'est d'accord, confirma Mikhaïl. Maintenant, il ne nous reste plus qu'à décider ce que nous dirons au Conseil, et quand.

– C'est là le hic, n'est-ce pas ? répondit Lew. Les funérailles auront lieu dans trois jours, alors je suggère

346

que tu convoques le Conseil pour la veille. Tu sais que Javanne tentera de te renverser, et qu'elle a au moins deux alliés au Conseil : *Dom* Francisco Ridenow et Dame Marilla Aillard. Elle n'a pas bougé d'un pouce depuis des années.

– C'est vrai, Lew, dit Mikhaïl avec tristesse.

Il était parvenu à se réconcilier avec son père, *Dom* Gabriel, mais sa mère avait toujours catégoriquement refusé d'accepter l'accord conclu depuis des années, par lequel Danilo Hastur devenait Régent d'Elhalyn et Mikhaïl l'héritier désigné de Régis. C'était son obsession, une sorte de fureur aveugle qui la poussait presque à la folie. Si elle n'avait pas été la sœur de Régis et l'épouse de *Dom* Gabriel, elle aurait été enfermée depuis longtemps.

– Je lui ai parlé ce matin, dit Dani. Je l'ai trouvée à la salle à manger avec Mère, insistant pour que... Ce fut une entrevue très désagréable, et Mère était au bord de l'évanouissement. J'ai regretté de ne pas être plus violent.

– Que s'est-il passé ?

– Dès qu'elle m'a vu, Tante Javanne est devenue très... aimable. J'en ai eu la chair de poule. Elle était sûre que les têtes plus sages prévaudraient, et que je pourrais prendre la place de Mikhaïl. Parlant de têtes sages, j'ai bien vu qu'elle pensait à elle, et j'ai essayé de lui faire comprendre que je n'avais pas envie de gouverner Ténébreuse, que je ne voudrais pas de cette charge pour tout l'or de Carthon. Elle ne m'a pas écouté, mais au moins ça a permis à Mère de s'éclipser dans ses appartements.

Il fronça les sourcils.

– Elle dit que je devrais moins penser à moi, et plus à mon héritage et à mes enfants. Vous savez, elle doit imaginer que si elle ne peut pas me plier à sa volonté, il lui restera toujours Gareth ! Pardonnez-moi. J'en ai trop dit, conclut-il, l'air abattu et misérable.

– Ma pauvre mère croit qu'elle est la personne la plus sage de Ténébreuse, et aussi qu'elle vivra éternellement.

La tentation de lui administrer un puissant somnifère est presque irrésistible.

— Ce ne serait pas une mauvaise idée, dit Lew avec le plus grand sérieux, devenant le point de mire de cinq paires d'yeux stupéfaits.

Puis ils réalisèrent qu'il plaisantait, et Mikhaïl émit un gloussement, suivi d'un éclat de rire général. Cela atténua la tension et tous se détendirent un peu.

— Ce serait merveilleux que ma mère ne puisse pas assister au Conseil, n'est-ce pas? dit Mikhaïl, l'air heureux pour la première fois depuis des jours.

— Oui, merveilleux. Et tout à fait scandaleux, murmura Danilo, ses yeux clairs pétillant de malice. Et impensable, ajouta-t-il.

— Si je retrouve Tante Javanne en train de tourmenter ma mère, ce ne sera pas du tout impensable, Danilo. Je mettrai assez d'herbes soporifiques dans sa soupe pour l'éloigner du monde pendant dix jours!

— Espérons ne pas être forcés d'en venir là, Dani, dit Mikhaïl. De plus, tout le monde te disputerait cet honneur.

Il les regarda tour à tour, et sembla satisfait.

— Je crois que nous avons fait tout ce que nous pouvions jusqu'à plus ample informé.

Bruits de chaises quand tous se levèrent pour se retirer, sauf Lew et Mikhaïl. Quand ils furent seuls, Mikhaïl regarda son beau-père.

— Y a-t-il autre chose?

— Oui, en effet. Je crois que tu devrais inclure ton frère Rafaël dans la suite des discussions.

— Mais...

— Il n'a jamais été déloyal envers toi, Mikhaïl, et tu le sais. Oui, tu te méfies de sa femme, à cause de ses intrigues après son mariage. Mais tu as besoin de lui, et je trouve qu'il a été puni plus qu'assez pour les actions de sa femme. Elle n'a pas vraiment causé de problèmes depuis plusieurs années et je ne pense pas qu'elle en causera maintenant.

Lew branla du chef en soupirant.

– Nous nous méfions d'elle parce qu'elle est une Aldaran, mais jusqu'à quand devra-t-elle... Mikhaïl, il faut que ça s'arrête un jour ! Nous ne pouvons pas continuer à entretenir les vieilles blessures du passé alors que nous avons tant de problèmes dans le présent.

– Tu penses donc que Régis a eu tort de les garder ici en otages, c'est ça ?

– Je ne sais plus, mon fils. À l'époque, il y avait une sorte de logique dans cette décision, mais ce temps est révolu. En tout cas, ce n'était pas charitable. Je ne veux pas médire d'un homme que j'aimais et qui était mon ami, mais ces quinze dernières années, Régis a pris des décisions qui étaient excessives, et nous le savons tous les deux.

Mikhaïl hocha la tête.

– J'ai toujours été déchiré entre ma loyauté envers Régis et mon affection pour Rafaël. Il ne m'a jamais fait de mal.

– Mikhaïl, si tu gouvernes Ténébreuse, tu dois t'habituer à prendre tes propres décisions, sans forcément continuer la politique de ton oncle. Je ne veux pas influencer ton jugement, quoi qu'en pense ta mère, mais je veux te conseiller au mieux de mes capacités. Et franchement, si j'avais à choisir en ce moment entre Gisela et Javanne, je choisirais ta belle-sœur sans hésiter ! Quelque chose l'a transformée – je ne sais pas ce que c'est, mais soudain elle a l'air heureuse, et non plus nerveuse et insatisfaite.

Mikhaïl haussa les épaules.

– Ce qui signifie peut-être qu'elle retourne à son vieux projet de mettre Rafaël à ma place.

– C'est une possibilité, bien sûr, mais dans ce cas quel meilleur moyen de faire échouer ses plans que de te rapprocher de Rafaël ? Quel que soit son amour pour sa femme, ton frère ne fera jamais rien contre toi, surtout si tu te réconcilies avec lui.

– J'ai de la chance de t'avoir pour conseiller, même quand tu me recommandes des choses que je préférerais éviter. J'ai honte de la façon dont Rafaël a été traité, non seulement par Régis, mais aussi par moi.

– Je comprends. Mais tu es sage et honnête, Mikhaïl, et plus fort que tu ne le réalises encore. Et une chose qui sépare les forts des faibles, c'est la capacité à reconnaître ses erreurs, à faire amende honorable et à continuer son chemin.

– As-tu jamais... ?

– Oui, bien sûr. Crois-tu que je n'aie pas honte d'avoir caché à Marguerida tout ce qui avait trait à sa petite enfance ? Elle a eu la générosité de me pardonner, et même de me rendre sa confiance. C'est un vrai miracle.

– Oui, je suppose, mais ma femme a un grand cœur – sinon, aurait-elle accepté de prendre Alanna en tutelle ?

– Va voir ton frère et fais la paix avec lui, Mikhaïl. Je serais bien étonné qu'il ne t'accueille pas à bras ouverts.

– Tu sais, j'ai souvent eu envie de l'approcher ces dernières années, et encore plus ces derniers jours. Mais j'avais peur de prendre ce risque. Merci pour... pour tout.

– De rien, mon fils. Je n'ai que ton intérêt en tête... et dans le cœur.

– Quoi qu'en pense ma mère ?

– Quoi que quiconque pense, croie ou imagine, Mikhaïl.

Mikhaïl prit une profonde inspiration, et frappa à la porte des appartements occupés par son frère et sa belle-sœur. Puis il ouvrit et entra. Assise devant une petite table, Gisela examinait une statuette, le front plissé de concentration. Rafaël lisait. Ils levèrent les yeux en même temps, et Gisela eut un mouvement de recul, ses yeux verts brillant de méfiance.

– Bonjour, dit doucement Mikhaïl.

– Quel plaisir inattendu, lança Rafaël, avec un sourire réservé. Tu as été si occupé ces derniers jours.

Mikhaïl sentit la tension qu'il y avait entre eux, et son cœur se serra. Il se demanda s'il y avait un moyen de guérir la blessure causée par les décisions de Régis et les intrigues de Gisela.

– Oui, en effet, et je le regrette.

– Tu viens à propos d'Hermès ?

– Pourquoi cette question, Gisela ?

– Je ne sais pas au juste. J'étais chez Katherine tout à l'heure, et elle semblait s'inquiéter... à propos de quelque chose. J'ai pensé que c'était à cause d'Hermès, car ils sont très attachés.

Il n'y avait qu'un intérêt sincère dans son regard et dans sa voix. Lew avait raison – il y avait quelque chose de changé chez Gisela. Il ne l'avait pas vue si détendue depuis son adolescence, lors de leur première rencontre. Non, pas même alors, parce qu'elle était toujours tendue, en l'attente d'une des fréquentes colères de *Dom* Damon.

– Eh bien, tu as raison. T'a-t-elle dit que Belfontaine veut le faire arrêter ?

Gisela eut l'air alarmé.

– Non, et je crois qu'elle l'ignore ! Mon cher frère ! Il n'a pas changé en vingt ans. Je parie qu'il ne lui a rien dit. Où est-il ?

Mikhaïl réfléchit avant de répondre.

– Il a pensé que ce serait mieux pour tout le monde s'il ne restait pas au Château Comyn en ce moment, alors je l'ai envoyé au *rhu fead* pour superviser les préparatifs des funérailles.

Il ne trouva rien de mieux sur le moment.

Gisela le fixa d'un œil pénétrant, plus conforme à son caractère habituel.

– Je parie qu'il ne voulait pas être là à l'arrivée de notre père – dommage que je n'aie pas pu l'accompagner.

– C'est peut-être pour ça qu'il a accepté cette tâche, acquiesça Mikhaïl.

– Mais tu n'es pas venu pour parler d'Hermès, n'est-ce pas, Mikhaïl ? dit Rafaël.

– Non, je suis venu pour te demander pardon.

– Par...

– Rafaël, le passé est le passé. Je ne peux pas te garder au Château Comyn à te tourner les pouces, l'air maussade.

– Alors, tu veux que je m'en aille ?

– Certainement pas ! J'aurai besoin de toi maintenant, pour me conseiller, pour m'écouter quand j'aurai des problèmes. Ton bon sens m'a terriblement manqué – et ta compagnie encore plus, *bredu*.

À ces paroles, Rafaël sembla retenir son souffle.

– Voilà longtemps que j'attends ces paroles, Mikhaïl.

– Je n'aurais jamais dû laisser Régis...

– Tu n'aurais pas pu lui ôter sa méfiance à mon égard, Mikhaïl, et nous le savons tous les deux.

– Il n'en est pas moins vrai que j'en ai un profond regret.

– Comme tu l'as dit, le passé est le passé, *bredu*.

Rafaël traversa la pièce et serra son frère dans ses bras. Par-dessus son épaule, Mikhaïl vit que Gisela souriait, le visage inondé de larmes. Elle n'avait pas l'air calculateur, juste joyeux et soulagé.

Embrassant son frère, Mikhaïl sentit comme un nœud se dénouer dans ses entrailles. Oui, il avait besoin de Rafaël, mais surtout il l'aimait et il était heureux de pouvoir de nouveau profiter de sa présence et de ses conseils. Et il savait que Rafaël lui pardonnait ses années d'éloignement, car il avait un grand cœur et pas la moindre mesquinerie. Et ça, décida-t-il, c'était un don qui compensait n'importe quoi.

CHAPITRE XVII

Domenic rongeait son frein d'impatience. Après être rentré à l'auberge, Hermès avait demandé à une Renonçante de trouver Vancof et de le garder à l'œil. Puis il avait ordonné à Domenic d'aller mettre ses vêtements neufs et de rester dans la chambre. Domenic n'avait pas apprécié, mais il avait tellement l'habitude de faire ce qu'on lui disait qu'il lui avait fallu un moment pour donner libre cours à sa rancœur. Pour sa part, Hermès s'était installé devant une chope de bière dans la salle commune du Coq Chantant, bien détendu devant la grande cheminée et s'arrangeant pour paraître invisible. Domenic l'avait observé avant de monter dans la chambre et il s'était demandé comment il faisait. Il semblait se fondre dans le décor.

Domenic se sentait abandonné, comme souvent après une fête au Château Comyn. L'excitation de la veille au soir et de la chevauchée sur la Vieille Route du Nord l'avait soutenu jusque-là, mais maintenant il était redevenu un enfant, qu'on renvoyait dans sa chambre en lui disant d'être sage. Pourtant, se disait-il, les instructions d'Hermès étaient logiques. Vancof l'avait vu la veille, et pouvait le reconnaître s'il le rencontrait dans les couloirs de l'auberge, tandis qu'il n'avait jamais vu son oncle.

Quand même, il voulait voir la représentation du soir – à moins que son oncle ne le lui interdise aussi. Dome-

353

nic essaya de rassembler quelques arguments pour persuader Hermès qu'il devait y assister, et décida que le Don des Alton était le meilleur. Il sonda mentalement l'auberge, comme il l'avait fait plusieurs fois depuis qu'il était monté, et remarqua que le Terranan arrivé tout à l'heure était assis dans la salle commune, nerveux et mal à l'aise. Sans doute qu'il attendait Vancof.

Le temps passa, et il regretta de ne pas avoir quelque chose à faire. Il ferma les yeux, et se mit à somnoler. Au bout d'un moment, il se redressa, reposé par sa petite sieste, mais un peu alangui – avait-il dormi trop longtemps ? Il regarda par l'étroite fenêtre qui s'ouvrait vers l'ouest, et vit le soleil disparaître derrière de gros nuages. Il se coucherait bientôt, et le crépuscule envahirait la ville. Il ne put résister une minute de plus. Il passa un peigne dans ses cheveux, puis ouvrit la porte.

Il descendait l'escalier quand il entendit une voix familière dans l'entrée. Il se plaqua dans l'ombre de la salle à manger, puis jeta un coup d'œil prudent vers le son. Oui, c'était un vieux Garde à la retraite, Fredrich MacDunald, en vêtements civils usagés. Domenic l'avait toujours vu en uniforme, et il s'étonna du changement de son apparence.

Domenic hésita. Devait-il aller parler à son ami, ou rester caché comme Hermès le lui avait ordonné ? Quand Aran MacIvan suivit Fredrich à l'intérieur un moment plus tard, il décida qu'il valait mieux prévenir Hermès de ce fait nouveau avant d'agir. Cette histoire d'espionnage était plus compliquée qu'il ne l'avait imaginé.

Oncle Hermès !

Oui, Domenic.

Je crois que des renforts sont arrivés. Deux Gardes de Thendara viennent d'arriver à l'auberge, habillés en civil, et je ne vois pas pourquoi ils sont là si ce n'est pour me ramener au Château Comyn. Est-ce que je dois leur parler ou non ?

Ils t'ont vu ?

Pas encore. Je rôde dans l'ombre.

Alors, laisse-les tranquilles pour le moment. Il ne faut pas trop attirer l'attention sur nous ni sur eux. Vancof est revenu?

Je ne l'ai pas vu, mais j'étais en haut comme tu me l'as ordonné. Il en était ulcéré, et il savait que cela se sentait même dans une conversation télépathique.

Pauvre Domenic. Je t'empêche de t'amuser, c'est ça? Pourquoi ne vas-tu pas à la cuisine?

Pour quoi faire?

Parce que les garçons en pleine croissance ont toujours faim, et que ta présence n'y causera aucun commentaire. Et si Vancof rentre par la porte de derrière, tu le verras.

Et si le cuisinier me chasse? Et si Vancof me reconnaît?

Sers-toi de ton imagination. Tu as prouvé que tu en as.

C'était toujours mieux que de rester assis dans sa chambre, et il avait un peu faim. Au moins, Oncle Hermès ne l'avait pas renvoyé en haut! Domenic suivit une bonne odeur de pain chaud jusqu'à l'arrière du Coq Chantant, et se retrouva dans une vaste cuisine d'une propreté irréprochable. Deux jeunes filles, assises du même côté d'une longue table, épluchaient des légumes en bavardant. De l'autre côté de la pièce surchauffée, un jeune garçon retirait des pains d'un four en forme de ruche, à l'aide d'une longue pelle en bois, pour ne pas se brûler les mains. Un cuisinier émacié, debout devant son fourneau, remuait une marmite dont s'échappait une délicieuse odeur de ragoût de chervine aux quenelles, qui lui fit monter l'eau à la bouche.

Une fille leva les yeux et lui fit un sourire amical. Elle devait avoir un an de moins que lui, et, d'après son visage, elle était apparentée à l'aubergiste. En tout cas, elle avait le même petit nez en trompette qu'Evan MacHaworth. De la main qui tenait le couteau, elle lui fit signe d'approcher de la table.

– Je peux vous aider?

À la voix de Domenic, le cuisinier se retourna, le dévisagea, puis revint à sa marmite.

Elle pouffa, comme si elle n'avait jamais rien entendu de si drôle de sa vie. Puis elle se leva, prit un pain au bout de la table, le coupa en deux morceaux qu'elle mit dans une corbeille, et elle revint avec deux corbeilles, celle du pain, et une autre contenant quelque chose de vert.

– Tu as déjà épluché des haricots verts ?

– Non, mais si tu me montres, je pourrai sans doute le faire.

– Tu dois vraiment être mort d'ennui pour vouloir éplucher des haricots verts. Tiens, on fait comme ça, dit-elle, lui faisant une rapide démonstration. Je déteste ça, mais la recette de notre cuisinier en vaut la peine. Il les frit avec du bacon, et c'est délicieux !

Elle se retourna et sourit au dos du cuisinier, et Domenic eut l'impression qu'il s'agissait d'une vieille plaisanterie entre eux.

– Si tu veux.

Il prit un morceau de pain et y mordit à belles dents, puis se mit à éplucher les haricots verts. Ce n'était pas passionnant, mais c'était mieux que rester dans sa chambre à attendre les événements. Il comprenait que la fille sans nom s'en lasse.

L'autre jeune fille leva les yeux de la montagne de carottes qui grandissait devant elle, le salua de la tête, puis lança un regard soupçonneux à sa compagne. Il sentit sa vigilance, son léger malaise, et aussi qu'elle surveillait son attitude envers sa jeune sœur.

– On va avoir du monde ce soir, avec les Baladins et tous les gens de la ville qui vont venir voir le spectacle, l'informa-t-elle.

– J'ai vu des hommes entrer juste avant de venir, et je crois qu'ils voudront dîner aussi.

– Vraiment ?

Elle ne sembla ni intéressée ni surprise de l'arrivée de nouveaux clients.

– Je m'appelle Hannah, et ma sœur, c'est Dorcas, annonça l'aînée. En cette saison, on est toujours occupées, et jamais plus que quand les Baladins sont là. Il n'y aura pas une chambre de libre ce soir, avec toi et ton oncle et toutes ces femmes.

Elle soupira à fendre l'âme.

– Papa est parti au marché, alors je ferais bien d'aller voir si les nouveaux veulent coucher ici.

Il regarda Hannah sortir. Puis Dorcas dit :

– Elle n'a pas une haute opinion des Renonçantes, mais moi, je les trouve intéressantes. Et tout à l'heure, il y en a une qui a traversé la cuisine et est sortie par-derrière. Je me demande ce qu'elle allait faire.

Et voilà pour la discrétion, pensa-t-il sombrement.

– Qui sait ? dit-il. Elles vont où ça leur plaît, non ?

Dorcas se remit à pouffer, manie qui allait bientôt lui taper sur les nerfs si elle continuait.

– Cet après-midi, on aurait pris la cuisine pour un boulevard, parce qu'un Baladin est passé aussi. Je l'avais vu avant, et même sans ça, je l'aurais reconnu à ses vêtements. Il était venu juste avant le Solstice d'Eté, et il s'était soûlé à mort. Papa l'avait mis dehors avant qu'il vomisse dans la cheminée. Un vrai vaurien, conclut-elle, en pouffant sans raison apparente.

Elle devait sans doute pouffer même dans son sommeil.

Puis il sentit que c'était juste un peu de nervosité, parce qu'elle voulait l'impressionner et lui plaire. Elle était si différente de sa sœur et de ses cousines qu'il ne savait pas trop quoi penser d'elle. Mais il eut un peu honte en se surprenant à la comparer à Alanna, et même à cette Illona Rider qui était sans doute toujours en train de coudre dans son chariot.

– Ce doit être intéressant de vivre dans une auberge.

Dorcas haussa les épaules.

– Je ne sais pas, je n'ai jamais vécu ailleurs. Je ne suis même jamais sortie de la ville. Maman dit que c'était assez bon pour elle, et que ça doit être assez bon pour moi. Mais j'aimerais bien aller à Thendara pour visiter les monuments.

Domenic mordit une bouchée de pain et l'avala avant de répondre. Même sans beurre ni miel, il était bon, et les effluves du ragoût étaient alléchants.

– Quels monuments ?

– Il y a le Château Comyn, l'astroport et les Terranans. On dit que les Grands Vaisseaux font un bruit terrible quand ils atterrissent, et j'aimerais bien voir si c'est vrai. Et on dit que la Guilde des Musiciens a construit une nouvelle salle, aussi grande qu'une écurie, mais avec des sièges à la place des box et du foin.

– J'en ai entendu parler, mais je ne l'ai jamais vue.

– Tu as déjà vu un Terranan ?

Avant qu'il ait pu répondre, Domenic vit Vancof entrer furtivement par la porte de derrière. Il baissa la tête sur ses haricots verts, de sorte que ses cheveux dénoués dissimulèrent son visage et il rosit de plaisir quand Vancof le croisa sans lui accorder un regard. Il perçut ses ruminations superficielles, mais elles étaient très confuses, pleines de colère et de peur, et pas très instructives. Vancof était si absorbé dans ses pensées, réalisa Domenic, qu'il aurait pu danser tout nu sur la table sans que l'espion le remarque.

Un instant plus tard, il sentit une autre présence dans les parages, et il vit Samantha, l'une des Renonçantes, s'approcher de la porte de la cuisine, jeter un coup d'œil à l'intérieur, puis disparaître dans le crépuscule grandissant. S'il n'avait pas été averti de son approche, il ne l'aurait pas remarquée, et il se demanda s'il pourrait apprendre à faire ça. Il se dit qu'elle allait contourner l'auberge et rentrer par la grande porte.

Domenic passa une minute à essayer de tirer un sens des pensées confuses du cocher, d'y glaner quelque information utile. Il se tracassait au sujet de ses ordres. Alors Domenic fit de nouveau appel au Don des Alton pour contacter son oncle.

Hermès, le cocher est de retour, et Samantha aussi.

Je sais. Vancof vient juste d'entrer et de commander une bière. Ah, il vient de remarquer l'homme que tu as reconnu, et il n'a pas l'air très content. Je crois qu'il éprouve du ressentiment envers notre ami... ah... il s'assied en face de lui, essayant de prendre l'air détaché. Hum... Ressentiment n'est pas le mot juste, je crois – Vancof semble très mal à l'aise

Tant mieux! D'après ce que je sais de lui, il le mérite! Et les Gardes dont je t'ai parlé?

Je suppose qu'ils sont ici, mais comme je ne les connais pas je ne peux pas en être sûr. La salle commence à être bondée, avec la moitié des villageois qui semblent être venus prendre un verre. Tout cela devient de plus en plus amusant. Qu'est-ce que tu fais?

J'épluche des haricots verts en face d'une fille qui pouffe sans arrêt en me racontant sa vie.

Quand tu auras fini, viens me rejoindre. Il fera bientôt nuit, et je veux garder nos amis à l'œil pour voir ce qu'ils vont faire. Tu me seras utile.

La corbeille de Domenic était presque vide, et il y avait un gros tas de haricots verts épluchés devant lui. Il était utile – c'était flatteur! Il lui vint à l'idée qu'il ne s'était jamais senti particulièrement utile jusque-là, puis il se demanda ce qu'ils allaient faire pour le dîner. Il se reprocha aussitôt de laisser son estomac prendre le pas sur son bon sens. Manger n'était pas si important que *ça*, après tout, non?

– Il faut que j'aille voir si mon oncle me cherche, dit-il à Dorcas.

– Emporte le reste du pain, ça devrait te faire patienter jusqu'au dîner.

– Merci. Je me suis bien amusé.

– Tu ne trouverais pas ça amusant si tu devais éplucher des haricots verts six jours sur dix pendant la saison. Je suis toujours contente quand c'est fini et qu'ils sont tous en conserve pour l'hiver.

Dorcas semblait un peu déçue qu'il s'en aille.

– Je te verrai au spectacle?

– Sans doute, répondit-il, évasif.

La dernière chose qu'il lui fallait, c'était une fille pendue à ses basques. Encore, si c'était Allana, ce serait différent. Elle était peut-être nerveuse, mais elle n'était pas idiote et elle ne pouffait jamais!

Il enfila le couloir sombre menant de la cuisine à la salle commune, si concentré sur ses mouvements qu'il faillit se cogner dans la large poitrine de Duncan Lindir, debout dans l'ombre. Le vieux Garde le gratifia d'un regard étonné, d'un bref salut de la tête, et d'un petit sourire.

– Que se passe-t-il ? Mon père m'envoie toute la caserne ? chuchota-t-il d'un ton sifflant.

Duncan secoua la tête.

– Non, nous ne sommes que dix, envoyés par *Dom* Danilo. Nous sommes partis juste après midi, et nous avons galopé bien trop vite pour nos vieux os, grommela-t-il. Tout ce que *Dom* Danilo a dit, c'est que *Dom* Aldaran nous indiquerait ce qu'il faut faire – je n'aurais jamais cru que je devrais un jour prendre mes ordres d'un Aldaran ! Et qu'est-ce que tu fais là, toi ?

– C'est trop compliqué à t'expliquer maintenant. Observe et écoute, c'est tout.

– Quoi ?

Domenic hésita un instant. Si Oncle Danilo n'avait pas informé ce Garde du projet d'assassiner Mikhaïl Hastur, il ne devait rien dire, non ? Il sentait quand même l'ahurissement de Duncan, et sa curiosité qu'il fallait satisfaire.

– Il y a quelques Terranans ici, et nous pensons qu'ils vont causer des problèmes. Garde l'œil sur le grand costaud aux bottes neuves et aux cheveux courts. Il est dans la salle commune en ce moment. Assis avec un homme à face de rat. Il y aura peut-être autre chose, mais je ne sais rien de plus pour le moment.

– *Dom* Domenic...

– Ne m'appelle pas comme ça ! Ici, je suis Tomas MacAnndra, et Hermès Aldaran est Ian MacAnndra – et tu ne m'as jamais vu de ta vie ! Je vais entrer dans la salle commune maintenant, et m'asseoir avec Hermès, comme ça, tu sauras qui c'est.

– Bon, alors, je ne t'ai jamais vu, grommela Duncan, oubliant ses vieux os. Et c'est une bonne idée – étant donné que je ne le connais pas. Dans quoi t'es-tu fourré, petit ?

Domenic ne répondit pas mais quitta le couloir et marcha vers la porte. Il y avait un bruit assourdissant dans la salle, des voix de mâles discutant du temps, de la récolte de blé, de la mort de Régis Hastur et autres choses. Peu de voix de femmes, mais il reconnut celle de Rafaëlla avant même d'entrer.

Hermès le vit et lui fit signe de le rejoindre. Puis il leva le bras à l'adresse du serveur, pour qu'il apporte une petite chope à Domenic. Le temps qu'il arrive à la table, sa bière était déjà là et il s'assit à côté d'Hermès et en but une gorgée.

Je suis tombé sur Duncan Lindir dans le couloir, et il m'a dit que Danilo Syrtis-Ardais avait envoyé dix hommes ici, sans autre instruction que de t'obéir. Il n'avait pas l'air content d'être sous les ordres d'un Aldaran, alors ne t'étonne pas s'ils te battent un peu froid, Oncle Hermès. Je ne sais pas pourquoi Danilo ne leur en a pas dit plus, ni pourquoi il les envoie.

Je ne le sais pas non plus, mais je ne suis pas fâché qu'ils soient là. Hum ! S'il ne leur a pas parlé du complot contre ton père, c'est sans doute pour qu'ils ne le révèlent pas par inadvertance. Eh bien, à quoi as-tu passé ton temps, mon neveu ?

Duncan ne s'attendait pas à me voir ici, et il a eu l'air ahuri, alors tu as sans doute raison. Je suis allé à la cuisine chercher quelque chose à manger, répondit Domenic, montrant le reste de son pain. Et j'ai aidé à éplucher les légumes.

– Ta mère serait fière de toi, d'être si serviable. *Danilo a-t-il des raisons de garder si jalousement le secret ?*

C'est que Francisco Ridenow, le Commandant de la Garde, n'est pas exactement des amis de mon père. Il aurait préféré que le poste aille à Oncle Rafaël quand il s'est libéré il y a trois ans, mais Régis n'a pas voulu à cause de Gisela et tout ça. On n'a pas confiance en Oncle Rafaël, ce qui doit le blesser énormément. Je ne suis pas très au courant, parce que j'étais à Arilinn à l'époque, et quand je suis revenu, Francisco Ridenow était déjà en poste.

Quel genre d'homme c'est, Domenic ?

Je dirais qu'il est lisse. Il est empathe, comme la plupart des Ridenow, et bon militaire. Il m'a beaucoup appris – à observer un bâtiment pour en découvrir les points faibles, par exemple. Il a toujours été juste, mais il a quelque chose de très distant.

Qu'est-ce que tu veux dire par lisse?

Eh bien, il y a quelque chose en lui que je n'aime pas, et que je n'arrive pas à définir. Rien de terrible, mais il est lisse comme une boule de verre – on dirait que tout glisse sur lui. Je n'aimerais pas l'avoir dans le dos dans un combat, je n'aurais pas confiance, c'est tout ce que je peux dire. Ou peut-être que je ne l'aime pas simplement parce que son père se querellait toujours avec Régis et qu'il causera sûrement des difficultés au Conseil. Mon jugement est sans doute entaché de préjugé, Oncle Hermès.

Au moins, tu as la sagesse de réaliser que ton aversion pourrait venir de son opposition à Régis. Beaucoup de gens trois fois plus âgés que toi seraient incapables de faire cette distinction. Que pense-t-on de lui à la caserne?

Je ne sais pas – ce serait plutôt impoli de le demander, non? Mais je n'ai pas entendu de plaintes. Comme je te l'ai dit, il est juste, mais... distant.

Je vois. Dommage que tu ne sois pas un peu plus fouineur, Domenic. Quelques informations supplémentaires auraient pu être utiles. Quand même, le fait que Danilo Ardais envoie ici des hommes avec un minimum d'instructions est très caractéristique.

De quoi?

D'une opération clandestine. Francisco ne va-t-il pas remarquer l'absence de ces hommes?

Non. Ceux que j'ai repérés ne sont plus en service actif, et ne seraient rappelés qu'au cas où on aurait besoin de combattants entraînés.

Je vois. Est-ce que Francisco a la confiance de Danilo Ardais?

Je suppose – mais Danilo est si secret et rusé que, dans le cas contraire, personne ne s'en apercevrait. À ma connaissance, Francisco n'a jamais rien fait pour justifier

la méfiance. C'est juste que Dom *Ridenow, son père, est
pratiquement dans la poche de Grand-Mère Javanne, et a
fait de l'opposition à Régis pendant des années. Je crois
qu'on a donné à Francisco le commandement de la
Garde pour mollifier* Dom *Ridenow – mais ça n'a pas
marché. Il est juste aussi têtu qu'avant. Et Danilo, c'est
bien normal, a dû penser que tout ce que Francisco
découvrirait parviendrait bientôt aux oreilles de son père.*

Et toi, tu le crois?

*Je ne suis pas sûr, Oncle Hermès. Francisco n'est pas
bavard – et il ne fait confiance à personne. Et sans doute
pas à son père non plus.*

Pourquoi?

Quand Dom *Francisco était plus jeune, plusieurs
hommes pouvaient prétendre à l'héritage du Domaine –
deux frères aînés et un oncle. Ils sont morts tous les trois,
et beaucoup pensent que* Dom *Francisco est pour quelque chose dans leur fin prématurée. Qui sait si c'est vrai
ou non?*

*J'avais presque oublié à quel point les alliances ténébranes pouvaient être complexes. À côté, les intrigues de
couloir de la Fédération sont comme un pique-nique
dans le parc.*

Domenic n'avait jamais vu de parc ni participé à un
pique-nique, alors il haussa les épaules et sirota sa bière.
*J'ai décrit à Duncan l'homme qui accompagne Vancof, et
je lui ai dit de les surveiller s'ils quittent la salle. J'ai bien
fait?*

*Oui. Maintenant, allons manger quelque chose, car la
nuit risque d'être longue.*

Une heure plus tard, quand Hermès et Domenic sortirent de l'auberge, il faisait déjà nuit, et Mormallor, la
plus petite des quatre lunes, était déjà levée. L'air était
frais, chargé de pluie, et plein d'odeurs d'écuries et de
poulailler, tout proches, auxquelles s'ajoutaient les puissantes émanations de la foule de plus en plus nombreuse qui se pressait dans la cour, formant un mélange
presque irrespirable. Pourtant, Domenic s'y habitua
bientôt et n'y pensa plus.

Il regarda autour de lui avec intérêt. Tout autour de la vaste cour du Coq Chantant, on avait planté des torches dans des supports, et les chariots des Baladins avaient plus fière allure à leur clarté qu'à la lumière du jour. Les scènes peintes sur leurs flancs semblaient plus jolies, et les costumes avachis des artistes plus neufs. Domenic regarda un avaleur de feu qui semblait brûler des brindilles dans sa gorge, et il se demanda comment il faisait. Au-dessus de sa tête, on avait tendu un câble de l'écurie jusqu'à une partie en saillie du toit de l'auberge, et une svelte funambule posait dessus son petit pied pour en éprouver la solidité avant son numéro.

La moitié de la ville était là, et il y avait un brouhaha assourdissant. Un jongleur se mit à lancer en l'air des torches allumées, et la foule l'acclama, puis le hua quand il en fit tomber une. L'homme, qui avait un visage comique, se contenta de sourire et continua. Tout le monde parlait en même temps, et l'impression d'anticipation était palpable. La plupart des gens portaient manteaux ou capes, mais comme il ne faisait pas très froid les capuches étaient rabattues en arrière. Le vent était tombé, et l'air était calme et d'une agréable fraîcheur.

Domenic repéra les autres hommes de Danilo, mêlés à la foule. Malgré leur tenue civile, il reconnut facilement les militaires, à la raideur de leur dos et à leurs regards vigilants qui surveillaient la foule, mais il se dit qu'ils passeraient sans doute inaperçus à des yeux non avertis. Leur présence lui inspirait un certain malaise, mais une partie de lui-même se réjouissait qu'ils soient là. Il remarqua aussi le Terranan arrivé dans l'après-midi, debout à la jonction des murs de l'auberge et de l'écurie, et qui surveillait tout. Toute la scène prit pour lui un aspect fantastique, comme si la foule et les Baladins formaient le décor d'une pièce qui n'avait pas encore commencé.

Il ferma les yeux et sonda mentalement la foule, comme sa mère le lui avait appris quelques mois plus tôt. Avec tant de monde, l'exercice lui donna le vertige, mais il faisait des progrès. Il sentit Rafaëlla, debout à une dizaine de pas, qui le surveillait comme son propre fils, et les autres Renonçantes dispersées dans la foule. Les Gardes étaient perplexes et un peu inquiets, et pas contents du tout de n'avoir pas reçu d'instructions. Dommage qu'aucun n'eût le *laran*, et qu'il ne pût communiquer avec eux qu'en utilisant le Don des Alton.

Domenic ramena son attention sur le Terranan, qui se fondait assez bien dans la foule. Lui aussi était perplexe et contrarié, et il attendait quelque chose. Pourquoi regardait-il le ciel sans arrêt ? Et pourquoi regardait-il vers le nord et les montagnes, et pas vers Thendara et l'astroport ?

Il renversa la tête en arrière et sonda le ciel noir où brillaient quelques étoiles à travers les nuages qui approchaient lentement de l'ouest. Dans son état de conscience survolté, il sentait la terre sous ses pieds et le mouvement des nuages au-dessus de sa tête. Il éprouva la tentation fugitive de s'abandonner à une transe légère et d'écouter la planète, mais il y résista. À la place, il huma l'air, cherchant à déterminer quand il se mettrait à pleuvoir. Dans peu, décida-t-il. Les nuages filaient plus vite que lorsqu'il s'était réveillé de sa sieste, poussés par de hauts courants atmosphériques. Puis il ramena son attention sur l'espion sans nom qui rôdait aux abords de la foule, pour tout observer sans se faire remarquer.

Oncle Hermès.

Qu'est-ce qu'il y a ?

Le Terrien n'arrête pas de regarder le ciel, comme s'il attendait quelque chose venant du nord. Ce n'est pas la bonne direction pour Thendara et de l'astroport. Il n'y a rien par là sauf...

Les Domaines Aldaran et Ardais, et les terres des Storn. Et aucun n'a la technologie terrienne, à part mon père. N'essaye pas de ménager mes sentiments, Domenic. Je suis content que tu sois si observateur et que tu te serves de ta tête.

Régis s'inquiétait toujours du nombre de Terranans qu'il y avait sur le territoire d'Aldaran, mais depuis qu'il avait ramené votre famille au Conseil, il pensait que le problème était réglé. Ton frère Robert est homme d'honneur.

Mais mon père, c'est autre chose. Je sais. C'est pour m'éloigner de lui que j'ai sauté sur l'occasion de quitter Ténébreuse quand elle s'est présentée. Nous ne nous aimons guère, et je le crois capable de tout.

Mais, Hermès, il n'aiderait quand même pas la Fédération à tuer mon père ?

Je n'y aurais pas pensé, mais n'oublie pas que je ne l'ai pas vu depuis près d'un quart de siècle. Il peut y voir une chance de réaliser ses ambitions. Je ne peux pas faire d'hypothèses, mais j'avoue que ça ne me plaît pas. Tu as idée du nombre de Terranans qu'il y a sur le Domaine Aldaran ?

Plusieurs centaines, à coup sûr.

Et parmi eux, combien de soldats et de marines ?

Ça, je ne sais pas. J'ai toujours eu l'impression que la plupart étaient des techniciens.

Nous sommes partis du principe que toute attaque viendrait de l'astroport de Thendara, sans penser qu'on pouvait amener des hommes par avion des Heller. Dès la fin du spectacle, il faudra contacter Lew pour l'informer de cette possibilité. Toute cette histoire est beaucoup plus complexe que nous ne l'avions cru d'abord.

Ce n'est pas une idée réjouissante.

Non, en effet.

Le flanc du chariot des marionnettes s'abaissa, maintenu par de grosses cordes, et la foule se pressa vers lui, bouchant la vue à Domenic. Profitant de sa taille encore relativement modeste, il se faufila au milieu des gens, jouant des coudes jusqu'au premier rang. Un décor enchanteur était peint sur une toile, avec château à tourelles et une haute Tour très reconnaissable dressée au milieu d'un champ bleu de *kireseth*. Au bout d'un moment, une poupée vêtue de rouge se mit à traverser la petite scène. À l'évidence, c'était une Gardienne, mais, bien que son visage fût caché sous un voile, sa jupe courte jusqu'à l'indécence révélait des jambes bien galbées recouvertes d'un tissu quelconque. Domenic hésita entre l'amusement et l'indignation.

La Gardienne se mit à parler, et il reconnut la voix de la jeune rousse, Illona Rider. À ses paroles, Domenic se sentit rougir jusqu'aux oreilles ; une jeune fille n'aurait pas dû parler comme ça, surtout une fille aussi bien qu'Illona ! Et ils n'auraient jamais osé représenter une pièce pareille à Arilinn ou dans une autre Tour. Il commença à comprendre pourquoi Régis avait limité les visites des Baladins à Thendara.

Maintenant, Hermès était debout juste derrière lui, une main sur son épaule. Il sentit qu'Hermès était stupéfait et mécontent, ce qui le réconforta un peu. Il n'était pas prude, non. Mais ce que disait la poupée était ignoble. Pire, les spectateurs riaient bruyamment et lançaient des commentaires grivois de leur cru. Il sentit que, dans l'ensemble, le peuple n'avait pas grande estime pour les Tours, ce qui lui parut étrange et troublant.

Une autre marionnette rejoignit la Gardienne, et les deux poupées se livrèrent à un assaut de calembours qui provoqua une tempête de rires. Il écoutait, se demandant comment Illona pouvait parler avec deux voix si différentes, puis il se concentra sur le sens des jeux de mots. Ils étaient plus que grivois, ils frisaient l'obscénité. Il vit une femme attraper une fillette et l'entraîner à l'écart, l'air outré. Autour de lui, les gens commencèrent à s'agiter avec embarras, et il en vit quelques-uns quitter la cour, jetant un coup d'œil par-dessus leur épaule en s'engageant dans l'étroite ruelle derrière l'auberge. À l'évidence, ils n'avaient plus aucun goût pour le spectacle.

Est-ce que c'est une pièce typique, Domenic ?

Je ne sais pas. J'ai vu deux fois les Baladins à Thendara, mais je n'ai jamais rien entendu de pareil. C'est scandaleux, non ? Hum ! Illona m'a dit qu'un certain Mathias est arrivé récemment dans la troupe, et qu'il écrit des pièces qu'elle trouve... inconvenantes.

C'est pire qu'inconvenant – c'est subversif. C'est très bien de se moquer un peu des institutions, mais ça, ça va plus loin. Si c'est ce que répandent les Baladins dans les villes et les villages, je m'étonne qu'on leur ait permis de continuer. Et cette histoire de garder le peuple à sa place, de lui voler son grain... c'est fait pour stimuler le mécontentement. Je n'aime pas ce genre de spectacle, et la foule n'a pas l'air d'apprécier non plus. Tiens, qui c'est celui-là ?

Une troisième marionnette avait rejoint les deux autres, un homme en oripeaux criards, avec un bonnet de bouffon surmonté d'une couronne branlante. La poupée avait dû être confectionnée à la hâte, car elle n'avait pas la qualité des deux autres. Le visage avait une expression dissolue, et les jambes une démarche minaudante et efféminée. Domenic fut pris de colère, car, même si les traits étaient rudimentaires, les cheveux blancs sous le bonnet étaient très reconnaissables. Ce ne pouvait être que Régis Hastur, et il fut à la fois stupéfait et scandalisé.

Domenic baissa les yeux sur la tête nue d'un garçonnet debout devant lui, se demandant ce que pensait l'enfant de tout ça. Sans doute qu'il n'en comprenait pas la moitié, car il paraissait nerveux et perplexe. Il n'avait plus envie de regarder les marionnettes et aurait voulu être à cent miles de là.

Domenic sentait la foule s'agiter autour de lui. L'atmosphère joyeuse de tout à l'heure s'était envolée, faisant place aux murmures, qui, quelques secondes plus tard, se transformèrent en cris indignés. Apparemment, on pouvait se moquer impunément d'une Gardienne imaginaire, mais pas insulter le souverain de Ténébreuse.

Quand Domenic releva les yeux, il vit que les marionnettistes étaient inconscients de ce qui se passait devant leur chariot. La foule devenait houleuse. Cela survint si vite que les manipulateurs de poupées n'eurent pas d'avertissement. Soudain, une demi-douzaine de solides gaillards, peut-être enhardis par l'alcool, se ruèrent de l'avant. L'un d'eux saisit la poupée choquante. Les fils cassèrent.

Puis tout alla très vite. Une seconde plus tard, une vingtaine d'hommes en fureur entouraient le chariot. L'un d'eux en ouvrit la porte et grimpa à l'intérieur. D'autres déchiraient le décor et les marionnettes, sous les huées de l'assistance. Une foule furieuse se jeta sur les Baladins, s'emparant de l'innocent jongleur et de tout ce qui portait un habit bigarré, et une demi-douzaine de rixes éclatèrent.

L'homme ressortit du chariot, traînant une Illona hurlante et congestionnée de rage, et la gifla à toute volée. Un autre essaya de la lui arracher des mains, et la dispute dégénéra en une nouvelle bagarre. Deux policiers locaux s'efforçaient de rétablir l'ordre, mais ils étaient trop peu pour contenir la colère de la foule, qui maintenant demandait du sang, peu importait de qui.

Domenic, profita de sa petite taille pour se faufiler entre les combattants, et, saisissant la main d'Illona, il la tira violemment vers lui. Elle essaya d'abord de se dégager, puis elle réalisa que ce n'était pas un ennemi, mais un ami.

– Viens, hurla-t-il. Tu vas te faire blesser.

Illona jeta un coup d'œil en arrière, les yeux dilatés de terreur, puis ils s'enfuirent en courant, franchirent les grilles de la cour pour se réfugier dans l'ombre régnant au-delà. Elle poussa un petit cri de douleur, et il s'arrêta. Il s'aperçut alors qu'elle était pieds nus, et qu'elle s'était cogné l'orteil sur une pierre. Elle était en culotte et chemise, et elle haletait, ses seins palpitant doucement sous la mince étoffe.

Il resta un instant pétrifié, Illona près de lui, hors d'haleine, effrayée. Puis il ôta sa cape et la lui drapa sur les épaules. Peu après, Rafaëlla émergea des ombres, et il réalisa que quelques secondes seulement s'étaient passées depuis qu'il avait arraché la jeune fille à son agresseur. Il n'avait jamais été si content de voir une Renonçante.

Le tumulte commença à se répandre hors de la cour, alors Rafaëlla les saisit par les épaules et les pilota vers l'arrière de l'auberge. Le tintamarre décrut à mesure qu'ils s'éloignaient, et la Renonçante les fit arrêter dans un coin sombre.

– Il vaut mieux rester hors de vue jusqu'à ce que ça se calme, dit-elle, d'une voix qui tremblait un peu. Comment as-tu pu faire une chose pareille, ma fille ?

– Je n'ai rien fait, rétorqua Illona, la peur faisant place à la colère, tandis qu'elle repoussait en arrière les cheveux collés à son visage en sueur.

Elle foudroya la Renonçante, la défiant de la contredire.

– Je n'appelle pas rien ridiculiser Régis Hastur avec une marionnette. Il n'est pas mort depuis une dizaine ! Et pourquoi n'es-tu pas habillée ? dit Domenic, donnant libre cours à sa fureur.

Illona haussa les épaules, frissonna, et resserra la cape autour d'elle.

– Il fait chaud, et on est serrés dans le chariot. Je serais en eau si je restais habillée. Et pour la poupée – les Hastur sont une bande de parasites.

À la surprise de Domenic, Rafaëlla saisit Illona par les épaules et la secoua si fort qu'il entendit ses dents claquer.

– Comment oses-tu dire ça ? Tu es une idiote. Tu sauras pour ta gouverne que Régis Hastur était de mes amis, et l'un des hommes les plus honorables qui aient jamais vécu. Qui t'a écrit cette pièce ? Dis-le vite ou je cogne jusqu'à ce que tu parles.

Domenic n'avait jamais vu sa Tante Rafaëlla en fureur, et il fut impressionné. Cela lui rappela les rares colères de sa mère, mais avec une retenue que Marguerida n'avait pas. Il sentit le profond loyalisme de Rafaëlla, émotion simple et sincère qui le calma beaucoup.

Illona, pour sa part, semblait avoir perdu sa peur et son bon sens. Elle se dégagea, l'air furibond.

– Tout le monde sait que les Domaines oppriment le peuple et qu'il faut nous en débarrasser pour avoir une vie meilleure.

D'abord, Domenic ne réagit pas. Elle employait des mots étranges, et il sentit qu'ils ne venaient pas d'elle mais d'un autre. Elle répétait ce qu'elle avait entendu dire comme un perroquet, sans savoir ni comprendre ce qu'elle disait. Mais sous ses paroles il percevait une émotion plus personnelle, bizarre mélange de peur et de ressentiment, centré sur les Tours. Il se demanda pourquoi elle avait peur des Tours ; on aurait dit qu'elles la menaçaient.

Plus il y pensait, plus le texte de la pièce lui paraissait troublant. Pourquoi présenter les Tours comme des antres du vice – quel profit pouvait-on en tirer ? Puis il se rappela l'impression de méfiance qu'il avait perçue dans la foule au début du spectacle, et qui l'avait laissé perplexe. Qu'est-ce qu'Hermès avait dit ? Que la pièce était subversive. Quelqu'un cherchait-il à fomenter une révolution sur Ténébreuse ? Qui et pourquoi ? Les Baladins jouaient-ils des pièces semblables partout ailleurs qu'à Thendara ?

La colère de Rafaëlla redoubla, et elle leva la main pour frapper, arrachant Domenic à ses réflexions. Il lui saisit le poignet et secoua la tête.

– Qui t'a raconté ces mensonges, Illona ? Et qui c'est, « tout le monde » ? interrogea-t-il, s'efforçant de parler avec calme malgré son cœur qui battait à grands coups.

Illona le regarda, les yeux vides.

– Eh bien, notre cocher, et des tas d'autres. Mathias, qui a écrit la pièce, dit que s'il n'y avait pas Régis Hastur on volerait tous dans des aérocars, on aurait de belles maisons et...

Elle parlait d'un ton monocorde maintenant, et Domenic vit qu'elle rentrait en elle-même ; elle prenait conscience des violences qu'elle venait de vivre et elle entrait en état de choc.

– Et bien entendu, Mathias est un homme bien informé, qui est entré au Château Comyn et qui a été témoin de ces prétendues oppressions, commenta Domenic.

Malgré la compassion qu'il ressentait pour la jeune fille, il était encore très en colère et cela lui fit du bien de la dissiper un peu en paroles.

– Enfin, non, avoua-t-elle, penaude.

Puis elle parut rassembler toute son énergie, pour secouer sa peur et le traumatisme.

– Mais le fait qu'on soit interdits à Thendara sauf aux Solstices d'Été et d'Hiver prouve que les Hastur ont peur de nous, alors, ça doit être vrai.

– Ta logique est impeccable, mais tes prémisses sont fausses.

Elle étrécit les yeux et scruta le visage de Domenic à la faible lumière leur parvenant de l'auberge. Puis son visage s'éclaira.

– Je t'ai vu à Thendara, non ? Tu montais la garde, dans l'ombre du Château ! Tu es de leur clique ! Tu espionnes pour les Hastur !

Il faut que je m'en aille pour prévenir Tante Loret et les autres !

– Et toi, pour qui espionnes-tu ?

– Moi ? glapit-elle, stupéfaite.

– Qui t'a raconté ces histoires ridicules ? demanda Rafaëlla avec impatience. Et, plus précisément, quand ?

Illona resta interdite.

– Des gens... comme Mathias, je suppose. Quand ?

– Tu as entendu ces idioties séditieuses toute ta vie, ou c'est récent ?

Domenic sentit la perplexité de Rafaëlla à cette question, mais il l'ignora. Il était résolu à aller au fond des choses, et Illona était sa meilleure chance. Il n'avait pas envie de recourir au rapport forcé, mais il découvrit à sa consternation qu'il s'y résoudrait s'il ne pouvait pas faire autrement. Toutes les leçons d'éthique d'Arilinn résonnèrent dans sa tête, et pour la première fois il comprit à quel point le Don des Alton pouvait être dangereux dans les mains de quelqu'un uniquement préoccupé de son propre intérêt. Il espérait qu'Illona lui dirait la vérité d'elle-même.

Qui est ce garçon, et pourquoi pose-t-il cette question ? Il y a quelque chose que je ne comprends pas, mais je n'arrive pas à trouver ce que c'est. Il a raison – je n'ai jamais entendu un mot contre les Hastur avant le prin-

temps dernier, quand nous étions dans les Heller, en pays Aldaran. Après ça, tout a changé. Qu'est-ce qu'ils vont faire de moi ?

Illona s'assagit soudain.

– C'est au printemps que j'ai entendu ça pour la première fois. *Pourquoi est-ce que je lui dis ça ? Il était si sympa et il m'a plu tout de suite. Mais ce n'est pas une raison pour lui faire des confidences, non ? La pièce ne plaisait pas à Tante Loret, et maintenant je comprends pourquoi. Je voudrais bien m'en aller. J'ai peur.*

– Et ce Mathias qui a écrit la pièce, depuis quand est-il avec vous ?

– Depuis le printemps.

Dans la cour, le bruit commençait à se calmer, même si l'on entendait encore quelques cris. Il y avait aussi des bruits de bois cassé, et Domenic se dit que la foule en colère démolissait les chariots des Baladins. Un instant plus tard, il vit des flammes surgir au-dessus du mur entourant l'auberge. Quelqu'un avait mis le feu à un véhicule.

– Illona, tu t'es mise dans un beau pétrin.

– Je m'en suis aperçue, dit-elle, retrouvant un peu de son effronterie passée.

Elle serra les dents, se forçant à se redresser et à foudroyer Rafaëlla et Domenic. Même dans la pénombre, il vit qu'elle était très pâle, ce qui faisait ressortir les taches de rousseur de son nez. Il admira son courage, son refus de s'abandonner complètement à la terreur. Il ne savait pas s'il aurait été capable d'en faire autant à sa place.

– Tu as eu de bien mauvaises fréquentations, dit Rafaëlla à mi-voix.

Elle avait retrouvé son sang-froid, et dans l'ombre elle avait l'air sévère et puissante, mais moins menaçante qu'auparavant.

Illona la regarda avec défi.

– Je ne connais personne d'autre que les Baladins, alors je ne peux pas juger. Tante Loret dit que Mathias et les autres sont dingues, mais je n'y ai pas fait attention.

Hermès Aldaran parut soudain, son visage invisible dans l'ombre.

– Ah, te voilà. Je t'ai vu entraîner la fille, et tu as bien fait ! Les policiers locaux et nos *amis* sont parvenus à rétablir l'ordre, mais la plupart des chariots ne sont plus que du petit bois.

Il s'éclaircit la gorge, et passa d'un pied sur l'autre, gêné.

– Il y a quelques morts... dont ta tante, Illona. Je suis désolé.

Elle ne réagit pas immédiatement. Elle les regarda tour à tour, puis les larmes lui montèrent aux yeux et se mirent à couler sur ses joues sales ; elle n'émit pas un son, se recroquevillant dans la cape de Domenic, de plus en plus petite, comme si elle allait se transformer en flaque par terre. Rafaëlla la prit par la taille et l'attira dans ses bras.

Qui d'autre a été tué, Hermès ?

Je ne sais pas exactement, à part la femme et le jongleur, qui s'est trouvé au mauvais endroit au mauvais moment. La foule s'est déchaînée, je me suis félicité de la présence des vieux Gardes, même si leur intervention a détruit leur anonymat, j'en ai peur. Mais il règne encore beaucoup de confusion, et on ne les a peut-être pas trop remarqués. Je ne sais pas où sont passés Vancof et le Terrien. J'ai regardé partout, mais on dirait qu'ils se sont évanouis.

Domenic hésita alors, conscient d'un conflit intérieur. Hermès Aldaran était le fils de Damon Aldaran, chef de ce Domaine. Certes, Hermès l'avait assuré de son loyalisme, mais les vieilles histoires sur les trahisons des Aldaran lui revinrent à l'esprit. Régis avait forcé le Conseil à donner un siège à *Dom* Damon et à son fils Robert, mais il y avait encore beaucoup de méfiance envers toute la famille. Il aimait Hermès et il avait confiance en lui, et il avait bonne opinion de Robert, aussi. C'est le vieux *Dom* Damon qu'il n'aimait pas. Mais où irait la fidélité d'Hermès en cas de sérieux conflit ?

Domenic se débattit brièvement avec ce problème. Puis il choisit, décidant qu'il n'avait pas le temps de consulter Lew ou son père. Le Terrien n'arrêtait pas de regarder vers le nord, et ce groupe de Baladins était en territoire Aldaran au printemps – il y avait peut-être un lien, mais il n'en était pas sûr. *La fille dit que tout a changé après leur retour des Heller, au printemps dernier. Je crois que quelqu'un mijote quelque chose dans les Heller.*

Domenic fut assez fier de la façon très diplomate dont il avait formulé sa pensée, mais il n'avait pas prévu la rapidité d'esprit de son oncle. *Si tu penses à mon père, je le crois capable de tout. Il en a toujours voulu aux Hastur, et a toujours pensé que les Aldaran gouverneraient mieux Ténébreuse. Mais, franchement, ce gâchis n'est pas son style. Mon père n'est pas très subtil, et à mon avis, il ne lui viendrait pas à l'idée d'utiliser la subversion pour arriver à ses fins.*

D'après le peu que je sais de lui, je suis d'accord avec toi. Mais peut-être qu'il soutient les séditieux d'une façon ou d'une autre.

À moins qu'il n'ait beaucoup changé ces vingt-trois dernières années, j'en doute.

Pourquoi ?

Mon père est extrêmement avare, Domenic. Et il n'investirait jamais un sekal sans être sûr du bénéfice. Non. À mon avis, il s'agit de quelque chose qui a son origine dans le Domaine Aldaran, mais dont cette vieille canaille ne sait rien – c'est le complexe qu'a la Fédération dans les Heller qui est derrière tout ça.

J'espère que tu as raison, Hermès.

Je l'espère aussi, parce que, malgré mon aversion pour mon père, je n'aimerais pas le voir impliqué dans un complot pour détruire les Domaines.

Il faisait plus froid maintenant, surtout sans cape, et Domenic frissonna, autant à cause de la température qu'à cause de ce qu'il venait d'entendre. La méfiance envers les Aldaran remontait à des générations, et Régis avait mis son point d'honneur à la surmonter. Si l'on découvrait qu'ils étaient compromis dans un complot destiné à renverser les Hastur, tous ses efforts auraient été vains. Et utiliser les Baladins pour propager le mécontentement était très astucieux. Ils allaient partout, répandant des rumeurs à mesure.

Mais Hermès avait raison sur un point – ce n'était pas le style de *Dom* Damon. Il agissait plutôt par la fureur et l'intimidation. Soudain, Domenic se sentit très jeune et impuissant, comme si le fardeau était trop lourd pour ses épaules. Et, comme s'il sentait son désarroi, Hermès posa une main ferme sur son épaule.

– Rentrons nous réchauffer. *Et mettre Lew au courant des derniers événements.*

CHAPITRE XVIII

Domenic regarda Hermès un moment à la lueur tremblotante des torches.

– Avant, il faudrait peut-être voir où en est la situation, dit-il enfin.

Ses paroles l'étonnèrent, et la voix ferme sortant de sa gorge lui sembla appartenir à un autre, plus âgé, plus fort.

– Oui, quelques minutes de plus ne nous tueront pas, je pense, acquiesça Hermès. Rafaëlla, emmène Illona avec toi, s'il te plaît. Il lui faut un bon bain chaud – elle tremble de tous ses membres.

– Je ne veux pas aller avec elle, gémit-elle, l'air soudain très jeune et effrayée. Je veux ma tante !

– Je sais, dit Rafaëlla avec douceur. Mais tu devras te contenter de moi. Il pleuvra bientôt, et si tu restes là, tu vas attraper mal, et tu devras boire des tas de potions amères pour guérir.

– Je voudrais être morte comme elle, geignit-elle.

– Non ! dit Hermès d'un ton sévère. Et Loret non plus ne voudrait pas te voir morte – elle ne voulait que ton bien, mon enfant.

– Je n'arrive pas à croire qu'elle est morte. Maintenant, je suis toute seule... qu'est-ce qui va m'arriver ?

– Il ne t'arrivera rien, Illona, dit Rafaëlla, presque tendre. Allons, viens.

La jeune fille hésita, puis se laissa entraîner.

Il faisait plus froid, et Domenic regrettait sa cape. Il avait envie de suivre Illona et la Renonçante dans la chaleur de l'auberge, mais son sens du devoir le retint – ce même sens du devoir qu'il avait voulu fuir en faisant une fugue – et il rentra dans la cour d'un pas décidé. Les incendies dégageaient beaucoup de chaleur, et il faisait anormalement chaud. Tout était ravagé. Il devait présenter Hermès aux vieux Gardes qui aidaient à éteindre les feux et à transporter les morts et les blessés.

Pourtant, la scène était moins chaotique qu'il ne l'imaginait. La plupart des feux commençaient à s'éteindre d'eux-mêmes faute d'aliment. Il régnait une odeur de bois et de peinture brûlés, et de chairs brûlées aussi, sans doute. Il y avait des gens dans les chariots quand le feu avait pris, et tous n'avaient pu s'échapper. Il eut un haut-le-cœur.

Domenic remarqua Duncan Lindir, très pâle dans la pénombre, et s'approcha de lui.

– Combien de morts as-tu trouvés ?

– Six Baladins, *vai dom*, et un homme du village. Il y en a peut-être d'autres dans les décombres – ils sont encore trop brûlants pour y aller voir –, mais j'espère que non. Et puis, il y a les blessés – ils sont nombreux, mais je ne sais pas encore le nombre exact. Surtout des bosses et des bras cassés. La Renonçante guérisseuse s'en occupe avec la guérisseuse du village.

– Très bien, Duncan. Voici Hermès Aldaran.

Duncan fit un bref salut de la tête, comme répugnant à manifester trop de respect à un membre de cette famille.

– On m'avait dit de te demander des ordres, mais je n'ai pas encore eu le temps, *dom*.

Le ton était à peine poli, comme s'il se forçait à prononcer des mots qu'il ne pensait pas.

– C'est aussi bien, vu que je n'en ai aucun à te donner, dit Hermès, feignant de n'avoir pas remarqué son incivilité. J'aimerais connaître les autres de ton groupe.

– C'est qu'ils sont tous...

– Pas immédiatement, mon ami ! Je vois bien qu'ils sont très occupés. Il suffit que tu me les montres en me disant leur nom... si ce n'est pas trop te demander.

L'ironie de cette réponse n'échappa pas à Duncan, dont la bouche se contracta en quelque chose approchant d'un sourire. Il acquiesça de la tête, et Domenic sentit que l'hostilité à peine dissimulée du vieux Garde s'estompait. Regardant les deux hommes qui bavardaient maintenant avec amitié, Domenic se demanda comment faisait son oncle. La même chose s'était produite l'après-midi avec Loret. Pourtant, Hermès ne faisait pas d'efforts pour le charmer, il était juste pratique et impersonnel. S'il existait un *laran* de la persuasion, Hermès le possédait, décida-t-il. Domenic s'éloigna, nerveux et mal à l'aise. Où Vancof et le Terrien étaient-ils passés ? Avaient-ils été blessés, ou tués, pendant l'émeute ?

Il marcha vers l'endroit où il avait vu le Terrien pour la dernière fois, coin sombre à la jonction des murs de l'écurie et de l'auberge. Il y avait un banc, où les palefreniers et les lads attendaient les voyageurs ou se reposaient, presque invisible, se détachant comme une ombre plus noire sur le noir du mur. Il s'immobilisa, laissant ses yeux s'habituer à l'obscurité, puis il vit une botte.

Domenic s'accroupit et regarda sous le banc. Luisante comme un miroir à l'origine, elle était maintenant éraflée et boueuse. Une jambe la prolongeait, et, ses yeux continuant à monter le long de la silhouette, il réalisa qu'il était devant le cadavre du Terrien sans nom. Il était immobile, sa poitrine ne se soulevait ni ne s'abaissait. Il déglutit plusieurs fois avec effort, puis tendit les bras et referma les mains sur la botte.

Se relevant, il pesa de tout son poids pour sortir le corps de sous le banc. L'homme était lourd, mais le corps finit par glisser sur les pavés inégaux. Il y eut un bruit de pas derrière lui, et un instant plus tard Abel MacEwan se dressa près de lui, l'écarta d'autorité et prit les chevilles entre ses mains plus fortes et compétentes.

Le torse du mort, jusque-là affaissé en avant, retomba en arrière, et Domenic vit le manche d'un couteau planté dans sa poitrine. Une tache s'était répandue autour de la blessure, plus sombre sur le marron de la tunique. Quelqu'un apporta une torche, et il regarda le visage de l'étranger.

Les yeux étaient encore ouverts, et la mâchoire affaissée. Dans la mort, il semblait surpris. Domenic ne parvint pas à en détacher les yeux, jusqu'au moment où quelqu'un prit finalement le cadavre par les épaules tandis qu'Abel prenait les pieds, et à eux deux ils l'emportèrent.

Non, pas surpris : trahi. Chancelant un peu sous le choc, Domenic sut qu'il n'avait pas été tué par un villageois. Ce devait être Vancof – mais pourquoi ? Mystère. Puis il repensa à la scène du matin, où il avait vu le mort donner quelque chose au cocher. Il ferma les yeux, s'efforçant d'en revoir tous les détails. C'était quelque chose de plié, un papier, et un autre objet, carré.

Les feux s'éteignaient les uns après les autres, et Domenic frissonna de froid. Malgré cette gêne, il resta pétrifié sur place, de peine et d'horreur. Puis il se força à se remémorer les pensées de Vancof qu'il avait surprises. La plus grande partie n'était qu'un brouhaha confus, mais quelques expressions lui parurent intéressantes. Le mot « ordres » y revenait avec insistance, et le cocher en semblait mécontent, effrayé. Qu'est-ce qu'on lui avait ordonné – de tuer son complice ? C'était insensé ! Pourtant, cela lui parut la seule explication possible, et il força son esprit à l'accepter.

Maintenant tremblant de froid et d'émotion, Domenic rentra dans l'auberge. La chaleur de l'entrée le congestionna dès les premiers pas, et il s'épongea le visage de sa manche. Puis, trop épuisé pour continuer, il se laissa tomber sur un banc près de la porte.

Domenic sentit son contrôle lui échapper peu à peu sous un flot d'émotions inconnues. Il avait envie de pleurer, mais les larmes ne venaient pas. Il avait l'impression d'être métamorphosé en pierre, et il aspirait à se libérer. Des gens étaient morts, des innocents comme la tante d'Illona, qu'il n'avait connue que quelques minutes. Le Terrien, dont il n'avait jamais découvert le nom, était mort, lui aussi. Il n'avait pas vu les autres, mais il avait vu le Terrien, et quelque chose lui disait qu'il n'avait pas mérité ce sort.

Le profond chagrin de la mort de Régis Hastur, qu'il tenait en respect depuis des jours, remonta enfin des profondeurs de son être. Il se rappela certains incidents, de bons moments passés avec son grand-oncle quand il était détendu et lui racontait des épisodes de la Rébellion de Sharra, malgré le malaise évident de Grand-Père Lew, tout en s'arrangeant pour les faire paraître plus anodins qu'ils ne l'avaient été sans doute. Domenic repensa au charme de Régis, à ses mots d'esprit, à la façon dont il mangeait et mille autres petites choses. Cela lui sembla bien peu, pour un si grand homme.

Il avait la poitrine douloureuse, et le sang battait violemment à ses tempes. Une larme glissa sur sa joue, qu'il essuya d'un doigt tremblant. Il s'était enfui pour s'amuser un peu, et maintenant il y avait des morts et des blessés, et trop de douleur à supporter. Ce n'était plus une aventure – c'était un cauchemar dont il ne parvenait pas à s'éveiller.

Si seulement Lew ou sa mère avaient été là, pour l'aider, le rassurer sur ses sentiments. Logiquement, Domenic savait que l'émeute aurait eu lieu, qu'il soit là ou non, mais il se sentait quand même responsable. Après s'être attardé sur cet événement bouleversant, plus déprimé de minute en minute, il s'efforça de retrouver son bon sens et y réussit en partie. Il se morfondait à propos d'incidents sur lesquels il n'avait aucun contrôle ! Il devait se ressaisir et informer son grand-père des événements survenus à Carcosa. Si seulement son corps épuisé et transi voulait bien coopérer !

Domenic se força à se lever et monta en trébuchant l'escalier menant à sa chambre. Une fois entré, il claqua la porte et se laissa tomber sur le lit. Il avait la respiration oppressée, et il s'efforça de la contrôler. Enfin, les battements de son cœur commencèrent à ralentir, et les pensées terribles qui tourbillonnaient dans sa tête se calmèrent un peu. Il ferma les yeux, les paupières presque plissées de colère, s'efforçant en vain d'évacuer de son esprit les visions de destruction et de mort.

Des voix lui parvenaient d'en bas – voix de Gardes et de villageois. Une odeur écœurante de bois et de chairs brûlés flottait dans l'air. Puis il réalisa que cette odeur imprégnait ses vêtements, sa peau, ses cheveux, et il faillit vomir. Il ôta sa tunique et la jeta dans un coin de la pièce. Le mouvement lui donna l'énergie de se déshabiller complètement, et de verser de l'eau dans la cuvette pour se laver. Puis il enfila l'une des chemises du marché et son pantalon de la veille. Sa réconfortante odeur de cheval sembla disperser les miasmes de mort émanant de ses vêtements sales et ceux filtrant par la fenêtre.

Quelques minutes plus tard, il entendit la pluie tambouriner doucement sur les vitres, son plein de douceur après tant d'horreurs. Il n'avait qu'un désir : s'effondrer dans son lit et se cacher la tête sous les couvertures. Il avait encore quelque chose à faire – mais il ne se rappelait pas quoi... Ah, oui, il devait contacter son grand-père. Mais où allait-il en trouver la force ?

Incapable de se concentrer, son esprit vagabonda, et il se surprit à repenser à Illona. Il était bien content qu'elle soit en sûreté avec Rafaëlla. Si les villageois l'avaient trouvée et reconnue pour une Baladine, elle aurait pu être blessée ou même tuée. Domenic ne l'aurait pas supporté ; pourtant, il ne comprenait pas pourquoi il s'intéressait autant à une fille qu'il connaissait à peine. Puis il se dit qu'elle lui plaisait, même si elle n'était qu'une charmante idiote. Non... pas idiote – juste effrontée et ignorante. Si seulement elle ne lui avait pas paru si séduisante en chemise ! Pourquoi n'était-elle pas laide, ou au moins ordinaire ? Il aurait eu moins de mal à la mépriser, comme il était certain qu'il le devait. Au contraire, il ressentait le même besoin de la protéger qu'il avait toujours éprouvé à l'égard d'Alanna. C'était très bizarre.

Non, c'était plus que ça. Au bout d'un moment d'introspection sans indulgence, Domenic réalisa que ses pensées frisaient la concupiscence. Il en fut surpris, puis écœuré. Comment pouvait-il avoir de telles idées en des moments pareils ? Il devait être anormal !

Furieux contre lui-même, Domenic détourna son esprit des jeunes seins et du corps svelte d'Illona sous sa chemise. Hermès lui avait dit d'informer Lew des derniers événements, et il ne l'avait pas encore fait. Il était là parce qu'il avait le Don des Alton, et qu'il pouvait communiquer avec son grand-père bien plus facilement qu'un autre privé de ce talent. Un instant, ce Don lui inspira de la rancœur, puis il écarta fermement cette idée. Pourquoi n'avait-il pas juste un sentiment à la fois, au lieu de ce méli-mélo ? Et pourquoi n'arrivait-il pas à débarrasser son esprit de la vision du Terrien mort ?

Le calme revint enfin dans son esprit, et, tout en sachant que ça n'avait duré que quelques minutes, il eut l'impression d'avoir passé des heures à se débattre avec ces pensées. Il avait la bouche pâteuse et l'estomac noué. Domenic avait désiré être traité en adulte, et non plus en enfant, et voilà qu'il était furieux d'avoir des responsabilités de grande personne. Il s'avoua enfin qu'il était plus qu'un peu effrayé, et qu'il avait dû être fou pour se précipiter ainsi au secours d'Illona. Il laissa sa peur se dissiper, puis se demanda s'il était lâche, ou si c'était normal d'avoir une peur rétrospective. Mais, comme il n'avait personne sous la main pour se renseigner, il écarta cette idée. La peur était un luxe qu'il devait garder pour une autre fois.

Il se leva, se rinça la bouche et s'aspergea le visage d'eau froide. Après s'être essuyé avec une serviette, il alla s'allonger sur le lit et força son esprit au calme indispensable. Ce fut difficile, mais le Don des Alton pouvait franchir de grandes distances, et, au bout d'un moment, il contacta l'esprit familier de son grand-père.

Lew !

Salut, Domenic. Tu sembles... bouleversé. Est-ce que vos renforts sont bien arrivés ? La voix mentale sonnait trop joviale et le cœur de Domenic se serra. Quelque chose de terrible était-il survenu à Thendara ? Réagissait-il trop vivement à l'inquiétude de Lew à son sujet, se créant des peurs imaginaires au lieu d'agir en adulte ? Il s'obligea à écarter ces questions et s'efforça de mettre de l'ordre dans ses idées.

Je le suis. Je viens d'assister à ma première émeute, et j'espère que ce sera aussi la dernière. Les Baladins ont joué une pièce qui a mis le public en fureur – c'était scandaleux et indécent. Ils se moquaient de Régis – ce n'était pas drôle du tout. C'était ignoble. Oncle Hermès a dit que c'était subversif, que c'était fait pour monter le peuple contre les Comyn ! Ce qui avait commencé comme un spectacle agréable a dégénéré en un clin d'œil. La foule a démoli et brûlé les chariots. Il y a eu des morts.

Toi, tu vas bien ? Le ton était alarmé, même si les mots étaient ordinaires.

Oui, mais ne parle pas de tout ça à Mère, s'il te plaît. Elle enfourcherait son cheval et galoperait sur la Route du Nord dans la minute. Mais il y a autre chose, et c'est pire, je crois. On dirait que cette troupe de Baladins était dans les Heller, en territoire Aldaran, l'hiver dernier, et quand ils sont revenus, ils avaient avec eux ce Vancof dont je t'ai parlé, mais aussi plusieurs autres qui répandaient des histoires de... je ne sais pas comment t'expliquer. C'était comme s'ils tâchaient de monter les gens contre les Hastur, contre les Domaines et contre les Tours en général. Je ne sais pas si c'était juste cette troupe ou si toutes les autres en faisaient autant.

Au Solstice d'Été, il y a eu des troubles impliquant des Baladins au Marché aux Chevaux. Régis pensait à les bannir complètement de la ville, parce qu'ils avaient provoqué d'autres incidents plus récemment. Alors, si ce n'était pas la troupe dont tu parles, les autres pourraient aussi être en cause...

Grand-Père, je crois que quelqu'un se sert des Baladins pour exciter le peuple. C'est soit les Terranans, soit... Dom *Aldaran.*

C'est ce que je craignais. Pauvre Dom *Damon – si ambitieux et si frustré. Javanne a peur que Mikhaïl ne livre Ténébreuse aux Terriens, mais ses craintes auraient bien plus de chances de se réaliser si Damon Aldaran mettait la main sur le pouvoir. C'en est comique.*

Mais cela n'arrivera jamais, non?

Les Hastur gouvernent Ténébreuse depuis très longtemps, mais rien n'est éternel. Et si quelque chose arrivait à ton père, à toi, à Rhodri, et à quelques autres personnes bien choisies, Damon Aldaran pourrait se déclarer son successeur.

Mais comment?

Grâce à Gisela et à son mariage avec Rafaël, bien sûr, qui lui donnerait une apparence de légitimité. Mais n'anticipons pas. Ton père est bien vivant, de même que toi et ton frère. Au fait, il vient d'arriver.

Qui? Père?

Non. Dom Damon et Robert Aldaran. Ils sont venus en avion, en quoi ils ont commis une erreur. Le terrain d'atterrissage est fermé depuis deux jours, et les Terriens ont failli les mettre en prison. Robert est parvenu à les tirer de là, mais Damon est d'une humeur massacrante.

Dommage qu'il soit le seigneur d'un Domaine, sinon vous pourriez l'enfermer à la cave jusqu'à ce que tout ça soit passé.

C'est tentant, je te l'accorde. Mais on dirait qu'il n'y a jamais d'oubliettes disponibles quand on en a besoin. Les Terriens ont causé pas mal de troubles depuis ton départ, et nous allons transformer l'ancien orphelinat en prison.

Grand-Père! Sois sérieux!

Je ne plaisante pas. Je me demande si Dom Damon est au courant de ce complot... non, je ne crois pas. Car, si le convoi funéraire est attaqué, il sera autant en danger que nous. Le problème dans une bataille, c'est qu'on ne peut jamais prévoir qui sera tué et qui survivra. Et si les Terranans ont l'intention d'installer Dom Damon...

Grand-Père!

Désolé, Domenic. Je suis sur les dents en ce moment. Rafe Scott a découvert que la Fédération a coupé toutes les communications avec Ténébreuse, pour des raisons qui demeurent obscures, et peut-être que le projet d'atta-

quer le convoi tombera à l'eau. Je ne sais pas si Belfontaine se risquerait à le réaliser sans l'approbation de ses supérieurs, et je ne peux pas faire un saut au QG comme autrefois pour voir de quel côté souffle le vent. J'espère sincèrement que ce ne sera qu'une tempête dans un pot de chambre, parce que je n'ai pas très envie de m'opposer à des armes laser avec mon épée plutôt rouillée.

Hermès et moi, on y pensait tout à l'heure. Il s'est passé tant de choses que j'en ai l'esprit tout brouillé, Grand-Père.

Prends ton temps.

Tout a commencé parce que l'espion terranan de Thendara...

Le quoi?

Rappelle-toi, je t'ai dit que j'avais vu deux hommes hier soir – Granfell et un autre. Eh bien, l'autre est arrivé ici en fin d'après-midi, avant les vieux Gardes.

Continue.

Il est sorti pour voir les Baladins, mais j'ai remarqué qu'il n'arrêtait pas de regarder le ciel. Pas vers le sud et Thendara, mais vers le nord. J'en ai parlé à Oncle Hermès, et il m'a demandé combien de soldats terriens il y avait au Domaine Aldaran. Il a dit que l'attaque viendrait peut-être d'eux, et pas du QG.

Oui, ça paraît logique, maintenant que tu en parles. Hermès a l'esprit le plus tortueux que je connaisse, et je me suis toujours félicité qu'il soit de notre côté.

Tu as confiance en lui?

Oui, Domenic. Il a prouvé cent fois, au Sénat et à la Chambre des Députés, qu'il ne pensait qu'à l'intérêt de Ténébreuse. Il a eu au moins une douzaine d'occasions de nous vendre, et il ne l'a jamais fait. Il y a autre chose, n'est-ce pas? Qu'est-ce que tu me caches?

Domenic ne répondit pas tout de suite, s'efforçant de maîtriser les larmes qui montaient en lui. *Le Terrien est mort. Je n'ai jamais su son nom, et maintenant je ne le saurai jamais, parce que quelqu'un – sans doute Vancof – l'a poignardé pendant l'émeute. Je... c'est moi qui ai découvert le corps.*

Pauvre Domenic ! La première fois qu'on voit la mort, c'est toujours très dur, et ça ne devient pas plus facile avec le temps. Domenic reçut des images de cadavres, et sut que son grand-père pensait à la Rébellion de Sharra. *Pas étonnant que tu sois bouleversé.*

Il avait l'air tellement surpris, Grand-Père ! Et ce n'est pas le pire.

Dis-moi tout.

C'est terrible et je... j'ai honte. Je l'ai trouvé, et j'étais très triste. Mais après... je me suis mis à penser à Illona – c'est la Baladine que j'ai vue hier à Thendara – et mes pensées étaient... quand la foule a attaqué son chariot, un homme l'a traînée dehors, et elle était en chemise ! Presque nue ! Alors, une seconde j'étais très abattu, et la seconde suivante j'étais... excité.

Aucune pensée ne lui répondit pendant quelques instants, et il pensa que son grand-père était dégoûté. *Je ne sais pas comment ça se fait, Domenic, mais un contact étroit avec la mort rend souvent les hommes... luxurieux. Les hommes qui vont à la guerre font souvent l'amour avant et après. À mon avis, c'est parce que l'amour, le sexe ou de tout autre nom que tu appelles ça, est étroitement lié à la vie, et que quand on est près de la mort, on a envie de... propager la vie. Et chez un jeune homme de ton âge, les stimuli sexuels sont très puissants.*

Je n'aime pas du tout les pensées que j'ai eues !

Non, je comprends. Mais ce que je veux dire, c'est que c'est une réaction parfaitement normale et qu'il n'y a pas à en avoir honte ou à s'en inquiéter, sauf si on s'abandonne à son instinct et qu'on prend une femme de force.

Je ne ferais jamais ça !

Je n'en doute pas. Maintenant, n'y pense plus et arrête d'être si sévère avec toi-même. Tu n'arriveras qu'à t'épuiser, et tu auras besoin de ton énergie pour d'autres choses.

Oui, tu as raison. Grand-Père, je ne sais plus où j'en suis. Je ne comprends pas pourquoi cet homme a été tué comme ça. Je crois que c'est Vancof qui l'a assassiné, parce que ici personne ne le connaissait, et que les autres morts de l'émeute ont été tués à coups de bâton... je veux dire...

Je comprends, Domenic. Si tu as raison et que ton espion soit le coupable, c'est qu'il aura profité de l'émeute. Tu disais hier soir que ce Vancof avait peur, et qu'il n'aimait pas le plan de Granfell. Il a peut-être voulu se débarrasser de cet homme, puis disparaître. Ou peut-être qu'il avait un compte à régler avec lui. Une chose que tu devras apprendre, Domenic, c'est que les gens se tuent parfois sans raison. Ce n'est pas à l'honneur de notre espèce, mais c'est ainsi, même sur Ténébreuse où les meurtres sont rares.

J'essaierai, mais c'est très dur à comprendre. Et ça me fait horreur! Grand-Père... Hermès vient d'arriver. Attends une minute.

Hermès Aldaran, sa calvitie luisante de pluie, lui tendit un petit objet, assemblage de métal et de fils de couleur.

— Regarde ce que j'ai trouvé dans les vestiges d'un chariot.

— Qu'est-ce que c'est?

— Un appareil de communication pour envoyer des messages. On appelle ça un émetteur à ondes courtes. Je me demande où est le récepteur. Dommage qu'il soit cassé; j'aurais pu m'en servir pour provoquer des problèmes à l'autre bout.

— C'était dans le chariot des marionnettistes?

— Non, dans un autre. Sous une pile de feuilles portant des textes incroyablement orduriers.

— Alors, c'était sans doute celui du dénommé Mathias, celui qui écrivait les pièces. Mais pourquoi aurait-il...

— Ce n'était pas une pièce, mais un journal.

— Tu crois que Mathias et Vancof travaillaient ensemble?

— Je ne sais pas, mais Duncan l'a arrêté comme il allait s'évanouir dans la nuit; on pourra le lui demander.

Son visage généralement aimable avait pris une expression que Domenic trouva inquiétante.

– Maintenant, où ai-je mis mes poucettes?

– Tes quoi?

– Excuse-moi, je t'ai choqué. Je n'ai pas vraiment l'intention de le torturer, mais il ne le sait pas. Je vais tâcher de lui faire peur pour lui faire cracher la vérité. C'est ça, ou alors je te demanderai d'entrer dans son esprit pour découvrir ce qu'il nous faut savoir.

Domenic réfléchit à cette brutalité qu'il n'avait jamais soupçonnée chez son oncle, et décida qu'il aimait mieux effrayer Mathias que sonder son esprit.

– Mais s'il ment? dit-il enfin.

– Tu t'en apercevras. C'est pourquoi il faut que tu viennes avec moi. Ce sera très déplaisant.

– Une minute. Laisse-moi prévenir Lew.

– Bien sûr.

Domenic ferma les yeux, bien que ce fût maintenant inutile, et termina sa conversation interrompue avec son grand-père, de plus en plus mal à l'aise. Il n'avait envie d'interroger personne, parce qu'il avait peur de ce qu'il apprendrait. L'excitation de l'aventure qui le soutenait la veille s'était évanouie, et il ne lui restait que la réalité, qui n'était pas aussi agréable. Bizarre – les personnages de ses livres n'avaient jamais de tels conflits.

L'auberge avait un deuxième étage, où Hermès le conduisit. Les cris des villageois encore excités diminuèrent à mesure qu'ils montaient. Domenic s'aperçut qu'il transpirait, et l'odeur le renseigna sur sa peur et son anxiété.

Plusieurs petites chambres ouvraient sur le couloir, et ils entrèrent dans la dernière, minuscule, occupée par trois Gardes et un homme qu'ils n'avaient jamais vu. L'étranger, qui devait être Mathias, avait les cheveux d'un blond très clair et une allure générale de Séchéen. Ses yeux bleu pâle très contractés étaient presque réduits à deux têtes d'épingles, et il semblait terrorisé. Six personnes dans un espace si réduit, c'était trop, et la chaleur dégagée par les corps était presque suffocante. On avait l'impression d'entrer dans un four, mais au lieu d'y trouver une bonne odeur de pain on n'y respirait que la puanteur de la colère et de la peur.

Sans attendre un ordre, deux Gardes sortirent dans le couloir, laissant Hermès, Domenic et Duncan avec le prisonnier. Il était assis sur une chaise en paille, les mains liées par une corde. L'atmosphère était un peu moins étouffante, et Mathias regarda tour à tour les trois hommes, cherchant sur leurs visages un espoir auquel se raccrocher, mais n'y trouvant rien pour atténuer sa terreur. Domenic se dit qu'il n'avait pas du tout l'air d'un espion ou d'un révolutionnaire, mais d'un homme comme tout le monde. Et manifestement pas un homme très brave.

Hermès sourit, mais sans la moindre sympathie. Il avait plutôt l'air d'un loup, et d'un loup affamé, en plus. Mathias remua nerveusement sur sa chaise.

— J'espère que tu es assis confortablement, dit Hermès avec calme, le ton menaçant malgré l'amabilité des paroles.

— Pourquoi m'avez-vous traîné ici ? demanda Mathias, moitié grondant, moitié pleurnichant. Je n'ai rien fait de mal.

Hermès éclata de rire. Il avait un rire grave et sonore que Domenic aimait bien, mais qui avait pris une nuance sinistre.

— Elle est bien bonne ! Rien fait de mal ! Tu as écrit des pièces scandaleuses, et nous avons trouvé chez toi un journal qui te vaudra le gibet.

— Je sais pas de quoi tu parles. *Comment vais-je me sortir de là ?*

— Tu es un sale espion des Terranans, annonça Hermès.

Mathias parut s'éclairer un peu.

— Sûrement pas. Je suis un Fils de Ténébreuse, et je n'ai rien à voir avec les Terranans.

— Nous sommes tous des fils de Ténébreuse, non ?

Comme il ne répondait pas, Hermès ajouta :

— Qu'est-ce que tu veux dire par là ? *Domenic, tu as déjà entendu parler de ces Fils ?*

Imbécile ! Pourquoi ai-je été leur parler de ça ? Nous sommes des gens qui se consacrent à l'amélioration de la vie sur Ténébreuse.

Non. À ce que je comprends d'après ses pensées, c'est une sorte de fraternité remontant à l'époque de Danvan Hastur. Peut-être que Danilo Syrtis-Ardais en sait plus sur eux. Leur but semble être... l'établissement d'un gouvernement qu'ils dirigeraient. Mais je n'en suis pas sûr, parce qu'à moins de le sonder, je ne reçois que des bribes confuses.

Ah, des révolutionnaires ! Merci, Domenic.

— Et quelles améliorations envisagez-vous ?

— Cesser de travailler comme des esclaves pour les seigneurs des Domaines, et être libres. Il n'y a pas de mal à ça, non ?

Mathias avait l'air moins effrayé maintenant, comme si l'attitude d'Hermès endormait ses craintes, lui inspirant une fausse impression de sécurité.

— Combien de seigneurs as-tu rencontrés dans ta vie, et comment t'ont-ils réduit en esclavage ? demanda Hermès, d'un ton presque amusé maintenant.

— Tout le monde sait que les Domaines reposent uniquement sur le travail et la sueur des gens du peuple, qui sont trop bêtes pour réaliser qu'on les maintient dans la servitude.

— C'est avoir une bien piètre opinion des gens que tu prétends sauver, tu ne trouves pas ? dit Hermès, avec indifférence, presque comme pour engager un débat philosophique.

Puis, sans avertissement, il se pencha vers le prisonnier, élevant la voix d'un air menaçant.

— Maintenant, parle-moi du journal ! Où est-il imprimé ? Qui est-ce qui l'écrit ?

Au changement de ton, Mathias se recroquevilla sur sa chaise, qui craqua presque musicalement. Domenic réalisa qu'il s'était préparé à émettre des opinions scandaleuses, mais pas à parler du journal accusateur.

— Quel journal ? *Je savais bien que ce maudit canard me mettrait dans le pétrin ! Je regrette que Dirck m'ait persuadé de l'écrire. Il aurait mieux fait de s'étrangler avec son cordon ombilical ! C'est à cause de lui que je suis dans ce merdier !*

– Celui qu'on a trouvé dans ton chariot, dit Hermès.

– Je ne sais pas de quoi tu parles. Je suis un Baladin, c'est tout, un pauvre scribe. Tu n'as pas le droit de m'arrêter et de me ligoter comme ça. Et d'abord, qui es-tu ? débita-t-il d'un trait, supprimant le besoin de recourir à la télépathie.

Duncan se balança d'avant en arrière. Malgré ses cheveux gris et un début d'embonpoint, il donnait l'impression d'être arrivé au bout de sa patience et d'être prêt à se servir de ses poings si nécessaire.

– Ne parle pas sur ce ton. Tu as déjà assez de problèmes comme ça. Réponds à la question. Où a-t-on imprimé le journal ?

Mathias frissonna en grimaçant, regardant tour à tour Hermès et Duncan, cherchant un signe de compassion. Puis il jeta un coup d'œil sur Domenic, fronça les sourcils et déglutit avec effort. *Ils pourront chercher un million d'années, ils ne trouveront jamais la presse. Ils n'auront jamais l'idée d'aller voir au Château Aldaran.*

Domenic transmit cette nouvelle information à Hermès, et vit les épaules de son oncle s'affaisser légèrement. Puis il se redressa, l'air menaçant.

– Parle-moi du cocher des marionnettistes.

Maintenant, Mathias avait l'air en pleine confusion, comme s'il s'était attendu à d'autres questions sur le journal.

– Et alors ?

– Qui est-ce et d'où vient-il ?

– C'est un homme, c'est tout. Il vient d'un autre groupe de Baladins, et il a rejoint notre troupe au printemps. *Qu'il aille au diable ! Je me suis toujours méfié de lui. Il disait qu'il était membre des Fils, mais je n'aurais jamais dû le croire. Pourtant, il connaissait tous les mots de passe ! Tout ça, c'est de sa faute.*

– De quelle troupe vient-il ?

– Je ne me rappelle plus. *Dirck disait qu'il conduisait pour Dyan Player, mais ça fait deux ans qu'il est mort. Qu'est-ce qu'ils me veulent ?*

C'est lui qui t'a dit d'écrire la pièce de ce soir ?

– Non. Oui.

– Oui ou non ?

– Dirck disait qu'il nous fallait quelque chose de plus fort, que ça échaufferait plus le peuple si on leur disait que les Tours étaient pleines de vicieux vivant aux crochets des pauvres et...

– Assez. Je n'ai pas envie d'écouter tes boniments idiots, le coupa Hermès, branlant du chef d'un air consterné. Ainsi, Dirck t'a suggéré d'écrire cette pièce mettant en scène une Gardienne et Régis Hastur, et tu l'as écrite. C'est exact ?

– Je pense, oui.

– Pourquoi as-tu choisi Régis Hastur ?

– Il est mort et il ne peut plus rien dire – et bon débarras ! Tout le monde sait qu'il ne sortait plus du Château Comyn depuis des années parce qu'il avait peur qu'on le tue !

– Tu es vraiment un individu répugnant, dit Hermès avec calme. Il ne reste plus qu'une question à régler : qu'allons-nous faire de toi ?

– Je n'ai pas peur de mourir pour mes convictions, larmoya Mathias, l'air parfaitement terrorisé. Je serai un héros. *Les Fils me sauveront – si seulement je peux les prévenir.*

– Tu ne manqueras à personne, tas d'ordures, gronda Duncan en se détournant, écœuré.

Au bout d'un moment, il se retourna et ajouta :

– Tu déshonores une institution ancienne et respectable.

Hermès et Domenic le regardèrent, étonnés, mais Duncan n'en dit pas plus. Toutefois, il fit comprendre d'un geste qu'il désirait parler hors de portée des oreilles du misérable captif. Hermès eut un imperceptible signe de tête, s'approcha de la porte et ordonna à l'un des deux autres Gardes de prendre sa place. Puis il sortit avec Duncan, et Domenic les suivit.

– Je crois comprendre que tu sais quelque chose sur ces Fils de Ténébreuse, Lindir.

– Pas vraiment, *dom,* et il m'a fallu un moment pour me rappeler que j'en avais déjà entendu parler. Mais je crois qu'Istvan a un frère qui en fait partie – je vais le chercher ?

– Oui, ce sera très utile.

Duncan enfila le couloir et descendit l'escalier. Le second Garde resta près de la porte, s'efforçant de se fondre dans le mur, mais à l'évidence très curieux.

– Eh bien, mon neveu, qu'est-ce que tu en penses ?

– Je crois qu'on peut apprendre autre chose de Mathias, mais que ça ne nous servira guère. Je pense qu'il ne sait pas grand-chose, finalement.

Domenic fit une pause pour réfléchir.

– Ce que nous ne savons pas, c'est combien d'autres Baladins sont impliqués dans cette affaire. Il n'y a peut-être que Vancof dans ce groupe, mais il pourrait y avoir des espions de la Fédération dans les autres troupes. Alors je crois qu'il faudrait retrouver et arrêter tous les Baladins, où qu'ils soient.

– Bonne idée. Mais comment faire ?

– Je vais dire à Lew ce qu'on a appris, il préviendra les relais des Tours, et ils seront localisés avant le matin. Je laisse à un autre le soin de décider quoi faire d'eux – je suis si fatigué, mon Oncle !

– Ça ne m'étonne pas. En plus de tout le reste, tu assures la transmission de tous les messages relatifs à notre petite affaire !

– Petite !

– D'accord, le mot était trop faible. Est-ce que « énorme » te plairait mieux ?

– Rien ne me plairait, à part un bain, un second dîner et un lit pendant trois jours !

Duncan revint avec un autre Garde, qu'il présenta sous le nom d'Istvan MacRoss, apparemment très content de lui. Il regarda Domenic d'un air cocasse, et Domenic lui sourit en retour. C'était réconfortant d'être entouré d'hommes de confiance.

– Dis-moi ce que tu sais sur les Fils de Ténébreuse, Istvan.

Istvan sourit de toutes ses dents. Une grande cicatrice lui balafrait le front et la joue, et ce sourire lui donna l'air terrible.

– Je n'en sais pas grand-chose, *vai dom*. Mon frère cadet en était membre il y a des années, mais comme c'est une société secrète, il ne m'en a pas parlé beaucoup. Ils s'appellent les Anciens et Fidèles Fils de Ténébreuse, et ils ont été fondés pendant les dernières années du règne de Danvan Hastur. C'est un beau nom pour un ramassis de mécontents qui n'ont jamais fait grand-chose à part se réunir pour tout dénigrer et chialer qu'ils gouverneraient bien mieux si seulement ils savaient comment s'y prendre.

– Qu'est-ce qu'ils veulent ?

– Je ne sais pas exactement, mais quelque chose de différent. Ils n'aiment pas les Domaines – c'est pour ça que mon frère a démissionné au bout de deux ans –, mais je n'ai jamais entendu dire qu'ils aient fait quoi que ce soit contre les Comyn. Ce qui leur plaît surtout, c'est d'être une société secrète – avec des mots de passe et des tas d'idioties.

– Crois-tu qu'ils aient une branche ici, à Carcosa ?

– C'est possible. En général, ils sont organisés de la façon suivante : ils ne se réunissent jamais en groupe dépassant six personnes, et un seul de ces six sait comment joindre les autres. Ils appellent ces divisions des rhowyns, d'après la fleur à six pétales de l'arbre du même nom. Moi je trouve ça idiot, parce que, s'il arrive quelque chose à celui qui sait, ils sont tous le bec dans l'eau.

– Je vois. Société secrète assez ordinaire, donc – et aucun moyen de les connaître à moins de savoir les mots de passe ou autre chose.

– Exactement, seigneur.

– Merci.

Hermès, j'ai l'impression que Vancof s'est servi de ces Fils, et qu'ils ne sont pas une menace sérieuse.

Je suis d'accord. Ce qui est un soulagement, parce que nous avons assez à faire avec la Fédération pour le moment. Je soupçonne que les Services Secrets de la Fédération ont essayé d'infiltrer ces Fils, puis se sont dit que les Baladins étaient un meilleur choix. Qui sait ? Je pense à une centaine de possibilités.

Moi aussi – et je suis plutôt soulagé que tout ça ne soit que des bêtises.

Pas uniquement, Domenic. Il y a vraiment un complot, et un complot dangereux, même si les comploteurs ne sont pas très capables. Nous devons nous estimer heureux de l'avoir découvert par hasard – que tu aies été un fugueur avec une bonne tête sur les épaules – avant que ça ne dégénère en massacre. Mais, même si les Fils et les Baladins sont neutralisés, il reste la Fédération. Comment ai-je pu imaginer que mon retour sur Ténébreuse serait une expérience agréable et paisible ?

Oui, je sais. Qu'est-ce qu'on va faire à propos de Van-cof ?

Comme il semble avoir disparu, je ne vois pas ce qu'on peut faire, à moins que tu puisses le retrouver, mon neveu. Dis-moi, Istvan, crois-tu que ces Fils représentent une menace pour les Comyn ?

– Je ne sais pas, *dom*, mais, d'après ce que j'ai appris par mon frère, ils parlent beaucoup et agissent peu.

– Crois-tu qu'ils puissent se servir de la mort de Régis Hastur pour fomenter un soulèvement ?

Istvan eut l'air horrifié.

– Non, mais je peux me tromper.

Pourquoi est-ce important, Hermès ?

C'est juste une idée, et sans doute pas très utile. Si la Fédération a essayé de se servir des Fils ou des Baladins pour déstabiliser Ténébreuse, ils pourraient créer une situation qui justifierait l'usage de la force par les Terriens. Ils n'assassineraient personne, mais diraient simplement qu'ils maintiennent l'ordre sur la planète. C'est peut-être ce qu'ils avaient en tête, mais avec la dissolution du parlement et l'évacuation prévue dans quelques semaines il leur faudrait faire vite. Dans une telle circonstance, ils déclareraient simplement l'état d'urgence et utiliseraient la force sans ménagement. Tu as senti cette possibilité dans les pensées de notre captif ?

Il pensait un peu aux mots de passe et j'ai eu l'impression qu'il y avait aussi des signes manuels. Vancof les connaissait assez bien pour convaincre Mathias qu'il était membre de l'organisation. Mais je ne sais pas comment Mathias contactait un autre rhowyn. Pourtant, se planter au milieu du marché le petit doigt dans l'oreille jusqu'à ce que quelqu'un s'approche en se grattant le nez, je ne trouve pas que c'est un très bon système. Son espoir de les contacter est le souhait d'un homme désespéré, je crois. Et même s'il les contactait, comment pourraient-ils le libérer, s'ils sont aussi bêtes que le dit Istvan ?

Ne sous-estime jamais l'adversaire, Domenic. Si je dirigeais une société secrète, je ferais en sorte que personne ne se sente menacé jusqu'au moment propice. Je donnerais l'impression que l'organisation est faible et ridicule, pour ne pas attirer l'attention.

Grand-père avait raison – il dit qu'il est content que tu sois dans notre camp, et pas dans celui de nos ennemis. Je vais transmettre à Lew ce que nous venons d'apprendre, et il agira en conséquence. Domenic fit une pause, anxieux, hésitant. Tu crois que ton père est impliqué ou...

Je ne sais pas, mais les sociétés secrètes, ce n'est pas son style – il est trop impatient. De plus, s'ils veulent vraiment renverser les Comyn, mon père ne les voudrait pas pour alliés, étant donné que son ambition est d'être le chef des Comyn et de gouverner Ténébreuse selon ses idées, et non d'après celles d'une bande de révolutionnaires mal dégrossis.

Istvan pensait que c'étaient surtout des commerçants... j'ai reçu cette impression pendant qu'il parlait.

Hum ! Le jour où on prendra mon vieux à comploter avec des marchands et des artisans n'est pas encore venu ! Il est bien trop orgueilleux !

Une vague de fatigue déferla sur Domenic, et ses genoux tremblèrent. Il avala une grande goulée d'air et enfila le couloir. Arrivé en haut de l'escalier, il entendit les pensées du captif. Qui est ce garçon et qu'est-ce qu'il fait là ? Je l'ai vu parler à cette salope d'Illona tout à l'heure. Et où est-elle passée ? Lui, c'est sans doute un espion des Hastur. J'espère les voir tous dans le plus froid des enfers de Zandru avant la fin de la semaine ! Il faut *que je trouve le moyen de contacter les Fils pour les avertir. Mais comment? Peut-être que je pourrai faire un signe quand on m'apportera à manger – si on ne me laisse pas crever de faim. Il doit bien y avoir un Fils à l'auberge.*

Hermès, Mathias pense que quelqu'un de l'auberge pourrait appartenir aux Fils. Éloigne-le de tous, sauf de nos Gardes.

C'était bien mon intention – mais c'est bien pensé, Domenic. Pourtant, ça nous pose un problème de plus.

Une bouffée de colère envahit Domenic. Il lui fallut toute sa volonté pour ne pas se servir du Don des Alton comme il ne l'avait jamais fait, et dévaliser l'esprit du captif de tout ce qu'il savait. Il sentit le mental d'Hermès tressaillir sous cette émotion violente, et il eut honte d'avoir perdu son sang-froid. *Oui, en effet. Maintenant, nous devons soupçonner tout le monde – et ça me déplaît, Hermès.*

Pas nécessairement – tu es très fatigué, et tu oublies nos compagnes, les Renonçantes.

Tu crois que Rafaëlla saurait quelque chose sur les Fils? Il se sentit incroyablement stupide de ne pas avoir pensé plus tôt aux Renonçantes. *Enfin, elle et ses sœurs savent comment obtenir des informations, alors je vais lui poser la question.*

Non, Domenic. Occupe-toi de Lew, puis va te reposer. Je parlerai à Rafaëlla quand j'aurai dit deux mots à Mathias.

Pris de vertige, Domenic resta une minute en haut de l'escalier, n'osant descendre. Au-dessus de sa tête, la pluie tambourinait sur le toit, son rassurant qui lui éclaircit les idées. De nouveau, il transpirait, et savait qu'il arrivait aux limites de ses forces. D'un geste las, il s'essuya le visage de sa manche. Il avait encore beaucoup à faire avant d'aller dormir.

En descendant, il entendit des bottes qui montaient. Sans raison consciente, il s'immobilisa pour voir qui c'était. Il savait que les Renonçantes avaient pris deux chambres faisant suite à la sienne à un bout du couloir, mais il y avait d'autres clients au Coq Chantant ce soir-là.

Il se reprocha brièvement d'être si nerveux. Puis il vit paraître la tête et les épaules d'un homme, et enfin le reste du corps, éclairés par les lampions du couloir. Il n'avait jamais vu ce visage, mais quand l'homme se retourna il reconnut la forme du crâne et la démarche, et sut que ce devait être Granfell. Il était en vêtements ténébrans, mais il avait l'air déguisé. Il n'arrêtait pas de tirer sur sa tunique, comme s'il était mal à l'aise. Ses cheveux clairs étaient mouillés, et il venait sans doute d'arriver. Il frappa à une porte à l'autre bout du couloir, et Domenic se demanda comment il savait où aller. Comme personne ne répondait, il ouvrit et entra.

Oncle Hermès, je viens de voir Granfell entrer dans la chambre donnant sur le derrière, à l'autre bout de notre couloir. Il est mouillé, alors il vient sans doute d'arriver à cheval. Il doit chercher l'autre, celui qui a été poignardé.

Parfait. J'avais dit à MacHaworth que si quelqu'un demandait l'étranger il devait l'envoyer dans cette chambre. Je suis content qu'il sache suivre des ordres.

C'est donc pour ça qu'il savait où aller. Je me posais la question. Est-ce qu'on va l'arrêter et l'interroger avec tes poucettes? Domenic s'étonna du changement survenu en lui, tout en sachant parfaitement qu'Hermès n'allait torturer personne. Sa peur et son chagrin semblaient s'être évanouis, remplacés par le désir de faire mal à quelque chose ou à quelqu'un. L'impression disparut aussitôt, mais elle lui révéla une partie de son caractère qu'il ignorait jusque-là.

Ne sois pas si sanguinaire – cela sied mal à un futur dirigeant de Ténébreuse. Non, nous n'allons pas l'arrêter. Pour le moment, nous allons leur laisser croire que nous ignorons tout de leur complot. Et voir si Vancof reparaît. Va alerter les Tours, puis couche-toi. Demain, tu auras besoin de toutes tes forces.

Oui, je crois. Domenic se sentit honteux. Hermès n'aurait pas dû avoir à lui reprocher d'être sanguinaire. Puis il réalisa que son oncle le taquinait, que sa remarque n'était pas une réprimande comme il l'avait cru. Il n'avait pas l'habitude qu'on lui parle comme le faisait Hermès, et il prenait tout trop au sérieux.

Quelqu'un – était-ce Danilo Syrtis-Ardais ? – avait dit un jour en sa présence : « la violence engendre la violence » ; alors, peut-être que cette défaillance momentanée était normale. Mais, entre ça et sa réaction à la vue d'Illona sommairement vêtue, il avait l'impression de ne plus se connaître. Il espéra qu'il n'était pas en train de devenir une espèce de monstre, aussi dénaturé que Javanne le prétendait souvent.

Après avoir contacté Lew et lui avoir appris tout ce qui s'était passé depuis leur communication précédente, il se jeta sur son lit. Son estomac grogna. Il mourait de faim, comme s'il n'avait pas mangé de la journée, malgré son copieux dîner remontant à peine à quelques heures ! Il sut alors qu'il n'avait pas utilisé son *laran* correctement, comme le lui avait appris sa mère, ce qui exigeait beaucoup moins d'énergie que la méthode encore enseignée à Arilinn et dans les autres Tours. Il se révélait bien mauvais élève.

L'atmosphère de la pièce lui parut étouffante, et il comprit qu'il devait la quitter un moment. Malgré l'oreiller tentateur, il se força à se lever. Des images du mort défilaient sans arrêt dans sa tête, et il voulait s'en débarrasser. Il ne connaissait même pas cet homme, mais son décès l'avait affecté à un degré qu'il ne maîtrisait pas.

Il descendit et sortit dans la cour, déserte maintenant, à part un garçon d'écurie qui balayait les cendres. Au bruit des pas de Domenic, il leva les yeux et branla du chef.

– Triste affaire que tout ça.

– Oui, on peut le dire.

Un Garde sortit de l'ombre et le salua de la tête. Puis il fit mine de l'accompagner, mais Domenic l'arrêta du geste.

– Je viens juste prendre un peu l'air.

La pluie dissipait les odeurs de fumée, et les tas de détritus détrempés étaient presque invisibles dans la nuit. Il traversa la cour ravagée, sortit des murs entourant l'auberge, et marcha jusqu'à un bouquet d'arbres, à une centaine de mètres de la maison. Il sentit que le Garde le surveillait à distance, le gardait discrètement à l'œil.

Domenic s'immobilisa, ignorant la pluie, l'absence de sa cape et le froid qui le pénétrait, et il ferma les yeux. Il pratiqua des respirations lentes, ne pensant à rien sauf à la terre sous ses pieds. Au bout de quelques minutes, il sentit ses forces lui revenir, l'énergie circuler dans son corps et ses membres. Il entendait faiblement le murmure du cœur du monde, qui battait, et pour une fois il ne douta pas de ce qu'il ressentait.

Perdu dans les bruits et les sensations du monde, Domenic vida son esprit de tout ce qui était survenu ce soir-là. D'abord, ce fut difficile, mais au bout d'un moment il retrouva son équilibre intérieur – il n'était ni monstre ni espion, mais seulement lui-même, Domenic Gabriel-Lewis Alton-Hastur.

Il ne pleuvait pas fort, mais il était trempé lorsqu'il retourna vers l'auberge. Le Garde était toujours là, la capuche rabattue sur la tête, et Domenic le salua en souriant, se demandant ce que pensait cet homme de cette promenade sous la pluie. Rien, sans doute.

Bien qu'ayant retrouvé son énergie, Domenic avait toujours faim. Il entra dans la salle commune où trois Gardes à la retraite et un policier du village prenaient tranquillement un verre ensemble. Hannah, l'aînée des filles, était là aussi ; elle lui sourit, branlant du chef à la vue de ses vêtements trempés, et lui tendit une petite serviette. Il demanda à manger, et quelques minutes plus tard elle lui apporta un bol de ragoût, du pain et du fromage, accompagnés d'une demi-chope de bière brune.

Juste comme Domenic finissait de manger, il vit Vancof qui traversait l'auberge, venant de derrière et se dirigeant vers l'escalier. Il baissa vivement la tête sur son bol, mais l'agent terrien n'accorda pas un regard à la salle commune. D'après le bref regard que lui jeta

Domenic à travers les cheveux qui lui cachaient le visage, il paraissait préoccupé.

Il prit une cuillerée de ragoût, écoutant un moment le brouhaha mental confus qui l'entourait. Puis il sépara l'esprit de Vancof de celui des autres, s'efforçant de recueillir d'autres informations. Malheureusement, Vancof ne pensait qu'à ses pieds endoloris, à son ventre tellement crispé qu'il lui faisait mal, et au mécontentement que lui inspirait la situation. S'il avait tué le Terrien, il n'y pensait pas. Et pour en savoir plus Domenic aurait dû utiliser le rapport forcé, idée qui le révolta au point de lui couper brusquement l'appétit.

Domenic l'écouta monter l'escalier, puis entendit, au-dessus de sa tête, les pas qui se dirigeaient vers le bout du couloir où il avait vu Granfell. Quelques instants plus tard, il entendit une porte s'ouvrir et se fermer, puis plus rien. Il baissa les yeux sur son bol, vit qu'il n'y restait plus que quelques bouchées de ragoût, et se força à les finir. Puis il remonta dans sa chambre.

Hermès était assis sur l'unique chaise de la pièce, l'air las et mécontent.

– Où étais-tu passé ? Pourquoi es-tu trempé ? grogna-t-il.

– Je suis sorti pour m'éclaircir les idées, et comme j'avais faim, je suis allé manger quelque chose. Vancof vient de rentrer. Il est allé au bout du couloir. Je me demande ce qu'il va dire en y trouvant Granfell, annonça Domenic, soudain très sûr de lui.

Hermès le dévisagea, comme pour l'évaluer. Puis sa bouche se tordit en quelque chose comme un sourire, mais qui ressemblait plutôt à un loup qui montre les dents.

– Avec un peu de chance, il le tuera, et nous aurons un souci de moins. Tu as demandé à Lew d'alerter les Tours ?

– Alors, qui est sanguinaire, maintenant ?

Hermès se contenta de hausser les épaules.

– Tu as contacté Lew ?

– Oui, mon Oncle, et ça m'a ouvert l'appétit.

402

Hermès aboya un éclat de rire, qui ne fit qu'accuser sa ressemblance avec un prédateur affamé.

– Tu n'aurais pas dû sortir seul. Si quelque chose t'arrivait... mais j'oublie que tu es en pleine croissance et que tu dois renouveler tes munitions.

Puis il soupira, passa ses doigts carrés dans ses cheveux et émit un grognement.

– Je n'étais pas seul, parce qu'un Garde m'a suivi dans ma promenade, me surveillant discrètement à distance.

– C'est mieux. Cette situation devient de plus en plus dangereuse, et je n'ai pas la tête à m'inquiéter de ta sécurité pour le moment. Je ne sais plus de quel côté me tourner, et je réalise que je suis devenu trop dépendant de la technologie pendant mes années dans la Fédération. Je n'arrête pas de regretter l'absence d'un communicateur, sans parler d'un désintégrateur ou deux.

– Tu n'irais quand même pas te servir d'un désintégrateur, non ?

Domenic resta stupéfait, à la fois de cet aveu de frustration, et de la brutalité qui sans avertissement se faisait jour chez son oncle. Le joyeux compagnon de route avait disparu, et il était désorienté. Toutes les histoires que racontaient les serviteurs sur les Aldaran se mirent à danser dans sa tête, puis il se ressaisit. Hermès était un homme, quel que fût son nom de famille, et il n'était sans doute pas plus impitoyable qu'un autre – pas plus que Grand-Père Lew, par exemple, ou même que Mikhaïl. C'était tout simplement qu'il ne les avait jamais vus dans des situations dangereuses.

– Sans doute que non. Mais tu peux être sûr que Granfell en cache un sur lui et qu'il n'hésitera pas à s'en servir. À mon avis, la seule raison pour laquelle Vancof a pu poignarder le Terrien, c'est qu'il ne soupçonnait pas qu'il était en danger.

– C'est pour ça que tu n'as pas voulu l'arrêter quand je t'ai dit qu'il était dans le couloir ?

– C'est une des raisons, Domenic. Nos Gardes sont braves, mais je ne voulais pas qu'ils affrontent un désintégrateur avec leurs épées. Et je veux aussi savoir ce qu'ils mijotent.

– Mais si nous les arrêtons maintenant, ils ne pourront pas attaquer le convoi funéraire.

– C'est vrai en théorie, mais nous ne savons pas ce qui est prévu à l'heure actuelle. Il y a trop de joueurs sur l'échiquier – Belfontaine et peut-être d'autres à Thendara, plus certains, quels qu'ils soient, au Domaine Aldaran. Capturer Vancof et Granfell ne servirait à rien s'il y a des troupes dans les Heller qui s'apprêtent à descendre sur ce village.

– Ils ne pourraient pas arriver sans qu'on s'en aperçoive, non ? Je veux dire : quelqu'un verrait bien les avions.

Domenic connaissait l'existence de ces appareils que possédait et utilisait *Dom* Damon pour venir à Thendara, mais il n'en avait jamais vu.

Hermès secoua la tête.

– Ils n'arriveraient pas dans des petits avions, mais dans des machines beaucoup plus grandes, capables de transporter cinquante hommes pourvus d'armes redoutables, qui raseraient cette ville en trois secondes. Je ne sais pas ce qu'ils possèdent en ce moment, mais depuis des décennies il existe des transports de troupes pratiquement invisibles à l'œil nu. Je ne sais pas s'il y en a sur Ténébreuse. Mais s'il y en a tu peux être sûr que c'est de ça qu'ils se serviront pour préparer une embuscade.

– Invisibles ? Tu veux dire comme ces capes magiques dont parlent les légendes, mais en plus grand ?

– À peu près.

Domenic rumina un moment cette idée.

– En fait, tu dis que les épées ne sont pas de force à lutter contre des machines, et qu'on pourrait aussi bien leur jeter des pierres. Alors, qu'est-ce qu'on va faire ?

Il eut la vision terrifiante d'éclairs réduisant en cendres son père et sa mère accompagnant le corps de Régis au *rhu fead*. C'était d'un réalisme effrayant, et le sentiment d'impuissance éprouvé plus tôt lui revint en force.

Hermès grimaça, comme conscient de l'avoir effrayé.

– On va jouer au plus malin. Et espérer qu'ils n'oseront pas utiliser des armes de haute technologie, mais qu'ils se déguiseront en brigands et nous affronteront sur notre terrain. Nous avons sur eux un avantage : ils ne savent pas que nous savons. La Fédération n'a pas beaucoup d'estime pour Ténébreuse, et ils ne savent pas grand-chose de nos secrets. Lew leur a fait croire que les Tours sont des établissements religieux, et, heureusement pour nous, les Ténébrans ne les ont jamais détrompés.

– Je les déteste ! Pourquoi font-ils ça ? Nous n'avons jamais fait aucun mal à la Fédération, non ?

Hermès poussa un profond soupir.

– Aucun que je sache, Domenic. Quant aux « pourquoi », c'est très difficile d'y répondre. D'une part, parce qu'ils en ont la puissance, d'autre part parce qu'au cours des dernières décennies les dirigeants de la Fédération se sont mis à confondre pouvoir avec autorité.

– Je ne comprends pas.

– C'est la différence entre la force et la coopération, Domenic. Les Domaines sont parvenus à perdurer sur Ténébreuse, parce qu'ils ont eu la sagesse de maintenir l'équilibre entre eux grâce à leurs efforts de coopération, de sorte qu'aucun Domaine n'a jamais acquis assez de puissance pour conquérir les autres. La décision de Régis de réintégrer les Aldaran au sein des Comyn part de la même idée – à savoir que nous habitons tous la même planète et que nous devons nous entendre quelles que soient nos différences. Mon père – que le diable l'emporte ! – n'a jamais cru à cette idée ; il aimerait que Ténébreuse soit gouvernée par un homme fort – il a toujours considéré Régis comme un poids plume – et il s'imagine sans doute être cet homme. Ou alors il projette de mettre Robert sur le trône.

– Je ne crois pas que ton frère accepterait.

– C'est rassurant, vu que je n'ai eu aucun contact avec Robert depuis plus de vingt ans, à part quelques lettres.

– Tout ça me rend furieux, me donne envie de détruire ces hommes, Oncle Hermès, de réduire leurs cervelles en bouillie.

– Tu pourrais faire ça ? dit Hermès, l'air alarmé.

– Oui, je pourrais, et aussi Mère et Grand-Père Lew. Le choc en retour serait terrible, et ce serait mal, mais c'est possible. Je ne crois pas que personne l'ait jamais fait, mais je sais que ma mère a brûlé un homme par le contact mental il y a des années, avant ma naissance. Et qu'elle avait transformé des bandits en statues grâce à la voix de commandement.

Hermès le regarda fixement, se demandant s'il devait le croire.

– Hum ! cela offre des possibilités auxquelles je n'avais pas pensé – il y a trop longtemps que j'étais parti.

– Et puis, il y a la matrice de mon père.

– La matrice de Mikhaïl ? Qu'est-ce qu'elle a de spécial ?

– Je ne sais pas exactement, mais tout le monde, y compris Oncle Régis, en a peur et peur de ses pouvoirs. Elle vient de Varzil le Bon et... mais je ne devrais peut-être pas en dire plus.

Hermès garda un moment le silence.

– Varzil ? C'est absurde – si tu parles de sa matrice. Toutes les légendes des Heller affirment qu'elle est perdue depuis des siècles.

– Elle l'était – avant de revenir dans notre époque.

– Et moi qui croyais ne plus pouvoir m'étonner de rien ! Non, ne dis rien. Si Lew voulait que je sois au courant, il m'en aurait parlé. Reçois-tu des bribes d'informations utiles du bout du couloir ?

– Non. En fait, pour la première fois depuis des années, je n'entends rien. Pour le moment, je crois que je suis trop fatigué pour espionner utilement, mon Oncle.

– Et ça ne m'étonne pas ! Je me suis servi de ton Don sans beaucoup penser aux efforts que ça te demandait. Maintenant, allons dormir ; il ne se passera plus rien ce soir – j'espère.

Domenic se frotta les yeux, puis il se pencha et ôta ses bottes.

– Je regrette d'être si moral et si fatigué, Oncle Hermès. Sinon, je laisserais mon esprit dériver jusqu'au bout du couloir et...

– Laisse-moi l'immoralité, fiston. J'ai davantage de pratique. Contente-toi de faire ce qui est bien, je me charge du sale boulot. D'une façon ou d'une autre, on sortira de ce pétrin.

CHAPITRE XIX

Les yeux de Domenic s'ouvrirent brusquement, et il
passa du sommeil profond à l'éveil total, sans la période
intermédiaire de somnolence. Il s'assit, perplexe, et inspecta la chambre obscure. Hermès ronflait de l'autre
côté du lit, bruit léger et rythmique qui n'avait pas perturbé son repos. Le vent s'était levé, rabattant la pluie
contre les vitres et secouant les volets. Les gouttières
déversaient des cataractes sur les pavés de la cour. Il se
frotta les yeux et se gratta le crâne, se sentant encore
très fatigué, et s'apprêta à se rallonger.

Qu'est-ce qui l'avait réveillé ? Ce n'était pas un bruit,
mais plutôt une sensation, une impression de mouvement proche. Ah, son équilibre mental lui revint, et il se
remit à recevoir les pensées vagabondes du voisinage.
Un instant, il le regretta presque – c'était si reposant
d'être fatigué au point de n'avoir aucun effort à faire
pour évacuer ce brouhaha mental incessant. Mais il était
redevenu lui-même, et il en fut content.

Vancof et Granfell étaient à l'autre bout du couloir
– préparaient-ils quelque méfait ? Il sentit son esprit se
projeter au-dehors, balayer l'auberge avec une légèreté
de plume, touchant brièvement les rêves des dormeurs.
Plusieurs personnes étaient réveillées en plus de lui
– Vancof, semblait-il, mais pas Granfell, et au moins
deux Gardes. Mais il y avait un autre esprit, un esprit
troublé, et au bout d'une seconde, il sut que c'était

Illona. Elle sortait furtivement de la chambre qu'elle partageait avec les Renonçantes, et elle ne cherchait pas les toilettes !

Ses pensées superficielles étaient confuses, pleines de peur et d'angoisse. Elle entendait mettre une bonne distance entre elle et ses sauveteurs, mais il ne détecta aucun plan précis. Ingrate idiote ! Un instant, Domenic fut tenté de la laisser s'enfuir et de se rendormir. Où irait-elle ? Les Baladins étaient enfermés dans la prison du village, et elle ne connaissait personne d'autre.

Puis il se dit qu'il ne pouvait pas en être certain. Les Baladins étaient déjà venus à Carcosa cette année, et aussi les années précédentes. Elle avait pu se faire des amis qu'il ne connaissait pas, ou avoir fait connaissance avec des Fils de Ténébreuse. D'après les pensées de Mathias sur cette organisation, Domenic n'avait pas l'impression qu'elle comptait des femmes dans ses rangs. Mais il était possible qu'elle tombe sur Vancof qui n'hésiterait pas à l'attaquer.

Il pouvait la mettre à mal. Domenic s'étonna de tant se soucier d'une fille qu'il connaissait si peu. Il examina ses sentiments envers elle, un peu à contrecœur. Elle lui avait plu à la seconde où ses yeux s'étaient posés sur elle, et cela n'avait pas changé. Quelque chose en elle l'attirait – peut-être son courage, ou le fait qu'elle était si différente de toutes les jeunes filles qu'il connaissait. Elle était impolie et inculte, mais elle était aussi brave et intelligente. Il balança ses jambes hors du lit, enfila sa tunique et ses bottes et décida de la suivre. Ouvrant sans bruit la porte de la chambre, Domenic jeta un coup d'œil dans le couloir et la vit arriver en haut de l'escalier. Elle attendait, prêtant l'oreille aux bruits du rez-de-chaussée. À la lumière venant d'en bas, il vit qu'elle ne portait qu'une tunique trop grande par-dessus sa chemise, et qu'elle était nu-pieds. Sotte fille ! Elle n'irait pas loin comme ça. Elle devait vraiment être au désespoir pour s'enfuir sans chaussures.

Et où pensait-elle aller ? Il attendit qu'elle se mette à descendre pour se glisser hors de la chambre, refermant sans bruit derrière lui. Ses bottes firent craquer le parquet, et il réalisait qu'elle était plus astucieuse qu'il ne le pensait. Difficile de sortir discrètement avec des bottes ou des souliers.

Domenic était au milieu de l'escalier quand il entendit un bruit de lutte en bas. Il y eut un glapissement, suivi d'un cri étouffé de douleur. Il dégringola le reste des marches et trouva la fille aux mains de Gregor MacEvan, l'un des Gardes, qui jurait entre ses dents, car elle lui avait planté les dents dans le bras et cherchait à lui donner un coup de genou dans le bas-ventre.

– Sale petite catamount ! gronda-t-il, la secouant de toutes ses forces pour éviter ses coups de pied.

Elle lança la main vers son visage, pour le griffer ou lui arracher les yeux, mais sa force supérieure le protégea. Pourtant, elle déchira l'encolure de sa tunique, bruit qui parut très fort dans le silence de l'auberge.

Illona parvint à s'arracher une seconde à l'emprise de Gregor, et se serait enfuie si Domenic ne l'avait pas ceinturée par-derrière. Il eut l'impression de serrer contre lui un sac plein de furets gigotant, car elle donnait des coups de pied en arrière, se débattait, griffait les bras qui entouraient sa taille. De toutes ses forces, elle lui donna un coup de coude dans les côtes, et il fut stupéfait du mal que ça lui fit. Puis il tomba à la renverse, et Illona atterrit sur sa poitrine, chassant tout l'air de ses poumons. Elle était plus lourde qu'elle en avait l'air !

Avant qu'elle ait eu le temps de se retourner pour l'attaquer, Gregor l'attrapa par le devant de sa tunique et la souleva à bout de bras, ses pieds battant l'air au-dessus du sol, inoffensifs. Elle continua à lancer les mains pour griffer, mais, tenue à bout de bras, elle ne contacta que les bras bien protégés de Gregor. Domenic s'assit lentement, se frictionna les côtes et se mit en devoir de se relever.

Il faut que je m'éloigne de ces gens. Je dois retrouver les Baladins.

La terreur et la souffrance de ce cri mental secouèrent Domenic. Il n'était préparé ni à sa puissance, ni à sa violence. Comment pouvait-il la convaincre qu'elle était en sûreté alors qu'elle se croyait en danger de mort ? Enfin, si un étranger l'attrapait dans le noir, il penserait sûrement la même chose. Il avait envie de la calmer, de la rassurer.

Illona secoua soudain l'emprise de Gregor et tourna vivement la tête. Elle foudroya Domenic, les yeux dilatés à la faible lumière des lampions.

– Ne me touche pas, glapit-elle, cessant de se débattre.

Il en resta perplexe, puis il comprit qu'elle avait senti son contact mental et qu'elle était indignée. Comme il était maladroit ! Il avait perçu son *laran* naissant plus tôt dans la journée, mais il l'avait complètement oublié dans le feu de l'action. L'idée lui revint qu'elle pouvait être la fille *nedesta* de quelque homme des Domaines. Son père disait souvent qu'il y avait bien plus de télépathes qu'on ne le soupçonnait sur Ténébreuse, mais, à sa connaissance, personne n'avait encore pensé à en chercher parmi les Baladins.

C'était un problème qui avait préoccupé Régis et Mikhaïl ces dernières années. Ils savaient qu'il existait bien des talents inconnus dans la population, mais personne n'avait trouvé une méthode pour les découvrir. Les *leroni* des Tours étaient trop peu nombreux pour tester une population de vingt millions de personnes – ce qui était, au mieux, une estimation, car il n'y avait jamais eu de recensement officiel. De plus, la plupart des gens semblaient indifférents ou hostiles à la recherche de ces talents. Un fermier n'avait pas envie de perdre un fils qui l'aidait utilement, un marchand voulait que ses enfants marchent sur ses traces, et non qu'ils aillent s'enfermer dans une Tour. Il avait rencontré quelques fils et filles de ces classes pendant son séjour à Arilinn. Ils étaient mal à l'aise en compagnie de tant de jeunes aristocrates des Domaines, et impatients de terminer leur formation pour retrouver les gens de leur condition. Oh, il y en avait bien un ou deux qui avaient de l'ambition et désiraient rester à la Tour, mais ce n'était pas la majorité, loin de là.

– Calme-toi, Illona, dit Domenic. Personne ne te veut du mal.

– Je ne m'avancerais pas jusque-là, *vai dom*, gronda Gregor.

– Pose-la, ordonna Domenic, époussetant sa tunique et foudroyant le Garde pour avoir utilisé ce terme honorifique.

Puis il haussa mentalement les épaules – la fille était intelligente, et elle avait sans doute déjà compris qu'il n'était pas celui qu'il prétendait être.

– Et où pensais-tu aller comme ça, Illona ?

Le Garde relâcha son emprise et lui reposa les pieds par terre, continuant à la surveiller de près.

– Retourner chez les miens, marmonna-t-elle.

– Ils sont tous en prison, avec peu de chances d'être libérés bientôt, répondit-il, surveillant soigneusement sa voix.

C'était une utilisation calmante de la voix de commandement, à laquelle il s'était entraîné pour empêcher sa sœur adoptive Alanna d'entrer trop souvent en fureur.

– Pourquoi ? On n'a rien fait de mal.

Domenic sentit qu'elle était moins furieuse, mais toujours intraitable. Quelle entêtée ! Elle lui rappelait un peu Alanna, sauf qu'il n'y avait chez elle rien du bouillonnement tumultueux qu'il percevait toujours chez sa cousine. À la place, il sentait un entêtement tel que rien ne pouvait la faire démordre d'une idée une fois qu'elle se l'était mise en tête.

– Viens. Allons nous asseoir dans la salle pour bavarder un moment. Il y a encore du feu et on y sera bien.

– Je n'ai pas envie de parler, grogna-t-elle.

Malgré cette rebuffade, elle se retourna et entra dans la salle en frissonnant. Il faisait frais, pieds nus dans le couloir, et elle sentit sans doute le froid plus que lui. Domenic la suivit, et ils s'assirent devant l'âtre où rougeoyaient encore les braises de la veille. Gregor jeta une bûche dans le feu, puis se retira sur un signe de Domenic.

Il réfléchit tandis que la bûche s'enflammait, se demandant par quel bout prendre cette fille méfiante. Elle était hostile et sur la défensive, mais c'étaient des émotions claires, et pas brouillées comme elles l'auraient été chez Alanna.

– Illona, sais-tu quelque chose sur toi ? dit-il enfin.

– Quelle drôle de question ! Bien sûr que oui. J'ai quinze ans, je suis une enfant trouvée et... qu'est-ce que tu veux dire exactement ? interrogea-t-elle, immédiatement en alerte, à la fois curieuse et perplexe.

Il sentit qu'elle s'efforçait de discerner ses intentions, tout en projetant de les éluder. C'était une juxtaposition intéressante de pensées et d'émotions, et il se surprit à admirer la présence d'esprit qu'elle parvenait à conserver.

– Sais-tu où les Baladins t'ont trouvée ?

– Qu'est-ce que ça peut te faire ?

– Je suis curieux. Fais-moi plaisir, tu veux ?

– Pourquoi parles-tu... de cette façon bizarre, comme si tu étais très sérieux. Ce n'est pas possible que tu t'intéresses à moi.

Maintenant, il y avait une nuance de confusion dans ses paroles, avec une nouvelle inquiétude sous-jacente.

Domenic fut étonné ; personne, à part sa mère, n'avait jamais remarqué quand il utilisait la voix de commandement, et pourtant il était certain qu'Illona le sentait. Il haussa les épaules, regrettant de ne pas pouvoir la tester autrement pour le *laran*, ou de ne pas savoir s'il y avait quelqu'un qui le pouvait dans les parages, et il parla de façon plus détendue.

– Je m'intéresse à toi. Tu es une fille remarquable.

– Euh ? Moi, remarquable ? Elle est bien bonne !

Elle fronça les sourcils.

– Est-ce que tu cherches à me séduire, *vai dom* ? demanda-t-elle, prononçant ces derniers mots avec un immense mépris, comme une injure.

Domenic s'en étrangla d'étonnement.

– L'idée ne m'était pas venue, avoua-t-il.

Non, il n'avait pas pensé à quelque chose d'aussi civilisé que la séduction – ses images mentales étaient beaucoup moins subtiles. Il se sentit rougir, espérant qu'elle ne le remarquerait pas à la lueur du foyer. Elle était jolie, dans le genre pauvre orpheline, mais ses intentions présentes n'étaient pas le moins du monde inavouables.

– Pourquoi penses-tu ça ?

– Tante Loret m'a dit de faire attention, c'est tout. Et tout le monde sait que les seigneurs des Domaines font ce qu'ils veulent avec les filles, et que personne ne peut les en empêcher.

Elle semblait entretenir un grief. *Et cet affreux bonhomme qui m'a attrapée t'a appelé* vai dom*; alors, même si tu es très jeune, je sais que tu fais partie de leur clique !*

– Je n'ai jamais séduit personne, Illona, et j'ignore si je saurais m'y prendre.

Le sujet le mettait mal à l'aise, lui donnant l'impression d'avoir quelque chose à se reprocher, aussi il revint à sa question originelle.

– Où les Baladins t'ont-ils trouvée ? Ta tante te l'a dit ?

Illona ne répondit pas tout de suite. *C'est un garçon bizarre, qui paraît déjà vieux, et pourtant il ne peut pas avoir plus de seize ans. Il y a quelque chose en lui... Pourquoi veut-il savoir d'où je viens ? Je suppose qu'il n'y a pas de mal à le lui dire.* Oui, elle me l'a dit. Ils sont arrivés dans un village incendié par les brigands, et elle m'a trouvée en train de hurler dans les ruines d'une maison. C'était dans les Kilghard, près du Domaine Ardais. Ma mère – je ne sais pas qui c'était – était morte, ou enlevée par les bandits. C'est tout ce que je sais.

– Je vois. Et est-ce que tu as jamais été... testée... ?

– Je n'irai jamais dans une Tour, même pour tout l'or de Carthon, dit-elle sèchement, sans lui donner le temps de terminer sa question.

Qu'est-ce qui, dans les Tours, te rend si effrayée et si hostile ?

Illona sursauta et frissonna des pieds à la tête.

– Qu'est-ce que tu me fais ? murmura-t-elle.

– Rien. Tu as entendu ma pensée, c'est tout.

414

Il s'efforça de rester calme, tenté d'utiliser de nouveau la Voix, mais il se rappela qu'elle y était très sensible et il s'en abstint. L'effrayer davantage ne servirait à rien. Vers le Domaine Ardais ? C'était intéressant – était-il possible qu'elle fût la fille du jeune Dyan Ardais ? D'après Mikhaïl, *Dom* Ardais avait été un chaud lapin dans sa jeunesse. Et l'autre Dyan, le vieux, qui était mort depuis longtemps lors de la dernière bataille entre Sharra et Aldones, possédait lui-même le Don des Alton.

Domenic retourna l'idée dans sa tête, et décida que cela aurait expliqué certaines choses qu'il avait remarquées chez Illona, mais il était trop fatigué et occupé pour réfléchir sérieusement. Il réprima un frisson à l'idée d'une télépathe sauvage possédant le Don des Alton lâchée dans la nature.

– Oh non !

Sa voix était une lamentation désespérée qui le tira de ses pensées. Elle déglutit plusieurs fois, et il vit qu'elle refoulait ses larmes. Et voilà pour son intention de ne pas l'effrayer ! *J'ai le* laran, *je le sais depuis des années. Mais il ne doit pas être très puissant, alors je n'aurai peut-être pas à être enfermée dans une Tour, forcée de travailler avec les Gardiennes. Il faut que je me sauve avant qu'il m'y traîne et... pourtant, il a l'air si gentil. Mais c'est du chiqué, parce qu'il fait partie de leur* clique, *et tout ce qu'il veut, c'est me commander.*

Domenic se félicita que son agitation l'empêche de remarquer qu'il l'écoutait, et il essaya de trouver quelque chose de réconfortant à lui dire.

– Ce n'est pas la fin du monde, Illona, dit-il doucement.

Il avait entendu sa mère raconter ses premières expériences du *laran*, qui l'avaient à la fois effrayée et enragée. Les émotions qui bouillonnaient en Illona devaient ressembler à celles de Marguerida à l'époque, et il ressentit une profonde empathie avec elle.

– Je n'irai pas dans une Tour ! Je n'irai pas ! Tu ne peux pas me forcer ! Peu importe qui tu es !

– Pourquoi as-tu si peur des Tours ? dit-il, sincèrement perplexe.

Il n'avait jamais rencontré personne ayant tant de crainte et d'antipathie pour les Tours. Les étudiants d'Arilinn qui y étaient contre leur gré n'avaient pas peur, ils se sentaient simplement mal à l'aise et déplacés. Quand même, il ne pouvait pas s'appuyer sur une grande expérience. C'était peut-être un sentiment plus répandu qu'il ne croyait.

Il avait grandi avec Istvana Ridenow, Gardienne de Neskaya, toujours présente, et il avait toujours eu conscience du *laran* et de son potentiel autour de lui. Il connaissait Istvana presque aussi bien que sa propre mère. Il n'avait que du respect pour elle et pour tous les *leroni* d'Arilinn. Il aimait particulièrement sa cousine Valenta Elhalyn, qui y était maintenant Sous-Gardienne, bien qu'elle n'eût que vingt-huit ans. Elle était malicieuse et ne traitait jamais gravement de la science des matrices, même quand elle l'enseignait. Et il en trouvait sans effort une demi-douzaine d'autres, tous hommes et femmes sobres et durs au travail, qui avaient consacré leur vie au service de Ténébreuse.

– Je ne veux pas être esclave dans une Tour.

– Esclave ? À t'entendre, on dirait que tu serais forcée de...

– Les Tours sont encore pires que les Domaines ! Ce sont des parasites, et ils ne font rien que garder les gens enfermés.

– C'est très étrange ce que tu dis là, Illona. J'ai étudié à Arilinn, et est-ce que je suis enfermé ?

Des parasites ? Le terme le stupéfia, et, plus encore, l'inquiéta. Il se demanda si c'était seulement l'idée de cette fille effrayée, ou si c'était une opinion répandue.

Domenic se sentait dépassé, et il aurait voulu pouvoir consulter quelqu'un. Hermès ne pouvait pas l'aider ; il avait vécu trop longtemps loin de Ténébreuse. Devait-il interroger un Garde ? Ils avaient peut-être entendu ce genre de remarque. Rafaëlla ? Non, si elle avait entendu ces sottises, elle en aurait parlé à sa mère.

– Mais tu es un genre de seigneur et tu peux faire ce qui te plaît.

Ces paroles lui firent oublier ses questions, et il se retrouva en train de rire aux éclats. Ça lui fit du bien, malgré la douleur qu'il ressentit autour du coup de coude d'Illona. Aussi loin que remontât son souvenir, sa vie avait été planifiée pour lui, avant même sa naissance, et il n'était jamais sorti du chemin qu'on lui avait tracé avant sa malheureuse aventure. Il était resté claque-muré dans le Château Comyn toute sa vie, à part son séjour à Arilinn et une visite au Domaine Alton, des années plus tôt. Il connaissait très bien le Château, mais la cité qui l'entourait demeurait pour lui un mystère. Il enviait presque son expérience du monde. Il savait aussi qu'il était presque impossible de lui faire comprendre cette réalité, tout en étant persuadé qu'il devait essayer.

Il se demanda un instant pourquoi il se sentait obligé de la persuader de quoi que ce soit. Pourquoi ne pas s'en remettre à d'autres, plus expérimentés ? Illona n'était qu'une adolescente, sans éducation ni manières, et elle n'était pas vraiment son problème. Pourtant, il ne le croyait pas une seconde. Et si elle avait vraiment le Don des Alton, il avait le devoir de l'aider.

Est-ce qu'elle lui plaisait parce qu'elle était différente de toutes les filles qu'il connaissait, ou y avait-il une autre raison ? C'était absurde, car il ne s'appuyait que sur l'impression viscérale qu'il devait la protéger de tout mal. C'était semblable à ce qu'il ressentait pour Alanna, mais sans le sentiment de désespoir que lui inspirait souvent le caractère difficile de sa sœur adoptive.

– Ce n'est pas vrai, Illona. Je n'ai jamais fait ce qui me plaisait. J'ai eu des devoirs et des obligations depuis le jour de ma naissance, et j'ai tâché de les honorer de mon mieux. Tu as dû écouter des mécontents. As-tu jamais parlé à quelqu'un ayant vraiment travaillé dans une Tour ?

– Non. Je restais toujours dans le chariot quand on y allait, parce que j'avais peur. *Si quelqu'un m'avait remarquée, on m'aurait emmenée loin de Tantine. Je le savais déjà à onze ans. J'ai toujours eu peur qu'on m'attrape.*

– Qu'on t'attrape ?

Elle le foudroya à la lueur tremblotante des flammes, consciente qu'il avait de nouveau entendu ses pensées.

– Oui, je savais que j'avais un tout petit peu de *laran*, même si ça ne me plaisait pas. Et tout le monde sait qu'ils veulent enfermer tous ceux qui ont le *laran*, ou leur faire faire des enfants.

– Illona, si tu dis une fois de plus « tout le monde sait », je vais sortir de mes gonds. Toi, tu ne sais rien du tout !

Elle le foudroya férocement, la lumière jouant joliment sur les taches de rousseur de son nez.

– Je ne suis qu'une fille ignorante, c'est ça ? Et toi, tu es un *vai dom* qui sait tout. Tu n'es pas beaucoup plus âgé que moi, et peut-être même plus jeune. Qui es-tu ?

Il balança un moment entre la nécessité du secret et son immense désir de gagner sa confiance. Puis il jeta toute prudence par-dessus les moulins et fit appel au Don. *Domenic Gabriel-Lewis Alton-Hastur.*

Son expression aurait été comique si elle n'avait pas été aussi terrorisée.

– Comment as-tu fait ça ? murmura-t-elle, se recroquevillant sur sa chaise. Je n'ai rien fait – c'est toi, exprès !

– C'est quelque chose que j'ai appris à Arilinn, dit-il, ce petit mensonge montant spontanément à ses lèvres. C'est quelque chose que tu pourrais apprendre aussi si tu n'étais pas aussi tête de mule !

– Je ne veux pas t'écouter ! Tu es un garçon malfaisant et je te déteste ! *C'est encore pire que je croyais – c'est un Hastur. Il pourrait réduire mon esprit en poussière en une seconde s'il voulait. Qu'est-ce qu'il veut de moi ?*

– Un garçon malfaisant ne serait pas venu t'arracher à la foule, Illona.

Domenic refusait d'entrer dans son jeu, de se laisser influencer par sa peur et sa colère, mais c'était difficile.

418

Il ressentait soudain le besoin pressant de se défendre, de la dissuader de ses préjugés stupides sur les Tours et sur sa famille.

Plusieurs émotions passèrent sur le visage d'Illona, trop fugitives pour qu'il les reconnaisse. Elle tripotait le devant de sa tunique, soupesant quelque chose dans sa tête.

— C'est vrai, je suppose. Mais ça ne change rien. Tu es toujours mon ennemi et tu veux m'imposer la servitude.

— Qu'est-ce que ça veut dire ?

— Si tu as les mains libres, tu m'enfermeras dans une Tour ou tu me marieras avec quelqu'un pour avoir des bébés qui posséderont le *laran*.

Il secoua la tête.

— Non, tu te trompes. Je voudrais que tu rencontres ma mère. Elle et moi, nous avons eu beaucoup de discussions intéressantes sur ce sujet, et elle n'approuve pas plus que toi la reproduction en vue du *laran*.

— Alors, pourquoi s'y est-elle soumise et a-t-elle eu des enfants ?

— Parce qu'elle aimait mon père – et vraiment, je crois que le mot « soumise » ne lui va pas du tout ! D'après ce qu'on m'a dit, elle refusait en hurlant d'aller à Arilinn. Et je suis bien content qu'elle ait eu des enfants, sinon nous n'aurions pas cette conversation fascinante parce que je n'existerais pas.

— Et ça ne me manquerait pas.

Elle se mordilla les lèvres en réfléchissant.

— Écoute, pourquoi ne regardes-tu pas ailleurs ? Alors, je pourrais m'en aller et tu m'oublierais.

— Et qu'est-ce que tu ferais ?

— Je trouverais une autre troupe de Baladins. Je suis une bonne marionnettiste, même si ça ne me plaît pas tellement.

— Je ne peux pas. Ce ne serait pas bien.

— Pourquoi ?

— Parce que ce serait mal de laisser une télépathe sauvage se perdre dans la nature. Et c'est ce que tu es en ce moment. Ton talent ne va pas s'envoler, Illona. Il faut

419

que tu apprennes à t'en servir correctement, sinon tu seras un danger pour toi-même et les autres.

– Non ! Je veux retourner chez les Baladins !

Elle se tut et le fixa intensément.

– Tu sais quelque chose sur eux, non ? Zut, zut, zut ! J'entends *presque* tes pensées, et c'est une chose révoltante. On dirait que tu murmures dans ma tête. Je ne veux pas de ça !

Elle gémit doucement, et serra les dents pour s'obliger à se taire.

Domenic déglutit avec effort, digérant cette information. Son propre esprit était bien protégé, il le savait, et il ne forçait pas le rapport avec elle. Sans matrice et sans entraînement, elle n'aurait pas dû l'entendre, à moins que sa supposition ne fût exacte. Et s'il l'informait de la nature de son Don, elle allait s'effondrer ; elle approchait trop de la limite de ses forces. Après lui voir donné un peu de temps pour réfléchir, il demanda :

– Tu n'aimerais pas mieux pouvoir contrôler ton Don que d'être tout le temps à sa merci ?

– Mon Don ! cracha-t-elle, comme si le mot lui souillait la bouche. Je ne suis à la merci de rien du tout ! Je me concentre sur quelque chose, et alors, je n'entends presque rien.

– Ça m'a l'air très fatigant, Illona.

Maintenant, il ressentait une immense sympathie pour elle, et un grand regret de la voir en proie à tant de conflits.

Les épaules d'Illona s'affaissèrent un peu.

– Oui, je suppose, reconnut-elle à contrecœur.

Puis, retrouvant un peu et son effronterie naturelle, elle ajouta :

– Mais c'est mieux que de me promener en espionnant les gens ou les forcer à faire ce qu'ils ne veulent pas, comme les *leroni*.

– C'est ce qu'ils font, d'après toi ?

– Tout le monde sait... aïe, je recommence, hein ?

Elle recula le buste, effrayée de sa menace de tout à l'heure. Comme il ne faisait pas un mouvement pour la frapper, elle se détendit un peu, agitant les orteils sur le barreau de sa chaise. Il vit la peur et la curiosité rivaliser sur son visage, il saisit des bribes de souvenirs – rossées, faim, froid, peur constante de ceux qui l'entouraient. Seule Loret semblait l'avoir traitée avec tendresse.

Écœuré, Domenic eut honte de lui. Jusqu'à cet instant, il ne se doutait pas que la vie d'Illona avait été si dure. Personne ne l'avait jamais frappé sans autre raison que la colère ou l'ivresse. Il avait eu peur, mais seulement des choses qu'il sentait en lui, jamais de ses parents. Même sa grand-mère ne l'avait jamais maltraité autrement que par la haine qu'elle lui portait.

Domenic se demanda quelles paroles pourraient la rassurer. Le silence serait peut-être la meilleure solution, et l'absence de tout mouvement qui pût lui sembler menaçant. Elle avait l'esprit vif, et comprendrait peut-être d'elle-même.

Après quelques minutes de silence, Domenic la vit se détendre légèrement, et sentit que sa curiosité prenait le dessus.

– Mais alors comment travaille une Gardienne ? Je veux dire : personne n'a envie de vivre dans une Tour à moins d'y être forcé, non ?

– Tu es déjà allée à Nevarsin ?

– C'est une drôle de question. Oui, j'y suis allée. Une fois, il y a trois ans. Pourquoi ?

– Tu as vu les *cristoforos* ?

– Evidemment.

– Est-ce que quelqu'un les oblige à rester ?

– Ce n'est pas la même chose. Ils n'ont rien que les autres désirent. C'est juste une bande de vieux fous qui croient en un dieu bizarre.

– La plus grande différence entre une Tour et un monastère, c'est que la Tour ne s'occupe pas de religion, Illona. Mais les deux sont des communautés de gens qui ont des buts et des intérêts semblables.

– Tu n'arriveras jamais à m'en convaincre. Les Tours prennent les meilleures personnes et en font des esclaves, et puis elles demandent au reste de Ténébreuse de les entretenir à ne rien faire. Parce qu'ils ne font absolument rien !

– Tu n'en sais rien puisque tu n'es jamais allée dans une Tour.

– Alors, dis-moi ce qu'ils font de bien, à part de garder les Domaines au pouvoir ?

C'était une idée nouvelle qui ne lui était jamais venue, mais il voyait comment quelqu'un vivant sur les franges de la société ténébrane pouvait y accorder créance.

– Ce sont des écoles pour les gens comme toi, qui deviendraient fous s'ils n'étaient pas entraînés.

– Je me suis bien débrouillée jusqu'à maintenant.

– Alors, tu as eu de la chance.

– Je ne veux pas passer le restant de mes jours enfermée !

– Il y a des tas et des tas de gens qui s'entraînent dans les Tours, puis qui s'en vont.

– Je ne te crois pas.

Elle était bien résolue à se cramponner à ses craintes.

– D'accord. Alors, demande à Rafaëlla. Elle a une sœur qui a passé quelque temps à Neskaya, puis elle est partie, s'est mariée, et vit très heureuse dans les Kilghard.

– Elle dira tout ce que tu lui demanderas.

C'en était trop dans son état de fatigue, et il éclata de rire, sous son regard furieux et indigné. Quand il eut maîtrisé son hilarité, il dit :

– Excuse-moi. Je ne riais pas de toi, même si tu ne me crois pas. Mais l'idée de souffler à Tante Rafaëlla ce qu'elle devrait dire m'a paru très comique, c'est tout.

– Ta tante ? Tu as une tante qui est une Renonçante ?

Illona semblait avoir du mal à comprendre cette parenté.

– C'est la meilleure amie de ma mère, et elle vit en union libre avec mon grand-oncle, Rafe Scott.

– Le même Rafe Scott qui guide des expéditions ?

– Alors, tu le connais ?

– Si on veut. Je... j'ai entendu parler de lui.

– Comment ?

– Dirck pensait à lui de temps en temps, et je n'arrêtais pas d'entendre son nom quand j'étais dans les Heller.

Elle semblait troublée maintenant, comme si quelque chose dans les pensées de Vancof la perturbait.

Domenic attendit qu'elle continue, mais Illona se tut, pensive. Il se força à ne même pas lui effleurer l'esprit, la laissant mettre de l'ordre dans ses idées toute seule.

– Parle-moi donc des pensées de Dirck, reprit-il enfin.

– Il boit, tu sais.

– J'en ai eu l'impression.

– Et quand il boit, on dirait qu'il jette ses pensées partout. Des pensées mauvaises. J'essayais de ne pas les entendre, parce qu'elles me donnaient envie de vomir. C'était très confus, avec des tas de choses que je ne comprenais pas. Mais je sais qu'il avait peur de Rafe Scott pour une raison quelconque, et il pensait souvent à le tuer, quand il était vraiment ivre mort. Il pense beaucoup à tuer les gens, et je crois qu'il a déjà tué, aussi.

Elle frissonna.

– C'est un homme très mauvais, mais quand notre cocher nous a quittées, nous n'avons pas eu le choix.

– Votre cocher vous a quittées ?

– Je suppose. Un matin, il n'est pas revenu, et le lendemain Dirck s'est amené, disant qu'il était de la troupe de Dyan Player et Tantine... tu crois que Dirck...

– La disparition du cocher tombait à point, non ?

Illona replia ses genoux contre sa poitrine et les entoura de ses bras, se faisant aussi petite que possible. Elle semblait toute menue et effrayée, mais ce n'était plus de Domenic qu'elle avait peur. Il regarda le mur au-delà d'elle, refusant de laisser son esprit saisir la moindre bribe des pensées qui lui traversaient la tête.

– Oui, je suppose que c'est ça, dit-elle doucement. Je ne l'ai jamais aimé, et Tantine non plus – et regarde ce qu'il a fait d'elle ! Mais je me disais que j'étais bête, parce que, tu comprends, il me regardait si... bizarrement. Comme s'il voulait faire quelque chose de vilain avec moi, mais qu'il n'osait pas à cause de Tante Loret.

Elle se tut et déglutit avec effort, revivant ces moments pénibles, il en était sûr.

– Et je n'ai jamais pris au sérieux les choses que je lui entendais penser.

– Pourquoi ?

– Ça me faisait trop peur.

Elle se mit à trembler de tous ses membres, puis se força à arrêter.

– Qu'est-ce que tu ferais si tu parcourais le pays avec un homme qui semble être un... assassin ? Et qui pensait à...

Domenic reçut une image de viol, horriblement nette, et il eut du mal à ne pas monter pour tuer Vancof dans sa chambre. Il maîtrisa sa réaction avec effort. Conscient qu'il ne voulait pas l'effrayer une fois de plus, et qu'il commençait à gagner sa confiance, il dit simplement :

– Tu ne pouvais pas aller te plaindre au policier du village, je suppose.

Illona rit jaune.

– Les Baladins n'en approchent jamais, parce qu'ils cherchent toujours à nous faire des embrouilles. C'est déjà assez qu'on soit forcés de leur graisser la patte pour nous laisser jouer. Pas ceux qui sont près des Tours, quand même. Mais ceux des petites villes et des villages sont presque tous des grippe-sous. À part un sourire et un bonjour, je n'ai jamais parlé à un policier de ma vie !

Domenic rumina ces paroles une minute. Cela lui donnait un point de vue étrange et déplaisant sur la vie hors les murs du Château Comyn. En avait-il toujours été ainsi, ou était-ce l'éloignement de Régis dans les dernières années de sa vie qui avait permis à cette situation de s'installer ? Il ne s'était jamais trouvé dans une situation où il ne pouvait pas demander de l'aide, mais il savait que ce n'était pas le cas de cette fille et de ses pareilles. Il ne parvenait même pas à imaginer ce qu'avait été sa vie, et le peu qu'il en savait l'écœurait et l'attristait. Domenic n'avait jamais vraiment réfléchi à la vie du petit peuple de Ténébreuse, supposant simplement qu'elle était agréable – et certainement meilleure que la sienne, remplie d'obligations incessantes. Maintenant, il réalisait l'ampleur de son ignorance.

Si seulement sa mère était là ! Elle l'aurait rassuré – mais était-ce certain ? En privé, Marguerida Alton-Hastur était d'une franchise brutale. Si elle percevait un problème, elle s'efforçait de le résoudre, non de le balayer sous le tapis le plus proche. Soudain, il comprit mieux pourquoi Lew Alton était si mécontent des dernières années de gouvernement de Régis – qui s'était mis à l'écart de tout, et était devenu anxieux et méfiant. Son grand-père savait sans doute que tout n'était pas parfait sur Ténébreuse, et même que la vie de certains était très dure. Et il savait que le refus de Régis de gouverner activement les Domaines, son insistance à se cacher dans le Château Comyn avaient suscité le ressentiment du peuple. Dans quelques années ou dans une décennie, cela aurait peut-être abouti à la révolution que Vancof essayait de fomenter.

Domenic était trop fatigué, et ses idées trop confuses pour tirer tout cela au clair. Il avait l'impression qu'un grand poids l'écrasait, allait le réduire en poussière, et il s'arracha à cette descente inexorable par une brusque secousse mentale. Maintenant, la fille l'observait attentivement, dévorée de curiosité.

– Tu es un garçon très étrange, Domenic.

– Comment ça ?

– Tu as à peu près mon âge, mais tu donnes l'impression d'être beaucoup plus vieux, comme un vieillard enfermé dans un corps de jeune homme. Je crois que tu sais des tas de choses, mais aussi que tu ne sais rien du monde réel.

– Tu as sans doute raison.

Il sourit avec raideur, et ajouta :

– Je m'incline volontiers devant ton expérience supérieure.

– Tu t'inclines ?

Elle réfléchit à ces paroles, les yeux arrondis d'étonnement.

– Mais pourquoi ? Je suis un zéro – une orpheline.

Il se frictionna pensivement la poitrine.

– Avec des coudes très pointus. Sans raison précise, tu me plais, Illona. Tu as des tas d'idées idiotes sur les Tours, mais tu me plais quand même. Et j'ai envie de t'aider.

Vraiment ! Je le sais, et ça me fait encore plus peur. Ses yeux se dilatèrent en sentant que son esprit touchait celui de Domenic. *C'est moi qui ai fait ça ?*

Oui.

Je suis perdue.

Domenic ne put retenir l'éclat de rire qui lui monta aux lèvres, malgré ses efforts pour le réprimer. *Non, pas perdue, Illona, juste un peu trop dramatique. Je suppose que ça vient de jouer toutes ces pièces avec tes marionnettes.*

Elle ferma le poing et amorça le geste de le frapper, puis se ravisa. *Tantine disait aussi quelque chose d'approchant. Je n'arrive pas à croire qu'elle est vraiment morte. Qu'est-ce que je vais devenir ? Attends ! C'est ce maudit Dirck et il mijote quelque chose !*

Quoi ? Ah, oui. J'ai failli ne pas le voir. Sa conversation avec Illona l'avait distrait, mais maintenant il sentait le cocher en train de quitter la chambre du premier ; et il n'était pas seul, car il entendait plus d'une paire de bottes.

– Gregor, dit-il d'une voix sifflante.

– Oui, *vai dom.*

– Cache-toi, et laisse faire ce qu'ils veulent aux hommes qui descendent l'escalier.

– Mais...

– C'est un ordre.

Un ordre ! Mais c'est moi qui vais me faire engueuler pour n'avoir pas suivi ceux de Dom *Aldaran ! Quand même, c'est un garçon intelligent et il sait sans doute ce qu'il fait.*

Domenic prit Illona par le bras et l'éloigna du feu, et, à sa surprise, elle ne résista pas. Il sentait qu'elle avait peur du cocher, et il réalisa que sans Tante Loret il représentait pour elle un danger réel. Il l'entraîna derrière les longs rideaux masquant les fenêtres, espérant que Granfell et Vancof n'entreraient pas dans la salle commune. Il faisait froid près des vitres, et Illona se serra contre lui, s'enfonçant le poing dans la bouche pour ne pas émettre le moindre son.

Blottie contre lui, Illona frissonnait, et pas uniquement de froid. Il sentait l'odeur de sa tunique de lin, et le parfum de lavande et de balsamine de sa peau. Rafaëlla devait lui avoir fait prendre un bain avant de la mettre au lit. Ses sens étaient maintenant si aiguisés qu'il avait l'impression de sentir le sang couler dans les veines de la jeune fille, et s'il n'avait pas été aussi inquiet, il aurait été ravi de cette proximité.

– Tout à l'heure, j'ai caché deux chevaux derrière l'auberge, murmura une voix.

Domenic tira imperceptiblement le rideau, pour jeter un coup d'œil par la fente. Il voyait le bas de l'escalier et une partie du couloir menant à l'entrée sur le devant, et à la cuisine sur le derrière. Il vit un petit cercle de lumière se déplacer sur le parquet ciré, puis un autre. Au bout d'une seconde, il vit le luisant d'une paire de bottes terriennes.

– Il pleut, Vancof! Je ne vois pas pourquoi on ne peut pas rester là jusqu'au matin, dit une autre.

– On ne va pas loin – juste à quelques miles. Il y a une petite ferme où on pourra se cacher. Je n'ose pas rester ici. Après l'émeute, on va peut-être me rechercher.

– C'est ton problème, Vancof.

– Non, c'est *notre* problème. Maintenant, silence. Je n'ai pas envie de réveiller l'aubergiste et de lui expliquer pourquoi on s'éclipse au milieu de...

– Un couteau ser...

– La ferme! Tu veux attirer l'attention?

Un profond soupir suivit.

– Où est passé Nailors, bon sang ?

– Il a dû se sauver pendant l'émeute. Par ici. Et tâche de te taire !

Le bruit de leurs pas s'éloigna, et avec eux les cercles de lumière. Domenic et Illona soupirèrent en sortant de derrière les rideaux. Elle remarqua qu'elle avait la main serrée sur le bras du garçon, et elle la retira comme s'il la brûlait. *Je suis contente qu'il s'en aille. Mais moi, je suis toujours là.*

Illona, je te promets qu'il ne t'arrivera rien.

Arrête ! Je n'ai pas envie de te parler ! Je voudrais être morte !

Non. Tu dis ça parce que tu as peur.

Elle pâlit et frissonna. Domenic sentit un tourbillon de ténèbres envahir l'esprit d'Illona, et il serra fermement contre lui son corps svelte, lui posa la tête sur son épaule et lui parla doucement à l'oreille. Chagrin, peur et rage déferlèrent en lui, puissant torrent d'émotions qu'elle réprimait depuis des heures, et qui touchèrent les mêmes émotions en lui, les libérant brusquement.

Ils s'étreignaient pour se réconforter, sombrant dans une mer d'émotions, si proches l'un de l'autre que rien ne les séparait, sauf leur chair, sembla-t-il à Domenic. L'expérience, plus intime que le travail des Tours, lui fit un choc, et quand elle se termina aussi vite qu'elle avait commencé, il eut l'impression d'une grande perte, mais il fut soulagé également.

– Tout ira bien, Illona, je te le promets, chuchota-t-il d'une voix défaillante.

Elle renifla, et il réalisa qu'elle pleurait sans bruit. Illona s'écarta de lui, un peu à regret, pensa-t-il, et fixa sur lui un regard larmoyant.

– Oh alors, si toi tu *promets*, je n'ai pas de souci à me faire !

Même en larmes, elle était aussi acide qu'une pomme verte.

Je suis ton ami, que ça te plaise ou non, Illona Rider. Et tu seras une télépathe fantastique.

Que ça me plaise ou non ! Je regrette de t'avoir fait bonjour et de t'avoir dit de venir à la Porte Nord !

Mais alors qui t'aurait arrachée à ces hommes?

Oui, c'est vrai. Mon ami? Tantine disait toujours qu'on ne peut jamais avoir trop d'amis et trop peu d'ennemis. Tu es vraiment mon ami?

Parole d'Hastur!

Elle poussa un soupir tremblant, trop fatiguée pour continuer à discuter.

— Il faudra que je me contente de ça pour le moment, je suppose.

CHAPITRE XX

Debout dans la salle à manger du Coq Chantant, Domenic regardait dans la cour par l'étroite fenêtre. La petite pluie de la nuit s'était transformée en déluge quand il se réveilla enfin au milieu de la matinée. Des flaques s'étaient formées entre les pierres et sur les tas de détritus détrempés qu'on n'avait pas encore enlevés. Il poussa un soupir résigné. Ces tempêtes de début d'automne étaient assez fréquentes et duraient un jour ou deux, transformant les routes en fondrières et obligeant les gens à rester chez eux.

Un sourire se répandit lentement sur son visage. La pluie ne faisait que commencer quand Vancof et Granfell étaient partis. Maintenant, ils étaient claquemurés dans quelque hutte de paysan, transis et de mauvaise humeur. Peut-être qu'ils allaient se disputer et s'entre-tuer. Il se demanda s'ils reviendraient à l'auberge, et conclut que c'était improbable. Vancof était connu comme Baladin à Carcosa, et après l'émeute de la veille il avait le bon sens de réaliser qu'il finirait en prison si quelqu'un le reconnaissait. À part ça, où pouvaient-ils aller ? D'après Tante Rafaëlla, il y avait un autre village à une quinzaine de miles plus au nord. Il ne devait pas oublier de transmettre l'information à Hermès.

Finalement, il se retourna vers la longue table et s'assit. Il prit une feuille d'épais papier, le meilleur qu'avait pu trouver MacHaworth, et relut tout ce qu'il avait écrit. C'était une lettre à sa mère passant curieusement sous silence la plupart de ses exploits depuis son départ du Château Comyn, et la mort du Terrien la veille. Il traitait plutôt de sujets qu'il ne s'était jamais résigné à aborder avec elle, soit en paroles, soit par la télépathie. Il parlait de ses sentiments très forts envers sa cousine Alanna, mais encore plus de sa claustration au Château Comyn, qu'il détestait, et ajoutait un paragraphe concernant ses troublantes expériences auditives. C'était la première lettre de sa vie qu'il écrivait à Marguerida, et il découvrit qu'il s'exprimait plus clairement sur le papier que de toute autre façon.

Il se relut, et constata qu'il avait tu beaucoup de choses, malgré sa résolution de tout dire. Domenic ne disait rien de l'émeute, parce qu'il savait que ça inquiéterait sa mère, et il trouvait qu'elle avait déjà assez de soucis comme ça. Pour la même raison, il ne mentionnait pas cette impression de distance qu'il sentait entre son père et lui. Mikhaïl avait beaucoup de problèmes en ce moment, et Domenic ne voulait pas y ajouter les siens. Bref, décida-t-il, la lettre n'était pas aussi complète qu'il en avait eu l'intention, et par conséquent elle était mensongère par omission.

Il se demanda s'il devait froisser le papier et le jeter au feu. Il avait conscience de sa gêne, anxieux qu'il était d'en dire à la fois trop et trop peu, mais quand même soulagé d'avoir été capable d'écrire quelque chose. Non, il l'enverrait. Il la donnerait à Duncan Lindir, quand le vieux Garde rentrerait à Thendara plus tard dans la journée. Sa mère serait contente d'avoir de ses nouvelles, et ça suffisait.

Domenic finissait sa lecture quand Illona entra dans la pièce. Elle avait mis un semblant d'ordre dans ses cheveux roux et frisés, les brossant en arrière puis les nattant en une tresse qui tombait dans son dos. Elle était en jupe et tunique vertes, ceinturées à la taille, qui lui allaient assez bien, et était chaussée de souples pantoufles. Il se demanda d'où sortaient ces vêtements, car le marché était fermé pour la journée à cause de l'émeute, puis il réalisa qu'ils étaient assez cossus pour une tenue de tous les jours. Elle devait les voir empruntés à l'une des filles de MacHaworth. De grands cernes noirs soulignaient ses yeux verts, comme si elle avait mal dormi. Il soupçonna qu'il n'avait pas meilleure mine lui-même.

– Qu'est-ce que tu fais ?

– J'ai écrit une lettre à ma mère – ce qui va l'étonner car c'est la première fois que ça m'arrive. Mais il faut dire que je n'avais pas besoin d'écrire parce que je n'ai jamais été séparé d'elle, sauf pendant le temps que j'ai passé à Arilinn.

– Qu'est-ce que tu lui dis ?

Anxieuse et curieuse, elle ne semblait pas réaliser qu'elle était indiscrète.

– Rien sur toi, si c'est ce qui t'inquiète.

Illona eut l'air étonnée et un peu déçue.

– Je... je suppose que je pensais...

– Je lui aurais bien parlé de toi, mais j'ai pensé que ça te ferait peur.

S'il avait été d'humeur différente, il aurait raconté tous les événements ayant conduit jusqu'au moment présent, et en aurait fait une histoire intéressante, mais après la conversation de la nuit, son premier mouvement avait été de protéger Illona, et il l'avait suivi.

– C'est... gentil de ta part. Moi, j'aurais tout raconté. J'ai beaucoup pensé à la nuit dernière, à tout ce que tu as dit et tout ça. Et je pense que je n'ai pas besoin d'aller dans une Tour ; pas vraiment, et que tu voulais juste... qu'est-ce qu'une fille comme moi ferait dans un endroit pareil ? Je crois que je vais plutôt aller chez les Renonçantes. Ça ne peut pas être plus dur que chez les Baladins.

Elle le lorgna avec attention, surveillant sa réaction avec une méfiance de chat sauvage.

Domenic lui lança un regard pénétrant.

– Qu'est-ce qui te fait croire qu'elles voudraient accueillir une télépathe sauvage ?

– Tu es tout le temps aussi désagréable ? Ou c'est juste au réveil ?

– Non. En fait, je suis plutôt gentil, poli envers les aînés et d'une courtoisie irréprochable. J'arrive même à être aimable avec ma grand-mère qui me déteste et me veut du mal. Mais quand quelqu'un fait exprès sa tête de cochon, Illona, je dis ce que je pense.

– Et c'est ce que tu penses ?

– Ton *laran* ne va pas s'envoler, quoi que tu fasses pour t'en débarrasser. Pas plus que tes cheveux ne vont devenir souples et faciles à coiffer.

Illona eut un petit sourire.

– Samantha a essayé d'y mettre un peu d'ordre, et je trouve qu'elle a assez bien réussi. Comment savais-tu que mes cheveux sont une vraie malédiction pour moi ? Je les déteste !

– Pas moi. Je les trouve très séduisants – et tu changes de conversation.

– Ce n'est pas moi qui ai parlé de mes cheveux.

– C'est vrai.

De nouveau, Domenic regarda sa lettre, se demandant s'il devait la récrire autrement, s'il pouvait être plus franc sans faire de mal à personne.

– Toi et moi, nous nous ressemblons plus que tu ne l'imagines, mon amie.

– Quoi ? Je ne te ressemble pas du tout !

– Si. Nous avons tous les deux des Dons dont ne nous voulons pas, et nous devons apprendre à vivre avec. Si tu lis ce que j'ai écrit, tu t'en apercevras.

– Je ne sais pas lire, alors passons.

– Pas du tout ?

– Non.

– Mais alors comment apprends-tu les pièces de Mathias ?

– Oh, ça ! J'ai une excellente mémoire. Il me lisait la pièce plusieurs fois, et après je la savais. Et parfois j'improvisais et je l'améliorais, ce qui le contrariait. Il n'est pas aussi intelligent qu'il croit.

Domenic repensa à sa rencontre avec lui, la veille, et dut en convenir.

– Je vois. Eh bien, je t'apprendrai à lire.

Il plia sa lettre en deux et la poussa à l'écart. Puis il prit une autre feuille et une plume.

– Viens t'asseoir à côté de moi.

Illona le fixa un instant, puis contourna la table et se glissa près de lui sur le banc.

– Pourquoi tu veux m'apprendre à lire ?

– Parce que quand tu iras dans une Tour tu auras besoin de savoir. Et on ne va pas recommencer à discuter là-dessus – tu iras, même si je dois t'y traîner moi-même pour te montrer que ce n'est pas un endroit si terrible.

Il s'étonna lui-même, sachant qu'en général il n'était pas aussi autoritaire.

Une expression têtue passa sur le visage d'Illona, puis disparut.

– Je crois... que je pourrais y aller si tu venais avec moi. Personnellement, je n'en ai pas envie, et je crois que tu t'entêtes parce que tu as l'habitude qu'on fasse toutes tes volontés.

Il aboya un bref éclat de rire.

– Je sais que tu ne me croiras pas, Illona, mais personne n'a jamais fait toutes mes volontés de ma vie. Maintenant, voilà ton nom, Illona Rider, dit-il montrant ce qu'il venait d'écrire. Ce sont les lettres ; tu connais déjà les sons.

– C'est à ça que ça ressemble ? s'étonna-t-elle, examinant les lettres sur la page. Ecris le tien.

Domenic s'exécuta, écrivant la longue suite de ses noms sur la page. Il la regarda étudier les lettres avec attention, se disant qu'il était bien le fils de sa mère, à s'efforcer de lui apprendre à lire. Elle posa le doigt sur les lettres de son propre nom, puis trouva les mêmes dans celui de Domenic, déplaçant son index des unes aux autres tout en prononçant les sons à voix basse. Au bout d'une minute, elle demanda :

– Pourquoi est-ce que les lettres du début sont grandes et les autres petites ?

– Dans un nom, on écrit la première lettre avec une majuscule, et en petit les autres. Tu sais, je n'y avais jamais pensé avant – je le fais, c'est tout.

– Alors, qu'est-ce que tu fais quand ce n'est pas un nom ?

– Là – je t'écris une phrase.

– Qu'est-ce qu'elle dit ?

– Les mules braient.

– Je vois... la grande lettre du début, on la retrouve dans un de tes noms. Alors, quand on écrit quelque chose qui n'est pas un nom, on fait la première lettre grande, et les autres petites.

Elle hocha la tête, et il sentit qu'elle était contente.

– C'est vrai – sauf si tu mets le nom d'une personne ou d'un lieu au milieu d'une phrase. Regarde – j'écris « Illona et Domenic sont à Carcosa. » Tu vois ?

– Ce mot-là, c'est Carcosa ? dit-elle en le montrant.

– Oui, mais comment as-tu deviné ?

Domenic savait qu'elle était intelligente, mais elle apprenait encore plus vite qu'il ne l'avait prévu. Est-ce qu'elle pêchait des indices dans sa tête ? Non, il n'avait pas la sensation d'un contact mental. Puis il réalisa qu'il prenait plaisir à lui donner cette leçon, et qu'il ne voulait pas qu'elle apprenne trop vite pour prolonger le cours.

– Je... euh... j'ai juste rapproché la dernière lettre de ton premier nom de la lettre que tu as écrite en plus gros, parce que tu as dit que les noms de lieux commencent par une majuscule. Ce n'est pas ça ?

– Si, Illona. Tu es une très bonne élève.

– Ecris-moi des mots ordinaires – pain, pluie et... je veux savoir à quoi ils ressemblent !

Domenic resta immobile un instant. Puis il reprit sa lettre à Marguerida, l'ouvrit, et ajouta : « Chère Maman, S'il te plaît envoie-moi un exemplaire de ton livre de contes aussi vite que tu pourras. » Enfin, il prit une autre feuille et se mit à écrire les mots qu'Illona lui avait demandés.

– Qu'est-ce que tu as rajouté à ta lettre ?

– Je demande à ma mère de m'envoyer un livre qu'elle a écrit. Il te plaira, parce que c'est un recueil de contes, et quand tu l'auras terminé, tu sauras lire.

– Tu as demandé...

Elle faillit s'étrangler d'étonnement.

– Ta mère, c'est Marguerida Alton-Hastur, non ?

– Oui.

Illona branla du chef.

– Et tu viens de lui demander de t'envoyer un livre, comme si elle était un zéro. Tu es un garçon très étrange.

– Appelle-moi Domenic. Tous mes amis m'appellent comme ça.

– Et je suis ton amie ?

– Je te l'ai dit la nuit dernière, non ?

– Oui, mais je ne t'ai pas vraiment cru. Maintenant, écris « pain » pour moi.

L'après-midi tirait à sa fin, et il pleuvait à verse depuis des heures. Katherine Aldaran posa son pinceau et se frictionna la nuque. Elle avait perdu la notion du temps. Elle jeta un bref coup d'œil sur son chevalet, et décida que les silhouettes tracées sur le panneau étaient un bon début.

– Tu es fatiguée ? demanda Gisela, assise sur une sorte de trône à l'autre bout de l'atelier. Moi, je le suis. Je n'aurais jamais imaginé que rester assise dans la même position pouvait être si épuisant !

– Pardonne-moi. Je me suis laissé emporter par mon travail. En général, j'ai plus d'égards pour mes modèles.

– Ça ne fait rien. C'était très intéressant de t'observer. Et je vais te dire quelque chose de très utile.

Katherine plongea son pinceau dans un bocal de térébenthine et se tourna vers elle.

– Qu'est-ce que c'est ?

– Quand tu penses à ta peinture, ton esprit devient très, très calme.

– Calme ?

– Oui, comme si tu étais derrière un mur. Protégée.

– Je vois. Ainsi, si je marche dans un couloir en pensant à de l'ocre jaune, personne ne peut entendre mes pensées superficielles ? Tu as raison, c'est très utile. Merci.

– Je suis contente que tu ne te formalises pas, Katherine. Je peux regarder ce que tu as fait ou je dois attendre que ce soit terminé ?

– Tu ne verras pas grand-chose à ce stade, mais tu peux regarder si tu veux.

En fait, Katherine ne laissait pas ses modèles voir les études préliminaires, car ce n'étaient que des formes difficiles à comprendre pour ceux qui n'étaient pas des artistes. Présentement, elle avait esquissé la tête et les épaules de Gisela, une partie du drapé de sa tunique violette, et les montants sculptés du fauteuil. La couleur du visage n'avait rien à voir avec celle d'un être humain, car le vert n'est pas une teinte qu'ils associent généralement à celle de leur peau.

Avant que Gisela ait eu le temps de se lever et de s'approcher du chevalet, un coup fut frappé à la porte, et une seconde plus tard, Rhodri, les yeux pétillants, passa sa tête rousse dans l'entrebâillement. Puis il vit Gisela, et eut une courte hésitation.

– Oh, désolé – Mère m'avait dit que tu étais sans doute en train de travailler.

– Ça ne fait rien, Rhodri – nous avons fini pour aujourd'hui, n'est-ce pas, Katherine ?

– Oui. Tu viens pour apprendre à dessiner, Rhodri ?

L'enfant eu un grand sourire, parcourant vivement l'atelier du regard et s'arrêtant brièvement sur le chevalet.

– Non. Mère m'a demandé de t'apporter ça. Elle a reçu une lettre de Domenic, et une autre pour toi – d'Hermès.

Rhodri lui tendit une épaisse enveloppe, dansant d'un pied sur l'autre, et regardant Katherine d'un air plein d'anticipation. Elle ne réagit pas immédiatement, et il eut l'air déçu.

– Tu ne la veux pas ?

– Merci, dit Katherine avec raideur en lui prenant l'enveloppe.

– Tu ne vas pas la lire ?

– Rhodri Rafaël Alton-Hastur, tu es une peste ! le tança Gisela, sans acrimonie. C'est privé, petit gredin !

– Mais je voulais juste savoir combien de Terranans il a tués jusqu'à présent !

Gisela eut l'air scandalisée.

– File ! Sauve-toi, petit suppôt de Zandru ! Nous allons tous les deux ravaler notre curiosité et laisser Katherine lire sa lettre en paix.

– Ah, Tante Gisela, ce n'est pas juste ! D'abord, Domenic s'en va et a des aventures, pendant que je suis enfermé au Château, et ensuite...

– Assez !

Gisela était debout et secouait les plis de sa tunique et de ses jupons.

– Reste, Gisela, s'il te plaît.

Katherine, sa lettre à la main, fut soudain glacée jusqu'aux os. Elle n'avait pas envie d'être seule en un moment pareil.

– Pourquoi ne nous fais-tu pas de cette bonne tisane que nous avons bue tout à l'heure, pendant que je...

– Bien sûr ! C'est exactement ce qu'il nous faut avec cette pluie.

Elle s'approcha de la cheminée, secoua la bouilloire qui était dans l'âtre, et y versa l'eau d'une cruche. Puis elle la pendit à la crémaillère et se retourna.

– Tu es toujours là, Rhodri ?

– Qu'est-ce que tu es méchante ! marmonna-t-il.

Puis il se retira, refermant la porte derrière lui. Dès qu'il fut sorti, Gisela éclata de rire, et, malgré sa nervosité, Katherine l'imita.

Elle s'assit dans le fauteuil où Gisela avait posé, et sa gaieté s'évanouit. Elle regarda l'enveloppe qu'elle tenait à la main, redoutant le contenu de la lettre. Dans sa peur, elle avait dit des choses si terribles, le soir où Hermès avait quitté le Château Comyn. Que ferait-elle s'il décidait qu'elle avait raison – qu'être marié à une femme sans *laran* était impossible pour lui ? Et, sachant que son mari avait horreur des conflits émotionnels, cela

438

lui ressemblerait assez de le lui dire dans une lettre, pour éviter l'incontournable confrontation qui s'ensuivrait.

– Katherine, lis ta lettre et cesse de te tourmenter, dit Gisela avec douceur.

Puis elle se retourna pour laver la théière.

Katherine soupira et rompit le cachet scellant l'enveloppe. Trois feuilles se déplièrent sur ses genoux, et la grande écriture d'Hermès se mit à danser devant ses yeux. Il lui avait écrit plusieurs fois pendant qu'il lui faisait sa cour, mais elle n'avait pas vu son écriture depuis, et sa vue lui fit battre le cœur. Elle se rappela comme la vue d'une de ses missives lui accélérait le sang, dix ans plus tôt, comme elle se sentait gamine et excitée quand elle en recevait une.

« Kate chérie,

Je suis un imbécile. J'espère que tu trouveras dans ton cœur la force de me pardonner de m'être conduit en lâche, et de m'être enfui à la première occasion. J'espère que tu comprendras que tu n'y es pour rien, que je ne suis pas parti à cause de ce que tu as dit, y compris de mes nombreuses sottises. Le problème, c'était moi, mes peurs et mes habitudes, pas toi, ma *caria*.

Il y a tant de choses que j'ai envie de te dire, que j'aurais dû te dire depuis longtemps, mais je ne sais pas si j'aurai le courage de te les dire maintenant. Sous ma main, le papier me semble être une vaste étendue de neige que je ne peux pas traverser.

En ce moment, je suis assis dans ma chambre, à l'auberge du Coq Chantant. Elle se trouve dans une petite ville appelée Carcosa, à une demi-journée de cheval de Thendara – je ne suis donc pas très loin, bien que j'aie l'impression d'être à l'autre bout du monde. Hier soir, il y a eu une émeute dans la cour de l'auberge, et plusieurs personnes ont été tuées. La pluie qui s'est mise à tomber a un peu rafraîchi l'atmosphère, mais les odeurs demeurent. C'est peut-être mon imagination, ou encore mes vêtements imprégnés d'odeurs de feu, de sueur et autres, tout aussi déplaisantes.

Mais je retarde le moment d'en venir aux choses sérieuses. Premièrement, je dois te dire que le Chef de Station de la Fédération à Thendara a lancé un mandat d'arrêt contre moi. Je ne te l'ai pas dit sur le moment, et tu as deviné que je te cachais quelque chose, bien que j'aie cherché à te distraire en te parlant de Térèse, qui aurait sans doute besoin d'être testée pour le *laran*. Tu étais déjà si fatiguée et inquiète que je n'ai pas pu me résoudre à ajouter à tes soucis – en tout cas, c'est l'excuse que je me suis trouvée. Je ne suis pas une menace pour la sécurité de la Fédération, et cet homme le sait parfaitement, mais il voulait se servir de ma présence au Château Comyn pour chercher des ennuis à Mikhaïl Hastur. »

Katherine interrompit sa lecture et leva les yeux;

– Tu savais qu'un mandat d'arrêt avait été lancé contre Hermès?

– Oui, *breda*, je le savais, mais Mikhaïl nous a demandé – à Rafaël et à moi – de ne pas t'en parler afin de ne pas t'inquiéter.

– Je voudrais vraiment qu'on cesse de me faire des cachotteries et de se mêler de ma vie!

Gisela gloussa, puis prit la bouilloire et versa de l'eau dans la théière.

– Je ne sais pas si c'est possible sur Ténébreuse – tout le monde se mêle de la vie de tout le monde; c'est un sport national.

– Un sport!

Katherine cracha rageusement le mot, et se sentit beaucoup mieux ensuite.

– Je suppose que c'est naturel quand on est bloqué à l'intérieur par la neige pendant des semaines d'affilée, dit-elle avec émotion, mais beaucoup moins de colère.

– C'est mieux que de s'entre-tuer, Katherine.

– Je n'en suis pas si sûre.

Elle reprit sa lettre et continua à lecture.

« Mais il n'y avait pas que le désir de tirer Mikhaïl d'une situation dont il n'était pas responsable. Je suis rentré sur ma planète natale, pensant m'y trouver à l'aise, et je m'y suis trouvé comme piégé. Non, pas à cause de toi, à cause de tout le reste ! Après tant d'années passées à intriguer au Sénat, on aurait pu penser que les intrigues de mes compatriotes me paraîtraient simples en comparaison. J'aurais voulu que ce soit vrai, mais je me suis senti plus aliéné au Château Comyn que je ne l'étais dans la Fédération – impression exacerbée, ajouterai-je, par la réaction tout à fait normale que tu as eue en te découvrant mariée à un télépathe. Bref, tu me compliquais encore la vie, Kate – et je n'ai pas su le supporter.

Ce que je te dis là n'est pas très romantique, mais c'est vrai. J'espère que tu finiras par me pardonner un jour. J'ai agi en égoïste. J'ai sauté sur l'occasion de m'éloigner de tout pendant quelques jours, et je ne regrette pas cette décision, bien qu'elle t'ait fait de la peine. Je ne suis pas parfait, et j'ai été encore plus imparfait que d'habitude ces quelques derniers jours. »

– Il dit qu'il n'est pas parfait, commenta Katherine à Gisela, qui approchait avec une chope de tisane fumante, dont l'agréable odeur de menthe flotta jusqu'à elle.

– C'est seulement maintenant qu'il le découvre ?

– Je ne sais pas, mais c'est maintenant qu'il le reconnaît.

Katherine but une gorgée de tisane, qu'elle trouva trop chaude pour le moment.

– Eh bien, c'est un progrès si on veut, je crois, dit Gisela, avec sa causticité habituelle.

« Il me semblait que trop de choses arrivaient en même temps, et j'étais dépassé. Je n'ai pas pu me résoudre à affronter le problème de ton manque de *laran* et la façon dont cela pouvait affecter notre vie et celle de nos enfants. De plus, je n'ai pas pu supporter ce que je ressentais soudain à propos de la vie ici, sur Ténébreuse. Puis Domenic a découvert un complot contre Mikhaïl Hastur, et j'ai proposé mes services.

J'ai fui, Kate, je vous ai fuis, toi et les enfants, qui êtes ma vie, et j'avoue en avoir été immensément soulagé, malgré mes remords. C'était mal d'agir ainsi, et c'était pourtant la chose à faire. Peux-tu comprendre cela ?

Sans doute que non. J'ai le sentiment de me conduire en parfait imbécile, et pourtant, il fallait que je t'écrive pour te parler de tout ça. Je n'ai qu'un désir, venir te retrouver, mais pour le moment, c'est impossible. Je dois rester ici avec Domenic jusqu'à ce que cette affaire soit réglée. Mais j'espère que tu trouveras dans ton cœur la force de pardonner mes nombreuses faiblesses, mes cachotteries et ma lâcheté, pour recommencer bientôt une vie nouvelle.

Ton mari qui t'adore,
Hermès-Gabriel Aldaran. »

Katherine releva la tête, et s'aperçut qu'elle avait les yeux pleins de larmes. Elle plia la lettre et prit sa chope. Puis elle essuya ses joues de sa manche, dont la soie lui fit l'impression d'un doux baiser.

– Alors ?

– Il est très repentant.

– Il a toujours été très habile à se faire pardonner, quand il était jeune. Il était toujours désolé des sottises qu'il avait faites. Et il était sincère, en plus ! Vas-tu le reprendre ?

– Je n'ai pas le choix.

– Katherine, tu peux faire exactement ce que tu veux – ce que je n'ai jamais pu faire. Le Domaine Aldaran n'est pas le plus riche de Ténébreuse – même si Aldones m'est témoin que c'est le plus froid ! –, mais tu ne manqueras jamais de rien si tu décides de l'envoyer coucher à la fauconnerie le restant de ses jours. Mon frère Robert pourvoira à tous vos besoins. Alors, ne reprends pas Hermès juste parce qu'il dit qu'il a des remords. La question est la suivante : as-tu envie de le reprendre, imperfections et tout ?

Katherine ne répondit pas tout de suite, mais but un peu de tisane. Puis elle dit lentement :

– Oui, même si c'est insensé !

– Eh bien, voilà qui est réglé.

– Pas tout à fait. Rien ne sera jamais plus comme avant entre nous, Gisela, et je ne sais pas s'il le comprend. Il sait si bien me manipuler – comme il manipule tout le monde, d'ailleurs – et il est si astucieux qu'il ne semble pas réaliser la peine qu'il cause. Alors, je devrai insister pour...

– Pour quoi ?

– Pour qu'il ne me traite pas en petite femme énamourée qu'il peut mettre de côté quand ça lui chante !

– Ce sera peut-être très difficile, Katherine.

– Je sais.

Elle baissa la tête et ses épaules s'affaissèrent.

– Allons, pas d'affolement. Au pire, il y a toujours les Renonçantes !

– Les Renonçantes !

Gisela lui avait parlé d'elles, et elle l'avait été fascinée, mais l'idée de vivre dans une communauté de femmes était si bizarre qu'elle lui parut comique, et elle se mit à glousser.

– Quoi ? Et me couper les cheveux !

Gisela roula les yeux d'un air cocasse.

– Et voilà, sauvée par la coquetterie !

Mikhaïl entra dans le salon des appartements Hastur, et trouva Marguerida assise dans un fauteuil à haut dossier, une feuille d'épais papier sur les genoux. Il réalisa que c'était la première fois depuis des jours qu'il la voyait assise, mis à part les repas. Il l'observa, remarquant qu'elle avait les yeux légèrement bouffis et une petite rougeur au bout du nez – elle devait avoir pleuré. Et elle avait l'air si fatiguée. Il eut envie d'étrangler quiconque faisait pleurer sa femme. Pensée qui lui aurait déplu, car elle préférait régler elle-même ses propres problèmes, mais il ne put quand même supprimer totalement son indignation. Une minute plus tard, il se dit que ce n'était peut-être qu'une excuse pour donner libre cours à ses propres émotions. Pourquoi n'aurait-elle pas pleuré si elle en avait envie ?

– Qu'est-ce qui ne va pas, *caria* !

Marguerida leva les yeux comme si elle n'avait pas remarqué son entrée, et sursauta.

– Rien de précis. Ou peut-être tout. Je viens de recevoir une lettre de Domenic.

– Vraiment ? Je peux la lire ou c'est trop intime ?

– Elle ne te plaira peut-être pas.

– Il y a des tas de choses qui ne me plaisent pas, ma chérie, et ça ne m'empêche pas de les découvrir, dit-il, s'efforçant d'atténuer l'aigreur de son ton, et y réussissant presque.

– Je ne me doutais pas qu'il était si malheureux, dit-elle en lui tendant la lettre.

– Tous les garçons sont malheureux à cet âge. Je l'étais, et Dani aussi. Quinze ans, c'est un âge terrible. Au moins, il n'a plus d'acné – moi, j'en avais encore, et ma voix muait, ce qui me mettait au supplice.

Il baissa les yeux sur la lettre, s'aperçut qu'il la tenait à l'envers et la retourna.

– Je me demande pourquoi il demande un exemplaire de ton livre ? dit-il, remarquant l'ajout en haut de la page.

– Je n'en ai aucune idée – peut-être qu'il s'ennuie. J'aime mieux ça que de le savoir en danger.

– Hum !

Mikhaïl, déjà plongé dans la première page, l'entendit à peine. Il fronça les sourcils, admirant le soin que Domenic avait apporté au choix de ses mots. Il ne trouva rien de très surprenant, car il soupçonnait depuis quelque temps que Domenic était troublé par quelque chose qui se passait en lui-même. Il avait supposé qu'Alanna Alar en était la cause, tout en se félicitant de la façon dont Domenic faisait de la corde raide entre son affection pour sa sœur adoptive et les bienséances. Il retourna la feuille et se mit à lire le verso.

Oui, Domenic était troublé par ses sentiments envers sa cousine, mais cela ne semblait pas être le vrai problème. Les mots se mirent à danser devant ses yeux, et Mikhaïl se laissa tomber sur le canapé et les relut. Quand il eut fini, il branla du chef.

— Dommage que nous ne l'ayons pas mis en tutelle chez quelqu'un.

— Je ne crois pas que ça aurait servi à grand-chose, Mikhaïl. As-tu l'impression que tu n'as pas fait ton devoir de père ? Moi, je n'ai pas fait mon devoir de mère, je le sais.

— Oui, c'est vrai. Si seulement il n'était pas aussi écorché vif, tellement difficile à... et tu as raison. Chez qui aurions-nous pu le mettre en tutelle ? Mon frère Gabriel aurait accepté, mais cela l'aurait mis trop près de Javanne, et Régis n'aurait jamais voulu.

Marguerida soupira.

— Ton frère est un homme estimable quand il ne se conduit pas en idiot total, mais je ne crois pas qu'il aurait été un meilleur parent que nous. Nous devons accepter le fait que nous avons fait le mieux que nous avons pu, et que ce n'était pas suffisant !

— Marguerida, ce n'est pas la fin du monde ! Je sais que tu es épuisée, et que tu arrives à la limite de tes forces, à t'être occupée de tout, en te faisant du souci pour Domenic en plus. Mais il est quand même parvenu à te dire qu'il a l'impression d'être un enfant anormal, non ?

— Et tu trouves ça réconfortant ?

— Oui, en un sens – peut-être que tous les garçons de cet âge se trouvent anormaux d'une façon ou d'une autre.

Mikhaïl se frictionna le front, pour soulager sa migraine. Il pouvait guérir tout le monde, sauf lui-même, semblait-il.

— Quand j'étais jeune, je pouvais toujours tout dire à Régis avant ça, dit-il, levant sa main gantée. Le pauvre

Dani ne pouvait pas. Ainsi, Régis a été un meilleur père pour moi que pour son propre fils. Et je n'ai jamais été capable de parler à mon propre père comme avec Régis, ou avec Lew. À mon avis, le fait que Domenic puisse t'écrire une telle lettre prouve que tu as été une bonne mère. Et ça a dû lui donner du mal, d'essayer de trouver les mots justes. Il est très brave, tu sais.

Il n'ajouta pas à quel point il était malheureux après la lecture de cette lettre, malheureux d'avoir fait à Domenic ce qu'il s'était juré de ne jamais faire – de le maintenir à distance et de compliquer ainsi la situation pour tous les deux.

– Mais qu'est-ce que nous allons faire ?

– Je ne sais pas. Et pour le moment, ses états d'âme sont le moindre de nos soucis. Nous pourrons y penser plus tard quand... nous aurons passé cette épreuve.

– C'est notre fils, Mikhaïl !

– Oui, et il a hérité de ce que nous avons de meilleur et de pire – il a le tempérament réservé de Lew, ton intelligence, et ma maudite imagination ! Mais, Marguerida, il ne mourra pas de cette insatisfaction, et d'après cette lettre, je crois qu'il est plus capable de s'analyser que je n'en étais capable au même âge.

– Il n'a jamais vraiment été jeune, n'est-ce pas ?

– Non. Il a une âme ancienne, et nous le savons tous les deux.

– Tu crois que...

– C'est Varzil réincarné ? Je ne sais pas, mais ce ne serait guère surprenant. D'après les dates, c'est une possibilité. Et ce ne serait pas si affreux.

– Que veux-tu dire ?

– Varzil était un grand homme à son époque, et pour un futur dirigeant de Ténébreuse, je n'imagine pas de meilleur présage. Mais d'abord, ma chérie, il faut arriver jusque-là.

Mikhaïl était plus troublé qu'il ne l'avouait. Il fixa sa main gantée, refusant de penser à l'avenir, à la possibilité que son premier-né voudrait peut-être lui arracher

446

l'anneau. Certes, il s'en serait volontiers débarrassé un millier de fois, mais c'était autre chose. Puis il se détendit, si brusquement qu'il en resta stupéfait. Ses membres se relâchèrent, et sa migraine s'évanouit. Il connaissait son fils mieux que ça. Domenic était la dernière personne au monde qui tenterait de s'emparer du pouvoir de l'anneau. Mikhaïl retourna la lettre et relut un paragraphe de la première page. Il était bref, et mentionnait seulement que Domenic avait fait une expérience auditive insolite – dont il avait d'abord pensé que c'était une hallucination. L'écriture était serrée, les lettres moins écartées que dans le reste de la missive, et Mikhaïl soupçonna que son fils avait refusé de s'étendre sur ce sujet. Quelque chose rongeait Domenic, mais ce qu'il en disait était davantage allusif que révélateur, conclut-il, lisant entre les lignes et laissant son imagination vagabonder, juste pour le plaisir de penser à autre chose qu'aux problèmes qui l'accablaient depuis des jours.

Qu'avait entendu Domenic, et pourquoi cela le troublait-il tellement ? Mikhaïl regrettait de ne pas avoir parlé davantage avec son fils. Lew savait peut-être quelque chose. Domenic faisait souvent des confidences à son grand-père. Enfin, le problème pouvait attendre. Son fils était en sécurité pour le présent, et c'était l'essentiel.

– Marguerida, tout cela sera derrière nous dans quelques jours.

– C'est vrai – et tant mieux. Je ne sais pas ce que je pourrai encore assumer avant de me mettre au lit et de refuser d'en bouger.

– C'est une idée tentante – nous pourrions nous retirer dans notre chambre et faire l'amour jusqu'à être trop épuisés pour en sortir.

– Comment peux-tu penser à faire l'amour dans des moments pareils ? dit-elle, à la fois flattée et contrariée.

– Comment puis-je penser à autre chose quand je te regarde ?

– Tu me trouves toujours passable ?

– *Caria*, tu es pour moi la femme la plus désirable du monde, et peut-être de toute la galaxie.

Elle se leva et le serra dans ses bras, posant sa tête sur son épaule. Enfin elle releva la tête et l'embrassa, d'abord doucement, puis passionnément, de sorte qu'il ne put plus penser à rien d'autre.

CHAPITRE XXI

Mikhaïl entra dans la Chambre de Cristal avec Marguerida à son bras, dont il sentait la main crispée sur ses muscles. Il redoutait ce moment depuis que la crise cardiaque de Régis. Non, depuis plus longtemps que ça ! En un sens, il avait passé toute sa vie d'adulte à se rapprocher de ce destin. Il ne pensait pas qu'il se présenterait si vite, ni qu'il s'y sentirait si peu préparé.

C'était une chose d'envisager l'avenir, et une autre de le vivre. Il pensait que Régis vivrait encore des décennies, et, même si plusieurs jours s'étaient écoulés depuis sa mort, c'est seulement en entrant dans la Chambre de Cristal qu'il ressentit l'énormité de ce qui l'attendait. Tout s'était passé un peu comme en rêve, jusqu'au moment où il se retrouva devant le fauteuil vide que son oncle avait occupé si souvent.

Il jeta un coup d'œil vers sa femme, et remarqua sa pâleur extrême, et la tension des muscles de son cou. Cette assemblée de Comyn allait être difficile. Ils le savaient tous deux, et la tension se voyait sur le visage de Marguerida. Mikhaïl embrassa du regard ses yeux dorés si pleins d'intelligence qui lançaient des éclairs, ses cheveux roux encore flamboyants, et la façon dont elle pinçait les commissures des lèvres. Elle avait l'air aussi formidable qu'elle l'était en fait, et cela le réconforta un peu de l'avoir près de lui, farouche et résolue. Il savait à quel point elle était lasse, mais ça ne se voyait pas. Maintenant, tout ce qu'il avait à faire, c'était de se montrer à sa hauteur.

Du coin de l'œil, Mikhaïl vit Donal Alar à quelques pas derrière lui, et, près de lui, son frère Rafaël. C'était la première fois que Rafaël venait dans la Chambre de Cristal depuis des années – depuis que Régis l'en avait exclu à cause des intrigues de Gisela. D'ailleurs, c'était ironique, vu que le mariage de Rafaël avec une Aldaran avait été l'idée de Régis. Certes, il s'agissait d'une union politique – tentative pour calmer et contenter *Dom* Damon. Cela avait échoué, naturellement, vu que le vieux seigneur du Domaine Aldaran ne se calmerait que dans la tombe. Et il avait aussi causé bien des souffrances à Rafaël et à Gisela, dont il revit le visage quand il était venu parler à son frère. Il savait maintenant qu'elle aimait sincèrement Rafaël. Il fut profondément satisfait d'avoir son frère derrière lui, pour lui apporter le soutien dont il savait qu'il aurait besoin au cours des prochaines heures.

Mikhaïl décida de faire le compte de ses bénédictions – sa femme, son beau-père, son frère, son écuyer, et le reste de ses fidèles conseillers. Il s'efforça de ne pas trop penser à l'inévitable confrontation avec sa mère qui ne manquerait pas de semer la discorde dans la Chambre. Au moins, les tensions qui rendaient la vie au Château Comyn si inconfortable depuis quelques jours se relâcheraient en s'extériorisant, mais il ne savait pas si c'était un bien ou un mal. Quelque chose comme un rire monta de ses entrailles, mais sans arriver jusqu'à sa gorge. Malgré leurs paroles audacieuses, aucun des hommes qui avaient conféré dans le bureau n'avait eu le front de droguer Javanne Hastur pour qu'elle se taise, pas même Lew Alton. De plus, ils avaient tous trop de sens moral, et cela n'aurait rien résolu à long terme.

Il ramena son attention sur sa femme. C'était presque dommage qu'ils soient devenus si calmes avec les années. Il repensa à leurs premières querelles avec un plaisir nostalgique. Leur première rencontre, au cours de laquelle il avait accusé Marguerida de vouloir chasser ses parents d'Armida, lui revint à l'esprit. Ils ne s'étaient pas querellés ainsi depuis des années, et cela lui manquait un peu. À la place, ils se contrôlaient sévèrement, grinçant des dents, sifflant et chuchotant, comme s'ils avaient peur de laisser leur fureur paraître au grand jour.

Il gloussa à cette idée, et Marguerida lui lança un regard réprobateur. Les énormes matrices du plafond empêchaient toute forme de communication télépathique, de sorte qu'elle ne put pas capter sa pensée.

– Tu ne vas pas partager la plaisanterie avec moi, Mik ?

– Bien sûr, *caria*. Je pensais que si nous étions moins réservés et davantage comme ma mère, nous pourrions nous en donner à cœur joie de vociférer et d'insulter tout le monde.

À sa satisfaction, il vit un sourire détendre son visage.

– Je ne m'abaisserai jamais ainsi, mais j'avoue que c'est très tentant. J'adorerais avoir une belle crise d'hystérie, de délire et de divagation. Il n'y a qu'Alanna qui s'amuse !

Il entendit sa voix commencer à reprendre sa sonorité normale, et sut qu'il avait considérablement amélioré son humeur.

– C'est vrai. Ce n'est pas juste.

– Je souhaiterais presque être de retour dans mon petit cottage d'Arilinn où je n'avais rien d'autre à faire que de jouer de la harpe et me ronger les sangs. Ou de pouvoir enfourcher Dyana et galoper à perdre haleine. Si j'avais réalisé comme ce serait difficile d'agir conformément à son âge, j'aurais abandonné à vingt ans.

– Et quand on sait à quel point du détestais Arilinn...

– J'ai dit dans mon cottage, pas dans la Tour !

– Oui, en effet. Enfin, nous irons au *rhu fead* dans quelques jours, si nous survivons à ce Conseil sans effusion de sang, et tu pourras au moins réaliser ton souhait de remonter à cheval.

– Tu ne crois pas...

– Je crois que ma mère fera tout ce qu'elle pourra pour s'opposer à ma confirmation, et que *Dom* Damon

451

aura une conduite entre le difficile et l'insupportable, mais non, je ne crois pas que personne tirera le fer. Je ne sais pas si ce n'est qu'une impression, mais je crois qu'un orage est prêt à éclater.

À ce moment, il se félicita que les amortisseurs télépathiques empêchent Marguerida de connaître ses pensées. Il lui était venu l'idée que *Dom* Francisco Ridenow pourrait effectivement tirer l'épée, et, tout en sachant que Donal et son frère se précipiteraient pour le défendre, il ne voulait pas voir le sang couler.

— Etant donné que je me suis surprise plusieurs fois à regarder par la fenêtre et que j'ai vu des nuages, je crois que ce n'est pas qu'une impression. Enfin, la pluie a fini par s'arrêter – je crois qu'elle nous rendait tous encore plus nerveux que d'habitude. Pour le moment, je voudrais pouvoir voyager à quelques heures dans le futur et sauter complètement cette réunion.

— Quelle idée merveilleuse ! Dommage qu'on ne puisse pas la réaliser. Sauf que si je la réalisais Mère y verrait une preuve de plus de mon incapacité à gouverner.

— J'espérais qu'elle serait contente d'apprendre le départ prochain de la Fédération, et que ça lui ferait oublier sa méfiance à ton égard, soupira Marguerida.

— Rien ne pourra la contenter sauf d'en voir un autre que moi occuper la place de Régis. Dani a failli devenir fou avec les suggestions qu'elle lui a faites de changer d'avis, de renoncer à la couronne Elhalyn pour assumer le Domaine Hastur, bien que le Tribunal des Cortès ait statué sur la question il y a des années. Quand ma chère mère se met une idée dans la tête, rien ne peut l'en déloger sauf le tonnerre. Dani est prêt à l'étrangler, et la pauvre Dame Linnéa semble avoir envie de se cacher chaque fois qu'elle doit la voir. *Et elle cultive le jeune Gareth, c'est visible, ce qui n'est pas bon pour lui ni pour personne d'autre.*

Donal s'éclaircit la gorge pour lui signaler une arrivée. Mikhaïl regarda par-dessus l'épaule de son jeune écuyer, et vit *Dom* Damon Aldaran et son fils Robert qui franchissaient la porte. Derrière eux venaient Dame Javanne et *Dom* Gabriel Lanart-Alton. Les joues de sa mère étaient rouges de fureur contenue, et ses yeux bleus flamboyaient d'un air résolu. Elle portait une robe verte, sa couleur préférée, avec une fraise de dentelle dorée.

Javanne foudroya *Dom* Damon, comme pour l'intimider et qu'il lui cède le pas, mais le vieil Aldaran ne l'entendit pas ainsi. Il traitait toujours Javanne comme si elle était une paysanne, et non une Hastur. D'ailleurs, *Dom* Damon était tout aussi grossier avec les autres femmes, y compris Marguerida, et Mikhaïl lui attribuait la responsabilité de bien des sottises de Gisela. Quelle bénédiction que sa sagesse des derniers jours, où elle passait son temps avec Katherine Aldaran et ne provoquait aucun problème.

Robert Aldaran lui lança un regard résigné en s'écartant pour laisser passer Javanne. Dans sa tunique brune très simple, il avait l'air hagard, et un peu embarrassé. Pourquoi avaient-ils tous les deux des parents aussi impossibles ?

Cet échange de regards réconforta Mikhaïl. Robert était un homme raisonnable, et, ces dernières années, il était devenu l'un des plus fidèles alliés de Régis et Mikhaïl au Conseil, prenant souvent le parti opposé à celui de son père. C'était une attitude remarquable, étant donné l'antipathie et la méfiance envers le Domaine Aldaran qui étaient une constante sur Ténébreuse depuis des générations. Les renversements d'alliances entre les différents Domaines stupéfiaient toujours Mikhaïl ; il ne pouvait jamais prédire ce qui en sortirait.

Il se surprit de nouveau à penser à *Dom* Francisco Ridenow et à une autre réunion dans la Chambre de Cristal, quand, dix-sept ans plus tôt, Régis avait décidé de rétablir le Conseil Comyn. *Dom* Francisco était alors l'ami de Mikhaïl, mais maintenant il était son ennemi – et tout était de la faute de Varzil ! Quand Mikhaïl et Marguerida étaient revenus du passé avec la grosse matrice du *laranzu* légendaire, tout avait changé. *Dom*

Francisco pensait que cette matrice aurait dû orner la main d'un Ridenow. Peu lui importait qu'elle ne pût pas être donnée, ni même arrachée à son possesseur sans tuer à la fois celui qui la portait et son agresseur. La matrice personnelle de Mikhaïl s'était intégrée dans la grosse, harmonisée avec ses énergies pendant tout le temps qu'il vivrait. Rien de tout cela n'avait la moindre importance pour *Dom* Francisco – il trouvait que c'était un héritage des Ridenow et qu'elle aurait dû lui appartenir.

Étant donné le passé douteux de *Dom* Francisco Ridenow, qu'on soupçonnait d'avoir trempé dans la mort de ses rivaux, un oncle et deux frères, pour le contrôle du Domaine, Mikhaïl ne pouvait que se féliciter qu'il n'y ait eu jusque-là aucune tentative contre sa vie. Mais avec la mort de Régis cela allait peut-être changer aussi. *Dom* Francisco refusait de croire que Mikhaïl était le seul à pouvoir se servir de la matrice, vu qu'elle était sertie dans une bague, et non portée autour du cou comme les autres. Et si *Dom* Francisco décidait de porter ses belles mains sur le trésor qu'il convoitait ?

Mikhaïl secoua la tête pour écarter ces vilaines pensées. Il commençait à comprendre les inquiétudes qui avaient assombri les dernières années de Régis, les craintes qui le tenaillaient alors même qu'il était entouré d'amis fidèles. Régis avait survécu à la Rébellion de Sharra, et aux tentatives des Casseurs de Monde pour détruire la planète et en prendre le contrôle. Ces expériences avaient profondément affecté sa conception du monde pendant ses dernières années. Mikhaïl n'avait nul désir d'imiter la paranoïa ou la prudence exagérée de son oncle, mais *Dom* Francisco lui donnait à réfléchir. Mikhaïl refusa de s'abandonner à son imagination, aussi tentant que ce fût. Mais c'était difficile, et il aurait préféré avoir le chef du Domaine Ridenow avec lui que contre lui.

Ce que Varzil n'avait pas prévu en renvoyant sa matrice dans le présent, c'est à quel point elle affecterait le délicat équilibre des puissances sur Ténébreuse. Mikhaïl ne l'en blâmait pas – il devait empêcher Ashara Alton de s'emparer de l'anneau. Et en cela, il avait réussi. Simplement, Mikhaïl aurait voulu que l'anneau aille à un autre, plus fort que lui – ou qu'il soit totalement anéanti. C'était un fardeau, qu'il avait accepté volontairement, mais sans bien comprendre les problèmes qu'il créerait.

Il avait acquis un grand pouvoir, pour guérir, et, il le savait, aussi pour détruire, mais cela lui avait coûté la confiance inconditionnelle de son oncle, et plusieurs amitiés auxquelles il tenait. Dame Marilla Aillard, qui avait été pour lui comme une mère quand il était l'écuyer de Dyan Ardais, avait choisi le camp de Javanne et de *Dom* Francisco Ridenow, affirmant que Mikhaïl était trop puissant pour qu'on lui fasse confiance. Cet éloignement le peinait beaucoup, et il se demandait s'il cesserait jamais. Pire, cela avait mis son ami de toujours, Dyan Ardais, le fils de Dame Marilla, dans une situation très inconfortable, et la tension qui en était résultée avait été dure pour tous deux. Mais il était certain du loyalisme de Dyan envers lui, et il compta mentalement ses alliés pour se rassurer.

Depuis des années maintenant, les murs de la Chambre de Cristal résonnaient de controverses, dont la plupart avaient pour objet Mikhaïl et son titre d'héritier désigné de Régis. Son oncle avait de moins en moins contrôlé le Conseil, et la détérioration de la situation avait ajouté à son malaise. Mikhaïl n'avait jamais rien fait pour menacer l'autorité de Régis, mais le fait qu'il avait le pouvoir de le faire avait perturbé son oncle. Personne ne semblait comprendre la nature de ce pouvoir, sauf Marguerida et Istvana Ridenow. Et ni assurances ni promesses ne parvenaient à persuader ses ennemis du Conseil qu'il ne représentait pas pour eux une menace.

Mikhaïl se laissa aller au regret d'être incompris. Les gens, lui avait souvent rappelé Lew Alton, jugeaient souvent les autres d'après ce qu'ils auraient fait eux-mêmes. Sa mère et *Dom* Francisco étaient affamés de pouvoir, et croyaient donc qu'il l'était aussi.

Beaucoup de paroles acrimonieuses avaient résonné entre les murs de la Chambre de Cristal, et maintenant, il s'était creusé entre les générations un gouffre de mauvaise volonté et de méfiance, qu'il craignait de voir se transformer en rivalités perverses et peut-être sanglantes si la Fédération se retirait. En arriveraient-ils à la guerre civile comme cela s'était produit dans le passé ? L'idée qu'il en serait peut-être responsable, que sa mère et *Dom* Francisco prendraient peut-être les armes contre lui, lui fut insupportable. Et bien qu'il n'ait jamais testé toute l'étendue des pouvoirs de sa matrice, il eut la certitude dérangeante qu'il s'en servirait pour détruire ses ennemis s'il y était forcé.

Il n'avait jamais porté un défi à l'autorité de Régis en découvrant de quoi sa matrice était capable. Au contraire, il avait suivi une voie étroite et prudente, ayant soin de ne jamais donner à son oncle de plus en plus anxieux aucune raison de se sentir menacé, tout en ménageant sa propre fierté. Maintenant, il commençait à comprendre ce que lui avait coûté ce conflit intérieur, et il se demanda s'il était vraiment de force à gouverner Ténébreuse. Il avait presque oublié ce que c'était que d'être énergique, et il aspirait ardemment à retrouver la personnalité qu'il avait lorsqu'il était plus jeune et moins incertain. Il le fallait, si Ténébreuse devait survivre ! Il n'avait pas perdu son temps pendant ces années. En étudiant avec Istvana Ridenow, il avait appris les vastes possibilités de guérison de sa matrice. Cela lui avait procuré de grandes satisfactions, jusqu'au moment où il n'avait pas pu sauver Régis. Il connaissait les tâches remarquables que Varzil Ridenow avait accomplies avec sa matrice, et il soupçonnait qu'il pourrait en faire autant. Il se demandait toujours comment cet homme avait transformé le Lac de Hali de cloaque empoisonné en ce qu'il était actuellement. Il ne savait pas comment effectuer ce changement dans les énergies, si toutefois c'était possible. Mais cela signifiait que la destruction était possible, il le savait, même dans l'acte de guérison, et cette idée l'inquiétait. De plus, le fait qu'il aurait peut-être à tester les limites de ses propres pouvoirs dans un proche avenir n'était pas une perspective réjouissante.

Mikhaïl aida Marguerida à s'asseoir dans son fauteuil, puis prit place près d'elle. Donal posa un gobelet de cidre près de sa main gauche, son jeune visage calme et rassurant. Il aurait voulu partager la sérénité apparente de son neveu. Tout ce qu'il avait à faire, c'était justifier la très haute opinion que son écuyer avait de lui. Curieusement, cette idée le fortifia et dissipa en partie ses doutes éternels. Donal disait qu'il avait étudié Danilo Syrtis-Ardais et qu'il en avait fait son modèle. C'était plein de sagesse, car Danilo semblait toujours calme. Même quand les autres élevaient la voix, il ne criait jamais et ne tapait pas du poing sur la table. Il devrait peut-être l'imiter, lui aussi.

Mikhaïl jeta un coup d'œil sur le visage de sa mère, puis sur celui de *Dom* Damon, et il réalisa qu'il aurait beaucoup plus de mal à garder son calme qu'il ne l'aurait voulu. Tous deux attendaient le combat avec impatience. Son père, *Dom* Gabriel, avait l'air vieux et fatigué, et il soupçonna que Javanne avait dû le rendre à moitié fou avec ses complots et ses intrigues. Au moins, il savait qu'il pouvait compter sur son père, quoi que déclarât sa mère dans sa rage.

Lew et Danilo Syrtis-Ardais entrèrent ensemble, suivis de près par Dani Hastur avec sa femme, Miralys Elhalyn-Hastur, à son bras. La jolie fillette qu'il avait brièvement prise en tutelle seize ans plus tôt s'était transformée en une femme d'une beauté stupéfiante, chez qui la crainte et la timidité avaient fait place à une sérénité pleine d'assurance. Elle était enceinte de son troisième enfant et rayonnante de vigueur et de santé. À l'évidence, la vie conjugale avec Dani lui réussissait, comme l'état de Sous-Gardienne à Arilinn réussissait à sa jeune sœur Valenta. Au moins, certains des assistants étaient heureux, ce dont il se réjouit, et il regretta l'absence de Valenta. C'était une femme intrépide et caustique, que Javanne n'intimidait pas le moins du monde. Mais ce jour-là, on avait besoin d'elle à la Tour pour superviser les relais, et il pria qu'aucune troupe de Baladins ne suscite d'autres problèmes.

Son frère Rafaël aida leur mère à s'asseoir, puis s'assit près d'elle. Javanne lança un regard noir à son deuxième fils, comme questionnant sa présence à la Chambre de Cristal après tant d'années d'absence. Il se félicita que Rafaël les sépare, tout en sachant que cela ne le protégerait pas de l'ire de Javanne. Puis il remarqua que *Dom* Damon fixait Rafaël, l'air assez mécontent de le voir là.

Mikhaïl se demanda pourquoi *Dom* Damon regardait son gendre d'un air furibond, quand Marguerida posa sa main gauche à la matrice fantôme sur la main droite gantée de Mikhaïl et la pressa brièvement. Ce simple geste lui apporta un réconfort important. D'autres personnes entrèrent dans la salle. *Dom* Francisco s'assit entre Javanne et Dame Marilla. Dyan Ardais hésita, puis s'assit dans l'un des fauteuils habituellement réservés aux *leroni* des Tours, laissant une place vide entre lui et sa mère d'un côté, et le siège des Alton de l'autre, déjà occupé par *Dom* Gabriel.

Danilo Syrtis-Ardais, qui s'asseyait généralement à la place occupée maintenant par Rafaël, embrassa la situation d'un coup d'œil, et s'assit entre Marguerida d'un côté et Dani et Miralys de l'autre. *Dom* Damon et Robert Aldaran prirent place entre Dyan Ardais et *Dom* Gabriel, un peu isolés par plusieurs fauteuils vides de part et d'autre. Trente personnes pouvaient s'asseoir à l'aise autour de la table, mais les Gardiennes des différentes Tours, présentes au Solstice d'Été, n'étaient pas là. Dame Linnéa s'était excusée, prétextant son affliction. Mikhaïl savait que c'était aussi par désir, qu'il partageait, d'éviter Javanne.

— Allons-nous rester plantés là comme des souches, gronda *Dom* Damon, ou en finir avec cette comédie ridicule ?

— Père ! le réprimanda Robert.

Le vieil Aldaran foudroya son fils.

– Et alors ? Nous savons tous ce que nous allons dire – on l'a répété si souvent que je pourrais te réciter par cœur tout ce qu'on va dire !

Il promena un regard furibond tout autour de la table, défiant quiconque de le contredire, et sembla déçu que tout le monde se taise.

– *Dom* Damon a raison, commença *Dom* Francisco. Nous avons dit et répété tout ce qu'il y a à dire.

Ces paroles semblèrent lui écorcher la bouche, car se déclarer d'accord avec un Aldaran sur quelque sujet que ce fût, même sur le temps, ne lui plaisait guère.

– Mais je suppose qu'il va falloir tout recommencer pour la forme.

Mikhaïl savait qu'il devait prendre les choses en main avant que les propos ne dégénèrent en vociférations et insultes ainsi que c'était devenu l'habitude au Conseil. La lassitude et un certain flou mental faillirent le terrasser un instant. Javanne avait peut-être raison – malgré son pouvoir fondé sur le *laran*, il n'était pas vraiment capable de gouverner Ténébreuse. Mais, à défaut de lui, qui succéderait à Régis ? Dani était hors de question quoi qu'imaginât Javanne, et Domenic était trop jeune. Il s'était préparé toute sa vie à assumer cette responsabilité, et maintenant que la tâche lui incombait, il était anormal qu'il ne se sentît pas à la hauteur.

Lew Alton s'assit alors près de *Dom* Gabriel, et lança à Mikhaïl un regard qui semblait refléter ses craintes et ses doutes. Lew hocha la tête, et soudain la fatigue qui paralysait Mikhaïl s'envola. Il avait l'esprit totalement clair, et s'il n'avait pas su qu'il était impossible d'utiliser le *laran* dans la Chambre de Cristal, il aurait pensé que son beau-père s'était servi du rapport forcé pour remonter son moral défaillant.

– En fait, nous avons quantité de nouveaux problèmes à traiter, et j'espère que nous éviterons nos disputes mesquines habituelles, commença Mikhaïl, s'efforçant d'imiter Danilo comme il l'avait projeté quelques minutes plus tôt.

Les joues de sa mère s'empourprèrent à cette remarque, et il sut qu'il avait marqué un point. Il eut honte du plaisir qu'il éprouva à cette petite victoire, et il l'écarta de son esprit.

— Nous savons tous, je crois, que les Terriens projettent d'évacuer Ténébreuse dans un avenir proche. Certains s'en réjouiront, je le sais, mais je trouve que c'est une réaction à courte vue. Quand la Fédération s'en ira, elle ne cessera pas d'exister pour autant, et il est peu probable qu'elle oublie l'existence de Ténébreuse. Certains pensent que ce sera le cas, mais ils se trompent !

— Que veux-tu dire, Mikhaïl ? demanda Dame Marilla de sa voix douce.

— Je veux dire qu'ils auront toujours la capacité de revenir, hostilement s'ils le décident. S'il n'y a plus d'accords ou de traités à respecter, ils peuvent se sentir libres d'agir à leur guise.

Il ne donna pas une liste des possibilités – il valait mieux laisser agir leur imagination.

— Mais pourquoi feraient-ils ça ? demanda-t-elle d'un ton perplexe.

— Parce qu'ils le peuvent, *domna*, gronda Lew. La Fédération actuelle n'est plus celle qui est arrivée sur Ténébreuse à l'époque de Lorill Hastur, et c'est une illusion dangereuse que de le nier.

— Oui, oui, tu nous dis ça depuis des années, vieux corbeau de malheur, dit sèchement Javanne. Personnellement, je ne l'ai jamais cru, et je ne le crois toujours pas.

— C'est ton droit, Javanne, et j'espère que tu ne verras jamais Ténébreuse occupée par les forces de la Fédération.

— On ne m'effraye pas facilement, affirma-t-elle, pourtant Mikhaïl lui trouva l'air hésitant.

— Un instant, dit *Dom* Francisco avant que personne n'ait pu intervenir. Nous n'avons pas encore choisi le nouveau chef du Conseil Comyn, et nous devrions le faire avant de passer à l'ordre du jour. Je propose Danilo Hastur et...

— Te crois-tu en démocratie ? gronda Lew. En tant qu'héritier désigné de Régis, Mikhaïl est chef du Conseil, et nous n'avons pas besoin de perdre notre temps à discuter de cette affaire.

Dom Francisco lança un regard en coin à Javanne, et poursuivit comme si Lew n'avait rien dit :

– Je ne suis pas d'accord. Juste parce que tu as toujours supposé que tu prendrais la place de Régis ne signifie pas que tu la prendras, Mikhaïl. La succession n'a pas été décidée. C'est pourquoi je propose de choisir Danilo Hastur comme nouveau chef du Conseil, car il a le plus de droits légitimes à nous gouverner.

Dani, généralement le plus placide des hommes, vira au rouge violacé et tapa du poing sur la table.

– Comment oses-tu faire une telle proposition, espèce de vermine !

Puis il se tourna vers sa tante Javanne, prêt à donner libre cours à tous ses griefs des derniers jours.

– C'est toi qui es derrière tout ça, mais je n'entrerai pas dans ton jeu ! Tu es une vieille intrigante égoïste, et c'est dommage que tu ne sois pas morte à la place de mon père ! Si tu crois pouvoir me manipuler, réfléchis à deux fois. Je ne veux rien avoir à faire avec toi ni avec tes projets insensés de gouverner Ténébreuse à ta guise !

Un silence gêné suivit cette sortie, même si Miralys semblait assez fière de son mari, et si Lew avait du mal à réprimer un éclat de rire devant l'ahurissement de Javanne. Mais cette femme redoutable se ressaisit rapidement, sa rougeur s'atténuant à mesure qu'elle reprenait le contrôle d'elle-même.

– Tu es encore trop affligé par la mort de ton père et tu ne sais pas ce que tu dis, c'est tout, répondit-elle, assez calme étant donné la situation.

– Rien ne parviendra donc à dégonfler la bulle de ta vanité, ma Tante ? Mon père avait à peine rendu son dernier soupir que tu proposais déjà bassement que je renie mon serment...

– Tu n'étais qu'un enfant quand tu as pris la décision de renoncer à l'héritage de Régis, et tu ne savais pas ce que tu faisais. Maintenant, tu dois accepter de te laisser guider par des têtes plus âgées et plus sages, dit Javanne.

– Que le diable t'emporte dans le plus froid des enfers de Zandru, gronda Dani, soudain livide. Tu es bien la dernière personne dont je souhaiterais qu'elle me guide.

Dom Gabriel semblait prêt à exploser, et Mikhaïl décida qu'il devait intervenir. Il parvint à saisir le regard de son père, et le vit se maîtriser au prix d'un immense effort.

– L'affaire a été réglée il y a seize ans, Mère, et tu ne peux pas la changer. L'idée que je succède à Régis te déplaît, et je le déplore, mais c'est ainsi. Je n'ai pas l'intention de démissionner, et Dani n'a pas l'intention de prendre place.

Mikhaïl fut surpris de sa fermeté et il fut assez content de lui.

– Tu n'es pas fait pour... bredouilla Javanne.

– En voilà assez, intervint Marguerida. Nous n'arriverons à rien en nous chamaillant.

– Tu ne peux pas me réduire au silence, Marguerida.

– Oh si, je *peux*, et je le *ferai* si tu continues à être insupportable.

– Insupportable ! s'écria Javanne, outrée. Comment oses-tu ?

– Tu ne m'importes pas plus qu'un moustique ! dit Marguerida, caustique, réglant tous ses vieux comptes en quelques mots.

C'en était trop pour Lew Alton, qui s'efforça de dissimuler son rire en feignant une quinte de toux. Mais au-dessus de la main dont il se couvrait la bouche ses yeux pétillaient d'amusement, et Mikhaïl regretta de ne pas pouvoir se permettre de savourer comme lui ce moment. Même *Dom* Gabriel semblait d'humeur moins orageuse, et il lança un regard approbateur à Marguerida.

Mikhaïl prit une profonde inspiration et dit :

– Nous ne sommes pas ici pour débattre de celui qui gouvernera Ténébreuse dans l'avenir. Si certains imaginent qu'ils en ont le droit, ils se trompent.

Il se sentait choisir ses mots comme l'aurait fait Danilo, comme si le manteau de l'écuyer de Régis le protégeait.

– Le problème qui se pose à nous est le départ de la Fédération. Oui, je sais que certains d'entre vous ne considèrent pas cela comme un problème, mais vous ne connaissez pas tous les faits.

Du coin de l'œil, Mikhaïl vit l'expression de Danilo et il s'en amusa intérieurement.

– Quels faits nous as-tu donc cachés? demanda Dame Marilla d'un ton méfiant.

– L'insinuation me déplaît, Dame Marilla, mais je n'en tiendrai pas compte. Nous savons tous que la Fédération projette de se retirer dans quelques semaines, mais vous ne savez pas la raison de ce départ. Le parlement, dont Lew et Hermès ont été membres, a été dissous – et ça change tout!

– Qu'est-ce que cela a à voir avec Ténébreuse? questionna *Dom* Damon, l'air sincèrement perplexe.

– De même que le Conseil Comyn joue le rôle de conseiller auprès du souverain de Ténébreuse, le parlement contrôlait le chef de la Fédération, dit Lew, comme s'il parlait à un enfant, et à un enfant pas trop brillant, en plus. Sans ce contre-pouvoir, le Premier Ministre peut faire pratiquement ce qui lui plaît – et d'après ce que nous avons pu apprendre, elle gouverne la Fédération par décrets à l'heure actuelle. C'est de la tyrannie pure et simple!

– Je le répète: qu'est-ce que ça a à voir avec Ténébreuse? gronda *Dom* Damon, foudroyant Lew.

– Je proteste!

Dom Francisco tapa du poing sur la table, ses joues pâles rouges de colère.

– Nous n'avons pas réglé le problème du chef du Conseil, et tant que ce n'est pas fait, tout le reste est...

À cet instant, il y eut un bruit de pas, et Gareth Elhalyn entra. Il regarda ceux qui se retournaient vers la porte, et sourit.

– Qu'est-ce que tu fais là? lui demanda son père.

– Il vient à mon invitation, répondit Javanne avant que Gareth n'ait pu ouvrir la bouche.

Elle avait l'air très fière d'elle et ses yeux brillaient de plaisir. Mikhaïl se dit que si elle avait été un chat elle aurait eu la bouche pleine de plumes.

– Par tous les... commença Dani.

– Il n'a rien à faire ici, car il n'a pas encore été déclaré héritier de Dani, dit sèchement *Dom* Gabriel, gratifiant son épouse d'un regard furieux. Où as-tu la tête, femme ?

– Assieds-toi, Gareth, dit Javanne, ignorant ces interventions et lui montrant les fauteuils vides.

Maintenant, le jeune homme avait l'air embarrassé et hésitant, mais il s'assit entre sa mère et Lew Alton.

– Je suis arrivée à une conclusion évidente, dont je m'étonne que personne n'y ait pensé, commença Javanne, embrassant les assistants du regard, l'air dédaigneux, comme s'ils étaient tous stupides, sauf elle.

– Et quelle peut-elle bien être, ma cousine ? demanda Lew, avec cette insolence suave qui ne manquait jamais d'irriter Javanne.

– Puisque Mikhaïl est manifestement trop puissant pour gouverner Ténébreuse, puisque son fils aîné est *nedesto*, et que Dani refuse de faire son devoir, nous devons donc tomber d'accord pour que l'héritier légitime soit Gareth Elhalyn – et il ne nous restera plus qu'à lui choisir un tuteur jusqu'à sa majorité.

Elle fit une pause et reprit avec moins d'assurance :

– Je crois que *Dom* Francisco...

– C'est insensé ! s'écria Gabriel Lanart-Alton, sa voix se réverbérant sur les grosses matrices du plafond. La vie de Gareth ne vaudrait pas un sekal avec Francisco comme régent !

Cette déclaration fut suivie d'un silence accablé, vu que *Dom* Gabriel venait d'exprimer l'impensable. Conscient d'être maintenant le centre de l'attention, il reprit :

– Je m'excuse du comportement insensé de ma femme – j'ignorais tout de son plan jusqu'à cet instant, sinon j'aurais mis bon ordre à ces extravagances ! Crois-moi, mon fils, je n'ai rien à voir avec cette proposition, ajouta-t-il, l'air accablé et honteux.

— Je ne l'ai jamais pensé, répondit calmement Mikhaïl, se contrôlant d'une main de fer. Le mieux et le moins embarrassant, ce serait que Gareth s'en aille, vu qu'il n'a aucun droit d'être ici.

— Tu as volé ma place et je veux la reprendre, annonça Gareth, foudroyant Mikhaïl.

— Tu es beaucoup trop jeune pour comprendre, Gareth, dit Dani. Mikhaïl a raison : tu ne devrais pas être là.

— Pas étonnant qu'il t'ait persuadé de renoncer à l'héritage des Hastur ! Tu es faible et mou, Père, et tout le monde le sait ! dit Gareth, regardant son père avec mépris et se penchant pour voir sa mère.

Miralys saisit ses cheveux d'or d'une main ferme et lui ramena la tête en arrière, la cognant contre le dossier du fauteuil.

— Comment oses-tu parler ainsi à ton père ? dit-elle, le giflant à toute volée. Maintenant, lève-toi et sors d'ici, avant que je te fasse traîner dehors par les Gardes ! Je n'ai jamais eu si honte de ma vie !

Refoulant ses larmes, le garçon se leva.

— Je reprendrai ma place légitime, et personne ne m'arrêtera. *Je serai roi !*

Il pivota sur les talons, et sortit presque en courant, jurant entre ses dents :

— Que le diable t'emporte, Javanne Hastur, tu m'avais promis !

Miralys et Mikhaïl échangèrent un bref regard, et elle se mordit les lèvres pour retenir une exclamation. Ils avaient tous deux entendu ces paroles, autrefois, de la bouche de Vincent Elhalyn, son frère. Et, à son expression, Mikhaïl sut qu'elle redoutait la même instabilité mentale chez son aîné. Parfois, cette tare des Elhalyn mettait longtemps à se manifester, et Mikhaïl espéra que le comportement du garçon était un signe de son ambition, nourrie par la traîtrise de Javanne, et non l'indice de quelque chose de plus dangereux.

– J'espère que tu es contente de toi, Mère, dit Mikhaïl.

Javanne tremblait de rage et de frustration, mais aussi, elle semblait incapable de comprendre pourquoi son plan avait échoué de façon si spectaculaire.

Du regard, Mikhaïl fit lentement le tour de la table, évaluant l'expression de tous les visages stupéfaits. Même *Dom* Francisco semblait énervé, passant une main dans ses cheveux clairs et tambourinant de l'autre sur la table. À son air embarrassé, Mikhaïl comprit qu'il ignorait le plan de Javanne pour le faire nommer régent jusqu'à la majorité de Gareth. *Dom* Francisco était assez malin pour savoir qu'une telle nomination n'avait aucune chance d'être acceptée par le reste des Domaines, et il ne l'aurait jamais proposée lui-même. Après quelques secondes, *Dom* Francisco se retourna pour dévisager Javanne, et il n'y avait aucune aménité dans son regard.

Mikhaïl réprima une soudaine envie de rire, de se convulser hystériquement, puis de rassembler sa femme et ses enfants et de s'envoler sur une lune. Liriel, peut-être. Sa mère n'avait jamais eu de pire ennemi qu'elle-même, et voilà qu'elle était parvenue à donner ce rôle à *Dom* Francisco. L'ironie était impayable.

Mais il parvint à se maîtriser suffisamment pour continuer à examiner les visages. Certains étaient manifestement choqués et outrés, mais d'autres avaient un air méditatif dont il ne sut d'abord que penser. Puis il comprit que *Dom* Damon et *Dom* Francisco se demandaient comme utiliser cet incident à leur avantage. Il savait que ces hommes étaient ses adversaires, même s'ils n'étaient pas alliés entre eux. Mikhaïl sentit qu'il pourrait les manipuler, car il avait appris à les connaître au cours des ans. Un regard sur Robert Aldaran lui apprit que ces mêmes pensées lui étaient venues, et qu'il essaierait de neutraliser son père.

– Quand as-tu appris que la Fédération avait dissous le parlement, Mikhaïl ? demanda Dame Marilla, s'efforçant à l'évidence de reprendre la situation en main.

– Depuis quelques jours, dit Mikhaïl. En fait, depuis l'arrivée d'Hermès Aldaran. Peu après, tout le personnel ténébran a été renvoyé du QG. C'est l'un des problèmes dont je voulais discuter ici avant que nous soyons distraits par d'autres matières.

Le son de sa voix le surprit, car on aurait pu croire que c'était Régis parlant de sa manière personnelle, tançant ses adversaires comme un père sévère, mais juste. Et à la façon dont Javanne se raidit, elle avait sans doute remarqué cette ressemblance et n'en eut pas l'air ravie.

– Où est Hermès ? demanda *Dom* Damon d'un ton querelleur. J'ai interrogé plusieurs personnes, y compris cette Terranane qu'il a épousée, mais personne ne veut rien me dire. Même Gisela ne semble pas savoir où son frère a disparu, termina-t-il, avec un regard pénétrant à Rafaël.

– Oui, Mikhaïl, où est-il ? intervint Javanne d'un ton suave.

Mikhaïl regarda Lew, qui haussa les épaules.

– Présentement, il s'acquitte d'une mission pour moi, répondit-il, se félicitant que la construction de la Chambre de Cristal les empêchât tous de lire dans son esprit. Il s'est porté volontaire, et cela nous a semblé la meilleure solution.

– Il s'est porté volontaire ? Pour quoi faire ? Quand ? Pour quelle raison ? dit Javanne, bien résolue à aller au fond des choses. Il a assisté au banquet il y a trois jours, puis il s'est évanoui.

– Je n'y comprends rien, grommela *Dom* Damon.

Mikhaïl soupesa mentalement le pour et le contre, et décida qu'il valait mieux leur jeter un os à ronger, ne fût-ce que pour les distraire.

– Hermès a le Don des Aldaran et il a eu une vision prémonitoire – il a quitté la Fédération juste avant que Nagy, le Premier Ministre, annonce la dissolution du parlement. Il a emmené avec lui sa femme et ses enfants, se doutant qu'il n'y reviendrait pas de longtemps. Quand le Chef de Station a réalisé qu'Hermès était sur Ténébreuse, il a lancé un mandat d'arrêt contre lui, le déclarant ennemi de l'État – distinction unique dans l'histoire de Ténébreuse, mais dont Hermès se serait bien passé, j'en suis sûr.

Il y eut des murmures autour de la table, et quelques gloussements discrets.

– Lyle Belfontaine a eu l'audace de m'adresser un message, exigeant que je lui livre Hermès, en vue de son arrestation et de sa déportation. Ou, pour être exact, il a adressé le message à Régis, ne sachant pas alors qu'il était mort. Je l'ai ignoré, n'ayant nulle intention de livrer à personne un citoyen de notre monde. Mais Hermès a pensé préférable de ne pas rester au Château, pour ne pas causer de problèmes supplémentaires.

Lew adressa à Mikhaïl un regard approbateur et réconfortant à l'audition de ce mélange de vérités et de demi-mensonges. Tous les autres, occupés à assimiler ces révélations, s'abstinrent de commentaires pendant quelques instants de silence reposant, et Mikhaïl se permit un mouvement de satisfaction intérieure.

– Je n'en crois pas un mot ! tonna *Dom* Damon, à l'évidence stupéfait et outré. Belfontaine n'arrêterait jamais mon fils !

Mikhaïl tira une mince feuille de son aumônière et la fit passer autour de la table.

– Voilà le mandat d'amener.

Dom Damon l'approcha de ses yeux myopes.

– Canaille de traître !

– Je ne réalisais pas que tu connaissais si bien Belfontaine, remarqua calmement Danilo Syrtis-Ardais avec un regard pénétrant à *Dom* Damon.

– Je ne dirais pas que nous nous connaissons bien, tonitrua le Seigneur Aldaran, mais, contrairement à vous, j'ai toujours conservé quelques liens avec les Terranans, et d'autant plus qu'ils sont actuellement assez nombreux à vivre sur le Domaine Aldaran.

– Combien, au juste ? demanda Mikhaïl.

Régis n'avait jamais pu obtenir de lui une estimation chiffrée, ce qui le contrariait énormément.

– Oh, je ne sais pas au juste ; je ne me préoccupe pas de ces choses-là, dit-il, l'air plus réservé que jamais.

Robert Aldaran regarda son père avec étonnement.

– En ce moment, il y a approximativement cinq cents citoyens de la Fédération à Aldaran, dont la plupart techniciens dans différentes branches. Ce nombre comprend une cinquantaine de conjoints. Il y a un petit contingent d'ethnologues et d'anthropologues, qui ne font pas grand-chose à ma connaissance, à part irriter les gens en leur posant des questions bizarres sur toutes sortes de choses qui ne les regardent pas. Et il y a environ soixante-quinze soldats, bien que je soupçonne depuis quelque temps que beaucoup de techniciens sont des combattants déguisés.

Dom Damon lança à son fils aîné un regard d'hostilité non dissimulée, puis il secoua le papier qu'il avait à la main.

– Je ne comprends pas ça ! Pourquoi diable Belfontaine irait-il lancer un mandat d'arrestation, surtout contre l'un de mes fils ?

– Quel meilleur moyen de provoquer un incident, et de justifier des mesures qui seraient interdites sans ça ? répliqua Lew, presque avec suffisance, comme s'il venait de marquer un point contre l'Aldaran. Dans le passé, il est arrivé à Belfontaine d'outrepasser ses ordres par ambition, et je suis certain qu'il n'est pas de son goût de partir de cette façon, en ce moment précis.

– Par l'enfer le plus froid de Zandru, que veux-tu dire par là ? gronda *Dom* Damon, l'air plus confus et anxieux d'instant en instant.

– Eh bien, au cas où nous ne livrerions pas Hermès, il pouvait trouver justifié d'attaquer le Château Comyn. La loi est plutôt ambiguë quant aux droits des citoyens des Planètes Protégées, ce qui signifie que Belfontaine aurait pu décider de l'interpréter à son avantage, dit Lew, l'air lugubre. Nous ne pouvons faire que des conjectures, j'en ai peur, mais je sais de source sûre que Belfontaine expédie des messages frénétiques à ses supérieurs, et qu'à ma connaissance, ils n'ont pas répondu. Je crois qu'il voudrait obtenir l'autorisation d'utiliser la force contre nous.

– Alors, tu es devenu fou ! Pourquoi voudrait-il faire quelque chose d'aussi bête ?

Le teint de *Dom* Damon avait pris une couleur alarmante, si violacée qu'il devait friser l'apoplexie. Mais il n'avait pas l'air d'un homme qui médite une trahison. Quel que fût son plan, il n'avait rien à voir avec l'embuscade qui les attendait peut-être sur la route. Il se permit de savourer un instant de soulagement.

– Espérons que tu es dans le vrai, étant donné ta plus grande connaissance de la Fédération, *Dom* Damon, dit lentement *Dom* Francisco en fronçant les sourcils. Mais, s'il est acculé au désespoir, qui sait ce qu'il peut décider ? Allons-nous nous tourner les pouces en attendant qu'il passe à l'action ?

– Certainement pas, répondit Danilo. La Garde de la Cité et la Garde du Château sont en état d'alerte. Récemment, la Fédération a tenté par différents moyens de susciter des troubles sur Ténébreuse, jusque-là sans beaucoup de succès. Le moulin à ragots de Thendara est pratiquement muet au sujet de la Fédération, mais plein de curiosité au sujet de... peu importe.

Il se tut, semblant trouver qu'il en avait trop dit, mais comme personne ne lui posait de question, il reprit :

– S'il y a une attaque, elle viendra d'une autre direction.

– Et qu'est-ce qu'on fait au juste pour la prévenir ? demanda sèchement Javanne, s'adressant personnellement à Danilo.

Mikhaïl regarda Lew, car, en compagnie de Danilo, ils avaient passé des heures à discuter de la façon de présenter le complot au Conseil. Lew eut un de ses éloquents haussements d'épaules et répondit :

– D'abord, nous avons commencé à arrêter les troupes de Baladins, car certains indices donnent à penser que la Fédération les utilise comme agents ou espions.

– Les Baladins ! Je n'en crois pas mes oreilles ! Veux-tu sérieusement nous faire croire que ces bandes d'histrions représentent une menace pour les Comyn ? dit-elle d'un ton triomphal, comme si elle venait de marquer un point.

Dom Damon eut l'air alarmé à cette révélation, car tout le monde savait que plusieurs troupes de Baladins avaient passé l'hiver à Aldaran. Quand même, son visage n'affichait aucun signe de culpabilité, mais le sang s'était retiré de ses joues, maintenant très pâles.

– Des agents ? Des espions ? As-tu perdu l'esprit ?

– Pas du tout. Nous avons déjà découvert un espion parmi les Baladins, et qui sait combien d'autres il y en a ? Te rappelles-tu l'émeute du Marché aux Chevaux au Solstice d'Été ? Eh bien, elle était provoquée par les Baladins – nous le savons maintenant, même si nous l'ignorions alors. Mais le danger a été écrasé dans l'œuf, leur dit Mikhaïl.

Toutes les troupes près des Tours avaient été arrêtées depuis qu'il avait reçu la communication de Domenic, deux jours plus tôt, mais celles qui se trouvaient en des lieux plus écartés restaient libres de provoquer tous les troubles qu'elles voulaient. Pourtant, si son fils ne se trompait pas, il était probable que les Baladins étaient eux-mêmes des dupes innocentes, et qu'aucune troupe ne comptait plus d'un ou deux espions dans ses rangs, et encore.

– Des Baladins ! C'est d'un ridicule achevé ! Tu inventes cette histoire ! dit sèchement Javanne. Je ne sais pas où tu as la tête pour nous raconter de telles fariboles et...

– *Silence !* rugit *Dom* Gabriel. Si tu dis un mot de plus contre Mikhaïl, femme, je te sors d'ici en te traînant par les cheveux !

La mâchoire de Javanne s'affaissa, dérangeant sa fraise. Puis elle pinça les lèvres, foudroya son mari et se tut, traumatisée. Mais elle se ressaisit bientôt, l'air vieux et hagard, mais déterminé ; elle articula lentement et avec difficulté :

– Fils ou pas, je ne te permettrai pas de prendre la place de mon frère !

Mikhaïl prit une profonde inspiration et embrassa la table du regard.

– Entendons-nous bien sur ce point. Je suis l'héritier de Régis, et je ferai ce qu'il voulait que je fasse. La question ne fera pas l'objet d'autres discussions. Je ne perdrai pas mon temps à débattre de mes compétences avec ceux qui s'imaginent être plus sages ou avoir plus à cœur le bien de Ténébreuse. Le moment est mal choisi pour nous quereller.

Dame Marilla s'éclaircit la gorge.

– Je me vois obligée d'en disconvenir, *Dom* Mikhaïl. Tu es trop influencé par Lew Alton et par ta femme, et tout le monde le sait. J'ai peur que la question ne doive être débattue et qu'à la fin tu sois contraint de t'écarter.

Elle parlait d'une voix douce, comme toujours, et elle semblait avoir préparé son intervention avec soin.

C'en était trop pour Dyan Ardais, qui prenait rarement la parole aux réunions du Conseil.

– En faveur de qui, Mère ? As-tu complètement perdu l'esprit ?

Dame Marilla sembla surprise, car ce n'était pas souvent que son fils s'opposait ouvertement à elle au Conseil.

– Eh bien, d'une régence, bien sûr... jusqu'à ce que Rhodri... ou peut-être Gareth...

– Ah, ainsi, c'est ce que tu as décidé, ricana Dyan avec mépris. Pardonne à ma mère, Mikhaïl. C'est l'idée la plus stupide que j'aie entendue depuis des mois et je devine facilement d'où elle vient. Je te signale que Mikhaïl a désigné Domenic pour son héritier quand il a atteint sa majorité au Solstice d'Été ; il n'est donc pas question...

– Domenic ne doit pas avoir accès à la succession, et Mikhaïl non plus, dit Javanne d'une voix ferme et convaincue.

Malgré le témoignage de nombreux *leroni* l'ayant assurée que l'étrange aventure de Mikhaïl et Marguerida dans le passé avait eu lieu réellement, elle refusait de croire que son petit-fils était légitimement issu de leur mariage. Elle s'était mis dans la tête que Domenic était *nedesto* et rien ne pouvait l'en faire démordre.

Le cœur gros, Mikhaïl se sentit pris de nausée. Il désirait son approbation et son soutien, et se demandait pourquoi elle le haïssait tant. Enfin, ce n'était peut-être pas lui qu'elle haïssait, mais le fait qu'elle ne pouvait pas l'influencer, le forcer à suivre ses propres plans. Mais elle haïssait sa femme et son fils aîné, et c'était presque plus qu'il n'en pouvait supporter.

– Aucun d'entre vous ne comprend rien, et vous me prenez pour une vieille folle, s'exclama Javanne d'une voix angoissée. Régis ne devait pas avoir tout son bon sens quand il a fait de Mikhaïl son héritier – c'est impossible ! Mikhaïl doit avoir usé de ses pouvoirs pour...

Sa voix défaillit et elle se mit à sangloter.

Tout le monde avait les yeux fixés sur Mikhaïl, évitant de regarder Javanne. À la fois embarrassé et rageur, il sentit son visage s'empourprer et ses mains se mirent à trembler. Jusque-là, personne ne l'avait jamais ouvertement accusé d'utiliser sa matrice à son avantage, même s'il savait que l'idée était venue à certains. L'antique bracelet *di catenas* cliqueta contre la table tandis qu'il cherchait à maîtriser sa colère, à éviter de faire quelque chose qu'il regretterait plus tard. Son cœur se serra à l'idée que sa mère avait si mauvaise opinion de lui, qu'elle le croyait capable d'une telle infamie.

De nouveau, Marguerida posa sa main gauche sur la main droite de son mari, et, malgré les amortisseurs télépathiques, il sentit sa puissance de guérison l'envahir. Son sang cessa de rugir dans ses veines, et sa respiration retrouva son rythme normal. Il regarda sa mère, *Dom* Francisco Ridenow et Dame Marilla, tous ligués contre lui. Puis son regard s'arrêta sur *Dom* Damon, et il faillit baisser les bras et sortir en rage.

– Y en a-t-il d'autres qui imaginent que j'ai influencé Régis dans sa décision ? demanda-t-il, surpris de parler d'une voix aussi ferme et égale.

– C'était très commode pour toi, n'est-ce pas, que Dani renonce à ses droits et accepte le Domaine Elhalyn juste après ta réapparition avec cette histoire fantastique et ce que tu prétends être la matrice de *mon* ancêtre ? remarqua *Dom* Francisco, embrassant la table du regard, et lui-même cible de tous les yeux. Et Dani était très jeune, et donc très malléable.

Sa voix était pleine d'insinuations, et Mikhaïl eut envie de le frapper.

Dani Hastur le foudroya et faillit s'étrangler de rage.

— Comment oses-tu parler ainsi ? Existe-t-il une seule pensée perverse que tu n'entretiennes pas ? Bientôt, tu vas prétendre que Mikhaïl a quelque chose à voir avec la mort de mon père, gronda-t-il.

Il porta la main à la poignée de sa dague, mais Miralys lui toucha le bras, et il la lâcha.

Dom Francisco eut un sourire pincé.

— Ainsi, l'idée t'est venue à toi aussi ? dit-il, essayant de créer une impression de connivence avec le fils de Régis. Ce devait être dur d'attendre la mort de Régis, vu qu'en général les Hastur vivent très longtemps.

Danilo Syrtis-Ardais remua dans son fauteuil, se pencha pour bien voir *Dom* Francisco, et dit :

— C'est la chose la plus scandaleuse que j'aie jamais entendue. J'étais avec Régis lorsqu'il a eu son attaque, et il n'y avait en elle rien de surnaturel. Mais cela nous renseigne sur la nature de tes pensées, Francisco. Je n'aurais jamais imaginé que tu avais l'esprit si pervers.

Si ces paroles l'affectèrent, *Dom* Francisco ne le montra pas, mais il poursuivit à voix basse, comme pour persuader ses auditeurs de la validité de ses soupçons.

— Nous ne savons pas vraiment ce que Mikhaïl peut faire avec sa matrice, n'est-ce pas, *Dom* Danilo ? Et même toi, tu as pu te faire duper de bonne foi.

De nouveau, Dyan Ardais tapa du poing sur la table.

— Tiens ta langue dans ta bouche, Francisco, ou je te l'arracherai de ma propre main ! Mikhaïl n'a jamais rien fait aux autres, sauf pour les guérir.

— Alors, pourquoi Régis est-il mort ? Si Mikhaïl est si puissant, pourquoi n'a-t-il pas pu le guérir ? Ta fidélité à Mikhaïl te fait honneur, *Dom* Dyan, mais elle t'aveugle également.

– Et tu crois sans doute que je ne me serais pas aperçu de quelque chose de suspicieux, Francisco ? gronda Danilo Syrtis-Ardais avec dédain. Tu crois que je suis aveugle, moi aussi ? Mais étant donné la façon dont tu t'es emparé du gouvernement de ton Domaine, de telles pensées sont naturelles, bien sûr.

Un silence de mort tomba sur l'assistance, et tous fixèrent *Dom* Francisco, même Dame Marilla, son alliée habituelle. Tous avaient nourri des soupçons sur la mort de ceux qui se dressaient sur le chemin de *Dom* Francisco, mais personne n'avait jamais dit ouvertement qu'il y avait trempé. Il eut un mouvement de recul, et il pâlit, réalisant qu'il était allé trop loin.

Dom Damon étrécit les yeux, comme cherchant à tirer avantage de ce conflit. Puis son visage s'éclaircit.

– Tout en étant certain que Mikhaïl n'a rien fait à son oncle, nous ne pouvons pas prétendre être absolument libres de tout soupçon. Et nous devons nous rappeler que Mikhaïl n'est pas le seul Hastur – il a deux frères plus âgés que lui, qui pourraient facilement...

– Assez ! dit Rafaël, prenant la parole pour la première fois. Je n'ai aucune ambition de gouverner Ténébreuse, et mon frère Gabriel a si peu d'intérêt pour la politique qu'il ne s'est même pas donné la peine de venir au Conseil. Si tu dis un mot de plus contre mon frère, *Dom* Damon, je me ferai un plaisir de t'enfoncer les dents dans la gorge. J'en ai envie depuis des années.

– Quoi – et tu me priverais de ce plaisir ? lança Robert de l'autre côté de la table, découvrant les dents comme un loup défiant un rival. La succession a été décidée depuis longtemps, et pas dans un moment d'égarement comme l'insinue la chère sœur de Régis. Ce n'est pas le moment de la changer.

Mikhaïl sentit un grand froid s'emparer de lui, comme si un vent violent des Heller lui traversait le corps. Il savait depuis longtemps qu'il suscitait la rancœur et la crainte, mais cet assaut continu de sentiments violents minait ses forces. Le désespoir germa et s'épanouit dans son esprit. Comment pouvait-il espérer diriger les

Domaines, s'il ne parvenait même pas à contrôler une réunion du Conseil ?

Soudain, un grand bruit retentit, et les grosses matrices-pièges du plafond résonnèrent comme des carillons. Tout le monde leva les yeux, et il y eut une explosion de bruit et de lumière aveuglante. Les gemmes étincelantes se brisèrent en mille éclats, qui se dispersèrent, se cassant en fragments minuscules lorsqu'ils heurtaient les murs. Tous eurent un mouvement de recul instinctif, et Dame Marilla fit mine de se cacher sous la table avant de se ressaisir.

Un Garde cria près de la porte, et Mikhaïl entendit que Donal courait, se jetait sur lui, le protégeant de son corps. Il sentit l'haleine tiède de son neveu sur sa joue.

Un grand vent se leva, soulevant les vêtements et les cheveux, enlevant aux femmes leurs barrettes, et aux hommes leurs dagues, comme si ce n'étaient que fétus de paille. Une violente traction s'exerça sur le poignet de Mikhaïl, et, les yeux arrondis d'étonnement, il vit son gant quitter sa main et s'envoler. Une petite tornade forma un entonnoir au plafond, puis elle changea de direction, emportant les débris qu'elle avait rassemblés. Finalement, l'étrange tourbillon se jeta contre le mur du fond, tous les débris retombant bruyamment sur le sol.

Le silence qui suivit ne fut brisé que par des halètements et quelques cris. Ils contemplaient tous les dégâts, muets de stupeur. La matrice de Mikhaïl frémissait à son doigt et lançait des éclairs.

– Qu'est-ce encore que cette friponnerie ? cria *Dom* Francisco, montrant la main de Mikhaïl.

Avant que quiconque ait pu parler, un nuage brillant s'éleva de la matrice, flotta jusqu'au milieu de la table, où il continua à planer à un pied du plateau sculpté. Puis il se mit à tourner sur place en un mouvement tourbillonnaire hypnotique. Mikhaïl en resta bouche bée d'étonnement. Les autres assistants étaient aussi stupéfaits que lui, mais il était certain qu'ils allaient l'accuser de quelque supercherie dès qu'ils retrouveraient leurs esprits. Maintenant, la sensation de froid avait disparu, mais il avait l'esprit engourdi.

– BANDE D'IMBÉCILES ! JE NE SUIS PAS ENCORE DANS LA TOMBE QUE VOUS TENTEZ DÉJÀ DE METTRE TÉNÉBREUSE EN PIÈCES AVEC VOS AMBITIONS. QUELLE HONTE !

– Père ?

Régis Hastur n'avait jamais parlé si fort, mais sa voix était très reconnaissable.

– MON FILS, JE REGRETTE DE NE PAS T'AVOIR VRAIMENT DIT ADIEU. L'ESPRIT LE DÉSIRAIT, MAIS LA CHAIR ÉTAIT BEAUCOUP TROP FAIBLE.

– Comment es-tu entré dans la matrice de Mikhaïl ?

Mikhaïl fut content que Dani pose la question, parce que en cet instant il semblait avoir perdu la faculté de parler.

– VARZIL RIDENOW M'ENVOIE DU SURMONDE POUR QUE VOUS CESSIEZ DE VOUS CONDUIRE COMME UN TROUPEAU D'ÂNES BÂTÉS. LA MATRICE N'A ÉTÉ QU'UNE COMMODITÉ. JE CROIS, MAIS JE NE SUIS PAS SÛR, QU'IL ÉTAIT FURIEUX DE VOIR QUELQU'UN DE SA LIGNÉE AGIR COMME LE FAIT FRANCISCO. FERME LA BOUCHE, MIKHAÏL, ON DIRAIT UNE TRUITE ACCROCHÉE À L'HAMEÇON.

La boule de lumière commença à se déplacer, et se rua d'abord sur Lew Alton et se posa sur son front. Le vieux visage balafré prit une expression extatique, inondé de larmes qui s'écoulaient dans les sillons des cicatrices et des rides. Puis elle passa à *Dom* Gabriel, le laissant frappé de stupeur, mais pas désemparé. La boule lumineuse continua son circuit dans un silence de mort, touchant d'abord les deux Aldaran, puis Dyan Ardais et sa mère.

Dom Francisco Ridenow se renfonça dans son fauteuil, tremblant malgré tous ses efforts pour se maîtriser. Quand le nuage lumineux arriva sur son visage, une expression horrifiée convulsa ses traits, et il poussa un cri de terreur pure. Il leva la main comme pour écarter la lumière, puis la rabaissa vivement comme si elle l'avait brûlé. Elle s'accrocha au Ridenow pendant ce qui sembla une éternité, et quand elle se retira, *Dom* Francisco s'affaissa en avant sur la table.

Javanne Hastur, très raide, attendit sans manifester aucune crainte. Quelque chose dans son attitude affirmait sa résolution de ne pas prêter la moindre attention à ce qu'elle allait vivre, et quand la lumière fut enfin sur elle, elle ne bougea pas. Puis elle serra les poings sur la table, et l'indifférence de son visage s'estompa, remplacée par la colère, comme si elle se querellait avec son défunt frère et qu'elle n'eût pas le dessus.

– Comment as-tu pu, Régis ? Comment ? murmura-t-elle enfin, comme la boule d'énergie s'éloignait.

Donal recula après avoir lâché Mikhaïl qui attendit son tour, trop fatigué pour éprouver la moindre peur. Ce qu'il ressentit, il ne put jamais bien le décrire par la suite, mais il eut l'impression d'une immense affection fortifiante, qui l'étreignit tout en l'examinant sans indulgence. C'était comme si toutes ces dernières années n'avaient jamais existé. Il n'y avait plus rien de l'anxiété et de la méfiance qui avaient attristé Régis et Mikhaïl, pas de reproches ni d'acrimonie. La souffrance passée s'était évanouie comme si elle n'avait jamais existé.

Mikhaïl nota à peine les réactions des autres membres du Conseil, sauf que Danilo Syrtis-Ardais souriait, et que Dani et Miralys pleuraient. Enfin, il se ressaisit assez pour se tourner vers Marguerida. Ses yeux brillaient de larmes contenues, et son visage avait une sérénité qu'il ne lui avait jamais vue.

Le nuage revint au centre de la table, et se remit à changer une fois de plus, se repliant sur lui-même jusqu'à n'être plus qu'une étincelle planant au-dessus du bois poli. Puis l'étincelle fila vers l'anneau, et le froid que Mikhaïl avait ressenti auparavant, le pénétra de nouveau et disparut une seconde plus tard. Son cœur se serra à l'idée que Dame Linnéa n'avait pas été là pour vivre ce dernier adieu, puis la pensée s'évanouit.

Mikhaïl s'aperçut que Dani le regardait, et réalisa alors que, sans les amortisseurs télépathiques, son cousin devait avoir perçu les regrets qu'il éprouvait pour Dame Linnéa. Effectivement, il recevait maintenant les pensées superficielles de tous ; le silence mental auquel il était habitué dans la Chambre de Cristal n'existait plus. Puis, comme les autres faisaient la même constatation, il sentit avec soulagement qu'ils relevaient leurs écrans mentaux.

Ils se mirent tous à parler en même temps, comme par accord tacite ; ils ne voulaient pas utiliser leur *laran* pour le moment. Mikhaïl ne fit aucun effort pour les faire taire, trop occupé à organiser ce qui avait été introduit dans sa tête. Il n'avait pas seulement reçu la confirmation de l'immense affection et de la confiance que Régis lui portait, mais aussi un énorme jaillissement de pensée, d'émotions et de connaissances qui le laissait abasourdi. Il tendit la main, prit le verre de cidre que Donal lui avait servi, et le vida en trois traits.

Il savait maintenant pourquoi Régis était mort si jeune – quand il avait manié l'Épée d'Aldones pendant la Rébellion de Sharra, il en avait payé le prix par une vie plus brève ; cette même force qui avait blanchi ses cheveux de jeune homme avait aussi enlevé des décennies à son existence. Il avait envie de pleurer de soulagement à cette confirmation qu'il avait fait tout ce qui était en son pouvoir pour sauver son oncle, mais il se retint. Il se concentra plutôt sur l'importance de tout ce que lui avait communiqué Régis par ailleurs, et surtout sur le fait qu'il devait avertir le Conseil du complot contre sa vie, immédiatement et sans réserves.

Mikhaïl regard Lew, et sut à son expression que Régis lui avait dit à peu près la même chose. Alors, il embrassa l'assemblée du regard, et, lentement, les bavardages cessèrent ; tous les yeux étaient fixés sur lui. Il prit une longue inspiration. Régis avait raison. Retarder davantage le ferait paraître faible. Il devait prendre la situation en main maintenant, sans égard pour ce qu'il ressentait. Si seulement il parvenait à trouver les mots justes pour leur faire oublier leurs intérêts mesquins, et les faire travailler ensemble.

Puis il leva les yeux sur les vestiges des matrices-pièges au-dessus de sa tête et rit intérieurement. Maintenant, il serait très difficile de garder un secret, et il ne savait pas s'il fallait s'en réjouir ou le déplorer. Son hilarité intérieure perturba plusieurs des assistants, mais il refusa de la réprimer.

Finalement, il retrouva son sang-froid.

– Nous avons déjà perdu trop de temps à remettre en cause des décisions prises il y a des années. *Assez !* Il y a un complot contre ma vie, et aussi contre la vie de chacun de vous. Voilà de quoi il faut discuter, et immédiatement !

– Un complot ? D'abord tu tentes de nous faire peur avec la menace d'une attaque contre le Château Comyn, et maintenant, un complot ! Quel ramassis de sottises !

– Tu n'as rien écouté de ce qu'a dit ton frère, Mère ?

Dom Francisco Ridenow s'était ressaisi et se redressait, encore pâle mais vindicatif à l'évidence.

– Un complot ? Comme c'est commode, ricana-t-il. Et comment as-tu été averti de ce complot, au juste, alors que tu n'es pas sorti du Château Comyn depuis des mois ?

– En voilà assez, Francisco, dit sèchement Lew. Arrête de faire de l'obstruction.

– Je ferai ce qui me plaira. Régis avait peur de son ombre depuis des années, et je me suis toujours demandé dans quelle mesure ça venait de toi, Lew. À mon avis, tu alimentais ses craintes pour garder le contrôle sur lui. Quant à cette petite démonstration, j'ignore comment tu as fait, Mikhaïl, mais je doute fort d'avoir entendu la voix de Régis Hastur parlant du surmonde ou d'ailleurs !

À son air, on voyait qu'il ne croyait pas un mot de ce qu'il disait, mais que quelque démon intérieur le forçait à parler.

– Mais, bien sûr, c'était un tour de passe-passe, mais cruel, hurla Javanne, le visage horriblement convulsé. Comment as-tu pu me faire une chose pareille, Mikhaïl ?

– Oui, ce qui vient de se passer prouve absolument que Mikhaïl ne peut pas être autorisé à gouverner Ténébreuse. Il a trop de pouvoir pour qu'on lui fasse confiance. Il n'y a pas de complot, juste des mensonges et des ruses ! rugit *Dom* Francisco, ponctuant ses paroles de coups de poing sur la table.

– *Silence !* tonna Mikhaïl, surpris lui-même du volume de sa voix. Croyez-moi, si j'étais le responsable de cette manifestation, il y aurait au moins un mort parmi vous ! Pendant des années, j'ai supporté vos soupçons et vos avanies sans me plaindre, mais maintenant je ne vous permettrai plus, mère et *Dom* Francisco, de cracher sur moi votre venin. Vous pouvez choisir de ne pas croire que Régis a fracassé les matrices-pièges jusqu'à ce que fondent tous les enfers de Zandru, pour ce que ça m'importe ! Mais ce serait extrêmement stupide, et aucun de vous n'est un total imbécile.

– C'était Régis, dit Danilo avec un calme souverain. Il m'a rappelé des souvenirs que personne ne connaît dans cette salle... sauf son plus cher ami.

– C'est vrai, ajouta Dame Marilla. J'ai les idées encore un peu brouillées, mais je sais que c'est Régis Hastur qui a touché mon esprit, et nul autre.

– Même toi tu te laisses duper, grommela *Dom* Francisco, foudroyant son alliée.

– Comme tu es mesquin, répliqua Dame Marilla avec une grande dignité. Si Mikhaïl dit qu'il existe un complot contre lui et contre les Comyn, pourquoi devrions-nous douter de sa parole ? Quel bénéfice pourrait-il en tirer ?

– Espèce de stupide...

– Heureusement que Régis m'a désarmé, dit Dyan Ardais, autrement, tu aurais payé ces paroles de ta vie !

– Enfin une parole raisonnable, déclara Robert Aldaran. Avez-vous tous perdu l'esprit ? Comme l'a dit Dame Marilla, quel avantage y aurait-il pour Mikhaïl à inventer un complot inexistant ?

– Là, je peux te répondre.

– Je suis sûr que tu peux trouver une explication plausible, *Dom* Francisco, parce que tu as l'esprit plein de complots et d'intrigues.

– Entendre ça d'une canaille d'Aldaran !

– Pourquoi te déshonores-tu ainsi, *Dom* Francisco ? demanda Marguerida, d'un ton calme et menaçant à la fois. Au fond de toi, tu sais très bien que Mikhaïl pense uniquement à la sécurité de Ténébreuse, et pourtant tu t'obstines dans ton comportement irrationnel.

– Je ne sais rien de tel, sorcière !

– Je ne t'ai jamais fait le moindre mal, et pourtant tu me hais, pourquoi cela, *Dom* Francisco ?

– Il aurait mieux valu que tu meures il y a des années, gronda-t-il.

Maintenant, la sueur perlait à son front et ses mains tremblaient de rage et d'autres émotions moins évidentes.

Javanne, qui avait sombré dans une sorte de stupeur, s'en arracha avec quelque difficulté.

– Je ne crois pas en un complot, mais j'aimerais quand même entendre de quoi il retourne, dit-elle, comme involontairement.

On aurait dit qu'elle était en guerre avec elle-même. L'expression douloureuse de son visage s'accusa, et elle déglutit avec effort. *J'ai fait du tort à mon propre enfant, et je le sais enfin.*

Mikhaïl saisit cette pensée vagabonde, et ressentit plus de compassion envers sa mère qu'il n'en avait éprouvé depuis des années. Il savait ce qu'avait dû lui coûter cet aveu pourtant intérieur, puis, avec chagrin, il réalisa qu'elle choisirait de l'oublier. Quand même, il le chérirait aussi longtemps qu'il vivrait.

Mikhaïl regarda Lew. Il hocha la tête, lui faisant signe de raconter l'histoire.

– Il y a quelques jours, Domenic a quitté le Château Comyn pour s'amuser un peu, commença Lew, solennel.

– J'aurais dû savoir que ce petit gredin était la cause de tout, cracha Javanne, son bref moment d'illumination disparu et toutes ses fureurs reprenant leurs droits. J'en ai entendu assez !

– Un mot de plus contre mon fils et héritier, Mère, et je ferai quelque chose que tu regretteras toute ta vie.

Elle regarda ses yeux, puis son anneau, et frissonna, se raccrochant avec entêtement à sa colère et à sa peur.

– Tu n'es plus mon fils !

– Merci, je suis grandement soulagé de ne plus te devoir davantage de respect qu'à une servante. Continue, Lew.

Javanne voulait le provoquer, et il vit à son visage qu'elle était déçue. Puis ses yeux devinrent vitreux, comme si son tourment intérieur était trop dur à supporter, et elle se renversa dans son fauteuil en soupirant.

– Comme je le disais, Domenic est sorti furtivement pour aller voir le spectacle des Baladins. Il vit quelques hommes en uniformes de la Fédération se diriger vers la Porte Nord, et, comme il est curieux, il les suivit. Ils avaient rendez-vous avec un Baladin, cocher d'un chariot, qui se révéla être un espion de la Fédération. À ce moment, le QG ignorait encore la mort de Régis, mais cet homme, qui s'appelle Dirck Vancof, leur a apprise. L'un d'eux, Miles Granfell, qui est le second de Lyle Belfontaine, le Chef de Station, a suggéré que ce serait une bonne idée d'attaquer le convoi funéraire puisque tous les Comyn accompagnent le corps de leur souverain décédé au *rhu fead*. J'ai toujours su que c'était le genre d'opportuniste à avoir des idées pareilles, et ça ne m'a donc pas étonné de sa part.

« Domenic a réfléchi à ce qu'il venait d'entendre, et, en garçon sensé, il me l'a raconté – tu te rappelles, Javanne, que j'ai été interrompu pendant le dîner ? Oui, je vois que tu te rappelles. C'était Domenic. Et après le repas, nous nous sommes enfermés pour décider quoi faire. Hermès Aldaran a proposé de rejoindre Domenic sur la route, pour voir si la proposition de Miles Granfell était autre chose qu'une idée en l'air. Nous avons maintenant rassemblé assez d'informations pour en conclure qu'une attaque quelconque aura lieu contre le convoi funéraire, à moins que nous mettions au point un plan pour la faire échouer. »

– Tu m'excuseras de ne pas te croire, Lew, mais c'est simplement trop fantastique, dit *Dom* Francisco, pâle de colère et de frustration.

Il avait le regard désespéré, et l'air d'un homme qui voit son cheval préféré se casser la jambe.

– J'espère qu'il ne te faudra pas un coup de désintégrateur pour te faire changer d'avis. Si toutefois tu as le temps de réfléchir à la question, répliqua Marguerida, du ton dont elle aurait parlé de la pluie et du beau temps.

Le désespoir s'accusa sur le visage de *Dom* Francisco.

– Les désintégrateurs sont interdits sur Ténébreuse.

– Ce n'est pas tout à fait vrai, intervint Robert Aldaran avant tout autre. Ils sont interdits à la population de Ténébreuse à cause du Pacte, et nous ne nous en servirions jamais nous-mêmes. Mais il y a beaucoup d'armes de genres différents dans le complexe terrien de notre Domaine, et plus encore à l'astroport. Régis le savait depuis des années. Cela, plus la présence de troupes entraînées, était pour lui un sujet d'inquiétude depuis longtemps. Si vous n'aviez pas gaspillé tant d'énergie à le combattre, vous auriez eu conscience du problème.

– Un Aldaran qui parle du Pacte ! Quand l'avez-vous respecté dans votre famille ?

Personne ne répondit à la question de *Dom* Francisco, mais Dame Marilla le regarda avec une aversion non dissimulée.

Javanne s'efforça de sortir de sa stupeur.

– Oui, c'est vrai, je n'ai jamais compris pourquoi nous ne changions pas...

Elle parut soudain trop épuisée pour continuer, et baissa la tête, son menton reposant sur sa fraise.

– À l'évidence, parce que nous ne commandons pas les bases de la Fédération sur Ténébreuse, dit Mikhaïl, remuant dans son fauteuil. Et nos pouvons difficilement affronter de telles armes à mains nues et à l'épée.

– Pourquoi devrions-nous te croire ? demanda *Dom* Francisco, tentant une fois de plus de prendre le contrôle de l'assemblée.

– Tu as trop bonne opinion de ta roublardise, et pas assez de mon bon sens, *Dom* Francisco ! Rien au monde ne me ferait risquer la vie d'aucun d'entre vous.

– Mikhaïl a raison, dit soudain Dame Marilla, et tu as tort, Francisco. Tout ce qu'il dit, Régis l'a dit aussi quand il a effleuré mon esprit tout à l'heure – il ne t'a pas dit la même chose ?

– Si, mais je ne peux pas... pas supporter...

Il frissonna, s'efforçant de maîtriser ses émotions.

– Ce devait être un tour de passe-passe quelconque.

– Oh, arrête de faire l'imbécile, Francisco, dit sèchement Dame Marilla, son visage généralement placide convulsé de colère. Je connais Mikhaïl Hastur depuis des décennies, et il dit vrai quand il affirme qu'il n'a pas l'esprit tortueux. Nous attendions, Javanne et moi, qu'il fasse quelque chose avec sa matrice pour confirmer nos vils soupçons, et il n'a jamais rien fait. Pourtant, la tentation a dû être grande.

Elle gratifia Mikhaïl d'un regard affectueux.

– Pas vraiment, Dame Marilla. En fait, la plus grande tentation à laquelle j'ai été exposée fut de donner une laryngite à ma mère chaque fois qu'elle est venue en visite, vu que le son de sa voix a cessé depuis longtemps de m'être agréable.

Tout le monde se mit à rire à ces paroles, sauf Javanne et *Dom* Francisco. La tension générale s'atténua un moment, et une impression de soulagement parcourut la salle.

– Et qu'as-tu l'intention de faire, au juste, à propos de ce fameux complot, Mikhaïl ? Veux-tu que nous nous jetions dans la gueule de la mort pour l'amour de toi ? dit *Dom* Francisco d'un ton pincé.

– Rien ne t'empêche de rester au Château Comyn ou de retourner au Domaine Ridenow, *Dom* Francisco, dit Marguerida, faussement suave, et je suis sûre que personne ne t'en voudra de vouloir sauver ta peau. Et puis, si nous sommes tous tués par les Terranans, tu auras le plaisir d'essayer de survivre tandis qu'ils te pourchasseront comme un chien. Ce qui se produira sans aucun doute s'ils s'emparent de Ténébreuse.

Dom Francisco Ridenow eut la bonne grâce de pâlir jusqu'à la racine de ses cheveux blonds, et il foudroya férocement Marguerida. Elle s'était arrangée pour insinuer qu'il était un lâche sans prononcer le mot, et il ne pouvait donc rien répondre.

De nouveau, Mikhaïl embrassa l'assistance du regard. L'atmosphère avait changé en quelques minutes. La méfiance qu'il sentait d'habitude chez Dame Marilla avait disparu, et ce n'était pas le seul changement. Une partie de la défiance et des soupçons que certains nourrissaient à son égard demeurait, mais atténuée. Régis les avait rassurés, et ils l'avaient cru. Plus encore, la modération dont il faisait preuve depuis des années commençait à porter ses fruits. Il avait dit que sa seule tentation avait été de réduire au silence son acariâtre mère, et là encore ils l'avaient cru.

Mais il y avait plus qu'un simple changement d'attitude. À l'exception de sa mère et de *Dom* Francisco, réalisa-t-il, ces gens *désiraient* qu'il les gouverne. La mort de Régis les avait déstabilisés, et ils étaient assez intelligents pour savoir qu'il devait y avoir une continuité dans le gouvernement, et qu'il était le mieux placé pour la garantir. Le dernier don de Régis à Ténébreuse avait été de dire aux membres du Conseil Comyn qu'ils devaient suivre Mikhaïl Hastur, son héritier. L'alternative, tous le savaient, c'était une guerre civile d'un genre qu'on n'avait plus connu depuis des siècles.

Mikhaïl eut un moment d'intense soulagement, auquel se mêlait l'impression qu'ils attendaient tous d'apprendre de lui ce qu'ils devaient faire. Jusqu'à cet instant, il n'avait pas réalisé à quel point la défiance de tous lui avait pesé depuis quinze ans. Enfin, les Comyn lui permettaient de les guider, et il espérait être digne de cette soudaine confiance.

– Je suis ouvert à toutes les suggestions quant à la façon de procéder – y compris la suppression temporaire du convoi funéraire.

Dom Gabriel secoua lentement sa tête grise.

– Pas ça, mon fils. Tu ne peux pas te cacher ici comme l'a fait ton oncle. Non, nous devons affronter cet ennemi, mais à nos propres conditions dans la mesure du possible. En fait, si nous pouvons révéler ce complot au grand jour pour ce qu'il est, et mettre la Fédération dans l'embarras, nous serons dans une bien meilleure situation, non ? termina-t-il en se tournant vers Lew Alton.

– C'est vrai et c'est sage, *Dom* Gabriel, mais très difficile à réaliser. La première chose, je crois, sera de ne pas emmener les enfants – c'est trop dangereux.

Sur ce, tous se mirent à parler en même temps, proposant leurs idées, sauf Javanne et *Dom* Francisco. Mikhaïl écouta et observa, puis se surprit à fixer *Dom* Damon. Quelque chose bruissait dans son esprit, comme un morceau de papier froissé par le vent, quelque renseignement que Régis lui avait transmis tout à l'heure.

Dom Damon était innocent de tout complot avec la Fédération – la seule chose qu'il avait tentée, c'était de mettre Rafaël à la place de Mikhaïl ! Il regarda son frère, le fils oublié, assis avec raideur près de lui. Cela n'aurait jamais marché, mais *Dom* Damon n'était pas assez intelligent pour le comprendre. Quand même, il était soulagé de savoir que, même sans pouvoir faire entière confiance à ce vieux forban, il ne participait pas au complot pour attaquer le convoi funéraire.

– Nous devrions consulter Francisco Ridenow, dit Danilo, interrompant les réflexions de Mikhaïl. Sa compétence nous sera utile.

Plusieurs acquiescèrent de la tête, et *Dom* Francisco eut l'air d'un homme à qui l'on vient d'accorder un sursis, ce qui n'échappa pas à Mikhaïl, qui saisit aussi la bribe de pensée l'accompagnant. Près de lui, Marguerida se redressa, en alerte, et, à son autre côté, Rafaël tourna la tête vers le chef du Domaine Ridenow et le fixa avec un intérêt glacé. *Dom* Francisco tressaillit – il avait oublié l'absence des amortisseurs télépathiques.

Ne t'inquiète pas, Mikhaïl, je veillerai à ce qu'il n'essaye pas de te tuer lui-même. À l'audition de cette pensée, l'esprit de Mikhaïl retrouva toute sa clarté et fut envahi d'un grand calme dont il espéra qu'il durerait assez longtemps pour élaborer un plan. Avec Marguerida d'un côté, Rafaël de l'autre, et Donal dans son dos, il pouvait consacrer toute son attention à la menace immédiate. Puis, avec une certitude qui lui serra le cœur, il sut qu'il avait marché toute sa vie vers cet instant – non comme il l'avait prévu dans sa jeunesse, ni projeté au début de son âge d'homme. Rien ne s'était passé comme il l'avait imaginé – et pourtant, c'était son destin.

CHAPITRE XXII

Une lamentation surnaturelle résonnait dans son rêve. Dans son sommeil, Katherine tendit le bras vers l'autre côté du lit. Quand sa main toucha l'oreiller vide, elle commença à se réveiller, et s'aperçut qu'il y avait des larmes sur son visage. Hermès n'était pas là, et elle crut un instant que son cœur allait se briser. Puis elle se rappela qu'elle le rejoindrait bientôt, dans une petite ville du nom de Carcosa, et la douleur commença à s'estomper.

Mais le son entendu dans son rêve n'avait pas cessé ; alors elle s'assit, replia les genoux et les entoura de ses bras, frissonnant de la tête aux pieds. Ce n'était pas une lamentation, mais autre chose, quelque chose qu'elle ne s'attendait plus à entendre de sa vie – des cornemuses de mer, ou quelque autre nom qu'on leur donnât sur Ténébreuse. Elles semblaient assez loin, mais le son portait bien. Puis une autre cornemuse reprit la mélodie, triste à briser le cœur. Pas étonnant qu'elle pleurât.

Katherine s'essuya le visage avec sa chemise de nuit, et déglutit plusieurs fois. Les cornemuses de plus en plus nombreuses vinrent ajouter leur musique aux premières, jusqu'au moment où il sembla y en avoir une trentaine, jouant dans tous les quartiers de Thendara. Elle n'avait jamais entendu cette mélodie, mais elle savait que c'était un chant funèbre, qui lui donna la nostalgie de Renney. Elle entendit mentalement le ressac de la mer près du vieux presbytère où elle avait grandi, et les cornemuses de mer lui rappelèrent les rites funéraires aux obsèques de sa mère. Elle sentait presque l'odeur du sel dans l'air, si puissante fut l'évocation de ces souvenirs.

Un coup frappé à la porte la fit se ressaisir avant qu'elle ne s'abandonne totalement à ce flot d'émotions. Instantanément, son angoisse la reprit. Avait-elle dormi au milieu de la journée, ou quelque catastrophe s'était-elle produite pendant la nuit ? Non, à la façon dont la lumière entrait par les étroites fenêtres de sa chambre, elle était sûre que c'était le matin. Le cœur battant, elle repoussa ses couvertures, balança ses longues jambes au bord du lit, et glissa ses pieds dans des pantoufles. On frappa de nouveau, de façon plus pressante ; alors elle ne se soucia plus d'enfiler une robe de chambre dans la pièce glacée, et attrapa un châle près du lit avant d'aller ouvrir.

Gisela se dressa devant elle, des flots de tissu sombre dans les bras, le visage livide et tiré, ses cheveux en désordre s'échappant à moitié de sa barrette. Elle avait une marque sur une joue, un début d'ecchymose, et les yeux bouffis d'avoir pleuré. Sans un mot, Katherine l'attira dans la chambre et la prit dans ses bras, de sorte que la pile de textile se retrouva coincée entre elles.

– Qu'est-ce que c'est ?

– Je t'apporte juste les vêtements de deuil pour les funérailles, répondit Gisela d'une voix tendue.

– Non, dit Katherine, lui palpant délicatement la joue. Qu'est-ce que c'est que ça ? Rafaël ne t'a pas... ?

La veille, elle avait dîné avec les enfants dans les appartements de Gisela, et sa belle-sœur n'avait pas de trace de coup. Le repas avait été agréable, beaucoup moins cérémonieux que les longs banquets des soirs précédents. Elle avait été contente de faire connaissance avec les enfants de Gisela et Rafaël, Cassilde l'aîné, et les deux garçons, Damon et Gabriel, et Amaury et Térèse étaient devenus assez bruyants en présence de leurs nouveaux cousins.

490

Gisela eut l'air horrifiée à cette idée.

– Oh, non ! Jamais. Pas même quand je le mérite !

– Qui alors ? Et ne viens pas me dire que tu t'es cognée dans une porte ou autre chose – on t'a frappée !

– Oui, dit Gisela.

Elle se tut quelques secondes, puis ajouta :

– Mon père.

– Ton père ? Mais pourquoi ?

À cet instant, Rosalys, la femme de chambre, apparut à l'autre bout de l'appartement où elle avait sa chambre près des enfants.

– Peux-tu nous apporter une infusion, Rosalys, et quelque chose à manger ?

Katherine débarrassa Gisela des vêtements et les tendit à la servante.

– Et suspends ça aussi.

– Certainement, *domna*.

Rosalys leur jeta un regard plein de curiosité, prit la brassée de vêtements et sortit les ranger.

Katherine conduisit Gisela jusqu'aux fauteuils entourant la cheminée du salon. Le feu s'était éteint pendant la nuit, alors Katherine mit une petite bûche dans l'âtre, et tisonna les braises mourantes qui revinrent à la vie. Puis elle se retourna et se mit à frictionner les mains glacées de sa belle-sœur. Elle sentit un cal que la gouge du sculpteur commençait à former au milieu de la paume droite et vit une petite coupure sur un doigt. Deux larmes uniques s'enflèrent dans les yeux de Gisela et coulèrent lentement sur ses joues.

– Veux-tu me dire ce qui s'est passé ?

Elle essuya les larmes de la main, puis ôta son châle et le drapa sur les épaules de Gisela.

Blottie dans son fauteuil, Gisela frissonna un moment sans parler. Puis elle dit d'une toute petite voix :

– Je ne savais pas où aller. Et je ne veux pas de cette maudite infusion, ajouta-t-elle d'un ton un peu plus ferme.

– Oh.

Katherine regarda autour d'elle, percevant toujours la lamentation des cornemuses de mer, à laquelle s'ajoutait le léger soupir du vent matinal. Puis elle vit sur la table un plateau avec une carafe de vin de feu et des verres. Elle alla en remplir un et le rapporta à sa belle-sœur, qui le vida d'un trait, en eut le souffle coupé, et se mit à tousser.

Katherine la tapota dans le dos jusqu'à ce que la quinte se calme et que Gisela reprenne des couleurs.

– Un autre verre ?

Gisela acquiesça de la tête, mais cette fois elle but à petites gorgées, puis se renversa dans le fauteuil et poussa un long soupir.

– Je ne l'ai pas vu comme ça depuis des années, commença-t-elle. Quoi qu'il se soit passé hier au Conseil, ça l'a mis en fureur et tout est de ma faute.

Katherine se retrouva en pleine confusion.

– Mais tu n'y étais même pas – nous étions dans mon atelier ! Ils étaient tous à cette assemblée, ton père et tous les autres, et ils ne sont même pas venus dîner.

Gisela eut un rire amer.

– Je ne lui avais pas dit que Mikhaïl et Rafaël étaient réconciliés, surtout parce que ça ne le regardait pas. Alors il est allé à la Chambre de Cristal, tout prêt à proposer que, puisque Mikhaïl n'était pas acceptable pour tout le Conseil, on pouvait mettre Rafaël à sa place. À ce que j'ai cru comprendre, il n'a pas eu le temps de faire sa proposition, car une sorte d'enfer s'est déchaîné. Je ne sais pas exactement ce qui s'est passé, mais les matrices-pièges ont été fracassées, et il y a eu beaucoup de vociférations et de coups de poing sur la table. Je suis bien contente d'avoir été avec toi.

– Moi aussi.

Katherine n'avait aucune idée de ce qu'était une matrice-piège, mais cela semblait effrayant. Il y avait tant de choses qu'elle ne savait pas, et encore plus qu'elle ne comprenait pas.

– Rafaël ne t'a pas dit...

– Je ne l'ai pas vu. Tout ce que je sais, c'est qu'ils sont tous restés très tard dans la Chambre de Cristal, et après, Rafaël est parti faire une course quelconque pour Mikhaïl. Il m'a laissé un mot.

Le vin de feu semblait l'avoir revigorée, et les couleurs revenaient à ses joues livides.

– Alors, quand as-tu vu ton père ?

– Il y a environ deux heures – il est entré en coup de vent dans ma chambre, m'a tirée du lit et s'est mis à me hurler dessus. Cela a réveillé les enfants ; Gabriel a essayé de me dégager, et mon père l'a jeté par terre. C'était horrible, avec les enfants qui criaient, mon père qui me secouait par les épaules, et...

Elle s'interrompit, prit une inspiration saccadée, et s'efforça de se calmer.

– J'avais avalé un somnifère avant de me coucher, et j'étais très fatiguée. Il ne m'avait jamais *dit* que j'étais censée semer la discorde entre eux, Katherine. Et même si j'avais pu, je ne sais pas si je l'aurais fait. Mais, en y repensant, je crois que s'il voulait que Régis désigne Rafaël pour son héritier, autrefois, c'était juste pour semer la zizanie entre eux. Quelle idiote j'ai fait !

Gisela se remit à pleurer.

– Pourquoi ? Le seul idiot me semble être *Dom* Damon lui-même. Il s'est servi de toi, Gisela, et tu es tombée dans ses projets sans réaliser clairement ce qu'ils signifiaient. Et s'il y a des blâmes à distribuer, je trouve que *Dom* Damon en mérite la plus grande partie.

Katherine sentit presque les ondes d'hystérie émanant de Gisela, et elle se félicita que Marguerida lui eût parlé de l'empathie, sinon, elle aurait cru qu'elle devenait folle. Et elle aurait voulu que ça cesse – immédiatement. C'était presque une sensation physique – comme si on la piquait avec des pointes de couteaux invisibles.

Elle avait pris son beau-père en aversion presque à l'instant où elle avait fait sa connaissance, le lendemain du départ d'Hermès, et elle était arrivée à la conclusion que le désir de s'éloigner de lui avait été une de ses raisons de quitter Ténébreuse. Maintenant, elle était prête à le haïr sans réserve pour avoir peiné et frappé Gisela.

Les sanglots se calmèrent lentement. Gisela se tamponna le visage avec un mouchoir douteux, puis avala le reste de son vin de feu.

– Oui, c'est vrai, mais je ne m'en sens pas moins fautive et coupable. Quand j'ai vu Rafaël et Mikhaïl s'embrasser, il y a trois jours, j'ai été heureuse pour tous les deux. Et quand Rafaël est allé au Conseil, après en avoir été exclu pendant des années à cause de moi, j'ai été très contente. Puis mon maudit père a tenté de tout gâcher, et comme il n'a pas réussi il... m'a frappée au visage.

Elle leva sa main libre et palpa délicatement son ecchymose.

– Il m'a dit des choses affreuses, et j'avais envie de le tuer, Katherine !

– Je suis désolée, *breda*.

Katherine n'avait plus l'impression d'être agressée par les émotions de sa belle-sœur, et elle était moins mal à l'aise.

– J'aurais dû. Mikhaïl m'aurait sans doute décerné un prix si je l'avais fait.

– Peut-être.

Katherine se félicita qu'elle n'eût pas assassiné son père, même s'il le méritait. Elle s'assit en face de Gisela, repoussa ses cheveux en arrière et branla du chef.

– Les rapports sont toujours aussi... dramatiques ?

– Oh non, dit solennellement Gisela. Parfois, il ne se passe rien pendant des années et des années.

– Alors ils gardaient tout ça pour mon arrivée, je suppose, répondit Katherine avec ironie.

Elle détestait les vociférations et les querelles, mais réalisait que le Château était plein de gens en conflit. Un instant, Katherine souhaita se retrouver dans le minuscule appartement qu'elle occupait avec Hermès, sur un monde surpeuplé où tous observaient la plus grande politesse, afin que les gardiens de la paix ne les arrêtent pas pour trouble du voisinage en leur infligeant une amende. Ou de retour sur Renney, où l'air avait l'odeur de la mer. La sensation passa bientôt, la laissant un peu perdue.

C'en était trop, et Gisela émit un gloussement saccadé. Rosalys revint une minute plus tard, avec un plateau garni d'une théière et d'une assiettée de gâteaux. L'odeur de la menthe s'éleva dans l'air, et se mêlait à celle de la balsamine venant de la cheminée. Depuis quelques jours qu'elle était arrivée, elle s'était habituée aux odeurs de vieilles pierres et de bois brûlé, et même elle les appréciait. Après des années passées avec le chauffage central, le plaisir simple d'un feu dans la cheminée, différente de celle de son monde natal mais qui le lui rappelait, était un réconfort.

Katherine se leva et se mettait à servir la tisane quand un autre coup fut frappé à la porte. Elle leva les yeux, étonnée, avec une impression d'impolitesse. Les gens n'auraient pas dû venir en visite si tôt, alors qu'elle était encore en chemise de nuit ! La femme de chambre se précipita pour ouvrir, et Marguerida entra. Un moment plus tard, Amaury sortit de sa chambre, se frottant les yeux d'un air endormi.

– Qu'est-ce que ce bruit ? demanda-t-il à sa mère, avant de remarquer qu'elle n'était pas seule.

Il resserra sa robe de chambre sur son corps frêle et rougit.

– Il me donne la chair de poule.

– Ce sont des cornemuses, Amaury. Nous les nommons cornemuses de mer sur Renney, mais je ne sais pas comment on les appelle ici.

– On dirait un chat à qui on marche sur la queue, déclara le garçon, qui rougit quand les trois femmes éclatèrent de rire. C'est vrai, ajouta-t-il, sur la défensive.

– Ici, nous les appelons simplement cornemuses, Amaury, et tu n'es pas le premier à faire cette comparaison, dit Marguerida avec lassitude.

Elle semblait fatiguée et éteinte, en robe de la même couleur sombre que les vêtements apportés un moment plus tôt par Gisela. Robe couleur de crépuscule, d'un bleu très sombre à reflets violacés, et le premier vêtement sans broderies que voyait Katherine depuis son arrivée. Elle regarda tour à tour Katherine et Gisela, et si elle fut surprise de les trouver ensemble, elle était trop épuisée pour le manifester. Gisela lui ayant dit que le Conseil s'était prolongé jusqu'au milieu de la nuit, Katherine devina qu'elle n'avait pas dû beaucoup dormir. Ça au moins, c'était une situation familière.

– Tiens, assieds-toi, Marguerida. Tu sembles prête à t'effondrer sur place. Rosalys vient d'apporter de la tisane, et j'insiste pour que tu en boives. As-tu mangé ?

Katherine la poussa presque dans le fauteuil voisin de Gisela, réalisant qu'elle agissait presque autant pour son propre confort que pour celui de Marguerida. Lors de leurs rencontres précédentes, elle n'avait rien senti émanant de Marguerida, mais aujourd'hui elle percevait de la détresse. Elle s'approcha de la table pour servir, et s'aperçut alors qu'Amaury s'était assis et grignotait un gâteau.

– Je... je ne me rappelle pas, dit Marguerida à voix basse.

Elle posa les coudes sur les bras du fauteuil, laissant pendre mollement ses mains d'ordinaire si actives.

– Je suis restée debout la plus grande partie de la nuit, ajouta-t-elle, comme si ça expliquait tout. Et j'ai quelque chose à vous dire qui va sûrement vous bouleverser...

Elle tourna la tête et observa brièvement Gisela, et ses yeux se dilatèrent en voyant l'ecchymose.

Marguerida se leva à moitié, tendant la main vers le visage de Gisela. *Qui t'a fait ça ?* Sa voix, faible un instant plus tôt, était maintenant furieuse. Elle tremblait de rage. Elle effleura la meurtrissure du bout des doigts de sa main droite, et grimaça.

Katherine intervint vivement, sentant que la volonté de fer de Marguerida approchait de ses limites. À cet instant, elle se félicita d'avoir de l'empathie, parce que, si elle avait pu lire dans l'esprit de Marguerida, elle aurait détesté ce qu'elle y aurait lu, elle en était certaine. Puis, lui tenant les bras sur les accoudoirs pour l'immobiliser, Katherine se pencha vers elle, le visage à un empan de Marguerida.

– Ne bouge pas pendant au moins cinq minutes.

– Tu as beaucoup d'autorité, dit Marguerida, se soumettant et renversant la tête contre le dossier.

Elle laissa ses yeux se fermer et respira lentement, les mains sur les genoux. Puis, au bout de deux minutes, elle demanda :

– Qui t'a frappée, Gisela ?

– Mon père.

– Tu m'en voudras beaucoup si je le tue ?

Gisela eut l'air choquée, puis amusée, et Amaury se leva brusquement et quitta la pièce, à l'évidence très mal à l'aise.

– Non, mais j'aimerais mieux m'en charger moi-même.

– Oui, je ne devrais pas être égoïste et me réserver tous les plaisirs. Crois-tu pouvoir me réserver un bras ou une jambe, juste pour dissiper ma rage ? Non, je suppose que non. Mais je crois qu'on m'avait parlé de tisane.

Elle avait retrouvé son sang-froid et parlait presque sans émotion. Elle aurait pu être en train de parler de la pluie et du beau temps au lieu d'un homicide, et Katherine fut contente que son fils ait quitté la pièce avant d'entendre la dernière remarque. Elle ne pensait pas que Marguerida parlait sérieusement, mais elle n'en était pas absolument certaine.

Gisela hocha la tête avec un petit sourire.

– Nous pourrions peut-être l'attacher par les mains et les pieds à deux chevaux que nous ferions partir dans des directions différentes.

– Ce serait extrêmement satisfaisant, répondit Marguerida. Parfois, j'ai plaisir à envisager une fin terrible pour certaines personnes. Seules celles qui le méritent, bien sûr, parce que en général je ne suis pas aussi sanguinaire si tôt le matin.

– Non, seulement quand des bandits t'attaquent au milieu de la nuit, dit Gisela, et les deux femmes eurent un rire complice.

Katherine écoutait la conversation, quelque peu consternée, et, à cette dernière remarque, elle se demanda de quoi elles parlaient. On aurait dit qu'elles faisaient allusion à un événement réel – Marguerida avait-elle tué un bandit ? Malgré son désir de demander une explication, elle se tut. et sucra l'infusion avec le miel parfumé d'un petit pot posé sur le plateau. Dans le silence de la pièce, on n'entendit plus que la lamentation des cornemuses. Elle remarqua alors que le battement régulier des tambours s'y était ajouté, si grave qu'elle ne l'avait pas remarqué tout d'abord. La mélodie avait changé également, mais restait pourtant aussi lente et triste que l'autre.

Les femmes burent leur tisane en mangeant les gâteaux encore chauds, et, n'étaient les vêtements de deuil de Marguerida, il aurait pu s'agir d'un jour ordinaire. La femme de chambre avait disparu dans le coin des enfants, et elles étaient seules avec leurs pensées.

Finalement, Marguerida sortit de son silence.

– Katherine, avant les funérailles, nous allons envoyer tous les enfants à Arilinn, y compris les tiens. Ils y seront plus en sécurité qu'ici si nous ne nous trompons pas dans nos suppositions.

Katherine n'avait pas envie de savoir de quelles suppositions il s'agissait, mais elle devait découvrir ce qui se passait. Cette déclaration soudaine semblait sortir de nulle part, et elle ne savait pas comment y réagir. Était-elle censée aller avec les enfants à cet Arilinn ? Katherine resta immobile, déchirée entre son besoin de rester avec Térèse et Amaury, et son désir de revoir Hermès ! Mais elle ne pouvait guère les laisser partir seuls dans cet endroit inconnu, non ?

– Pourquoi ne seront-ils pas en sécurité ici ? parvint-elle enfin à demander. Ils n'ont jamais été séparés de moi, ajouta-t-elle.

– Je ne l'avais pas réalisé, dit lentement Marguerida. Mais je peux t'assurer qu'il ne leur arrivera rien à Arilinn.

Elle remua un peu dans son fauteuil et but une gorgée de tisane.

– Nous avons des raisons de croire que, pendant que nous irons au *rhu fead*, la Fédération tentera d'occuper le Château. Nous nous sommes préparés à cette éventualité, et si Lyle Belfontaine décide de mettre son projet à exécution, je crois qu'il sera très surpris de la réception que nous lui réservons. Mais nous ne voulons pas mettre les enfants en danger.

– Je vois.

Katherine réfléchit un moment, l'idée étant trop fantastique pour être assimilée facilement, puis elle reprit :

– Je te crois, mais...

– Mais tu veux voir Hermès, pour lui frictionner les oreilles, l'interrompit Gisela. À mon avis, mon frère est loin de te valoir, Katherine ! Mais tu ne peux pas être à deux endroits en même temps.

Elle réfléchit quelques instants.

– Je partirai avec eux, puisque mes enfants doivent aussi aller à Arilinn. Je me débrouillerai – même en y ajoutant Rhodri, Alanna et Yllana.

Marguerida la dévisagea, étonnée.

– C'est très gentil de ta part. Et assez peu dans ton caractère, ajouta-t-elle, incapable de dissimuler sa pensée.

Gisela haussa les épaules.

– Comme tu l'as sans doute remarqué hier soir, Katherine, je ne suis pas une mère parfaite. N'aie pas l'air si choquée. Je sais que c'est vrai. Mais je peux surveiller mes enfants, les tiens et ceux de Marguerida jusqu'à notre arrivée à la Tour. Je suis paresseuse, mais pas sans cœur.

– Qu'est-ce qui t'arrive, Gisela ? demanda Marguerida sans ambages.

Gisela sourit, ses yeux bouffis pétillant de malice.

– Katherine m'a fait comprendre mes erreurs de conduite – n'est-ce pas, *breda* ?

Puis elle effleura son ecchymose.

– Je ne veux pas qu'on me voie ainsi, ni qu'on pose des questions indiscrètes, ni qu'on croie que Rafaël s'est finalement décidé à faire ce que tout le monde espère depuis longtemps. Si donc vous me confiez vos rejetons toutes les deux, je serai une bonne Tantine, et je veillerai à ce qu'ils se lavent la figure avant de se coucher.

– Tu l'as ensorcelée? demanda Marguerida avec sérieux, se tournant vers Katherine.

– Je ne crois pas, répondit Katherine, toujours absorbée par son conflit intérieur.

N'était-ce pas dangereux de confier les enfants à Gisela? Après tout, elle la connaissait à peine. Et Hermès ne lui faisait pas totalement confiance. Puis elle comprit que la proposition était sincère, que sa belle-sœur connaissait son désir de rejoindre Hermès, et qu'elle faisait simplement preuve de générosité.

– Eh bien oui, si tu emmènes les enfants, Gisela, je les laisserai partir. Ils t'aiment bien, et ils aiment tes enfants. Merci. C'est très gentil de ta part.

Puis elle fronça les sourcils.

– Qu'est-ce qu'il y a, Katherine?

– Avant de s'enfuir dans la nuit comme un voleur, Hermès m'a dit que nous serions obligés d'emmener Térèse à Arilinn pour un test quelconque.

Elle se mordit les lèvres.

– Je ne veux pas qu'on la teste en mon absence – je ne veux pas qu'on terrorise ma fille!

– Katherine, je te promets qu'il n'arrivera rien à Térèse et qu'on ne la testera pas en ton absence. Elle est encore jeune, ajouta Marguerida après une courte pause, et elle n'a encore manifesté aucun symptôme de la maladie du seuil, alors, rien ne presse.

– Je t'en demanderai compte, Marguerida.

Katherine put à peine contenir son angoisse soudaine pour sa fille. Mais elle savait que Marguerida était une femme de parole, et elle sentit qu'elle retrouvait son calme.

– Maintenant que tout est réglé, faisons-nous monter un vrai petit déjeuner. Je t'aiderai à t'habiller pour les obsèques, Katherine. Te coiffer devrait améliorer un peu mon humeur. Je me demande si je pourrai me cacher la figure derrière un voile ou me mettre un sac sur la tête sans scandaliser personne.

Marguerida s'étrangla en buvant sa tisane. Quand elle eut retrouvé son souffle, elle dit :

500

– Coiffer Katherine ?

Elle les regarda à tour de rôle, comme s'il était survenu entre elles quelque chose qui lui aurait échappé, et qu'elle ne parvînt pas à discerner ce que c'était.

– Je ne t'ai jamais vue si... serviable, ma cousine. Ça te va bien.

– Je t'ai dit que je m'étais amendée, mais tu ne m'as pas crue.

– Après ce que j'ai vu hier, Gisela, je suis prête à croire n'importe quoi.

– Marguerida, qu'est-ce qui s'est passé au Conseil ? demanda Katherine.

– À part les amortisseurs télépathiques, qui se sont fracassés, Régis Hastur qui s'est manifesté de l'au-delà pour gronder tout le monde ?

Marguerida soupira et reprit :

– À part Javanne désavouant Mikhaïl, et *Dom* Francisco Ridenow suggérant que la mort de Régis était louche ? À part ça, ce fut une réunion très utile. Ne me regardez pas comme si j'avais perdu l'esprit – donnez-moi plutôt un verre de vin. La tisane, c'est très bien, mais il me faut quelque chose de plus fort en ce moment. Je suis épuisée jusqu'aux moelles.

– Régis... est apparu ? dit Gisela, stupéfaite.

– Rafaël ne te l'a pas dit ?

– Non, parce que je ne l'ai pas vu depuis hier !

– C'est vrai, j'oubliais. Mikhaïl l'a envoyé rejoindre Rafe Scott, et à eux deux, ils vont tâcher de découvrir si les Fils de Ténébreuse sont une menace réelle pour les Comyn.

– Les quoi ?

À l'évidence, ce nom ne signifiait rien pour Gisela, et elle scruta le visage de Marguerida, ses yeux verts luisant à la lueur du feu.

– Katherine, donne-lui du vin immédiatement ! Et maintenant, Marguerida, commence par le commencement et dis-nous tout. Fais comme s'il s'agissait d'un de ces contes que tu écris sans arrêt.

Katherine remplit un gobelet de vin et le tendit à Marguerida. Puis elle s'assit, prit sa tasse encore chaude entre ses deux mains, et accorda toute son attention au récit du Conseil. Écoutant cette histoire comme si elle n'avait rien de mieux à faire, elle eut l'impression que le temps s'était arrêté. Et quand Marguerida se tut une vingtaine de minutes plus tard, elle n'était pas certaine de croire la moitié de ce qu'elle venait d'entendre.

Les trois femmes observèrent un silence amical pendant quelques minutes, puis Gisela remua dans son fauteuil.

– Maintenant au moins, je comprends pourquoi mon père était dans une telle rage. Et pourquoi Dame Javanne avait l'air si hagard quand je l'ai croisée dans le couloir.

Katherine fut frappée par l'étrangeté de la situation – elle était en chemise de nuit, en compagnie de deux femmes qu'elle ne connaissait pas une semaine plus tôt, en train de bavarder de complots et de fantômes comme si c'étaient des choses normales, et non pas impossibles. Mais étaient-elles vraiment impossibles ? Marguerida et Gisela étaient intelligentes, et pas folles le moins du monde. Peut-être que ces événements n'avaient rien de remarquable sur Ténébreuse. Certaines histoires qu'elle avait entendues sur le bosquet des fantômes de Renney leur paraîtraient sans doute très bizarres à elles aussi. Katherine décida d'accepter les faits, pour le moment.

– Katherine, je vais dire à la femme de chambre de préparer quelques bagages pour tes enfants. Ne t'inquiète pas, *breda*. Va retrouver Hermès et raccommode-toi avec lui. Pour le reste, fais-moi confiance.

Katherine acquiesça de la tête. Elle savait qu'elle pouvait rester au Château Comyn ou partir avec les enfants, mais aucune de ces deux possibilités ne calmerait ses inquiétudes au sujet de son mari. Jusqu'à maintenant, elle n'avait pas compris à quel point il était d'une importance vitale pour elle, et s'il était tué au cours de ce qui lui semblait une aventure insensée contre la Fédération, elle préférait mourir avec lui que vivre encore quarante ou cinquante ans sans lui. Elle n'avait pas envie de penser à cette éventualité, mais il le fallait. Et si le pire devait arriver, elle était certaine que Gisela s'occuperait des enfants.

CHAPITRE XXIII

La lenteur du convoi funéraire agaçait Marguerida. Il lui fallait la volonté et la discipline de toute une vie pour ravaler son impatience. Ils avaient pris la route dès l'aube, et elle n'avait qu'une envie – atteindre le village où séjournait Domenic et retrouver son fils bien-aimé sain et sauf. Mais il était impossible d'accélérer l'allure. Il y avait derrière elle vingt-cinq chariots et autant de calèches, encadrés par environ trois cents cavaliers. Elle devait plutôt se féliciter de chevaucher Dyania, avec l'agréable sensation des muscles de la jument jouant contre sa peau, au lieu d'être enfermée dans un véhicule comme *Dom* Gabriel et quelques autres. Elle ne l'aurait pas supporté.

Ils avaient quitté Thendara à l'aube, sortant de la cité par la Vieille Route du Nord, bordée de champs embrumés par l'automne. Il régnait un silence surnaturel, et les douces ondulations du terrain, presque visibles à travers les voiles de la brume, étaient désertes, à part quelques troupeaux. Cet étrange silence avait éprouvé les nerfs déjà surexcités de tous, et quand le soleil s'était levé, dissipant le brouillard, elle avait senti que tous se détendaient autour d'elle.

Maintenant, elle chevauchait près de Mikhaïl, entourés de vingt Gardes, et elle s'efforçait de penser à autre chose qu'à son fils. Était-il possible que seulement huit jours aient passé depuis la mort de Régis ? Elle se

504

retourna sur sa selle, et regarda le cercueil frappé aux couleurs bleu et argent des Hastur, et posé sur un fardier tiré par six chevaux crème.

Ses émotions la laissaient perplexe, car, lorsque Diotima, sa belle-mère, était décédée, elle avait pu l'accepter presque immédiatement. Certes, elle s'attendait à cette mort depuis plusieurs années, alors que celle de Régis était survenue sans avertissement, mais après ces huit jours elle aurait dû être capable de se ressaisir. Pourtant, même après l'étonnante intrusion de Régis au Conseil, elle ne parvenait pas à assimiler la réalité de cette soudaine disparition. Enfin, quand il serait inhumé près de ses ancêtres, elle espérait que son cœur s'habituerait à cette perte.

La réunion du Conseil avait donné à son mari une nouvelle assurance, et il ne semblait plus aussi incertain et hésitant que pendant les jours ayant immédiatement suivi la mort de Régis. Elle ne savait pas ce qui s'était passé en lui, mais elle voyait qu'il était enfin prêt à gouverner Ténébreuse. Maintenant, elle espérait seulement qu'ils survivraient à l'attaque attendue – s'il ne s'agissait pas simplement d'une tempête dans un verre d'eau – et qu'elle pourrait rester à l'arrière-plan de la vie politique le restant de ses jours !

Elle rumina ce problème, s'analysant sans indulgence. Elle se compara à Dame Linnéa, qui s'était strictement cantonnée dans son rôle d'épouse, et décida qu'elle ne pourrait pas l'imiter. Elle était trop différente – trop indépendante, et l'égale de Mikhaïl par le pouvoir que lui conférait sa matrice fantôme. Elle ne pouvait qu'être elle-même, et tout le monde devrait l'accepter. Cette idée la revigora, tandis que le vent tiraillait sa capuche.

Marguerida se demanda ce que faisait Lew en cet instant. Les cent pas, sans doute. C'était toujours ce qu'il faisait quand il était impatient. Y aurait-il une attaque contre le Château Comyn ? Elle espérait que non, tout en désirant savoir si le plan qu'elle avait aidé à mettre au point serait efficace. Un sourire se répandit lentement sur son visage. Travailler en étroite collaboration avec Francisco Ridenow, Commandant de la Garde, avait été une expérience remarquable. Il avait immédiatement compris la nature du problème, et était passé à l'action comme s'il s'était préparé à cette éventualité depuis des années. Et, se dit-elle, c'était peut-être le cas. Elle ne s'attendait pas à le trouver si imaginatif, si sûr de lui.

Les amortisseurs télépathiques de la Chambre de Cristal étant détruits, il n'y avait pas eu moyen de prévenir certaines fuites mentales à la table du Conseil, mais, tous étant conscients de la situation, ils avaient fait de leur mieux pour barricader leurs pensées superficielles. Elle avait dû se rendre compte que Francisco n'était pas autant la créature de son père qu'elle et les autres l'avaient supposé, et c'était pour elle une révélation. Il régnait entre le fils et le père comme une méfiance réciproque qui l'avait surprise. Observant les rapports entre les deux Ridenow, elle avait finalement décidé que Francisco n'avait d'autre maître que lui-même, qu'il était sobre et sérieux, avait confiance en son propre jugement et se méfiait de son père.

C'était Francisco qui avait proposé de ramener clandestinement les enfants à Arilinn dans les calèches qui avaient amené à Thendara les *leroni* devant participer à la défense du Château. Il avait pu donner le nombre exact des hommes disponibles pour la défense du Château et celle du convoi funéraire, et elle soupçonnait qu'il avait envisagé tout seul la possibilité de ces attaques. En fait, il avait déjà organisé les Gardes de la Cité dans cet esprit, rappelant bien des Gardes à la retraite vivant à Thendara, et les mettant en état d'alerte.

Cela vaudrait la peine de suivre sa carrière, se dit-elle, s'ils sortaient de cette crise en un seul morceau. Pourtant, elle ne pouvait s'empêcher de s'en méfier un peu, à cause de son père, et, après un court débat intérieur, Marguerida décida que cela était plutôt sage que mesquin. Il est toujours bon de surveiller les gens rusés, quelque loyaux qu'ils se jugent.

Le départ des enfants à Arilinn l'avait beaucoup soulagée. Rhodri avait bruyamment protesté, arguant qu'il était assez grand pour aller au *rhu fead*. Il était furieux que Domenic vive une aventure dont il était exclu, mais sa mère était bien contente de n'avoir pas à le surveiller. Gareth Elhalyn avait été tout aussi mécontent. Non, le mot était trop faible pour qualifier son comportement, car sa fureur frisait l'hystérie. Elle plaignait presque Gisela, trouvant toujours étonnante sa proposition de veiller sur les enfants de Katherine et de Marguerida en plus des siens. Marguerida ne lui enviait pas ce voyage en calèche avec huit enfants, dont deux en proie au mal-être de l'adolescence.

Marguerida pensa soudain que, s'ils échouaient et périssaient dans cette folle aventure, Gisela verrait peut-être se réaliser son ambition de jeunesse. En sa qualité de tante de Rhodri et d'Yllana, et d'épouse de Rafaël Lanart-Hastur, elle serait un choix logique pour élever les enfants, bien qu'elle fût une Aldaran par la naissance. Cela lui donnerait le pouvoir qu'elle avait convoité toute sa vie. Et, sans raison précise, Marguerida ne fut pas troublée par cette possibilité. Gisela devrait rivaliser avec Miralys, restée en arrière à cause de sa grossesse, de même que Javanne, qui haïssait Gisela encore plus que Marguerida. Elle se laissa aller à imaginer la rencontre, par pur plaisir, pour écarter des pensées moins divertissantes. Elle réussit un moment, puis ses doutes la reprirent et elle retrouva tous ses soucis.

S'ils avaient réussi à garder le secret, Lyle Belfontaine ne savait pas que les calèches étaient pleines d'hommes armés, et non de femmes et d'enfants comme à l'ordinaire. Six par voiture, et vingt voitures, cela faisait cent vingt combattants de plus, invisibles à tous les yeux, en plus des deux cent cinquante Gardes et de la compagnie de Renonçantes qui chevauchaient en queue du convoi. C'était peu, face au genre d'armement que pouvait déployer la Fédération, même s'ils ne prévoyaient pas plus de cent soldats ennemis. De plus, la Fédération n'avait aucune idée des pouvoirs de Mikhaïl et des siens propres. Cela semblait bien peu pour préserver leur avenir, mais ils n'avaient trouvé aucune autre alternative après des heures de discussions qui les avaient tous laissés enroués de fatigue.

Soudain, l'ironie de la situation la frappa. Pendant des années, les gens avaient craint la matrice de Mikhaïl, au point qu'ils avaient presque oublié les capacités de sa propre matrice fantôme. Dame Javanne, *Dom* Francisco et Dame Marilla avaient refusé de croire qu'il n'utiliserait pas sa matrice pour réaliser ses propres ambitions. Et Régis s'en était inquiété aussi à sa façon. Maintenant, ils avaient fait volte-face et décidé que Mikhaïl serait leur sauveur. Cela aurait été comique si ce n'avait pas été si tragique.

Un vent froid d'occident lui piquait les joues, et elle respira à pleins poumons, humant l'air revigorant. Il lui rappela un autre voyage sur la Vieille Route du Nord, entrepris seize ans plus tôt, quand elle était allée à Neskaya avec Rafaëlla et ses sœurs Renonçantes. Curieux que son esprit ne se retournât pas vers cette autre occasion où elle et Mikhaïl s'étaient enfuis au milieu de la nuit pour dégringoler dans l'histoire.

Marguerida savait qu'elle repensait au voyage à Neskaya à cause des bandits qu'elles avaient rencontrés dans la montagne. Elle avait tué deux hommes pendant l'échauffourée, et, à sa surprise et à sa consternation, s'était servie de la Voix de Commandement pour arrêter la bataille. Et maintenant, s'ils étaient attaqués, comme Hermès et Domenic le pensaient, elle allait sans doute en tuer bien d'autres. Le Don des Aldaran l'avait brièvement visitée le matin, lui offrant une vision de corps déchiquetés et de colline calcinée. C'était effrayant et inutile, car elle ne voyait pas les visages, et n'avait aucune idée de l'identité des victimes ni de ce qui avait causé leur mort. Et l'image était apparue et repartie très vite, simple coup d'œil plutôt que vision réelle.

Tout dépendait de Mikhaïl et de sa matrice. De la sienne également. Mais ce qui paraissait assez plausible dans la sécurité de la Chambre de Cristal le semblait beaucoup moins maintenant. Etait-ce vraiment un plan, ou juste un espoir futile que ce projet de vaincre des forces armées de la façon qu'ils prévoyaient ? Elle tremblait d'excitation et de froid, prenant conscience de ses craintes avec autant de calme qu'elle pouvait. Ce n'était pas le moment de revenir en arrière. Elle regarda les visages sévères des Gardes de son escorte, et fit une prière silencieuse aux milliers de dieux de cent planètes dont elle connaissait les noms.

C'était quand même agréable d'être sur la route, chevauchant vers la destinée, quelle qu'elle fût, qui les attendait. Elle eut soudain l'impression, inattendue et bienvenue, d'être à son aise. Elle se tourna vers Mikhaïl et lui sourit.

– C'est mieux, *caria*. Ta nervosité mettait mes nerfs à rude épreuve.

– Oh, mon Dieu, je pensais donc si haut ?

– Seulement pour moi. En fait, tu te maîtrises parfaitement, mon amour. Je ne sais pas si j'aurais pu entreprendre cette aventure sans toi. Et je me demande ce qui se passe à Thendara.

– Avec un peu de chance, absolument rien. Cela décevrait mon père, qui espère que Belfontaine commettra une grosse gaffe pour pouvoir faire sécher sa carcasse en plein vent. Et Valenta aussi.

Mikhaïl gloussa doucement.

– Oui, elle se frottait les mains de jubilation à notre départ. Katherine tient bien le coup ?

– Oui, mais il lui tarde autant de voir Hermès qu'il me tarde de voir Domenic. Je devrais peut-être retourner en arrière et chevaucher près d'elle.

– Oui. Nous savons que l'attaque, si elle a lieu, surviendra après Carcosa. Il n'y a donc pas de danger pour le moment. C'est une femme très brave, Marguerida.

– Je sais. Je ne sais pas si je pourrais supporter aussi bien qu'elle d'être aveugle mentale. Sa peinture l'aide beaucoup, je crois. Et aussi son amitié avec Gisela – je n'aurais jamais cru ça possible. Elle semble avoir métamorphosé Gisela en une autre femme, et je me demande qu'en penser. Mais j'en suis bien contente. Très contente.

Marguerida tira sur les rênes, fit demi-tour et revint à deux longueurs de cheval en arrière, obligeant les Gardes de l'escorte à modifier leurs positions. Elle dépassa le catafalque, et s'arrêta près de l'assez piètre monture de Katherine. La femme d'Hermès prétendait savoir monter, mais personne ne l'aurait qualifiée de bonne cavalière. Elle tenait la bride trop courte à son cheval, et serrait trop les genoux sur les flancs du pauvre animal. Elle aurait pu voyager dans l'une des calèches, mais elle avait protesté que cet espace exigu lui donnerait mal au cœur.

– Katherine, ton cheval ne va pas s'enfuir. Tu vas t'épuiser si tu continues à te cramponner à lui comme ça. Lâche le pommeau, détends tes genoux et respire à fond.

– Je suis sûre que ce sont d'excellents conseils, et je vais tâcher de les suivre. Je ne suis pas montée sur un cheval depuis mes cinq ans, et il était beaucoup plus petit ! Nous n'avons pas de vrais chevaux sur Renney, seulement des poneys à gros ventres, hirsutes et dociles. On s'en sert pour tirer les wagonnets et promener les enfants.

– Tu aimais ça ?

Marguerida était résolue à mettre Katherine à son aise, ce qui lui permettrait de se concentrer sur autre chose que ses soucis et ceux de sa compagne. Il émanait d'elle un murmure constant de pensées concernant Hermès et la sécurité de ses enfants. Elle plaignit Katherine, déchirée entre deux désirs conflictuels. Et si Gisela n'avait pas proposé d'emmener Amaury et Térèse, sa situation aurait été encore plus difficile. Et maintenant, à la réflexion et moins lasse que la veille, Marguerida réalisait que la proposition de sa belle-sœur était sincère, fondée sur une véritable affection pour Katherine, et sans aucune arrière-pensée malveillante. De plus, si Gisela était résolue à adopter un meilleur comportement, elle devrait apprendre à lui faire davantage confiance. Avec le passé qu'il y avait entre elles deux, c'était une idée étonnante, qu'elle n'était pas sûre de pouvoir accepter facilement.

– Je ne sais pas. Je crois me rappeler que toutes ces dents m'inquiétaient beaucoup – même un poney semble dangereux à une petite fille. Et nous montions à cru, sans rênes, cramponnés de toutes nos forces à la crinière – je me souviens qu'elle était rêche.

Elle eut un petit rire.

– Je ne te l'avais pas dit, prétendant avoir un talent que je n'ai pas, avoua-t-elle.

– Peu importe. Ce n'était pas un mensonge destiné à nuire à quelqu'un, et je comprends qu'il t'aurait été difficile d'être enfermée dans une calèche.

– C'est encore loin ?

– Le *rhu fead* ou Carcosa ?

– Carcosa.

Marguerida jeta un coup d'œil expert sur l'allure du convoi.

– Nous y arriverons vers midi, si aucune calèche ne perd une roue, et si nous n'avons pas d'autres délais, nous *pourrions* arriver au Lac de Hali à la tombée de la nuit.

Jusque-là, elle n'avait pas averti Katherine de la possibilité d'une attaque du convoi, ni qu'elle devrait monter dans une calèche après Carcosa. Elle s'était déjà résignée à regret à parler d'un assaut possible contre le Château, afin qu'elle laisse les enfants partir pour Arilinn.

– À la tombée de la nuit ?

Katherine frissonna dans le vent, comme si elle réalisait seulement la nécessité de rester toute la journée à cheval.

– Où passerons-nous la nuit ? Il y a une ville, là-bas ? Personne ne m'en a rien dit.

– Rien de tel – la seule ville de Ténébreuse, au sens où tu l'entends, c'est Thendara. Il y a quelques gros bourgs, comme Neskaya, qui sont presque de petites villes, mais pour l'essentiel il n'y a que des bourgs, des villages et des hameaux. J'ai envoyé des serviteurs il y a trois jours pour tout préparer. Maintenant, le campement doit être prêt, avec une cuisine, des tentes pour dormir et des latrines.

– Vous dormez sous la tente par ce froid ?

Marguerida parvint à réprimer un éclat de rire.

– Il ne fait pas froid, Katherine, pas pour Ténébreuse.

– Alors, qu'est-ce que vous considérez comme trop froid pour être à l'aise ?

– Hum ! Une température largement au-dessous de zéro, et de la neige jusqu'aux yeux, je suppose. J'y suis tellement habituée maintenant que je n'y pense même plus. Quand je suis revenue sur Ténébreuse, j'ai cru que j'allais mourir de froid, mais je me suis adaptée, et tu t'adapteras aussi.

– Je n'en suis pas sûre, Marguerida. Tu étais bien plus jeune que je le suis maintenant, non ?

– Oui, c'est vrai, mais je suis certaine que tu t'habitueras au climat avec le temps.

Katherine scruta le paysage, portant les yeux vers l'horizon, comme cherchant à voir quelque chose de très lointain.

– Quand il en parlait, Hermès s'extasiait sur les hivers de Ténébreuse, et parfois il en devenait positivement lyrique. Je ne comprenais pas et je croyais qu'il exagérait, comme un exilé qui parle de son pays. Je veux dire : quand nous avons emmené Amaury et Térèse sur Renney, il y a neuf ans, j'ai été stupéfaite que le presbytère me paraisse si petit, parce que dans ma mémoire il était bien plus grand que dans la réalité. Bien sûr, comparé à l'appartement moyen de la Fédération, il était immense – deux salons et sept chambres à coucher. Mais les plafonds me semblaient plus bas, et les pièces moins spacieuses que dans mon souvenir. Maintenant, je trouve qu'Hermès ne m'a pas donné une notion exacte de ce qu'est Ténébreuse – je crois que les Heller sont des montagnes plus hautes qu'il ne le disait, et sans doute plus froides.

Elle regarda vers le nord et frissonna.

– Tu t'y habitueras. Comme moi. Maintenant, je ne crois pas que je pourrais vivre dans une pièce, ou même deux, comme quand j'étais à Université. Mes parents avaient une maison sur Thétis, avec une grande véranda face à la mer, et que je trouvais très grande, mais qui aurait tenu à l'aise dans un petit coin du Château Comyn. Maintenant, cela me semble un rêve, mais un beau rêve – plein d'odeurs de fleurs et de senteurs marines.

Elle soupira à cette évocation d'un monde qu'elle ne reverrait jamais, elle le savait.

– Nous allons passer une nuit à la dure, avec quand même des lits de camp et beaucoup de couvertures, alors je peux t'assurer que tu ne mourras pas de froid, et que tu n'attraperas même pas un rhume. Et avec un peu de chance, nous aurons récupéré ton Hermès, et vous pourrez vous tenir chaud.

– Il devra s'estimer heureux si je ne le fais pas coucher par terre avec une seule mince couverture, pour toutes les contrariétés que j'ai eues.

Sa voix grave vibrait d'émotions conflictuelles, trop nombreuses pour que Marguerida les analyse sans sondage mental invasif.

– Je ne me permettrai jamais de te conseiller sur la conduite à suivre dans ta vie conjugale, Katherine, mais tâche de ne pas être trop dure avec lui. C'est toujours un mâle de Ténébreuse, et ils sont élevés pour être autoritaires, traiter leurs femmes comme un fragile bric-à-brac, et en général faire ce qui leur plaît. Il ne te consulte pas, ce qui est aussi normal pour lui que pour toi de t'en offenser.

– Bric-à-brac! C'est exactement ce que j'ai ressenti une fois arrivée ici – simplement, je n'arrivais pas à définir la sensation. Et je ne comprends toujours pas.

– Cela vient de notre histoire, Katherine. Ténébreuse a une petite population, et la mortalité infantile a été très élevée pendant des siècles. C'est pourquoi les femmes étaient farouchement protégées – plus en certains endroits qu'en d'autres. Dans les Villes Sèches, on les enchaîne comme des criminelles. Il y a eu des changements depuis l'arrivée de la Fédération, mais pas autant que je voudrais. Même aujourd'hui, les femmes n'ont guère de liberté, à moins de choisir la voie de Renonçante, qui n'est pas facile.

– Ces femmes qui suivent à l'arrière de convoi? Gisela m'en a un peu parlé. Elle a même dit en plaisantant que si les choses ne s'arrangeaient pas avec Hermès, je pourrais toujours le devenir. Elles ont l'air dures comme l'acier.

– Oui, ce sont des Renonçantes.

– Il y a tant de choses que je ne comprends pas, ce qui m'exaspère et me donne l'impression d'être encore plus... peu importe. Parle-moi de ce *rhu fead*. Si cet endroit a tant d'importance, pourquoi n'y a-t-il pas une ville ou un bourg à côté? Et d'ailleurs, pourquoi y enterrer vos rois, et pas à Thendara, si c'est, comme tu le dis, l'unique cité de la planète? Je trouve ça absurde, et je deviens folle à essayer de comprendre ce monde où mon mari m'a laissée choir.

Marguerida hocha la tête en riant.

– Tout cela me semble parfaitement raisonnable, chère Katherine. En bref, la réponse à ta question se nomme tradition. Sur Ténébreuse, tout ce qui est important se fait par rapport à des traditions séculaires dont personne ne connaît plus la raison. Selon l'une d'elles, nos dirigeants doivent être enterrés au *rhu fead*, qui est d'ailleurs un endroit très bizarre. Il se trouve sur le rivage du Lac de Hali.

Elle fit une pause et prit une longue inspiration.

– Une fois, j'ai passé plusieurs semaines immergée dans ses eaux – sauf que ce ne sont pas des eaux, et je n'en sais pas plus qu'avant sur leur nature. Alors, inutile de me poser des questions à ce sujet. Je voudrais pouvoir t'en dire plus. Retiens surtout qu'Hali est un lieu sacré et que Ténébreuse est une planète qui tend à être traditionnelle plutôt qu'innovatrice, dit-elle en souriant. Les Ténébrans n'analysent guère leurs idées, et si tu demandais à cent personnes pourquoi elles font telle chose de telle façon, je suis sûre qu'au moins quatre-vingt-dix te répondraient que si c'était assez bon pour leur grand-père, c'est assez bon pour eux.

– Oh, c'est un site religieux. Bon, on n'explique pas ce genre de choses, n'est-ce pas ? Même quand on grandit avec les croyances, on ne les comprend jamais vraiment. Je crois que la religion est une boîte dans laquelle on fourre tous les mystères, comme de vieilles guenilles.

Marguerida regarda Katherine avec une satisfaction non dissimulée. Elle avait presque oublié le plaisir des discussions d'idées, car peu de Ténébrans avaient l'instruction et la curiosité intellectuelle qu'elle recherchait. Et jusque-là, il ne lui était jamais venu à l'idée que Katherine pouvait être une femme ayant des idées bien à elle.

– Voilà une attitude très intéressante. Je n'y avais jamais pensé sous cet angle, mais c'est une idée défendable. D'après certaines choses que tu as dites, j'avais l'impression que Renney avait une vie religieuse assez complexe – avec vos bosquets sacrés et autres. Tu n'acceptes plus ces croyances ?

– Les années passées dans la Fédération m'ont peut-être rendue un peu cynique, soupira pensivement Katherine. Nous avons des déesses sur Renney, et les gens croient en elles. Il ne se passe pas un jour sans que ma Nana ne leur fasse des prières et des offrandes. Quand j'étais petite, elles me semblaient merveilleuses, mais quand nous y sommes retournés pour présenter Térèse à ma Nana, j'ai été... presque gênée. Cela m'a semblé arriéré, superstitieux, et un peu bébête. Bien sûr, je ne l'ai jamais avoué à ma Nana. Elle est peut-être vieille, mais encore très capable de me réduire en bouillie sans se fatiguer, gloussa-t-elle. Après avoir vécu des années dans la Fédération, au contact de douzaines de religions – dont les fidèles affirment tous que *la leur* est la seule vraie –, tout a commencé à me paraître un peu ridicule. Il est très difficile de continuer à croire en la puissance des déesses quand on n'en a jamais vu une et qu'on est entourés de gens qui ont des croyances si diverses et contradictoires.

Marguerida ne répondit pas, repensant à ses propres expériences. Elle revint par la pensée au moment où elle avait épousé Mikhaïl en présence de Varzil le Bon, et à celui où elle avait vu la déesse Evanda. Elle n'avait jamais douté de la réalité de ces faits, mais elle répugnait à partager ces expériences avec sa nouvelle amie. C'étaient des souvenirs très personnels, et maintenant encore, des années après les événements, c'était si impressionnant qu'elle ne pouvait se résoudre à en parler à personne, sauf à Mikhaïl.

Elle dit enfin :

– La mythologie ténébrane est assez simple : deux dieux, deux déesses, et pratiquement pas de théologie digne de ce nom. Ce sont davantage des forces naturelles, que l'on invoque cérémoniellement à l'occasion, mais auxquelles on n'accorde pas grande attention par ailleurs. Il y a aussi des déités mineures. Mais à mon avis, les gens pensent généralement que si les dieux n'interfèrent pas activement dans leur vie, il vaut mieux les laisser tranquilles.

Elle fit une courte pause et reprit :

– À Nevarsin, il y a le culte des *cristoforos*. Leurs croyances monothéistes ne sont pas partagées par beaucoup de Ténébrans, mais ils sont un foyer de culture depuis des siècles. Dans le passé, beaucoup de fils des Comyn y étaient envoyés pour s'instruire – y compris Régis Hastur. Cette coutume commence à se perdre, mais le fils aîné de Gisela, issu de son premier mariage, y est à l'heure actuelle et semble décidé à y rester. Je dois dire toutefois qu'il n'y a jamais eu de guerres de religion sur Ténébreuse, bien qu'il y en ait eu plusieurs de la variété ordinaire.

– Marguerida, as-tu remarqué que tu parles des Ténébrans comme si c'étaient des étrangers et non tes compatriotes ?

– Vraiment ? Oui, tu as raison, je suppose. Bien que je sois revenue depuis dix-sept ans, je me sens toujours un peu à part, un peu étrangère. Ou c'est peut-être l'habitude universitaire qui me pousse à tout évaluer aussi objectivement que possible. Sauf pour la musique. Pour moi, c'est une passion, dont Mikhaïl est parfois un peu jaloux.

Katherine éclata de rire.

— Hermès aussi est jaloux de ma peinture, bien qu'il prétende le contraire. Un jour que je travaillais dans notre appartement, qui tiendrait presque tout entier dans l'atelier que tu m'as donné, et que je fixais la toile, cherchant à décider si un peu de vermillon améliorerait les ombres, il est entré. J'ai à peine remarqué sa présence, alors, au bout de quelques minutes, il s'est éclairci la gorge, me faisant une peur bleue. « Tu ne m'as jamais regardé comme ça », a-t-il dit, et j'ai eu envie de l'assommer, mais je ne l'ai pas fait. Il avait raison, bien sûr. Même si je l'adore, depuis sa calvitie luisante jusqu'à ses pieds de forme extrêmement harmonieuse, il y a une partie de moi-même qui n'appartient qu'à mon art. Il n'a pas à s'inquiéter d'infidélités, mais il a une rivale.

— Oui, je sais.

Marguerida se laissa aller à soupirer dans le vent.

— Quand Régis est mort, j'étais en train d'écrire un opéra pour son anniversaire. Je voulais faire une œuvre aussi grandiose que *Le Déluge d'Ys* de ton ancêtre, en me servant de la légende d'Hastur et Cassilda, qui est un cycle de ballades très célèbre chez nous. Maintenant, je ne sais pas si je pourrai jamais me résoudre à le terminer.

Cet aveu lui avait coûté, mais avait dénoué en elle un nœud douloureux dont elle n'avait pas conscience jusque-là. Elle repensa aux pages qu'elle venait de recopier, et à l'encre qui s'était répandue dessus quand Régis avait eu son attaque.

— Il le faut, Marguerida. Si tu ne le finis pas, tu seras toujours rongée de regrets et très malheureuse.

— Comment le sais-tu ?

— Parce que je suis une artiste, et parce que je me souviens d'Amedi Korniel.

– J'ai envie de te parler de lui depuis ton arrivée, mais le moment ne m'a jamais paru propice, répondit-elle, presque soulagée de ne plus parler de dieux et de déesses, ou de son sentiment d'aliénation sur le monde de sa naissance.

– Demande-moi tout ce que tu veux – ce moment en vaut un autre.

– Comment était-il, et pourquoi a-t-il cessé de composer entre soixante et soixante-dix ans ?

– Mon grand-oncle avait très mauvais caractère, et des opinions arrêtées sur tout. Il avait dans les quatre-vingt-cinq ans à ma naissance, et il est mort juste avant que je quitte Renney. C'était le frère aîné de ma Nana, qui l'adorait, mais même elle le trouvait parfois insupportable. C'était un égotiste total, pensant que le monde tournait autour de lui. Et il n'a pas cessé de composer – il a juste refusé de faire jouer ses œuvres après *Ys*. Il y a des caisses entières de ses partitions au Presbytère.

– Mais pourquoi ?

Le cœur de Marguerida battit plus fort à l'idée de toutes ces compositions inédites de l'un de ses musiciens préférés, mais il se serra aussitôt, car elle réalisa qu'elle n'aurait jamais l'occasion de les lire. Des années plus tôt, elle s'était résignée à ne plus jamais quitter Ténébreuse, et le désir d'aller dans d'autres mondes l'avait abandonnée. Mais maintenant elle éprouvait une envie irrésistible d'aller sur Renney pour sauver les œuvres d'Amedi Korniel. Elle écarta fermement cette idée, mais elle persista comme l'arrière-goût de quelque fruit amer.

– Rien ne l'a jamais satisfait après le succès de cet opéra. Et cela le rongeait, comme une terrible maladie. Il était paralysé de peur à l'idée que sa prochaine œuvre ne serait pas aussi bonne. Alors, que ce soit pour toi une leçon. Ne permets pas que ta musique soit influencée par la mort de Régis ou n'importe quoi d'autre !

Sa ferveur émut Marguerida, qui ressentit aussi comme une impression de parenté avec elle.

– Jusqu'à cet instant, je n'avais jamais réalisé à quel point je désirais connaître un autre artiste pour parler de... mon travail. Et tu as raison, bien sûr ; ça me rongerait.

Puis elle se rendit compte qu'il y avait entre elles quelque chose de plus que la création artistique. C'était enfin quelqu'un qui comprenait son *besoin* de musique, car, malgré son amour pour elle, Mikhaïl n'avait jamais connu cette partie de son être. Et ses amis de la Guilde des Musiciens ne partageaient pas cette passion qui l'habitait, et la considéraient simplement comme un amateur de haut rang.

– Je voudrais qu'on avance plus vite, dit Katherine.

– Nous le pourrions, s'il n'y avait pas les chariots et les calèches. Autrefois, Mikhaïl et moi, nous avons galopé des portes de Thendara aux ruines de la Tour de Hali en quatre heures, et c'était au milieu de la nuit, avec une tempête de neige qui commençait.

– Ça paraît très excitant !

– Ou, si l'on trouve excitant d'être gelé, terrifié et en proie à une compulsion irrésistible. Ne t'inquiète pas. Nous arriverons bientôt à Carcosa, et tu pourras sonner les cloches à Hermès autant que tu voudras.

– Feras-tu la même chose avec Domenic ?

– Sans doute que non. Je serai tellement contente de le reprendre dans mes griffes maternelles que je lui pardonnerai. À part cette unique aventure, il a toujours été très sage.

– D'après le peu que j'ai vu de lui au banquet, ça ne m'étonne pas. Lui et Rhodri sont très différents, non ?

– Oui, en effet. Katherine, je voudrais te demander quelque chose, mais je n'ose pas.

– Demande tout ce que tu veux.

– Qu'est-ce que tu as fait à ma belle-sœur ? Je ne plaisantais qu'à moitié en disant que tu l'avais ensorcelée.

– Eh bien, pour commencer, je n'ai *rien* fait, à part voir en elle une personne et pas une Aldaran.

Elle hésita, comme craignant d'être blessante.

– Quand on est portraitiste, on apprend beaucoup sur les gens, parce qu'ils parlent d'eux, même quand on

519

essaye de reproduire leur bouche sur la toile. Alors, j'ai appris à très bien écouter. Et quand Gisela est venue avec moi chez maître Gilhooly, nous avons bavardé pendant le trajet, et je me suis aperçue qu'elle n'était pas si mauvaise que ça. Elle avait seulement besoin qu'on l'écoute sans préjugés à cause de sa famille.

Katherine eut une brève hésitation.

– Au fait, je crois que tu avais raison de me trouver de l'empathie. J'ai remarqué que j'ai comme un sixième sens, que j'ai toujours possédé, sans y prêter attention, sauf pour constater que certaines personnes me mettaient mal à l'aise. Ce n'est pas le cas de Gisela, comme ce ne l'a jamais été pour Hermès.

– Le simple fait de l'écouter l'a amendée ? dit Marguerida, amusée et un peu incrédule.

– Non, je ne crois pas, dit Katherine en riant. Je lui ai donné des sujets de réflexion autres que son apitoiement sur elle-même. Et je crois que la réconciliation de Mikhaïl avec Rafaël, et son retour au Conseil, ont joué aussi un rôle important. Gisela aime sincèrement Rafaël, et elle était très malheureuse parce qu'elle était la cause de son... sa brouille avec son frère.

Elle montra du geste Rafaël Lanart qui chevauchait devant elles, à une longueur de cheval derrière Mikhaïl.

– C'est pour ça que *Dom* Damon l'a frappée, tu sais.

– Quoi ?

– D'après ce que Gisela m'a dit, son père l'avait poussée à intriguer il y a des années, parce qu'il voulait brouiller Mikhaïl et Rafaël, bien qu'elle ne l'ait pas réalisé alors. Et quand il s'est aperçu qu'ils étaient réconciliés, il a passé ses nerfs sur elle !

– Quelle idiote ! J'aurais dû deviner que c'était ça ! Bien sûr, tout s'explique, maintenant !

Katherine secoua la tête.

– J'en suis contente pour toi, mais moi, je suis toujours dans l'ignorance. Je ne comprends encore rien à vos façons, si je les comprends jamais. Mais je vois ce qui est évident, à savoir que mon beau-père a l'intention de renverser Mikhaïl et de mettre Rafaël à sa place.

– Et Gisela est tombée en plein dans son piège – pauvre femme.

– Ma *breda* n'est pas une pauvre femme, Marguerida. C'est juste une femme très intelligente, qui n'a trouvé aucun emploi à son énergie, à part faire des histoires. Et je crois que Dame Javanne est dans le même cas.

– Oui, c'est sans doute vrai. Et tu l'appelles *breda*, ce qui pour moi est remarquable, car tu la connais depuis seulement quelques jours. Ce n'est pas une personne facile à connaître, Katherine. Je crois toujours que tu l'as ensorcelée.

– Personne n'est facile à connaître, Marguerida. Mais Gisèle n'est pas aussi difficile que tu l'imagines – elle désire seulement qu'on la traite justement. Et je n'ai ensorcelé personne. Si je devais ensorceler quelqu'un, ce n'est pas Gisela que j'aurais choisi.

– J'ai vu la façon dont Hermès te regarde, Katherine.

Katherine gloussa.

– Et moi, j'ai vu la façon dont Mikhaïl te regarde. Ce n'est pas de la sorcellerie – c'est du désir sexuel !

Marguerida secoua la tête.

– Il n'y a pas que ça !

– Bien sûr que non, mais... je pense que vous êtes bien assortis. J'ai toujours pensé que nous l'étions aussi, Hermès et moi, mais je commence à me demander si je ne me suis pas simplement persuadée que je le comprenais.

– Je ne sais pas si les hommes et les femmes se comprendront jamais, Katherine. Mais tu as raison, Mikhaïl et moi, nous sommes un bon ménage, comme les deux moitiés d'un tout.

– Oui, c'est ça. J'ai remarqué que tu te places toujours à sa droite, comme si tu avais besoin d'être de ce côté, et jamais de l'autre. Peux-tu me dire pourquoi ?

– Gisela ne te l'a pas dit ? Je suis surprise et plutôt contente de sa discrétion.

Marguerida prit une profonde inspiration.

– Peu après mon retour sur Ténébreuse, j'ai été obligée de faire un voyage dans le surmonde pour détruire ce qui restait d'Ashara Alton, et j'ai dû retirer la clé de voûte d'une Tour qu'elle y avait érigée, et... la forme de la pierre s'est imprimée sur ma main gauche. Plus tard, nous sommes allés dans le passé, Mikhaïl et moi, et quand nous en sommes revenus, il avait l'anneau de Varzil le Bon, qu'il porte à la main droite. Cela nous a donné la capacité particulière de combiner les énergies de nos matrices respectives pour certains travaux que je ne peux pas te décrire.

– Le Surmonde ? C'est le séjour des dieux ou quelque chose dans ce genre ?

– Pas à ma connaissance. C'est un lieu, et en même temps, ce n'est pas un lieu, et bien que j'y sois allée plusieurs fois, je ne comprends toujours pas ce que c'est. Et si les dieux y séjournent, personne ne les a vus.

– Marguerida, dis-moi la vérité. Nous n'allons pas seulement accompagner le corps de Régis au *rhu fead* ; il y a autre chose. Je sens la tension chez les Gardes et chez tous les autres, toi comprise. C'est comme si vous attendiez une tempête ou quelque chose.

– Si je ne t'avais pas dit que tu avais un certain don d'empathie, tu ne serais pas devenue si sensible, non ?

– Probablement pas. Alors, qu'est-ce qu'il y a ?

– Selon nos informations, les troupes de la Fédération attaqueront peut-être le convoi après Carcosa.

– Je croyais que vous attendiez une attaque contre le Château Comyn.

– Ça aussi.

– Je vois. Et Hermès a quitté le Château et est allé à Carcosa parce qu'il connaissait ce complot ?

– Oui.

Maintenant, Marguerida était mal à l'aise d'avoir si longtemps caché la vérité à Katherine et parce qu'elle répugnait à la mettre en danger. Elle pourrait peut-être la persuader de rester à Carcosa.

– Oui, cela explique bien des choses. Pas étonnant qu'Hermès ne m'ait rien dit. J'y aurais pensé, c'est certain, et qui sait qui aurait pu surprendre mes inquiétudes ? Je n'avais jamais pensé, je l'avoue, comme il doit être difficile de garder un secret dans un monde plein de télépathes. Il valait mieux que je ne sache rien.

Elle fit une pause et fronça les sourcils.

– Gisela n'est pas au courant non plus ?

– Non, parce qu'à ce moment nous n'étions pas sûrs que son père n'était pas compromis dans cette histoire, dit Marguerida, avec plus de véhémence qu'elle ne voulait, la pensée de *Dom* Damon révélant sa fureur contenue.

– Et maintenant ?

– Maintenant, nous savons que *Dom* Damon ne conspirait pas avec Lyle Belfontaine, ce qui est un grand soulagement, car avoir un autre ennemi dans nos rangs serait plus que...

– Mon beau-père ne me semble pas être de la bonne graine de conspirateur. Je crois que c'est un homme ignorant, qui bat les femmes quand les événements le contrarient.

Elle fit une pause, regardant les hommes qui chevauchaient devant elles, et arrêta son regard sur *Dom* Francisco Ridenow.

– Si tu veux mon avis, il faut surveiller cet homme en tunique verte et or. Je suis certaine qu'on me l'a présenté, mais je n'arrive pas à me rappeler son nom – seulement que c'est une personne qui met très mal à l'aise !

Marguerida dilata les yeux à cette remarque. Sans véritable *laran*, comment Katherine avait-elle senti que *Dom* Francisco représentait un danger potentiel ? Et comment allait-elle la persuader de se faire tester ?

– Pourquoi lui en particulier ?

– Quelque chose dans le port de ses épaules, et dans sa façon de regarder Mikhaïl avec... rancœur.

Marguerida acquiesça de la tête en grimaçant.

– Oui, tu n'es pas tombée loin. *Dom* Francisco imagine qu'il devrait posséder la matrice de mon mari et s'en servir, qu'elle lui appartient de droit parce que c'était celle d'un de ses ancêtres.

– Mais quand Gisela m'a un peu parlé des matrices, elle m'a dit qu'elles étaient réglées sur un individu. Hermès porte un sachet autour du cou et ne le quitte jamais, mais avant que Gisela m'en parle je n'avais aucune idée de ce qu'il contenait. Je savais juste que c'était quelque chose que je ne devais ni toucher ni manier. Je croyais que c'était une sorte d'amulette, comme celles que portent mes compatriotes pour éloigner les fantômes. Alors, comment *Dom* Francisco pense-t-il qu'il pourrait se servir de celle de Mikhaïl puisqu'il sait que les matrices sont réglées sur une personne ? Et d'ailleurs, si ce que m'a dit Gisela est exact, comment Mikhaïl peut-il en avoir une qui appartenait à un autre, à ce Varzil ?

– Quand Varzil a transmis sa matrice à Mikhaïl, il s'est arrangé pour incorporer celle de Mikhaïl dans sa pierre-étoile – ne me demande pas comment ! Je l'ai vu de mes yeux, et je ne le comprends toujours pas ! Je n'ai jamais rien vu d'aussi proche de la magie.

– Qu'arriverait-il si *Dom* Francisco s'emparait de cette matrice ?

– Je ne sais pas, mais cela les tuerait sans doute tous les deux, lui et Mikhaïl.

– *Dom* Francisco le sait ?

– Oui, mais il ne le croit pas.

Quand le convoi entra dans la cour du Coq Chantant, Marguerida fut bien contente de démonter et de se dégourdir les jambes. Elle n'avait pas monté aussi longtemps depuis plusieurs années, et elle s'aperçut qu'elle était plutôt rouillée. Elle avait mal aux cuisses, elle avait envie d'un bon bain suivi d'un massage, et elle avait envie d'un bon lit pour faire la sieste. Plus encore, elle n'avait pas envie de se remettre en selle de la journée.

La cour était beaucoup trop petite pour tout le convoi, alors la plupart des chariots et des calèches s'arrêtèrent devant le mur séparant l'auberge de la rue. Pourtant, quand on y eut fait entrer le fardier funéraire, les Comyn et leurs Gardes, elle était quand même bondée. Les garçons d'écurie s'affairaient dans la confusion, prenaient les rênes des cavaliers qui démontaient, se criaient des ordres et des conseils, en s'efforçant de mettre un peu d'ordre dans le chaos.

Marguerida se dirigea vers l'entrée, remarquant des traces noires sur les pavés. Une faible odeur de brûlé flottait dans l'air, atténuée par l'averse récente, mais encore perceptible. Puis elle n'y pensa plus, car, la prenant totalement au dépourvu, deux bras lui enlacèrent fougueusement la taille par-derrière.

– Maman !

Elle se retourna, et baissa les yeux sur son fils aîné, qui avait encore quelques pouces de moins qu'elle. Ses cheveux noirs étaient dénoués comme il l'aimait, et ses yeux brillaient de plaisir ; il était aussi content de la revoir qu'elle l'était elle-même de le retrouver. Il ne semblait pas se porter plus mal de son aventure, et il avait un nouvel air d'assurance qu'elle ne lui avait jamais vu.

– Domenic ! Espèce de gredin !

Elle ne put se résoudre à le gronder davantage, bien qu'elle eût préparé quelques réprimandes assez bien senties. Sa vue la soulagea d'un grand poids, et elle eut l'impression que son cœur allait exploser. Elle le serra très fort contre elle, sentant les os de ses épaules à travers la chemise et la tunique.

– C'est ta faute, répondit-il, après lui avoir planté un baiser sur la joue.

– *Ma* faute ? Et comment es-tu arrivé à cette conclusion étonnante ?

– Si tu ne m'avais pas dit que j'étais balourd et que je ne te donnais jamais aucun souci, je n'aurais peut-être pas décidé de sortir tout seul.

Marguerida écouta ce raisonnement spécieux avec amusement. Elle était si heureuse de le voir sain et sauf qu'elle aurait acquiescé à n'importe quoi.

– Oui. Je dois m'estimer heureuse, je suppose, que tu n'aies pas décidé de faire le tour du Château Comyn par les toits.

Domenic éclata de rire.

– J'aurais pu le faire si je n'avais pas le vertige.

Puis il s'écarta un peu, comme inquiet, et elle remarqua alors la jeune souillon mal à l'aise debout derrière lui.

– Mère, j'aimerais te présenter mon amie Illona Rider. Elle a vécu toute sa vie avec les Baladins et peut te raconter sur eux tout ce que tu voudras, dit-il, d'un ton à la fois fier et soucieux.

Marguerida resta un instant perplexe, ne sachant pas quoi faire, puis elle tendit sa main droite.

– Comment vas-tu ? Je suis Marguerida Alton-Hastur, et je suis heureuse de faire connaissance d'une amie de mon fils.

La fille regarda la main tendue comme elle aurait regardé un serpent, puis elle la prit avec précaution et la serra brièvement. Aux yeux de Marguerida, elle était sous-alimentée et insignifiante. Ses cheveux roux en désordre échappaient à la barrette qui tentait de les retenir sur son cou étique, et ses yeux verts étaient trop grands pour son visage émacié. Sa cape sentait la cendre et la fumée, et dessous, ses vêtements trop grands semblaient appartenir à une autre. Elle regarda Marguerida avec un mélange de peur et de défi, puis baissa les yeux sur les pavés.

– Je n'en sais pas autant que le dit Domenic, marmonna-t-elle, passant nerveusement d'un pied sur l'autre.

– Quoi que tu saches, cela m'intéresse. Dès la première fois où j'ai vu leurs chariots, il y a seize ans, ils ont éveillé ma curiosité ; mon ami Erald m'a bien donné quelques informations, mais il est trop obsédé par sa musique pour remarquer les détails intéressants.

Qui était cette fille ? Le bref contact de leurs mains l'avait étonnée, parce qu'elle avait senti en elle un *laran* assez puissant. Mais pourquoi portait-elle la vieille cape de Domenic, alors qu'il était dehors dans le froid, en chemise et tunique ?

– Tu veux dire Erald le Chanteur ? Il était avec nous il y a trois étés, mais je l'ai toujours trouvé incroyable. Il mangeait à peine, ne dormait jamais, et passait son temps à gratter ses instruments comme un fou.

– C'est tout lui, répondit Marguerida, heureuse de trouver un terrain d'entente avec la nouvelle amie de son fils.

Quelqu'un approcha derrière elle, et elle reconnut l'empreinte mentale familière de Dyan Ardais. Il s'arrêta près d'elle et observa Domenic.

– Tu n'as pas l'air de te porter plus mal de cette aventure, Domenic.

Il sourit amicalement au jeune homme, puis à sa compagne, et Marguerida vit ses yeux s'arrondir d'étonnement.

Elle te rappelle quelqu'un, Dom *Dyan ?*

Par exemple... qui est-ce, Domenic ?

Elle s'appelle Illona Rider, mais à mon avis tu as dû connaître sa mère. Il y avait une nuance de sévérité dans le ton mental.

Dyan se déplaça d'un pied sur l'autre, dévisageant la jeune fille qui lui retourna un regard hostile. Marguerida se demanda si elle était témoin d'un échange mental, mais à l'expression d'Illona conclut qu'elle bloquait son esprit, volontairement. Illona s'empêchait d'entendre les pensées en se concentrant sur une cage de lapins cornus toute proche. Et où diable Domenic voulait-il en venir ? *Autrefois, j'ai connu une femme qui avait des cheveux pareils...*

Alors, je soupçonne qu'Illona est ta fille, Dom *Dyan.* Le ton était accusateur, et Dyan rougit d'embarras. *On l'a trouvée tout bébé dans les ruines d'un village pillé par des bandits, et les Baladins l'ont sauvée de la mort. C'était en pays Ardais, et elle semble voir le Don des Alton, sauvage, mais patent à mon avis, ce qui me fait penser à ton père.* Domenic était implacable maintenant, et Marguerida sentit sa fermeté, son affection naissante pour cette fille assez insignifiante, et sa curieuse loyauté envers elle.

Peut-être. En tout cas, c'est le portrait de... Eduina MacGarret. Mais ça ne veut pas dire...

Au moins, tu te rappelles son nom parmi tant d'autres. Domenic regarda Dyan qui, à trente-sept ans, était toujours célibataire, et scandaleusement célèbre parmi les Comyn pour le nombre de ses enfants illégitimes.

Marguerida avait envie de rire, mais comprit qu'elle devait intervenir. *Domenic!*

Excuse-moi, Mère, mais je...

Oui, mon fils. Je comprends. Mais ce n'est ni le moment ni le lieu pour... des retrouvailles. Ta jeune amie a-t-elle idée... ?

Je ne crois pas – elle reçoit beaucoup de pensées, même sans matrice, mais elle a appris à se barricader assez efficacement. Et elle abandonnerait joyeusement son laran au bord de la route si elle pouvait. Elle a été retournée en apprenant qu'elle l'avait, et si je ne lui avais pas appris à lire et à écrire ces deux derniers jours, je crois qu'elle serait devenue folle.

C'est donc pour ça que tu m'as demandé mon livre – je me suis mis la cervelle à la torture depuis que j'ai reçu ta lettre. Est-elle bonne élève ?

Très bonne. Elle est intelligente et rapide. Et ça m'a fait plaisir de lui donner des leçons.

J'en suis très contente.

– Entrons nous mettre à l'abri du vent, proposa Domenic, l'air moins farouche maintenant.

Dyan Ardais restait immobile, embarrassé et mal à l'aise, comme s'il ne savait pas quoi faire. Marguerida repensa à leur première rencontre, des années plus tôt, quand il était venu dans sa chambre pendant la convalescence de sa première attaque de la maladie du seuil. Sa mère l'envoyait lui faire la cour, pensant qu'elle serait pour lui une épouse souhaitable, et il s'était montré gauche et empoté. Rétrospectivement, c'était une expérience amusante. Dyan n'avait jamais été totalement à son aise avec les femmes de sa caste, et préférait la compagnie des filles de fermiers à celles des Comyn. Il devait avoir une douzaine d'enfants dans les Kilghard, uniquement reconnus par des dons généreux à leurs mères. Elle soupçonnait que la seule raison de son embarras était que Domenic venait d'en découvrir un de plus. Et que penserait cette fille de la situation quand elle la connaîtrait ?

– Voilà une bonne idée – tu dois avoir froid sans ta cape, mon fils.

– Pas vraiment. Viens, Mère. Evan MacHaworth a préparé un bon repas, et je suis sûr que tu dois avoir faim après une matinée passée en selle.

Il jeta un coup d'œil par-dessus l'épaule de sa mère et un grand sourire éclaira son visage.

– Eh bien, je suppose que *Domna* Katherine ne va pas tuer Hermès, après tout.

Marguerida se retourna pour regarder derrière elle. Hermès tendait les bras à sa femme pour l'aider à démonter. Comme elle ne bougeait pas, il lui enserra la taille de ses deux mains, la souleva et la déposa par terre. Il était pâle sous le soleil noyé, et une certaine rougeur colorait le visage de Katherine, provoquée par la colère ou par une émotion plus tendre.

– Gisela dit que je devrais te frictionner les oreilles, entendit-elle Katherine annoncer d'une voix étranglée.

– C'est le moins que je mérite, répondit son mari, sans la moindre contrition. Tu es la plus belle chose que j'aie vue depuis des jours.

– Garde ton charme pour qui en voudra, Hermès-Gabriel Aldaran. Je ne suis pas encore prête à te pardonner.

– Je n'y comptais pas trop, mais j'espérais que ma lettre...

– Ta lettre ne te dédouane pas.

Apparemment inconscient de l'attention de quelques assistants, Hermès réfléchit à ce qu'il allait dire. Puis il ajouta en terrien :

– Fi donc ! Cesse de froncer des sourcils si menaçants.

– Hermès, c'est mon affaire, pas la tienne ! répondit Katherine dans la même langue, à la fois amusée et désespérée par l'attitude impénitente de son mari.

– C'est vrai – alors « Tiens, voilà une belle fille ! Viens donc m'embrasser, Kate ! »

– Oh, tu es impossible !

Puis, devant tous les Comyn, dont peu avaient compris ce qu'ils venaient de dire, elle lui saisit les deux oreilles et lui planta un baiser sur la bouche. Puis elle s'écarta de lui, un peu hors d'haleine et rose de plaisir.

– Maintenant, sois sage, et je te pardonnerai peut-être dans quelques années.

C'en fut trop pour certains spectateurs, et il y eut des rires étouffés. Katherine et Hermès se retournèrent alors, réalisant qu'ils étaient observés. Elle s'empourpra, mais Hermès fit simplement une profonde révérence à l'assistance. Puis Robert Aldaran se détacha de la foule et serra son frère dans ses bras.

– Tu n'as pas beaucoup changé, *bredu*, si ce n'est que tu as perdu tes cheveux et ta taille fine.

Hermès répondit par une bourrade dans le dos et un éclat de rire.

Marguerida se détourna de ces retrouvailles et dit à son fils :

– Cette idée de repas est très intéressante. Où est Rafaëlla ?

– Elle est en train d'espionner un peu – je voulais l'accompagner, mais Oncle Hermès a dit non.

Domenic fit une pause, puis ajouta en haussant les épaules :

– Il a dit que si je n'étais pas là pour t'accueillir, Katherine n'aurait pas à l'assassiner, parce que tu t'en chargerais à sa place. Et comme je l'aime beaucoup...

Marguerida éclata de rire.

– Il avait raison. J'étais extrêmement impatiente de te retrouver, et de constater de mes yeux qu'il ne t'était rien arrivé. La lenteur du convoi à failli me rendre folle.

Posant une main sur l'épaule de Domenic et l'autre sur celle d'Illona, elle se dirigea vers la porte de l'auberge. Dyan Ardais marchait à son côté, observant la jeune fille d'un air indéchiffrable.

Elle a l'air d'être une mère très gentille, et pas du tout comme ce qu'on raconte sur elle. Mais sans doute qu'elle fait semblant. Je me demande ce que c'est que d'avoir une vraie mère. Elle doit obliger Domenic à se coucher de bonne heure et à se laver les oreilles. J'espère qu'elle ne va pas m'ensorceler comme elle fait pour son mari.

Marguerida reçut involontairement ces pensées vagabondes, et haussa les sourcils à la dernière. Était-ce là ce
qu'on pensait d'elle dans le peuple ? Il ne lui était jamais
venu à l'idée qu'elle pouvait être l'objet de commérages,
et elle trouva cela très déplaisant. Si seulement ils ne
s'étaient pas emmurés au Château Comyn ces dernières
années, laissant se déchaîner l'imagination des gens !
Elle écarta ce problème de son esprit, le réservant pour
plus tard, et revint au présent.

Mikhaïl se dirigeait vers eux, Donal quelques pas derrière lui. Il eut un grand sourire à la vue de son fils, et
Domenic, s'éloignant de sa mère, s'avança vers lui. Elle
regarda la tête blonde de son mari se pencher vers son
fils, qui levait vers lui sa tête brune.

– Je suis content de te voir sain et sauf, Domenic.

– Hermès a veillé à ce qu'il ne m'arrive rien, Père.

Quelque chose d'autre passa entre eux, une communication mentale, et elle vit le visage de son fils s'éclairer.

Jetant un coup d'œil par-dessus son épaule, Marguerida regarda une fois de plus Hermès et Katherine, se
demandant ce qui passait entre eux. Il lui aurait été
facile de le savoir mentalement, mais elle réprima fermement sa curiosité. Elle vit Katherine menacer son
mari d'un doigt ganté, et Hermès baisser un peu la tête,
de sorte que sa calvitie brilla au soleil. Il avait l'air d'un
enfant pas sage qui se fait gronder, et elle se détourna
vivement pour dissimuler un éclat de rire.

Ils entrèrent dans la chaleur de l'auberge, et
humèrent les bonnes odeurs du repas. Un homme se
précipita vers eux, tout sourire, s'essuyant les mains à
son tablier blanc. Il s'inclina, les accueillant non comme
des étrangers mais comme de vieux amis, puis il les précéda à la salle à manger. Les tables étaient couvertes des
plus belles nappes, et la scène était si quotidienne
qu'elle eut du mal à croire qu'après ce déjeuner ils
allaient se jeter volontairement dans une embuscade.

Elle allait se tourner les sangs si elle ne cessait pas d'y
penser, se dit-elle fermement en ôtant sa cape. Elle la

suspendit à une cheville, imitée par Illona. Marguerida se demanda une fois de plus pourquoi cette fille portait la cape de son fils et fronça les sourcils à ce petit mystère. Puis elle se reprocha d'agir en mère abusive, comme l'aurait fait Dame Javanne, inquiète que son fils s'amourache de cette fille maigrichonne qui ne pourrait pas, qui que fût son père, faire une épouse sortable pour le futur souverain de Ténébreuse. Elle resta un instant frappée de stupeur à cette idée. Depuis quand était-elle devenue si snob ?

Illona sembla percevoir ses pensées, et rougit, ce qui fit ressortir ses taches de rousseur sur son nez impertinent.

— Toutes mes affaires ont été brûlées dans le chariot, alors Domenic m'a prêté sa cape, *domna*, et une fille de MacHaworth m'a passé une de ses robes, dit-elle, s'efforçant de parler avec calme sans bien y réussir.

— Brûlé ? Qu'est-il donc arrivé ?

Soudain furieuse, Marguerida sentit le plaisir du moment s'envoler. Elle réalisa que son mari et son père, avec les meilleures intentions du monde, ne lui avaient pas dit tout ce qui s'était passé à Carcosa. Elle regarda Mikhaïl, et il eut la bonne grâce de sourire d'un air penaud. *Pardonne-moi*, caria – *tu avais tant d'autres soucis en tête que je n'ai pas le courage d'y ajouter.*

Que le diable t'emporte, Mikhaïl !

La fille flancha, percevant vaguement sa colère et se méprenant sur son destinataire. Elle se mit à trembler de la tête aux pieds.

— Il y a trois jours, quand on a joué cette pièce qui... c'était terrible. Les gens étaient indignés, ils ont brûlé nos chariots et ma Tante Loret a été tuée et... ne sois pas en colère contre moi !

Des larmes inondèrent son visage, comme si, les retenant depuis des jours, elle ne parvenait plus à les refouler.

Marguerida ne réagit pas immédiatement. Elle réalisait qu'il y avait eu des troubles quelconques, et comprenait pourquoi il y avait des traces noires sur les pavés de la cour, et une odeur de fumée dans l'air. Elle sut aussi qu'il y avait eu des morts et des blessés. Elle n'y avait pas vraiment prêté attention sur le moment, parce qu'elle se préoccupait avant tout de la sécurité de son fils. Jusqu'à cet instant, tout cela restait pour elle irréel et abstrait. Maintenant, elle ressentait l'événement dans toute sa force, et voyait le côté humain de cette tragédie. Son cœur se serra de compassion pour cette fille qui avait perdu la seule famille qu'elle ait jamais connue. Dyan Ardais, s'il était bien son père, ce qui paraissait probable, ne pourrait jamais remplir le vide laissé par la mort de Loret. Il n'avait jamais manifesté le moindre intérêt pour ses nombreux rejetons, et elle ne pensait pas qu'il allait commencer maintenant.

Marguerida prit Illona dans ses bras et la laissa sangloter sur son épaule.

– Personne n'est en colère contre toi, ma chère enfant.

Elle caressa doucement les cheveux en désordre, percevant le flot des émotions d'Illona, mélange de terreur et d'expérience qui la stupéfia, magma de souvenirs et de sensations liés par la peur de ce qui allait lui arriver maintenant.

Au bout de quelques minutes, les sanglots d'Illona commencèrent à se calmer, et elle hoqueta plusieurs fois. Marguerida tira un mouchoir propre de son aumônière et le lui tendit. La jeune fille le prit, s'essuya les yeux et se moucha bruyamment. Puis elle voulut rendre le mouchoir, mais arrêta son geste en rougissant.

– J'ai tout sali ton beau mouchoir, marmonna-t-elle, courbant les épaules et se faisant toute petite.

– C'est fait pour ça, répondit calmement Marguerida. On le lavera et il sera comme neuf.

Elle tendit la main machinalement, et tapota le petit visage pâlot comme elle aurait fait avec sa fille ou Alanna Alar. Illona eut un mouvement de recul.

– Je ne vais pas te faire du mal, mon enfant.

– Mais on dit que tes mains sont...

– Oh, ça ! Seulement la gauche, dit-elle en la montrant, et seulement quand je le veux. Tu es en parfaite sécurité, je te le jure.

Quand Marguerida avait tenu Illona dans ses bras, elle avait senti la peur sous-jacente au chagrin. Cette jeune fille était un petit animal à demi sauvage, différente de tout ce qu'elle connaissait, et son *laran* semblait très puissant bien que sans aucune formation. Après ce contact, elle savait que l'idée d'aller dans une Tour terrifiait Illona, car elle croyait que les *leroni* s'y livraient à des actes inqualifiables. Marguerida considéra le petit visage aigu, se demandant ce qu'elle allait faire d'elle. Puis elle se reprocha d'avoir pensé qu'elle ferait quoi que ce soit – ce n'était pas son affaire.

C'était l'affaire de Dyan. Un bref regard à Dyan Ardis lui fit réaliser que c'était une idée stupide. Et, sans savoir pourquoi, elle ne pensait pas que Dame Marilla serait capable de dompter cette forte personnalité. Marguerida soupira. Elle n'avait pas vraiment besoin d'une nouvelle fille adoptive, mais elle savait, presque comme si le Don des Aldaran s'était de nouveau manifesté, qu'elle en aurait pourtant une de plus.

– Domenic m'avait dit que tu étais très gentille, dit Illona d'un ton bourru, mais je me disais qu'il parlait comme ça parce que tu es sa mère, et je ne l'avais pas cru. Peut-être que tu es vraiment gentille, et que tu ne m'enfermeras pas dans une pièce pour me faire...

Marguerida attendit qu'elle termine sa phrase, puis elle réalisa qu'Illona ne pouvait se résoudre à prononcer les mots qu'elle avait en tête.

– Personne ne t'enfermera nulle part, mon enfant.

Curieusement, ces paroles semblèrent rassurer Illona, car ses épaules se détendirent un peu, et elle se remit à se moucher. Puis ses yeux verts firent rapidement le tour de la salle, s'arrêtant sur Domenic, debout devant la cheminée entre son père et Hermès Aldaran, et quelque chose comme un sourire joua sur ses lèvres pulpeuses. Katherine, le visage enfin détendu, était debout derrière son mari, Robert Aldaran et Donal à un pas de ce groupe, l'homme pensif, l'écuyer vigilant.

Marguerida suivit son regard et observa la scène. Au bout d'un moment, elle réalisa que Mikhaïl avait les épaules légèrement crispées, et sut que quelque chose le troublait.

Qu'est-ce qu'il y a, Mikhaïl?

C'est l'envie qui me tourmente, caria. *Regarde donc Domenic! Vois comme il dévore Hermès des yeux, et dis-moi si je n'ai pas des raisons d'être jaloux.*

Oui, très cher. Je le vois maintenant. C'était un enfant quand il nous a quittés, et c'est maintenant un homme. Et il regarde Hermès avec le genre d'intimité que tu n'as jamais eue avec lui. Il faudrait être inhumain pour ne pas en être jaloux.

C'est vrai, je suppose. J'ai manqué quelque chose de très important dans la vie de mon fils – alors que j'aurais dû être là.

Et combien de pages importantes de ta vie Dom Gabriel *a-t-il manquées à cause de Régis?*

C'est vrai, que le diable t'emporte! Ne comprendras-tu jamais que tu n'es pas censée me signaler des choses désagréables quand je suis retourné? Il y avait une nuance d'humour dans la pensée.

Si, mais comme le dit souvent ta mère, je ne suis pas une bonne épouse.

Enfin, elle n'est pas témoin de ces événements, ce dont je me félicite. Domenic est sain et sauf, et plein d'une assurance dont je craignais qu'il ne l'acquière jamais. Je devrais donc être content, je suppose. Plus tard, peut-être.

Marguerida réprima un éclat de rire dont son mari aurait fait les frais. Un instant, elle se sentit toute légère. Elle avait retrouvé son premier-né, et il ne semblait pas se porter plus mal de son aventure. Si seulement ils n'allaient pas se jeter dans une embuscade à quelques heures de là, elle aurait été parfaitement heureuse. Mais ils allaient s'y jeter, alors sa félicité passagère s'envola et tous ses soucis lui revinrent en force.

Elle s'assit sur un long banc devant une table, et fit signe à Illona de s'asseoir près d'elle. La jeune fille s'exécuta, à l'instant où *Dom* Gabriel, furieux d'avoir voyagé en calèche, entrait d'un pas rageur. Ses jambes ne lui permettaient plus de faire de longs trajets à cheval, infirmité dont il souffrait terriblement. Il jeta un bref regard sur le groupe de la cheminée, puis vint s'asseoir près d'elle. Ces temps-ci, sa présence avait quelque chose de stable et réconfortant, et elle était contente qu'il fût de leur côté et réconcilié depuis longtemps avec Mikhaïl.

– Arrête de t'inquiéter, Marguerida ; ça ne changera rien et ça t'épuisera, dit *Dom* Gabriel d'un ton sévère.

Puis il sourit, ses yeux disparaissant presque dans les rides de son visage.

– Maintenant, présente-moi à cette jeune fille.

Marguerida avait presque oublié Illona, et réalisa qu'elle était très impressionnée à la vue de tant de nobles étrangers.

– Certainement – Illona, voici mon beau-père, *Dom* Gabriel Lanart. *Dom* Gabriel, je te présente Illona Rider, une amie de Domenic.

– Illona – quel joli nom ! Viens donc t'asseoir près de moi, ma fille. Je deviens un peu sourd, et je veux que tu me racontes tout sur ta vie.

Le vieil homme eut un bon sourire, et, à la surprise de Marguerida, la jeune fille le lui rendit.

Elle sentit la peur d'Illona s'estomper, comme si elle ne se sentait pas menacée par *Dom* Gabriel. Il savait bien y faire aussi avec Yllana et la fille de Rafaël. Illona se leva et vint s'asseoir près de lui, serrant toujours son mouchoir dans sa main. Marguerida mit un moment à réaliser que la jeune fille était soulagée de mettre quelque distance entre elles. Elle soupira. Sa vie était tellement plus simple quand elle n'était que la fidèle assistante d'Ivor Davidson, et elle se permit de s'abandonner un instant à la nostalgie de cette époque révolue.

Puis les serveurs commencèrent à apporter les plats, et l'eau lui monta à la bouche. Malgré ses soucis, elle avait grand appétit, et *Dom* Gabriel avait raison. Marguerida balança ses longues jambes par-dessus le banc, prit une chope de bière, et sourit d'un air farouche. Elle ne pouvait rien faire au sujet de l'avenir, sauf l'affronter – mais pas tout de suite.

CHAPITRE XXIV

Ses bottes résonnant sur les dalles du hall, Lew Alton
faisait les cent pas dans l'entrée du Château Comyn.
Pour la première fois depuis des années, il aurait voulu
boire un verre de vin de feu, ou être complètement ivre.
Il buvait encore un peu de vin de temps en temps, mais
il n'avait pas éprouvé un si puissant désir d'alcool
depuis longtemps. Il en voulait à son corps de trahir
ainsi sa faiblesse, mais il était content de savoir
reconnaître les causes de son malaise. Plus tard, quand
ce serait fini, peut-être se permettrait-il de boire un peu,
mais il savait qu'il ne devait rien absorber avant de travailler dans le cercle, ce qui aurait brouillé ses perceptions.

Pour la première fois depuis des siècles, peut-être
pour la première fois depuis sa construction, le Château
Comyn était pratiquement désert. Étrange sensation
que celle de ce vaste édifice de pierre blanche, où ne
vibrait plus l'énergie du millier de personnes qui l'habi-
taient normalement. Au lieu de leurs esprits familiers, il
y avait un cercle de *leroni* d'Arilinn, plus Rafe Scott, qui
avait choisi de les assister plutôt que d'accompagner le
convoi au *rhu fead*. La plupart des serviteurs avaient
reçu l'ordre de s'éclipser après le départ du convoi, et
les enfants avaient pris la route d'Arilinn la veille. Cette
mise en lieu sûr des enfants avait été, à son avis, la partie la plus angoissante du plan, et il n'avait pas été tran-

quille jusqu'au moment où il avait reçu confirmation de leur arrivée à la Tour.

Maintenant, il ne pouvait qu'attendre, en se demandant ce qui allait se passer – s'il ne devenait pas complètement fou avant ! Il y avait tant de facteurs imprévisibles ! Pourtant, il espérait avoir pensé aux plus importants. Sans doute que les espions de la Fédération à Thendara avaient remarqué quelque chose, bien qu'ils aient tout fait pour préserver une apparence de normalité. Ou peut-être que Lyle Belfontaine avait trop confiance en son projet – ce qui aurait été bien dans son caractère. Arrogant petit homme !

Le silence mental de l'endroit commençait à lui taper sur les nerfs, et Lew fit un effort conscient pour se calmer. Il devrait être en pleine possession de ses moyens quand il entrerait dans le cercle – quand Belfontaine attaquerait, s'il attaquait. Il ne se permettrait pas de penser à sa fille, qui allait se jeter dans une embuscade, où il ne pourrait pas la protéger. Un rire amer lui monta dans la gorge. Marguerida se débrouillait très bien toute seule depuis maintenant des années, et elle avait toute la protection qu'il lui fallait avec son mari. Le Don des Alton qu'il possédait, joint aux connaissances de Rafe Scott, était indispensable à la réussite de cette partie de leur plan, comme Mikhaïl et Marguerida étaient indispensables pour faire échec à l'attaque du convoi. Il était un peu tard pour revenir sur leurs décisions. Il soupira et passa son unique main dans ses cheveux. Leur plan était parfaitement logique, mais il continuait à se ronger en s'efforçant de discerner ses faiblesses.

Il faisait très froid dans l'entrée, et il allait s'épuiser à arpenter ainsi le hall. Lew pensa à Marguerida, telle qu'il l'avait vue la dernière fois, en train de se mettre en selle. Elle était pâle à la lumière tremblotante des torches de la Cour des Écuries, et ses cheveux bouclaient sur son front dans l'air humide du matin. Il ne pouvait rien faire pour elle maintenant, alors il valait mieux qu'il cesse de s'inquiéter. Le vent était chargé de pluie, et elle serait certainement mouillée. Il espérait que c'était là le pire qu'elle aurait à supporter.

Le Château semblait funèbre et hanté sans ses bruits de fond familiers – sans les inévitables pensées vagabondes des serviteurs s'affairant à leurs tâches. En ce moment, il aurait perçu avec joie l'écho revêche et querelleur de l'esprit de Javanne – pensée qui le fit sourire. Elle était partie pour Arilinn la veille, trop épuisée pour protester énergiquement. Il sentit son humeur changer à la pensée de Javanne. Pendant les obsèques, elle avait enfin réalisé que son frère était bien mort, ses bravades et sa colère faisant place à une profonde affliction. Sa force semblait s'être envolée comme une volute de fumée, et la dernière fois qu'il l'avait vue, elle devait s'appuyer sur le bras de son mari pour marcher.

Ces derniers jours avaient été tumultueux, et il se surprit à penser à Francisco Ridenow. Il avait rarement rencontré cet homme austère aux cheveux platinés et aux yeux bleus de glace, depuis que, à l'encontre de siècles de tradition, on l'avait nommé Commandant de la Garde. Il repensa à Francisco entrant dans la Chambre de Cristal, à sa façon d'embrasser du regard les éclats de verre jonchant la salle et les armes diverses éparpillées sur le sol. Le visage indéchiffrable, l'esprit fermé, il avait examiné tous les assistants avec méfiance, comme s'il jaugeait leur valeur militaire et n'était pas terriblement impressionné par ce qu'il découvrait; il avait écouté avec attention, sans manifester de surprise d'aucune sorte. Et quand il avait parlé, tout le monde avait fait silence.

– S'ils ont effectivement l'intention d'attaquer le convoi funéraire, il semble probable qu'ils tenteront aussi d'occuper le Château Comyn – chose qu'à l'évidence nous devons empêcher.

Il avait regardé tour à tour Lew, Mikhaïl et Danilo, comme les défiant de le contredire. Personne n'élevant d'objections, Francisco, toujours avare de paroles, avait ajouté :

– Je réfléchis à cette éventualité depuis quelque temps, et j'ai un plan.

Dissimulant sa surprise, Mikhaïl avait hoché la tête.

– Parfait. Dis-nous ce qu'il te faut.

Alors qu'une forte tension régnait dans la salle un instant plus tôt, un grand calme était tombé sur les assistants, tous les désaccords passés oubliés pour l'heure.

Francisco s'était exprimé en phrases courtes, martelant ses paroles, et Lew avait réalisé qu'il avait sérieusement sous-estimé l'esprit tortueux du commandant. Le plan qu'il avait exposé était un habile mélange de talents militaires et psychiques ; pour quelqu'un qui n'avait pas l'expérience du combat, il avait manifesté une compréhension de la tactique digne d'un général ayant commandé une centaine de campagnes. C'était un plan audacieux et original, qui avait inspiré à Lew une profonde admiration.

Le fait que tout le plan reposait sur une série d'illusions était à la fois plaisant et terrifiant. D'abord, il y avait l'illusion que tous les Gardes du Château étaient partis, et que le Château lui-même était presque désert. Les Gardes de la Cité avaient ordre de ne pas se montrer, ajoutant à l'impression qu'ils ne soupçonnaient aucune attaque. Et, sachant comme il était facile d'appâter Lyle Belfontaine, Lew ne doutait pas qu'il tomberait dans le piège, trop tentant pour l'ignorer. Et s'il n'y tombait pas, ce serait encore mieux.

Puis Lew repensa à l'échange entre Marguerida et Francisco, quand il avait enfin manifesté sa première hésitation.

– Je ne sais pas ce que nous pouvons faire contre des armes à énergie, et j'avoue que ça m'inquiète.

– Francisco, connais-tu le plan originel du Château Comyn ?

– Je ne te suis pas bien, *domna*.

Elle montra du geste les amortisseurs télépathiques cassés qui luisaient à la lumière tombant des hautes fenêtres.

– Quand le Château a été construit, ou du moins quand sa construction a commencé, il était différent de ce qu'il est aujourd'hui.

– Et comment le sais-tu ?

– Je possède encore les souvenirs d'Ashara Alton qui fut, à bien des égards, l'architecte de cet édifice. Il y a des passages fermés depuis des années. En fait, on pourrait presque dire qu'il y a deux Châteaux, l'un à l'intérieur de l'autre. Nous pourrions cacher un millier de Gardes dans ces couloirs, si nous savions où ils se trouvent et si nous disposions d'autant d'hommes. Et il y a plus.

Les yeux de Francisco avaient brillé d'intérêt.

– Tu as toute mon attention, *Domna* Marguerida

Les membres du Conseil furent tout aussi intéressés, et, malgré leur fatigue, se penchèrent sur la table, dévorés de curiosité.

Les joues roses d'animation, Marguerida avait repris :

– La plupart d'entre vous, je le sais, croient qu'Ashara avait concentré d'essentiel de sa puissance dans la Vieille Tour. Mais c'était une vieille chouette méfiante, qui adorait dominer, et qui voulait assurer sa sécurité par-dessus tout. Alors elle avait construit ce labyrinthe à l'intérieur du Château, mais son idée la plus astucieuse et la plus tortueuse avait été de cacher de grosses matrices à toutes les entrées.

– De quoi diable parles-tu, là ? avait demandé *Dom* Francisco, qui observait l'échange entre son fils et Marguerida avec un malaise visible.

– Les matrices sont actuellement inactives, et elles sont bien cachées dans la maçonnerie. Mais je peux les réactiver assez facilement, dit-elle en levant sa main gauche.

– Et pourquoi n'as-tu jamais mentionné ce fait remarquable avant aujourd'hui ? demanda Javanne, d'une voix enrouée de fatigue.

– Je n'en voyais pas l'utilité.

– Et pourquoi es-tu la seule à avoir connaissance de leur existence ? avait demandé Dame Marilla sans hostilité, simplement troublée et curieuse.

– Je crois que Valenta Elhalyn connaît leur existence, et cela depuis son plus jeune âge, et je soupçonne que Régis la connaissait aussi.

542

– Sottises! Il en aurait parlé, dit Javanne. De plus, que peuvent-elles faire contre des armes terriennes?

– Il y a plus d'une façon d'écorcher un chat, Javanne, avait répondu Marguerida avec sérénité, refusant de se laisser entraîner dans une controverse. Et aucune d'elles n'est agréable pour le chat. Quelle est la chose que tous les humains ont en commun?

– Je suis trop fatiguée pour jouer aux devinettes, ma fille!

– Bien sûr, Javanne. Je m'excuse.

Javanne avait eu l'air choquée à ces paroles. Marguerida avait pris une profonde inspiration et continué:

– Quels que soient notre sexe et notre rang, nous avons tous des peurs secrètes qui, à certains moments, nous affolent comme des banshees.

Elle avait promené son regard tout autour de la table.

– La plupart des désaccords que nous avons eus dans cette salle viennent de nos peurs, de la pensée des choses terribles qui *pourraient* nous arriver. Et qu'est-ce qu'une matrice, si ce n'est un objet qui amplifie les pensées? Nos ennemis ont tout autant de peurs que nous, et, en activant les matrices gardiennes des entrées, nous pouvons aussi amplifier ces peurs, quelles qu'elles soient, non?

– Comment? demanda Francisco, se frottant les mains d'un air jubilatoire.

– Les *leroni* d'Arilinn vont venir à Thendara. Ils pourront créer un cercle et semer la panique dans l'esprit de tous ceux qui seront assez bêtes ou assez fous pour attaquer le Château Comyn; personne n'aura envie de tirer avec son désintégrateur quand le fantôme de son grand-père se dressera devant lui.

Francisco avait approuvé de la tête.

– Je comprends où tu veux en venir. Mais il faudra quelqu'un ayant le Don des Alton pour diriger l'action, n'est-ce pas?

– Je crois que je peux m'en charger, avait dit Lew, se surprenant lui-même.

Tous les regards s'étaient fixés sur lui, et il avait senti que l'espoir revenait chez les assistants épuisés.

– En fait, ça fait des années que j'ai envie de faire tourner Lyle Belfontaine en bourrique !

Il arrêta un instant ses allées et venues, et leva les yeux. Il était passé sous cette porte des centaines de fois dans sa vie, sans jamais soupçonner qu'une grosse matrice était cachée au-dessus du linteau. Jusqu'à ce que Marguerida l'ait réactivée, elle était restée invisible, pour lui et pour tout le monde. Lew soupçonnait que Régis connaissait l'existence de ces défenses occultes. En sa qualité de matrice vivante, il était difficile d'imaginer qu'il les ignorait. Mais, comme Marguerida, il n'avait pas jugé à propos d'en parler. Avec juste raison, décida-t-il, car elles pouvaient certes être utilisées contre un ennemi extérieur, mais entre de mauvaises mains elles pouvaient aussi être tournées contre les habitants mêmes du Château.

Maintenant, ils étaient aussi prêts qu'ils pouvaient l'être, avec cent Gardes cachés dans un passage secret courant de la caserne jusqu'à une ouverture située à une cinquantaine de pieds d'où il se trouvait et du cercle des *leroni* d'Arilinn. Une partie de son être espérait que Lyle Belfontaine n'attaquerait pas le Château, mais resterait derrière les murs du QG. Ses forces étaient moins importantes que quelques jours plus tôt, parce que les Gardes avaient arrêté bon nombre de ses hommes pour troubles sur la voie publique, et les avaient enfermés dans le vieil orphelinat John Reade. Mais une autre partie de lui-même espérait que Belfontaine attaquerait, pour régler tous ses vieux comptes.

Assez. Il devait se calmer, même si cela le tuait. Il quitta le hall d'un pas décidé et entra dans une salle de réception latérale. Un grand feu ronflait dans la cheminée, devant laquelle des chaises étaient disposées en cercle. La moitié étaient occupées par des hommes et des femmes d'Arilinn, les autres allant et venant, aussi nerveux que lui. Il regarda avec stupéfaction une vieille femme qui tricotait devant le feu, comme s'il n'y avait rien de plus important que de compter ses mailles.

– Arrête de t'inquiéter, Lew, dit Valenta avec calme, se dressant inopinément près de lui, et s'efforçant d'accorder ses pas courts sur ses longues enjambées.

Il s'était remis à faire les cent pas sans s'en apercevoir. À vingt-huit ans, sa beauté d'enfant s'était pleinement épanouie. Ses tresses noires étaient enroulées autour de sa tête, et sa peau rayonnait de santé. Sa bouche en bouton de rose semblait prête à sourire, et ses yeux pétillaient de malice comme d'habitude, malgré l'atmosphère tendue qui les entourait. Quand elle posa doucement la main sur son avant-bras, en ce léger effleurement de papillon commun à tous les télépathes, il sentit le pouvoir qui émanait d'elle.

Elle était assez jeune pour être sa petite-fille, mais Lew trouva impossible de ne pas se confier à elle, comme si elle était sa contemporaine.

– Je ne peux pas m'en empêcher, Valenta. J'ai envie d'être là, et en même temps, je voudrais être sur la route, et j'espère toujours que tous ces efforts auront été inutiles – qu'il ne se passera rien.

Valenta secoua la tête.

– Ce serait l'idéal, bien sûr, mais tu sais aussi bien que moi qu'il va se passer quelque chose. Pas besoin d'avoir le Don des Aldaran pour ça. Même ceux qui n'ont pas le *laran* sentent que quelque chose se prépare – les marchands ont fermé leurs boutiques et les rues sont presque désertes. De plus, je sens des paquets d'énergie se diriger vers nous. Alors, je te suggère de te calmer pour être prêt à écraser les ennemis comme des cafards.

– Mégère sanguinaire, dit-il avec affection, conscient maintenant du mouvement des esprits se dirigeant vers le Château.

Il se sentit soulagé. L'attente était terminée ; il n'y avait plus qu'à voir si leur plan allait réussir.

– Sottise ! Avec un peu de chance, il n'y aura pas une goutte de sang versé. Et s'il y en a, ce ne sera pas du sang ténébran.

Valenta eut un grand sourire qui découvrit des dents éblouissantes, mais elle avait l'air un peu déçue.

– Tu crois que notre plan va marcher ? Je sais qu'il est un peu tard pour revenir en arrière, mais pouvons-nous vraiment terroriser des combattants aguerris avec quelques illusions et fantômes ?

– Ce sont tous des hommes et des femmes ordinaires, Lew, et tous les humains ont peur de leurs ténèbres intérieures. Tout ce que nous avons à faire, c'est de les réveiller. Oh, ils ont une technologie supérieure, mais ils ne savent pas de quoi nous disposons, et cela joue à notre avantage.

Elle hocha la tête.

– Et avec toutes les matrices-pièges des portes pour augmenter le pouvoir de leur imagination, ils se rendront sans doute sans tirer un coup de désintégrateur.

– Tu as sans doute raison ; je me mets trop martel en tête.

– Oui, oui, je sais. À ton âge, tu devrais être assis au coin du feu, en train de lire un bon livre en fumant ta pipe.

Lew la foudroya, horrifié par l'image qu'elle présentait de lui.

– Ce n'est pas ce que je voulais dire.

Puis, il réalisa qu'elle le taquinait, et il lui sourit.

Rafe Scott entra à cet instant, les yeux étrécis de concentration.

– Nos guetteurs sur le toit signalent soixante-dix Terriens marchant sur le Château, en uniformes de la Fédération. Au moins, ils ne sont pas déguisés, et on n'aura pas à faire semblant de ne pas savoir qui vient en visite.

– Soixante-dix ? C'est moins que je n'en attendais. Armement ?

– Standard. Casques et combinaisons de combat, deux petits canons à énergie, et c'est tout.

– Des canons ?

– Oui, mais ne t'inquiète pas. Je me rappelle qu'ils étaient au Magasin quand j'étais encore au QG, et à ma connaissance, ils n'ont pas été testés depuis au moins dix ans. Ils sont sans doute là plus pour la parade que pour l'action, car à mon avis Belfontaine ne s'attend pas à de la résistance.

– Les Gardes de la Cité sont en position ?

Rafe acquiesça de la tête.

– Ils sont derrière l'ennemi mais hors de vue. Belfontaine aurait dû penser à couvrir ses arrières, mais il a toujours été têtu. Si ses troupes essayent de battre en retraite, elles pourront être arrêtées un certain temps, tant qu'elles ne se mettront pas à tirer.

– Quand veux-tu que nous commencions notre travail ? demanda doucement Valenta.

– Nous devrions sans doute nous préparer maintenant, mais j'aimerais mieux qu'ils soient presque à la porte avant que nous attaquions, répondit Lew, s'apprêtant à jouir de la situation malgré ses craintes persistantes.

Au moins, il aurait quelque chose de tangible à faire !

– Si près ? dit-elle, un peu incrédule.

– Ils n'amènent pas d'armes capables d'enfoncer les murs, Valenta, et je crois que Belfontaine s'attend à une reddition immédiate. Toutes les coupures budgétaires imposées par la Fédération les ont laissés sans armements de pointe, et ceux qu'ils possèdent sont pratiquement obsolètes, quoique encore très puissantes pour Ténébreuse, dit Rafe, d'un ton si calme qu'ils en furent tous deux réconfortés.

– Je me demande quel sera le prétexte de Belfontaine pour attaquer le Château, dit pensivement Lew. Est-il avec ses troupes, ou est-il resté dans la sécurité du QG ?

Rafe émit un ricanement étouffé ;

– Je l'ai vu du toit, se pavanant comme un coq de combat, en grande tenue d'assaut ornée de tas de décorations qu'il n'a pas gagnées.

Suspendue à son cou, il montra une longue-vue, qu'il avait empruntée au QG quand il y travaillait encore, et qu'il n'avait pas rendue quand il avait démissionné. Il l'apportait souvent au Château, et emmenait les enfants sur le toit pour leur montrer tout Thendara. Lew sentit de l'amusement dans l'esprit de Rafe, et réalisa que lui aussi avait des comptes à régler avec Belfontaine.

Maintenant, Lew sentait la pression des esprits approchant par les rues désertes, Belfontaine à leur tête. Même à cette distance, il exsudait la confiance, et une sorte de résolution vertueuse. Ses hommes ne partageaient pas totalement son humeur ; Lew perçut quelques doutes ici et là, des frissons de malaise, que les *leroni* aux aguets mettraient à profit, il le savait.

Ce n'était pas une stratégie que Lew aurait jamais conçue, car c'était un plan d'empathe, et il n'avait jamais pensé que ce *laran* particulier pût être utilisé offensivement. Mais Valenta avait raison : chacun abrite des craintes et des terreurs qui peuvent être excitées par le stimulus adéquat. Les siennes n'avaient besoin d'aucun encouragement, et il maudit mentalement son imagination, puis se força à se calmer.

– Commençons.

Valenta eut un petit geste, et chacun prit place dans le cercle de fauteuils à hauts dossiers, à l'exception des deux femmes qui seraient monitrices. La vieille tricoteuse mit son ouvrage dans son sac, qu'elle poussa sous son siège, puis sortit sa matrice de sous son corsage. Lew trouva ses mouvements pleins de grâce, et sentit son esprit se rasséréner.

Valenta s'approcha du fauteuil au centre du cercle et s'assit posément. Aucun bruit, à part le crépitement du feu et le doux bruissement de la soie dont on sortait les matrices. Une monitrice jeta quelque chose dans les flammes, et une odeur plaisante se répandit dans la pièce.

Au bout de quelques minutes, Lew sentit un changement dans l'atmosphère, une fusion de pensées et d'énergies concentrée sur Valenta. Il n'avait pas travaillé dans un cercle depuis des années, et cela lui semblait à la fois étrange et ordinaire. Et, vraiment, il n'avait rien à faire, qu'à utiliser le Don des Alton pour canaliser toute cette merveilleuse énergie dans les grandes matrices des portes. Sa respiration s'approfondit, et il se sentit incorporé au cercle, sans effort, comme s'il avait fait cela tous les jours depuis une éternité.

Maintenant, on allait voir si la science des matrices pouvait supplanter l'« avantage » technologique des Terranans. Il gloussa intérieurement. C'était vraiment un plan très élégant, et s'ils sortaient de là en un seul morceau, il boirait plusieurs coupes à la santé de Francisco Ridenow.

Lyle Belfontaine avançait fièrement malgré le froid et un vague malaise. Il ne se faisait aucun souci pour l'occupation du Château Comyn, car il était sûr que les serviteurs laissés dans l'immense bâtisse n'essaieraient pas de l'arrêter. C'était l'autre partie du plan, l'embuscade sur la route, qui l'inquiétait. Il avait lancé ses ordres d'attaque la veille, et il savait que les troupes stationnées sur le Domaine Aldaran étaient en route. Il avait eu le plus grand mal avec le Commandant Shen, chef des troupes de la Fédération dans les Heller. Il appartenait à une vieille lignée de militaires, d'une famille qui servait la Fédération depuis des générations, et il avait protesté contre les ordres de Belfontaine. Des sottises, sur le fait d'attaquer des civils sans provocation. Belfontaine l'avait assuré que le convoi funéraire abritait de nombreux ennemis de la Fédération – Hermès Aldaran, entre autres, mais il n'était pas le seul – et Shen avait finalement cédé à contrecœur. Avec un peu de chance, Shen et son honneur ne survivraient pas. Dommage qu'il fût dans l'impossibilité de joindre Vancof pour lui dire d'y veiller, mais l'émetteur-récepteur à ondes courtes ne répondait pas. Comment Shen osait-il contester ses ordres !

Il avait fallu plusieurs frustrantes heures de transmissions dans les deux sens avant que Shen obéisse, et Belfontaine s'était demandé si tout leur plan n'allait pas s'effondrer sans la technologie dont ils dépendaient. Le soleil de Cottman passait par une de ses phases de grande activité, et cela avait déjà perturbé le fonctionnement de leurs équipements. Et ce n'était pas l'attaque proprement dite du convoi funéraire qui l'inquiétait – ou elle réussirait, ou elle échouerait. Non, c'étaient les traces laissées dans les transmissions qui le tracassaient plus qu'un peu – preuves qui pouvaient le perdre si les choses tournaient mal. Mais le jeu en valait la chandelle, et permettrait de faire payer son entêtement à ce peuple stupide qui refusait d'adhérer à la Fédération. Ils étaient responsables de leur propre malheur !

Et il y avait toujours la possibilité que la Fédération ne sache jamais rien de ce qu'il s'apprêtait à faire – qu'on ne revienne jamais chercher le personnel du QG. Quand Granfell lui avait proposé cette idée, quelques jours plus tôt, il l'avait écartée immédiatement. Mais, le silence de la station relais se prolongeant, Belfontaine avait reconsidéré son point de vue. Peut-être qu'on allait les abandonner. Et dans ce cas, il contrôlerait toute la planète.

Il n'y aurait plus personne pour contester son autorité. Granfell serait mort, si Vancof exécutait ses ordres, de même que tous ceux qui oseraient lui manifester quelque opposition. D'ailleurs, il aurait dû être reconnaissant à Granfell qui était l'auteur de cette idée. Dommage qu'on ne pût pas lui faire confiance. Mais il était difficile de conserver un second qui pouvait se transformer en traître !

Belfontaine n'était pas venu très souvent dans cette partie de Thendara, préférant rester dans le confort du QG. Il examina les maisons des deux côtés de la rue – large pour Ténébreuse, mais étroite selon les standards de toutes les villes civilisées – dont les hauts murs de pierre l'écrasaient. Il vit les enseignes peintes suspendues au-dessus des boutiques, et remarqua que les volets étaient fermés. Tout lui semblait bien calme en cette heure de midi, avec les rues pratiquement désertes, et si quelqu'un s'alarma à la vue de plusieurs pelotons d'hommes armés défilant dans l'avenue, il n'y paraissait pas. C'était peut-être un jour de deuil officiel.

Les espions de Belfontaine l'avaient assuré que le convoi funéraire s'était ébranlé le matin, avec tous les habitants du Château, y compris les Gardes. Alors, pourquoi cette angoisse croissante ? Pouvait-il faire confiance à ses agents ? Et si quelqu'un avait anticipé cette attaque et donné au Château l'apparence d'un fruit mûr prêt à tomber de lui-même ? Non, il n'y avait personne d'assez astucieux pour ça !

Devant lui, il vit les murs blancs scintillants du Château Comyn, et ses inquiétudes commencèrent à se dissiper. Comme il haïssait ce Château, qui symbolisait son échec à soumettre Cottman à la Fédération ! Le moment était venu de régler les comptes, et sa poitrine s'enfla de jubilation.

Puis son anxiété lui revint. Il avait presque l'impression que l'édifice le surveillait, observait son avance. C'était une sensation étrange, et Belfontaine réalisa que ses nerfs n'étaient pas aussi solides qu'il le pensait. Il souhaitait presque que l'édifice ne fût pas vide, pour avoir l'occasion de massacrer ses arrogants occupants. Quelle gloire y avait-il à s'emparer d'un palais désert ? La bouche soudain aigre, il réalisa qu'il n'aurait jamais osé attaquer un Château Comyn habité. Cet honnête aveu intérieur l'ébranla grandement, et il grinça des dents. Il devait se ressaisir !

Il jeta un coup d'œil sur les projections de sa visière, petits points de lumière représentant des informations codées, qui lui montrèrent la position de ses hommes. Cela le calma un peu, et la peur provoquée par sa prise de conscience temporaire s'estompa. Il aimait l'odeur du casque, et l'impression d'autorité qu'elle lui donnait. Avec ça, il pouvait diriger ses hommes en temps réel et aussi avoir vue sur l'opposition. Non qu'il en attendît. Les Gardes du Château étaient partis avec le convoi funéraire, et il avait pris des mesures pour susciter des troubles au Marché aux Chevaux, afin d'attirer les Gardes de la Cité de l'autre côté de Thendara. Alors, pourquoi cette litanie de certitudes ne parvenait-elle pas à le rassurer ?

Tout était trop silencieux – c'était ça qui lui tapait sur les nerfs ! Il aurait dû y avoir des gens dans les rues, même si c'était un jour de deuil ! Il ravala la bile qui montait dans sa gorge.

En fait, c'était mieux ainsi, se dit Belfontaine, presque au désespoir maintenant. Les civils morts tendaient à éveiller l'intérêt des Commissions d'Enquête, et un coup d'État sans effusion de sang serait à son avantage. Il aurait voulu en savoir plus sur la disposition du Château. Depuis des années, il essayait de la découvrir, et il savait par la rumeur que c'était un vrai dédale de salles et de couloirs, assez grand pour y cacher un millier d'hommes. Sauf que même en additionnant les Gardes du Château et les Gardes de la Cité, on était encore loin de ce nombre.

Il y avait quelque chose d'étrange dans l'édifice qui se dressait devant lui. Y avait-il quelqu'un sur le toit ? Non, ce n'était qu'une ombre. Puis il examina les bâtiments avoisinants, la crête des toits les plus proches, s'efforçant de discerner s'il y avait des guetteurs. En principe, son casque de combat aurait dû lui indiquer toute présence proche, la chaleur des corps provoquant un signal, mais la pierre locale semblait inhiber cette fonction. C'était typique, chaque fois qu'on en avait vraiment besoin, les machines vous laissaient tomber. C'était presque une loi scientifique !

Réprimant son anxiété croissante, Belfontaine continua à avancer, ses bottes et celles de ses hommes résonnant sur les pavés, bruit régulier et rythmique qui commença à lui calmer les nerfs. Les hommes allant au combat étaient souvent nerveux, il le savait, et il se dit qu'il en était de même pour lui. Rien d'alarmant à cela. Maintenant, il se trouvait au pied d'un escalier à double révolution menant à la grande porte du Château Comyn. Il s'immobilisa un instant, contemplant les grands battants sculptés, savourant par avance le plaisir de leur destruction. Il aboya un ordre dans son casque, et deux pelotons commencèrent à gravir l'escalier. Tout se déroulait exactement comme il l'avait prévu, et il se laissa aller à sourire derrière son casque.

Il admirait la progression efficace de ses hommes, l'ensemble parfait avec lequel ils montaient les marches, quand ils hésitèrent, et il en vit un qui tapait sur son casque, comme pour rétablir un contact.

Avant d'avoir le temps de se demander ce qui se passait, il sentit une démangeaison se propager sur son crâne, sous le casque. On aurait dit des tas de pattes – un insecte quelconque, sans doute. Comment cette sale bête avait-elle pu pénétrer là-dessous ? Et il ne pouvait pas l'écraser sans ôter ce maudit couvre-chef ! Il secoua la tête d'un côté, essayant de déloger l'intrus, et la démangeaison augmenta. On aurait dit plusieurs grosses bêtes qui rampaient sur son crâne, du genre commun sur Lein III, et il en eut la chair de poule sous sa chaude combinaison de combat. Peut-être que les combinaisons avaient été infestées par quelque insecte local, et que la chaleur de son corps les avait réveillés ? Il réprima un frisson et tenta de se reconcentrer sur les projections de son casque.

Quelque chose n'allait pas ! Une seconde plus tôt, il pouvait parfaitement situer ses dix-huit soldats sur les marches sans rien regarder que les points lumineux de sa visière ; maintenant, huit avaient disparu ! Évanouis ! Stupides machines ! Ces appareils étaient censément incassables, mais naturellement ils se détraquaient dès qu'on en avait le plus besoin. Au diable la Fédération qui lui avait donné cet équipement périmé depuis des années ! Il secoua son casque à deux mains – il devait y avoir un mauvais contact. Cette tentative de réparation n'améliora pas du tout la situation.

Une lamentation stridente lui parvint par son micro, lui perçant les tympans et l'assourdissant pendant plusieurs secondes avant de cesser brusquement. Puis toutes les projections de sa visière prirent vie, les points lumineux dansant follement devant ses yeux larmoyants. Des cris résonnaient tout autour de lui, pénétrant l'isolation sonique de son casque. Un dernier éclair lumineux crachota, puis la visière s'éteignit. Une affreuse odeur de brûlé le prit aux narines, et il essaya d'ôter le casque sans le détacher de la combinaison. De la fumée se mit à embrumer la visière et il tripota frénétiquement les agrafes le retenant en place.

Après ce qui lui parut une éternité, mais qui ne dura en fait que quelques secondes, il parvint à passer ses doigts gantés autour des agrafes et à les ouvrir. Il ôta son casque et aspira une grande goulée d'air. Le vent lui glaça la peau, sensation momentanément revigorante, mais qui, jointe à la fumée du casque, lui fit pleurer les yeux, et il battit des paupières pour s'éclaircir la vue.

Une scène de chaos s'offrit à ses yeux brûlants. Stupéfait, il vit les dix-huit hommes, qui avaient atteint le palier séparant les deux volées de marches, arracher leurs casques et leurs vêtements protecteurs en hurlant. Il vit les casques si coûteux écrasés contre les pierres, il vit un homme s'enfoncer les doigts dans les yeux. Plusieurs autres firent demi-tour et se mirent à descendre vers lui.

– Stop !

Le vent emporta son ordre, qui ne fut suivi d'aucun effet. Un soldat le croisa en courant, jetant ses armes et hurlant à pleins poumons. Il avait les yeux vides et vitreux, et des filets de salive coulaient de sa bouche béante. Belfontaine tendit la main pour l'arrêter, mais l'homme le repoussa, et il tomba, si violemment que tout l'air fut expulsé de ses poumons.

Sa combinaison de combat le protégea, mais Belfontaine sentit quand même l'impact de la chute. Étourdi, il vit les hommes restés sur le palier arracher leur uniforme, exécutant une sorte de danse de mort en vomissant et hurlant. Puis il se retourna pour regarder derrière lui, et il vit que le reste de sa petite troupe était également frappé de folie.

Il se releva en chancelant, s'efforçant désespérément de se ressaisir. Soudain, sa combinaison lui parut trop chaude, et repensant à la façon dont son casque avait pris feu, il baissa les yeux à la recherche de volutes de fumée révélatrices. Elle devenait chaude jusqu'à l'intolérable, et pourtant il ne voyait rien qui clochait. *Sors de ton uniforme !*

Belfontaine défit les fermetures, et la combinaison glissa jusqu'au sol, s'affaissant autour de ses pieds, et le laissant en sous-vêtements thermiques. Le vent frais eut vite fait de refroidir son corps en sueur, et il s'efforça de comprendre ce qui se passait.

Tu as toujours été un minable, Lyle. Tu as été un échec dès le jour de ta naissance! Il entendit les paroles et reconnut la voix, même si son esprit les refusait. Puis celui qui avait parlé se dressa devant lui, la haute et puissante silhouette de son père, qui le regardait en ricanant, le faisant sentir encore plus petit qu'il n'était. D'abord, la vision fut transparente, puis elle se solidifia et avança vers lui. D'un geste réflexe, il leva le bras pour parer le coup attendu, maintenant totalement inconscient des mouvements de ses soldats autour de lui.

Il se recroquevilla en tremblant devant l'image de son père, s'efforçant de parler, de dire quelque chose qui pourrait le protéger de sa colère. Mais la terreur lui serrait la gorge, et il sentit ses intestins se vider. L'odeur monta vers ses narines, et Belfontaine trembla de honte.

Puis, aussi vite qu'elle était apparue, la vision de son père disparut, et il vit ses hommes assis sur le palier, qui hurlaient et sanglotaient. Il se retourna pour voir le reste de ses troupes, et constata que la plupart battaient en retraite. Et pire encore, une compagnie de Gardes de la Cité galopait vers eux. Étaient-ils fous, d'aller à l'encontre d'armes à énergie? Puis il s'aperçut qu'aucun de ses hommes ne prenait son arme – trop affairés à faire des sauts de carpes pour sortir de leurs combinaisons. Cette maudite planète les rendait tous fous!

Avant qu'il n'ait compris ce nouvel incident, il entendit un autre son, un bruit de pierres glissant contre des pierres, et il se retourna vers la direction d'où il venait. Une ouverture apparut dans le mur du Château, à côté de la grande porte, livrant passage aux Gardes, dont on lui avait assuré qu'ils n'étaient pas là.

Belfontaine porta la main à son côté, où aurait dû se trouver son désintégrateur, et sentit ses doigts toucher le tissu thermique de son caleçon long. Il se baissa vers la combinaison toujours affaissée autour de ses pieds et la tripota, à la recherche de son arme.

Salut, petit homme.

Ces mots résonnèrent dans son esprit comme des coups de canon, à la fois familiers et inconnus. C'en était trop, et, pour la première fois de sa vie, Lyle Belfontaine s'évanouit.

Quand il reprit connaissance, Belfontaine s'aperçut qu'il était allongé sur une longue couche, son harnachement de combat disparu. Il y avait un bon feu dans une immense cheminée, d'où s'échappait l'odeur de balsamine du bois de Cottman. Il était toujours dans son caleçon souillé, étourdi et désorienté.

Il perçut un léger bruissement d'étoffe, et il tourna la tête dans la direction du son. Une brune parut à sa vue, vêtue d'une robe rouge tombant en longs plis souples sur sa frêle silhouette, un voile frémissant sur sa tête.

– Tu te sens mieux ?

Il la fixa, incapable de comprendre la question. Belfontaine n'avait jamais parlé couramment la langue locale, et dans sa confusion présente il l'oublia tout à fait pendant quelques secondes. Puis il comprit et hocha la tête, s'asseyant si brusquement que la tête lui tourna. Elle était petite, pas plus grande que lui, et aurait pu être sa fille, mais uniquement vêtu de son caleçon souillé, il se sentit impuissant et vulnérable. Et dégoûtant – il empestait la peur, la sueur, et pire encore.

Un bruit de bottes résonna sur les dalles derrière lui, et Belfontaine se retourna pour voir qui c'était. Lew Alton, avec un sourire démoniaque, apparut. S'il n'avait pas perdu son arme, il aurait désintégré sur-le-champ cet individu haïssable.

– Tu as toujours désiré voir l'intérieur du Château Comyn, n'est-ce pas, Lyle ? Eh bien, voilà ton ambition réalisée, dit gravement Lew Alton. Voudrais-tu un verre de vin ?

Cette effronterie éhontée coupa un instant la parole à Belfontaine. Puis il gronda :

– Qu'est-ce que tu fais là ? Je croyais que tu étais parti avec... et qu'est-ce que tu nous as fait, à *moi* et à mes hommes ?

556

– Je ne t'ai rien fait du tout, petit homme. Tu as fabriqué toi-même tous tes problèmes. Alors ce vin ? Je vais en boire, et je te conseille d'en faire autant.

Lew s'approcha d'une petite table et remplit deux verres. Puis il regarda la femme qui gardait le silence.

– Tu en veux aussi, Valenta ?

– Oui, je crois que ça me fera du bien, répondit-elle.

Lew remplit un troisième verre qu'il lui tendit, puis posa les deux autres sur un petit plateau et s'approcha de Belfontaine.

Petit homme. C'était ce qu'il avait entendu juste avant de... non, il ne voulait plus y penser. Belfontaine était sûr d'avoir entendu la voix de Lew, mais pas dans l'air. Elle avait une résonance différente. Il devait avoir crié dans un appareil quelconque, un truc primitif, un antique haut-parleur sans doute. Il avait seulement pensé qu'il entendait les mots dans sa tête. Ce devait être une illusion née de son agitation.

La suffisance de cet homme le mettait en rage. Il devait y avoir un moyen d'abattre ce triomphe arrogant. Mais il se sentait si affaibli, confus et mortifié qu'il avait du mal à concentrer son esprit. Il avait l'impression que toutes ses émotions avaient disparu, ne laissant que la peur. Oui, il avait peur, mais du diable s'il allait le montrer !

Il prit le verre que Lew lui tendait, forçant son esprit à fonctionner. Tout cela devait avoir une explication rationnelle. Des indigènes du personnel avaient dû faire le coup, mais il ne voyait pas comment. Et maintenant, il était prisonnier. Il ne lui était jamais venu à l'idée qu'il pouvait échouer, et il se rappela l'apparition de son père qui l'avait traité de minable. C'était impossible ! Le silence de la pièce l'accablait.

– Je croyais que tu accompagnais le convoi funéraire, marmonna-t-il, détestant le ton geignard de sa voix, tout en s'efforçant de donner un sens à cette catastrophe.

Le convoi ! Combien de temps avait passé ? Il ne le savait pas, et il ne voyait pas de pendule dans la pièce.

Le convoi s'était ébranlé au point du jour, et il avait attendu plusieurs heures avant de lancer son attaque. Il frissonna en pensant à son échec. Maintenant, l'embuscade avait dû avoir lieu, et lui seul savait que la plupart des membres du Conseil Comyn étaient sans doute morts. Les troupes des Heller ne seraient pas en combinaison de combat de la Fédération, de sorte qu'elles seraient à l'abri de cette perfidie inattendue. Oui, il y avait encore quelque chose à sauver.

Belfontaine se mordilla les lèvres. Il avait envie d'annoncer ce qu'il savait, d'effacer cet air suffisant du visage ridé et balafré de Lew Alton, de lui dire que sa fille était morte ! Mais il ne devait pas découvrir ses cartes trop tôt. Qu'il continue à croire un moment qu'il avait la main gagnante. Le vin était bon et semblait lui éclaircir les idées.

– Je n'en doute pas, mais comme j'attendais ta visite, j'ai décidé de t'attendre, en hôte prévenant.

– Tu... attendais... ma visite ?

Le vin se transforma en vinaigre dans sa bouche.

– Naturellement. Tu t'es persuadé que le Château Comyn était une cible facile. Tu nous as toujours sousestimés, Lyle. C'est ce qui cause ta perte.

– Ma perte ? Qu'est-ce que vous allez me faire ?

– Eh bien, tu resteras mon invité pendant quelque temps, dit Lew Alton, le visage solennel, mais avec une lueur dans les yeux qui mit Belfontaine mal à l'aise. Et plus tard, je te remettrai à la Fédération – en supposant qu'on revienne vous chercher – et ils feront ce qu'ils voudront. Bien sûr, quand mon gendre reviendra, il aura peut-être une idée différente – mais rien de terriblement barbare, je peux t'en assurer.

C'en était trop ! Il ne pouvait pas supporter ça une seconde de plus.

– Alors, tu devras attendre longtemps, parce qu'il ne reviendra pas ! Il est mort, comme tous ceux qui l'accompagnent !

Alton resta impassible, pas effrayé le moins du monde.

– Allons, allons, Lyle, il aurait été plus sage de ne pas avouer connaître cette partie du plan. Beaucoup plus sage.

Belfontaine sentit le sang se retirer de son visage. Ses oreilles sifflaient et il avait la nausée. Au prix d'un gros effort, il ravala la bile qui lui remplissait la bouche.

– Espèce d'imbécile – ta fille est morte !

À sa stupéfaction et à sa fureur, Lew Alton ne réagit pas, si ce n'est pour prendre l'air légèrement amusé.

– Non, petit homme, absolument pas – elle est bien vivante !

CHAPITRE XXV

La calèche cahotait de l'avant, et Domenic était ballotté sur son banc. Il était assis dos au cocher, et le mouvement du véhicule menaçait de le faire tomber de son siège. Devant lui, Hermès et Katherine gardaient le silence, chacun plongé dans ses pensées. Pas besoin de *laran* pour se rendre compte qu'ils avaient beaucoup de choses à se dire, et Domenic regretta de ne pas être dans la calèche où voyageaient son grand-père Gabriel et Illona, afin de leur laisser l'intimité qui leur était si nécessaire.

– Il est évident que vous avez beaucoup de choses à discuter, dit-il enfin, incapable de supporter plus longtemps leur silence tendu. Si vous pouvez faire comme si je n'étais pas là, je ferai de mon mieux pour ne pas vous entendre.

Puis il se retourna vers la vitre, et son regard tomba sur la cuisse du Garde chevauchant près du véhicule.

Hermès émit une sorte de grognement, que Domenic connaissait bien maintenant.

– Hélas, ce n'est pas si facile, mon neveu.

Katherine tourna la tête et observa son mari.

– Si, c'est facile, sauf que tu ne veux pas me parler – tu veux seulement me charmer pour que j'oublie ces derniers jours. Le problème, ce n'est pas Domenic, Hermès. *C'est toi.*

– Qu'est-ce qui te prend, Kate ? Je t'ai dit que j'étais désolé ! *Je m'en vais quelques jours et quand je la revois, on dirait une autre femme – une femme que je ne connais pas.*

– Dire que tu es désolé ne suffit pas, et tu le sais !

Elle fit une pause, comme pour rassembler son courage et raffermir sa résolution, puis reprit :

– Pourquoi te comportes-tu toujours en *fuyard* ?

– *Quoi ?*

Hermès vira au bordeaux, comme si ces paroles avaient touché une tare cachée dont il avait honte.

– Tu ne trouves pas ? Tu n'essayes pas de toujours te défiler pour ne pas trop t'attacher aux gens ? Je ne sais pas pourquoi je ne l'ai pas réalisé plus tôt. Non, ce n'est pas vrai. Je le savais, et c'est même une des raisons pour lesquelles je t'ai épousé – imbécile que j'étais.

– Il va falloir que tu m'expliques ça, Katherine, parce que je suis complètement perdu.

– Je sais que ça peut paraître ironique, mais il me semble que je ne me suis jamais comprise avant d'arriver sur Ténébreuse – pourquoi je suis mal à l'aise avec la plupart des gens. Je t'ai épousé, Hermès-Gabriel Aldaran, en partie parce que je me sentais à l'aise avec toi – et maintenant, je réalise que si j'étais plus à l'aise avec toi qu'avec les autres, c'est parce que tu étais lointain. Oh, tu es doux, aimant et très attaché à ta famille, mais il y a une part de toi qui reste secrète. C'est à cause de cette partie que je me sentais en sécurité, mais maintenant la situation est différente ! Si nous voulons sauver notre mariage, tu devras changer !

Domenic aurait voulu se boucher les oreilles – il faisait de son mieux pour ne pas entendre –, mais il était fasciné. Etait-ce le genre de choses que se disaient les parents quand ils étaient seuls ? Sans doute, car il savait que Mikhaïl et Marguerida étaient de fortes personnalités, et qu'ils n'avaient sans doute pas vécu si longtemps ensemble sans se disputer. Cela lui donna une perspective pas tout à fait agréable sur les deux plus importantes personnes de sa vie.

– Lointain ? dit Hermès, d'un ton maintenant geignard et presque enfantin.

– Oui, et dissimulateur, en plus ! Prétends-tu que « ce robuste gaillard dont nous avons fait la connaissance » est le véritable Hermès ?

Il remua nerveusement sur son siège en se pétrissant les mains.

– J'ai toujours évité l'introspection le plus possible.

– Alors, cesse de l'éviter, ou sinon je vais... enfin, je ne sais pas. Peut-être que je te quitterai pour adhérer à la Guilde des Peintres. Ou que je me laisserai entretenir par ton frère jusqu'à la fin de mes jours. Bien que tu m'aies exilée sur ce monde étranger, je ne suis pas sans options !

– Tu me demandes de changer ce que je suis. Je ne sais pas si c'est réaliste. Je ne sais pas si je pourrai.

– Je veux que tu essayes. Je ne veux plus être tenue à l'écart ni abandonnée, Hermès. Il faut t'enfoncer ça tout de suite dans ta tête d'Aldaran !

– Je t'aime, ça ne te suffit pas ?

– Non, *cario*.

Le ton restait mordant, malgré ce terme de tendresse, et Domenic réprima un sourire, baissant la tête pour dissimuler sa bouche. Il réalisa qu'il était en train d'apprendre quelque chose d'important sur la condition d'adulte, bien qu'il ne comprît pas exactement quoi sur le moment.

– Qu'est-ce que tu veux que je fasse ? dit Hermès, humble maintenant, sincère et un peu effrayé.

– Je veux que tu grandisses ! Plus de complots et d'intrigues, et plus de secrets, du moins pour moi !

Hermès en resta abattu une minute, et Domenic se raidit, attendant sa réponse.

– Sans intrigues ni complots, je ne sais pas qui je suis, Katherine.

– Alors, il est grand temps que tu commences à le découvrir.

Il poussa un profond soupir.

– Je déteste quand tu as raison, tu le sais.

– Oui.

Katherine posa sa main sur ses doigts enlacés.

– Si je ne t'aimais pas tant, je ne te le demanderais pas, tu sais.

Puis elle se pencha vers lui et embrassa sa calvitie.

– Tu dois être né sous une bonne étoile, je suppose, murmura-t-elle.

Domenic bâilla, non d'ennui, mais parce que la tension de ses mâchoires se détendait. C'était étonnant – ils étaient très en colère l'un contre l'autre quelques minutes plus tôt, et maintenant, c'était fini, pour le moment. Il soupçonna que la question n'était pas complètement réglée, et que Katherine devrait relancer son mari encore et encore. Mais la paix était rétablie, et il eut le sentiment d'avoir appris une leçon. Il aurait voulu en parler à sa mère, mais il aurait dû révéler ce qui s'était passé entre Hermès et Katherine, et il ne le ferait pas. Après avoir ruminé cela quelques secondes, Domenic n'y pensa plus et tourna son attention vers l'extérieur. Il jeta un coup d'œil mental dans l'esprit des Gardes chevauchant près de la calèche, puis de ceux qui se trouvaient plus loin.

Mikhaïl et Marguerida chevauchaient côte à côte en tête du lent convoi, tous deux tendus et vigilants. Les Gardes étaient d'humeur sombre. Le pas des chevaux, le tintement des harnais et, de temps en temps, un hennissement ou un braiment de mule étaient les seuls bruits rompant le silence de plus en plus oppressant. Marguerida déglutit, la gorge sèche, le goût des volailles de MacHaworth encore dans la bouche, et fredonna une mélodie. Mikhaïl l'entendit et la regarda avec un petit sourire.

Le repas de midi avait été chaotique, bruyant et presque fiévreux, comme si, sachant que c'était peut-être le dernier, chacun voulait en profiter. Elle était soulagée d'avoir retrouvé Domenic et qu'il ait accepté de voyager en calèche au lieu d'à cheval. C'était une piètre protection, mais au moins il serait hors de vue pendant l'action proprement dite. Elle espérait avoir raison. Il était moins pénible de s'inquiéter de son fils que de ce qui les attendait plus loin sur la route.

Rafaëlla avait pu leur donner une idée assez précise de l'endroit où serait tendue l'embuscade. Elle et ses Renonçantes avaient pas mal espionné depuis la veille, et ils avaient au moins une assez bonne estimation du nombre et de la situation des assaillants. Ce qu'ils ne savaient pas, et ce qui inquiétait le plus Marguerida et Mikhaïl, c'était la nature de leurs armes. Rafaëlla disait qu'ils portaient des vêtements ténébrans et étaient armés de courtes épées et de gourdins, mais Marguerida ne parvenait pas à se convaincre tout à fait que les forces de la Fédération n'utiliseraient pas leur armement supérieur contre le convoi.

Elle prit une profonde inspiration et dirigea son esprit sur des pensées moins stressantes. Elle devait conserver toutes ses forces pour l'attaque, et avoir l'esprit clair, et si elle continuait à penser à des éclairs de désintégrateurs, elle serait épuisée en arrivant devant l'ennemi. Elle pensa plutôt à Illona Rider, qui pouvait être ou non une fille de Dyan Ardais.

À la façon dont il s'était comporté, il était clair que Dyan répugnait à la reconnaître. Marguerida ne l'avait jamais compris. Après tout, ce n'était pas une honte sur Ténébreuse d'engendrer des enfants *nedesto*, et tous les enfants ténébrans étaient si précieux ! Il aurait dû se réjouir d'avoir un enfant de plus qui avait survécu ! Il faudrait faire quelque chose au sujet d'Illona, que Dyan la reconnaisse ou non. Elle soupira. La mise en tutelle était la solution évidente, mais elle n'était pas sûre de vouloir élever une autre adolescente. Alanna lui donnait déjà assez de mal, et elle soupçonnait que son épineuse pupille ne serait pas ravie d'avoir une rivale dans l'affection de son entourage. De plus, Marguerida était à peu près certaine que Domenic se trouverait coincé entre les deux adolescentes.

Elle repensa à celle qui lui avait dit, des années plus tôt : « Une télépathe non entraînée est un danger pour elle et pour les autres. »

Illona avait besoin d'être entraînée. Et Marguerida ne doutait pas que Domenic avait raison en affirmant qu'elle avait le Don des Alton. Marguerida avait senti le *laran* latent de la jeune fille, et il ressemblait assez au sien pour qu'elle croie son fils. Mais elle ne pensait pas qu'Arilinn serait le lieu rêvé pour une enfant élevée chez les Baladins, et elle soupçonnait qu'après avoir essuyé quelques rebuffades des autres étudiants, Illona s'enfuirait tout simplement. Non, elle devait elle-même se charger de sa tutelle, et peut-être l'envoyer dans une Tour comme Tramontana. Mais ruminer ce problème en ce moment ne lui faisait pas grand bien non plus.

Au mépris du bon sens le plus élémentaire, Marguerida revint au présent. Avaient-ils envisagé toutes les possibilités ? Pourraient-ils suffisamment protéger leurs gens avec les énergies combinées de sa matrice et de celle de Mikhaïl pour stopper une attaque ? Ils avaient tenté de tester les limites de leurs pouvoirs, et savaient qu'ils pouvaient arrêter une flèche facilement. L'expérience leur avait ébranlé les nerfs, et plus encore ceux de l'infortuné Garde chargé de tirer sur eux. Mais arrêter la décharge d'énergie d'un désintégrateur, c'était une autre histoire. Dommage que la Voix de Commandement eût une portée si limitée et ne pût agir avec fiabilité que jusqu'à une centaine de pieds. Ils avaient donc décidé de ne pas s'en servir, car elle aurait affecté amis et ennemis de la même façon, laissant ceux en dehors de son champ libres d'agir à leur guise.

Marguerida remua sur sa selle, et se retourna. *Dom* Francisco Ridenow chevauchait à quelques longueurs derrière elle ; Katherine lui avait conseillé de le garder à l'œil, et elle ne devait pas l'oublier. Puis elle se retourna vers l'avant, et projeta ses sens jusqu'à leur extrême limite. Elle l'avait déjà fait plusieurs fois sans résultat, mais maintenant elle perçut un faible murmure d'énergies mentales à environ un mile. C'était encore trop loin pour distinguer les esprits individuels, ou découvrir quoi que ce soit d'utile.

Tu tiens très bien le coup, caria.

Merci de me rassurer. J'ai l'impression que je vais exploser d'une seconde à l'autre.

Oui, tu ressembles à une bouilloire sous pression – mais une très jolie bouilloire.

Je n'aurais jamais cru qu'être comparée à une cruche pût être si... agréable ! Ils continuèrent à chevaucher quelques minutes dans un silence complice.

Mère !

Oui, Domenic ?

J'entends Vancof, maintenant – il est avec les autres, mais dans un bosquet d'où il nous voit venir. Il fait le guet, je suppose. Il semble étonné que nous soyons si nombreux, et il commence à s'inquiéter. Il se demande s'il doit aller prévenir les autres ou rester où il est. Il a envie d'alcool, et il a très peur, surtout pour sa peau. Il regrette de ne pas s'être enfui quelques jours plus tôt, il regrette d'être en service commandé, il regrette que Granfell ne soit pas mort – des tas de pensées confuses. Hum... j'ai l'impression que tout le monde n'est pas d'accord.

Pas d'accord ?

Il pense à une dispute d'hier soir, entre Granfell et le Commandant Shen, chef des troupes des Heller. Ce n'est pas très clair, mais ce Shen semble être venu ici avec des ordres qui ne lui plaisent pas, ou peut-être que toute la situation lui déplaît. Excuse-moi de ne pas être plus clair, mais les pensées de Vancof sont assez désorganisées. Une partie de lui-même voudrait être ailleurs, mais le reste a besoin de savoir ce qui se passe. On dirait qu'il est paralysé par l'indécision et la curiosité à la fois.

Peut-être que Shen est plus homme d'honneur que Granfell, et qu'il ne trouve pas normal d'attaquer des civils.

C'est quelque chose concernant la nature des ordres qu'il a reçus, je crois. Peut-être que ce Shen ne veut pas être pris en train d'engager une action pour laquelle la Fédération pourrait le punir. Je voudrais pouvoir être plus précis.

566

Tu m'as déjà bien renseignée, Domenic. Merci, mon petit espion.

Marguerida s'éclaircit la voix, contrariée d'avoir la gorge si serrée, et dit ce qu'elle venait d'apprendre à Mikhaïl et à Danilo Syrtis-Ardais qui chevauchait sur sa droite. Elle se sentait épaulée par les deux hommes, et aussi par la masse réconfortante des gardes qui les entouraient.

— C'est bon à savoir, dit simplement Danilo.

— Je donnerais beaucoup pour apprendre la nature exacte de ces ordres, si nous arrivons à sortir de ce pétrin.

— Que veux-tu dire, Mikhaïl ? demanda-t-elle, soulagée de parler, de laisser son anxiété s'exprimer, ne fût-ce que partiellement

— Qui a donné ces ordres ? Granfell ou Belfontaine ?

— Quelle importance ?

— À mon avis, Mikhaïl veut dire que, si c'est Granfell, Belfontaine pourra prétendre qu'il ne savait rien de cette affaire, mais, si c'est lui qui a donné les ordres et que ça vient à se savoir, la Fédération sera dans une situation délicate, dit lentement Danilo, comme réfléchissant à mesure.

— Je ne vois toujours pas ce que ça change si la Fédération évacue Ténébreuse, objecta Marguerida avec irritation.

— Peut-être. Mais s'ils restent ? Dans les deux cas, ce sera difficile à expliquer – sans parler de notre rôle dans l'affaire.

Marguerida haussa les épaules, s'efforçant de ne pas se créer de nouvelles raisons d'inquiétude.

— Ils nous ont donné eux-mêmes la justification parfaite – le convoi funéraire a été attaqué par des bandits, qui ont été exterminés.

— Je l'espère. Mais il faut considérer que la Fédération pourrait changer d'avis et décider que c'est nous qui les avons provoqués.

— Arrête. Il est trop tard pour revenir en arrière, Mikhaïl, dit Danilo d'un ton tranchant. Sortons d'abord vivants de cette affaire, nous aurons tout le temps de penser aux conséquences plus tard.

Donal, qui chevauchait à la gauche de Mikhaïl, aboya un rire inattendu.

– Tu veux dire : « Tuons-les tous, Dieu reconnaîtra les siens » ?

– Quelque chose dans ce genre, répondit Danilo, l'air un peu embarrassé de ce résumé brutal.

Les Gardes les plus proches sourirent, comme s'ils appréciaient la déclaration du jeune écuyer. Les gorges serrées émirent quelques gloussements, et la tension diminua un peu. Tous semblèrent respirer, comme si leurs poumons manquaient d'air, avant de reprendre leur vigilance.

Mikhaïl remua sur sa selle, gratifiant Donal d'un regard où se mêlaient approbation et appréhension. Puis il se tourna vers sa femme.

Tout cela paraît tellement irréel, comme si nous étions...

Dans une antique ballade, mon amour ? « Dans la Vallée de la Mort chevauchaient les Six Cents... »

C'est exactement ça ! Je n'arrivais pas à mettre le doigt dessus, et ça me rendait fou.

Ce n'est pas une ballade, et nous n'allons pas entrer dans la Vallée de la Mort, mon cario*. C'est une réalité. Des gens vont mourir aujourd'hui, et pas du tout poétiquement.* Marguerida avait conscience de la gravité de ses propres paroles, et du conflit qui les sous-tendait.

Comment... ?

J'ai eu une brève vision prémonitoire, et j'ai vu des cadavres. De qui, je ne sais pas, sauf que toi et Domenic n'étiez pas parmi eux.

Et toi ?

Je ne crois pas que j'aurais pu voir le peu que j'ai vu si j'avais été morte, Mikhaïl. Marguerida refusa de considérer qu'elle était peut-être morte au moment de sa vision et qu'elle ne le savait pas. C'était trop effrayant.

Maintenant, ils n'étaient plus qu'à un quart de mile de l'embuscade, mais rien, à part le silence des oiseaux, ne permettait de soupçonner quelque chose d'anormal. Aucune silhouette parmi les arbres, pas un bruit. Mais Marguerida percevait la nervosité des embusqués, même si elle ne pouvait pas les distinguer individuellement. Ici et là, quelques pensées bien ciblées – émises par des vétérans aguerris, sans doute. Shen en faisait-il partie, et pouvait-elle l'isoler ?

Et si elle l'isolait, que faire ? Elle retourna plusieurs idées dans sa tête, se demandant si, à cette distance, elle pouvait utiliser le Don des Alton sur quelqu'un qu'elle n'avait jamais rencontré. Elle doutait que ce fût efficace et cela ne lui permettrait sans doute pas de stopper l'assaut. Il n'existait aucun moyen d'éviter le danger, semblait-il, et elle devait cesser de chercher des échappatoires.

Enfin, elle s'examina, analysant impitoyablement les faiblesses de leur plan, qui leur avait semblé très bon dans la Chambre de Cristal. Mais son mari allait devoir utiliser ses incroyables pouvoirs d'une façon diamétralement opposée à ce qu'il avait fait jusqu'alors – il était guérisseur, et maintenant, il s'apprêtait à devenir destructeur. Elle frissonna. Elle n'avait envie de tuer personne, et Mikhaïl non plus.

Une partie d'elle-même aurait voulu le délivrer de cette responsabilité terrible et la prendre sur ses épaules. Mais elle savait qu'elle ne le devait pas, qu'ils devaient assumer ensemble les conséquences. Mikhaïl ne lui pardonnerait jamais si elle tentait de le protéger. Elle devait le laisser participer à cette action, qui allait contre sa nature, contre tout ce en quoi il avait cru depuis qu'il avait reçu l'anneau de Varzil. Ses propres pouvoirs pouvaient infliger des ravages terribles, mais en fin de compte c'étaient ceux de Mikhaïl qui décideraient de la journée. C'était lui qui gouvernait Ténébreuse maintenant, et elle devait lui laisser faire ce qu'il devait, car toute autre attitude l'aurait démoralisé.

C'était bien le moment de se poser des questions, se dit-elle avec ironie. Marguerida analysa ce soudain accès de considérations éthiques, se reprocha de ne pas y avoir pensé plus tôt, et décida qu'elle devrait vivre avec les conséquences. Donal avait raison. Que les dieux reconnaissent les leurs. Le seul problème, c'est qu'il n'y en avait jamais un de disponible quand on en avait besoin.

Puis, en un éclair révélateur, elle sut que Mikhaïl était en proie au même conflit intérieur. Si c'était pénible pour elle, ce devait l'être encore plus pour lui. Ils n'étaient sanguinaires ni l'un ni l'autre, et la seule idée de tuer les hommes cachés dans les arbres, même si c'étaient des ennemis, était moralement répugnante. Mais elle le ferait, et réserverait ses scrupules de conscience pour un autre jour.

C'était quand même dur. Marguerida se força à accepter la situation telle qu'elle était, et non telle qu'elle aurait voulu qu'elle soit, et finalement elle sentit sa résistance céder. Elle conserva ses doutes qui continuèrent à la tracasser inconsciemment, mais elle les écarta fermement et ramena son attention sur le petit bois où les ennemis les attendaient. Elle perçut de la vigilance, de la peur, de l'excitation, et, au bout d'un moment, autre chose. Qu'est-ce que c'était ?

De l'hésitation, décida-t-elle enfin, venant d'un esprit parmi les autres. Était-ce le Commandant Shen ? Étant donné les informations transmises par Domenic, c'était une supposition raisonnable. Marguerida eut envie d'influencer cette émotion, faible mais perceptible, de pousser doucement l'inconnu dans une direction pacifique. Mais l'opération aurait été délicate à accomplir sur quelqu'un qu'elle connaissait bien, et était presque impossible sur un étranger total. Elle fut néanmoins tentée. Si seulement elle avait pu parler à cette personne, elle aurait utilisé la Voix de Commandement. Car, assurément, il aurait mieux valu que l'ennemi se retire sans engagement – cela aurait sauvé des vies.

Puis l'occasion passa. Elle sentit l'étranger refouler ses doutes, raffermir sa résolution, et se préparer à donner l'ordre d'attaque.

– Ils vont attaquer, Mikhaïl, dit-elle calmement.

– Tu en doutais ? répondit-il, la voix rauque de tension.

– Oui. Ils ont hésité un moment.

– Dommage !

– Je sais. Mais nous nous en sortirons d'une façon ou d'une autre...

– Ça va tout changer – je le sens ! *Et le pire, c'est que Varzil l'avait prévu, je crois. Il ne voulait pas seulement empêcher Ashara Alton de s'emparer de l'anneau – il a dit qu'il devait exister dans notre temps pour l'avenir de Ténébreuse ! Je regrette qu'il en soit ainsi. Demain, je ne serai plus la même personne, et je ne sais pas si je pourrai continuer à vivre avec ce... mais je le dois.*

Marguerida considéra son mari un instant, se demandant ce qu'il voulait dire. Puis elle sut, comme elle l'avait toujours su en se le cachant à elle-même, pour se protéger des souffrances que ce jour leur apporterait à tous deux. C'était leur destinée. Elle en conçut un terrible sentiment d'impuissance, comme si elle n'avait jamais eu de choix. Le Destin avait posé son doigt sur sa vie, et elle pouvait seulement essayer de survivre. Depuis ce jour où, des années plus tôt, elle était revenue sur Ténébreuse, depuis l'instant où elle avait posé le pied sur le tarmac de l'astroport et quitté le Secteur Terrien pour entrer dans Thendara, elle s'était préparée à cet instant du temps. Et Mikhaïl aussi. Cela, elle pouvait l'accepter, malgré ce qu'il lui en coûtait, mais d'autres y étaient impliqués, et elle eut un soudain accès de fureur à la pensée qu'elle les entraînait dans son étrange destinée. Ce n'était pas juste, décida-t-elle, puis elle ferma fermement son esprit à toutes autres ruminations.

Dirck Vancof abaissa sa longue-vue et essuya la sueur qui perlait à son front. Malgré le vent froid soufflant sur l'élévation de terrain qu'il avait choisie comme poste d'observation, il transpirait comme un cochon. Il avait les entrailles nouées et le crâne martelé d'élancements douloureux. Il secoua la tête. Le convoi était bien mieux gardé qu'il ne l'avait prévu, et le cœur lui manqua – sensation qu'il connaissait bien. Il n'aurait jamais dû se laisser embarquer dans le projet insensé de Granfell.

Puis, presque magiquement, tout lui devint totalement clair. S'il restait où il était, il allait se faire tuer. Il fut un instant paralysé d'indécision – devait-il déserter et s'en aller simplement à travers les bois et les champs ? L'idée de passer le restant de ses jours dans cet enfer glacé n'était pas réjouissante. Pire, sans les Baladins pour le cacher, il avait peu de ressources. Oui, il pouvait passer pour un indigène, mais il en avait soupé de Ténébreuse, et cela depuis cinq ans.

Un sourire se répandit lentement sur son visage. Il se retourna et descendit la colline vers le campement où les techniciens avaient installé leur équipement. Il savait ce qu'il avait à faire maintenant, et c'était si simple et évident qu'il eut du mal à croire qu'il n'y avait pas pensé plus tôt. Au diable Granfell et Belfontaine – il allait prendre soin du petit garçon de Maman Vancof. Arrivé au milieu de la descente, il vit Miles Granfell qui montait vers lui, et il sourit intérieurement. L'imbécile ne savait pas que Belfontaine lui avait ordonné de tuer Granfell, et il lui facilitait la tâche. La chance tournait enfin.

– Je venais te chercher, lui dit Granfell en marchant.

Vancof hocha la tête, descendit quelques pas de plus, puis, avec une grande économie de mouvement, plongea un couteau dans la gorge de Granfell, se servant du dénivelé pour compenser la plus grande taille de sa victime. Les yeux gris se dilatèrent de surprise, puis les mains furent agitées de spasmes. Le sang sortit à gros bouillons de la blessure béante, et inonda ses vêtements. Puis les genoux fléchirent, et Granfell tomba, glissa sur la pente, finalement arrêté par un arbre.

Vancof rejoignit le cadavre, se pencha sur lui pour s'assurer que ce salaud était bien mort, puis récupéra son couteau. Il essuya la lame sur la tunique de Granfell, et lui donna quelques coups de pied dans les côtes pour faire bonne mesure. Puis il s'éloigna tranquillement, sifflotant entre ses dents.

Quelques minutes plus tard, il arriva au campement, et regarda autour de lui d'un air détaché, comme s'il n'avait pas le moindre souci au monde. La plupart des soldats étaient déjà à leurs postes et il ne vit que des techniciens qui attendaient les événements. Personne ne fit attention à lui quand il marcha nonchalamment vers les deux avions qui, la veille, avaient amené les troupes des Heller.

Il franchit la portière non gardée du plus proche, pressa un bouton pour la refermer derrière lui, et se dirigea vers le cockpit. Il ne lui fallut que quelques secondes pour s'asseoir et enfoncer des boutons qui réactivèrent les systèmes – l'appareil était facile à piloter, et Vancof s'était déjà trouvé aux commandes. Le moteur se mit à bourdonner quand il entra les coordonnées de l'astroport de Thendara.

Vancof entendit un coup sourd contre la portière fermée, suivi d'un cri étouffé. Puis l'avion décolla en douceur, et se retrouva au-dessus des arbres. Vancof aperçut une dernière fois le camp et le convoi funéraire étiré le long de la route. Un instant, il crut voir quelque chose exploser au milieu, et il se demanda ce qui se passait. Il haussa les épaules et mit les gaz.

Marguerida entendit Danilo pousser un cri près d'elle. Elle vit qu'il tendait le bras vers le ciel, et aperçut un instant la silhouette scintillante d'un avion qui s'élevait au-dessus des arbres. Avant d'avoir le temps de se demander s'ils allaient être attaqués du haut du ciel, elle entendit des hurlements, et des hommes surgirent des arbres juste devant elle. Ils étaient vêtus à la ténébrane, de tuniques vert et brun passé, et une écharpe leur cachait le visage. Ils chargèrent le premier rang des Gardes, balançant leurs gourdins dans les jambes des chevaux. Mais les Gardes contrôlèrent leurs montures, les utilisant à la fois pour la défensive et l'offensive, et firent reculer l'ennemi. Les chevaux se cabrèrent et décochèrent des ruades aux attaquants, tandis que leurs corps massifs protégeaient leurs cavaliers. Puis les Gardes se mirent à manier leurs épées et leurs lances avec efficacité, tranchant bras et têtes. Il y eut des vibrations de cordes, et une volée de flèches monta dans les arbres. D'après les cris, plusieurs trouvèrent leur cible.

Astucieux, se dit Marguerida, ôtant son gant d'équitation, puis la mitaine de soie couvrant sa main gauche. C'était presque exactement ce que de vrais bandits auraient fait, à pied contre des cavaliers. Derrière elle, elle entendait les cris des cochers qui positionnaient leurs chariots autour du fardier supportant le corps de Régis, et des calèches occupées par les non-combattants. À l'arrière du convoi, les portes de plusieurs calèches s'ouvrirent et les Gardes qui s'y cachaient, attendant ce moment, sautèrent à terre.

Une seconde troupe d'attaquants surgit de sous les arbres, et elle entendit des hennissements effrayés. Marguerida tendit la main, paume levée, écartant la panique qui menaçait de la submerger, et vit la main dégantée de Mikhaïl se lever au-dessus de la sienne. Sa matrice soutenait et fortifiait celle de Mikhaïl, et il n'y avait plus en elle ni doute, ni hésitation, rien que la certitude d'une action juste qui la calma instantanément, et elle eut l'impression presque euphorique d'une union indicible avec son mari, tandis que se construisait entre eux le cône magique de leur puissance.

Un éclair jaillit de la gemme de Mikhaïl, s'élevant vers le ciel nuageux, l'entourant, puis se dilatant en un globe d'énergie scintillante qui les protégerait, eux, le corps de Régis, et ceux qui étaient dans les calèches. Marguerida ressentit une sensation de plénitude dans cette union de son pouvoir avec celui de Mikhaïl, tout l'amour qu'ils s'étaient donné depuis tant d'années se fondant en une unique certitude.

Elle saisit au loin des bribes de pensées, mais leur terreur l'affecta à peine. Ce n'était qu'un magma confus d'énergie que Marguerida perçut comme un tourbillon de couleurs – jaunes terreux et verts sales.

Les gourdins tombèrent et les épées furent jetées à terre. Les Gardes saisirent ce moment pour charger l'ennemi momentanément paralysé, et en abattirent plusieurs avant que de courts objets métalliques ne sortent de sous les tuniques. Un éclair jaillit de l'un d'eux, et un Garde tomba à la renverse, un grand trou dans la poitrine. Son cheval se cabra et décocha une ruade à l'assaillant, et il y eut un autre éclair, qui frappa l'animal au museau. Mourant, il s'abattit sur l'ennemi qui, cloué à terre sous son poids, hurlait de fureur.

Mikhaïl canalisa ses pensées sur sa matrice, soutenu par l'énergie de Marguerida. Un large rayon sortit des facettes de sa gemme, perça la bulle protectrice, et se déploya en éventail sur les assaillants qui avançaient. Les Gardes reculèrent précipitamment, car l'arme de Mikhaïl ne distinguait pas entre amis et ennemis, et on les avait prévenus. Le rayon frappa comme l'éclair les attaquants qui tiraient maintenant au désintégrateur, les incinérant si vite qu'ils n'eurent pas même le temps de penser à fuir sa brûlure.

Tout semblait se passer au ralenti, et Marguerida ne pouvait qu'endurer les scènes affreuses se déroulant sous ses yeux. Les armes métalliques se désintégrèrent, puis les hommes qui les tenaient semblèrent... tomber en pièces. Mikhaïl avait inversé ses capacités guérisseuses, et il détruisait l'ennemi. Les torses s'affaissaient, du sang coulant de tous les orifices; en quelques instants, les hommes se transformaient en goule puis en cadavres et le sol n'était plus qu'une mer de sang.

Maintenant, la confusion régnait partout, avec les Gardes qui s'efforçaient de sortir du champ des énergies mortelles de Mikhaïl, et ce qui restait des premiers attaquants qui s'enfuyaient dans toutes les directions. Les hommes qui venaient d'émerger du bois furent surpris sans avertissement et n'eurent pas le temps de se sauver. Le rayon maléfique issu de la main de Mikhaïl se déploya dans les arbres, détruisant tout ce qu'il touchait. Les conifères s'enflammèrent comme des torches, et l'odeur de chairs brûlées de mêla à celle de la résine chaude, tandis que le sol se couvrait de cendres noires imbibées de sang. Ceux des assaillants qui avaient eu la chance de ne pas être dans le champ du rayon étaient massacrés par les Gardes.

Ajoutant à la confusion, le feu sautait d'arbre en arbre, alimenté par la sève des résineux. Maintenant, Marguerida entendait clairement les cris de souffrance et de peur, et cela lui donnait la nausée. Mais elle ne flancha pas, et Mikhaïl non plus. Elle le sentit guider son cheval à l'écart, et suivit son mouvement, de sorte que son pouvoir destructeur puisse descendre la route vers l'arrière du convoi. Elle s'efforça de ne pas penser à la queue de la caravane, où les combattants et les Renonçantes n'avaient aucune protection. Elle savait que là-bas des gens mouraient pour les Hastur. Les épées ne servaient pas à grand-chose contre les désintégrateurs, mais elle tint bon, continuant à lutter brave-ment.

Les bruits de la bataille commencèrent à changer, et, comme de très loin, Marguerida réalisa que ce qui res-tait des assaillants n'avaient qu'une pensée commune – *fichons le camp !* Ni Mikhaïl ni elle n'avaient imaginé que la manifestation de leur pouvoir pût être si terri-fiante pour les troupes de la Fédération. Ici et là, elle entendit les grésillements des désintégrateurs parmi les arbres en feu, de moins en moins fréquents à mesure que le temps passait.

En tête du convoi, la bataille se termina presque aus-sitôt commencée. Quelques ennemis de plus tombèrent dans le flot énergétique continu de la matrice de Mik-haïl. Ceux qui y échappaient étaient abattus par les Gardes ou piégés par le feu. Elle entendait le chœur mental d'incrédulité et de désespoir qu'ils émettaient en mourant. Ces hommes étaient frappés de stupeur par les événements, ramenés à l'humilité au moment de la mort.

À travers les flammes et la fumée, Marguerida vit un cavalier galoper vers le bataille, le visage toujours dissi-mulé. Elle sentit son esprit, sa détermination, et, pire, son fatalisme. Cela ne dura qu'un instant, et elle se demanda s'il allait faire demi-tour. Mais il fonça droit dans le rayon meurtrier de Mikhaïl, levant une main gantée comme pour saluer avant de tomber en cendres. Il émit une dernière pensée, assez forte pour pénétrer ses sens dans ce chaos. *Au moins mourir avec honneur.*

Mikhaïl déplaça légèrement sa main, et leur bouclier protecteur commença à s'affaiblir. Marguerida sentit l'énergie se retirer, la perte douloureuse de l'extraordinaire intimité qu'ils avaient partagée pendant cette brève bataille, puis seulement sa propre fatigue. Elle ferma les yeux, se concentrant sur la purification de ses canaux, et sentit sa lassitude la quitter lentement, remplacée par une faim dévorante qu'elle n'avait plus connue depuis des années. Puis, sans qu'elle ait pu s'y préparer, le choc et l'affliction la frappèrent. Tant d'hommes valeureux étaient morts pendant les courtes minutes de cette bataille, et d'autres allaient mourir encore.

Sans un mot, elle écarta cette émotion, et vit que Mikhaïl démontait, suivi de Donal, d'une pâleur de spectre. Deux Gardes protestèrent mais Mikhaïl marchait déjà vers les blessés, qui s'étaient trouvés hors de son cercle protecteur. Il se pencha sur un Garde, puis s'agenouilla près de lui, tandis que Donal restait derrière lui, vigilant malgré ce commencement d'accalmie.

Marguerida se mit en devoir de démonter, et le mouvement d'un cheval non loin d'elle lui parut normal et elle n'y prêta pas attention. Puis elle réalisa que *Dom* Francisco Ridenow galopait vers Mikhaïl, brandissant son épée, le visage livide et haineux. Donal se retourna à ce bruit de sabots derrière lui, mais pas assez vite. Une seconde plus tard, il était à terre, essayant de ne pas être piétiné.

Avant qu'elle ait eu le temps d'intervenir, ou même d'utiliser la Voix de Commandement pour arrêter *Dom* Francisco, Marguerida perçut un autre mouvement du coin de l'œil. Le cavalier la dépassa dans un galop assourdissant, et cogna la garde de son épée sur la tête du Seigneur Ridenow, si fort qu'elle entendit un craquement. Il chancela sur sa selle, se raccrochant au pommeau de sa main libre, puis se retourna et abattit son épée sur l'encolure de la monture de Rafaël, manquant d'un cheveu le genou du cavalier. Le cheval broncha, hennit, puis commença à tomber.

Donal se releva vivement, le visage dégoulinant de sang. Elle vit le jeune écuyer s'essuyer les yeux, puis il enfonça son épée dans la cuisse de *Dom* Francisco en hurlant :

– Canaille de traître !

Enfin une demi-douzaine de Gardes entourèrent *Dom* Francisco, et l'un d'eux le jeta à bas de sa selle. Il resta immobile, sans connaissance, le sang jaillissant de sa jambe, et Donal, furieux et chancelant, leva son épée pour terminer ce qu'il avait commencé.

– Non ! cria Marguerida sans réfléchir.

Donal hésita, et un Garde démonta et s'approcha du seigneur inconscient. Il leva les yeux sur elle.

– Tu le veux vivant, *domna*, ou nous le laissons saigner à mort ?

Mikhaïl s'interposa entre Donal et le Garde, pâle et austère. Il observa *Dom* Francisco un instant, puis il s'agenouilla près de lui. Sans un mot, il posa sa main au-dessus de la blessure, les facettes de sa matrice scintillant au rougeoiement de l'incendie derrière lui. En quelques secondes, l'épanchement de sang commença à ralentir.

– Je le veux vivant, dit-il au Garde. S'évader dans la mort serait trop facile.

Marguerida baissa les yeux sur *Dom* Francisco, et toute la scène lui sembla surréelle, comme si elle ne parvenait pas à comprendre ce qui venait de se passer. Katherine avait eu raison. Tout en s'efforçant de dissiper sa confusion intérieure, elle sentit une agitation effleurer sa conscience, d'abord faible, mais qui pénétra bientôt les brumes de son esprit. Elle se retourna, regarda vers l'arrière du convoi, et se retrouva le cœur serré comme dans un étau. Elle voyait des mouvements, des combattants en pleine mêlée, et, de temps en temps, l'éclair d'un désintégrateur. La peur lui tordit les entrailles.

Domenic ! Mikhaïl releva brusquement la tête, et elle se mit à courir à travers le va-et-vient incessant des hommes et des chevaux, dépassa le fardier sur lequel Régis Hastur reposait dans son cercueil. Une large poitrine se dressa devant elle, vêtue du bleu des Gardes Hastur. Elle tendit la main droite et poussa de toutes ses forces. Malgré son poids, l'homme tomba assis dans la poussière, tout l'air expulsé de ses poumons. Elle sentit que Mikhaïl la suivait, accompagné de plusieurs autres qui veillaient à sa sécurité.

La gorge sèche et le sang battant follement dans ses veines, elle entendait à peine les cris résonnant autour d'elle. Elle ne pensait qu'à rejoindre son fils le plus vite possible.

Le temps d'atteindre la calèche, elle était hors d'haleine. La portière était ouverte, et deux jambes en sortaient, pendant mollement vers le sol. Marguerida contourna la porte et jeta un coup d'œil à l'intérieur. Domenic la regarda, les yeux dilatés, le visage blême. Il avait sur les genoux la tête et le torse d'un homme blessé au cou, et une dague à la main, couverte de sang. Katherine avait reculé tout au fond de l'habitacle, et Hermès s'efforçait d'arrêter le sang coulant de son épaule.

– Il ne croyait pas qu'un adolescent était dangereux, marmonna Domenic, comme en état second.

Puis il vomit sur le plancher ensanglanté l'excellent déjeuner qu'il avait mangé une heure plus tôt. La dague tomba de sa main, et Marguerida le prit dans ses bras, le serrant farouchement sur son cœur.

Katherine glissa sur le banc pour se rapprocher de son mari. D'un mouvement sec, elle arracha la sous-manche de sa chemise, tirant comme une folle jusqu'à ce que les coutures cèdent. Elle sortit la manche déchirée de sous sa tunique, et l'attacha sur la blessure, aussi serré qu'elle put, jurant et pleurant en même temps. Hermès était à moitié inconscient, mais il marmonnait sans arrêt qu'il se sentait très bien.

Marguerida déglutit énergiquement, s'assura rapidement que son fils n'était pas blessé, et rampa sur le corps du mort, ses genoux s'enfonçant dans les chairs encore tièdes.

– Attends, je vais t'aider, Katherine.

– Qu'est-ce que tu peux faire ? cria-t-elle d'une voix stridente, avec un regard suppliant.

– Ça t'étonnerait, répondit Marguerida, soudain si calme qu'elle se demanda ce qu'était devenue sa peur.

Le garrot de fortune avait ralenti l'épanchement de sang, mais le bras déchiqueté d'Hermès faisait mal à voir.

– Ôte-toi de là !

Katherine la fixa un instant, comme décidée à ne pas bouger, puis recula. Marguerida se pencha sur Hermès, leva sa main toujours dégantée et ferma les yeux. Par Aldones, ce qu'elle était fatiguée ! Elle eut l'impression de mettre une éternité à localiser les vaisseaux sectionnés. La lame avait manqué l'artère d'un cheveu, mais le sang coulait quand même abondamment.

– Qu'est-ce que tu fais ? cria Katherine, effrayée et furieuse à la fois.

– Laisse-la faire, cria Domenic en retour, puis il se remit à vomir.

– Ne t'inquiète pas, Katherine, dit Mikhaïl derrière Marguerida.

Elle sut alors qu'il était maintenant debout devant la portière ouverte, et elle sentit sa fatigue en même temps que la sienne.

Marguerida s'efforça de fermer son esprit aux bruits ambiants – braiments des mules affolées, cris des Gardes et des Renonçantes. Ce fut plus facile que de refermer à la panique de Katherine, à l'horreur de Domenic, et à l'inquiétude de son mari. Cela lui parut très long, mais elle parvint enfin à se concentrer uniquement sur Hermès-Gabriel Aldaran, et, pendant un moment, elle fut isolée avec lui. Elle leva sa paume matriciée et la déplaça au-dessus des chairs déchirées, cautérisant la plaie. Un instant, elle flancha, puis elle sentit Mikhaïl la soutenir jusqu'à ce qu'elle ait retrouvé la force de terminer sa tâche. La blessure devrait être nettoyée et suturée, mais pour le moment le sang ne coulait plus.

Marguerida réalisa finalement qu'elle était à genoux sur un cadavre, et se hissa sur la banquette à côté de Domenic. Elle avait le visage couvert de sueur et ses mains tremblaient. Elle s'essuya le front de sa manche, et perçut l'odeur de sa sueur et du sang qu'elle avait sur les mains. Elle fronça le nez de dégoût. Katherine la fixait, ses propres mains couvertes du sang d'Hermès, le visage d'une pâleur que Marguerida n'avait jamais vue à personne.

– Cela suffira, Katherine, jusqu'à ce qu'une guérisseuse le prenne en charge, parvint-elle à croasser.

Elle était trop fatiguée pour bouger, mais le bruit était insupportable dans la calèche. Elle n'avait qu'une envie, en sortir, mais son corps refusait de lui obéir. Puis elle vit une paire de mains puissantes saisir les talons du mort qui gisait toujours sur le plancher couvert de sang. Les mains lui imprimèrent une secousse, et le cadavre commença à glisser par la portière. Il heurta le sol avec un bruit mat et écœurant, qui lui donna un haut-le-cœur. Elle déglutit avec effort, forçant son déjeuner à rester dans son estomac, tandis que la portière opposée s'ouvrait.

Elle vit un Garde et une Renonçante les regarder anxieusement. Elle entendit traîner le corps à l'écart, puis Mikhaïl se pencha à l'intérieur. Hermès grogna et ouvrit lentement les yeux. Il voulut se pencher en avant, mais poussa un petit cri de douleur. Katherine se pencha vers lui et lui mit les mains sous les bras, le soutenant de son mieux.

– Sortez-le et apportez une civière, ordonna Mikhaïl au Garde de l'autre côté du véhicule. Dame Katherine, tu peux descendre ; il sera plus facile d'arriver jusqu'à Hermès.

Comme elle ne bougeait pas, il reprit avec plus de force :

– Allonge-le sur la banquette et descends !

Elle le regarda, interdite, puis allongea lentement son mari sur le siège et descendit.

– Je ne remonterai plus jamais dans une calèche ! Plus jamais !

Puis elle se mit à sangloter.

La calèche se balança sur ses ressorts quand le Garde y monta, et la Renonçante tendit les mains et prit Hermès par les épaules. Il ne fallut que quelques secondes pour le sortir de cet espace restreint, mais cela sembla très long à Marguerida, toujours immobile sur la banquette, trop fatiguée pour remuer.

– Ne t'inquiète pas, Mère. C'est Danila, et Tante Rafaëlla dit que c'est une très bonne guérisseuse.

Domenic eut un éclat de rire presque hystérique.

– Voilà des jours qu'elle a envie de mettre la main sur Oncle Hermès. Viens. Descendons aussi. Je vais t'aider.

Une main prit la sienne, un bras enlaça sa taille, et elle sentit l'odeur de son fils quand il la serra contre elle, la puanteur de son haleine si proche de son visage menaçant de lui donner la nausée. Sous ces odeurs de peur et de sueur, elle percevait celles, plus discrètes, de la fumée et de la lavande parfumant ses vêtements. Pour la première fois de sa vie, elle s'appuya sur son premier-né et le laissa l'aider à se lever. Il était sain et sauf, et rien d'autre ne comptait.

Une fois descendu de calèche, Domenic ne relâcha pas son étreinte, mais continua à l'enlacer, comme craignant qu'elle ne s'effondre s'il la lâchait. Puis Mikhaïl les serra tous les deux dans ses bras, et elle posa la tête sur son épaule. Ils restèrent embrassés, immobiles au milieu des hommes armés, et des cris des blessés. Quelque chose manquait dans le tintamarre, et après avoir torturé un moment son cerveau épuisé, Marguerida réalisa que le bruit des désintégrateurs avait cessé.

Mikhaïl la lâcha à regret.

– Comment cet homme a-t-il pu entrer dans la calèche ? demanda-t-il, d'une voix coléreuse mais ferme.

– Il a percé nos rangs, puis il est tombé à terre, *vai dom*. Nous... j'ai cru qu'il était mort, et il se passait tellement de choses...

– Je vois, dit Mikhaïl, imitant inconsciemment le ton de Régis quand il était mécontent.

Il regarda les corps de Terranans et de Ténébrans éparpillés autour de lui sur le sol.

– Il était un peu plus astucieux que ses amis. Comment te sens-tu, *caria* ?

Il parlait d'un ton cassant qu'elle ne lui avait jamais entendu, et elle lui lança un regard pénétrant. Puis elle réalisa que seule la volonté le maintenait debout, et qu'il avait besoin d'elle pour être fort.

– Ça va, Mikhaïl, je me sens mieux.

Elle mentait délibérément. Il le savait sans doute aussi, mais il se contenta de hocher la tête en lui serrant l'épaule. Domenic était toujours près d'elle, son bras autour de sa taille, et elle scruta son visage. C'étaient toujours les traits familiers qu'elle connaissait si bien, mais ce n'était plus le garçon qui l'avait accueillie à Carcosa quelques heures plus tôt. L'enfant avait disparu à jamais. Maintenant, c'était un homme. Son cœur se serra douloureusement, et elle aurait voulu retrouver le fils innocent qu'elle aimait. Mais il était trop tard.

Le ciel s'assombrit, et, levant les yeux, Marguerida vit de gros nuages noirs sur le soleil. Le vent forcit, les fouettant de ses bourrasques et attisant les flammes sur la colline. Quelque chose de plus sombre que les nuages surgit dans le ciel, et une centaine de vautours piquèrent du haut du ciel, attirés par l'odeur du sang et de la mort. L'un d'eux, plus audacieux que les autres, sauta sur la poitrine de l'homme que Domenic avait tué, et enfonça son bec acéré dans la chair molle du visage.

Puis la tempête éclata, et il se mit à pleuvoir sur les scènes de désolation de la route et de la colline. Le vent plaquait la pluie contre sa peau, et elle fut trempée presque immédiatement. Le vent poussa devant lui ce déluge, heureusement bref, avant de commencer à diminuer. La pluie inonda les arbres en flammes, les morts et les vivants, avant de filer vers l'est, ne laissant derrière elle que des averses sporadiques. Les feux étaient éteints, et c'était une bonne chose, car les survivants n'avaient pas la force de combattre un incendie de forêt.

– Père, il y a encore des gens en haut de cette colline.

Mikhaïl hocha la tête, le visage dégoulinant de pluie. Il se retourna et trouva derrière lui Donal et son frère Rafaël, trempés jusqu'aux os et silencieux comme des ombres.

– Rafaël, veux-tu te charger de rassembler les survivants ? Ton Terrien est assez bon pour ça. Fais aussi vite que possible, et nous les enverrons à Thendara avec les blessés.

– Pourquoi ne pas les laisser ici à mourir de fièvre pulmonaire ? demanda Rafaël, ne plaisantant qu'à moitié. Non, ce serait barbare, je suppose.

– Il y a encore un avion là-haut, et s'ils retrouvent leurs esprits, ils peuvent s'échapper, fit observer Domenic à son oncle.

– J'ai vu un avion décoller juste avant le début de la bataille, dit Marguerida, d'une voix aussi discordante que les croassements des charognards qui essayaient d'arriver jusqu'aux cadavres.

– C'était Vancof, Mère. J'ai reçu ses pensées quand il s'est envolé – il a tué Granfell et il partait pour le QG.

Il frissonna.

– Quel esprit répugnant il avait !

Rafaël se retourna, fit signe à quelques Gardes de le suivre, puis s'éloigna et commença à monter la colline. La pluie avait éteint les feux et des dizaines de cadavres étaient visibles maintenant. Marguerida les contempla, un moment lointaine et insensibilisée.

Marguerida ! La brusque intrusion de Lew Alton lui fit l'effet d'une gifle. *Comment te sens-tu ?*

Je voudrais qu'on arrête de me demander ça ! Pas bien, mais je suis vivante, et aussi Mikhaïl et Domenic.

C'est une très bonne nouvelle, ma fille. Si quelque chose était arrivé...

Beaucoup de choses sont arrivées, Père, mais je suis trop fatiguée pour t'en parler maintenant. Elle tenta de forcer son esprit à réfléchir rationnellement. *Plusieurs calèches de prisonniers et de blessés arriveront à Thendara dans quelques heures. Y compris* Dom *Francisco – il a essayé de tuer Mikhaïl, le maudit imbécile !*

Il a quoi? Non, ne dis rien, ça peut attendre. Je m'occuperai de tout ici, mon enfant. En attendant, garde-toi bien, et reviens-moi aussi vite que possible.

C'est promis, Père. Si ce cauchemar finit jamais.

Marguerida sentit l'esprit de son père se retirer, et se tourna vers son mari, glissant sa main droite sous son bras. Ils restèrent immobiles sous le crachin, épaule contre épaule, silencieux, chacun perdu dans ses pensées. À la fin, il se retourna pour scruter son visage, et elle vit dans ses yeux une lueur qu'elle n'y avait jamais vue.

– Je n'avais jamais imaginé à quel point une bataille pouvait être terrible, dit-il d'un ton bourru, presque honteux de cette déclaration. Et je ne pardonnerai jamais à la Fédération cette lâche attaque.

– Ce n'était pas la Fédération, Mikhaïl, mais l'œuvre de quelques hommes qui avaient plus d'ambition que de bon sens. Et en fait de lâche attaque, il ne faut pas oublier *Dom* Francisco.

Il grogna doucement, et des larmes s'échappèrent de ses yeux.

– Je n'ai pas la force de penser à cette trahison en ce moment!

Il déglutit plusieurs fois, s'efforçant de parler, comme s'il ne supportait pas le silence mais ne trouvait pas ses mots. Finalement, il parvint à articuler :

– Je n'avais jamais pensé utiliser mes pouvoirs... comme je l'ai fait. J'ai transformé des hommes en objets inanimés, dépourvus de toute dignité. Et d'autres hommes, des braves que j'ai connus toute ma vie, sont morts aussi. Je ne sais pas si je pourrai vivre avec ce que j'ai fait, Marguerida.

– Mikhaïl...

Ayant commencé à parler, Mikhaïl fut incapable d'interrompre son discours angoissé.

– Je n'avais jamais vraiment compris pourquoi Régis me craignait, pourquoi ma mère et les autres... maintenant, je comprends. Et ça me brise le cœur. Je n'aurais jamais dû...

Marguerida le comprenait, mais elle savait qu'elle ne devait pas laisser son mari continuer dans cette voie. Plus tard, ils analyseraient tous les deux leur souffrance, mais pas maintenant.

— Arrête ! Tu as fait ce que tu devais faire, Mikhaïl.

— Tu crois ? Tu crois vraiment ? Tu es sûre que je ne cherchais pas seulement à me prouver à moi-même et aux autres...

— Mikhaïl Hastur, tu es un homme d'honneur et tu gouverneras très bien Ténébreuse si tu ne te laisses pas démolir par des événements qu'il est trop tard pour changer.

— Donal avait raison finalement.

Il ne pleurait plus et il semblait plus calme.

Marguerida fixa son mari, éberluée, s'efforçant de donner un sens à ses paroles, désorientée par son soudain changement d'humeur.

— Que veux-tu dire ?

— Tuons-les tous, les dieux reconnaîtront les leurs, dit Donal, debout non loin.

Domenic regarda son cousin avec admiration, et un début de sourire commença à jouer sur ses lèvres.

Les épaules de Mikhaïl s'avachirent une seconde, puis il se redressa, l'air presque serein, comme s'il venait de résoudre un conflit intérieur.

— Aucun de nous n'oubliera jamais ce jour, murmura-t-il. Aussi longtemps que je vivrai, je me souviendrai de ce que j'ai fait et pourquoi — mais ça fait mal, Marguerida. *Je suis écœuré et las, mais je ne dois pas hésiter. J'ai un monde à protéger, et je le protégerai quel que soit le prix à payer. Je prie seulement que la charge ne soit pas au-dessus de mes forces.*

CHAPITRE XXVI

L'aube du lendemain pointa, froide et lugubre. Après un petit déjeuner silencieux de porridge et de beignets, le convoi fortement réduit sortit de Halstad. La veille, les habitants de ce petit village, à environ six miles du site de la bataille, avaient été frappés de stupeur devant l'incursion de près de deux cents personnes, et il avait été presque amusant de les voir se démener pour loger et nourrir tout ce monde. L'auberge n'avait que trois chambres, et était dépourvue de beaucoup d'aménités offertes par le Coq Chantant – dont une salle de bains, remplacée par une installation communale. Très avant dans la nuit, les voyageurs épuisés avaient fait la queue pour se laver et se débarrasser des odeurs de sueur, de cendre et de sang, tandis que les villageois en état second apportaient des brassées de bois pour chauffer l'eau des baignoires.

La soirée avait été sinistre, ponctuée de brèves tentatives de conversation, qui s'arrêtaient au milieu d'une phrase, comme si ceux qui parlaient ne se rappelaient plus ce qu'ils voulaient dire. *Dom* Gabriel gardait Domenic près de lui, et Illona ne le quittait pas. La solidité de son autre grand-père commençait à calmer le tumulte de ses émotions, d'atténuer l'horreur d'avoir tué un homme. Domenic savait qu'il n'aurait pas dû se tracasser autant – l'homme était un étranger et un ennemi. Mais il se tourmentait quand même, et au bout d'une heure, il décida que ses sentiments étaient plus naturels que morbides. Supprimer un être humain n'était pas un acte anodin. Il pensa à Vancof, qui avait tué l'inconnu de Carcosa, puis Granfell juste avant la bataille, sans la moindre hésitation semblait-il. Cela ne semblait pas lui peser sur la conscience. Non, il valait mieux regretter la mort de ce soldat que la prétendre sans importance.

Domenic avait conscience de ne pas être seul en proie à ces émotions confuses, car chacun autour de lui ressentait à peu près la même chose. Son père était le pire, déchiré par des remords terribles qui le faisaient grimacer chaque fois qu'il percevait des bribes de sa culpabilité. Il avait tué une personne, mais Mikhaïl en avait tué des dizaines. Ce devait être encore bien plus terrible pour lui.

Tassé dans un seul lit avec Dani, Danilo, *Dom* Gabriel et Oncle Rafaël, le sommeil l'avait soulagé. Illona était partie avec Rafaëlla dormir sous la tente des Renonçantes, et il la soupçonnait d'être contente de coucher dehors, plutôt que dans l'auberge surpeuplée. Heureusement, il n'avait pas rêvé du soldat mort, ou, s'il l'avait fait, il ne s'en souvenait pas.

Mais Domenic n'était guère reposé tandis qu'il chevauchait près de sa mère sur une meilleure monture que celle amenée par Hermès au début de leur triste aventure. Il souffrait déjà de l'absence de son nouvel oncle, reparti à Thendara avec les autres blessés, les techniciens prisonniers et les soldats survivants. Il était toujours bouleversé, et, bien que d'humeur moins sombre que la veille, il sentait que les ténèbres intérieures, tapies au fond de son esprit, n'attendaient que l'instant propice pour surgir. Il lui faudrait bien plus de nourriture, de repos et de vêtements secs, pour atténuer l'impact d'une lame s'enfonçant dans des chairs vivantes.

La route s'incurvait vers l'ouest maintenant, bordée d'arbres immenses, feuillus et conifères. Il huma les odeurs du bois et s'efforça d'écouter le chant des oiseaux et les frôlements des petits animaux. Mais il n'entendit que le bruit saccadé de l'air sortant de ses poumons, et le gémissement subtil du monde. Il aurait voulu démonter, mettre ses pieds en contact avec la terre, et tomber en transe, uni avec l'incroyable murmure de la planète – pour oublier tout ce qui lui était arrivé depuis qu'il était sorti furtivement du Château Comyn.

Une partie de lui-même se félicitait d'avoir découvert le complot contre son père, mais une autre regrettait sincèrement de ne pas avoir continué à être un fils obéissant et de ne pas être resté à la maison. Domenic savait qu'il avait bien agi, qu'il avait gardé toute sa tête dans une situation délicate. Il avait sauvé la vie de son père, et il était devenu un homme. Pourtant, il se sentait toujours très malheureux, et pas seulement parce qu'il avait tué un homme. La veille, il pensait que ce n'était que ça, mais il avait regardé les arbres et réalisé qu'il y avait bien davantage que le meurtre.

Mais quoi ? Une vrille de pensée essayait de remonter des profondeurs de son esprit, et au bout d'un moment, il réalisa qu'il s'efforçait de l'éviter – qu'il la renfonçait de toute son énergie mentale. Quelle pensée pouvait lui causer tant d'angoisse ?

Puis, comme s'il avait renoncé à la combattre simplement en se posant la question, la réponse s'épanouit dans son esprit. Il n'avait pas envie de l'avenir qui l'attendait – pas envie de retourner à Thendara, de vivre au Château Comyn et de se préparer à attendre des décennies pour assumer la charge de son père. Il aimait profondément ses parents, mais l'idée de passer tous les jours de sa vie avec eux pendant ce qui lui semblait une éternité lui était insoutenable. Pourtant, il devait faire son devoir, non ?

C'était davantage qu'une rébellion soudaine. Il essayait depuis des mois de sortir de la prison qu'était devenu le Château Comyn. Depuis qu'il avait commencé à entendre la voix du monde, il avait désiré être ailleurs, en un endroit tranquille peut-être, sans les constantes chamailleries du seul foyer qu'il ait jamais connu. Mais Mikhaïl ne lui permettrait jamais de s'en aller !

Il avait la poitrine douloureuse, et il réalisa qu'il retenait son souffle. Il expira et inspira l'air frais avec délice, presque goulûment. Marguerida l'interrogea du regard, mais ne dit rien. Elle attendit, comme elle le faisait souvent, qu'il lui dise ce qu'il avait sur le cœur.

Il réfléchit à toute vitesse, cherchant une entrée en matière pour ne pas avoir l'air d'un gosse pleurnichard. Mais ses pensées s'égaillèrent, le laissant plus confus qu'il ne l'avait été de sa vie. Qu'est-ce qu'il faisait – qu'est-ce qu'il était censé faire ? Le devoir guerroyait contre le désir, rendant la bataille de la veille insignifiante en comparaison. Puis il *sut*, comme si ses doutes n'avaient jamais existé, que c'était à lui de choisir son avenir. Domenic passa de l'incertitude à l'assurance totale entre deux respirations, et le poids qui l'oppressait s'évanouit comme s'il n'avait jamais existé.

Il lui fallait découvrir pourquoi il entendait le cœur brûlant du monde, pourquoi son *laran* était si différent de celui des autres. C'était si simple – pourquoi n'avait-il pas compris plus tôt ? Peu importait qu'il fût l'héritier, qu'il eût des devoirs et des obligations envers son père. Il en avait de plus grands envers toute la planète.

Un éclat de rire étonnant lui monta aux lèvres comme une bulle. Quelle vanité ! Il n'était qu'un adolescent, et il ne devait pas penser à fuir ses obligations pour une hutte dans les bois. C'était ridicule. Et pourtant... et pourtant...

Non, pas une retraite dans les bois, pas pour lui. Tout seul, il ne survivrait pas un seul hiver dehors, et il le savait. Mais il devait bien exister un endroit où il pourrait tirer au clair la confusion de son esprit et de son cœur, où il ne serait pas sans cesse déchiré de compassion pour sa tempétueuse cousine Alanna et sujet aux fureurs de sa grand-mère. Mais où ?

Il fronça les sourcils une seconde, puis son front se rasséréna ; une fois de plus, la réponse était évidente. Il y avait un endroit où il pourrait étudier et méditer, et il fut contrarié de ne pas y avoir pensé plus tôt. Il irait à Neskaya, car s'il y avait quelqu'un capable de l'aider à résoudre ce mystère, c'était bien Istvana Ridenow. Mais comment parviendrait-il à faire accepter ce projet à sa mère ? Elle était contente de l'avoir retrouvé, lui le premier et le plus aimé de ses enfants, et elle résisterait de toutes ses forces à une nouvelle séparation. Et son père aussi, soupçonnait-il.

Domenic la regarda et s'aperçut qu'elle attendait qu'il parle, que ses yeux d'or l'observaient tendrement. Il vit les rides entourant sa bouche, il vit la tension et la souffrance, la douleur de la mort de Régis, et de celle de tant de Terranans et de Ténébrans la veille. Il vit la ligne volontaire du menton, et se sentit hésiter une fois de plus. C'était une alliée loyale et une opposante redoutable. Mais il devait essayer de la convaincre, et il devait essayer maintenant. Il n'attendrait pas un autre jour ou un moment plus propice. Il prit une profonde inspiration pour se calmer.

Mère, je ne retournerai pas à Thendara.

Quoi ? Ne dis pas de bêtises, Domenic – qu'est-ce que tu vas chercher ? Tu n'as pas eu assez d'aventures pour le moment ? Elle semblait un peu surprise de cette déclaration, avec un peu d'irritation. Il se sentit éconduit, comme un gosse qui dit des choses enfantines, et cela le mit un peu en colère. Il serra les dents et se força à refouler cette colère – il l'*obligerait* à écouter et à comprendre !

Il n'est pas question d'aventures, parce que celles de ces derniers jours me suffiront jusqu'à la fin de ma vie. Mais je ne veux pas rentrer au Château Comyn et y être enfermé de nouveau.

Domenic, personne ne va t'enfermer. C'était l'idée de Régis, mais ce n'est pas celle de ton père. Qu'est-ce qui te prend ?

Mère, tu ne comprends pas !

Bien sûr que je ne comprends pas – les mères ne comprennent jamais. Je me rappelle l'avoir dit à Dio, moi aussi, mais maintenant je crois qu'elle savait mieux que moi ce qu'il me fallait. La situation est encore trop incertaine pour que tu te mettes à vagabonder à travers Ténébreuse ! Le ton mental était à la fois patient et indulgent.

Je n'ai pas l'intention d'aller vagabonder nulle part. Ce que je veux, c'est aller à Neskaya pour étudier avec Istvana. Tante Rafaëlla et ses sœurs pourront me guider, après l'enterrement d'Oncle Régis. Et j'emmènerai Illona avec moi, parce qu'elle a besoin d'une formation, et qu'elle ne voudra pas coopérer avec des gens qu'elle ne connaît pas. Elle a confiance en moi, et je crois qu'elle acceptera de m'accompagner. C'était une idée qu'il avait eue tout d'un coup, et tout ce qu'il pouvait en dire, c'est qu'elle lui paraissait bonne.

Ne t'emballe pas, jeune homme ! Si tu veux étudier avec Istvana, nous pouvons lui demander de revenir... Mais, pour ce qui est de courir la prétentaine, tu peux t'ôter cette idée de la...

Mère, je ne retournerai pas à Thendara !

Domenic, je suis beaucoup trop fatiguée pour discuter de ça maintenant. Je ne comprends pas pourquoi tu...

Ce n'est pas une discussion – c'est une requête. Et si tu refuses de me laisser faire ce que je ressens comme un devoir, je m'enfuirai à la première occasion. Il n'en était pas certain, mais la menace lui parut convaincante.

Oui, tu pourrais le faire, je suppose. Elle se détourna, et ses épaules s'affaissèrent un peu. *Et tu pourrais même réussir. Mais pourquoi, Domenic ?*

J'ai besoin de paix et de tranquillité ! Je ne peux pas supporter un jour de plus les jalousies mesquines et les chamailleries incessantes. Domenic sentit qu'il perdait son sang-froid, sa peur et sa colère prenant le dessus sur sa discipline. Mais en même temps le murmure du monde se mit à résonner à son oreille mentale, familier et réconfortant. Son volume augmenta, et pendant un bref instant, il n'entendit plus que les craquements et les gémissements de la planète. La paix et la tranquillité étaient peut-être impossibles à atteindre, mais il savait que s'il ne découvrait pas, et vite, pourquoi et comment il entendait ces bruits, il allait se désintégrer. Il n'était même pas certain que Neskaya lui donnerait ses réponses, mais Istvana était renommée pour ses techniques innovantes, et il avait confiance en elle. Il n'avait pas d'autre idée pour le moment.

Pourquoi devrait-on t'épargner ce que nous devrons tous endurer, mon fils ? Nous allons avoir beaucoup de problèmes à régler, et tu devras être au côté de ton père. Le printemps prochain, peut-être, si tu es toujours dans les mêmes dispositions, ou l'année suivante. Mais maintenant le moment est mal choisi.

Mère, si je dois attendre le moment propice, je vais devenir fou. Il n'y aura jamais de moment propice pour faire ce que je sais devoir faire, et je n'en discuterai pas. Si Père et toi m'empêchez de partir, je m'en irai tout seul ! Et je pourrai me casser le cou dans un col de montagne ou être victime d'un accident tout aussi fatal !

Marguerida se tourna vers lui, le foudroyant du regard. *Est-ce que tu ne dramatises pas un peu ?*

Cette remarque enragea Domenic, et son cœur bondit dans sa poitrine. Malgré le froid, la sueur perla à son front, et il dut se forcer pour ne pas trembler. Il devait lui faire comprendre ! Sans penser aux conséquences, il approfondit le rapport mental avec sa mère, et lui fit entendre le rugissement régulier qui résonnait dans son esprit. Surprise sans préparation, Marguerida chancela sur sa selle, puis, lâchant ses rênes, porta ses mains à son front.

Il lui saisit le bras pour l'empêcher de tomber, tandis qu'il retirait l'onde d'énergie, mélange de sa colère et du bruit du monde. À vouloir maîtriser tant de choses à la fois, il faillit perdre son contrôle, et il en eut honte. Mikhaïl se retourna et tendit le bras pour soutenir sa femme de l'autre côté, l'air inquiet et perplexe.

– Qu'est-ce qu'il y a, *caria* ?

– Rien. Rien. Juste un petit vertige. Tout va bien.

Elle reprit ses rênes, se raffermit sur sa selle, et gratifia Domenic d'un regard qu'il l'aurait encore pétrifié quelques semaines plus tôt. *Que diable as-tu fait ? Qu'est-ce que c'était que ce...*

Je ne suis pas absolument sûr de ce que c'est, Mère, mais si je ne découvre pas d'où vient ce bruit, je vais devenir fou.

Marguerida baissa la tête et tomba dans une rêverie silencieuse. Elle annonça enfin, d'un ton résigné : *Je connais ce son, bien que je ne l'aie entendu qu'une fois, et il était beaucoup plus lointain.*

Tu sais ce que c'est ? Il était à la fois stupéfait et immensément soulagé. Comment pouvait-elle savoir ?

Oui, je le sais. C'est le cœur du monde, qui bouillonne et rugit. Oh, Domenic ! Je ne l'ai entendu qu'une fois, il y a longtemps, avant même que tu sois conçu, et seulement pendant un bref instant, bien que ça m'ait semblé plus long. Tu l'entends sans arrêt ?

Presque. Parfois, le bruit est plus discret qu'en ce moment, mais il me semble devenir plus fort ces derniers temps. J'avais peur de t'en parler, peur que tu me croies fou.

C'est donc cela qui te perturbait ? Je pensais que c'étaient tes sentiments pour Alanna... je me sens vraiment bête, mon fils. Son esprit s'éclaircit, comme si elle écartait tout ce qui n'avait pas rapport à ce problème en un gros effort de concentration, ne conservant qu'une vrille de crainte qui s'accrochait à elle.

Tu veux dire que tu m'as mal jugé ? C'est vrai, j'ai des sentiments pour Alanna, et parfois ils manquent me faire devenir fou, mais je suis assez raisonnable pour comprendre la différence entre un désir impossible et la réalité. Le fait d'être près d'elle me complique la vie, parce que je dois dépenser beaucoup d'énergie pour contrôler mon désir, et que j'en ai moins pour... cette histoire de cœur du monde. J'aime Alanna depuis mon enfance, mais j'ai toujours su que, quels que soient mes sentiments, elle ne pourrait jamais être pour moi plus qu'une sœur ou une cousine bien-aimée. De plus, je sais qu'ayant été élevé avec elle, mes sentiments ne sont peut-être pas exactement ce que j'imagine qu'ils sont – simplement parce que je n'ai jamais rencontré beaucoup de jeunes filles qui n'étaient pas mes parentes. J'ai besoin

594

d'être loin d'Alanna, dans son intérêt et dans le mien, et loin de Grand-Mère Javanne et de tous les autres!

Tu es beaucoup plus sage que je ne le soupçonnais, mon fils, et cela me donne l'impression d'être très vieille. Et dépassée par les événements. J'ai le sentiment d'avoir manqué plusieurs transitions importantes dans ta vie, de ne pas t'avoir accordé assez d'attention. Arilinn ne te conviendrait pas?

Non, je ne crois pas. Istvana me connaît depuis le berceau, Mère, et personne n'est plus qualifié pour m'aider à comprendre cette part de moi-même. Même Valenta Elhalyn n'a pas assez d'expérience pour m'aider, et je ne vois personne d'autre à Arilinn qui puisse comprendre ce qu'est ce nouveau... ce nouveau Don. Je suis peut-être capable de déplacer les montagnes, mais j'espère sincèrement que non.

Mon Dieu, ça ne m'était même pas venu à l'idée! Un nouveau Don. Je comprends, maintenant. Nous ne pouvons pas te laisser ébranler les fondations d'Arilinn, non?

Ce n'est pas si comique que tu sembles le penser, Mère!

Allons Domenic, après tant d'années, tu devrais savoir que ma première réaction à une situation de crise est de plaisanter. Comme tu es sévère! Je crois que je ne te comprends plus, ce qui est un aveu terrible pour une mère. Très bien. Nous t'enverrons à Neskaya, mais je doute qu'Istvana m'en soit reconnaissante, et tu emmèneras Illona avec toi. Je m'apprêtais à la prendre en tutelle, et, à parler franchement, ça ne m'enchantait pas.

Domenic sentit qu'elle ordonnait ses pensées avec une brusquerie stupéfiante à observer. Avait-elle toujours été aussi brutale? Probablement – il était son fils, et il n'avait jamais vraiment pensé à toutes les décisions qu'elle avait dû prendre au cours des décennies, à tous les choix d'adulte qu'il commençait seulement à comprendre, et il savait qu'elle avait toujours possédé cette rigueur d'esprit. *Et tu expliqueras tout à Père?*

Hum... Je suis tentée de te laisser faire toi-même, mais Mikhaïl a tant d'autres choses en tête en ce moment qu'il ne t'écouterait sans doute pas comme il faudrait. Oui, je le mettrai au courant. Cela va lui briser le cœur, mon fils, car il a déjà l'impression de t'avoir perdu au profit d'Hermès, et te reperdre au profit d'Istvana sera un rude coup.

Perdu au profit d'Oncle Hermès ?

Je t'expliquerai une autre fois, Domenic. Maintenant, laisse-moi réfléchir et rassembler mes arguments.

Oui, Mère – et merci !

Tu es un bon fils, Domenic – le meilleur qui soit. Je ferais volontiers n'importe quoi pour toi sauf... sauf ce que tu viens de me demander. J'aimerais mieux te donner une lune que te laisser... Marguerida poussa un profond soupir, et il vit qu'elle refoulait farouchement ses larmes. Le cœur de son père n'était pas le seul qu'il allait briser, et, un instant, il regretta d'avoir choisi cette voie. Puis l'impression passa, et il continua à chevaucher, en paix avec lui-même pour la première fois depuis des mois.

Le convoi funéraire arriva de bonne heure au *rhu fead* de Hali. En des circonstances normales, se dit Mikhaïl, l'enterrement aurait eu lieu plus tard dans la journée ; bien qu'Hali ne fût qu'à quelques heures de cheval du Château Comyn, il fallait du temps pour organiser la procession, surtout pour quelqu'un d'aussi éminent que Régis Hastur. C'étaient des obsèques où tous les membres du Conseil Comyn auraient dû être présents.

Mais normalement un convoi funéraire n'était pas victime d'une embuscade.

C'est pourquoi il n'y avait qu'un groupe réduit pour enterrer Régis Hastur – ceux dont on n'avait pas eu besoin pour garder les enfants ou le Château, ou qui n'avaient pas été grièvement blessés dans l'embuscade et ses suites. Selon la coutume, le corps fut déposé dans une fosse anonyme, et Mikhaïl attendit en silence que le fils de Régis commence l'évocation traditionnelle des souvenirs.

Au bout de quelques instants, Dani s'avança. C'était le plus proche parent de Régis, et en cette qualité, c'était à lui de parler le premier.

– Je n'ai pas bien connu mon père, dit-il, et je suis certain que ce fut une perte pour moi. Mais je me souviens qu'il jouait avec moi quand j'étais petit, même s'il avait peu de temps pour ce faire. Que ce souvenir allège notre affliction.

Danilo s'avança, l'air immensément triste.

– Régis et moi étions ensemble dans les Cadets, dit-il. Quand j'étais en disgrâce, il est venu me voir à Syrtis et a prêté avec moi le serment de *bredin*. Il avait accepté de s'aliéner un homme puissant pour se lier d'amitié avec moi, et depuis ce temps, nous ne nous sommes jamais quittés. Que ce souvenir allège notre affliction.

Après un moment de silence, Mikhaïl s'avança lui-même.

– Quand Régis m'adopta, il était encore jeune et je n'étais guère plus qu'un bébé, et, les premières années, il me traita comme les autres enfants. À mesure que j'ai grandi, il a passé plus de temps avec moi et m'a beaucoup parlé. Je sais que dans sa jeunesse il espérait voyager hors planète, mais il avait renoncé à ce rêve pour faire son devoir envers Ténébreuse et envers nous tous. Que ce souvenir allège notre affliction.

Hermès Aldaran dit ensuite :

– Je n'ai jamais eu l'honneur de rencontrer *Dom* Régis, mais il m'avait nommé à la Chambre des Députés, bien que le comportement de mon père lui ait donné toutes les raisons de se méfier des membres de ma famille. Ce faisant, il m'a permis de servir Ténébreuse et de réaliser mon rêve d'aller dans l'espace. C'est donc à lui que je dois aussi mon épouse bien-aimée et mes enfants. Que ce souvenir allège notre affliction.

Le Jeune Donal Alar, écuyer de Mikhaïl, dit :

– Je voyais peu *Dom* Régis, mais au cours de toutes ces années je n'ai jamais entendu dire qu'il ait fait quelque chose de mal ni parlé d'autrui avec malveillance. Que ce souvenir allège notre affliction.

Cela n'est pas normal, se dit Mikhaïl. Lew devrait être là, et aussi Linnéa et Javanne – c'était son frère. Les intervenants devraient être plus nombreux. Hermès n'est pas le seul ici à ne l'avoir jamais vu.

Marguerida regarda autour d'elle, l'air désorientée. Mikhaïl se demanda si elle avait perçu l'écho de ses pensées, ou si elle s'était fait la même réflexion. Il lui prit la main et la serra, rassurant.

– Régis a toujours été bienveillant à mon égard, dit-elle, et même bon. Il n'avait jamais vraiment souhaité que j'épouse Mikhaïl, et pourtant il m'a toujours traitée comme sa fille. Que ce souvenir allège notre affliction.

Mikhaïl attendit jusqu'à ce qu'il devînt évident que personne ne prendrait plus la parole. Alors, il s'avança une fois de plus, ramassa une poignée de terre et la répandit sur le cercueil. Les autres hommes l'aidèrent à remplir la tombe avec la terre qu'on en avait retiré. Ils s'acquittèrent de cette tâche en silence, silence qui se prolongea quand ils se remirent en selle pour rentrer à Thendara.

ÉPILOGUE

Des jours, puis des semaines, passèrent. L'automne s'était enfui, faisant place à l'hiver. Par un matin glacé, Marguerida et Mikhaïl se retrouvèrent sur les remparts du Château Comyn, dans un espace dont on avait déblayé la neige. Le froid suintait des pierres, pénétrant la semelle des bottes et les jupons de flanelle de Marguerida. Elle y prêta à peine attention, resserrant étroitement autour d'elle les plis de sa cape. Thendara se déployait devant eux, sous une couverture de neige, scintillant à la morne clarté du soleil voilé de nuages, mais elle n'avait d'yeux que pour la cité.

Marguerida étrécit les yeux, s'efforçant de voir le complexe terrien à la limite de sa portée visuelle. Elle distingua tout juste les cubes disgracieux du QG où la Fédération avait maintenu une présence pendant cent ans. La neige recouvrait les vastes étendues de tarmac entre les bâtiments, et si des gens y évoluaient, ils étaient trop loin pour qu'elle puisse les voir sans longue-vue. La seule qu'ils possédaient avait été injustement accaparée par Rhodri, aussi excité que s'il s'agissait d'un événement glorieux, et non d'un événement délicat et complexe. Ce maudit garçon était incorrigible.

Rien ne se passait pour le moment, et Marguerida laissa son attention vagabonder. Elle repensa à tout ce qui s'était passé depuis leur retour à Thendara, plus de quarante jours plus tôt, à la fois soulagée que tout soit fini et affligée des pertes en vies humaines. Elle était fatiguée jusqu'aux moelles, et déprimée également. La nourriture et le repos avaient fortifié son corps, mais son moral – et celui de Mikhaïl – restaient abattus. Marguerida espérait seulement qu'ils redeviendraient eux-mêmes après le départ de la Fédération. Au fond d'elle-même, elle savait qu'ils ne seraient plus jamais comme avant ; le souvenir de ce qu'ils avaient fait ensemble sur la Vieille Route du Nord ne les quitterait jamais, aussi inéluctable que les morts qu'ils avaient causées.

Ils avaient dû faire appel à toute leur discipline pour endurer les jours ayant suivi leur retour dans la cité. Au lieu d'une triomphante cérémonie de victoire, ils avaient eu une myriade de problèmes à régler. *Dom* Francisco se remettait de ses blessures, et le Conseil Comyn avait encore à décider comment lui faire expier sa traîtrise envers Mikhaïl. Tout le monde reconnaissait qu'il devait céder son siège au Conseil à son fils Francisco, mais la question de savoir s'il devait être exécuté ou si on lui laisserait la vie sauve promettait des débats animés dans l'avenir. Ils avaient traité avec autant de bienveillance que possible les rares survivants de la bataille, dix techniciens et une demi-douzaine de soldats. Elle frissonna, et pas seulement de froid, à ce souvenir, car elle avait violé plus qu'un peu ses principes d'éthique. Elle et son père s'étaient servis du Don des Alton d'une façon qui leur répugnait, pour manipuler les esprits des techniciens et des soldats, afin que, lorsqu'ils repenseraient aux événements de la Vieille Route du Nord, ils n'aient aucun souvenir de quelque chose de remarquable. Quand ils avaient terminé leur répugnant travail, ils ne se rappelaient rien du globe de lumière qui avait détruit leurs compatriotes si impitoyablement. Lew avait branlé du chef en murmurant :

– Les choses que j'ai faites pour Ténébreuses !

Puis il avait bu jusqu'à plus soif, ivre mort pour la première fois depuis des années.

L'infortuné Administrateur Planétaire, Emmet Grayson, avait rempli le vide laissé par la capture de Lyle

Belfontaine, condamnant l'attaque du Château Comyn, et s'évertuant à tirer le meilleur parti d'une mauvaise situation. Il leur apprit que Vancof n'avait pas réussi à s'échapper. Quand il avait atterri au QG, et qu'il était sorti de l'appareil en vêtements ténébrans, il avait été abattu sans que personne prenne la peine de lui poser des questions. Marguerida soupçonnait que cette exécution bien méritée épargnait pas mal d'ennuis ultérieurs à Grayson, et se demandait si les coups de feu n'avaient pas été plus intentionnels qu'accidentels.

Puis, pendant les trois semaines ayant suivi leur retour, ils n'avaient plus entendu parler de la Fédération. Le silence persistant de la Station Relais Régionale mettait Grayson au désespoir. Quand il avait enfin reçu un message de la Fédération, il avait vieilli de dix ans. Après quoi, ils n'avaient plus eu qu'à l'aider à organiser leur départ. Et maintenant, ils n'avaient plus qu'à attendre.

Un grondement sonore la fit sursauter et la ramena au présent, puis un brillant éclair fulgura. Un Grand Vaisseau descendit du ciel, la chaleur de ses réacteurs d'atterrissage vaporisant la neige qui s'éleva autour de lui en nuages de vapeur. C'était une vision magnifique, les éclairs des tuyères et la coque noire profilée se détachant sur la blancheur ambiante.

Quand la vapeur commença à se dissiper, Marguerida vit des engins lourds traverser le tarmac où la neige avait disparu, et les rampes s'abaisser. Elle avait du mal à voir à cette distance. Le premier véhicule arriva au pied de la rampe et commença à monter vers la soute, suivi de tous les autres. C'était plutôt décevant après l'excitation de l'attente. Grayson avait tout organisé avec compétence, et en une demi-heure, tous les véhicules furent chargés. Marguerida ne put s'empêcher de se demander ce qui attendait les hommes et les femmes qui quittaient Ténébreuse. Certaines informations avaient échappé à Grayson sur l'état actuel de la Fédération, donnant à penser qu'une guerre civile se déroulait dans certaines parties de ce vaste conglomérat de planètes, que des mondes s'étaient révoltés contre le Premier Ministre Nagy et les troupes des Expansionnistes. Elle soupçonnait que ces Terriens avaient de la chance d'être évacués, mais elle savait que ses informations étaient, dans le meilleur des cas, incomplètes.

Les rampes se rétractèrent dans la coque noire, et pendant quelques minutes, toute activité cessa. Le ciel s'assombrit et quelques flocons commencèrent à tomber sur leur petit groupe en attente. Puis des flammes entourèrent un instant le Grand Vaisseau, et il décolla aussi vite qu'il avait atterri, se soulevant comme une plume alors qu'il pesait des tonnes et des tonnes. Il monta dans le ciel comme une épée de lumière, jusqu'au moment où il perça les nuages et disparut à la vue.

Tous gardèrent le silence pendant plusieurs secondes.

– Là, c'étaient les derniers, annonça joyeusement Rhodri.

Marguerida regarda son rouquin de cadet, contente que même les événements les plus mémorables ne parviennent pas à entamer son éternel enthousiasme. Au moins, elle avait encore lui à cajoler, maintenant que Domenic avait rejoint Istvana Ridenow à Neskaya.

– J'en doute, Rhodri, dit Mikhaïl, aussi sévèrement qu'il le put, influencé malgré lui par la fougue de son fils.

– Mais on ne les a pas jetés dehors ? insista le jeune garçon.

– Pas vraiment – leur départ a des raisons complexes, mais ça ne veut pas dire qu'ils ne reviendront pas, mon fils.

– Père, je crois que tu es très pessimiste. Tu es comme ça depuis que tu es rentré. Moi, je suis sûr qu'ils sont partis pour de bon.

Mikhaïl regarda Marguerida par-dessus la tête de Rhodri, haussant légèrement les sourcils. Elle comprit la question implicite, et regretta de ne pas avoir de réponse. Elle n'eut pas de vision soudaine de l'avenir, et elle n'en avait eu aucune depuis son retour. Cela ne voulait rien dire – la Fédération ou quelque autre force d'occupation pouvait revenir après sa mort. Penser que Mikhaïl et elle laisseraient peut-être ce problème à leurs enfants n'était pas une perspective réconfortante.

Marguerida se retourna et se dirigea vers la porte et la chaleur du Château.

– J'espère que tu as raison, Rhodri, dit-elle.

– Bien sûr que j'ai raison. Pourquoi partiraient-ils si c'était seulement pour faire demi-tour et revenir ?

– Je ne sais pas – rappelle-toi seulement que la Fédération a la capacité de revenir quand elle voudra, et que nous ne pouvons rien prévoir.

– Ah, bon, mais j'espère qu'ils ne reviendront pas, parce qu'ils sont mauvais, comme ce Belfontaine.

– Non, ils ne sont pas tous mauvais, Rhodri, commença Mikhaïl.

Puis il haussa les épaules devant l'impossibilité d'expliquer les complexités de la politique interstellaire à un enfant de treize ans.

– Et s'ils reviennent, tu peux juste...

– Non, Rhodri !

– Mais pourquoi pas, Père ? Ou est-ce encore une de ces choses que je comprendrai quand je serai grand ? J'en ai assez...

– Oui, Rhodri, intervint Marguerida. Tu en as assez de t'entendre dire que tu ne comprends pas. Et moi, j'en ai assez de t'entendre te plaindre à ce sujet. Bon, allons manger.

Elle sentit Mikhaïl juste derrière elle, et, se retournant vers lui, elle se blottit dans ses bras, sentant la fraîcheur de sa joue contre la sienne. Puis sans parler et sans réfléchir, ils se retournèrent ensemble, et, par la porte ouverte, regardèrent les bâtiments désertés de l'autre côté de la cité.

– Qu'est-ce que tu en penses, *caria* ?

– Je pense que ce n'est pas la fin, ce n'est pas terminé.

– Pourquoi ?

– Je pense que tant que la technologie permettra de voyager entre les étoiles il y aura toujours une chance de voir arriver des visiteurs, Mikhaïl. Et si le peu que nous avons appris de Grayson est exact et que la Fédération se désintègre, elle finira quand même par se reconstituer.

– J'ai l'impression d'entendre ton père.

– Je sais. Un jour, quelqu'un viendra des étoiles sur Ténébreuse – c'est aussi inévitable que la neige en hiver. Mais c'est pour un autre jour, une autre année.

Elle s'appuya contre lui et posa la tête sur son épaule. Marguerida sentit la tonalité sombre de ses pensées, et aurait voulu pouvoir le rasséréner. Mais seul le temps, elle le savait, pourrait guérir ce qui les tourmentait, Mikhaïl et elle-même.

Il tendit la main et ferma la porte d'accès au toit. Ils se retournèrent et se dirigèrent vers l'escalier, main dans la main, épaule contre épaule. Il dit enfin :

– Nous affronterons ce problème quand il se présentera, et pas une seconde plus tôt.

Achevé d'imprimer sur les presses de

BUSSIÈRE

GROUPE CPI

à Saint-Amand-Montrond (Cher)
en août 2003

POCKET - 12, avenue d'Italie - 75627 Paris Cedex 13
Tél. : 01-44-16-05-00

— N° d'imp. : 34707. —
Dépôt légal : septembre 2003.

Imprimé en France